AFTER

Saison 5

On ne présente plus Anna Todd ! Forte de son succès avec *After*, Anna a voyagé aux quatre coins de la Terre et rencontré ses fans lors de séances de signature qui ont été des événements partout ! Sa célèbre série a fait l'objet d'une adaptation cinématographique pour la Paramount.

Paru au Livre de Poche :

Série After

AFTER, saison 1

AFTER, saison 2

AFTER, saison 3

AFTER, saison 4

BEFORE (AFTER, saison 6)

BEFORE (AFTER, saison 7)

LANDON (Nothing More, saison 1)

BETWEEN (Nothing Less-Landon 2)

SPRING GIRLS

Avec les auteurs Wattpad

IMAGINES

ANNA TODD

After

Saison 5

TRADUIT DE L'ANGLAIS (ÉTATS-UNIS) PAR CLAIRE SARRADEL

HUGO ET COMPAGNIE

Titre original :

AFTER EVER HAPPY
Publié par Gallery Books, un département de Simon & Schuster, Inc.,
New York, 2015.

Ce livre est une fiction. Toute référence à des événements historiques, des personnes ou des lieux réels serait utilisée de façon fictive. Les autres noms, personnages, lieux et événements sont issus de l'imagination de l'auteur, et toute ressemblance avec des personnages vivants ou ayant existé serait totalement fortuite.

ISBN : 978-2-253-08768-7 – 1re publication LGF

À tous ceux qui n'ont jamais eu à se battre
pour quelque chose ou quelqu'un en qui ils croient.

Prologue

Hardin

Toute ma vie, je me suis senti indésirable, voire totalement déplacé. Ma mère a essayé de m'aider, elle a réellement et honnêtement essayé, mais ce n'était pas suffisant, tout simplement. Elle travaillait trop ; elle dormait le jour parce qu'elle était debout toute la nuit. Trish a fait ce qu'elle a pu, mais un garçon, particulièrement lorsqu'il est largué, a besoin d'un père.

Je savais que Ken Scott était un homme anxieux, un ambitieux mal dégrossi, jamais attendri ni satisfait de ce que je faisais. Le petit Hardin était pathétique à essayer d'impressionner ce grand mec qui emplissait notre maison merdique de cris et de gestes violents. Il aurait bien aimé que cet homme froid ne soit pas son père. Il soupirait, attrapait un livre sur la table et demandait à sa mère quand allait arriver Christian, le gentil monsieur qui le faisait rire en lui récitant des passages de vieux livres.

Mais Hardin Scott, cet adulte qui se bat contre son addiction et sa colère transmises par ce truc tout pourri qui lui sert de père, est fou furieux. Je me sens trahi, paumé et en colère, putain. Ça n'a pas de sens. Ce scénario des pères échangés à la sauce sitcom de merde ne peut pas s'appliquer à ma vie.

Des souvenirs enfouis refont surface.

Ma mère, le lendemain du jour où l'une de mes dissertes a été sélectionnée pour être publiée dans le journal du coin, balançant doucement son éloge au téléphone : « Je voulais juste que vous sachiez qu'Hardin est brillant. Comme son père. » J'ai regardé autour de moi dans le petit salon : l'homme aux cheveux sombres, avachi dans le fauteuil, sans connaissance, une bouteille d'alcool brun à ses pieds, était tout sauf brillant. J'ai pensé « c'est une putain d'épave » en le voyant remuer dans le fauteuil avant que ma mère ne raccroche vite fait le téléphone.

Il y a eu beaucoup d'incidents comme celui-ci, bien trop pour que je puisse les compter. J'étais vraiment trop con et trop jeune pour comprendre pourquoi Ken Scott était si distant avec moi, pourquoi il ne m'a jamais serré dans ses bras comme les pères de mes amis le faisaient avec leurs fils. Pourquoi il n'a jamais joué au foot avec moi, ne m'a jamais rien appris hormis comment devenir un putain d'alcoolo.

Tout ça en pure perte ? Est-ce que Christian Vance est réellement mon père ?

La pièce tourne autour de moi. Je regarde fixement cet homme qui m'a soi-disant donné la vie. Je décèle quelque chose de familier dans son regard vert, dans la forme de sa mâchoire. Ses mains tremblent lorsqu'il repousse une mèche de cheveux de son front, et je m'arrête en plein vol…

Je viens de me rendre compte que je fais exactement le même geste.

∞

1

Tessa

— C'est impossible !

Je me lève mais me rassieds aussitôt sur le banc, l'herbe sous mes pieds s'est mise à tanguer. Le parc est noir de monde maintenant : des familles avec des enfants en bas âge, des ballons et des cadeaux plein les bras malgré le temps glacial.

Kimberly pose sur moi son regard bleu et brillant mais, à cet instant, concentré et sérieux.

— C'est la vérité. Hardin est le fils de Christian.

— Mais Ken… Hardin lui ressemble tellement.

Je me souviens de la première fois où j'ai rencontré Ken Scott dans un restaurant. Tout de suite, j'avais soupçonné qu'il était le père d'Hardin, ses cheveux noirs et sa haute taille m'avaient facilement mise sur la piste.

— Tu trouves ? À part la couleur des cheveux, je ne vois pas trop de points communs. Hardin et Christian ont les yeux de la même couleur et la même forme de visage.

Vraiment ? Je lutte pour me représenter les trois visages. Christian a des fossettes comme Hardin et les mêmes yeux… mais ça n'a pas de sens. Ken Scott est le père d'Hardin. Un point, c'est tout. Christian a l'air tellement plus jeune que Ken. Je sais qu'ils ont le même âge, mais l'alcoolisme de Ken a pesé lourd sur son apparence. Il est toujours bel homme, mais on voit bien que l'alcool lui a physiquement volé quelques années.

— C'est tellement…

J'ai du mal à trouver assez d'air dans mes poumons pour finir ma phrase.

Kimberly me jette un regard d'excuse.

— Je sais. J'avais tellement envie de te le dire... Je déteste te faire des cachotteries, mais ce n'était pas à moi de te révéler ce secret. (Elle pose sa main sur la mienne et la presse doucement.) Christian m'a assuré que dès que Trish l'y autoriserait, il le dirait à Hardin.

Je respire un grand coup.

— Je… C'est ce que Christian est en train de faire ? Il dit tout à Hardin en ce moment ? Je dois le retrouver. Il va…

Impossible d'imaginer comment Hardin va réagir à la nouvelle, particulièrement après avoir surpris Trish et Christian ensemble hier soir. Ça va être trop pour lui.

— Oui, c'est ce qu'il fait. Trish n'a pas complètement donné sa permission, mais Christian a dit qu'elle n'était pas loin de le faire et que la situation devenait intenable.

J'attrape mon téléphone. Je n'arrive pas à croire que Trish ait voulu cacher ça à Hardin. Je m'attendais à mieux de sa part, mieux en tant que mère, maintenant j'ai l'impression de n'avoir jamais vraiment rencontré cette femme-là.

La tonalité d'attente du téléphone résonne contre ma joue, et j'entends Kimberly ajouter :

— J'ai dit à Christian qu'il ferait mieux de ne pas vous séparer lorsqu'il annoncera la nouvelle à Hardin, mais Trish lui a recommandé de le faire seul à seul, s'il souhaitait le faire…

Elle pince les lèvres et promène son regard tout autour du parc avant de se concentrer sur le ciel.

La voix synthétique et monocorde du répondeur d'Hardin retentit à mon oreille. Tandis que Kimberly se rassied silencieusement, je compose à nouveau son numéro mais sans plus de succès. J'enfouis mon téléphone dans mon sac et me tords les mains.

— Tu peux me conduire à lui, Kimberly ? S'il te plaît ?

— Oui. Bien sûr.

Elle se lève d'un bond avant d'appeler Smith.

En regardant le petit garçon se diriger vers nous, avec sa démarche empruntée comme celle d'un majordome de dessin animé, je réalise que Smith est le fils de Christian… et donc le frère d'Hardin. Hardin a un petit frère. Puis je me mets à penser à Landon… Quel impact cette nouvelle va-t-elle avoir sur eux deux ? Est-ce qu'Hardin va vouloir continuer à le fréquenter maintenant qu'ils n'ont plus de réels liens familiaux ? Et Karen ? Quelles conséquences cela aura-t-il sur la douce pâtissière ? Et qu'en est-il de Ken, cet homme qui essaie contre vents et marées de se faire pardonner l'effroyable enfance qu'il a infligée à un garçon qui n'était pas son fils ? Est-ce qu'il est au courant ? J'ai la tête qui tourne et j'ai besoin de voir Hardin. J'ai besoin de m'assurer qu'il sait que je suis là pour lui, et que nous trouverons un moyen de nous en sortir ensemble. Je n'arrive pas à imaginer comment il se sent en ce moment, il doit être écrasé par les événements.

— Est-ce que Smith est au courant ?

Au bout de quelques secondes de silence, Kimberly répond :

— On pourrait croire que oui, vu son comportement avec Hardin, mais c'est juste impossible.

Je suis triste pour Kimberly. Elle doit déjà faire face à l'infidélité de son fiancé, et maintenant à ça. Lorsque Smith nous rejoint, il s'arrête et nous adresse un regard mystérieux, comme s'il savait exactement de quoi nous parlions. Ce n'est pas possible, mais à sa manière de marcher devant nous vers la voiture, sans dire un mot, je ne peux que m'interroger.

Lorsque nous traversons Hampstead pour retrouver Hardin et son père, la panique monte dans ma poitrine qui se soulève et s'abaisse, se soulève et s'abaisse.

∞

2

Hardin

Le craquement du bois brisé résonne dans le bar.

— Hardin, arrête !

La voix de Vance ricoche sur les murs.

Un autre fracas de bois cassé précède le bruit du verre qui se brise. Ces sons me plaisent, ils attisent ma soif de violence. J'ai besoin de démolir des trucs, de faire mal à quelque chose, même si ce n'est qu'un objet.

Et c'est ce que je fais.

Des cris s'élèvent, me sortant de ma transe. Je baisse les yeux et découvre dans mes mains le pied brisé d'une belle chaise. Je regarde ensuite ces visages inconnus paniqués, je n'en cherche qu'un parmi eux : celui de Tessa. Mais elle n'est pas là et je suis trop furieux pour savoir si c'est une bonne chose ou pas. Elle aurait peur, elle s'inquiéterait pour moi, paniquée, elle répéterait mon nom à n'en plus finir pour faire taire les cris et les halètements qui résonnent à mes oreilles.

Je lâche d'un coup le bout de bois, comme s'il me brûlait la peau, et je sens des bras autour de mes épaules.

— Sortez-le avant qu'ils n'appellent la police.

La voix de Mike est plus forte que je ne l'ai jamais entendue.

— Putain, ne me touche pas !

Je me dégage de l'étreinte de Vance et l'assassine du regard, le rouge aveugle déjà ma vue. Il crie à quelques centimètres de mon visage :

— Tu veux aller en prison ?!

J'ai envie de le faire tomber par terre et de serrer mes mains autour de son cou…

Quelques femmes se mettent à crier, leurs hurlements m'empêchent de tomber dans le trou noir. Je regarde attentivement ce bar chic, remarque les verres brisés en mille morceaux, la chaise en miettes, les expressions horrifiées des clients qui ne s'attendaient pas à être confrontés à un tel carnage. Dans quelques instants, leur émotion se transformera en colère contre moi, celui qui vient perturber leur si chère poursuite du bonheur.

Christian me rejoint lorsque je passe en trombe devant l'hôtesse pour sortir.

— Va dans ma voiture et je te dirai tout.

Inquiet que les flics puissent vraiment se pointer d'un instant à l'autre, je fais ce qu'il me dit, mais je ne sais pas trop quoi penser ni trop quoi dire. Bien que je l'aie entendu de sa propre bouche, je n'arrive pas à saisir la réalité de ce qu'il m'a annoncé. C'est tellement impossible que c'en est ridicule.

Je m'installe sur le siège passager au moment où il prend place derrière le volant.

— Tu ne peux pas être mon père, ce n'est pas possible. Ça n'a aucun sens, rien n'a de sens.

Je regarde la voiture de location qui coûte une blinde et je me demande si Tessa est coincée dans ce putain de parc dans lequel je l'ai laissée.

— Kimberly a une voiture, hein ?

Vance me regarde, l'air incrédule.

— Bien sûr qu'elle a une voiture.

Le rugissement du moteur de la voiture s'amplifie à mesure qu'il accélère.

— Je suis désolé que tu aies découvert tout ça comme ça. Pendant longtemps, tout était arrangé et puis c'est parti en vrille.

Je garde le silence, sachant pertinemment que je perdrais les pédales si je l'ouvrais. Mes doigts s'enfoncent dans mes cuisses ; la légère douleur m'aide à rester calme.

— Je vais tout t'expliquer, mais il faut que tu sois compréhensif. D'accord ?

Il jette un coup d'œil vers moi et je lis de la pitié dans ses yeux. Je ne veux pas de ça.

— Ne me parle pas comme à un putain de môme, merde !

Vance me regarde, puis se concentre de nouveau sur la route.

— Tu sais que j'ai grandi avec ton père. D'aussi loin que je me souvienne, Ken et moi avons toujours été amis.

— En fait, je ne le savais pas. (Je le regarde méchamment, puis reviens sur le paysage qui défile.) Visiblement, je ne sais rien sur rien, putain.

— Eh bien, c'est vrai. Nous avons grandi un peu comme des frères, nous étions très proches.

— Puis tu as baisé sa femme ?

Il faut que je l'interrompe dans sa gentille petite histoire pour enfant sage.

Les jointures de ses doigts blanchissent tant il serre le volant. Il me répond presque en grognant :

— Écoute-moi bien. J'essaie de tout t'expliquer, alors s'il te plaît, laisse-moi parler. (Il prend une grande inspiration pour se calmer.) Pour répondre à ta question, non, ce n'est pas comme ça. Ta mère et Ken se sont mis à sortir ensemble dès le lycée quand elle est arrivée à Hampstead. C'était la plus jolie fille que j'aie jamais vue.

Rien qu'en repensant à la bouche de Vance sur elle, mon estomac se retourne.

— Mais Ken l'a tout de suite emballée. Ils passaient leurs journées ensemble, tout comme Max et Denise. On formait un groupe tous les cinq, une sorte de bande, si tu veux.

Perdu dans ses pensées ridicules, il soupire et lorsqu'il reprend, sa voix est distante :

— Elle était drôle, intelligente et folle de ton père. Putain ! Je ne vais jamais pouvoir arrêter de l'appeler comme ça. (Il tape ses mains sur le volant, comme pour le pousser.) Ken était intelligent, très brillant, et quand il est entré avec un an d'avance à l'université, grâce à une bourse, il a très vite été très occupé. Trop pour se soucier d'elle. Il passait des heures et des heures à la fac. Sans lui, notre petit groupe s'est retrouvé à tourner à quatre et, entre ta mère et moi, les choses se sont enchaînées… En fait, mes sentiments ont vraiment grandi et les siens sont nés.

Vance fait une petite pause pour changer de voie et augmenter la ventilation. L'air est toujours lourd et chargé, mon esprit se met à tourbillonner.

— Je l'ai toujours aimée, elle le savait, mais elle l'aimait lui, et c'était mon meilleur ami. Les jours et les nuits passant, nous sommes devenus… intimes. Pas sexuellement à ce stade, mais nous cédions tous les deux à nos sentiments, sans les retenir.

— Épargne-moi les détails, putain !

Je bloque mes poings contre mes cuisses et me force à ne pas desserrer les dents pour le laisser finir. Il se concentre sur la route.

— Ok, ok, c'est bon. Bien, une chose en amenant une autre, notre relation s'est approfondie au bout d'un moment. Ken n'avait aucune idée de ce qui se passait. Max et Denise le suspectaient, mais ils n'en ont jamais parlé. J'ai supplié ta mère de le quitter car il la négligeait vraiment. Je sais que ça peut paraître n'importe quoi, mais je l'aimais.

Il fronce les sourcils et poursuit :

— Elle était la seule échappatoire à mes pulsions autodestructrices. Ken comptait pour moi, mais je n'arrivais pas à voir plus loin que mon amour pour elle. Je n'ai jamais pu.

Il pousse un gros soupir et, après quelques instants de silence, je le pousse à poursuivre.

— Et…

— Oui… Bon, quand elle a annoncé sa grossesse, j'ai cru que nous allions partir tous les deux et qu'elle m'épouserait, moi plutôt que lui. Je lui ai promis que si elle me choisissait, j'arrêterais mes conneries et que je serais là pour elle… pour toi.

Je sens son regard sur moi, mais je refuse de le lui rendre.

— Ta mère pensait que je n'étais pas assez stable pour elle et je suis resté là, muet dans mon coin, pendant qu'elle et ton… et Ken annonçaient qu'ils attendaient un enfant et qu'ils allaient se marier la même semaine.

C'est quoi ce bordel ? Je tourne la tête vers lui, mais visiblement, il est perdu dans le passé et il regarde droit devant lui.

— Je voulais ce qu'il y avait de mieux pour elle et je ne pouvais pas la traîner dans la boue et mettre à mal sa réputation en disant à Ken, ou à n'importe qui d'autre d'ailleurs, la vérité sur ce qui s'était passé entre nous. Je n'arrêtais pas de me dire qu'en son for intérieur, il devait bien se douter que cet enfant n'était pas de lui. Ta mère m'avait juré qu'il ne l'avait pas touchée depuis des mois.

Les épaules de Vance tremblent légèrement quand un frisson le traverse, puis il reprend :

— Je suis resté comme un con dans mon costard à assister à leur petit mariage dont Ken m'avait demandé d'être le témoin. Je savais qu'il pourrait lui donner ce que j'étais incapable de lui offrir. Je n'avais même pas prévu d'aller à la fac. Je passais mon temps à soupirer après une femme mariée et à mémoriser les pages de vieux romans qui ne deviendraient jamais mon quotidien. Je n'avais aucun projet, pas d'argent, et elle avait besoin des deux.

Il soupire pour essayer d'échapper à son souvenir.

Des idées surprenantes me viennent à l'esprit et je me sens obligé de les lui dire. Je serre mon poing, puis le relâche, essayant de résister. Je ne reconnais pas ma voix qui lui demande :

— En fait, ma mère s'est servie de toi pour s'amuser et t'a dégagé parce que tu n'avais pas de fric ?

Vance lâche un gros soupir avant de répondre en me jetant un coup d'œil :

— Non, elle ne s'est pas servie de moi. Je sais que ça y ressemble un peu, mais la situation était vraiment pourrie, et elle devait penser à toi et à ton avenir. J'étais un raté dans tous les sens du terme, une vraie merde. Rien ne jouait en ma faveur.

— Et maintenant, tu es millionnaire.

Comment peut-il défendre ma mère après toutes ces conneries ? Qu'est-ce qui ne va pas chez lui ? Mais, soudain, un truc change en moi et je repense à ma mère qui a perdu deux hommes devenus riches par la suite, tandis qu'elle se crevait à la tâche dans son job et qu'elle rentrait seule dans sa pauvre petite maison.

Vance hoche la tête et répond :

— Oui, mais il n'y avait aucun moyen de savoir comment j'allais tourner. Ken filait droit et moi pas. Un point c'est tout.

— Jusqu'à ce qu'il se mette à se bourrer la gueule tous les soirs.

Je recommence à m'échauffer. J'ai l'impression que je ne pourrai jamais échapper à cette colère que me provoque la douleur de la trahison. J'ai passé mon enfance avec un connard d'alcoolique en guise de père pendant que Vance vivait la belle vie. J'étais sûr de le connaître, de vraiment le connaître depuis si longtemps.

— C'est à cause d'une autre de mes conneries. J'ai traversé une sale période après ta naissance, mais je me suis inscrit à la fac et j'ai aimé ta mère à distance…

— Jusqu'à ?

— Jusqu'à ce que tu aies cinq ans. C'était ton anniversaire et nous étions tous là pour la fête. Tu es entré en courant dans la cuisine, réclamant ton père en hurlant… (La voix de Vance se brise et je serre les poings.) Tu serrais un bouquin contre ton cœur et, l'espace d'un instant, j'ai oublié que tu ne t'adressais pas à moi.

Mon poing s'écrase contre le tableau de bord.

— Laisse-moi sortir de la caisse.

Je ne peux plus écouter ça. C'est trop barré. C'est trop pour moi d'apprendre tout ça d'un seul coup.

Vance ignore mon accès de violence et continue de conduire dans ce quartier résidentiel.

— J'ai pété les plombs ce jour-là. J'ai exigé que ta mère révèle la vérité à Ken. Ça me rendait malade de ne pas te voir grandir et, à cette époque-là, j'avais déjà tout organisé pour partir en Amérique. Je l'ai suppliée de venir avec moi, avec toi, mon fils.

Mon fils.

Mon estomac se retourne. Qu'elle roule ou pas, je ferais mieux de sauter de la voiture. Je regarde les jolies petites maisons devant lesquelles nous passons et je me dis que je préférerai toujours une douleur physique plutôt que de ressentir ça.

— Mais elle a refusé et elle m'a dit qu'elle avait fait faire des tests et… et que, finalement, tu n'étais pas mon fils.

— Quoi ?

Je me masse les tempes du bout des doigts. Je m'éclaterais bien le crâne sur le tableau de bord si je pensais que ça pouvait m'aider.

Je fixe mon attention sur lui alors qu'il regarde vite à droite et à gauche. Puis, je remarque la vitesse à laquelle il conduit et je me rends compte qu'il grille tous les feux et les stops, histoire de s'assurer que je ne saute pas en route.

— Elle a paniqué, probablement. Je n'en sais rien. (Il me regarde.) Je savais qu'elle mentait, elle l'a admis des années plus tard, elle n'a jamais fait faire de test. À l'époque, elle était catégorique. Elle m'avait demandé de laisser tomber et m'avait présenté ses excuses pour m'avoir fait croire que tu étais mon enfant.

Je me concentre sur mon poing. Le serrer, le relâcher. Serrer, relâcher…

— Une année est passée avant que nous recommencions à nous parler…

Il y a un truc bizarre dans sa voix.

— Tu veux dire que vous vous êtes remis à baiser.

Un autre gros soupir s'échappe de ses lèvres.

— Oui… À chaque rapprochement géographique, nous faisions la même erreur. Ken travaillait beaucoup à l'époque, il bossait sur son master et elle restait à la maison avec toi. Tu m'as toujours beaucoup ressemblé ; quand je venais chez vous, tu avais toujours le nez plongé dans un bouquin. Je ne sais pas si tu t'en souviens, mais je t'apportais toujours des livres. Je t'ai donné mon exemplaire de *Gatsby le Magnifi…*

— Stop !

L'adoration que j'entends dans sa voix me hérisse, et des souvenirs déformés embrouillent mon esprit.

— Nous avons poursuivi notre relation en pointillé pendant des années en pensant que personne ne s'en doutait. C'est ma faute, je n'ai jamais cessé de l'aimer, je n'ai jamais pu. Quoi que je fasse, elle me hantait. J'ai déménagé près de chez eux, sur le trottoir d'en face. Ton père savait. Je ne sais pas comment il l'a découvert, mais c'est vite devenu évident qu'il était au courant.

Après un instant de silence et un virage, il ajoute :

— C'est à cette époque-là qu'il s'est mis à boire.

Je me redresse et me mets à frapper le tableau de bord, les mains à plat. Il ne sourcille même pas.

— Alors, tu m'as laissé avec un père alcoolique qui ne l'est devenu qu'à cause de ta relation avec ma mère ?

Ma colère résonne dans l'habitacle et j'ai du mal à respirer.

— J'ai essayé de la convaincre, Hardin. Je ne veux pas que tu lui en veuilles. J'ai essayé de la faire venir vivre avec moi, mais elle a refusé.

Il passe sa main dans ses cheveux avant de poursuivre :

— Son problème avec l'alcool s'est aggravé de semaine en semaine, mais elle ne voulait toujours pas admettre que tu étais mon fils, pas même à moi. Alors je suis parti. Je devais le faire.

Il s'arrête de parler. Quand je le regarde de nouveau, je le vois cligner des yeux rapidement. Je tends la main vers la poignée de la porte, mais il accélère et enclenche plusieurs fois le verrouillage automatique des portes. Le clic clic clic retentit dans la voiture.

Vance reprend d'une voix sans timbre :

— Je suis parti aux États-Unis et je n'ai plus eu de nouvelles de ta mère pendant des années, aucune, jusqu'à ce que Ken la quitte enfin. Elle n'avait pas d'argent et se tuait au travail. J'avais déjà commencé à gagner pas mal d'argent, rien par rapport à maintenant, mais assez pour épargner. Je suis revenu ici et je nous ai trouvé une maison, pour nous trois. Je me suis occupé d'elle en l'absence de Ken, mais elle est devenue de plus en plus distante avec moi. Il lui a envoyé les papiers du divorce depuis l'endroit où il se cachait, mais elle ne voulait toujours pas s'engager avec moi. Malgré tout ce que j'avais fait, je ne suffisais pas.

Je me rappelle qu'il nous avait accueillis lorsque mon père est parti, mais je n'y avais jamais vraiment réfléchi. Je n'aurais jamais pensé que c'était parce qu'il avait une relation avec ma mère ou que je pouvais être son fils.

Mon opinion sur ma mère, déjà bien malmenée, est en lambeaux. Je viens de perdre le peu de respect que j'avais encore pour elle.

— Quand elle est retournée vivre dans cette maison, j'ai continué à assumer financièrement la responsabilité de vous deux, mais je suis retourné en Amérique. Et puis, ta mère s'est mise à me renvoyer mes chèques tous les mois et elle refusait de répondre à mes appels, si bien que j'ai pensé qu'elle avait trouvé quelqu'un.

— Ce n'était pas le cas. Elle a juste bossé tous les jours comme une dingue.

J'ai eu une adolescence très solitaire, c'est pour cette raison que j'ai eu des mauvaises fréquentations.

— Je pense qu'elle attendait qu'il revienne à la maison. (Il marque un temps d'arrêt.) Mais il ne l'a jamais fait. Son alcoolisme a duré des années jusqu'à ce qu'un jour quelque chose le décide à s'arrêter. Je ne lui ai pas parlé pendant des années, puis il m'a contacté quand il est arrivé aux États-Unis. Il était sobre et moi, je venais de perdre Rose. Rose était la première femme que j'ai pu regarder sans voir le visage de Trish. Elle était la plus adorable des femmes, elle me rendait heureux. Je savais que je n'aimerais jamais personne autant que ta mère, mais j'étais content avec Rose. Nous étions heureux et nous construisions quelque chose ensemble, mais j'ai été maudit… elle est tombée malade. Elle a donné naissance à Smith et je l'ai perdue…

Je reste bouche bée. « Smith ». J'ai été trop absorbé par le puzzle complètement déconnant de mon existence pour penser au gamin. Qu'est-ce que ça veut dire ? *Merde.*

— J'ai considéré ce petit génie comme ma deuxième chance d'être père. Après la mort de sa mère, il m'a fait revivre. Tout en lui me faisait penser à toi petit garçon, il te ressemble au même âge, à part ses cheveux et ses yeux plus clairs.

Je me rappelle que Tessa avait dit la même chose quand nous l'avons rencontré, mais je ne peux pas l'admettre.

— C'est… c'est complètement barré.

Je ne peux rien dire d'autre. Mon téléphone vibre dans ma poche, mais c'est comme une sensation fantôme, et je n'arrive pas à me résoudre à prendre l'appel.

— Je sais et j'en suis désolé. Quand tu es venu habiter aux États-Unis, j'ai cru pouvoir être proche de toi sans pour autant prendre le rôle de père. Je suis resté en contact avec ta mère, je t'ai engagé aux éditions et j'ai essayé de me rapprocher de toi autant que tu me laissais le faire. J'ai renoué avec Ken, même s'il y aura toujours une certaine dose d'hostilité entre nous. Je crois qu'il a eu pitié de moi lorsque j'ai perdu ma femme, à ce moment-là il avait beaucoup changé. Je ne voulais que me rapprocher de toi, je prenais tout ce que je pouvais. Je sais que maintenant tu me hais, mais j'aimerais croire que j'ai réussi à faire ça un petit bout de temps.

— Tu m'as menti toute ma vie.

— Je sais.

— Tout comme ma mère et mon… comme Ken.

— Ta mère est toujours dans le déni, dit Vance, cherchant encore à l'excuser. Elle l'admet à peine, même à moi, même maintenant. Et pour Ken, il a toujours eu des doutes, mais ta mère ne les a jamais confirmés. Je crois qu'il essaie toujours de s'accrocher à la petite chance qui lui reste que tu sois son fils.

Devant l'absurdité de cette idée, je lève les yeux au ciel.

— T'es en train de me dire que Ken Scott est assez con pour croire que je suis son fils après toutes ces années que vous avez passées à baiser dans son dos ?

— Non.

Il gare la voiture sur le bas-côté et me regarde avec intensité et sérieux avant de reprendre :

— Ken n'est pas con. Il garde espoir. Il t'a aimé et il t'aime toujours. Tu es la seule raison pour laquelle il a arrêté de boire et est retourné à l'université finir ses études. Même s'il savait que c'était une possibilité, il a quand même fait tout ça pour toi. Il regrette amèrement l'enfer qu'il t'a fait subir enfant et tout ce qui est arrivé à ta mère.

Je tressaille en voyant défiler sous mes yeux les images qui hantent mes cauchemars, les soldats bourrés qui nous ont fait ça il y a si longtemps.

— S'il n'y a jamais eu de test de fait, comment sais-tu que tu es mon père ?

Je n'arrive pas à croire que je viens de lui poser cette question.

— Je le sais. Tu le sais aussi. Tout le monde a toujours remarqué à quel point tu ressembles à Ken, mais je sais que c'est mon sang qui coule dans tes veines. Ne serait-ce que par rapport à son emploi du temps aux alentours de ta conception, ce n'est pas logique. Il n'est pas possible que ta mère soit tombée enceinte de lui à cette époque.

Je me concentre sur les arbres devant moi, mon téléphone se remet à vibrer.

— Pourquoi maintenant ? Pourquoi me dis-tu tout ça maintenant ?

Je hausse le ton et ma patience, déjà plus que limitée, est en train de s'évaporer.

— Parce que ta mère devient parano. Ken m'a parlé d'un truc il y a deux semaines, il voulait te demander de faire des tests sanguins pour aider Karen et j'en ai parlé à ta mère…

— Des tests pour quoi faire ? Qu'est-ce que Karen vient foutre là-dedans ?

Vance baisse les yeux vers ma poche, puis vers son propre téléphone fixé au milieu du tableau de bord.

— Tu devrais prendre cet appel. Kimberly aussi m'appelle.

Je secoue la tête. Non ! J'appellerai Tessa dès que je sortirai de cette voiture.

— Je suis vraiment désolé pour tout ça. Je ne sais pas à quoi je pensais hier soir en allant chez elle. Elle m'a appelé et j'ai juste… je ne sais pas. Je dois épouser Kimberly. Je l'aime plus que tout, peut-être même plus que je n'ai jamais aimé ta mère. C'est un autre type d'amour ; c'est réciproque, et elle est tout pour moi. J'ai fait une énorme erreur de retourner voir ta mère et je vais passer ma vie à rattraper ça. Je ne serais pas surpris que Kim me quitte.

Oh ! Épargne-moi les sanglots.

— Bah ouais, Monsieur de La Palice. *Tu n'aurais pas dû* essayer de baiser ma mère sur le plan de travail de la cuisine.

Il me jette un sale œil.

— Elle avait l'air *paniquée* et elle a dit qu'elle voulait être sûre que son passé serait derrière elle avant son mariage. Pour les décisions nulles, je suis orfèvre en la matière.

Il tapote le volant de la voiture, sa honte est évidente.

— Je suis pareil.

Je marmonne ça plus pour moi qu'autre chose et m'apprête à ouvrir la portière. Il tend la main pour m'interrompre.

— Hardin.

— *Non*.

Je retire mon bras et sors de la voiture. J'ai besoin de temps pour digérer toute cette merde. Je viens d'être bombardé de bien trop de réponses à des questions que je ne savais même pas que je devais me poser. J'ai besoin de respirer, j'ai besoin de me calmer, j'ai besoin de m'éloigner de lui pour retrouver ma copine, ma planche de salut.

Comme il ne bouge pas sa voiture, je lui dis :

— J'ai besoin que tu t'éloignes de moi. On le sait tous les deux.

Son regard me fixe un court instant, puis il approuve et me laisse sur le trottoir.

Je regarde autour de moi et remarque une devanture familière, ce qui veut dire que je suis à deux pas de chez ma mère. Mon sang bat à mes oreilles. J'attrape mon téléphone pour appeler Tess. J'ai besoin d'entendre le son de sa voix, j'ai besoin qu'elle me ramène à la réalité.

Je regarde le bâtiment en attendant qu'elle décroche. Mes démons se déchaînent et m'attirent au plus profond des ténèbres dans lesquelles je suis si bien. Leur attraction augmente dangereusement à chaque sonnerie sans réponse et, tout d'un coup, mes pieds me portent de l'autre côté de la rue.

J'enfonce mon téléphone au fond de ma poche, j'ouvre la porte et pénètre dans un décor qui m'est familier, un décor de mon passé.

∞

3

Tessa

Des morceaux de verre crissent sous mes pieds, même si j'essaie de marcher avec précaution. Tout du moins, aussi calmement que possible.

Quand Mike a enfin terminé de parler à la police, je me dirige vers lui et lui demande sans ménagement :

— Où est-il ?

— Il est parti avec Christian Vance.

Le regard de Mike est dépourvu de toute émotion. Ce qui me calme un bon coup, je dois admettre que rien de tout ça n'est de sa faute.

C'est le jour de son mariage, et tout est foutu.

Je regarde autour de moi tous ces morceaux de bois brisé. J'ignore les murmures des badauds trop curieux. J'ai l'estomac retourné, j'essaie juste de garder un minimum de contenance.

— Où sont-ils allés ?

— Je n'en sais rien.

Il enfouit sa tête dans ses mains. Kimberly me tape sur l'épaule.

— Écoute, si on reste dans le coin, lorsque la police en aura fini avec eux, ils vont peut-être vouloir te parler, à toi aussi.

Mon regard va de la porte à Mike. Je sors avec Kimberly pour éviter d'attirer l'attention des policiers sur moi.

— Tu peux essayer de rappeler Christian ? Je suis désolée, j'ai besoin de parler à Hardin.

— Je vais essayer.

L'air frais me fait frissonner. Nous traversons le parking pour nous rapprocher de sa voiture de location. Un nœud se forme dans mon estomac quand j'aperçois un autre policier entrer dans le bar huppé. Je suis terrifiée pour Hardin, non pas à cause de la police mais parce que j'ai peur de la manière dont il va supporter tout ça quand il sera seul avec Christian.

Smith est assis calmement à l'arrière de la voiture, j'appuie mes coudes sur le coffre et je ferme les yeux. Kimberly interrompt mes divagations :

— Comment ça, tu ne sais pas ? Nous, nous allons le trouver !

Elle raccroche.

— Qu'est-ce qui se passe ?

Mon cœur bat si fort que j'ai peur de ne pas entendre sa réponse.

— Hardin est sorti de la voiture et Christian a perdu sa trace. Et c'est presque l'heure de ce satané mariage.

Elle rassemble ses cheveux en queue-de-cheval puis regarde vers la porte du bar dans lequel se trouve Mike, tout seul.

— C'est un désastre.

Je prie silencieusement pour qu'Hardin soit sur le chemin du retour. J'attrape mon téléphone, et ma panique baisse d'un cran quand je vois son nom apparaître dans la liste des appels en absence. Les mains tremblantes, je recompose le numéro et j'attends.

J'attends. Mais je n'obtiens aucune réponse. Je le rappelle encore et encore et, à chaque fois, je tombe sur son répondeur.

∞

4

Hardin

— Whisky-Coca.

J'aboie ma commande au serveur.

Le barman chauve me regarde méchamment, prend un verre vide sur le présentoir et le remplit de glace. Dommage, je n'ai pas pensé à inviter Vance. On aurait pu partager un moment père-fils !

Putain, c'est vraiment le bordel.

— Un double plutôt.

— Compris, répond le gars, sarcastique.

Mes yeux captent la vieille télé sur le mur sur laquelle défile un bandeau en bas de l'écran. C'est une pub pour une compagnie d'assurances et l'image est celle d'un bébé qui gazouille. Putain, pourquoi choisissent-ils de mettre des bébés dans toutes les pubs ? Je ne le comprendrai jamais.

Sans un mot, le barman fait glisser mon verre sur le bois du bar juste au moment où le bébé émet un son censé être encore plus « adorable » qu'un gazouillis. Je porte le verre à mes lèvres et laisse mon esprit s'échapper très loin d'ici.

— Pourquoi tu as rapporté des produits pour bébé à la maison ?

Elle était assise sur le bord de la baignoire, les cheveux attachés en queue-de-cheval. J'avais commencé à m'inquiéter de son obsession pour les enfants, en tout cas, ça y ressemblait foutrement bien. Elle s'est mise à rigoler.

— Ce ne sont pas des produits pour bébé. Il y a juste une image d'un bébé et de son père sur le produit.

— Je ne comprends vraiment pas en quoi c'est attrayant.

J'ai enlevé l'emballage du kit de rasage que Tessa m'avait acheté et j'ai examiné les joues rebondies du mioche en me demandant quel lien pouvait bien exister entre un gnome et un truc pour se raser.

— Je ne comprends pas non plus, mais je suis sûre que mettre une photo de bébé sur la boîte doit aider les ventes.

— Peut-être pour les femmes qui achètent ces merdes pour leur mec. Pas un seul homme sain d'esprit n'aurait attrapé ce truc dans un rayon de supermarché.

— Si, je suis certaine que des pères aussi auraient pu l'acheter.

— Mais bien sûr.

J'ai déchiré l'emballage et posé son contenu devant moi, puis j'ai scruté son regard dans le miroir face à elle.

— Un bol ?

— Oui, c'est pour la crème. Tu obtiendras un meilleur résultat avec un blaireau.

— Et comment sais-tu ça, toi ?

Je l'ai regardée en levant un sourcil, espérant qu'elle n'ait pas su ça d'expérience, de son passé avec Noah. Elle m'a répondu dans un grand sourire :

— J'ai regardé sur Internet !

— Évidemment. Viens me donner un coup de main, puisque tu as l'air d'être experte en matière de rasage.

Ma jalousie a disparu et Tessa m'a donné un petit coup de pied, pour rire.

J'avais toujours utilisé un rasoir et de la mousse à raser tout simplement, mais puisqu'elle avait visiblement cherché le bon truc, j'ai voulu lui faire plaisir. Et, franchement, cette idée géniale d'elle me rasant le visage était plus qu'excitante. Tessa a souri et s'est levée pour s'approcher de moi. Elle a pris le tube de crème et fait de la mousse dans le bol en tournant le blaireau. Puis elle m'a tendu le tout, un sourire aux lèvres.

— Voilà.

— Non, fais-le, toi.

Je lui ai rendu le blaireau et j'ai passé mes bras autour de sa taille pour l'asseoir sur le bord du lavabo.

— Allez hop.

Une fois assise, j'ai écarté ses jambes et me suis installé au milieu.

Elle a pris l'air prudent et concentré en trempant le pinceau dans la mousse pour me l'étaler sur la joue.

— Je n'ai pas envie de sortir ce soir, lui ai-je dit. J'ai trop de boulot. Et tu m'as empêché de bosser.

J'ai attrapé ses seins à pleines mains et les ai doucement serrés.

Ses mains ont eu un mouvement incontrôlé, me balançant de la mousse à raser dans le cou.

— Encore heureux que tu n'aies pas eu le rasoir entre les mains.

— Oui, encore heureux.

Son ton moqueur s'est transformé en sourire quand elle a attrapé l'objet du délit. Puis, elle s'est mâchouillé la lèvre inférieure.

— Tu es sûr que tu veux que je le fasse ? J'ai peur de te couper sans faire exprès.

— Arrête de t'inquiéter. De toute façon, je suis sûr que tu as aussi fait des recherches sur ce chapitre-là !

Elle m'a tiré la langue comme une gamine et je me suis penché en avant pour l'embrasser avant qu'elle n'entame les hostilités. Elle n'a rien répondu, c'est bien que j'avais raison.

— Mais sache que si tu me coupes, tu as plutôt intérêt à courir vite...

— Ne bouge pas, s'il te plaît.

Au début, sa main a un peu tremblé, mais elle a pris de l'assurance en passant doucement la lame sur ma mâchoire. Me faire raser par Tessa était réconfortant et étonnamment apaisant.

— Tu devrais y aller sans moi.

Je n'avais pas envie d'aller dîner chez mon père, mais Tessa devenait folle à rester tout le temps dans l'appartement, alors lorsque Karen avait appelé pour nous inviter, elle avait sauté sur l'occasion.

— Si on ne sort pas ce soir, je veux qu'on reprogramme ce dîner pour le week-end. Tu auras fini ton travail d'ici là ?

— Je crois...

— Alors, appelle-les pour les prévenir. Je préparerai le dîner quand j'aurai terminé et tu pourras bosser.

Elle a tapoté sous mon nez pour me demander silencieusement de pincer mes lèvres avant de me raser doucement autour de la bouche.

Lorsqu'elle a eu fini, je lui ai proposé :

— Tu devrais finir la bouteille de vin dans le frigo. On l'a ouverte depuis plusieurs jours, il va bientôt tourner au vinaigre.

— Je… je ne sais pas.

Je savais pourquoi elle hésitait. J'ai ouvert les yeux et elle a tendu la main derrière son dos pour ouvrir le robinet et humidifier une serviette.

J'ai appuyé mes doigts sous son menton.

— Tess. Tu peux boire devant moi. Je ne suis pas un alcoolique en manque.

— Je sais, mais je ne veux pas que ce soit bizarre pour toi. En fait, je n'ai pas besoin de boire du vin. Si tu ne bois pas, je n'en ai pas besoin.

— Mon problème, ce n'est pas l'alcool. C'est juste que quand je suis en colère, je bois et c'est à ce moment-là que ça se complique.

— Je sais.

Elle savait.

Elle a passé la serviette chaude sur mon visage, retirant le surplus de crème à raser.

— Je ne suis qu'un connard quand je bois pour essayer de gérer mes emmerdes mais, ces derniers temps, il n'y a pas eu d'emmerdes, alors ça va. (Même moi, je savais que ce n'était pas gravé dans le marbre.) Je ne veux pas être un de ces nazes comme mon père qui boivent à en devenir plus que cons et mettent en danger leur entourage. Et puisque tu es la seule personne qui compte à mes yeux, je n'ai plus envie de me pinter la gueule quand tu es dans les parages.

— Je t'aime.

Rompant là ce si précieux moment et parce que je n'avais pas envie de creuser le sujet plus avant, j'ai maté ses courbes perchées sur le lavabo. Elle portait l'un de mes t-shirts blancs et rien d'autre qu'une culotte noire.

— Je vais peut-être devoir te garder, maintenant que tu sais correctement me raser. Tu sais cuisiner, tu fais le ménage…

— Et moi, je gagne quoi dans cette histoire ? Tu es bordélique, tu ne m'aides en cuisine qu'une fois par semaine en gros, et encore dans le meilleur des cas, tu es grincheux le matin…

Je l'ai fait taire en mettant ma main entre ses jambes et en déplaçant sa petite culotte sur le côté. Lorsque j'ai glissé un doigt en elle, elle a souri et ajouté :

— Je le concède, tu es doué pour un truc.

— Seulement un truc ?

J'ai ajouté un second doigt et elle a grogné tandis que sa tête partait en arrière.

La main du barman s'écrase sur le comptoir sous mon nez.

— Hé ! J'ai demandé si vous vouliez un autre verre.

Mon regard passe du bar à son visage. Je lui tends mon verre, laissant le souvenir s'estomper à mesure qu'il me ressert.

— Ouais. Un autre double.

La vieille raclure chauve qui tient le bar s'éloigne, et j'entends la voix d'une femme s'exclamer, surprise :

— Hardin ? Hardin Scott ?

Je me retourne pour découvrir le visage plus ou moins familier de Judy Welch, une vieille copine de ma mère. Bon, ex-copine. Visiblement, les années n'ont pas été tendres avec elle.

— Ouais.

— Putain de merde ! Ça fait quoi… six, sept ans ? Tu es tout seul ?

Elle pose sa main sur mon épaule et se juche sur le tabouret à côté du mien.

— Ouais, c'est ça et oui, je suis là tout seul. Ma mère ne va pas te pourchasser.

Judy a le visage triste d'une femme qui a bien trop bu. Ses cheveux sont toujours du même platine que quand j'étais adolescent et ses faux seins paraissent trop gros pour sa frêle silhouette. Je me souviens de la première fois où elle m'a touché. J'avais l'impression d'être un homme en baisant la copine de ma mère. Et maintenant, en la regardant, je ne la baiserais pas même avec la bite du barman chauve.

Elle me fait un clin d'œil :

— Effectivement, tu as grandi.

Le verre devant moi est vidé en quelques secondes.

— Toujours aussi bavard.

Elle me tapote l'épaule, fait un signe au serveur pour passer commande, puis se tourne vers moi.

— Tu es là pour noyer ton chagrin ? Des problèmes de cœur ?

— Aucun des deux.

Je fais rouler mon verre entre mes doigts, écoutant le bruit des glaçons qui s'entrechoquent.

— Eh bien, moi, je suis là pour noyer tout ça comme il faut. Alors trinquons, toi et moi.

Elle commande deux whiskys au rabais. Surgi de mon passé, le sourire qu'ébauche Judy me revient en mémoire.

∞

5

Tessa

Kimberly a débité au téléphone un tel chapelet d'insultes contre Christian qu'elle doit reprendre son souffle. Elle tend la main vers mon épaule.

— Avec un peu de chance, Hardin fait le tour du quartier à pied pour se vider la tête. Christian a dit qu'il lui donnait de l'air pour respirer.

Elle grogne pour montrer sa désapprobation.

Mais je connais Hardin et je sais qu'il ne se «vide pas la tête» en faisant un tour de quartier à pied. J'essaie encore de le joindre, mais j'atterris directement sur sa boîte vocale. Là, il a complètement éteint son téléphone.

— Tu crois qu'il aurait pu aller au mariage ? Je veux dire, pour faire une scène ?

J'ai envie de dire à Kim qu'il ne ferait pas une chose pareille mais avec le poids de toutes ces révélations, je ne peux pas nier que c'est une possibilité. Kimberly ajoute avec delicatesse :

— Je n'arrive pas à croire que je viens de dire une chose pareille. Mais peut-être que tu devrais venir au mariage quand même, pour être sûre qu'il ne l'interrompe pas ? En plus, il y a de fortes chances pour qu'il essaie de te retrouver et si personne ne répond à son téléphone, c'est peut-être là qu'il va chercher en premier.

L'idée qu'Hardin puisse venir faire une scène à l'église me donne la nausée, mais égoïstement, j'espère qu'il y sera, sinon je n'aurai pratiquement aucune chance de le retrouver. Le fait qu'il ait éteint son téléphone m'inquiète. Je ne suis pas sûre qu'il ait envie qu'on mette la main sur lui.

— Bonne idée. Je devrais peut-être attendre devant, et toi à l'intérieur ?

Kimberly hoche la tête avec sympathie, mais son visage se durcit lorsqu'une luxueuse BMW noire se gare à côté de sa voiture de location.

Christian en sort, en costume, et s'approche.

— Des nouvelles ?

Il se penche vers Kimberly pour l'embrasser sur la joue, un geste automatique j'imagine, mais elle recule, empêchant le contact. Il lui murmure :

— Je suis désolé.

Elle secoue la tête et se tourne vers moi. Mon cœur se brise pour elle ; elle ne mérite pas une pareille trahison. J'imagine que c'est ça le truc avec les trahisons : sans prévenir, ça tombe sur ceux qui ne s'y attendent pas ni ne le méritent. Elle regarde Christian dans les yeux :

— Tessa nous accompagne et elle va guetter l'arrivée d'Hardin. Comme ça, pendant que nous serons tous à l'intérieur, elle pourra s'assurer que rien d'autre n'interrompe cette merveilleuse journée.

Le ton de sa voix est très clairement venimeux, mais elle reste calme. Christian secoue la tête en regardant sa fiancée.

— On ne va pas aller à ce putain de mariage. Pas après toute cette merde.

— Pourquoi pas ?

— Parce que ça. (Vance désigne l'espace entre nous deux d'un geste de la main.) Et parce que mes deux fils sont plus importants que n'importe quel mariage, particulièrement celui-ci. Et je ne m'attends pas à ce que tu puisses rester souriante dans la même pièce qu'elle.

Kimberly a l'air surpris, mais un peu apaisée par ses paroles. Je les observe, silencieuse. Christian, parlant d'Hardin et de Smith comme de ses « fils » pour la première fois, ça m'a secouée. Il y a tant de choses à dire à cet homme, tant de mots haineux que j'ai désespérément envie de lui balancer en pleine figure, mais je sais que je ne le dois pas. Ça ne servirait à rien et je dois rester concentrée pour localiser Hardin et appréhender la manière dont il a pris la nouvelle.

— Les gens vont parler. Surtout Sasha…

— J'en ai rien à foutre de Sasha, ni de Max ni de quiconque. Qu'ils parlent ! Nous habitons à Seattle, pas à Hampstead. (Il tend la main vers Kim, la prend, et elle se laisse faire.) Réparer mes erreurs est ma seule priorité à présent.

La colère froide que je ressens contre lui commence à s'émousser un peu, juste un peu.

— Tu n'aurais pas dû laisser Hardin sortir de la voiture.

Kimberly laisse sa main dans celle de Christian.

— Je ne pouvais vraiment pas l'arrêter. Tu connais Hardin. Et ma ceinture de sécurité s'est coincée, je ne sais pas où il est allé… bordel de merde !

Kimberly hoche la tête en signe d'assentiment.

Je sens que c'est à mon tour de prendre la parole.

— Où pensez-vous qu'il soit allé ? S'il ne vient pas au mariage, où vais-je pouvoir le chercher ?

— Je viens de vérifier les deux bars qui sont ouverts à cette heure-ci. Juste au cas où. (Son regard s'adoucit quand il se tourne vers moi.) Je sais que je n'aurais pas dû vous séparer quand je lui ai annoncé. C'était une énorme erreur et je sais que c'est toi dont il a besoin en ce moment.

Incapable de penser à quoi que ce soit de plus ou moins poli à dire à Vance, je fais juste un signe de tête et sors mon téléphone de mon sac pour essayer de joindre Hardin encore une fois. Je sais qu'il a éteint son portable, mais je dois essayer.

Pendant que j'appelle, Kimberly et Christian se regardent silencieusement, les yeux rivés sur le visage de l'autre à chercher un signe. Lorsque je raccroche, il se tourne vers moi :

— Le mariage commence dans vingt minutes. Je peux t'y conduire maintenant, si tu veux.

Kimberly lève la main pour l'interrompre :

— Je vais la conduire, moi. Prends Smith et retourne à l'hôtel.

Il tente de s'interposer, mais elle le fait taire d'un regard auquel il choisit sagement d'obéir en silence. Ses yeux sont remplis d'inquiétude.

— Tu reviendras à l'hôtel, hein ?

— Évidemment. Je ne vais pas quitter le pays.

Le visage décomposé de Christian passe de la panique au soulagement et il lâche la main de Kimberly.

— Fais attention et appelle-moi si tu as besoin de quoi que ce soit. Tu connais l'adresse de l'église, n'est-ce pas ?

— Oui. Donne-moi tes clés. Smith s'est endormi et je ne veux pas le réveiller.

J'applaudis silencieusement son comportement fier et fort. À sa place, je serais effondrée. Et là, je suis effondrée.

Moins de dix minutes plus tard, Kimberly me dépose devant une petite église. La plupart des invités sont déjà à l'intérieur, seuls quelques retardataires traînent sur les marches à l'extérieur. Je m'assieds sur un banc et scrute la rue pour voir si Hardin ne serait pas en train d'arriver.

De là où je suis assise, j'entends la marche nuptiale résonner dans l'église et j'imagine Trish, dans sa robe de mariée, s'avancer dans la nef à la rencontre de son futur époux. Son sourire est brillant, elle est si belle.

Mais la Trish que j'imagine ne coïncide pas du tout avec l'image de la mère qui ment à son fils unique sur l'identité de son père.

Les marches se vident, les derniers traînards entrent dans l'église pour voir Trish et Mike se marier. Les minutes passent, j'entends pratiquement tout ce qui se passe à l'intérieur. Une demi-heure plus tard, les invités applaudissent et les fiancés sont déclarés unis par les liens sacrés du mariage, ce que je prends comme le signal du départ. Je ne sais pas où je vais aller, mais je ne peux pas rester assise à attendre. Trish va bientôt sortir de l'église et la dernière chose dont j'ai besoin, c'est d'une rencontre fortuite et gênante avec la jeune mariée.

Je reprends le chemin que nous avons emprunté pour venir, enfin je crois. Je ne m'en souviens pas très bien, mais comme je ne sais pas trop où aller… Je ressors mon téléphone et appelle Hardin, mais son portable est toujours éteint. Ma batterie est à moitié vide, et je ne veux pas l'user au cas où Hardin essaierait d'appeler.

Marchant sans but précis dans le quartier, je continue ma recherche, regardant dans les restaurants, les bars et tout autre lieu où il pourrait être, jusqu'à ce que le soleil se couche dans le ciel londonien. J'aurais dû demander à Kimberly de me prêter l'une de ses voitures de location, mais j'avais du mal à réfléchir quand nous nous sommes séparées et elle a d'autres soucis en tête en ce moment. La voiture d'Hardin est toujours garée chez Gabriel, mais je n'ai pas le double des clés.

La beauté et la grâce d'Hampstead diminuent à mesure que je m'approche de l'autre côté de la ville. Mes pieds sont douloureux et l'air printanier se rafraîchit de plus en plus quand le soleil se couche. Je n'aurais pas dû mettre cette robe et ces stupides chaussures. Si j'avais su comment cette journée allait tourner, j'aurais opté pour un sweat et un pantalon confortable KMJ, et des tennis pour retrouver Hardin plus facilement. À l'avenir, si je dois encore voyager avec lui, ce sera mon uniforme.

Un moment plus tard, peut-être que mon esprit me joue des tours mais il me semble bien reconnaître la rue dans laquelle je m'aventure. Elle est bordée de petites maisons qui ressemblent à celle de Trish, sauf que quand Hardin nous a conduits ici, je me battais contre le sommeil et mes souvenirs ne sont pas fiables. Je suis contente que les rues soient pratiquement désertes, tous les habitants doivent être rentrés chez eux pour la soirée. Si j'avais eu à partager les trottoirs avec des gens qui sortaient des bars, je serais devenue encore plus parano. Je me mets presque à pleurer de soulagement quand je reconnais la maison de Trish un peu plus loin. Il fait nuit, mais les lampadaires sont allumés et plus je m'approche, plus je suis sûre que c'est bien là. Je ne sais pas si Hardin y sera, mais je prie pour que, même s'il n'y est pas, la porte ne soit pas verrouillée et que je puisse m'asseoir et boire un verre d'eau. J'ai marché sans but pendant des heures. J'ai eu de la chance de tomber sur la seule rue du coin qui me soit d'une quelconque utilité.

En approchant de la maison de Trish, une enseigne lumineuse défraîchie représentant une chope de bière attire mon attention. Le petit bar est situé au coin d'une allée, accolé à une maison. Je frissonne. Ça a dû être difficile pour Trish de rester vivre dans la même maison, si proche du bar d'où les hommes qui cherchaient Ken sont sortis. Un jour, Hardin m'a dit qu'elle n'avait simplement pas eu les moyens de déménager. J'ai été surprise par la manière qu'il a eue de hausser les épaules devant ce problème, malheureusement et c'est vicieux, mais l'argent est roi.

Il est ici, j'en suis sûre.

Je m'avance jusqu'au petit pub et quand j'ouvre la porte métallique, je réalise que ma tenue est inappropriée. Dans ce genre d'endroit, je vais avoir l'air d'une folle vêtue de la sorte, mes chaussures à la main, ayant renoncé à les garder aux pieds il y a une heure. Je les laisse tomber et les renfile, grimaçant de douleur lorsque les lanières glissent sur la peau de mes chevilles à vif.

Il n'y a pas beaucoup de monde dans le bar et ça ne me prend pas bien longtemps pour y repérer Hardin. Il est assis au comptoir, un verre aux lèvres. Mon cœur se brise. Je savais que je le trouverais comme ça, mais mon estime pour lui en prend un sacré coup. J'avais espéré de toutes mes forces qu'il n'irait pas jusqu'à noyer son chagrin dans l'alcool. Je prends une grande inspiration avant de l'approcher et je tape sur son épaule.

— Hardin.

Il pivote sur son tabouret pour me faire face et mon estomac se retourne. De grosses lignes rouges sang marbrent le blanc de ses yeux. Ses joues aussi sont rouges et l'odeur d'alcool est si forte que je pourrais quasiment la goûter. Ma bouche s'assèche et mes mains deviennent moites.

— Regardez qui voilà !

Sa voix bafouille. Le verre dans sa main est presque vide, je recule lorsque je découvre devant lui, sur le bar, trois verres à shot vidés de leur contenu.

— Et comment tu m'as trouvé ?

Il jette la tête en arrière et avale d'une lampée le liquide brun de son verre avant d'appeler l'homme derrière le bar pour lui demander de lui en servir un autre.

Je m'avance pour me placer face à lui et qu'il ne puisse pas détourner le regard.

— Bébé, tu vas bien ?

Je sais que ce n'est pas le cas, mais je ne sais pas comment me comporter avec lui tant que je ne saurai pas dans quel état il est ni quelle dose d'alcool il a absorbée.

— Bébé…

Son ton est mystérieux, comme s'il pensait à tout autre chose, puis il se reprend soudain et m'offre un sourire ravageur.

— Ouais, ouais. Je vais bien. Assieds-toi. Tu veux un verre ? Prends un verre… Barman, un autre !

Le barman me regarde et je secoue la tête pour lui faire signe que non. Hardin n'a pas remarqué cet échange, il tire le tabouret à côté du sien et tapote l'assise. Je regarde autour de moi avant de grimper dessus.

— Alors, comment m'as-tu trouvé ?

Je suis confuse et sur mes gardes. Il est visiblement ivre, mais ce n'est pas ce qui m'inquiète ; c'est le calme olympien dans sa voix qui ne me dit rien qui vaille. Je l'ai déjà entendu comme ça, et jamais rien de bon n'en est sorti.

— J'ai tourné en rond pendant des heures, et puis j'ai reconnu la maison de ta mère de l'autre côté de la rue, alors j'ai su… en fait oui, j'ai su que je te trouverais ici.

Je tremble au souvenir des histoires qu'Hardin me racontait sur Ken, qui passait toutes ses soirées dans ce même bar.

— Ma petite détective.

Hardin lève doucement la main pour replacer une mèche de mes cheveux derrière mon oreille.

Il ne faut pas que je tressaille, malgré l'anxiété qui me gagne.

— Est-ce que tu veux me suivre ? J'ai envie de retourner à notre hôtel et nous pourrons partir demain matin.

Juste à cet instant, le barman apporte son verre à Hardin qui regarde l'objet avec sérieux.

— Pas encore.

— S'il te plaît, Hardin. Je suis tellement fatiguée et je sais que tu l'es aussi.

J'essaie d'utiliser ma faiblesse contre lui. Je me rapproche.

— Mes pieds me font mal et tu m'as manqué. Christian a essayé de te trouver, mais il a échoué. Je marche depuis longtemps et j'ai vraiment envie de retourner à l'hôtel. Avec toi.

Je le connais suffisamment pour être sûre que si je me mets à trop radoter sur n'importe quel sujet, il va s'emballer et son calme s'évaporera en quelques secondes.

— Il n'a pas beaucoup cherché. J'ai commencé à boire dans le bar en face de l'endroit où il m'a déposé.

Il lève son verre. Je me penche contre lui et avant que j'aie trouvé quoi dire, il reprend :

— Prends un verre. J'ai une copine ici, elle va t'offrir un shot. (Il désigne les verres sur le bar.) On s'est croisés dans un autre établissement de qualité, mais comme on a eu l'impression de revivre un truc du passé, je l'ai conviée à me rejoindre ici. Comme au bon vieux temps.

Mon estomac se retourne.

— Copine ?

— Une vieille amie de la famille.

D'un mouvement de tête, il désigne une femme aux cheveux platine qui sort des toilettes. Elle semble aller sur la quarantaine. Je suis soulagée que ce ne soit pas une jeune, vu qu'Hardin semble boire avec elle depuis un bon bout de temps maintenant. Je tends la main pour attraper ses doigts.

— Je pense qu'on devrait vraiment y aller.

Il recule rapidement.

— Judith, je te présente Theresa.

— Judy.

Elle le corrige au moment où je précise moi-même :

— Tessa. Heureuse de faire votre connaissance.

Je me force à sourire et me retourne vers Hardin.

— Judy savait que ma mère était une grosse pute.

— C'est pas ce que j'ai dit.

La femme rit. Elle porte des vêtements qui ne sont pas de son âge. Son top est trop court, son jean trop serré, elle est trop vieille pour ça.

— C'est ce qu'elle a dit. Ma mère déteste Judy !

L'étrange femme lui rend son sourire.

— On se demande bien pourquoi.

Je commence à me sentir comme exclue d'une blague, alors sans y réfléchir, je demande :

— Pourquoi ?

Hardin lui lance un regard d'avertissement et fait un geste de la main pour signifier que c'est sans importance, annulant du même coup ma question. Je dois faire appel à toute ma patience pour ne pas le faire tomber de son tabouret. Si je ne savais pas qu'il essaie de dissimuler sa douleur, c'est exactement ce que je ferais.

— Longue histoire, ma jolie. Quoi qu'il en soit, tu as une tête à avoir besoin d'un petit verre de tequila.

— Non, ça va. Merci.

La dernière chose dont j'aie envie, c'est bien d'alcool. Hardin s'approche de moi.

— Lâche-toi un peu, Bébé. Ce n'est pas toi qui viens d'apprendre que toute ta vie n'est qu'un putain de mensonge, alors laisse tomber et bois un verre avec moi.

Mon cœur saigne pour lui, mais l'alcool n'est pas une solution. Je dois le faire sortir d'ici. Maintenant.

— Tu préfères les margaritas avec de la glace pilée ou des gros glaçons ? C'est pas un bar chicos ici, il n'y a pas beaucoup de choix.

— *Putain*, j'ai dit que *je ne voulais rien boire*.

Judy écarquille les yeux à cette remarque fleurie, mais reprend vite contenance. Je suis presque aussi surprise qu'elle de mon éclat. À côté de moi, Hardin réprime un petit rire, mais je garde mon regard rivé sur cette femme qui, à l'évidence, se régale de son secret.

— Ok, ça va. Il faut se détendre.

Elle plonge les mains dans son énorme sac et en sort un paquet de cigarettes et un briquet.

— Une clope ?

À ma grande surprise, je le vois hocher la tête. Judy passe la main derrière mon dos pour lui tendre la cigarette qu'elle vient d'allumer. Nom de Dieu, mais c'est qui cette bonne femme ?

L'infâme objet fumant aux lèvres, Hardin tire une latte. Des volutes de fumée s'élèvent entre nous, je couvre ma bouche et mon nez et l'assassine du regard.

— Depuis quand tu fumes ?

— J'ai toujours fumé. C'est juste que j'avais arrêté en arrivant à WCU.

Il tire encore sur sa clope. Le bout incandescent de la cigarette me nargue et d'un geste, je l'attrape, lui retire de la bouche et la fait tomber dans son verre à moitié plein.

— Tu te fous de ma gueule ?

Son regard reste rivé sur son verre devenu imbuvable.

— On y va. Maintenant !

Je descends du tabouret en attrapant sa manche pour le tirer vers moi.

— Non. On reste.

Il se dégage de ma prise et tente d'attirer l'attention du barman.

— Il n'a pas envie de partir.

Judy s'interpose d'une toute petite voix. Le sang bout dans mes veines, cette bonne femme m'horripile. Je plonge mon regard dans le sien, à peine discernable avec tout ce mascara qui l'englue.

— Je ne me rappelle pas vous avoir demandé votre opinion. Occupez-vous de vos oignons et trouvez-vous un autre compagnon de boisson, parce que nous, *nous partons*.

Mon ton est monté crescendo et j'ai fini par crier. Elle regarde Hardin, s'attendant à ce qu'il la défende et, à cet instant, je saisis la nature du lien monstrueux qui les unit. Ce n'est pas comme ça qu'une « amie de la famille » devrait se comporter avec le fils d'une copine qui a la moitié de son âge.

— *J'ai dit* que je ne voulais pas partir.

J'ai tout essayé, mais il ne m'écoute pas. Ma dernière option, c'est la carte de la jalousie. C'est un coup bas, surtout vu son état, mais il ne me laisse pas le choix. Je balaie le bar du regard, l'air théâtral.

— Eh bien, si tu ne veux pas me raccompagner à l'hôtel, il va falloir que je trouve quelqu'un pour le faire.

Mes yeux se posent sur l'homme le plus jeune du pub. Il est assis à une table avec des amis. Je donne quelques secondes à Hardin pour réagir, mais comme il reste muet, je me dirige vers leur table.

La main d'Hardin m'enserre le bras immédiatement.

— Putain de merde, jamais de la vie.

Je me retourne et remarque le tabouret renversé dans sa hâte de me rattraper et la tentative ridiculement maladroite de Judy de le redresser. Je penche la tête de côté.

— Alors, ramène-moi.

— Je suis bourré.

Comme si ça excusait toute cette scène !

— Je sais. On peut appeler un taxi pour nous ramener chez Gabriel et je conduirai la voiture jusqu'à l'hôtel.

Je prie silencieusement pour que ma petite ruse fonctionne. Hardin plisse les yeux en me regardant quelques instants avant de marmonner, sarcastique :

— Tu as tout prévu, hein ?

— Non. Mais ça ne t'apportera rien de bon de rester ici, alors soit tu règles ta note et tu me ramènes, soit je pars avec quelqu'un d'autre.

Il relâche sa légère prise sur mon bras et s'approche d'un pas.

— Ne me menace pas. Moi aussi, je pourrais très bien repartir avec quelqu'un d'autre.

La jalousie m'aiguillonne, mais j'ignore la sensation. Le dos droit et la voix posée, je lui lance ce défi :

— Vas-y. Rentre avec Judy, alors. Je sais que tu as déjà couché avec elle. Ça se voit.

Il me regarde, puis se tourne vers elle et sourit très légèrement. Je frémis, mais un pli vient barrer son front.

— Ce n'était pas franchement génial. C'est à peine si je m'en souviens.

Cette manière d'essayer de me réconforter me blesse plus encore.

— Alors ? Tu préfères quoi ?

— Bordel de merde !

Il titube jusqu'au bar pour régler sa note.

J'ai l'impression qu'il vide ses poches sur le comptoir, que le barman en extrait quelques billets, puis qu'il fait glisser sa ferraille vers Judy. Elle le regarde, puis se tourne vers moi et se ratatine un peu, comme si elle se dégonflait au niveau de la colonne vertébrale.

En sortant du bar, Hardin me précise :

— Judy m'a demandé de te dire au revoir.

Cette remarque me donne envie d'exploser.

— N'ose même pas me parler d'elle !

Passant son bras autour de ma taille, il marmonne d'une voix d'ivrogne :

— Serais-tu jalouse Theresa ? Putain, je hais cet endroit, ce bar, cette baraque. (Il fait un geste vers la petite maison, de l'autre côté de la rue.) Oh ! Tu veux savoir un truc marrant ? Vance a habité ici.

Hardin désigne la maison en briques à côté du bar. Une lumière diffuse éclaire l'étage, une voiture est garée dans l'allée. Il continue :

— Je me demande ce qu'il faisait le soir où ces hommes sont venus dans notre putain de maison.

Il regarde intensément le sol et se penche en avant. Avant que je me rende compte de ce qui se passe, il a levé le bras derrière la tête, une brique dans la main.

— Hardin, non !

Je crie et lui attrape le bras. La brique tombe par terre et rebondit sur le ciment.

— Putain !

Il essaie de la reprendre, mais je m'interpose, ce qui le fait exploser.

— Et merde ! *Allez tous vous faire foutre, dans cette rue ! Dans ce bar ! Dans cette putain de maison !*

Il titube encore en descendant la rue.

— Si tu ne veux pas me laisser détruire cette maison…

Sa voix s'étiole. Je retire mes chaussures pour le suivre de l'autre côté de la rue, dans le petit jardin de la maison où il a passé son enfance.

∞

6

Tessa

M'efforçant, pieds nus, de suivre Hardin jusqu'à la maison de sa terrible enfance, je trébuche et un de mes genoux atterrit sur la pelouse, mais je reprends vite mon équilibre. J'entends Hardin se débattre un moment avec la serrure de la porte d'entrée puis se mettre à taper de frustration des poings contre le battant.

— Hardin, s'il te plaît. Rentrons à l'hôtel.

Sans répondre, il se penche pour attraper quelque chose par terre. J'imagine que c'est un double des clés, mais je réalise mon erreur quand une pierre de la taille d'un poing traverse la porte vitrée. Hardin faufile son bras par le trou, évitant par miracle les éclats de verre hérissés, et déverrouille la serrure.

La rue est bien calme, tout semble tranquille. Personne n'a remarqué cet acte de vandalisme et aucune lumière ne s'est allumée au bruit du verre brisé. Je prie pour que les jeunes mariés ne passent pas la nuit chez Mike, dans la maison voisine. J'espère qu'ils se seront réservé une chambre dans un chouette hôtel au moins, vu qu'aucun d'eux n'a les moyens de se payer une extravagante lune de miel.

— *Hardin !*

Je marche sur des œufs sur ce coup-là, il faut que je fasse de mon mieux pour qu'il n'y ait pas trop de ravage, une erreur et c'est l'omelette assurée.

— Cette putain de maison n'a jamais rien fait d'autre que me torturer.

Il trébuche et se rattrape à l'un des accoudoirs du canapé avant d'y tomber. J'évalue rapidement la situation : ouf, la plupart des affaires de Trish ont été emballées dans des cartons ou déjà retirées de la maison en vue des travaux qui vont avoir lieu.

Il regarde le canapé d'un air sévère et concentré, les mains sur le front.

— Ce canapé, là… C'est là que ça s'est passé, tu sais. Exactement sur ce même putain de canapé.

Je savais qu'il n'avait pas toute sa tête, mais là c'est confirmé. Je me souviens qu'il m'a raconté il y a plusieurs mois qu'il avait détruit le canapé en question. Il s'était vanté que « cette merde avait été facile à défoncer ».

Je regarde le sofa devant nous, apparemment neuf, vu la rigidité des coussins et le tissu sans la moindre tache. J'ai l'estomac retourné, autant à cause du souvenir qu'il revit que de la tournure que prend son humeur.

Il ferme les yeux un instant.

— Peut-être que l'un de mes putains de père aurait pu penser à en acheter un nouveau.

— Je suis vraiment désolée, je sais que tu dois affronter tant de choses aujourd'hui.

Ma tentative de le réconforter tombe à l'eau.

Il rouvre les yeux et s'avance vers la cuisine. Je le suis à quelques pas.

— Où est-elle…

Il marmonne en s'agenouillant devant le placard sous l'évier.

— Trouvée !

Il sort une bouteille d'un alcool transparent. Je ne veux pas savoir à qui elle appartenait, ou appartient, ni comment elle est arrivée là. La fine pellicule de poussière qui macule le t-shirt noir d'Hardin, lorsqu'il frotte la bouteille contre lui, me fait penser qu'elle doit être cachée là depuis quelques mois.

Ne sachant pas ce qu'il va faire, je le suis dans le séjour. J'essaie désespérément d'attirer son attention en me plantant devant lui, mais il refuse de baisser les yeux vers moi, même lorsque je lui parle.

— Je sais que tu es bouleversé et que tu as toutes les raisons du monde d'être en colère. Mais, s'il te plaît, est-ce que nous pouvons retourner à l'hôtel ? Nous pourrons parler et tu pourras dessoûler. Ou tu pourras dormir, comme tu préfères, mais s'il te plaît, il faut qu'on parte d'ici.

Hardin me contourne et se plante devant le canapé en le montrant du doigt.

— Elle était là…

Des larmes me piquent les yeux, mais je les ravale. Il poursuit :

— Et putain, personne n'est venu les arrêter. Aucun de ces connards.

Il crache par terre et dévisse le bouchon de la bouteille. Il la porte à ses lèvres, renverse la tête en arrière et laisse le liquide s'écouler dans sa gorge.

— Stop !

Je me suis rapprochée de lui en criant. Maintenant, je suis prête à lui arracher cette bouteille des mains et à l'exploser contre le carrelage de la cuisine. N'importe quoi pourvu qu'il ne la boive pas. Je ne sais pas quelle quantité d'alcool son corps va pouvoir encore supporter avant qu'il ne tombe dans le coma.

Hardin prend une nouvelle grande gorgée puis s'arrête et s'essuie la bouche et le menton du revers de la main. Il sourit et, pour la première fois depuis que nous sommes entrés dans cette maison, il me regarde.

— Pourquoi ? T'en veux ?

— Non. *Oui !* En fait, oui.

— Dommage, Tessie. Il n'y en a pas assez pour partager.

L'entendre bafouiller le surnom qu'utilise mon père me fait tressaillir. Cette bouteille doit contenir plus d'un litre d'alcool, quel qu'il soit d'ailleurs, l'étiquette est à moitié arrachée. Je me demande depuis combien de temps il l'avait cachée là. Était-ce pendant les onze pires jours de ma vie ?

— Je parie que tu adores ça.

Je recule d'un pas et essaie de trouver un plan B. Mes options sont assez limitées et je commence à avoir un peu peur. Je sais qu'il ne me blesserait jamais, physiquement parlant du moins, mais je ne sais pas jusqu'où il peut aller contre lui-même et je ne suis pas émotionnellement préparée à subir un autre de ses assauts. Je me suis habituée au Hardin plus ou moins civilisé que j'ai eu le bonheur de côtoyer ces derniers temps : sarcastique et d'humeur changeante certes, mais dépourvu de haine. Mais là, la lueur dans son regard injecté de sang m'est bien trop familière et j'y lis de la méchanceté.

— Pourquoi est-ce que j'aimerais ça ? Je déteste te voir dans cet état. Je n'ai jamais voulu que tu souffres de la sorte, Hardin.

Il rit doucement avant de lever la bouteille dont il renverse une partie sur les coussins du canapé.

— Tu savais que le rhum est l'un des alcools les plus inflammables ?

Mon sang ne fait qu'un tour.

— Hardin, je…

— Cette bouteille va te le prouver. C'est sacrément fort.

Il parle d'une voix brouillée, lente et effrayante, en continuant à verser l'alcool sur les coussins.

— Hardin ! Qu'est-ce que tu vas faire ensuite ? Mettre le feu à la maison ? Ça ne changera rien !

D'un geste dédaigneux, il me fait signe de partir.

— Tu devrais y aller. Les enfants ne sont pas admis ici.

— Ne me parle pas comme ça !

À la fois courageuse et légèrement effrayée, je me saisis de la bouteille.

Les narines d'Hardin s'écartent, et il essaie de détacher mes doigts de leur prise.

— Lâche ça immédiatement !

— Non.

— Tessa, ne me pousse pas à bout.

— Qu'est-ce que tu vas faire, Hardin ? Te battre contre moi pour une bouteille d'alcool ?

Ses yeux s'écarquillent, sa bouche s'ouvre de surprise et son regard se penche sur nos mains emmêlées comme pour se livrer à une bataille de pouces.

— Donne-moi cette bouteille !

J'affirme mon ordre en resserrant ma prise. La bouteille est lourde et Hardin ne me facilite pas la tâche, mais une montée d'adrénaline me donne toute la force nécessaire. Il relâche sa main en bredouillant un juron. Je ne m'attendais pas à ce qu'il cède aussi facilement, et lorsqu'il desserre les doigts, la bouteille m'échappe, tombe par terre et se renverse sur l'antique parquet devant nous.

Je m'avance pour la ramasser en lui suggérant le contraire :

— Laisse-la où elle est.

Il l'attrape avant que j'aie le temps de le faire, renverse encore plus d'alcool sur le canapé puis fait le tour de la pièce en laissant s'écouler un filet de ce rhum inflammable derrière lui.

— De toute manière, on va démolir cette baraque merdique. Je rends service aux nouveaux proprios.

Il me regarde et hausse les épaules d'un geste joueur.

— Au final, ça leur reviendra moins cher !

Je me détourne lentement d'Hardin et cherche mon téléphone dans mon sac à main. Le symbole de la batterie clignote, mais il faut que j'appelle le seul numéro qui pourrait nous venir en aide à ce stade. Mon téléphone en main, je me retourne vers Hardin.

— La police va venir chez ta mère si tu fais ça, Hardin. Tu seras arrêté.

Pourvu que la personne à l'autre bout de la ligne m'entende !

— J'en ai rien à battre.

Il parle les mâchoires serrées. Il baisse les yeux vers le canapé, son regard traverse le présent pour se noyer dans le passé.

— Je l'entends encore hurler. Ses cris ressemblaient à ceux d'un animal blessé, putain. Tu sais ce que ça fait à un petit garçon, ça ?

Mon cœur saigne pour Hardin, pour les deux côtés de sa personnalité, l'enfant innocent qui a été forcé de voir sa mère se faire battre et violer, et l'homme blessé qui croit que son seul recours est de mettre le feu à la maison pour se débarrasser de ce souvenir.

— Tu ne veux pas aller en prison, si ? Où irais-je, sinon ? Tu me laisserais en rade ?

Je me moque comme de l'an quarante de ce qui pourrait m'arriver, mais j'espère que cette idée va le faire réfléchir.

Mon beau prince des ténèbres me regarde un instant, mes mots semblent l'avoir secoué.

— Appelle un taxi tout de suite. Va jusqu'au bout de la rue. Je veux m'assurer que tu sois loin avant de faire quoi que ce soit.

Sa voix est bien plus distincte qu'elle ne devrait l'être si l'on pense à tout l'alcool qu'il a dans le sang, mais tout ce que je peux entendre, c'est qu'il renonce à se sauver lui-même.

— Je n'ai aucun moyen de payer un taxi.

Je fais tout un sketch pour lui montrer que mon porte-monnaie n'est rempli que de dollars.

Il ferme les yeux et lance la bouteille contre le mur. Elle s'éclate en mille morceaux, mais je cille à peine. J'ai vu et entendu ça bien trop de fois ces sept derniers mois pour en être émue.

— Prends mon putain de portefeuille et… Tire. Toi. Putain.

D'un geste fluide, il retire son portefeuille de la poche arrière de son jean et le jette à mes pieds.

Je me penche pour le ramasser et l'enfouis dans mon sac à main. Je susurre :

— Non. J'ai besoin que tu m'accompagnes.

— Tu es tellement parfaite… Tu le sais, ça, hein ?

Il s'avance d'un pas et tend les bras pour prendre mon visage dans le creux de ses mains. Son contact me fait sursauter, ce qui provoque un pli soucieux sur son magnifique visage.

— Tu ne le sais pas ? Que tu es parfaite ?

Sa main est chaude contre ma joue et son pouce caresse ma pommette.

Mes lèvres tremblent, mais j'essaie de garder un visage impassible. Mon regard plongé dans le sien, je réponds calmement :

— Non. Je ne suis pas parfaite, Hardin. Personne ne l'est.

— Tu l'es. Tu es trop parfaite pour moi.

J'ai envie de pleurer. *On en est revenus là ?*

— Je ne vais pas te laisser faire. Je sais que tu es en train de me repousser. Tu es ivre et tu essaies de justifier tout ça en nous comparant. Mais je suis aussi foireuse que toi.

— Ne parle pas comme ça. Ça n'a pas de sens, sortant de cette si jolie bouche.

Sa main repousse mes cheveux en arrière. Son pouce dessine ma lèvre inférieure et je ne peux m'empêcher de remarquer le contraste entre ses yeux qui brûlent d'une sombre et douloureuse rage et la douceur de sa délicate caresse.

— Je t'aime et je ne vais nulle part.

J'espère traverser le brouillard de son éthylisme. Je sonde son regard à la recherche de mon Hardin.

— Si deux personnes s'aiment, il ne peut y avoir de fin heureuse[1].

---

1. *Mort dans l'après-midi*, Ernest Hemingway. (NdT)

Je reconnais immédiatement cette phrase. Je détache mon regard du sien et lui réponds d'un ton coupant, pour l'interrompre :

— Ne me cite pas Hemingway.

Est-ce qu'il croyait sincèrement que je ne le reconnaîtrais pas et ne saurais pas ce qu'il essaie de faire ?

— Mais c'est vrai, quand même. Il n'y a pas de fin heureuse, pas pour moi en tout cas. Je suis vraiment trop barré.

— Non, ce n'est pas vrai ! Tu…

Il baisse les mains, les éloigne de mon visage puis se détourne de moi. Son corps chancelle.

— Pourquoi tu fais ça ? Pourquoi essaies-tu de trouver de la lumière en moi ? Réveille-toi, Tessa ! *Il n'y a aucune lumière, putain !* Je ne suis rien ! Je suis une merde complètement foireuse, avec des parents à chier et un cerveau malade ! J'ai essayé de t'avertir, j'ai essayé de te repousser avant de te détruire…

Sa voix descend et il met la main dans sa poche. Je reconnais le briquet violet de Judy, celui qu'elle avait sorti dans le bar.

Hardin ne me regarde pas, il fait jaillir la flamme.

— Mes parents aussi sont détraqués ! Mon père est en cure de désintox, merde !

Je savais que ça allait arriver. Je savais que la confession de Christian allait amener Hardin à son point de rupture. On ne peut pas tout endurer, et Hardin était déjà si fragile.

— C'est ta dernière chance d'y aller avant que cette baraque s'envole en fumée.

— Tu n'oserais quand même pas mettre le feu à cette maison alors que je suis à l'intérieur ?

Je m'étouffe entre mes larmes et mes mots. Je ne me rappelle pas à quel moment je me suis mise à pleurer.

— Non.

Ses bottes font tellement de bruit lorsqu'il traverse la pièce ! J'ai la tête qui tourne, mon cœur saigne et j'ai peur d'avoir perdu le sens des réalités.

— Allez, suis-moi.

— Donne-moi ce briquet.

— Viens, s'il te plaît.

Il tend ses deux bras vers moi. Mes larmes coulent librement maintenant.

J'essaie d'ignorer sa manière familière de me dire d'approcher, peu importe la douleur que ça me procure. En réalité, j'ai envie de courir dans ses bras et de l'emmener loin d'ici, mais nous ne sommes pas dans un roman de Jane Austen avec de bonnes intentions et une fin heureuse. Nous sommes en plein Hemingway, dans le meilleur des cas, et je vois clair dans son comportement.

— Donne-moi le briquet, et nous pourrons partir tous les deux.

— Tu m'as presque fait croire que je pouvais être normal.

Le briquet est toujours dangereusement posé sur la paume de sa main.

— Personne ne l'est ! Personne n'est normal, je ne veux pas que tu le sois. Je t'aime maintenant, je t'aime toi.

En pleurant, je regarde la pièce autour de moi, puis reviens sur Hardin.

— Ce n'est pas possible. Personne ne le pourrait ni ne l'a jamais fait. Pas même ma mère.

Lorsque ces mots quittent ses lèvres, le bruit de la porte qui s'écrase contre le mur me fait sursauter. Je tourne les yeux vers la source de ce bruit et, avec un immense soulagement, j'aperçois Christian qui déboule dans la maison. Il est à bout de souffle et paniqué. Il s'arrête net lorsqu'il voit dans quel état est la pièce, pratiquement imbibée d'alcool du sol au plafond.

— Mais qu'est-ce que…

Christian s'interrompt. Son regard se pose sur le briquet dans la main d'Hardin.

— J'ai entendu les flics arriver sur la route. On doit partir, tout de suite !

— Comment as-tu…

Hardin promène son regard entre Christian et moi puis reprend :

— Tu l'as appelé ?

— Bien sûr que oui ! Qu'est-ce qu'elle pouvait faire ? Te laisser cramer la maison et te faire arrêter ?

Christian hurle et Hardin lève les bras en l'air, le briquet toujours serré dans sa main.

— Sortez, nom de Dieu ! Tous les deux !

Christian se tourne vers moi.

— Tessa, sors d'ici.

— Non, je ne sors pas d'ici sans lui.

Christian n'a pas encore appris la leçon ? Hardin et moi ne devons pas être séparés.

— Va-t'en, dit Hardin en s'approchant de moi. (Il passe son pouce sur la roulette du briquet, faisant naître une flamme.) Sors-la d'ici.

— Ma voiture est garée en face dans l'allée, vas-y et attends-nous.

Quand je regarde Hardin, je vois qu'il est fasciné par la flamme qu'il a créée et je le connais assez pour savoir qu'il va aller jusqu'au bout, que je quitte la pièce ou non. Il est trop parti dans son délire alcoolique et trop bouleversé pour s'arrêter maintenant.

Je sens qu'on dépose un trousseau de clés glacées dans ma main. Christian s'approche de moi :

— Je ne vais pas laisser quoi que ce soit lui arriver.

Après une courte bataille intérieure, je serre les doigts autour des clés et sors par la porte d'entrée sans regarder en arrière. Je cours de l'autre côté de la rue en priant pour que les sirènes que j'entends au loin ne se dirigent pas vers nous.

∞

7

Hardin

À peine Tessa sortie, Vance se met à agiter la main et à gueuler :

— Vas-y ! Vas-y ! Allez, vas-y !

De quoi parle-t-il ? Et puis d'abord, qu'est-ce qu'il fout là ? Je déteste Tessa de l'avoir appelé. Non, ok, c'est pas vrai. Je ne pourrai jamais la détester, mais *bordel de merde*, elle m'énerve.

— Personne ne veut de toi ici.

Mes yeux me brûlent. *Où est Tessa ? Est-ce qu'elle est partie ?* Je crois bien que oui, mais là, je suis paumé. *Quand est-elle venue ici ? Est-ce qu'elle a vraiment été là, pour commencer ? Je n'en sais rien.*

— Allume le briquet.

— Pourquoi ? Tu veux que je foute le feu à la maison ?

La vision d'une version plus jeune de lui accoudée au manteau de la cheminée de cette maison m'envahit l'esprit. Il était en train de me faire la lecture.

— Pourquoi me faisait-il la lecture ?

Est-ce que j'ai dit ça à haute voix ? Je n'en ai aucune putain d'idée. Le Vance d'aujourd'hui me regarde intensément, attendant quelque chose.

— Toutes tes erreurs s'envoleraient si je partais moi aussi.

La partie métallique du briquet me brûle à travers les cals de mon pouce, mais je continue de faire naître des flammes.

— Non, je veux que tu mettes le feu à la maison. Peut-être qu'alors tu connaîtras la paix.

J'ai l'impression qu'il est en train de me gueuler dessus, mais j'ai du mal à voir ce qui se passe autour de moi, alors mesurer le volume de sa voix… Est-ce qu'il me donne sa permission pour foutre le feu à cette merde ?

Qui a dit que j'avais besoin d'une putain de permission ?

— T'es qui pour me donner le droit de faire ça ? Putain, je t'ai rien demandé !

Je baisse la flamme sur l'accoudoir du canapé et j'attends que ça prenne. J'attends que le feu destructeur s'empare de cet endroit.

Rien ne se passe.

— Je suis un cas, hein ?

Ma question s'adresse à l'homme qui prétend être mon père.

— Ça ne va pas marcher.

C'est lui ou peut-être moi qui parle ? J'en sais foutrement rien.

J'attrape un vieux magazine posé sur l'un des cartons et approche la flamme de l'un des coins du papier qui prend feu immédiatement. Je regarde les flammes parcourir les pages une à une et je jette la torche sur le canapé. C'est impressionnant, la vitesse de propagation du feu, je jure que je peux sentir mes putains de souvenirs s'envoler en fumée avec cette merde en mousse.

La traînée de rhum s'embrase. Mes yeux ont du mal à suivre les flammes qui dansent sur le parquet, tremblotant, craquant, produisant la plus réconfortante des musiques. Les couleurs sont brillantes, un truc de malade, et elles attaquent sauvagement le reste de la pièce.

Par-delà la cacophonie du feu, Vance s'exclame :

— *Tu es satisfait ?*

Je ne sais pas.

Tessa ne le serait pas, elle serait triste de savoir que j'ai détruit la maison.

— Où est-elle ?

Je regarde partout dans la pièce, tout est flou et rempli de fumée. Si elle est ici et que quelque chose venait à lui arriver…

— Elle est sortie. Elle est à l'abri.

Est-ce que je peux lui faire confiance ? Je le déteste. Tout est sa faute. Est-ce que Tessa est encore là ? Est-ce qu'il ment ?

Mais là, je réalise que Tessa est trop intelligente pour ça. Elle est déjà partie. Loin de tout ça. Loin de ma destruction. Et si cet homme m'avait élevé, je ne serais pas devenu cette mauvaise personne. Je n'aurais pas blessé tant de monde, surtout pas Tessa. Je n'ai jamais voulu lui faire de mal, mais c'est ce que je fais tout le temps.

— Où étais-tu ?

Quand je lui pose cette question, j'espère que les flammes vont encore grandir. Petites comme elles sont, là, la maison ne s'embrasera jamais. J'ai peut-être planqué une autre bouteille ailleurs. J'ai du mal à y voir assez clair pour m'en souvenir. Le feu ne semble pas assez gros. Les flammes ne sont pas à la hauteur de ma rage, j'ai besoin de plus.

— J'étais à l'hôtel avec Kimberly. Allons-y avant que les pompiers arrivent ou que tu te blesses.

— Non. Où étais-tu *cette nuit-là* ?

La pièce commence à tourner et l'air devient irrespirable de chaleur.

Vance semble véritablement choqué et s'arrête pour faire demi-tour.

— *Quoi ?* Je n'étais pas ici, Hardin ! J'étais en Amérique. Je n'aurais jamais rien laissé de tel arriver à ta mère ! Mais, Hardin, il faut qu'on y aille.

Pourquoi il crie ? Pourquoi partir ? Je veux voir cette merde brûler.

— Eh ben, c'est arrivé quand même.

Je devrais probablement m'asseoir, mais si je dois revoir ces images dans ma tête, alors lui aussi.

— Ils l'ont battue jusqu'au sang. Chacun d'eux y est passé, ils l'ont baisée encore et encore et encore…

J'ai tellement mal dans la poitrine que je m'arracherais volontiers l'intérieur de mes mains. Tout était plus simple avant que je rencontre Tessa. Rien ne pouvait me faire mal. Même cette merde ne me faisait plus mal à ce point. J'avais appris à tout réprimer, jusqu'à ce qu'elle me fasse… elle me fasse ressentir des conneries que je n'ai jamais voulu éprouver. Et maintenant, j'ai l'impression que je n'arrive plus à enfouir tout ça.

— Je suis désolé ! Je suis désolé que ce soit arrivé ! Je les en aurais empêchés !

Quand je lève les yeux, je vois qu'il pleure. *Comment ose-t-il pleurer, putain, alors qu'il n'a pas eu à voir ça. Il n'a pas eu à en être le témoin chaque fois qu'il fermait les yeux pour s'endormir, et ça pendant des années.*

Des flashs de lumière bleue pénètrent par la fenêtre, se réfléchissent sur le moindre bout de verre de la pièce et interfèrent dans mon feu de joie. Les sirènes font un bruit d'enfer, putain de merde, qu'est-ce que ça gueule !

— Sors d'ici ! Tire-toi immédiatement ! Casse-toi par la porte de derrière et va dans ma voiture ! Vas-y !

Son ton est désespéré. Il en fait un cinéma, le con !

— Va te faire foutre !

Je trébuche. La pièce tourne de plus en plus vite, maintenant que les sirènes me vrillent les tympans.

Avant que je puisse l'arrêter, ses mains se posent sur moi et il pousse mon corps alcoolisé de l'autre côté de la pièce, puis dans la cuisine et finalement dehors, par la porte arrière. J'essaie de le repousser, mais mes muscles refusent de coopérer. L'air frais me saisit et me donne le vertige. Mon cul finit par tomber sur le ciment.

— Va dans l'allée et monte dans ma voiture !

Je crois que c'est ce qu'il dit avant de disparaître.

Je fais un gros effort maladroit pour me remettre sur mes pieds et, après quelques chutes, je tente de rentrer par la porte arrière, mais putain, elle est fermée. À l'intérieur, j'entends plein de voix crier et un truc vibrer. C'est quoi ce merdier ?

Je sors mon téléphone de ma poche et je vois le nom de Tessa s'afficher sur l'écran. Soit je pars à la recherche de cette voiture dans l'allée et je me mesure à elle, soit je rentre dans la maison pour me faire arrêter. Je regarde son visage flou sur l'écran, et la décision s'impose à moi.

Même pour sauver ma peau, je ne vois pas comment je vais pouvoir traverser la rue sans que les flics me repèrent. Merde. L'écran de mon téléphone se dédouble et tangue, mais j'arrive à composer le numéro de Tessa.

— Hardin ! Tu vas bien ?

— Viens me chercher au bout de la rue, devant le cimetière.

Je déverrouille la porte du voisin et raccroche le téléphone. Au moins, je n'aurai pas à traverser le jardin de Mike.

Est-ce qu'il a épousé ma mère aujourd'hui ? Pour lui, j'espère que non. La voix de Tessa résonne dans ma tête : « *Tu ne voudrais pas qu'elle soit seule pour toujours. Je sais que tu l'aimes, c'est ta mère tout de même.* » Super, maintenant j'ai des hallucinations auditives.

« *Je ne suis pas parfaite. Personne ne l'est* » me rappelle sa douce voix. Mais bon, elle a tort. Tellement tort. Elle est si naïve et si parfaite.

Je réussis tant bien que mal à me tenir debout au coin de la rue de ma mère. Le cimetière est derrière moi, plongé dans le noir. La seule lumière qui me parvient est celle des voitures de police au loin. La voiture noire arrive quelques secondes plus tard et Tessa se gare juste devant moi. Je monte sans dire un mot. La porte est à peine fermée qu'elle appuie à fond sur l'accélérateur.

— Où dois-je aller ?

Elle a la voix rauque et essaie d'arrêter de pleurer, mais elle échoue lamentablement.

— Je ne sais pas… Il n'y a pas beaucoup de… (mes paupières sont lourdes) d'endroits où aller. Il fait nuit et il est tard et il n'y a rien d'ouvert…

Je ferme les yeux et tout disparaît.

Le bruit de sirènes me réveille brutalement Ça me fait sursauter et ma tête se cogne contre le toit de la voiture.

Une voiture ? Bordel de putain de merde, pourquoi suis-je dans une voiture ?

Je regarde de l'autre côté et découvre Tessa assise derrière le volant, les yeux fermés, en chien de fusil sur son siège. Elle me fait penser à un petit chat endormi. J'ai tellement mal à la tête que j'ai l'impression qu'elle va exploser. Putain, j'ai encore trop bu.

Il fait jour, le soleil est caché derrière les nuages, laissant le ciel gris et morne. L'horloge sur le tableau de bord me dit qu'il sera sept heures dans dix minutes. Je ne reconnais même pas le parking sur lequel nous sommes garés, et impossible de me rappeler comment j'ai fini par entrer dans cette caisse.

Il n'y a plus de sirène ni de voiture de police à présent... J'ai dû rêver. Une douleur sourde vrille ma tempe et lorsque je tire sur mon t-shirt pour essuyer mon visage, une âcre odeur de fumée m'envahit les narines.

De brèves images de canapé en feu et de Tessa en larmes passent dans mon esprit. Je lutte pour leur trouver une suite logique, mais je suis encore à moitié bourré.

À côté de moi, Tessa remue dans son sommeil et ses paupières papillonnent avant de s'ouvrir complètement. Je ne sais pas ce qu'elle a vu hier soir. Je ne sais pas ce que j'ai dit ou fait, mais rien qu'à voir la manière dont elle me regarde, je regrette de ne pas avoir pris feu moi-même hier soir... avec la maison. Des images de la maison de ma mère en flammes me traversent l'esprit.

— Tessa, je...

Je ne sais pas quoi lui dire, mon cerveau ne fonctionne pas, ni ma putain de bouche d'ailleurs.

Les cheveux platine de Judy et Christian me repoussant par la porte arrière de la maison viennent ajouter quelques pièces au puzzle.

— Tu vas bien ?

La voix de Tessa est douce et rauque à la fois. Elle est presque aphone.

Elle me demande si je vais bien ?

Sa question me laisse perplexe, et j'essaie d'en savoir plus en déchiffrant son visage.

— Euh, ouais ? Et toi ?

Bon, je ne me souviens pas trop de ce qui s'est passé cette nuit… putain, la journée d'avant non plus, mais j'ai la sensation qu'elle devrait être en colère contre moi.

Ses yeux me scrutent pour deviner mon humeur.

— J'essaie de me souvenir… Les flics sont arrivés… La maison était en feu… (Je fais défiler les images dans ma mémoire comme elles viennent.) On est où, là ?

Je regarde par la fenêtre pour essayer de trouver un indice pour nous repérer.

— On est… euh, je ne sais pas trop…

Elle regarde droit devant elle à travers le pare-brise. Elle a dû beaucoup crier. Ou pleurer, ou les deux, parce qu'elle peut à peine parler.

— Je ne savais pas où aller quand tu t'es endormi, alors j'ai continué de rouler, mais j'étais tellement fatiguée. Il fallait bien que je m'arrête quelque part.

Ses yeux sont rouges et bouffis ; des traces de mascara noir sont étalées sous ses paupières, et ses lèvres sont sèches et gercées. Elle est méconnaissable. Toujours belle, mais je l'ai vidée.

En l'examinant, je vois le manque de chaleur dans ses joues, la perte d'espoir dans ses yeux, la disparition de la joie de vivre dans ses lèvres pleines. J'ai pris une jolie fille qui vivait pour les autres, une fille qui trouvait toujours quelque chose de beau et de bon en tout, même en moi, et j'en ai fait une coquille vide dont les yeux m'observent intensément.

— Je vais gerber.

J'ai à peine le temps de l'annoncer avant d'ouvrir la portière. Tout le whisky, tout le rhum et toutes mes erreurs se répandent sur le sol en béton, et je vomis jusqu'à ce qu'il ne reste plus rien d'autre en moi que ma culpabilité.

∞

8

Hardin

Alors que j'essaie de reprendre mon souffle, la voix douce et rauque de Tessa me parvient :

— Où dois-je aller ?

— Je ne sais pas.

D'un côté, j'ai envie de lui dire de monter, toute seule, dans le prochain avion qui part de Londres mais, d'un autre, mon côté égoïste, celui qui est bien plus fort, sait que si elle faisait ça, je n'arriverais pas à passer le cap de la prochaine nuit sans boire à m'en rendre malade. Encore. Et pourtant, j'ai un goût de vomi dans la bouche et la gorge irritée d'avoir évacué si brutalement tout l'alcool de mon corps.

De la boîte à gants, Tessa sort une serviette en papier et se met à m'essuyer les coins de la bouche avec ce truc rêche. Elle effleure à peine ma peau de ses doigts glacés, mais le contact me fait frémir.

— Tu es gelée. Mets le moteur en marche.

Comme je ne m'attends pas à ce qu'elle obtempère, je m'allonge de son côté et tourne moi-même la clé de contact, lançant la ventilation à fond. Au début, l'air qui en sort est froid, mais ce type de bagnole super chère a deux ou trois gadgets qui permettent à l'air chaud d'envahir rapidement le petit espace.

— Il faut faire le plein. Je ne sais pas combien de temps j'ai conduit, mais le signal indique que le réservoir est vide, c'est écrit là, sur cet écran, précise-t-elle en montrant le luxueux tableau de bord.

Le son de sa voix me tue, et malgré l'évidence, je lui fais remarquer.

— Tu as perdu ta voix.

Elle hoche la tête, puis se détourne. Mes doigts trouvent son menton pour la forcer à me regarder.

— Si tu veux partir, je comprendrai, je ne t'en voudrai pas. Je peux te conduire à l'aéroport immédiatement.

Elle me regarde, perplexe.

— Tu restes ici ? À Londres ? Notre avion décolle ce soir, je croyais que…

Ses derniers mots sont plus chuchotés que prononcés et sa phrase s'achève dans une quinte de toux. Je cherche un peu d'eau ou un truc à boire dans la voiture, mais il n'y a rien.

Pour l'aider à s'arrêter de tousser, je lui frotte le dos.

— On bouge ; je vais te conduire dans cette station-service de l'autre côté de la rue. Tu as besoin d'eau et de quelque chose pour ta gorge.

J'attends qu'elle quitte le siège conducteur, mais elle scrute mon visage avant de mettre la voiture en marche et de sortir du parking.

— Tu ne peux pas conduire, tu es toujours au-dessus de la limite autorisée.

Elle murmure pour préserver ce qu'il lui reste de voix.

Là, je ne peux franchement rien dire. Impossible qu'une sieste de quelques heures dans cette voiture m'ait dessoûlé. J'ai bu assez d'alcool pour faire un black-out sur la majeure partie de la nuit et, évidemment, je me suis ramassé un mal de crâne puissance quatorze. Et je vais certainement être encore bourré pendant toute la journée, ou au moins la moitié, je ne sais pas trop. Je n'arrive même pas à me souvenir du nombre de verres que j'ai bus…

Mes comptes vaseux sont interrompus lorsque Tessa se gare devant la pompe à essence et s'apprête à ouvrir la portière.

— J'y vais.

Je sors de la voiture avant qu'elle puisse dire quoi que ce soit.

Il n'y a pas grand monde dans la rue à cette heure matinale, seulement quelques personnes qui partent bosser.

Lorsque Tessa entre dans le petit magasin, mes mains sont pleines de cachets d'aspirine, de bouteilles d'eau et de trucs à grignoter. Je remarque que toutes les têtes se tournent pour admirer ma beauté ébouriffée, dans sa robe blanche salie. Le regard des hommes me donne encore plus la gerbe.

— Pourquoi tu n'es pas restée dans la voiture ?

— Ton portefeuille.

Elle agite sous mes yeux le gros truc en cuir noir.

— Oh !

Elle me le tend, disparaît quelques secondes, puis retrouve sa place à mes côtés lorsque j'arrive près du comptoir. Elle tient dans chaque main un grand gobelet de café fumant.

Je lâche ma pile de courses à côté de la caisse, puis débarrasse ses petites mains de ces énormes gobelets.

— Est-ce que tu peux regarder où on est sur ton téléphone pendant que je paie tout ça ?

— Quoi ?

— La localisation sur ton téléphone, pour qu'on sache où on est.

Le gros bonhomme derrière la caisse attrape les aspirines, les secoue avant de les scanner, puis annonce :

— Allhallows. C'est là que vous êtes.

Il fait un petit signe de tête à Tessa qui lui sourit poliment en retour.

— Merci.

Elle répond en souriant de plus belle, ce qui fait rougir ce pauvre connard à qui j'ai envie de dire : « *Ouais, je sais qu'elle est bonne. Maintenant, tu regardes ailleurs ou je t'arrache les yeux. Et la prochaine fois que tu fais ces bruits de malade avec l'aspirine quand j'ai la gueule de bois, ton compte est bon.* »

Après la nuit que je viens de passer, j'ai besoin d'un bon défouloir, et putain, je ne suis pas d'humeur à supporter ses yeux de clébard rivés sur la poitrine de ma copine à sept heures du mat'.

Je l'aurais probablement traîné de l'autre côté du comptoir si je n'étais pas totalement conscient du manque d'émotion dans le regard de Tess, mais son sourire las, ses yeux lourdement cernés de noir et sa robe tachée m'arrachent à mes pensées violentes. Elle a juste l'air tellement perdue, tellement triste, putain, complètement paumée.

Qu'est-ce que j'ai fait ?

Son attention est détournée par la porte qui s'ouvre sur une jeune femme et un enfant, main dans la main. Je l'observe les regarder, suivant chacun de leurs mouvements, d'un peu trop près si vous voulez mon avis ; c'est limite malsain. Quand la petite fille lève les yeux vers sa mère, la lèvre inférieure de Tessa tremble.

C'est quoi ce bordel ? C'est parce que j'ai fait une crise à propos de ce que j'ai appris sur ma famille ?

L'employé a mis tous nos achats dans un sac et l'agite sous mon nez pour attirer mon attention. On dirait qu'à l'instant où Tessa a arrêté de le regarder, il a décidé qu'il pouvait faire le con.

Je lui arrache le sac en plastique des mains et me penche vers Tessa.

— Prête ?

— Oui, désolée.

Pendant que je fais le plein, je calcule les conséquences qu'il y aurait à faire tomber la voiture de location de Vance dans la mer. Si nous sommes à Allhallows, la côte est proche ; ce ne serait pas si difficile.

— À quelle distance sommes-nous du bar de Gabriel ? C'est là que nous avons laissé la voiture.

— À environ une heure et demi, bouchons compris.

La voiture coule lentement dans l'océan, coûtant à Vance quelques dizaines de milliers de livres ; on prend un taxi pour aller chez Gabriel, ce qui fera quelques centaines de plus. Tout ça n'est que justice.

Tessa dépose trois cachets d'aspirine dans ma main, puis fronce les sourcils en regardant son écran qui vient juste de s'allumer.

— Tu veux parler d'hier soir ? Je viens de recevoir un texto de Kimberly.

Des questions commencent à surgir, des images floues et des éclats de voix de la veille affleurent ma zone de conscience… Vance qui m'enferme dehors et qui retourne dans la maison en feu… Tessa continue de fixer son téléphone et mon inquiétude augmente.

— Il n'est pas…

La question n'arrive pas à franchir la boule coincée dans ma gorge.

Tessa me regarde, ses yeux s'emplissent de larmes.

— Il est vivant, bien sûr, mais…

— Mais quoi ? Il est quoi ?

— Elle dit qu'il a été brûlé.

Une légère mais désagréable douleur essaie de s'insinuer dans les fêlures de ma carapace. Des fêlures qu'elle a créées. Elle s'essuie les yeux du revers de la main.

— Seulement à une jambe. Kim a dit à une jambe et qu'il sera arrêté dès qu'il sortira de l'hôpital, ce qui devrait arriver d'une minute à l'autre.

— Arrêté pour quoi ?

Je connais déjà la réponse à cette question.

— Il a dit à la police que c'est lui qui avait mis le feu à la maison.

Tessa met son foutu téléphone sous mon nez pour que je puisse lire le long message que Kimberly lui a envoyé pour moi.

Je le lis en entier, sans rien apprendre de nouveau, mais je saisis la panique de Kimberly. Je me tais. Je n'ai rien à dire.

— Eh bien ?

— Eh bien quoi ?

— Tu ne te fais pas de souci pour ton père ?

Avisant mon regard meurtrier, elle se reprend :

— Je veux dire pour Christian.

Il est blessé par ma faute.

— Il n'aurait même pas dû venir.

Tessa a l'air horrifiée par ma nonchalance.

— *Hardin*. Cet homme est venu m'aider, et t'aider toi.

— Tessa, je sais…

Mais elle me surprend en levant la main pour me faire signe de me taire.

— Je n'ai pas terminé. En plus, il a endossé la responsabilité de l'incendie que tu as causé et dans lequel il a été blessé. Je t'aime et je sais que tu le hais en ce moment, mais je te connais, je connais ta vraie personnalité, alors arrête de faire comme si tu n'en avais rien à foutre de ce qui peut lui arriver, parce que je sais très bien que ce n'est pas vrai.

Une violente quinte de toux ponctue son discours véhément, je la pousse à boire de l'eau à la bouteille.

Je prends un moment pour réfléchir à ce qu'elle vient de me dire pendant qu'elle reprend son souffle. Elle a raison, bien sûr qu'elle a raison, mais je ne suis pas prêt à affronter tout ce qu'elle vient de dire. Putain, je ne suis pas prêt à admettre qu'il a fait quelque chose pour moi, pas après toutes ces années. Je ne suis pas prêt à ce que, soudain, il devienne un père pour moi. Putain, non. Je veux que personne et particulièrement pas lui, puisse penser que les compteurs sont à zéro, que quelque part je vais pardonner toutes ces merdes qu'il a ratées, toutes ces nuits où j'ai entendu mes parents se hurler dessus, toutes ces fois où je me suis précipité dans les escaliers en entendant la voix d'ivrogne de mon père, et parce qu'*il savait* et ne m'a jamais rien dit pendant tout ce temps.

Non, jamais de la vie. Putain, on est loin d'être quittes et on ne le sera jamais.

— Tu crois que parce qu'il s'est fait une petite brûlure à la jambe et qu'il a choisi de prendre pour moi auprès des flics, je vais lui pardonner ? Je suis censé lui pardonner comme ça de m'avoir menti pendant vingt et un ans ?

Ma voix enfle et mes questions sonnent bien plus fort que je n'en avais l'intention.

— Non, bien sûr que non !

J'ai peur qu'elle se pète une corde vocale, ou un truc dans le genre.

— Mais je refuse de te laisser balayer tout ça comme si de rien n'était. Il va aller en prison pour toi et tu te comportes comme si tu n'avais même pas envie de savoir comment il va. Peu importe qu'il soit un père absent et menteur, il t'aime et il a sauvé ta peau hier soir.

Que de la merde.

— Putain, mais t'es de quel côté ?

Elle se met à crier, sa voix retentit dans le petit habitacle de la voiture, ce qui n'est pas sans chatouiller ma migraine.

— Il n'y a pas de côté ! Tout le monde est de ton côté, Hardin. Tu crois que tu es seul contre l'humanité tout entière, mais regarde un peu autour de toi. Tu m'as moi, ton père, tes deux pères même, Karen qui t'aime comme un fils et Landon qui t'apprécie bien plus qu'aucun de vous deux ne l'admettra jamais. (Tessa sourit un peu en évoquant son meilleur ami, mais elle continue sa leçon de morale.) Kimberly te rentre peut-être dedans, mais elle se fait du souci pour toi, elle aussi, et Smith. Tu es la seule personne au monde que ce petit garçon aime bien.

Elle prend mes mains entre ses doigts tremblants et, les yeux brillants de larmes, me caresse doucement la paume de ses pouces.

— C'est vraiment ironique : l'homme qui voue au monde entier une haine féroce, en est éperdument aimé.

Des larmes pour moi, tant de larmes pour moi.

— Bébé.

Je l'attire sur mes genoux. Elle passe ses bras autour de mon cou.

— Tu ne penses qu'aux autres.

J'enfouis mon visage dans son cou, essayant de me cacher dans ses cheveux emmêlés.

— Accepte les autres, Hardin. La vie est bien plus simple comme ça.

Elle me gratte le crâne comme elle caresserait un animal domestique… mais putain, j'adore ça.

Je m'enfonce encore plus loin dans son cou.

— Ce n'est pas si facile.

Ma gorge est si sèche que j'ai l'impression que le seul air que j'arrive à respirer est celui filtré par son odeur. Un air teinté d'effluves de fumée et de feu que j'ai dû faire entrer dans la voiture, mais toujours apaisant.

— Je sais.

Elle continue de passer ses mains dans mes cheveux et j'ai envie de la croire. Pourquoi est-elle toujours aussi compréhensive alors que je ne mérite pas qu'elle le soit ?

Un bruit de klaxon me fait sortir de ma cachette et me rappelle que nous sommes dans une station-service. Visiblement, le conducteur du camion derrière nous n'apprécie pas d'attendre la fin de notre conversation. Pas du tout. Tessa s'installe sur le siège passager et boucle sa ceinture de sécurité.

Il me vient l'idée de laisser la voiture là où elle est juste pour faire chier le monde, mais j'entends le ventre de Tessa gargouiller et je change d'avis. Quand a-t-elle mangé pour la dernière fois ? Si je ne peux pas m'en souvenir, c'est que ça fait trop longtemps.

Je laisse la pompe à essence derrière moi et entre sur le parking désert de l'autre côté de la rue, là où nous avons dormi.

— Mange quelque chose.

Je dépose dans ses mains de quoi faire un petit déjeuner. Je conduis la voiture vers le fond du parking, près d'un petit groupe d'arbres, et j'allume le chauffage. C'est le printemps, mais l'air matinal est frais et Tessa tremble. Je passe mon bras autour de ses épaules et fais un geste de la main, comme pour lui montrer que je lui offre le monde sur un plateau.

— On pourrait aller à Haworth, pour voir le coin des sœurs Brontë ? Je pourrais te montrer les marais.

Elle me surprend en éclatant de rire.

— Quoi ?

Je la regarde, interdit, puis mords dans un muffin à la banane.

— Après la nuit que tu viens de passer, tu parles de m'emmener voir les marais ?

Elle secoue la tête et attrape son gobelet de café fumant.

Je hausse les épaules, confus.

— Je ne sais pas.

— C'est loin ?

Elle semble moins enthousiaste que je l'aurais cru. Ok, admettons que si ce week-end n'avait pas tourné au cauchemar de merde, elle serait probablement bien plus excitée. Je lui avais aussi promis de lui faire découvrir Chawton, mais je suis plus dans un état d'esprit « marais » ce matin.

— Il faut plus ou moins quatre heures pour aller à Haworth.

— Ça fait beaucoup de route…

— Je croyais que tu voulais y aller.

— Oui.

Je vois bien qu'il y a quelque chose dans ma suggestion qui la trouble. Putain, quand est-ce que je ne sème pas le trouble dans ce regard gris ?

— Pourquoi tu te plains de la route à faire, alors ?

Je termine mon muffin et déchire l'emballage du suivant.

Elle a l'air légèrement offensée, mais elle me répond d'une voix douce et enrouée :

— Je me demande simplement pourquoi tu veux aller jusqu'à Haworth pour voir les marais. (Elle coince une mèche de cheveux derrière son oreille et prend une grande inspiration.) Hardin, je te connais assez pour voir quand tu boudes et que tu cherches à te mettre en retrait. Que tu veuilles m'emmener voir les marais qui ont inspiré *Les Hauts de Hurlevent* plutôt qu'un endroit cité dans un roman de Jane Austen, m'inquiète, plus que je ne le suis déjà.

Elle voit clair dans mes conneries. *Comment fait-elle pour comprendre à tous les coups ?*

— Je pensais simplement que tu voudrais voir les marais et la région des sœurs Brontë. Et alors ?

Pour éviter de croiser son regard, je lève les yeux au ciel, ne voulant pas admettre qu'elle puisse avoir raison.

— Bon, je préférerais faire l'impasse, vraiment. J'ai seulement envie de rentrer à la maison.

Je laisse échapper un gros soupir et lui prends la barre de céréales qu'elle a dans les mains pour ouvrir l'emballage.

— Tu as besoin de manger, on dirait que tu vas tomber dans les pommes d'un instant à l'autre.

— J'en ai bien l'impression.

Elle se parle plus à elle-même qu'à moi, visiblement. Je vais lui fourrer cette putain de barre de céréales dans la bouche, mais elle me la prend des mains pour mordre dedans.

— Tu veux rentrer à la maison alors ?

La vérité, c'est que je n'ose pas lui demander où est sa maison à ses yeux. Elle grimace avant de me répondre :

— Oui, ton père avait raison. Londres n'est pas comme je l'imaginais.

— J'ai tout gâché.

Elle ne cherche pas à démentir ce que je viens de dire ni à le confirmer. Son silence et son regard vide dirigé sur les arbres me poussent à lui révéler ce que je dois lui dire. C'est maintenant ou jamais. Alors je balance :

— Je crois que je devrais rester ici un petit bout de temps.

La bouche de Tessa cesse de mastiquer, elle se tourne vers moi et fronce les sourcils.

— Pourquoi ?

— Retourner là-bas ne rime à rien pour moi.

— Non, c'est illogique que tu restes ici. Pourquoi penses-tu une chose pareille ?

Je l'ai blessée, comme je m'y attendais, mais ai-je vraiment le choix ?

— Parce que mon père n'est pas mon père, ma mère est une menteuse, une… et mon père biologique va aller en taule parce que j'ai mis le feu à la maison de ma mère. C'est aussi débile qu'une mauvaise série dramatique. (Puis j'essaie de la faire réagir en ironisant.) Tout ce qui nous manque pour en faire un succès, c'est un groupe de pétasses trop maquillées dans des fringues immettables.

Son regard triste scrute le mien.

— Je ne vois toujours pas pourquoi l'une de ces raisons te ferait rester ici. Ici, si loin de moi. C'est ça que tu veux ? Tu veux rester loin de moi ?

Elle a prononcé cette dernière phrase à voix haute comme pour tester cette hypothèse.

— Ce n'est pas ça…

Je commence ma phrase, mais je bute sur les mots. Je ne sais pas comment mettre des mots sur mes idées. Ça a toujours été mon plus gros problème, merde.

— Je me dis juste que si on s'éloigne quelque temps l'un de l'autre, tu pourrais constater ce que je t'inflige. Regarde-toi simplement. Tu dois faire face à des problèmes auxquels tu n'aurais jamais été confrontée si je n'avais pas été là.

— *N'ose même pas* faire comme si tu faisais ça pour moi. Tu es dans un trip autodestructeur, un point c'est tout, et ça, c'est la seule motivation à ta décision.

C'est vrai. C'est vrai que je m'autodétruis. C'est ce que je fais : je fais du mal aux gens, puis je me fais mal à moi avant qu'ils ne me rendent la pareille. C'est complètement con, mais c'est comme ça que je suis.

Fatiguée d'attendre la réponse que je ne lui ferai pas, elle reprend :

— Tu sais quoi ? Très bien. Je vais te laisser nous blesser tous les deux dans ta petite mission de sevrage organis…

Mes mains se posent sur ses hanches et elle se retrouve sur mes genoux avant de pouvoir finir sa phrase. Tessa essaie de regagner sa place, me griffant les bras au passage lorsque je veux l'en empêcher.

— Si tu ne veux pas être avec moi, alors ne me touche pas.

Pas de sanglot, que de la fureur. Je peux gérer son agressivité, mais les larmes, non. Ça me tue, les larmes. Et sa hargne les a asséchées.

— Arrête de résister.

Je rassemble ses deux poignets dans son dos dans l'une de mes mains. Son regard assassin m'avertit de son humeur.

— Tu n'as pas le droit de faire ça chaque fois que tu te sens mal pour une raison x ou y. Tu ne peux pas décider tout seul que je suis trop bien pour toi !

Je l'ignore et approche mes lèvres de la courbe de son cou. Son corps est parcouru de soubresauts, mais cette fois-ci de plaisir et non de colère.

— Arrête…

Sans aucune conviction, elle essaie de me refuser l'accès à son corps parce qu'elle sent qu'elle le devrait, mais nous savons tous les deux que c'est ce dont nous avons besoin. Nous avons besoin de cette connexion physique qui nous emmène dans des émotions profondes que ni l'un ni l'autre ne pouvons expliquer ni refuser.

— Je t'aime. Tu le sais, ça.

Je suçote la tendre peau à la base de son cou, savourant la teinte rosée que prend sa peau au contact appuyé de mes lèvres. Je continue à sucer et mordiller, suffisamment pour créer une petite série de marques qui ne resteront que quelques secondes.

— Tu ne te comportes pas comme si tu m'aimais.

Sa voix est chargée de désir et ses yeux suivent le mouvement de ma main libre sur sa cuisse nue. Sa robe est remontée jusqu'à la taille, ce qui me fait perdre la raison.

— Toutes mes actions sont guidées par mon amour pour toi. Même mes plus grosses conneries.

J'atteins la dentelle de sa culotte et elle perd le souffle lorsque je passe un doigt sur sa féminité déjà prête à m'accueillir.

— Tu mouilles toujours tellement pour moi, même en ce moment.

Je repousse sa culotte sur le côté et la pénètre de deux doigts. Elle gémit et arque le dos contre le volant de la voiture. Je sens alors son corps se relâcher. Je recule un peu le siège pour nous donner plus d'espace dans la voiture.

— Tu ne peux pas me distraire avec…

Je retire mes doigts et les replonge en elle pour arrêter sa phrase avant qu'elle ne franchisse la barrière de ses lèvres.

— Si, Bébé, je peux le faire.

J'approche ma bouche de son oreille et j'ajoute :

— Est-ce que tu cesseras de te débattre si je lâche tes mains ?

Elle hoche la tête. À la seconde où je les libère, ses mains plongent dans mes cheveux. Ses doigts se mêlent à ma tignasse et j'en profite pour agrandir l'accès à son décolleté.

La blancheur virginale de son soutien-gorge attise mon désir. Tessa, avec ses cheveux blonds et vêtue de blanc, propose un contraste éclatant avec mes cheveux bruns et mes vêtements sombres. Putain, il y a quelque chose d'érotique dans cette opposition, dans l'encre sur mon poignet, tandis que mes doigts disparaissent encore en elle, et la blancheur de sa cuisse laiteuse, dans l'expression de ses doux soupirs et ses gémissements tandis que je couve du regard sans aucune honte son ventre et ses seins.

Je me détourne de sa poitrine parfaite assez longtemps pour regarder ce qui se passe sur le parking. Les vitres sont teintées mais je veux être sûr que nous sommes encore seuls dans le coin. Je détache son soutien-gorge d'une main et ralentis le mouvement de l'autre. Elle proteste en gémissant ; je ne prends même pas la peine de cacher le sourire sur mon visage.

— S'il te plaît.

— S'il te plaît, quoi ? Dis-moi ce que tu veux.

Comme toujours depuis le début de notre relation, je l'amadoue avec des mots. On a toujours l'impression que si elle ne prononce pas ces mots à haute voix, ils ne sont pas réels. Elle ne peut pas me désirer comme moi je la veux.

Elle reprend ma main et la remet entre ses cuisses pour que je reprenne là où j'en étais.

— Touche-moi.

Elle est chaude et palpitante et, bordel, elle est trempée de désir, de besoin de moi, et je l'aime plus que je ne pourrai jamais le comprendre. J'ai besoin de ça, j'ai besoin qu'elle me fasse penser à autre chose, qu'elle m'aide à m'échapper de toute cette merde, même si c'est juste pour un petit moment.

Je lui donne ce qu'elle veut, elle gémit mon nom en signe d'approbation, en se mordant les lèvres. Ses mains passent sous les miennes pour m'attraper à travers le jean. Je bande tellement que c'en est douloureux, et ses caresses ne m'aident pas.

— Je veux te baiser. Maintenant. Il faut que je le fasse.

Je passe ma langue sur l'un de ses seins. Les yeux révulsés, elle hoche la tête, puis je suçote l'un de ses tétons et pétris l'autre de ma main libre.

— Hard-in…

Ses mains ont hâte de me libérer de mon jean et de mon boxer. Je la soulève suffisamment haut pour qu'elle puisse glisser mes vêtements le long de mes cuisses. Mes doigts sont toujours enfouis en elle, se mouvant à un rythme paisible, juste assez lentement pour la rendre complètement folle. Je les retire et les porte à ses lèvres gonflées, puis les lui mets dans la bouche. Elle les suce, promenant sa langue doucement de haut en bas, et je grogne à mon tour. Je les retire vite avant de jouir de ce simple geste. Je soulève son bassin et l'abaisse sur moi.

Nous poussons un même soupir de soulagement, dans un besoin désespéré de l'autre.

— On ne devrait pas se séparer.

Elle me tire les cheveux jusqu'à ce que ma bouche soit au même niveau que la sienne.

Peut-elle goûter mes lâches adieux dans mes baisers ?

— On n'a pas le choix.

Tessa se met à bouger les hanches. Putain de merde. Elle se soulève doucement.

— Je ne te forcerai pas à vouloir de moi. C'est terminé.

Je me mets à paniquer, mais toutes mes réflexions s'envolent en fumée lorsqu'elle s'abaisse sur moi doucement, puis se retire, et répète ces mêmes mouvements insoutenables. Elle se penche en avant pour m'embrasser, sa langue dirige la mienne, prend le contrôle.

— J'ai envie de toi, je lui souffle entre deux baisers. Putain, j'ai toujours envie de toi. Tu le sais ça, non ?

Un grondement sourd m'échappe lorsque ses hanches accélèrent la cadence. Putain de merde, elle va me tuer.

— Tu es en train de me quitter.

Sa langue dessine le contour de ma lèvre inférieure et je tends la main vers la jonction de nos deux corps pour pincer du bout des doigts son clitoris gonflé.

— Je t'aime.

Ce sont les seuls mots que je suis capable de trouver et je la réduis au silence en pinçant et titillant son petit bouton de nerfs si sensible.

— Oh mon Dieu !

Sa tête retombe sur mon épaule et elle passe ses bras autour de mon cou. En jouissant, elle se contracte autour de moi et sanglote pratiquement ces derniers mots :

— Je t'aime.

Je jouis juste après, l'emplissant de ma personne jusqu'au bout, littéralement et métaphoriquement.

Quelques minutes silencieuses s'écoulent, je garde les yeux fermés tout en la serrant dans mes bras. Nous sommes tous les deux couverts de sueur et la ventilation de la voiture nous envoie toujours autant d'air chaud, mais je ne veux pas me séparer d'elle, même pour l'éteindre.

Je finis par lui demander :

— À quoi tu penses ?

Sa tête est posée contre ma poitrine. Sa respiration est lente et régulière. Elle n'ouvre pas les yeux mais répond :

— Que j'aimerais que tu puisses rester avec moi pour toujours.

Pour toujours. Ai-je jamais voulu autre chose ?

— Moi aussi.

J'aimerais pouvoir lui promettre l'avenir qu'elle mérite.

C'est le téléphone de Tessa vibrant contre le tableau de bord qui rompt le silence. D'instinct, je l'attrape en déplaçant son corps contre le mien. Je lui tends l'appareil.

— C'est Kimberly.

Deux heures plus tard, nous frappons à la porte de la chambre d'hôtel de Kimberly. Mais quand je vois sa tête, j'ai l'impression que nous nous sommes trompés de chambre. Ses yeux sont gonflés et elle n'est même pas maquillée. Je la préfère comme ça, mais là elle a l'air d'une vraie épave, comme si elle avait pleuré toutes les larmes de son corps et de celui de quelqu'un d'autre.

— Entrez. La matinée a été longue.

Elle parle d'un ton dépourvu de son acidité naturelle.

Tessa la prend immédiatement dans ses bras et Kimberly se met à sangloter. Je me sens incroyablement mal à l'aise, planté là comme un con sur le pas de la porte, d'autant plus qu'elle n'est pas du genre à aimer être vulnérable en public. J'entre dans la suite et m'éloigne du petit salon en allant directement dans la kitchenette. Je me verse une tasse de café et fixe le mur jusqu'à ce que j'entende les sanglots dans la pièce d'à côté se transformer en murmures étouffés. Il vaut mieux que je garde mes distances pour l'instant.

Une petite voix calme me fait sursauter.

— Est-ce que mon papa va revenir ?

En baissant les yeux, je vois que le petit Smith aux yeux verts s'est assis sur une chaise en plastique. Je ne l'ai même pas entendu approcher.

Je hausse les épaules et m'installe sur une chaise à côté de la sienne, mon regard intensément rivé sur le mur d'en face.

— Ouais. Je crois.

Putain, je devrais lui dire quel grand homme est son père… notre père en fait…

Merde.

L'étrange petit bonhomme, genre spécimen de foire, est mon frangin, putain. Je n'arrive absolument pas à me faire à cette idée. Quand je tourne la tête vers lui, il prend ça pour un signe et se remet à me poser des questions.

— Kimberly dit qu'il a des problèmes mais qu'il peut s'en sortir avec de l'argent. Qu'est-ce que ça veut dire ?

Sa manière de mener sa petite enquête et ses questions minutieuses me font venir un sourire moqueur.

— Il a de bonnes chances, j'en suis sûr. Elle veut juste dire qu'il sera bientôt sorti d'affaire. Pourquoi ne vas-tu pas voir Kimberly et Tessa ?

En entendant son nom s'échapper de mes lèvres, j'ai le cœur lourd.

Il regarde dans la direction de leurs voix, puis m'observe avec sagesse.

— Elles sont furieuses contre toi. Surtout Kimberly, mais elle en veut encore plus à mon père, alors ça devrait aller pour toi.

— Tu apprendras bientôt que les femmes sont toujours furibondes.

Il hoche la tête.

— Sauf si elles meurent. Comme ma maman.

J'en reste bouche bée et le regarde droit dans les yeux.

— Tu ne devrais pas dire des conneries pareilles. Les gens vont trouver ça… bizarre.

Il hausse les épaules, comme pour dire que les gens le trouvent déjà bizarre. Ce qui est vrai, enfin je crois.

— Mon papa est gentil. Il n'est pas méchant.

— Ok.

Je baisse les yeux sur la table pour éviter de croiser ses yeux verts.

— Il m'emmène dans plein d'endroits et me dit des choses gentilles.

Smith pose un élément de petit train sur la table. Il a quoi avec les trains, ce gosse ?

— Et…

Je ravale les sentiments qui accompagnent ses paroles. *Pourquoi tourne-t-il en rond à propos de son père maintenant ?*

— Toi aussi, il t'emmènera – partout et te dira des choses gentilles.

Je me tourne vers lui.

— Et pourquoi je voudrais une chose pareille ?

Je pose la question pour la forme, mais ses yeux verts me disent qu'il en sait bien plus que je le croyais.

Smith penche la tête sur le côté et déglutit en m'observant. C'est à la fois ce que j'ai vu de plus scientifiquement détaché et de plus puérilement vulnérable chez ce petit phénomène.

— Tu ne veux pas que je sois ton frère, c'est ça ?

Et merde ! Désespérément, je regarde partout autour de moi à la recherche de Tessa, rêvant de la voir débarquer pour voler à ma rescousse. Elle, elle saurait exactement quoi dire.

Je le regarde, l'air le plus calme possible, mais je suis sûr que je me plante.

— Je n'ai jamais dit ça.

— Tu n'aimes pas mon papa.

Juste à cet instant, Tessa et Kimberly entrent dans la pièce. Sauvé. Pas besoin de lui répondre. Dieu merci.

— Tout va bien, mon chéri ?

Kimberly lui ébouriffe légèrement ses cheveux.

Smith ne parle pas. Il hoche la tête une fois, se recoiffe et reprend sa locomotive pour sortir de la pièce.

∞

9

Tessa

— Prends ta douche ici. Tu as vraiment une sale tête.

Malgré la dureté apparente de ses mots, Kimberly me le propose gentiment.

Hardin est toujours assis à table, ses grandes mains autour d'une tasse de café. Il m'a à peine regardée depuis que je suis entrée dans la kitchenette où il discutait avec Smith. L'idée de les voir passer du temps ensemble comme deux frères me réchauffe le cœur.

— Toutes mes affaires sont dans la voiture de location que nous avons laissée près du bar.

Rien ne me ferait plus plaisir qu'une douche, mais je n'ai rien à me mettre.

— Tu peux m'emprunter des vêtements, je dois avoir un jean KMJ. (Même si nous savons toutes les deux que je ne rentrerai jamais dedans.) Ou celles de Christian. Il a quelques shorts et une chemise que tu…

— Oh non, jamais de la vie. Je vais chercher ton bordel. Pas question que tu portes ses fringues.

Hardin se lève, la fusillant du regard.

Kimberly ouvre la bouche pour répondre, mais la referme vite avant qu'un mot ne lui échappe. Je la remercie vivement du regard, soulagée qu'une guerre ne se déclenche pas dans la kitchenette de cette suite d'hôtel.

— C'est loin d'ici chez Gabriel ?

— Dix minutes.

Hardin tend la main pour que je lui donne les clés de la voiture.

— Tu peux conduire ?

J'ai conduit tout le chemin du retour depuis Allhallows car il avait encore bien trop d'alcool dans le sang, ses yeux étaient toujours vitreux.

— Oui.

Fantastique. La suggestion de Kimberly que j'emprunte les vêtements de Christian a fait passer Hardin en une minute de la mauvais humeur à l'énervement.

— Tu veux que je t'accompagne ? Je pourrais ramener notre voiture puisque tu conduis celle de Christian…

Je suis rapidement interrompue dans mon élan.

— Non. Ça ira.

Je n'aime pas son ton impatient, mais je tourne sept fois ma langue dans ma bouche, au sens propre, pour m'empêcher de l'envoyer bouler. Je ne sais pas ce qui m'arrive ces temps-ci, mais j'ai de plus en plus de mal à me taire. Ça ne peut être qu'une bonne chose… peut-être pas pour Hardin, mais pour moi certainement.

Il quitte la suite sans dire un mot de plus ni même me jeter un coup d'œil. Je garde les yeux rivés au mur pendant de longues minutes avant que la voix de Kimberly ne me sorte de ma transe.

— Comment gère-t-il tout ça ?

— Pas bien.

Nous nous asseyons.

— Je le vois bien. Mettre le feu à une maison n'est peut-être pas la manière la plus saine de gérer sa colère.

Je sens qu'elle ne le juge pas, mais pour éviter de croiser le regard de mon amie, je fixe le bois sombre de la table.

— Ce n'est pas de sa colère que j'ai peur, mais je sens qu'il se replie sur lui-même à chaque respiration. C'est puéril et égoïste de ma part de t'en parler avec tout ce que tu traverses et les sérieux ennuis de Christian…

Je devrais plutôt garder mes pensées pour moi. Kimberly pose sa main sur la mienne.

— Tessa. Il n'y a aucune règle qui dise qu'il n'y a qu'une seule personne qui puisse ressentir de la douleur à un moment donné. Tu passes un sale quart d'heure tout autant que moi.

— Je sais, mais je ne veux pas t'ennuyer avec mes probl…

— Tu ne m'ennuies pas. Crache le morceau.

Je la regarde avec l'intention de me taire, de garder mes lamentations pour moi, mais elle secoue la tête comme si elle pouvait lire dans mes pensées.

— Il veut rester ici, à Londres, et je sais que si je le laisse faire, notre histoire sera terminée.

Elle sourit.

— Vous deux, vous n'avez pas la même définition du mot «*terminé*» que nous autres.

J'ai envie de me jeter à son cou et de la serrer dans mes bras pour m'avoir offert un sourire aussi chaleureux au milieu de l'enfer.

— Je sais que c'est difficile de me croire quand je dis ça, vu notre… histoire, mais tout ce truc avec Christian et Trish pourrait sonner le glas de notre relation ou…

la sauver. Je ne vois pas d'autre solution et j'ai peur de savoir laquelle des deux en sortira.

— Tu as trop de pression sur les épaules, Tessa. Vide ton sac avec moi. Il faut que tu parles, encore et encore. De toute façon, rien de ce que tu me diras ne changera mon opinion sur toi. En bonne connasse égoïste que je suis, j'ai besoin d'entendre les problèmes des autres pour éviter de penser aux miens aujourd'hui.

Je ne m'attends pas à ce que Kimberly change d'avis. Alors, j'ouvre les vannes et les mots déferlent en un vaste flot chaotique.

— Hardin veut rester à Londres. Il veut rester ici et me renvoyer à Seattle, comme un poids mort dont il voudrait se débarrasser. Comme il le fait chaque fois qu'il est blessé, il s'éloigne de moi, et là, poussé à bout, il a mis le feu à la maison sans aucun remords. Je sais qu'il est en colère et je ne lui dirai jamais ça, mais il ne fait qu'empirer sa situation. S'il voulait simplement affronter sa colère et admettre qu'il a le droit de souffrir, admettre que quelqu'un d'autre que lui-même ou moi compte dans ce monde, il pourrait s'en sortir. Il me rend folle, parce qu'il me dit qu'il ne peut pas vivre sans moi et qu'il préférerait mourir plutôt que de me perdre, mais dès que ça devient un peu difficile, que fait-il ? Il me repousse. Mais je ne vais pas renoncer à lui. Je suis bien trop engagée pour ça maintenant. Pourtant, je suis tellement fatiguée d'avoir à me battre que je me mets à imaginer ce qu'aurait été ma vie sans lui. (Je lève les yeux vers Kimberly.) Mais quand je commence à l'envisager, je m'effondre de douleur.

J'attrape la tasse de café à moitié vide sur la table et la bois d'une traite. Ma voix est moins rauque qu'il y a quelques heures, mais ma tirade n'arrange pas du tout mon mal de gorge. Je poursuis :

— Je ne comprends pas pourquoi, après tout ce temps, après tous ces tumultes, je préfère encore faire tout ça (j'agite la main comme pour faire le tour de la pièce d'un geste dramatique) plutôt que vivre sans lui. Les pires moments avec lui ne sont rien comparés aux meilleurs. Je ne sais pas si je délire ou si je suis folle. Peut-être les deux. Mais je l'aime plus que moi-même, plus que je ne l'aurais cru possible, et je veux juste qu'il soit heureux. Pas pour moi mais pour lui. Je veux qu'il regarde dans le miroir et se sourie, pas qu'il fronce les sourcils. J'ai besoin qu'il ne se voie pas en monstre. J'ai besoin qu'il se regarde vraiment, parce que s'il n'arrive pas à se débarrasser de son image de méchant de l'histoire, ça va le détruire et il ne me restera que des cendres. Pitié, ne lui dis rien de tout ça. À lui ou à Christian. J'avais juste besoin de laisser sortir tout ça, parce que j'ai l'impression de me noyer, j'ai du mal à rester à la surface, surtout quand je dois nager à contre-courant pour le sauver, lui plutôt que moi.

Ma voix craque sur ces derniers mots et je finis par être emportée dans une quinte de toux. Kimberly sourit et ouvre la bouche pour prendre la parole, mais je tends un doigt pour lui demander de se taire. Je m'éclaircis la gorge.

— J'ai encore des trucs à dire. En plus de tout ça, je suis allée chez le médecin pour me faire… prescrire la pilule.

J'ai chuchoté le dernier mot. Kimberly fait de son mieux pour ne pas rire, mais échoue lamentablement.

— Pas besoin de murmurer, ma biche, exprime-toi !

— Bien. Je me suis fait prescrire la pilule et le médecin m'a rapidement examinée. En deux mots, il a dit que mon col de l'utérus était petit, plus petit que la moyenne, et il veut que je revienne pour passer des tests, mais il a parlé d'infertilité.

Dans le regard bleu de mon amie, je lis de la sympathie.

— Ma sœur a le même problème, ils appellent ça une « incompétence cervicale », je crois. Quel horrible terme : *incompétence.* On dirait que le vagin s'est tapé un zéro en maths, que c'est un avocat merdique ou un truc dans le genre.

La tentative de blague de Kimberly et le fait qu'elle connaisse une personne atteinte du même problème que celui dont je pourrais être atteinte me redonnent le moral, un peu.

— Et elle a des enfants ?

Je regrette ma question quand je vois son visage se refermer.

— Je ne pense pas que tu veuilles que je te parle d'elle en ce moment. Je pourrais t'en parler une autre fois.

— Raconte-moi.

Ce n'est sans doute pas le moment idéal pour entendre cette histoire, mais je ne peux pas m'en empêcher.

— S'il te plaît.

Kimberly prend une grande inspiration et entame son récit :

— Elle a eu du mal à tomber enceinte, ça lui a pris des années. C'était terrible pour elle. Ils ont essayé tous les traitements pour la fertilité, tout ce que tu peux trouver sur Google, son mari et elle l'ont essayé.

— Et ?

Je la presse de continuer, en l'interrompant grossièrement, ça me fait penser à nos échanges avec Hardin. J'espère qu'il est sur le chemin du retour. Dans cet état, Hardin ne doit pas être livré seul à ses démons.

— Eh bien, elle a enfin réussi à tomber enceinte et ce fut le plus beau jour de sa vie.

Kimberly détourne le regard et je devine qu'elle ment, ou qu'elle laisse de côté un morceau de l'histoire pour m'épargner.

— Que s'est-il passé ? Quel âge a le bébé maintenant ?

Kimberly serre ses mains l'une contre l'autre et me regarde droit dans les yeux.

— Elle a fait une fausse couche au quatrième mois. Mais ça, c'est ce qui lui est arrivé à *elle*. Ne sois pas bouleversée par son histoire. Si ça se trouve, tu n'as pas le même problème. Et si c'était le cas, les choses pourraient évoluer différemment pour toi.

— J'ai comme l'impression, juste une sensation, que je ne pourrai pas tomber enceinte. À l'instant où le médecin a parlé d'infertilité, ça m'a paru être une évidence.

— Tu n'en sais rien. Et sans vouloir mettre de l'huile sur le feu, je me permets de te rappeler qu'Hardin ne veut pas d'enfant de toute façon, non ?

Même avec la petite flèche qu'elle vient de me planter dans le cœur, je me sens mieux d'avoir vidé mon sac.

— Non, il n'en veut pas. Il ne veut pas d'enfant ni se marier avec moi.

— Tu espères le faire changer d'avis ?

— Oui, malheureusement, j'essayais. J'étais pratiquement certaine qu'il le ferait. Pas tout de suite, évidemment, mais dans quelques années. Je pensais que peut-être, quand il serait un peu plus vieux et quand nous aurions tous les deux terminé nos études, il changerait éventuellement d'avis. Mais maintenant, ça me semble encore plus irréaliste qu'avant.

D'embarras, je sens mes joues rougir. Je n'arrive pas à croire que je prononce ces mots à haute voix.

— Je sais que c'est ridicule de s'inquiéter de ne pas avoir d'enfant à mon âge, mais d'aussi loin que je me souvienne, j'ai toujours voulu être mère. Je ne sais pas si c'est parce que mes parents étaient loin d'être à la hauteur, mais j'ai toujours eu cette envie, ce besoin de maternité. Pas seulement mère, mais très bonne mère, une maman qui aimerait inconditionnellement ses enfants. Qui ne les jugerait jamais ni ne les rabaisserait. Qui ne leur mettrait jamais la pression ni les humilierait. Qui n'essaierait jamais de les faire entrer dans le moule d'une version améliorée d'elle-même.

Au début, en parlant de ça, j'avais l'impression d'être folle, mais Kimberly approuve tout ce que je dis d'un signe de tête, ce qui me fait penser que je ne suis peut-être pas la seule à avoir une telle conception des choses.

— Je pense que je pourrais être une bonne mère si on m'en donnait la chance et, à la seule idée de voir une petite fille brune aux yeux gris courir dans les bras d'Hardin, j'ai le cœur qui fond. Parfois, j'imagine la scène. Je sais que c'est idiot, mais je les imagine assis là, tous les deux, avec leurs cheveux bouclés emmêlés.

Cette image insensée me fait rire, cette image que j'ai conjurée bien plus souvent que la normale.

— Il lui ferait la lecture et la porterait sur ses épaules, et elle le mènerait par le bout du nez.

Je me force à sourire, essayant d'effacer ce doux tableau de mon esprit.

— Mais il ne veut pas de ça et maintenant qu'il sait que Christian est son père, je sais qu'il ne le voudra jamais.

En repoussant mes cheveux de la main, je suis surprise et pas qu'un peu fière d'avoir réussi à sortir tout ça sans verser une seule larme.

∞

10

Hardin

« *J'aimerais que tu restes avec moi pour toujours.* » C'est ce que Tessa a dit, serrée contre mon cœur. Et c'est ce que je voulais entendre. C'est ce que j'ai besoin d'entendre, pour toujours.

Mais pourquoi voudrait-elle de moi pour l'éternité ? À quoi ça pourrait bien ressembler ? Tessa et moi, dans la quarantaine, sans enfant, sans mariage. Juste nous deux ?

Ça serait parfait pour moi. Ce serait même mon idéal d'avenir absolu, mais je sais que ça ne serait pas assez pour elle. Nous avons eu cette conversation de trop nombreuses fois et je sais qu'elle sera la première à céder, ce ne sera certainement pas moi. Pour être un connard de qualité, il faut être le plus têtu. Et elle renoncerait à avoir des enfants et un mariage pour moi.

En plus, quel genre de père pourrais-je bien être ? À chier. Je serais à chier. Ça, c'est plus que certain. Je ne peux même pas imaginer la chose sans en rire. C'est ridicule, ne serait-ce que d'y penser. Aussi déconnant que puisse être ce voyage, il m'a aussi permis d'ouvrir les yeux sur ma relation avec Tessa. J'ai toujours essayé de la prévenir, essayé de l'empêcher de plonger avec moi, mais jamais assez fort. Si je suis honnête, je sais que j'aurais dû carrément la repousser pour ne pas lui nuire. Par égoïsme, je n'ai jamais pu le faire. Mais, en imaginant ce que serait sa vie avec moi, je n'ai pas d'autre choix. Ce voyage a éclairci le brouillard romantique qui engluait mon esprit et, miraculeusement, j'ai l'opportunité de m'en sortir facilement. Je peux la renvoyer en Amérique pour qu'elle remette sa vie sur le bon chemin.

L'avenir de Tessa à mes côtés n'est qu'un trou noir, solitaire. Je pourrais obtenir tout ce que je veux d'elle : de l'amour et de la tendresse pour toujours, mais elle se sentirait incomplète et chaque année elle m'en voudrait un peu plus de la priver de ce qu'elle veut réellement. Je ferais mieux de choisir le chemin le plus court et d'arrêter de lui faire perdre son temps.

Quand j'arrive chez Gabriel, je jette rapidement le sac de Tessa sur le siège arrière et retourne à l'hôtel de Kimberly. J'ai besoin d'un plan, un putain de plan auquel me tenir. Elle est trop têtue et beaucoup trop amoureuse pour lâcher l'affaire facilement.

C'est son problème. Elle fait partie des êtres qui donnent sans compter et, en vérité c'est cruel mais c'est vrai, les gens comme elle sont des proies faciles pour des gens comme moi qui prennent toujours plus, jusqu'à ce qu'il ne reste plus rien. C'est ce que j'ai fait depuis le début de notre relation et ce que je ferai toujours.

Elle essaiera de me convaincre du contraire, je sais qu'elle va essayer. Elle dira que le mariage n'a aucune importance, mais elle se mentirait à elle-même pour me garder. Ça en dit long sur moi. Ça veut dire que je l'ai manipulée pour qu'elle m'aime inconditionnellement. Sur le chemin du retour, le masochiste qui est en moi se met à douter de son amour.

Est-ce qu'elle m'aime autant qu'elle le dit ou a-t-elle développé une addiction à ma personne ? Il y a une grande différence, et plus elle accepte de merdes de ma part, plus j'ai l'impression que c'est une addiction, le frisson de l'attente de ma prochaine connerie pour pouvoir être présente et me rattraper.

C'est ça : elle doit me voir comme un projet, quelqu'un qu'elle peut réparer. Nous avons déjà eu cette conversation plus d'une fois, mais elle a toujours refusé de l'admettre.

Je fouille dans ma mémoire pour retrouver une discussion en particulier et je finis par en trouver une, flottant parmi les décombres de mon cerveau encore alcoolisé.

C'était juste après le départ de ma mère pour Londres après Noël, et Tessa avait levé un regard inquiet vers moi :

— Hardin ?

— Ouais ?

— Est-ce que tu pourras m'aider à démonter ce sapin quand tu auras fini de travailler ?

En fait, un stylo coincé entre les dents, je ne bossais pas, j'écrivais, mais elle ne le savait pas. Nous avions eu une longue et intéressante journée. Je l'avais surprise au retour d'un déjeuner avec ce petit con de Trevor, alors je l'avais allongée sur son bureau pour la baiser follement.

— Ouais, dans deux minutes.

J'ai planqué les pages, de peur qu'elle ne les trouve en faisant le ménage, et me suis levé pour l'aider à ranger le petit sapin qu'elle avait installé avec ma mère.

— Sur quoi tu travailles, d'ailleurs ? C'est bien ?

Elle a tendu la main pour attraper le classeur défoncé qu'elle me reprochait sans cesse de laisser traîner partout. Les traces de café et de stylo qui maculaient la couverture de cuir la rendaient folle.

— Rien.

Je le lui ai arraché des mains avant qu'elle puisse l'ouvrir. Visiblement surprise et un peu blessée, elle a esquissé un mouvement de recul.

— Désolée.

Un grand pli a barré son beau front et j'ai jeté le classeur sur le canapé, puis je lui ai pris les mains.

— Je ne faisais que demander, je ne voulais pas mettre le nez dans tes affaires ni te fâcher.

Putain, j'étais un tel connard.

Et je le suis toujours.

— C'est bon, arrête juste de foutre le bordel dans mes affaires de boulot. Je n'ai pas…

Je n'ai pas réussi à trouver d'excuse, parce que je ne l'avais jamais empêchée par le passé. Chaque fois que je tombais sur un manuscrit que je savais qu'elle apprécierait, je le partageais avec elle. Elle adorait que je lui fasse le coup et là, je venais de l'en empêcher.

— Ok.

Elle s'est détournée de moi et a commencé à retirer les décorations de l'abominable sapin.

Je l'ai regardée de dos pendant quelques minutes en me demandant pourquoi j'étais tellement en rogne. Si elle avait lu ce que j'écrivais, comment se serait-elle sentie ? Est-ce qu'elle aurait aimé ? Ou aurait-elle été dégoûtée pour ensuite piquer une crise ? Je ne savais pas et je ne le sais toujours pas, raison pour laquelle elle n'a toujours aucune idée encore aujourd'hui de ce qui s'est passé.

— Ok ? C'est tout ce que tu as à dire ?

Voulant lancer une dispute, je l'ai cherchée. C'est toujours mieux de s'affronter que de s'ignorer ; mieux vaut les cris que le silence. Sans se retourner, elle m'a répondu :

— Je ne mettrai plus le nez dans tes affaires. Je ne savais pas que ça te fâcherait tant.

— Je…

J'ai eu du mal à trouver une excuse pour lancer la dispute. Puis j'ai attaqué, droit au but :

— Sais-tu seulement pourquoi tu es avec moi ? Après tout ce qui s'est passé, est-ce que c'est le drame qui te branche ?

— Quoi ? (Elle s'est retournée, une boule décorative à la main.) Pourquoi veux-tu démarrer cette dispute ? Je t'ai dit que je ne toucherai plus à tes affaires.

— Je ne démarre pas de dispute. J'ai juste envie de savoir, parce qu'on dirait que tu es accro au drame et aux catastrophes plus que tout.

Je savais que ce n'était pas juste de dire une chose pareille, mais je l'ai dit quand même. J'étais dans cet état d'esprit et je voulais qu'elle y soit aussi.

Elle s'est approchée de moi, laissant tomber la décoration de Noël dans une boîte à côté du sapin.

— Tu sais que ce n'est pas vrai. Je t'aime, même quand tu essaies de provoquer une dispute. Je déteste le drame, tu le sais. Je t'aime pour toi et rien que pour toi, fin de la discussion.

Elle s'est mise sur la pointe des pieds pour m'embrasser sur la joue et je l'ai prise dans mes bras.

— Pourquoi tu m'aimes, alors ? Je ne fais rien pour toi.

La scène que j'avais faite chez Vance un peu plus tôt dans la journée était encore fraîche dans mon esprit.

Elle a pris une grande inspiration pour se calmer et a reposé la tête contre ma poitrine.

— Pour ça… (Elle a tapoté son index sur mon cœur.) C'est pour ça. Maintenant, arrête d'essayer de te disputer avec moi. J'ai une dissertation à écrire et ce sapin ne se rangera pas tout seul.

Elle était si douce avec moi, si compréhensive, même quand je ne le méritais pas.

— Je t'aime.

Caché dans ses cheveux, les mains posées sur ses hanches, je l'ai soulevée entre mes bras. Elle s'est lovée contre moi et a enserré ma taille de ses jambes pendant que je la portais vers le canapé.

— Je t'aime, pour toujours. Ne doute jamais de moi, je t'aimerai toujours.

Ses lèvres contre les miennes, sa voix se voulait rassurante.

Je l'ai doucement déshabillée, savourant chacune de ses courbes sexy. J'ai aimé la manière dont ses yeux se sont écarquillés quand j'ai déroulé le préservatif sur moi. L'après-midi même, je l'avais baisée alors qu'elle avait ses règles et ça l'avait stressée, mais sa poitrine bougeait rapidement et elle faisait de petits mouvements incontrôlés quand j'ai commencé à me caresser devant elle. Des soupirs impatients et des petits gémissements m'ont suffi pour arrêter de la titiller. Je me suis lentement enfoncé entre ses cuisses. Elle mouillait tellement, elle était si étroite que je me suis perdu en elle et je n'arrive toujours pas à me rappeler comment ce foutu sapin a fini par être rangé.

Je fais ça trop souvent ces derniers temps, m'attarder sur les souvenirs heureux passés à ses côtés. Mes mains tremblent. J'agrippe le volant pour me décoller de ces pensées, de ses gémissements, de ses petits cris qui s'éloignent à mesure que je me force à revenir à la réalité.

Je profite des quelques kilomètres d'embouteillages loin de Tessa. J'ai besoin de consolider mon plan pour m'assurer qu'elle mette son cul dans cet avion ce soir. C'est un vol de nuit, il ne partira pas avant neuf heures, elle va avoir le temps d'arriver à Heathrow. Kimberly l'y emmènera, je le sais. J'ai encore la migraine, l'alcool quitte doucement mon corps, mais je me sens encore un peu éméché. Pas assez pour ne pas pouvoir conduire, mais je n'ai pas encore toute ma tête.

— Hardin !

La voix est familière mais étouffée par ma vitre, que je baisse rapidement. À chaque coin de rue, un être surgi de mon passé m'appelle par mon prénom.

— Putain de merde !

C'est à mon tour de m'exclamer, car mon vieux pote Mark est là, dans la bagnole à côté de la mienne. Si ce n'est pas un signe envoyé des dieux, je ne sais pas ce que c'est.

— Gare-toi ! hurle-t-il, avec un grand sourire.

Je gare la caisse de Vance sur un parking devant un glacier et il s'arrête sur la place à côté. Il émerge d'une bagnole merdique avant que je n'aie le temps de bouger, et se précipite pour ouvrir ma portière en me tapant l'épaule.

— T'es de retour et tu ne m'as rien dit ? Et putain dis-moi, tu roules en caisse de location ou tu t'es fait du fric derrière mon dos ?

Je lève les yeux au ciel avant de répondre :

— Longue histoire, mais c'est une location.

— T'es de retour pour de bon ou quoi ?

Ses cheveux bruns sont coupés court maintenant, mais ses yeux sont toujours aussi vitreux.

— Ouais, je suis de retour pour rester.

Le dire rend tout ça plus concret. Je reste ici et elle repart, aussi simple que ça. Il étudie mon visage.

— Putain, ils sont où, tes piercings ? Tu les as virés ?

— Ouais, ils me faisaient chier.

Je hausse les épaules, mais j'examine son visage. Quand il tourne la tête, un éclat de lumière s'accroche aux petits cabochons métalliques sous sa lèvre inférieure. Le con !

— Putain, Scott, t'as vraiment changé de tête. C'est dingue. Ça fait quoi, deux, trois ans ? Remarque, ça fait dix ans que je suis défoncé, alors ce n'est pas comme si je pouvais compter !

Il rit et enfonce ses mains dans ses poches pour en extraire un paquet de clopes. Je décline sa proposition lorsqu'il m'en propose une, ce qui me vaut un sourcil interrogateur.

— Quoi ? T'as viré respectable ?

— Non, j'ai juste pas envie de fumer, putain.

Il rit comme toujours quand j'ai ce type de réaction directe. Il a toujours été le leader de notre petit groupe de délinquants, plus vieux que moi d'un an, suffisamment pour que je le prenne en exemple et que je veuille devenir comme lui. C'est pour ça que quand un mec encore plus vieux répondant au nom de James s'est ajouté au groupe et que lui et Mark ont commencé leurs petits jeux, j'ai sauté sur l'occasion. Je n'avais rien à foutre de leur manière de traiter les femmes, même quand ils les filmaient sans leur consentement.

— T'es devenu un petit toutou, c'est ça ?

Il se marre, sa cigarette allumée entre les dents.

— Va te faire foutre. T'es défoncé ?

Je savais qu'il serait encore comme ça, toujours défoncé et scotché dans son plus bel âge, à baiser à couilles rabattues et à naviguer dans les paradis artificiels.

— Nan, mais je sors d'une soirée plutôt intense, en revanche.

Il sourit, à l'évidence fier de ses activités nocturnes.

— Tu vas où ? Tu crèches chez ta mère ?

En entendant parler de la maison de ma mère, j'ai comme un point au cœur. J'y ai mis le feu. Pour de vrai. Je sens encore la fumée brûlante sur mes joues et je revois les flammes aveuglantes avaler les murs, lorsque j'ai regardé la scène avant de monter en voiture avec Tessa.

— Non, je navigue entre plusieurs piaules.

— Oh, je vois.

En fait, non, il ne voit pas.

— Si tu as besoin d'un canapé, tu peux venir chez moi. Je suis en coloc avec James maintenant… Ça le botterait de te voir si changé. Tout américanisé et tout.

Là, j'entends nettement la voix de Tessa dans ma tête, me supplier de ne pas suivre cette pente si familière et si facile, mais j'ignore ses protestations et acquiesce en regardant Mark.

— En fait, j'ai besoin d'un service.

— Je peux te trouver tout ce dont tu as besoin… James deale maintenant !

Il paraît tout fier ! Je lève les yeux au ciel.

— C'est pas ce que je veux dire. Tu pourrais me suivre jusqu'à mon hôtel pour que je lâche un truc, puis me conduire chez Gabriel pour que je récupère ma caisse ?

Je vais devoir allonger le contrat de location, si c'est possible. Je choisis d'ignorer qu'un appartement entier et une voiture m'attendent dans l'État de Washington. Je trouverai une solution à tout ce merdier plus tard.

— Après, tu viens chez moi ? (Il marque un temps d'arrêt.) Attends, à qui tu vas balancer tes merdes ?

Même défoncé, il n'a pas loupé ce détail.

Il n'est pas question que je parle de Tessa à Mark. Putain, vraiment pas question.

— Juste à une meuf comme ça.

Ce mensonge sur la nature de ma relation avec Tessa me brûle la gorge, mais je dois la protéger de tout ça. Il retourne à sa voiture et s'arrête un instant avant de monter dedans.

— Elle est bonne ? Je peux attendre dehors si tu as besoin de tirer encore un coup. Ou peut-être qu'elle me laisserait…

Je vois rouge et je dois prendre plusieurs inspirations pour me calmer.

— Non. Putain, non. Pas question. Tu restes dans ta bagnole. Je ne vais même pas entrer.

Il n'a pas l'air convaincu.

— Sérieux. Si tu sors de ta putain de caisse et que tu l'approches…

— Putain, mec, cool ! Je vais rester dans ma caisse !

Il lève les mains en l'air comme si j'étais un flic. Il en rit encore quand il sort du parking et me suit sur la route.

∞

11

Tessa

Je m'approche de mon téléphone que j'ai mis à charger et vérifie que je n'ai pas de nouveau message.

— Ça fait plus d'une heure qu'il est parti.

J'essaie de le rappeler.

— Il prend certainement son temps.

Kimberly essaie de me réconforter, mais je vois bien le doute dans son regard.

— Il ne répond pas. S'il est retourné dans ce bar…

Je me lève et arpente la pièce de long en large.

— Il va certainement arriver d'une minute à l'autre.

Elle ouvre la porte pour jeter un coup d'œil, regarde à droite, à gauche, puis à ses pieds. Elle m'appelle calmement, mais quelque chose ne va pas dans le ton de sa voix. Quelque chose ne va pas.

— Quoi ? Qu'est-ce qui se passe maintenant? *Est-ce qu'Hardin est dans le couloir ?*

Je me précipite vers Kimberly, pliée en deux qui attrape… ma valise.

La peur s'empare de moi et j'en tombe à genoux. Je sens à peine Kimberly m'entourer de ses bras quand j'ouvre la poche avant de mon bagage.

Il y a un billet d'avion, un seul billet d'avion. À côté, le trousseau d'Hardin avec les clés de sa voiture et de l'appartement, toujours attachées.

Je l'avais senti venir. Je savais qu'il allait se replier sur lui dès qu'il en aurait l'occasion. Hardin ne peut pas gérer un trauma émotionnel de cette ampleur, il n'en est juste pas capable. J'aurais pu, j'aurais dû être prête à ça, alors pourquoi ce billet d'avion pèse-t-il si lourd dans ma main et pourquoi mon cœur est-il en flammes ? Je le hais, il n'aurait pas dû m'infliger ça aussi brusquement et sous le coup de la colère, et je me hais de m'être laissé surprendre. Je devrais être une dure à cuire maintenant ; je devrais ramasser les miettes de dignité qui me restent et me tenir droite. Je devrais prendre ce satané ticket, attraper ma valise et me tirer de Londres à vitesse grand V. C'est ce que toute femme qui se respecte ferait. Simple, non ? Je garde cette idée en tête, mais mes genoux ploient sous moi et mes mains tremblantes sur mon visage cachent mon embarras tandis que je me brise en mille morceaux pour cet homme, encore une fois.

— Ce n'est qu'un gros con.

Kimberly l'insulte, comme si je ne savais pas déjà que c'est un connard.

— Tu sais qu'il va revenir, comme à chaque fois.

Elle m'embrasse. Je la regarde et discerne de la colère dans le regard menaçant de mon amie si protectrice.

Je me dégage doucement de son étreinte.

— Je vais bien. Ça va. Tout va bien.

Je me répète ces mots comme un mantra, plus pour moi-même que pour Kim.

— Non, tu ne vas pas bien.

Elle remet une mèche rebelle de mes cheveux derrière mon oreille. J'ai un flash d'Hardin faisant le même geste et je recule.

— J'ai besoin de prendre une douche.

Et c'est là que je perds les pédales.

Non, pas cassée. Je ne suis pas cassée, je suis vaincue. Ce que je ressens à cet instant, c'est une pure défaite. J'ai passé des mois et des mois à me battre contre l'inévitable, à nager contre un courant qui était trop fort pour que je l'affronte toute seule et, maintenant, il m'a emportée et il n'y a aucun canot de sauvetage à l'horizon.

— Tessa ? Tessa, ça va ?

Kimberly crie de l'autre côté de la porte de la salle de bains.

— Ça va.

Ces deux mots à peine articulés sont aussi faibles que je le suis. Je ne me sens plus aucune force, je peux juste essayer de cacher un peu ma faiblesse.

L'eau est froide maintenant, elle l'est depuis quelques minutes… peut-être même une heure.

Je n'ai aucune idée du temps que j'ai pu passer là-dedans, accroupie par terre dans la douche, les genoux serrés contre ma poitrine sous le jet d'eau froide. C'était presque douloureux il y a quelques instants, mais mon corps s'est insensibilisé depuis que Kimberly a tenté quelques vérifications inquiètes.

— Il faut que tu sortes de cette douche. N'imagine pas que je ne pourrais pas casser la porte.

Je ne doute pas une seule seconde qu'elle le ferait. J'ai déjà ignoré cette menace plusieurs fois, mais cette fois-ci, je tends la main pour éteindre l'eau. Mais bon, je n'en quitte pas pour autant mon refuge.

Semblant satisfaite de ne plus entendre l'eau couler, je n'entends plus Kimberly pendant un petit bout de temps. Mais lorsqu'elle recommence à cogner des poings sur la porte, je lui réponds que je vais sortir.

Quand j'arrive à me lever, mes jambes flageolent et mes cheveux sont presque secs.

Je fouille dans mon sac et enfile mécaniquement mon jean, une jambe après l'autre. Puis je lève mes bras au-dessus de la tête pour enfiler un t-shirt. J'ai l'impression d'être un robot et, en essuyant la buée du miroir d'un geste de la main, je m'aperçois que j'en ai aussi l'air.

Combien de fois vais-je devoir faire ça ?

Je pose la question à mon reflet dans le miroir.

Non, combien de fois vais-je le laisser me faire ça ?

Là est la vraie question.

— Plus jamais.

Je réponds à l'étrangère qui me regarde. Je vais le trouver, une dernière fois et seulement pour sa famille. Je le ferai partir de Londres en le tirant par la peau du cul et je ferai ce que j'aurais dû faire depuis longtemps.

∞

12

Hardin

— Putain, Scott ! Regarde-toi ! On dirait un mammouth !

James se lève du canapé et s'approche de moi. C'est vrai. Comparé à Mark et lui, je suis immense, putain.

— Tu fais quoi, maintenant, deux mètres ou bien ?

Les yeux de James sont vitreux et injectés de sang. Putain, il est à peine treize heures.

— Un mètre quatre-vingt-douze.

Je corrige son estimation et reçois pour la peine le même accueil amical que celui de Mark, une main ferme sur mon épaule.

— Putain, c'est génial ! Faut faire circuler que t'es de retour. Tout le monde est encore là, mec.

James se frotte les mains l'une contre l'autre, comme s'il complotait un truc énorme, je ne veux même pas savoir ce que ça pourrait être.

Est-ce que Tessa a déjà trouvé la valise que j'ai posée derrière la porte ? Qu'en a-t-elle pensé ? A-t-elle pleuré ? Ou a-t-elle déjà dépassé ce stade ?

Putain, une chose est sûre, c'est que je ne veux pas connaître la réponse à cette question. Je n'aurais pas voulu voir sa tête quand elle a ouvert la porte. Je ne veux même pas penser à ce qu'elle a pu ressentir quand elle n'a vu qu'un billet fourré dans la poche avant de la valise dont j'ai retiré tous mes vêtements, que j'ai jetés sur le siège arrière de ma voiture de location.

Je la connais suffisamment pour savoir qu'elle va s'attendre à ce que je lui fasse mes adieux. Elle va essayer de me chercher encore avant d'abandonner. Mais, après ce dernier effort, elle renoncera. Elle n'aura pas le choix car elle ne sera jamais capable de me trouver avant son vol et, dès demain, elle sera loin de moi.

— Mec !

Mark parle fort et agite sa main devant mon visage.

— Putain, tu scotches sur quoi, ou bien ?

— Désolé.

Et puis soudain, je pense à un truc : et si Tessa se perdait dans Londres en me cherchant ? Qu'est-ce que je ferais ? Tout ce que je peux ?

Mark passe son bras autour de moi et me fait revenir dans la conversation. James et lui se demandent qui ils vont inviter. Ils font une liste avec plein de noms que je connais, plus quelques inconnus. Ils se mettent à passer des appels pour organiser une fête en plein après-midi, aboyant des horaires et des noms d'alcool.

Je recule pour aller dans la cuisine à la recherche d'un verre d'eau, observant vraiment l'appartement pour la première fois depuis que j'ai franchi le pas de la porte. Putain, c'est le bordel. Ça ressemble à la fraternité tous les samedis et les dimanches matin. Notre appartement n'a jamais été comme ça, enfin pas quand Tessa était dans le coin du moins. Les plans de travail n'étaient jamais jonchés de cartons de pizza et les tables encombrées de bouteilles de bière et de bang.

Je régresse et, putain, j'en suis conscient.

En parlant de bang, je n'ai même pas besoin de regarder Mark et James pour savoir ce qu'ils font. J'entends le bruit des bulles dans l'eau, puis l'odeur particulière de la beuh envahit la pièce.

En bon maso, je sors mon téléphone de ma poche et le remets en marche. C'est ma photo préférée de Tess qui me sert de fond d'écran. Celle du moment. Ma photo préférée change toutes les semaines, putain, mais celle-ci frise la perfection. Ses cheveux blonds sont lâchés, étalés sur ses épaules, et la lumière tombe sur elle, la faisant rayonner. Un vrai sourire s'épanouit sur son visage et ses yeux sont fermés, son nez plissé de la manière la plus adorable qui soit. Elle se foutait de ma gueule, m'engueulait même, de lui avoir mis la main au cul devant Kimberly et j'ai pris la photo au moment où elle a explosé de rire quand je lui expliquais toutes les cochonneries que je pourrais lui faire devant sa détestable copine.

Je retourne dans le séjour, James m'arrache le téléphone des mains.

— Mec, je sais pas ce que tu prends, mais j'en veux !

Je reprends mon portable assez vite pour qu'il n'ait pas le temps de voir la photo.

— On est chatouilleux ?

James se fout de ma gueule quand je change le fond d'écran. Pas besoin de donner des idées à cette bande de cons.

— J'ai invité Janine, dit Mark en riant avec James.

— Je ne sais pas pourquoi vous vous marrez tous les deux. C'est ta frangine. (Je désigne Mark, puis je montre James.) Et tu l'as baisée aussi.

Ce n'est pas comme si c'était une surprise. La sœur de Mark a baisé tous les potes de son petit frère, tout le monde le sait.

— Va te faire foutre, mec !

James reprend une taffe dans le bang et me le passe. Putain, Tessa me tuerait. Elle serait si déçue. Elle n'apprécie pas que je boive, alors fumer de l'herbe…

— Tu tires ou tu fais tourner, me presse Mark.

— Si Janine vient, tu vas en avoir besoin. Elle est toujours aussi bonne, putain, me dit James, ce qui lui vaut un regard assassin de la part de Mark et un bel éclat de rire de ma part.

Les heures passent comme ça, à fumer, dire des conneries, boire, dire des conneries, fumer et, sans que je m'en rende compte, l'appart est blindé de monde, y compris la fille en question.

∞

13

Tessa

Peut-être que je n'ai pas grand-chose, mais il me reste un peu de fierté et je préférerais faire face à Hardin et avoir cette conversation en privé. Je sais exactement ce qu'il va faire. Il va me dire que je suis trop bien pour lui et qu'il ne m'apporte rien de bon. Il va me blesser avec ses mots et j'essaierai de le convaincre du contraire.

Kimberly doit penser que je suis bête de le pourchasser après qu'il m'a rejetée si froidement, mais je l'aime et c'est ce qu'on fait quand on aime quelqu'un. On se bat pour lui et on lui court après quand on sait qu'il en a besoin. On l'aide à se battre contre lui-même et on n'abandonne jamais, même quand il jette l'éponge.

— Je vais bien. Si je le trouve et que tu m'accompagnes, il va se sentir acculé et ça ne fera qu'empirer les choses, dis-je à Kimberly pour la seconde fois.

— Sois prudente, s'il te plaît. Je ne veux pas avoir à tuer ce gamin, mais au point où on en est, il ne faut jurer de rien. (Elle me fait un petit sourire.) Attends, encore une chose.

Kimberly lève un doigt et se précipite vers la table basse au milieu de la pièce. Elle fouille dans son sac, puis me fait signe d'approcher.

Fidèle à elle-même, Kimberly me passe un coup de gloss transparent sur les lèvres et me tend un tube de mascara. Elle sourit de toutes ses dents avant de préciser sa pensée :

— Tu ne veux pas avoir une sale tête, non ?

Malgré la douleur qui s'est installée durablement dans ma poitrine, je souris devant ses efforts pour m'aider à avoir l'air présentable. *Évidemment,* pour elle, ça fait partie de l'équation.

*

Dix minutes plus tard, mes joues ne sont plus rouges d'avoir tant pleuré. Mes yeux sont moins gonflés grâce au correcteur de teint et un peu de poudre. Mes cheveux sont brossés et paraissent presque coiffés en grosses boucles. Avec un soupir, Kimberly a lâché l'affaire au bout de quelques minutes en disant que le style « retour de la plage » était tout ce qui se faisait de mieux en ce moment. Je ne me rappelle pas l'avoir vue me faire changer de t-shirt pour enfiler un débardeur et un petit gilet rose poudré de chez Karl Marc John, mais elle m'a fait sortir de mon look de zombie en un laps de temps remarquablement court.

— Tu me promets d'appeler si tu as besoin de moi ? Tu peux être sûre que je viendrai à ta rescousse.

Je hoche la tête pour lui montrer que j'ai compris, sachant très bien qu'elle n'hésitera pas. Elle me serre deux fois dans ses bras avant de me donner les clés de la voiture de location de Christian qu'Hardin a laissée dans le parking.

Lorsque je monte dans la voiture, je branche mon téléphone dans le chargeur et ouvre la fenêtre en grand.

La voiture sent Hardin, et les gobelets de café de ce matin sont encore coincés dans leur support, me rappelant qu'il m'a fait l'amour ici, il y a quelques heures à peine. C'étaient ses adieux. Je me rends compte maintenant qu'une partie de moi en était consciente, sans vouloir l'accepter. Je ne voulais pas admettre que la défaite affleurait à la surface, prête à m'engloutir. Il n'est pas possible qu'il soit déjà pratiquement dix-sept heures. J'ai moins de deux heures pour le trouver et le convaincre de rentrer à la maison avec moi. L'embarquement doit avoir lieu à vingt heures trente, mais nous devrons être à l'aéroport un peu avant dix-neuf heures pour avoir le temps de passer les contrôles de sécurité.

Vais-je rentrer à la maison toute seule ?

Je me regarde dans le rétroviseur, c'est bien la même fille qui a dû se décoller du carrelage de la salle de bains. J'ai l'abominable impression que je serai toute seule à bord de cet avion, et je l'accepte.

Je ne connais qu'un endroit où je pourrais le trouver et s'il n'est pas là, je n'ai aucune idée de ce que je pourrais bien faire. Je mets la voiture en marche, mais marque un temps d'arrêt, la main sur le levier de vitesse. Je ne peux pas conduire en errant dans Londres, sans argent et sans but.

Désespérée et inquiète, j'essaie de le rappeler et je fonds presque en larmes de joie lorsqu'il décroche.

— Allôôô, c'est qui ?

C'est une voix masculine que je ne connais pas.

Je vérifie sur le téléphone pour m'assurer que j'ai composé le bon numéro, mais c'est bien le nom d'Hardin qui apparaît. L'homme reprend en parlant plus fort et en étirant encore ses mots :

— Allôôôôô.

— Euh… salut. Est-ce qu'Hardin est là ?

J'ai un nœud dans l'estomac ; c'est sûr, ce mec-là n'est pas une bonne nouvelle, même si je n'ai aucune idée de qui il est.

Des rires et de nombreuses voix forment un brouhaha en arrière-plan, dont plus d'une est féminine.

— Scott est… disposé pour l'instant.

Disposé ? Qu'est-ce que raconte ce mec ?

— *Indisposé*… espèce de con.

Oh mon Dieu ! C'est bien une voix de femme qui vient de gueuler ça.

— Où est-il ?

Je sens bien que j'ai été mise sur haut-parleur, les sons ont changé.

— Il est occupé.

— Qui c'est ? Tu viens à la fête ? C'est pour ça que tu as appelé ? J'aime bien ton accent américain, chérie, et si tu es une copine de Scott…

Une fête ? À dix-sept heures ? Aussi tôt ? J'essaie de me concentrer sur cette information inutile plutôt que sur la multitude de voix féminines qui résonnent dans mon téléphone et sur le fait qu'Hardin soit « occupé ».

— Ouais. (Ma bouche répond avant de demander son avis à mon cerveau.) Tu peux me redonner l'adresse ?

Ma voix tremble, mais ils ne semblent pas s'en rendre compte.

L'homme qui a répondu au téléphone me donne une adresse et je la rentre vite dans le GPS de mon téléphone. Je dois le redémarrer deux fois et je demande au type de répéter, mais il le fait de bonne grâce et me demande de me dépêcher en se vantant qu'il y a plus d'alcool à cette fête que je n'en ai jamais vu de ma vie.

*

Vingt minutes plus tard, je me gare sur un petit parking à côté d'un immeuble en briques délabré. Les fenêtres sont hautes et toutes semblent être recouvertes de ce qui semble être du scotch blanc, voire même des sacs poubelle. Il y a beaucoup de voitures garées ; la BMW qui m'a conduite ici détonne franchement. La seule voiture qui pourrait s'en approcher est celle d'Hardin. Elle est tout devant, bloquée, ce qui veut dire qu'il est garé ici depuis plus longtemps que beaucoup d'autres visiteurs.

Lorsque j'atteins la porte de l'immeuble, je prends une grande inspiration pour rassembler mes forces. L'inconnu au téléphone a dit que la fête était au deuxième étage, deuxième porte à gauche. L'immeuble, assez louche, ne semble pas assez haut pour avoir deux étages, mais en grimpant les escaliers, je vois bien qu'il n'en est rien. Des voix tonitruantes et l'odeur âcre de la marijuana m'assaillent avant même que j'atteigne le palier du premier étage.

Plus j'y réfléchis, plus je me demande pourquoi Hardin serait ici. Pourquoi viendrait-il dans un endroit pareil pour faire face à ses problèmes ? Arrivée au second étage, j'ai le cœur qui bat la chamade et l'estomac retourné de réfléchir tous azimuts à ce qui pourrait bien se passer derrière cette porte endommagée et couverte de graffitis qui porte le numéro deux.

Je secoue la tête pour écarter mes doutes. Pourquoi suis-je aussi parano et nerveuse ? Nous parlons d'Hardin, mon Hardin. Même fou et replié sur lui-même, à part me dire des choses très cruelles, il ne ferait rien volontairement pour me blesser. Il traverse une mauvaise passe avec tous ses problèmes de famille et il a juste besoin que je fasse un pas en avant et le ramène à la maison avec moi. Je me fais des films pour rien.

La porte s'ouvre juste quand j'arrive et un gars, plutôt jeune, tout de noir vêtu, passe devant moi sans s'arrêter ni fermer la porte derrière lui. Des volutes de fumée s'échappent dans le couloir, je dois m'empêcher de mettre ma main devant la bouche et le nez pour respirer.

Et je m'arrête net quand je comprends ce que je vois.

Scandalisée de voir une fille à moitié nue assise par terre, je regarde tout autour et remarque que tout le monde est dénudé. Un jeune barbu s'adresse à une fille décolorée :

— Enlève le haut !

Elle lève les yeux au ciel mais se débarrasse de son top, n'étant plus vêtue que d'un soutien-gorge et d'une petite culotte.

En observant la scène un peu mieux, je me rends compte qu'ils jouent à une sorte de jeu de cartes qui implique que l'on retire ses vêtements. Je préfère ça que mes premières conclusions hâtives. Mon cerveau est allé trop loin, enfin juste un peu.

Je suis légèrement soulagée qu'Hardin ne fasse pas partie de ce groupe de joueurs de cartes de plus en plus dénudé, mais j'ai beau scruter la pièce surpeuplée, je ne le vois pas.

— Tu rentres ou tu sors ?

Je regarde autour de moi pour savoir d'où s'échappe cette voix.

— Ferme la porte derrière toi et entre. On se connaît, Bambi ?

Il rigole doucement ; je me déplace nerveusement, sentant ses yeux injectés de sang parcourir mon corps et s'arrêter un peu trop longtemps sur ma poitrine pour n'être rien d'autre que vulgaire. Je n'aime pas le surnom qu'il m'a donné, mais je n'arrive pas à trouver le moyen de lui dire mon vrai nom. Au son de sa voix, je suis sûre que c'est lui qui a décroché quand j'ai appelé Hardin tout à l'heure.

Je secoue la tête ; toute parole semble s'être dissoute sur ma langue.

— Mark.

Il veut m'attraper la main, ce qui me fait faire un bond en arrière.

Mark…

Je reconnais immédiatement ce nom, qu'Hardin évoquait dans sa lettre et dans les histoires qu'il m'a racontées sur lui. Il a l'air relativement sympa, mais je sais à quoi m'en tenir. Je sais ce qu'il a fait à toutes ces filles.

— On est chez moi, là. Qui t'a invitée ?

Au début, j'ai l'impression qu'il est en colère à cause de la question, mais son visage n'est que pure bravade. Son accent est très marqué et il est plutôt mignon. Un peu effrayant, mais séduisant.

Ses cheveux bruns sont relevés devant et sa barbe est en bataille, mais toutefois soignée, formant ce qu'Hardin appelle un « look de gros connard de hipster de merde », moi je le trouve mignon. Il n'a pas de tatouage sur les bras, mais deux piercings apparaissent sous sa lèvre inférieure.

— Je… Euh…

Je lutte pour reprendre le contrôle de mon système nerveux.

Il rit encore et attrape ma main.

— Eh bien, Bambi, on va te trouver un verre pour t'aider à te détendre. Tu me fous les jetons.

Il m'entraîne dans la cuisine et, franchement, je me demande si au moins Hardin est ici. Peut-être qu'il a lâché la voiture ici avec son téléphone et qu'il est allé ailleurs. Peut-être même qu'il est dans la voiture. Pourquoi n'ai-je même pas regardé ? Je devrais peut-être descendre pour vérifier ; il était si fatigué, il pourrait simplement faire la sieste…

Et là, d'un coup, je perds le souffle.

Si quelqu'un me demandait comment je me sens, je ne suis pas sûre de ce que je pourrais dire. En fait, il n'y a pas de réponse. Dans le lot, je mettrais de la douleur, du chagrin et du rejet, mais en même temps j'ai l'impression d'être anesthésiée. Je ne sens rien et tout à la fois, je n'ai jamais rien ressenti de pire.

Hardin est appuyé contre le comptoir de la cuisine, un joint entre les lèvres et une bouteille dans la main. Mais ce n'est pas ça qui fait cesser les battements de mon cœur. Ce qui me coupe le souffle, c'est la vision de cette femme assise derrière lui, les jambes nues enlacées autour de son corps comme si c'était la chose la plus naturelle du monde.

— Scott ! Passe-moi la vodka, merde ! Ma nouvelle copine Bambi, ici présente, a besoin d'un verre.

Les yeux rougis d'Hardin se tournent vers Mark, accompagnés d'un sourire mauvais, un air sombre que je ne lui avais encore jamais vu. Quand son regard passe de Mark à moi pour découvrir qui est Bambi, je vois ses pupilles dilatées s'agrandir encore un peu plus, et l'expression si dure de son visage disparaît instantanément.

— Qu'est-ce que… Qu'est-ce que…

Il cherche ses mots. Ses yeux suivent la courbe de mon bras et s'écarquillent encore un peu plus quand il aperçoit la main de Mark sur la mienne. Une pure rage s'empare de lui. Je retire ma main.

— Vous vous connaissez tous les deux ?

Je ne réponds pas à Mark, mais fronce les sourcils en regardant la femme dont les jambes encerclent toujours la taille d'Hardin. Il n'a toujours fait aucun mouvement pour se détacher d'elle. Elle ne porte qu'une petite culotte et un t-shirt. Un t-shirt noir tout simple.

Hardin porte son pull noir, mais je ne vois pas l'habituel col de t-shirt un peu délavé en dessous. La fille, qui qu'elle soit, n'est pas consciente de la tension, elle est concentrée exclusivement sur le joint qu'elle vient de prendre de la bouche d'Hardin. Elle en vient même à m'offrir un sourire, un sourire de gourde inconsciente et défoncée.

Tout ça me rend muette. Abasourdie de pouvoir même un instant imaginer que je connais la personne en face de moi. Je ne suis pas en mesure de parler, même si j'en avais envie. Je sais qu'Hardin est dans les ténèbres en ce moment, mais le voir comme ça, drogué, ivre et avec une autre femme, c'est trop pour moi. Putain de bordel de merde, c'est trop et je ne pense qu'à une chose : partir le plus loin possible.

— Je vais prendre ça pour un oui.

Mark prend la bouteille de vodka de la main d'Hardin.

Hardin n'a rien vu non plus. Il me regarde simplement comme si j'étais un fantôme, comme un souvenir déjà oublié qu'il ne s'attendait pas à revoir.

Je tourne les talons et me fraie un passage dans la foule sur le chemin de la sortie de l'enfer. Lorsque j'arrive à atteindre le palier, je m'adosse au mur et me laisse glisser par terre, le souffle trop court pour continuer. Mes oreilles sifflent et le poids de ces cinq dernières minutes s'écrase sur moi. Je ne sais pas comment je vais réussir à sortir de cet immeuble.

En vain, je tends l'oreille pour entendre le bruit de bottes s'écrasant contre les marches de l'escalier, mais chaque minute de silence me blesse plus que la précédente. Il n'a même pas essayé de me rattraper. Il m'a laissée le découvrir dans cet état sans se donner la peine de me poursuivre pour me proposer une explication.

Je n'ai plus de larmes à verser pour lui, pas aujourd'hui, mais je m'aperçois que sangloter sans larmes est bien plus douloureux et impossible à contrôler. Après tout ça, après toutes ces disputes et tous ces rires, après tout ce temps passé ensemble, c'est comme ça qu'il choisit de mettre fin à notre histoire ? C'est comme ça qu'il me jette ? Il a si peu de respect pour moi qu'il va se défoncer et laisser une autre femme le toucher, porter ses vêtements après avoir fait Dieu sait quoi avec elle ?

Il ne faut pas que je me livre à cette idée, ça me paralyserait. Je sais ce que j'ai vu, mais savoir et accepter sont deux choses bien différentes.

Je suis hyper douée pour lui trouver des excuses. J'ai maîtrisé cette compétence en y travaillant de longs mois depuis le début de notre relation et j'ai été on ne peut plus loyale envers ces excuses. Mais là, il n'y en a plus. Même l'épreuve qu'est la trahison de sa mère et de Christian ne lui donne pas le droit de me blesser comme ça. Je ne lui ai rien fait qui puisse justifier pareil acte. Ma seule erreur a été d'essayer d'être là pour lui et de supporter sa colère déplacée pendant bien trop longtemps.

Plus je reste assise dans cet escalier désert, plus l'humiliation et la douleur se transforment en rage. Une putain de colère lourde, impitoyable et dominatrice. C'est terminé, je ne veux plus lui trouver d'excuses. Je ne le laisserai plus me faire subir des merdes pareilles et je ne laisserai pas passer ça avec de simples discours et une promesse de changement.

Non. Putain, non.

Je ne partirai pas sans une engueulade. Je refuse de m'en aller en le laissant croire que c'est normal de traiter les gens comme ça. À l'évidence, il n'a aucun égard ni pour lui ni pour moi à l'heure actuelle. Des idées pleines de rage m'emplissent la tête. Je ne peux empêcher mes pieds de remonter cet escalier merdique pour retourner dans la tanière de l'enfer.

Je pousse la porte assez violemment pour qu'elle rebondisse sur quelqu'un et je retrouve le chemin de la cuisine. Ma colère connaît un certain regain quand je retrouve Hardin exactement au même endroit avec exactement la même salope toujours attachée à son dos, en train d'expliquer à Mark :

— Personne mec. C'est juste une fille comme ça…

J'ai du mal à voir clairement tant je suis en colère. Avant qu'il ne comprenne ce qui se passe, j'attrape la bouteille de vodka des mains d'Hardin et la balance contre le mur. Elle explose en mille morceaux et provoque un silence général. Je me sens comme détachée de mon corps ; j'observe une version de moi-même en rogne, une provocatrice qui perd l'esprit, mais je ne peux pas l'arrêter.

— *Putain*, Bambi, t'as pété un plomb ?

Je me tourne vers Mark et hurle :

— Je m'appelle Tessa !

Hardin ferme les yeux et je l'observe, attendant qu'il prenne la parole, qu'il dise quelque chose, n'importe quoi.

— Eh bien, Tessa, tu n'avais pas à péter la bouteille de vodka.

Mark est sarcastique mais trop défoncé pour ne serait-ce que se soucier du bazar que j'ai mis, apparemment son seul problème, c'est la perte de l'alcool.

— J'ai appris à éclater des bouteilles avec le maître.

J'assassine Hardin du regard.

— Ne me dis pas que tu avais une copine, maintenant.

Je promène mon regard entre Mark et la pétasse agglutinée à lui qui vient de parler. Il y a une ressemblance évidente… et j'ai lu cette lettre bien trop de fois pour ignorer son identité.

— Fais confiance à Scott pour inviter chez moi une Américaine avec un pet' au casque qui balance des bouteilles et fout la merde.

Mark a l'air clairement amusé, mais Hardin s'avance.

— Commence pas.

Je garde un visage impassible. J'ai le souffle court, entrecoupé de grandes inspirations paniquées, mais mon visage est un masque, une illusion vide de toute émotion. Comme lui.

— C'est qui cette meuf ?

Mark questionne Hardin comme si je n'étais pas là. Hardin m'évince de l'échange en répondant :

— Je te l'ai déjà dit.

Il n'a même pas les couilles de me regarder en me rabaissant plus bas que terre dans une pièce pleine de monde.

Mais j'en ai assez. Je crie :

— Non, *mais c'est quoi ton problème,* putain de bordel de merde ! Tu crois que tu peux venir prendre ton shoot de perversion ici et fumer des joints toute la journée pour oublier tes problèmes ?

Je sais que je me comporte comme une folle furieuse mais, pour une fois, je n'en ai strictement rien à foutre de ce qu'on pense de moi. Je ne lui donne même pas le temps de répondre.

— T'es tellement égoïste ! Tu crois que me repousser et te renfermer sur toi, c'est bon pour moi ? Tu sais parfaitement comment ça se passe quand tu fais ça ! Tu n'arriveras pas à tenir sans moi, tu vas redevenir misérable et moi aussi. Tu me fais mal en me blessant et pourtant, je te retrouve comme *ça* ?

— Tu ne sais même pas de quoi tu parles.

Sa voix est sourde et intimidante.

— Ah oui ? Elle porte ton t-shirt, putain !

Je hurle en regardant la grosse salope qui saute du plan de travail en tirant sur le bas du t-shirt d'Hardin pour se couvrir les cuisses. Elle est bien plus petite que moi, on dirait qu'elle porte une robe trop grande. L'image restera gravée dans ma mémoire jusqu'à mon dernier jour, brûlante de la rage de cet instant de pure hargne…

Le puzzle est assemblé. Tout me paraît logique maintenant. Il y a quelques heures, j'avais des idées sur l'amour et sur le fait de ne jamais renoncer qui sont bien loin de ce que je pense en ce moment. J'avais tort depuis le début. Quand on aime quelqu'un, on ne le laisse pas nous détruire, on ne le laisse pas nous traîner dans la boue. On essaie de l'aider, de le sauver, jusqu'au moment où cet amour ne fonctionne plus que dans un sens, et là si on continue, c'est qu'on est stupide.

Si je l'aimais, je ne le laisserais pas me détruire, si ?

J'ai tout essayé encore et encore avec Hardin. Je lui ai donné dernière chance après dernière chance et, cette fois-ci, j'ai cru que tout irait bien. J'ai vraiment cru que ça pourrait marcher. Je pensais que si je l'aimais suffisamment, si j'essayais encore un peu plus, ça pourrait marcher et que nous pourrions être heureux. Mais il interrompt mes réflexions.

— Qu'est-ce que tu fous là ?

— Quoi ? Tu croyais que j'allais te laisser t'en tirer comme un lâche ?

Derrière la souffrance, ma colère se met à bouillonner. Son départ me terrifie, mais j'accepte presque cette décision puisqu'elle s'impose à moi. Ces sept derniers mois, j'ai été affaiblie par les mots d'Hardin et le cycle de ses rejets, mais maintenant je vois notre relation instable pour ce qu'elle est.

Inévitable.

Ça a toujours été inévitable et j'ai du mal à croire qu'il m'a fallu tout ce temps pour l'accepter.

— Je vais te donner une dernière chance de partir et de revenir à la maison avec moi maintenant, mais si je franchis le seuil de cette porte sans toi, ce sera terminé.

Son silence et le petit air satisfait de son regard intoxiqué mettent le feu aux poudres.

— C'est bien ce que je pensais.

Je ne crie même plus. Ça ne sert à rien. Il n'écoute pas. Il n'a jamais écouté d'ailleurs.

— Tu sais quoi ? Tu peux tout garder, tu peux boire et fumer jusqu'à en crever… (Je fais un pas vers lui m'arrêtant à quelques pas.) Mais tu n'auras jamais rien d'autre. Alors profites-en bien, tant que ça dure.

— Je ne vais pas me gêner.

Une fois de plus il me lacère l'âme.

— Alors, si c'est pas ta copine…

Mark s'adresse à Hardin, me rappelant que nous ne sommes pas seuls dans cette pièce.

— Je ne suis *la copine de personne.*

Mon attitude semble avoir stimulé Mark ; son sourire grandit et ses mains se dirigent vers le bas de mon dos dans une tentative de détournement vers le séjour.

— Bien, c'est réglé alors.

— Bas les pattes !

Hardin pousse Mark de ses deux mains, pas assez fort pour le faire tomber, mais assez pour l'éloigner de moi.

— Dehors, tout de suite !

Hardin passe devant lui pour sortir de l'appartement. Je le suis dans le couloir et claque la porte derrière moi. Il se tire les cheveux, l'humeur de plus en plus massacrante.

— C'était quoi ce *boxon* ? Merde !

— Tu parles de quoi ? Que je te mette le nez dans ton caca ? Tu crois que tu peux simplement balancer un billet d'avion et un trousseau de clés dans une valise pour que je parte ?

Je tape sur sa poitrine en le repoussant contre le mur. J'en viens presque à m'excuser, j'en viens presque à me sentir coupable de le pousser, mais quand je plonge mon regard dans ses pupilles dilatées, toute trace de remords s'efface. Il empeste, il pue l'herbe et la beuverie ; il ne reste rien du Hardin que j'aime.

— Putain, je suis tellement complètement paumé en ce moment que je n'arrive pas à réfléchir. Et encore moins à pouvoir te donner une putain d'explication pour la millième fois, merde !

Il hurle et frappe son poing contre le mur en plâtre de mauvaise qualité. J'ai été le témoin de cette scène bien trop souvent. Celle-ci sera la dernière.

— Tu n'as même pas essayé ! Et je n'ai rien fait de mal !

— Il te faut quoi d'autre, Tessa ? Il faut que je te le dise en quelle langue ? Tire-toi. Retourne d'où tu viens, là où est ta place ! Tu n'as rien à foutre ici d'abord, tu n'es pas la bienvenue.

Quand il arrive au dernier mot, sa voix est neutre, voire douce. Désintéressée, enfin presque.

J'ai perdu toute combativité.

— Tu es content ? Tu as gagné, Hardin. Tu as encore gagné. Comme d'habitude, non ?

Il se retourne et ajoute en me regardant droit dans les yeux :

— Tu sais ça mieux que quiconque, tu ne crois pas ?

∞

14

Tessa

Je ne sais pas comment, mais je suis arrivée à Heathrow à l'heure.

Kimberly m'a serrée dans ses bras en guise d'au revoir lorsqu'elle m'a déposée, enfin je crois. Je me souviens de Smith m'observant simplement, comme s'il calculait une parfaite inconnue.

Et me voilà assise dans l'avion, à côté d'un siège vide, l'esprit et le cœur tout aussi vides. Difficile de plus se tromper sur Hardin, ça montre que les gens ne peuvent changer que s'ils le désirent, peu importent les efforts fournis par l'autre. Pour changer, il faut qu'ils le veuillent aussi fort que l'autre, sinon il n'y a pas d'espoir.

Il est impossible de changer des personnes qui ont l'esprit arrêté sur leur personnalité. On ne peut pas les soutenir pour résister à leurs pires inclinations, et on ne peut pas les aimer pour compenser la haine qu'ils ont d'eux-mêmes.

C'est un combat perdu d'avance et je suis, après tout ce temps, enfin prête à déposer les armes.

15

Hardin

La voix de James rebondit dans mon oreille et son pied nu me frotte la joue.

— Mec ! Lève-toi. Carla va bientôt arriver et tu campes dans la seule salle de bains.

— Va te faire foutre !

Je grogne et referme les yeux. Si je pouvais bouger, ce que je ferais, ce serait plutôt un truc genre lui péter les doigts de pied.

— Scott, dégage, putain. Tu peux squatter le canapé, mais tu es un connard de géant et j'ai envie de pisser et aussi de me laver les dents.

Il appuie ses doigts de pied contre mon front et j'essaie de m'asseoir. J'ai l'impression que mon corps pèse une tonne et que ma gorge et mes yeux sont en feu. James hurle :

— Il est vivant !

— Ferme ta putain de gueule !

Je me bouche les oreilles et vais me réfugier dans le salon. Des bouteilles de bière vides et des gobelets rouges sont balancés dans un sac poubelle par une Janine à moitié à poil et un Mark surexcité.

— Alors, il était comment ce carrelage de salle de bains ?

Mark me toise, une cigarette entre les dents.

— Trop bien.

Je lève les yeux au ciel et m'effondre sur le canapé.

— Putain, t'étais vraiment une épave. C'est quand que tu as bu comme ça pour la dernière fois ?

— Je sais pas.

Je me frotte les tempes et Janine me tend un gobelet. Je fais un signe de tête pour le refuser, mais elle l'approche de plus près.

— Ce n'est que de l'eau.

— C'est bon.

J'ai pas envie de faire mon connard avec elle, mais putain, qu'est-ce qu'elle est chiante ! Mark continue.

— T'étais tellement barré. J'ai cru que l'Américaine… Elle s'appelle comment au fait, Trisha ? (J'ai le cœur qui bat comme un taré en entendant son nom, même si ce n'est pas le bon.) J'ai cru qu'elle allait retourner l'appart ! Une petite nana bien agressive.

Des images de Tessa qui me crie dessus, jette une bouteille contre le mur et me plante là, envahissent brutalement ma mémoire. Le poids de la douleur de son regard m'enfonce un peu plus profondément dans le canapé et j'ai l'impression que je vais encore gerber.

C'est ce qu'il y avait de mieux à faire.

C'est vrai.

Janine lève les yeux au ciel.

— Petite ? Je ne dirais pas ça comme ça.

— *J'imagine* que tu ne te fous pas de sa gueule.

Mon ton est froid malgré mon irrépressible envie de lui balancer le verre d'eau en pleine figure. Si Janine croit qu'elle peut approcher la beauté de Tessa, c'est qu'elle a sniffé encore plus de coke que je ne le crois.

— Elle n'est pas aussi mince que moi.

Fais ta langue de pute encore une fois, Janine, et je réduis en lambeaux la misérable confiance que tu as en toi.

— Ma chère sœur, sans vouloir te vexer, cette meuf était vraiment bonne, bien plus que toi. C'est probablement pour ça qu'Hardin est tellement amouuuuureux.

— *Amoureux* ? S'il te plaît ! Il l'a dégagée hier soir. Janine remue le couteau dans la plaie.

— Je ne suis pas…

Je n'arrive même pas à finir la phrase d'une voix calme.

— Me parlez plus d'elle. Je ne déconne pas.

Janine marmonne un truc inaudible et Mark se marre en vidant un cendrier dans un sac poubelle. Je pose la tête sur le coussin derrière moi et ferme les yeux. Je ne vais pas pouvoir dessoûler. Jamais. Pas si je veux que la douleur s'en aille, pas si je dois rester assis ici, comme un con, avec ce trou dans la poitrine. Je me sens nerveux et impatient, j'ai la gerbe, je suis crevé, on ne fait pas pire mélange.

— Elle arrive dans vingt minutes !

J'ouvre les yeux et je vois James déjà habillé, tournant en rond dans le petit séjour.

— On sait. Ta gueule. On passe par là une fois par mois.

Janine s'allume un joint et je tends la main pour l'attraper dès qu'elle exhale la fumée.

Je dois m'auto-médicamenter ; je ne vois pas d'autre possibilité pour un lâche comme moi, tout juste capable de traîner dans un coin et de se planquer de la douleur lancinante d'avoir sa vie entière arrachée.

La première latte me fait tousser. La brûlure sèche de l'excès d'herbe a envahi mes poumons. À ma troisième latte, la douleur diminue, l'anesthésie prend le relais. Pas totalement comme ça le devrait, mais j'y suis presque. Je vais retrouver mon état d'origine.

— Passe-moi ça aussi.

Je tends la main vers la bouteille que tient Janine.

— Il n'est pas encore midi.

— Je ne t'ai pas demandé l'heure ni la météo. Je t'ai demandé la vodka.

Je lui arrache la bouteille des mains et elle soupire, exaspérée.

— Alors tu as abandonné la fac ?

Mark fait des petits ronds de fumée.

— Non…

Merde.

— Je ne sais pas. Je ne suis pas encore allé si loin.

J'avale une bonne lampée d'alcool, accueillant la brûlure qui serpente dans mon corps vide. Putain, je ne sais pas ce que je vais faire avec la fac. Il ne me reste qu'un demi-semestre pour finir. J'ai rendu mes dissertes et déjà dit que je ne participerais pas à cette putain de cérémonie à la con. J'ai aussi un appartement avec tout mon bordel à l'intérieur et une caisse garée à l'aéroport de Seattle.

— Janine, va voir s'il y a encore de la vaisselle dans l'évier.

— Non, c'est toujours moi qui me tape la vaisselle, merde…

— Je t'invite à déjeuner. Je sais que tu n'as pas de fric.

La proposition de Mark marche, elle nous laisse tranquilles dans le séjour.

J'entends James bouger des trucs dans sa chambre, on a l'impression qu'il refait la déco.

— C'est qui cette Carla ?

— C'est la copine de James. Elle est vraiment cool en fait, mais elle est un peu snob. C'est pas le genre pétasse ou connasse, mais c'est pas trop son truc, tout ça. (Mark désigne d'un geste l'appartement pourri.) Elle est en fac de médecine et ses parents ont du pognon et tout.

— Alors qu'est-ce qu'elle fout avec James, elle déconne ou quoi ?

— Je vous entends, bande de connards !

James gueule depuis sa chambre. Mark rigole maintenant, bien plus que moi.

— Je ne sais pas, mais il fait sa fiotte et il rentre en mode panique chaque fois qu'elle se pointe. Elle vit en Écosse, alors c'est genre une fois par mois, mais c'est toujours pareil. Il est toujours en train d'essayer de l'impressionner. C'est pour ça qu'il s'est inscrit à la fac, même s'il a déjà foiré deux partiels.

— Et c'est pour ça qu'il baise ta sœur tout le temps ?

Je hausse un sourcil en posant la question. James n'a jamais été du genre fidèle, putain, ça c'est sûr. Il passe la tête dans l'embrasure de la porte pour se défendre :

— Je ne vois Carla qu'une fois par mois et ça fait des semaines que je n'ai pas baisé Janine ! Maintenant, arrêtez de vous occuper de mes oignons, sinon je vous dégage tous les deux à coups de pied dans le cul !

— C'est bon ! Va te raser les couilles, ou un truc dans le genre.

Mark me passe le joint. Il tapote l'étiquette de la bouteille de vodka posée entre mes jambes.

— Écoute Scott, je ne suis pas du genre à entrer dans ces conneries de drames amoureux, mais tu ne trompes personne avec ton petit jeu à la con.

— Je ne joue à aucun jeu.

— Mais bien sûr ! Tout ce que je vois, c'est que tu te pointes ici à Londres après t'être barré pendant trois ans, sans parler de cette meuf que tu as ramenée. Et tu te pintes la gueule. Et en plus, je crois que tu t'es pété la main.

Ses yeux vont de mon visage à la bouteille en passant par le joint.

— C'est pas tes oignons. Depuis quand ça te fait quelque chose de voir quelqu'un se ramasser une cuite ? Tu t'en prends une par jour.

Mark me fait de plus en plus chier avec son besoin soudain de fourrer son nez dans ma vie. J'ignore son commentaire sur ma main qui, c'est vrai, est en train de virer au vert et violet. Mais ce mur de plâtre à la con tout pourri ne peut pas m'avoir pété la main.

— Fais pas le con, tu peux consommer tout ce que tu veux. Je ne me rappelais pas que tu étais aussi susceptible ; tu n'en avais rien à battre de rien avant.

— Je ne suis pas susceptible, tu fais tout un fromage de que dalle. Cette meuf est juste dans la même fac que moi en Amérique. Je l'ai baisée. Elle voulait voir l'Angleterre, alors elle a payé nos billets pour venir ici et je l'ai encore baisée sur les terres de notre souveraine la Reine. Fin de l'histoire.

Je prends une nouvelle bonne gorgée de vodka pour noyer toutes les saloperies qui sortent de ma bouche.

Mark n'a toujours pas l'air convaincu.

— Mais bien sûr !

Il lève les yeux au ciel, une sale habitude de merde qu'il a chopée de sa sœur.

Il m'emmerde, je me tourne pour le regarder et avant même de parler, je sens la bile remonter dans ma gorge.

— Bon, quand je l'ai rencontrée, elle était vierge et je l'ai baisée pour gagner un pari qui m'a valu un bon paquet de pognon, alors non, je ne suis pas susceptible. Elle n'est rien pour moi…

Cette fois-ci, je ne peux pas ravaler. Je mets ma main sur ma bouche et fonce vers la salle de bains où je me fais engueuler par James d'avoir gerbé partout.

∞

16

Tessa

— Ce truc, c'est comme un petit ordinateur portable.

J'appuie sur une icône de mon nouveau gadget. Ce nouvel iPhone a plus de fonctionnalités qu'un ordinateur. Je passe un doigt sur le grand écran en appuyant sur les petits carrés. En actionnant la petite caméra, j'ai un sursaut de recul : une image de moi sous un angle peu flatteur me fait une grimace. Je l'éteins vite, puis appuie sur l'icône Safari. D'instinct, j'entre une recherche sur Google. Ce téléphone est tellement bizarre. C'est assez perturbant, mais j'ai hâte d'apprendre à manœuvrer la bête. Je ne l'ai que depuis dix minutes, je n'ai même pas encore quitté le magasin. Tout le monde a l'air de s'en servir trop facilement, tapotant et glissant les doigts sur l'écran géant ; mais il y a tellement de choix. Trop en fait.

Mais bon, je me dis que c'est cool d'avoir autant de choix pour m'occuper. Ce truc pourrait me divertir pendant des heures, peut-être même des jours. Je parcours les différents choix musicaux et suis stupéfaite d'avoir à portée de doigt une liste de chansons sans fin.

— Vous souhaitez que je vous aide à transférer vos contacts et dossiers personnels dans votre nouveau téléphone ?

J'avais oublié la présence de la jeune fille derrière le comptoir et celle de Landon, tant j'étais captivée et occupée à essayer de prendre en main mon nouveau jouet.

— Euh, non merci.

— Vous êtes sûre ? Ça ne prendra qu'une seconde.

Elle insiste, le regard surpris et chargé d'eye-liner, tout en mâchouillant un chewing-gum.

— Je me souviens de tous les numéros dont j'ai besoin.

Elle hausse les épaules et fixe Landon du regard.

— J'ai besoin du tien, Landon.

Celui de ma mère et celui de Noah ont toujours été les seuls qui m'étaient vraiment nécessaires. Aujourd'hui, il me faut un nouveau départ. Mon nouveau smartphone, tout beau tout neuf avec ces quelques numéros mémorisés, m'y aidera. Autant j'avais toujours refusé d'investir dans un nouveau téléphone, autant je suis contente de l'avoir fait maintenant. C'est étonnamment rafraîchissant de repartir à zéro : pas de contact, pas de photo, rien.

Landon m'aide à entrer ses coordonnées et nous quittons le magasin.

— Je te montrerai comment retrouver ta musique. De toute façon, c'est plus facile sur cet appareil.

Landon est tout sourires, en entrant sur l'autoroute. Nous revenons du centre commercial où j'ai dû dépenser beaucoup d'argent pour me refaire une garde-robe suffisante pour tenir une semaine.

Une rupture nette, voilà ce qu'il me faut. Aucun souvenir, pas de nostalgie en parcourant, image après image, un album photo. Je ne sais ni où aller ni quoi faire, mais ce dont je suis sûre, c'est que m'accrocher à quelque chose qui ne m'a jamais appartenu ne me blessera que davantage.

Au cours du déjeuner, je demande à Landon :
— Tu sais comment va mon père ?
— Ken a appelé pour prendre des nouvelles samedi et ils lui ont dit que Richard s'adaptait. Les premiers jours vont être les pires.
Landon tend la main pour piquer quelques frites dans mon assiette.
— Tu sais quand je pourrai lui rendre visite ?
Si tout ce qui me reste c'est mon père, que je ne voyais plus jusqu'au mois dernier, et Landon, je veux rester aussi proche d'eux que possible.
— Je ne sais pas trop, mais je demanderai quand nous rentrerons à la maison.
Landon me regarde. Sans m'en rendre compte, je m'agrippe à mon nouveau téléphone comme à une bouée en le serrant contre mon cœur. Ses yeux débordent de sympathie.
— Je sais que ça ne fait qu'un jour, mais as-tu réfléchi à ma proposition pour New York ?
— Oui, un peu.
J'attends d'avoir parlé à Kimberly et Christian avant de prendre une décision. J'ai eu des nouvelles ce matin et elle m'a annoncé qu'ils rentraient d'Angleterre jeudi. J'essaie toujours d'assimiler le fait que nous ne sommes que mardi. J'ai vraiment l'impression que ça fait plus de deux jours que j'ai quitté Londres.
Mon esprit s'envole vers *lui* : qu'est-il en train de faire… ou avec qui traîne-t-il ? Est-ce qu'il touche cette morue en ce moment ? Est-ce qu'elle porte encore son t-shirt ? Pourquoi suis-je en train de me torturer en pensant à lui ? J'ai évité de faire ça ces derniers jours et là, je vois ses yeux verts injectés de sang et je sens le bout de ses doigts me caresser la joue.

En fouillant dans ma valise à l'aéroport de Chicago, je suis tombée sur un t-shirt noir et sale, j'en ai été à la fois blessée et pathétiquement soulagée. J'étais partie pour chercher mon chargeur de téléphone et j'ai terminé par trouver son dernier coup bas. Peu importe le nombre de fois où j'ai essayé, je n'ai jamais pu me lever pour le jeter dans la poubelle la plus proche. Impossible. Du coup, je l'ai remis au fond de ma valise et je l'ai enterré sous mes propres vêtements.

Tu parles d'une rupture nette… mais je m'accorde cette petite faveur, c'est tellement dur. Mon univers s'est trouvé tellement déchiré, piétiné, et je suis seule à ramasser les morceaux…

Non. Comme je l'ai décidé dans l'avion, je ne dois pas me laisser aller à de pareilles idées. Elles ne me mèneront nulle part. M'apitoyer sur mon sort ne fera qu'envenimer la situation.

— Je penche de plus en plus pour New York, mais j'ai besoin d'un peu plus de temps pour prendre ma décision.

— Bien. (Son sourire est contagieux.) Il nous faudrait partir dans trois semaines environ, à la fin du semestre.

— Je l'espère.

Je soupire, souhaitant désespérément que le temps passe plus vite. Une minute, une heure, un jour, une semaine, un mois, n'importe quelle unité de temps qui passe est bonne à prendre à ce stade.

Et c'est le cas, le temps passe et, bizarrement, je me retrouve à suivre sa course. Le problème, c'est que je n'ai pas encore décidé si c'était une bonne chose, ou pas.

∞

17

Hardin

Quand j'ouvre la porte d'entrée de l'appartement, je suis surpris de voir toutes les ampoules allumées. Ce n'est pas le genre de Tessa. Elle est très stricte pour contrôler les dépenses d'électricité.

— Tess, je suis rentré. Tu es là ?

Je sens l'odeur du dîner dans le four, et notre petite stéréo diffuse une musique douce.

Je jette mon classeur et mes clés sur la table et pars à sa recherche. Je remarque vite que la porte de la chambre est légèrement entrouverte, puis j'entends des voix qui en sortent, couvrant la musique dans le couloir. À l'instant où j'entends sa voix, j'ouvre la porte en grand dans un geste de colère.

— *Qu'est-ce que c'est que ce bordel ?*

Mon cri résonne dans toute la pièce.

— Hardin ? Qu'est-ce que tu fais là ?

Comme si j'interrompais quelque chose, Tessa tire le dessus de lit sur son corps nu, un léger sourire aux lèvres.

— Ce que je fais ici ? Qu'est-ce qu'il fout là, lui ?

D'un doigt accusateur, je désigne Zed qui s'extirpe du lit pour se rhabiller.

Tessa continue de me fusiller du regard comme si j'étais une grosse merde posée sur notre lit.

— Tu ne peux plus venir ici, Hardin. C'est la troisième fois ce mois-ci. (Elle soupire et baisse la voix.) Tu as recommencé à boire ?

Elle pose cette question sur un ton mêlé de sympathie et d'irritation.

Zed passe devant le lit et s'interpose entre nous deux d'un geste protecteur, il laisse planer son bras sur son… son ventre arrondi.

Non…

— Est-ce que tu ? Tu es… ? Toi et lui ?

Les questions m'étouffent.

Elle soupire encore, resserrant la couverture autour de son corps.

— Hardin, on a déjà abordé le sujet de nombreuses fois. Tu n'habites plus ici depuis… je ne sais plus trop, mais je crois que ça fait un peu plus de deux ans.

Son ton factuel et la manière dont elle cherche Zed du regard pour l'aider à gérer mon intrusion me sont complètement étrangers.

Je suis confus, j'en perds le souffle et m'effondre à genoux devant eux. Puis je sens une main sur mon épaule.

— Désolé, mais il faut que tu y ailles. Tu la bouleverses.

La voix de Zed se moque doucement de moi.

— Tu ne peux pas me faire ça.

Je la supplie en tendant la main vers son ventre de femme enceinte. Ça ne peut pas être vrai. Ça n'est pas possible.

— C'est ta faute. Je suis désolée, Hardin, mais tout est ta faute.

Zed lui caresse le bras pour la calmer et un sentiment de rage s'empare de moi. Je fouille dans mes poches pour trouver mon briquet. Aucun des deux ne s'en rend compte, ils restent juste collés l'un à l'autre tandis que mon pouce roule sur le mécanisme. La petite flamme est une bonne amie maintenant, je l'approche des rideaux. Mes yeux se ferment à l'instant où le visage de Tessa s'illumine des flammes rageuses qui dévorent la pièce.

— Hardin !

Le visage de Mark est la première chose que je vois quand j'ouvre les yeux. Je le repousse et dégage du canapé fissa en me cassant la gueule par terre en mode panique totale.

Tessa était… et j'étais…

— Putain mec, tu faisais un rêve de malade. (Mark secoue la tête.) Ça va ? Tu es trempé.

Je cligne des yeux plusieurs fois et passe la main dans mes cheveux trempés de sueur. Ma main me fait un mal de chien. Je me disais que les bleus disparaîtraient rapidement, mais ils sont encore là.

— Ça va ?

— Je...

Il faut que je me tire de là. Il faut que je me casse ou fasse un truc, n'importe quoi. L'image de la pièce en feu est gravée dans ma mémoire.

— Prends ça et rendors-toi, il est quatre heure du mat'.

Il fait tomber un cachet dans ma main couverte de sueur.

Je hoche la tête, incapable de parler. J'avale le cacheton sans rien et me rallonge sur le canapé. Après un dernier coup d'œil, Mark repart dans sa chambre et, de ma poche, je sors mon téléphone pour regarder la photo de Tessa.

Avant de pouvoir m'en empêcher, mon doigt effleure l'icône pour l'appeler. Je sais que je ne devrais pas, mais si je pouvais entendre sa voix ne serait-ce qu'une fois, peut-être que je pourrais dormir en paix.

« Le numéro que vous avez composé n'est pas en service actuellement… » m'annonce froidement une voix synthétique enregistrée.

Quoi ? Je regarde mon écran et je recommence. Même message. Encore et encore. Elle ne peut pas avoir changé de numéro. Elle ne ferait pas ça…

« Le numéro que… »

J'entends le message pour la dixième fois.

Tessa a changé de numéro de téléphone. Un nouveau numéro pour s'assurer que je ne puisse pas la joindre.

Quand je me rendors, plusieurs heures plus tard, je fais encore un rêve. Il commence comme d'habitude, je rentre chez nous, dans notre appartement, mais cette fois-ci, il n'y a personne à la maison.

∞

18

Hardin

— Tu ne m'as pas laissé finir ce que j'ai commencé dimanche.

Janine s'appuie sur moi, la tête posée sur mon épaule. Je bouge un peu pour m'éloigner d'elle, mais elle prend ça pour le signe qu'on peut s'allonger sur le canapé, et se rapproche.

— C'est bon.

Je la repousse pour la centième fois depuis quatre jours. Ça fait vraiment quatre jours ?

Putain.

Il faudrait que le temps passe plus vite, sinon je ne sais pas comment je vais survivre.

— Il faut que tu te détendes. Je peux t'aider pour ça.

Elle passe ses doigts sur la peau nue de mon dos. Ça fait plusieurs jours que je ne me suis pas lavé et que je n'ai pas porté un t-shirt. Je n'ai pas pu me résoudre à remettre cette merde après que Janine l'a portée. Il portait son odeur, pas celle de mon amour.

Putain, Tessa. Je deviens taré. Je sens que les joints qui tenaient mon esprit à peu près droit sont en train de s'écarter les uns des autres, jusqu'au point de rupture.

C'est ce qui se passe chaque fois que je dessoûle : Tessa s'infiltre malicieusement dans mon cerveau. Le cauchemar qui m'a torturé hier soir me nargue encore. Je ne lui ferais jamais de mal, pas physiquement. Je l'aime. Je l'aimais. Putain, je l'aime encore et je l'aimerai toujours, mais il n'y a que dalle que je puisse y faire.

Je ne peux pas me battre tous les jours pour être parfait pour elle. Je ne suis pas celui qu'il lui faut et ce ne sera jamais le cas.

— J'ai besoin d'un verre.

Janine se lève langoureusement du canapé pour aller dans la cuisine, mais quand une autre image inopportune de Tessa s'incruste dans ma tête, je lui gueule :

— Dépêche-toi !

Elle revient avec une bouteille de whisky dans les mains, mais s'arrête et me regarde :

— C'est à moi que tu parles, là ? Si tu veux jouer les enfoirés, au moins fais en sorte que je ne le regrette pas.

Je n'ai pas quitté cet appartement depuis que j'y suis arrivé, pas même pour descendre chercher des fringues propres dans ma voiture de location. James, interrompant là mes pensées, annonce en entrant dans le séjour :

— Je pense toujours que ta main est cassée, Carla sait de quoi elle parle. Tu devrais aller à l'hôpital.

— Non, c'est bon.

Je serre le poing puis étire mes doigts pour le prouver. Mais la douleur me fait grimacer, avec quelques jurons pour accompagner le tout. Je sais qu'elle est cassée. Je n'ai juste pas envie de la montrer. Ça fait quatre jours que je me soigne maintenant, quelques jours supplémentaires ne vont pas me tuer.

— Ça ne va jamais guérir si tu ne fais rien. Vas-y vite fait et quand tu reviendras, tu pourras avoir une bouteille pour toi tout seul, insiste James.

James le connard me manque. Le James qui baisait les filles et montrait l'enregistrement à leur mec une heure après. Ce petit con de James qui s'inquiète pour ma santé me fait royalement chier. Et Janine surenchérit en cachant la bouteille derrière son dos.

— Ouais, il a raison, Hardin.

— Putain, vous faites chier.

En marmonnant, je chope mes clés, mon portable et me tire. J'attrape un t-shirt sur le siège arrière de ma caisse et l'enfile avant d'aller à l'hosto.

La salle d'attente des urgences est surpeuplée de gamins bruyants et je me retrouve à devoir m'asseoir sur le seul siège libre, à côté d'un SDF geignard qui s'est fait rouler sur le pied par une voiture.

— Ça fait combien de temps que tu poireautes ?

Je lui demande ça alors qu'il pue les poubelles, mais je ne peux rien dire parce qu'il y a de bonnes chances que j'empeste encore plus que lui. Il me rappelle Richard, je me demande comment il se sort de sa cure de désintox. Le père de Tessa est en cure de désintoxication et je me retrouve à me noyer dans l'alcool, m'enfumer le cerveau d'herbe et à pimenter le tout avec une pilule de temps en temps, grâce à Mark. Le monde est si merveilleux.

— Deux heures.

— Putain de merde.

Je ronchonne plus pour moi que pour autre chose et fixe le mur. J'aurais dû savoir qu'il ne fallait pas venir ici à vingt heures.

Une demi-heure plus tard, on appelle mon nouveau pote clodo, ce qui me permet de respirer de nouveau par le nez. Un homme entre dans le couloir en bafouillant :

— Ma fiancée est en train d'accoucher.

Il est vêtu d'une chemise bien repassée et d'un pantalon de toile. Il a une tête qui me dit quelque chose, bizarrement.

Quand une petite brune très enceinte passe devant lui, je m'enfonce sur mon siège en plastique. Bien sûr, il fallait que ça arrive. Il fallait que je vienne encore bourré me faire examiner une main cassée pile au moment où elle est sur le point d'accoucher et arrive à l'hôpital.

— Vous pouvez nous aider ? Elle a besoin d'un fauteuil roulant ! Elle a perdu les eaux il y a vingt minutes et ses contractions sont espacées de seulement cinq minutes !

Ses conneries de tourner en rond comme un lion en cage rendent les autres patients dans la salle d'attente nerveux, mais la fille enceinte éclate de rire tout simplement et serre la main de son homme dans les siennes. Mais bon, ça c'est du Natalie tout craché.

— Ça va, je peux marcher. Tout va bien.

Natalie explique à l'infirmière que son fiancé, Elijah, panique plus que nécessaire. Il continue à faire des allers-retours, mais elle reste calme, presque comme une hôtesse d'accueil, et j'en rigole depuis mon siège. C'est là qu'elle me repère et voit que je l'observe.

Un grand sourire illumine son visage :

— Hardin ! Quelle coïncidence !

C'est ça le côté radieux des femmes enceintes dont tout le monde parle ?

— Salut.

J'évite de regarder vers la tête de son mec.

— J'espère que tu vas bien.

Elle s'approche de moi tandis qu'il parle à l'infirmière.

— J'ai rencontré ta Tessa l'autre jour. Elle est là, avec toi ?

Natalie regarde autour d'elle.

Elle ne devrait pas genre hurler à la mort de douleur ?

— Non, elle, euh…

Je tente de trouver une explication mais juste à ce moment-là, une autre infirmière sort du bureau des admissions et annonce :

— Mademoiselle, nous sommes prêts à vous accueillir.

— Oh, tu entends ça ? C'est l'heure du grand show. C'était sympa de te voir, Hardin !

Natalie se retourne, puis regarde par-dessus son épaule et me fait un petit signe.

Je me pose sur mon cul, la bouche grande ouverte.

Ça doit être une mauvaise blague venue du ciel. Je ne peux pas m'empêcher d'être un peu content pour elle ; je n'ai pas complètement détruit son existence… Elle est là, souriante, folle amoureuse, prête à donner naissance à son premier enfant, tandis que je suis ici tout seul dans une salle d'attente blindée, que je pue et que je suis blessé.

Je me suis fait rattraper par le Karma.

∞

19

Tessa

— Merci de m'avoir suivie jusqu'ici. Je veux juste déposer la voiture et prendre mes dernières affaires.

Landon reste penché à la portière de sa voiture.

J'ai eu un doute sur la voiture. Devais-je la laisser ou pas ? Je ne voulais pas l'abandonner chez Ken parce que j'avais peur de ce qu'Har… il… me dirait ou ferait, s'il refaisait éventuellement surface. Le parking de notre immeuble est une bien meilleure option ; c'est un beau quartier, dans lequel la police passe souvent, et je ne pense pas qu'on puisse leur échapper si on tente de l'abîmer ou la voler.

— Tu es sûre que tu ne veux pas que je monte avec toi ? Je pourrais t'aider à porter tes affaires.

— Non, je vais y aller seule. Je n'ai pas grand-chose de toute façon. Je ne vais faire qu'un voyage, merci.

Ce n'est que pure vérité, mais la vérité vraie, c'est que je veux juste faire mes adieux à notre ancien appartement toute seule. Sans personne : c'est plus simple comme ça.

Dans l'entrée de l'immeuble, j'essaie de refouler les vieux souvenirs. Je ne dois penser à rien : des espaces blancs et des fleurs blanches et de la moquette blanche et des murs blancs. Je ne pense pas à lui. Seulement à des trucs blancs, des fleurs, des murs, pas lui.

Mais bon, mon esprit a d'autres idées pour moi et, doucement, les murs blancs se retrouvent striés de noir, la moquette souillée de taches de peinture noire et les fleurs se fanent et pourrissent, laissant des reliquats noirs qui s'envolent.

Je ne suis ici que pour récupérer quelques affaires, un carton de vêtements, mon classeur pour les cours. C'est tout. L'affaire me prendra cinq minutes tout au plus. Cinq minutes ne suffisent pas pour se faire aspirer par les ténèbres.

Ça fait quatre jours maintenant, et je suis de plus en plus forte. C'est plus facile de respirer à chaque seconde qui passe sans lui. Revenir ici, dans cet appartement, pourrait porter un coup terrible à mes progrès, mais j'ai besoin de franchir ce cap si je veux passer à autre chose et ne jamais regarder en arrière. Je pars pour New York.

Je vais renoncer au semestre d'été à la fac que je prévoyais de faire, et m'approprier cette ville qui va devenir la mienne, au moins pour quelques années. Quand j'y serai, je n'en partirai pas avant d'avoir terminé la fac. Si je me fais transférer dans une autre université, mon dossier universitaire en sera entaché, alors je dois rester au même endroit jusqu'à la fin. Et cet endroit, ce sera New York City. L'idée est effrayante et ma mère ne sera pas contente, mais cette décision ne la concerne pas. C'est mon choix, et je prends enfin des décisions en me basant seulement sur mes besoins et en pensant à mon avenir. Mon père sortira de son programme de désintoxication quand je serai installée et si c'est possible, j'adorerais qu'il nous rende visite à Landon et moi.

Je commence à paniquer rien qu'en pensant à mon manque de préparation pour ce déménagement, mais Landon va m'aider à régler les derniers détails ; nous avons passé les deux dernières journées à envoyer des candidatures pour tout un tas de bourses universitaires. Ken m'a rédigé et envoyé une lettre de recommandation et Karen m'a aidée à chercher un job à temps partiel sur Google. Sophia aussi était là tous les jours, à me donner des tuyaux sur les meilleurs coins de la ville et à m'avertir des dangers qu'il y a à vivre dans une ville de cette taille. Elle a été gentille et a proposé de parler à son patron pour m'aider à trouver un boulot d'hôtesse d'accueil dans le restaurant dans lequel elle-même va travailler.

Ken, Karen et Landon m'ont recommandé de simplement demander à être mutée dans la nouvelle branche des Éditions Vance qui va ouvrir dans les prochains mois. Il me sera impossible de vivre à New York sans une source de revenus, mais c'est tout aussi impossible de trouver un stage rémunéré avant d'avoir décroché mon diplôme universitaire. Je n'ai toujours pas parlé à Kimberly de mon déménagement, mais elle a trop de choses à régler elle-même en ce moment ; en plus, ils viennent juste de rentrer de Londres et c'est à peine si j'ai eu de ses nouvelles, seulement un petit texto de temps en temps, mais elle m'a promis d'appeler dès que les choses se seront calmées.

En enfonçant ma clé dans la serrure de notre appartement, je suis frappée par l'idée que je me suis mise à haïr cet endroit depuis la dernière fois que j'y suis venue. J'ai du mal à croire que je l'ai tant aimé. En entrant, je vois que la lumière du séjour est restée allumée, c'est tellement lui de partir en voyage à l'autre bout du monde en laissant une ampoule allumée.

Au fond, ça ne fait qu'une semaine. Apprécier le temps est difficile lorsqu'on est en enfer.

Je vais directement dans la chambre pour récupérer le classeur pour lequel je suis venue. Aucune raison de faire durer ça plus que nécessaire. Il n'est pas sur l'étagère où je pensais l'avoir laissé, ce qui m'oblige à fouiller dans les piles de papiers d'Hardin. Il l'a probablement fourré dans une armoire en essayant de ranger la pièce en bazar.

La vieille boîte à chaussures est toujours sur l'étagère et ma curiosité l'emporte. Je l'attrape et m'assieds en tailleur par terre. J'enlève le couvercle et le pose à côté de moi. La boîte est pleine de feuilles couvertes d'une écriture manuscrite recto verso sur des lignes inégales. Je remarque ensuite que certaines feuilles sont imprimées et je choisis de lire celles-ci.

Vous me percez le cœur ! Ne me dites pas qu'il est trop tard ! Que ces précieux sentiments sont perdus pour toujours. Je m'offre à vous avec un cœur qui vous appartient encore plus que lorsque vous l'avez brisé il y a huit ans. Ne dites pas que l'homme oublie plus tôt que la femme, que son amour meurt plus vite. Je n'ai jamais aimé que vous[1].

Je reconnais immédiatement les mots de Jane Austen. Je parcours quelques pages, repérant des citations de-ci, des mensonges de-là, alors je préfère me tourner vers l'une des pages manuscrites.

Ce jour-là, le cinquième, est celui où le poids s'est installé dans ma poitrine. Un rappel constant de ce que j'avais fait et très certainement perdu. J'aurais dû l'appeler ce jour-là quand je regardais ses photos. Est-ce qu'elle

1. *Persuasion*, Jane Austen, chapitre XXIII, traduction Letorsay, Librairie Hachette, 1882, Paris.

aussi reste bloquée sur les photos de moi ? Elle n'en a qu'une seule et, comble de l'ironie, je me prends à regretter de ne pas l'avoir laissée en prendre plus. C'est au cinquième jour que j'ai explosé mon téléphone contre le mur en espérant le détruire complètement, mais je n'ai réussi qu'à péter l'écran. C'est au cinquième jour que je me suis mis à espérer comme un malade qu'elle m'appelle. Si elle m'appelle, alors ça ira, tout ira bien. On présentera tous les deux des excuses et je rentrerai à la maison.

En lisant le paragraphe pour la seconde fois, mes yeux sont pleins de larmes.

Pourquoi je me torture en lisant ça ? Il doit avoir écrit ce truc il y a longtemps, juste après son retour de Londres la dernière fois. Il a complètement changé d'avis, il ne veut plus rien avoir à faire avec moi et, en fin de compte, ça me va. Je n'ai pas le choix. Je vais lire un autre paragraphe et je remettrai le couvercle sur la boîte à chaussures. Juste un seul. Je me le promets à moi-même.

Le sixième jour, je me suis réveillé avec les yeux enflés et injectés de sang. Je n'arrivais pas à croire que j'avais perdu les pédales la veille. Le poids sur ma poitrine était encore plus lourd à porter et j'avais du mal à y voir clair. Pourquoi suis-je une telle merde ? Pourquoi ai-je continué à la traiter comme une merde ? Elle est la première personne à avoir été capable de me voir, de voir en moi, le vrai moi, et je l'ai traitée comme de la merde. J'ai rejeté toute la responsabilité sur elle alors qu'en fait, c'est ma faute. Ça a toujours été ma faute. Même quand je semblais ne rien faire de mal. J'ai été grossier avec elle quand elle a essayé de me parler. Je lui ai crié dessus quand elle m'a mis mes conneries sous le nez et je n'ai pas arrêté de lui mentir. Elle m'a toujours tout pardonné. Je pouvais toujours compter sur elle et c'est peut-être pour ça que je l'ai traitée de cette manière, parce que je savais que je le pouvais. J'ai défoncé mon téléphone sous le talon de ma botte le sixième jour.

Ça y est. Je ne peux plus rien lire sans perdre le peu de force que j'ai récupérée depuis que je l'ai laissé à Londres. Je jette les pages dans la boîte et ferme le couvercle d'un grand coup. Des larmes inopportunes jaillissent de mes yeux et je n'arrive pas à partir d'ici assez vite. Je préfère encore appeler le service administratif pour obtenir un duplicata de tous mes papiers que de rester une minute de plus dans cet appartement.

Je laisse la boîte à chaussures par terre, là où elle est, et repars dans la salle de bains pour vérifier que mon maquillage n'a pas coulé avant de redescendre faire face à Landon. J'ouvre la porte, j'allume la lumière et je pousse un cri de surprise quand mon pied se prend dans quelque chose.

Quelqu'un...

Mon sang ne fait qu'un tour et j'essaie de me concentrer sur le corps par terre dans la salle de bains. Ce n'est pas possible.

Mon Dieu, pitié, faites que ce ne soit pas...

Mon regard se concentre pour découvrir que la moitié de ma prière a été entendue. Ce n'est pas le garçon qui m'a quittée qui est allongé par terre à mes pieds.

C'est mon père, avec une seringue plantée dans le bras et le visage dépourvu de toute couleur. La moitié du cauchemar.

20

Hardin

Les lunettes du médecin grassouillet sont perchées au bout de son nez et je peux lire dans ses yeux le fond de sa pensée. J'imagine qu'il est toujours énervé de m'avoir vu péter un câble quand il m'a demandé pour la dixième fois si j'étais sûr d'avoir cogné un mur. Je sais ce qu'il pense, mais il peut aller se faire foutre.

— Vous avez une fracture du métacarpe.

— Et en clair, ça donne quoi ?

Je marmonne. Je suis pratiquement calmé, mais j'en ai toujours ras-le-bol de ses questions à la con et de ses regards en biais. À travailler dans l'un des gros hôpitaux de Londres, il a certainement vu des cas pires que le mien, mais il me regarde toujours de travers chaque fois qu'il en a l'occasion.

— C'est ca-ssé. Votre main est cassée et il va falloir porter un plâtre pendant quelques semaines. Je vais vous faire une ordonnance pour vous donner quelque chose contre la douleur, mais il va falloir attendre, attendre que les os se ressoudent ensemble.

Je ne sais pas ce qui est le plus risible : l'idée d'avoir un plâtre ou qu'il puisse penser que j'ai besoin d'aide pour dominer la douleur. Il n'y a rien qu'un pharmacien puisse me donner pour m'aider à gérer cette souffrance. À moins qu'ils aient une blonde altruiste aux yeux bleu-gris en stock, ils n'ont rien qui puisse me convenir.

Une heure plus tard, ma main et mon poignet sont couverts d'un gros plâtre. J'ai essayé de ne pas me foutre de la gueule du vieux bonhomme quand il m'a demandé quelle couleur je voulais. Je me souviens que quand j'étais petit, je voulais avoir un plâtre pour que tous mes amis puissent signer leur nom dessus et y fassent des dessins stupides au marqueur indélébile ; dommage que je n'aie pas eu d'amis avant de trouver ma place entre Mark et James.

Ils ont changé, ils ne sont plus comme lorsqu'ils étaient ados. Enfin, Mark est toujours un connard au cerveau grillé par l'abus de saloperies. Rien ne pourra changer ça. Mais les changements dans leur personnalité sont assez flagrants. James se fait mener par le bout du nez par une étudiante en médecine, ce à quoi je ne me serais jamais attendu. Mark est toujours un taré qui vit dans un monde dépourvu de conséquences, mais il s'est adouci, il est plus calme et à l'aise avec lui-même. Quelque part, au cours de ces trois dernières années, ils ont tous les deux perdu cette dureté qui les protégeait comme une couverture. Non, comme un bouclier. Je ne sais pas ce qui a provoqué ce changement, mais vu ma situation actuelle, je ne le prends pas de gaieté de cœur. Je m'attendais à revoir les mêmes enfoirés qu'il y a trois ans, mais ces gars-là sont aux abonnés absents.

Oui, ils se shootent toujours plus qu'il est humainement possible de le supporter, mais ce ne sont pas les mêmes délinquants malveillants que j'ai laissés à Londres en partant.

— Passez par la pharmacie avant de partir.

Le médecin me fait un bref mouvement de tête pour me saluer et me laisse tout seul dans la salle d'examen.

— Putain.

Je tape sur la surface rigide de ce plâtre à la con. C'est la merde. Est-ce que je vais pouvoir conduire ? Écrire ?

Putain, non. Je n'ai pas besoin d'écrire de toute façon. Je dois arrêter ces conneries tout de suite, ça a assez duré ; mon cerveau dessoûlé n'arrête pas de me jouer des tours, y insinuant des idées et des souvenirs quand je suis trop distrait pour les garder à bonne distance.

La déesse du Karma n'arrête pas de me renvoyer plein de trucs à la gueule et, fidèle à sa réputation de bonne grosse salope, elle continue à se foutre de moi. Lorsque je sors mon portable de ma poche, je vois le nom de Landon apparaître sur l'écran. J'ignore l'appel et je fourre cette merde au fond de ma poche.

Putain, j'ai vraiment foutu le bordel.

∞

21

Tessa

— Elle va rester combien de temps comme ça ?

Landon interroge quelqu'un, quelque part à côté de moi.

Tous se comportent comme si je ne pouvais pas les entendre, comme si je n'étais même pas là, mais ça m'est égal. Je ne veux pas être ici et c'est agréable d'être présente mais pourtant invisible.

Karen répond doucement à son fils.

— Je ne sais pas, chéri. Elle est en état de choc.

En état de choc ? Mais non.

— J'aurais dû monter avec elle !

Landon sanglote.

Si je pouvais détourner le regard du mur couleur blanc cassé du salon des Scott, je sais que je le verrais dans les bras de sa mère.

— Elle est restée toute seule avec un mort pendant presque une heure. J'ai cru qu'elle rassemblait ses affaires et faisait ses adieux, mais je l'ai laissée toute seule avec un cadavre pendant une heure !

Landon pleure tellement, je devrais le consoler, c'est ce que je devrais faire, et je le ferais si je le pouvais.

— Oh ! Landon.

Karen aussi pleure.

Tout le monde semble pleurer sauf moi. Qu'est-ce qui ne va pas chez moi ?

— Ce n'est pas ta faute. Tu ne pouvais pas savoir qu'il serait là ; tu ne pouvais pas savoir qu'il avait renoncé à sa cure.

À un moment donné, entre quelques murmures chuchotés et plusieurs douces tentatives de me faire bouger de ma place par terre, le soleil s'est couché et les tentatives se sont espacées, jusqu'à ce qu'ils abandonnent complètement et me laissent seule dans l'immense pièce, les genoux pressés contre ma poitrine et les yeux rivés sur le mur d'en face, sans jamais changer de position.

Entre les bribes de conversation et les ordres donnés par les pompiers et les policiers, j'ai appris que mon père était mort. Je l'ai su dès que je l'ai vu, puis j'en ai été sûre quand je l'ai touché. Ils ont rendu la nouvelle officielle. Il est mort de sa propre main, en poussant une seringue dans sa veine. Les sachets d'héroïne trouvés dans la poche de son jean parlaient d'eux-mêmes, on connaissait son programme pour le week-end. Son visage était si pâle qu'il était complètement blanc et, maintenant, l'image que j'ai en tête est celui d'un masque, pas d'un visage humain. Il était tout seul dans l'appartement quand ça s'est produit, il était mort depuis des heures quand je suis tombée sur son corps. Sa vie, enfuie quand l'héroïne est sortie de la seringue, me conduit à haïr encore plus cet appartement infernal.

C'est exactement ça. Cet appartement était un enfer caché derrière un mur de briques et des bibliothèques, il l'a été dès l'instant où j'y suis entrée. Ces satanés détails charmants cachaient tous les démons de mon existence, qui me sont revenus en pleine figure. Si je n'avais jamais franchi le seuil de cette porte, ma vie serait encore entière.

J'aurais gardé ma vertu ; je ne l'aurais pas donnée à un homme qui ne m'aimerait pas assez pour rester.

J'aurais gardé ma mère ; elle n'a pas grand-chose de la figure maternelle, mais elle est la seule famille qui me reste maintenant.

J'aurais gardé un endroit où vivre et je n'aurais jamais renoué avec mon père pour trouver son corps sans vie sur le carrelage de la salle de bains à peine deux mois plus tard.

Je vois très bien quelle direction prennent mes sombres pensées, là où elles m'entraînent, mais je n'ai plus la force de les combattre. Je me suis battue pour quelque chose, pour ce que je croyais être tout, pendant bien trop longtemps, et je ne peux plus le faire.

*

— Est-ce qu'elle a un peu dormi ?

La voix de Ken est grave et prudente.

Le soleil s'est levé maintenant et je n'arrive pas à trouver la réponse à la question de Ken. Est-ce que j'ai dormi ? Je ne me rappelle pas m'être endormie ni réveillée, mais il ne me semble pas possible que j'aie passé une nuit entière à fixer ce mur blanc.

— Je ne sais pas, elle n'a pas beaucoup bougé depuis hier soir.

La tristesse contenue dans la voix de mon meilleur ami est profonde et douloureuse.

— Sa mère a appelé il y a une heure. Hardin t'a-t-il répondu ?

Ce nom, sortant de la bouche de Ken, m'aurait simplement tuée… si je n'étais pas déjà morte.

— Non, il ne répond pas à mes appels et j'ai fait le numéro que tu m'as donné pour joindre Trish, mais elle ne répond pas elle non plus. Je pense qu'elle est toujours en lune de miel. Je ne sais pas quoi faire, elle est si…

— Je sais. Elle a juste besoin de temps, l'expérience a dû la traumatiser. J'essaie toujours de comprendre comment ça a pu arriver et pourquoi je n'ai pas été informé qu'il avait quitté la clinique. J'avais donné des ordres très stricts et pas mal d'argent pour qu'ils m'appellent si quoi que ce soit se produisait.

Je veux dire à Ken et Landon d'arrêter de se blâmer pour les erreurs de mon père. Si une personne est fautive, c'est bien moi. Je n'aurais jamais dû aller à Londres. J'aurais dû rester ici pour le surveiller. Au lieu de ça, j'étais à l'autre bout du monde, à essayer de survivre à un autre deuil, et Richard Young combattait, puis perdait la bataille contre ses propres démons, tout seul.

La voix de Karen me réveille, ou me sort de ma transe, plutôt. Peu importe.

— Tessa, s'il te plaît, bois un peu d'eau. Ça va faire deux jours, ma chérie. Ta maman va venir te chercher, mon cœur. J'espère que ça va aller.

La personne que je considère le plus comme ma vraie mère me cajole doucement, essayant de percer ma bulle.

J'essaie de hocher la tête, mais mon corps ne veut pas obéir. Je ne sais pas ce qui ne va pas chez moi, mais à l'intérieur je crie et personne ne peut m'entendre.

Peut-être que je suis en état de choc, après tout. Ce n'est pas si mal comme état. J'aimerais bien rester ici aussi longtemps que possible. Ça fait moins mal.

22

Hardin

L'appartement est encore blindé de monde. J'en suis à mon deuxième verre et à mon premier joint. La brûlure constante de l'alcool sur ma langue et la fumée dans mes poumons commencent à m'atteindre. Si rester sobre ne faisait pas si mal, je ne toucherais plus à ces merdes.

— Ça fait deux jours, et cette saloperie me gratte déjà.

J'essaie de me plaindre à quiconque veut bien m'entendre.

— C'est naze, mec, mais la prochaine fois, tu ne feras pas de trou dans le mur, ok ?

Mark a un sourire sarcastique.

— Bien sûr que si.

James et Janine me vannent de concert. Janine tend la main vers moi.

— Donne-moi une autre de tes pilules contre la douleur.

Cette connasse de junkie a déjà consommé la moitié de ma réserve en moins de deux jours. Non pas que j'en aie quoi que ce soit à foutre, je n'en ai pas besoin et une chose est certaine, je me tape complètement de ce qu'elle prend. Au début, j'ai cru que les cachets m'aideraient à planer un peu plus que les saloperies de

James, mais en fait non. Ils me fatiguent, ce qui me fait dormir, ce qui me fait avoir des cauchemars, ce qui me fait systématiquement penser à elle.

Je lève les yeux au ciel.

— Je vais toutes te les filer.

Je vais chercher les cachetons dans la chambre de Mark, sous une petite pile de fringues. Ça va bientôt faire une semaine et je n'ai changé de vêtements qu'une seule fois. Avant qu'elle se tire, Carla, la gonzesse emmerdante avec le complexe du sauveur, a raccommodé les trous de mon jean avec du fil et une aiguille. Je l'aurais bien engueulée comme du poisson pourri, mais James m'aurait botté le cul si j'avais fait ça.

— Allô ? Ici le téléphone d'Hardin Scott.

J'entends la voix haut perchée de Janine s'échapper du séjour.

Putain ! J'ai laissé mon téléphone sur la table.

Comme je ne réagis pas immédiatement, j'entends Janine poursuivre avec insolence :

— Monsieur Scott est occupé pour l'instant, puis-je demander qui cherche à le joindre ?

— Passe-moi ce téléphone, tout de suite.

En deux temps trois mouvements, je suis dans la pièce et lui balance les cachets pour qu'elle lâche l'appareil.

J'essaie de rester calme quand elle les laisse tomber par terre, me fait un doigt d'honneur et continue de parler. Putain, j'en ai marre de ses conneries.

— Oooooh, Landon, c'est chaud bouillant comme petit nom ça, et tu es américain. J'adore les Américains…

Sans grande subtilité, je lui arrache le téléphone des mains et le colle à mon oreille.

— Qu'est-ce que tu veux, Landon ? Tu ne crois pas que si j'avais envie de te parler, j'aurais répondu aux…

je ne sais plus trop aux trente dernières fois où tu as appelé ?

— Tu sais quoi, Hardin ? Va te faire foutre ! Tu n'es qu'un connard égoïste, j'aurais dû savoir qu'il y avait mieux à faire que de t'appeler. Elle s'en sortira sans toi, comme d'habitude.

Il raccroche.

Se sortir de quoi ? De quoi il parle, merde ? Est-ce que je n'ai pas envie de le savoir ?

Ok, personne n'y croit. Bien sûr que j'ai envie de savoir, putain. Je le rappelle immédiatement et navigue entre plusieurs personnes pour trouver un peu de calme et d'intimité dans l'entrée. Je sens une vague de panique monter, et mon esprit malade concocte déjà le pire des scénarios possibles. Quand Janine se faufile dans le couloir, visiblement pour m'espionner, je vais direct vers la voiture de location que je n'ai toujours pas rendue.

— Quoi ?

Le ton de Landon pour me répondre est cassant…

— De quoi tu parles ? Qu'est-ce qui s'est passé ? (*Elle va bien, hein ? Ça ne peut pas être autre chose.*) Landon, dis-moi qu'elle va bien.

Je n'ai pas la patience d'encaisser son mutisme.

— C'est Richard, il est mort.

C'est bien loin de ce à quoi je m'attendais. Je le sens à travers le brouillard dans lequel je nage. J'ai cette sensation de deuil qui m'aiguillonne et, putain, je déteste ça. Je ne devrais pas le ressentir, je le connaissais même pas ce toxico… ce mec.

— Où est Tessa ?

C'est pour ça que Landon m'a appelé aussi souvent. Pas pour me faire la morale d'avoir quitté Tessa, mais pour me faire savoir que son père était mort.

— Elle est ici, à la maison, mais sa mère est en route pour venir la chercher. Elle est en état de choc, je crois ; elle n'a pas dit un mot depuis qu'elle l'a trouvé.

La dernière partie de sa phrase me fait tourner la tête et me donne envie de serrer mon poing contre ma poitrine.

— Comment ça, elle l'a trouvé ? C'est quoi ce merdier ?

— Ouais.

La voix de Landon se brise à l'autre bout de la ligne téléphonique et je l'entends pleurer. Et ça ne me fait pas autant chier que d'habitude.

— Putain !

Pourquoi est-ce qu'un truc pareil est arrivé ? Comment est-ce que ça a pu arriver juste après que je l'ai renvoyée chez elle ?

— Où était-elle, où était le corps ?

— Dans votre appartement. Elle y est allée pour récupérer ses dernières affaires et déposer ta voiture.

Bien sûr, même après tout ça et même avec la manière dont je l'ai traitée, elle a été assez prévenante pour penser à ma voiture.

Je me force à prononcer ces mots qu'à la fois je veux et ne veux pas dire :

— Passe-la moi, je vais lui parler.

J'ai envie d'entendre le son de sa voix ; j'ai touché le fond, je me suis endormi les deux dernières nuits en écoutant le message automatique me rappelant qu'elle a changé de numéro.

— Tu ne m'as pas entendu, Hardin ? (Landon est exaspéré.) Elle n'a pas dit un mot ni bougé ces deux derniers jours, sauf pour aller aux toilettes et encore, je n'en suis même pas sûr. Je ne l'ai pas vue bouger du tout. Elle ne boit rien, ne mange rien non plus.

Toutes ces conneries que je repousse, que j'essaie d'ignorer, me submergent et me font couler. Je me contrefous des répercussions, je me tape que le dernier cheveu de santé mentale qui me reste disparaisse : j'ai besoin de lui parler. J'arrive près de la voiture et je monte dedans. Je sais immédiatement ce que je dois faire, c'est très clair.

— Pose simplement le téléphone contre son oreille. Fais-moi confiance, c'est tout.

Pourvu que Landon m'écoute. Je démarre la voiture, priant silencieusement pour que qui que ce soit là-haut fasse en sorte que je ne me fasse pas arrêter sur le chemin de l'aéroport.

— J'ai peur que si elle t'entend, tout empire.

Je mets le haut-parleur du téléphone et augmente le volume au maximum, et je pose mon portable sur le tableau de bord.

— Putain, Landon !

Je tape mon plâtre contre le volant. C'est assez dur comme ça de conduire avec ce putain de truc.

— Pose le téléphone contre son oreille, maintenant, s'il te plaît.

J'essaie de garder une voix calme et contrôlée en dépit du cyclone qui me ravage de l'intérieur.

— Bien, mais ne dis rien qui la bouleverse. Elle en a déjà assez bavé comme ça.

— Ne me parle pas comme si tu la connaissais mieux que moi !

Ma colère contre mon beau-frère-qui-sait-tout a atteint un nouveau sommet et j'en quitte ma file sur la route en lui gueulant dessus.

— Peut-être pas, mais tu sais quoi ? Je sais que tu es un gros con de lui avoir fait subir Dieu sait quoi encore. Et tu sais quoi d'autre ? Si tu n'étais pas aussi égoïste, tu aurais été ici avec elle et elle ne serait pas dans cet état à l'heure actuelle. Oh ! et une dernière chose…

— *Assez !* (Je tape encore mon plâtre contre le volant.) Putain, pose simplement le téléphone contre son oreille. Que tu joues au con ne va pas faire avancer le problème. Alors, *tu me la passes au téléphone et fissa !*

Un moment de silence précède la voix de Landon qui parle doucement :

— Tessa ? Tu m'entends ? Bien sûr que oui. (Il rit à moitié. J'entends la tristesse dans sa voix tandis qu'il l'amadoue.) Hardin est au téléphone et il…

Une douce psalmodie s'infiltre dans le haut-parleur et je me penche vers le téléphone pour essayer de mieux entendre. *C'est quoi ça ?* Le chant continue quelques secondes, bas et troublant, et je mets un long moment pour comprendre que c'est la voix de Tessa qui répète sans cesse le même mot :

— Non, non, non, (elle répète sans discontinuer ni ralentir) non, non, non, non, non, non…

Ce qui reste de mon cœur explose en trop de pièces pour pouvoir les compter.

— Non, pitié, non !

Oh, mon Dieu ! Maintenant elle crie.

— C'est bon, c'est bon. Tu n'as pas besoin de lui parler…

Il raccroche et je rappelle, sachant que personne ne va me répondre.

∞

23

Tessa

— Je vais te soulever maintenant.

C'est une voix bien connue, que je n'ai pas entendue depuis trop longtemps, qui essaie de me réconforter.

Des bras vigoureux me soulèvent du sol et m'enveloppent comme une enfant.

J'enfouis mon visage dans le cou de Noah, je me love contre sa poitrine robuste et je ferme les yeux.

La voix de ma mère est là, elle aussi. Je ne la vois pas, mais je peux l'entendre.

— Qu'est-ce qu'il lui arrive ? Pourquoi ne parle-t-elle pas ?

Ken essaie de la rassurer.

— Elle est juste en état de choc. Elle va bientôt s'en sort…

— Eh bien, que suis-je censée faire d'elle si elle ne m'adresse même pas la parole ?

Noah, capable de gérer ma mère au cœur de pierre comme personne, dit doucement :

— Carol, elle a découvert le corps de son père il y a quelques jours. Ayez un peu d'indulgence pour elle.

Je n'ai jamais été aussi soulagée d'être dans les bras de Noah de toute ma vie.

Autant j'aime Landon et je suis reconnaissante envers sa famille, autant j'ai besoin d'être emportée loin de cette maison. J'ai besoin de quelqu'un comme mon plus vieil ami maintenant. Quelqu'un qui me connaissait avant.

Je deviens folle, je sais que c'est vrai. Mon esprit ne fonctionne pas comme il le devrait depuis que mon pied est entré en contact avec le très rigide et très immobile corps de mon père. Je n'ai pas été capable de détacher une seule pensée rationnelle de mon cerveau depuis que j'ai crié son nom et l'ai secoué si fort que sa mâchoire s'est ouverte, puis que la seringue est sortie de son bras, atterrissant sur le carrelage en produisant un petit bruit sec qui résonne encore dans mon esprit en panne. Un petit bruit tout simple. Un petit bruit absolument abominable.

J'ai senti quelque chose se rompre en moi quand la main de mon père s'est dégagée de la mienne, dans un spasme musculaire involontaire dont la signification m'échappe encore. Je dois décider si ce spasme a vraiment existé ou si ma tête a créé un faux sentiment d'espoir. Un espoir qui s'est vite évaporé quand j'ai revérifié son pouls pour ne rien trouver, et que mon regard a plongé dans son regard mort.

Le mouvement des pas de Noah qui m'aide à traverser la maison me berce calmement. Landon demande doucement :

— J'appellerai sur son téléphone pour prendre de ses nouvelles dans quelques heures. Est-ce que vous pourriez répondre pour que je sache comment elle va ?

Je veux savoir comment va Landon ; j'espère qu'il n'a pas vu ce que j'ai eu sous les yeux, je n'arrive pas à m'en souvenir.

Je sais que je tenais la tête de mon père entre mes mains et je pense que je criais, ou que je pleurais, voire les deux, quand j'ai entendu Landon entrer dans l'appartement. Je me souviens qu'il m'a un peu brusquée pour que je laisse partir l'homme que je commençais seulement à connaître, mais après ça, mon esprit saute directement au moment où l'ambulance est arrivée et tout s'efface jusqu'à ce que je me retrouve assise par terre dans la maison des Scott.

— Promis.

Noah ouvre la porte de la moustiquaire.

De froides gouttes de pluie s'écrasent sur mon visage, chassant plusieurs journées de larmes et de saleté.

— Tout va bien. On rentre à la maison maintenant, tout va bien se passer.

Les mains de Noah repoussent de mon front mes cheveux trempés de pluie. Je garde les yeux fermés et repose ma joue contre sa poitrine ; son battement puissant me rappelle le moment où j'ai collé mon oreille contre la poitrine de mon père pour y déceler, en vain, un pouls ou le signe d'une respiration.

— Tout va bien.

Tout comme au bon vieux temps, lorsqu'il venait à ma rescousse quand les addictions de mon père faisaient des ravages.

Mais là, il n'y a pas de serre pour se cacher, pas cette fois-ci. Là, il n'y a que les ténèbres et pas d'échappatoire en vue.

— On rentre à la maison maintenant.

Noah m'installe dans la voiture, il est vraiment adorable, mais il ne sait pas que je n'ai plus de maison ?

*

Les aiguilles de l'horloge bougent si lentement. Plus je les regarde, plus elles se moquent de moi, ralentissant chaque mouvement. Mon ancienne chambre est tellement grande, j'aurais pu jurer que c'était une toute petite pièce, mais là, j'ai l'impression qu'elle est énorme. C'est peut-être moi qui me sens petite ? Je me sens légère aussi, plus légère que la dernière fois que j'ai dormi dans ce lit. J'ai l'impression que je pourrais partir en voletant et que personne ne s'en rendrait compte. Mes idées ne sont pas normales, j'en suis consciente. Noah me le répète chaque fois qu'il essaie de me parler pour me faire revenir parmi les vivants. Il est là en ce moment ; il ne m'a pas quittée depuis que je suis allongée dans ce lit. Dieu seul sait combien de temps ça fait.

— Tout va s'arranger, Tessa. Le temps guérit tout. Tu te souviens, c'est ce que disait toujours notre pasteur.

Le regard bleu de Noah est inquiet pour moi.

Je hoche la tête, muette, et fixe l'horloge moqueuse accrochée au mur.

Noah étale avec une fourchette la nourriture toujours intacte dans mon assiette depuis quelques heures.

— Ta mère va venir pour te faire manger ton dîner. Il est tard et tu n'as pas touché à ton déjeuner.

Je jette un coup d'œil vers la fenêtre pour remarquer que la nuit s'est installée. *Quand le soleil a-t-il disparu ? Et pourquoi ne m'a-t-il pas prise avec lui ?*

Les douces mains de Noah rassemblent les miennes, puis il me demande de le regarder.

— Avale quelques bouchées pour qu'elle te laisse tranquille.

Je tends la main vers l'assiette, je ne veux pas rendre les choses encore plus difficiles pour lui, sachant qu'il ne fait qu'obéir aux ordres de ma mère. Je porte le pain rassis à mes lèvres et essaie de réprimer la nausée qui m'assaille en mastiquant la viande caoutchouteuse de mon déjeuner. Je compte le temps qu'il me faut pour déglutir cinq bouchées et les avale avec l'eau à température ambiante qui trône sur ma table de chevet depuis ce matin. Noah me propose quelques grains de raisin.

— J'ai fini. J'ai besoin de fermer les yeux.

Je repousse doucement l'assiette. Ne serait-ce que voir la nourriture me donne envie de vomir.

Je m'allonge en serrant mes genoux contre ma poitrine. Noah, fidèle à lui-même, me rappelle le jour où nous nous étions mis dans le pétrin pour nous être lancé des grains de raisin à la figure pendant la messe, un dimanche quand nous avions douze ans.

— Je crois que c'est notre plus grand acte de rébellion.

Le son de son doux rire m'endort immédiatement.

— Vous ne rentrerez pas dans cette maison. La dernière chose dont nous avons besoin, c'est bien que vous lui fassiez piquer une crise. Elle dort pour la première fois depuis plusieurs jours.

C'est la voix de ma mère qui résonne quelque part au bout du couloir.

À qui parle-t-elle ? Je ne dors pas, non ? Je m'appuie sur mes épaules et le sang me monte à la tête. Je suis fatiguée, si fatiguée. Noah est là, dans mon lit d'enfant avec moi. Tout semble familier, le lit, les cheveux blonds en désordre sur la tête de Noah. Je me sens différente pourtant, pas à ma place et désorientée.

— Je ne suis pas là pour lui faire du mal, Carol. Vous devriez le savoir depuis le temps.

— Tu…

Mais ma mère est brusquement interrompue.

— Vous devriez savoir aussi que je n'en ai toujours rien à foutre de ce que vous dites.

La porte de ma chambre s'ouvre et la dernière personne que je pensais voir passe devant ma mère, furieuse.

Le bras de Noah est lourd sur moi, il me cloue au lit. Il resserre son étreinte autour de ma taille dans son sommeil et ma gorge me brûle lorsque je découvre Hardin. Ses yeux verts sont furieux de nous découvrir comme ça. Il traverse la pièce en deux grandes enjambées et, d'un grand geste, arrache le bras de Noah de mon corps.

— Qu'est-ce que…

Noah se réveille en sursaut et bondit sur ses pieds. Quand Hardin refait un pas vers moi, je me précipite de l'autre côté du lit et mon dos heurte le mur, durement. Assez fort pour me couper le souffle, mais j'essaie tout de même de lui échapper. Je tousse et le regard d'Hardin s'adoucit.

Pourquoi est-il là ? Il ne peut pas être présent. Je ne veux pas de lui ici. Il m'a fait assez de mal comme ça et il n'a pas le droit de se pointer ici pour ramasser les miettes.

— Merde ! Tu vas bien ?

Son bras tatoué se tend vers moi et je fais la première chose qui traverse mon esprit tordu : je crie.

24

Hardin

Ses cris emplissent mes oreilles, ma poitrine vide et mes poumons, jusqu'à ce qu'ils se réfugient dans un endroit que je ne croyais plus atteignable. Un endroit qu'elle seule peut atteindre et le pourra toujours.

— Qu'est-ce que tu fous là ?

Noah se lève d'un bond et s'interpose entre le petit lit et moi comme un putain de chevalier à l'armure étincelante pour la protéger, la protéger… de moi ?

Elle crie toujours, pourquoi crie-t-elle ?

— Tessa, s'il te plaît…

Je ne suis pas trop sûr de ce que je lui demande, mais ses cris se muent en quintes de toux qui se transforment à leur tour en sanglots, puis ses sanglots deviennent des bruits d'étranglement que je ne peux tout simplement pas supporter. J'avance d'un pas prudent vers elle, jusqu'à ce qu'elle reprenne son souffle.

Son regard hanté est toujours rivé sur moi, m'incendiant, creusant un trou qu'elle seule peut remplir.

— Tess, est-ce que tu acceptes de le voir ?

Il me faut rassembler tout ce qu'il me reste de self-control pour accepter sa présence ici, et ça, c'est un coup de trop.

— Allez lui chercher de l'eau !

Sa mère semble m'ignorer.

Puis, aussi incroyable que ça puisse paraître, la tête de Tessa bouge d'un côté à l'autre, refusant ma présence.

Ce geste pousse son pseudo-protecteur à lever la main vers moi et à me balancer :

— Elle ne veut pas de toi ici.

— Elle ne sait pas ce qu'elle veut ! Regarde-la !

Je lève les bras au ciel et sens immédiatement les ongles manucurés de Carol se planter dans mon bras. Elle hallucine sévère si elle croit que je vais bouger d'ici. Elle n'a toujours pas intégré qu'elle ne peut pas m'éloigner de Tessa ? Il n'y a que moi qui puisse faire ça – oui, c'est une putain d'idée à la con que même moi je ne peux pas suivre.

Noah se penche un peu vers moi :

— Elle ne veut pas te voir, tu ferais mieux de partir.

J'en ai rien à battre que ce môme semble avoir grandi et chopé quelques kilos de muscles depuis la dernière fois que je l'ai vu. Il n'est rien pour moi. Il va bientôt apprendre pourquoi les gens n'osent pas s'immiscer entre Tessa et moi. Ils savent que ça n'en vaut pas la peine et lui aussi le saura bientôt.

— Je reste ici.

Je me tourne vers Tessa. Elle tousse encore et personne ne semble s'en soucier. Je hurle dans la petite pièce où ma voix ricoche de mur en mur :

— Putain, quelqu'un va lui chercher de l'eau, merde !?

Tessa gémit et serre ses genoux contre sa poitrine.

Je sais qu'elle souffre et que je ne devrais pas être là, mais je sais aussi que sa mère et Noah ne seront jamais capables de vraiment être là pour elle. Je connais Tessa, mieux qu'eux deux réunis et moi, je ne l'ai jamais vue dans cet état ; je suis certain qu'ils n'ont aucune idée de quoi faire avec elle dans cet état. Derrière moi, Carol annonce d'une voix calme et menaçante :

— Je vais appeler la police si tu ne pars pas, Hardin. Je ne sais pas ce que tu lui as fait cette fois-ci, mais j'en ai assez et ta place n'est pas ici. Ça n'a jamais été le cas et ça ne le sera jamais.

J'ignore les deux intrus et m'assieds au coin du lit d'enfant de Tessa.

À ma grande horreur, elle recule encore, cette fois en s'aidant de ses mains, jusqu'à tomber par terre de l'autre côté du lit. Je me lève immédiatement et la prends dans mes bras, mais le son qu'elle produit lorsque ma peau entre en contact avec la sienne est encore pire que les cris horrifiés qu'elle poussait il y a quelques minutes encore. Au début, je ne sais pas trop quoi faire, mais après quelques secondes sans fin comme ça, elle émet un son étranglé entre ses lèvres gercées. Son « dégage » me transperce le cœur. Ses petites mains frappent ma poitrine, cherchant à me griffer pour échapper à mon étreinte. C'est difficile de la réconforter comme ça avec mon plâtre. J'ai peur de lui faire mal et c'est bien la dernière chose que je veux.

Autant ça me tue de la voir si désespérée qu'elle veuille s'éloigner de moi, autant je suis content de la voir réagir tout court. Cette Tessa muette était bien pire et, plutôt que de me gueuler dessus comme elle est en train de le faire à l'instant, sa mère devrait me remercier d'avoir réussi à faire sortir sa fille de cette phase de deuil.

— Dégage !

Noah proteste derrière moi. La main de Tessa rebondit contre mon plâtre et elle hurle encore :

— Je te hais !

Ses mots m'incendient, mais je contiens son corps qui se débat entre mes bras.

La voix profonde de Noah s'insinue entre les cris de Tessa :

— Tu fais tout empirer !

Puis elle se tait à nouveau… et fait la pire chose qu'elle puisse infliger à mon cœur. Ses mains se dégagent de mon étreinte, c'est plus dur de la tenir d'une main que de survivre à l'enfer, puis… elle tend les bras vers Noah.

Tessa se tourne vers Noah pour qu'il lui vienne en aide car elle ne peut pas supporter mon regard.

Je la lâche immédiatement et elle se précipite vers lui. D'un bras, il enserre sa taille et pose l'autre à la base de sa nuque, la pressant contre sa poitrine. Ma fureur lutte contre ma raison et je fais tout mon possible pour garder mon calme même en voyant ses mains sur elle. Si je touche à un seul cheveu de ce peigne-cul, elle me haïra encore plus. Si je ne fais rien, je vais devenir taré rien qu'en les regardant.

Putain, pourquoi je suis venu, déjà ? J'aurais dû rester très loin d'ici, comme je l'avais prévu. Maintenant que je suis là, il semblerait que je n'arrive pas à faire bouger mes putains de pieds alors que ses cris ne font que m'inciter à rester dans les parages. Je ne peux pas gagner et perdre en même temps, et ça me déglingue complètement.

— Fais-le partir.

Tessa sanglote dans le cou de Noah.

L'abominable douleur de me faire jeter s'infiltre dans mes veines, m'immobilisant sur place quelques secondes. Noah se tourne vers moi, me suppliant silencieusement de la plus polie des manières de quitter la pièce. Le voir dans la position de celui qui la réconforte me fout la gerbe ; l'une de mes plus grandes craintes vient de me revenir en pleine gueule, mais je ne peux pas me permettre de penser comme ça. Je dois penser à elle. Seulement à ce qu'il y a de mieux pour elle. Je recule gauchement, me ruant sur la poignée de porte. Une fois sorti de la petite pièce, je m'adosse à la porte pour reprendre mon souffle. Comment notre vie commune a-t-elle pu partir en vrille aussi rapidement ?

Je me retrouve dans la cuisine de Carol à me servir un verre d'eau. J'en chie un peu, puisque je ne peux utiliser qu'une main et ça me prend vachement de temps pour choper un verre, le remplir, fermer le robinet, le tout avec une bonne femme qui soupire derrière moi, emmerdante bien comme il faut.

Je me tourne pour lui faire face, m'attendant à ce qu'elle me dise qu'elle a appelé les flics. Comme elle m'assassine du regard en silence, je commence :

— J'en ai rien à battre de vos conneries en ce moment. Allez-y, appelez les flics ou faites ce que vous voulez, mais je reste dans ce bled de merde jusqu'à ce qu'elle me parle.

Je bois une gorgée d'eau et traverse la cuisine pour me planter devant elle. La voix de Carol est dure.

— Comment es-tu arrivé ici ? Tu étais à Londres.

— J'ai pris un truc qui s'appelle un avion, voilà comment.

— Ce n'est pas parce que tu as pris un vol de l'autre bout de la planète et que tu te pointes avant que le soleil n'ait eu le temps de se lever que ta place est à ses côtés. Elle a été très claire. Pourquoi ne la quittes-tu pas ? Tu ne fais que la blesser, et je ne vais pas rester à te regarder lui infliger ça plus longtemps.

— Je n'ai pas besoin de votre approbation.

— Elle n'a pas besoin de toi.

Carol se saisit du verre entre mes mains comme si c'était un flingue chargé. Elle le pose brusquement sur le plan de travail.

— Je sais que vous ne m'aimez pas, mais je l'aime. Je fais des erreurs, putain, bien trop de conneries même, mais, Carol, si vous pensez que je vais la laisser avec vous après avoir vu ce qu'elle a vu et fait cette terrible expérience, vous êtes encore plus dingue que ce que je croyais.

Juste pour l'emmerder, je reprends un verre d'eau.

— Elle va surmonter ça.

Elle s'interrompt une minute et quelque chose en elle semble se fêler. Elle reprend, en parlant fort, trop fort :

— Les gens meurent et elle surmontera cette épreuve !

J'espère que Tessa n'a pas pu entendre la remarque glaciale de sa mère.

— Vous êtes sérieuse ? Putain, c'est votre *fille* et c'était votre *mari*... (Je baisse sévèrement le ton sur le mot « mari », me rappelant qu'ils n'étaient pas légalement mariés.) Elle souffre et vous vous comportez en connasse sans cœur. C'est exactement pour ça que je ne la laisserai pas ici avec vous. Landon n'aurait pas dû vous laisser l'emmener, pour commencer !

Carol penche la tête sur le côté dans un geste d'indignation avant de répondre :

— Me *laisser* ? C'est ma fille.

Le verre dans ma main tremble et de l'eau en tombe par terre.

— Peut-être que vous devriez vous comporter comme si c'était le cas et essayer d'être là pour elle !

— Être là pour elle ? Qui est là pour moi ?

Sa voix impassible déraille et c'est un choc de voir cette femme, que je croyais faite de pierre, s'effondrer devant moi et se tenir au plan de travail pour ne pas tomber par terre. Son visage est strié de larmes, roulant sur les couches de maquillage, qu'elle a déjà étalées alors qu'il n'est que cinq heures du matin.

— Je n'ai pas vu cet homme pendant des années… Il nous a quittées ! Il m'a quittée après m'avoir fait des tas de promesses d'une belle vie !

Elle crie en balayant du revers de la main des pots blindés d'ustensiles de cuisine qui finissent par terre.

— Il a menti. Il m'a menti et il a laissé Tessa derrière lui, il a détruit toute ma vie ! Je n'ai jamais pu ne serait-ce que regarder un autre homme après Richard Young, et il nous a quittées !

Quand elle attrape mes épaules et enfouit sa tête contre ma poitrine, en pleurant et criant, l'espace d'un instant, je vois qu'elle ressemble tellement à la fille que j'aime que je n'arrive pas à me résoudre à la repousser. Ne sachant que faire, je passe un bras derrière ses épaules et reste silencieux. Entre deux sanglots et la voix honteuse, elle continue :

— J'en étais venue à l'espérer, j'ai espéré qu'il meure. Longtemps je l'ai attendu, longtemps je me suis dit qu'il allait revenir pour nous. Pendant des années, je me suis menti à moi-même et maintenant qu'il est mort, je ne peux même plus faire ça.

Nous restons un long moment dans cette position : elle pleurant, affalée contre moi, me répétant de plusieurs manières qu'elle se hait de se sentir soulagée qu'il soit mort. Je ne peux pas trouver de mots pour réconforter cette femme, mais pour la première fois depuis que je l'ai rencontrée, je discerne la femme brisée cachée derrière le masque.

∞

25

Tessa

Pendant quelques minutes, Noah reste assis à mes côtés puis il se lève, s'étire et annonce :

— Je vais te chercher quelque chose à boire. Il faut aussi que tu manges.

De mes poings, j'agrippe son t-shirt et je secoue la tête, le suppliant de ne pas me laisser toute seule. Il soupire.

— Tu vas tomber malade si tu ne manges pas rapidement quelque chose.

Je sais que j'ai gagné la bataille. Noah n'a jamais su camper sur ses positions.

Manger ou boire sont bien les dernières choses dont j'ai envie. Je ne veux qu'une seule chose : qu'*il* parte et ne revienne jamais.

— Je crois que ta mère est en train de passer un sacré savon à Hardin.

Noah essaie de sourire mais échoue lamentablement.

Je l'entends crier et quelque chose tombe par terre à l'autre bout de la maison, mais je refuse que Noah me laisse seule dans cette pièce. S'il m'abandonnait, Hardin reviendrait. C'est son truc, il s'attaque aux gens quand ils sont au plus bas, au plus faible. Particulièrement moi. J'ai été faible depuis le jour où je l'ai rencontré. Je repose la tête sur mon oreiller et bloque tout le reste : les cris de ma mère et la voix grave avec ce putain d'accent, qui lui renvoie la pareille, et même les murmures de réconfort de Noah dans mon oreille.

Je ferme les yeux et me laisse dériver entre cauchemars et réalité, me demandant lequel est le pire.

Lorsque je me réveille, le soleil brille derrière les rideaux trop fins punaisés autour des fenêtres. J'ai mal à la tête, ma bouche est sèche et je suis seule dans ma chambre. Les baskets de Noah sont par terre et après quelques instants de douce confusion, le poids de cette dernière journée me coupe le souffle. J'enfouis ma tête entre mes mains.

Il était là. Il était là, mais Noah et ma mère m'ont aidée…

— Tessa.

J'entends sa voix m'appeler, me surprenant dans mes pensées.

Je veux croire que c'est un fantôme, mais je sais que ce n'est pas le cas. *Je sens* sa présence à mes côtés. Je refuse de le regarder. *Pourquoi est-il ici ? Pourquoi pense-t-il qu'il peut me jeter, puis me reprendre quand ça lui chante ?* C'est terminé, ça n'arrivera plus. Je les ai déjà perdus, lui et mon père, je n'ai pas besoin que ça recommence.

— Sors d'ici.

Le soleil disparaît derrière des nuages. Même le soleil ne veut pas s'approcher de lui.

Quand je sens le lit bouger sous son poids, je reste ferme et essaie de réprimer le frisson qui me parcourt.

— Bois un peu d'eau.

Un verre frais entre en contact avec le dos de ma main, mais je le repousse. Je ne cille même pas quand je l'entends tomber par terre.

— Tess, regarde-moi.

Ses mains sont sur les miennes, glacées, je ne les reconnais pas. Je recule d'un mouvement brusque.

Même si je crève d'envie de grimper sur ses genoux et le laisser me réconforter, je ne le fais pas. Je ne le ferai plus jamais. Même dans ma tête, comme en ce moment. Je sais que je ne le laisserai plus jamais m'atteindre. Je ne peux pas le faire et je ne le ferai pas.

— Tiens.

Hardin me tend un autre verre, qu'il avait posé sur la table de chevet. Celui-ci n'est pas aussi froid.

Je l'attrape d'instinct. Je ne sais pas pourquoi, mais son nom résonne dans ma tête. Je ne voulais pas entendre son nom, pas dans ma propre tête, le seul endroit où je peux me réfugier.

— Tu vas boire un peu d'eau.

Je reste silencieuse devant son exigence et porte le verre à mes lèvres. Je n'ai pas l'énergie suffisante pour refuser de l'eau par dépit et je suis plus qu'assoiffée. Je descends le verre en quelques secondes, le regard toujours rivé au mur d'en face.

— Je sais que tu es en colère contre moi, mais je veux juste être là pour toi.

Tout ce qui sort de sa bouche est mensonge, ça l'a toujours été et ça le sera toujours. Je renifle, comme pour marquer le coup, mais je reste silencieuse.

— La manière dont tu as réagi hier soir… La façon dont tu as crié… Tessa, je n'ai jamais ressenti une pareille douleur…

— Arrête !

Je l'interromps d'un ton sec. Je sens son regard sur moi, mais je refuse de le regarder. Ma voix me semble étrangère et je commence à me demander si je suis bien éveillée ou si j'expérimente un nouveau cauchemar.

— Je veux juste être certain que tu n'as pas peur de moi. C'est le cas, hein ?

— *Tout ne tourne pas autour de toi.*

C'est tout ce que j'arrive à dire. Et c'est vrai, absolument vrai. Il a essayé de s'approprier ma douleur, pour la faire sienne, mais on parle de la mort de mon père et je ne peux pas subir de chagrin supplémentaire.

— Putain.

Il soupire et je sais exactement qu'il est en train de passer ses mains dans ses cheveux.

— Je sais. Ce n'est pas ce que je voulais dire. Je m'inquiète pour toi.

Je ferme les yeux et j'entends un coup de tonnerre au loin. *Il s'inquiète pour moi ?* S'il s'inquiétait vraiment, peut-être qu'il n'aurait pas dû me renvoyer en Amérique toute seule. Je regrette d'être rentrée à la maison, j'aurais aimé que quelque chose m'arrive sur le chemin du retour, pour que *lui* ait à faire son deuil de *moi*.

Mais bon, il ne voudrait certainement pas en arriver là. Il serait trop occupé à se shooter pour planer. Il ne s'en rendrait même pas compte.

— Ce n'est pas toi, ça, Bébé.

En l'entendant utiliser ce maudit surnom, je secoue la tête. Il poursuit :

— Il faut que tu en parles, de tout ce truc avec ton père. Tu te sentiras mieux.

Il parle trop fort et la pluie s'abat avec fracas contre le toit. J'aimerais bien qu'elle le transperce et que la tempête qui fait rage dehors m'emporte avec elle.

Qui est cette personne assise à côté de moi ? Une chose est sûre, c'est que je ne le connais pas et qu'il ne sait pas de quoi il parle. Je devrais parler de mon père ? Pour qui il se prend, ce con, à s'incruster ici et faire comme s'il se souciait de moi, comme s'il pouvait m'aider ? Je n'ai pas besoin d'aide. J'ai besoin de silence.

— Je ne veux pas de toi ici.

— Mais si, tu veux. Tu es juste en colère contre moi parce que j'ai fait le con et que j'ai tout fait foirer.

La douleur que je devrais ressentir n'est plus là, il n'y a plus rien. Pas même quand mon esprit m'envoie des images de sa main sur ma cuisse quand nous sommes en voiture, de ses lèvres qui effleurent les miennes, de mes doigts qui se perdent dans ses épais cheveux. Rien.

Je ne ressens rien quand ces agréables souvenirs sont remplacés par des images de poings qui s'écrasent sur du plâtre et de femme qui porte son t-shirt. Il a couché avec elle il y a quelques jours à peine. Rien. Je ne sens rien et c'est tellement bon de ne finalement rien sentir, d'enfin pouvoir contrôler mes émotions. En fixant ce mur, je me rends compte que je n'ai pas à subir de sensation que je n'ai pas envie d'éprouver. Je n'ai pas à me souvenir de choses que je veux oublier. Tout peut disparaître et je ne laisserai plus jamais ma mémoire me paralyser.

— Non.

Comme je n'explique pas mon refus, il essaie de me toucher de nouveau. Je ne bouge pas. J'ai encore envie de crier, mais je me mords l'intérieur de la joue pour ne pas lui donner satisfaction. Le soulagement apaisant que je ressens simplement lorsqu'il pose sa main sur la mienne prouve à quel point je suis faible, juste après avoir balisé le chemin de la parfaite insensibilité.

— Je suis désolé pour Richard, je sais comment…

— Non. (Je retire ma main.) Non, ce n'est pas à toi de faire ça. Tu n'as pas le droit de te pointer ici la gueule enfarinée et de prétendre m'aider alors que c'est toi qui me blesses le plus. Je ne te le redirai pas. Sors d'ici.

Je sais que je parle d'une voix atone, aussi peu convaincante que je me sens vide à l'intérieur.

J'ai mal à la gorge d'avoir tant parlé ; je ne veux plus ouvrir la bouche. Je veux juste qu'il parte et qu'on me laisse toute seule. À nouveau je concentre mon regard sur le mur, empêchant mon esprit de me narguer avec des images du cadavre de mon père. Tout se ligue contre moi, me ravage la cervelle et menace ma dernière petite parcelle de bon sens. Je porte le deuil de deux personnes à présent, et je suis déchirée en milliers de petits morceaux.

La souffrance n'a pas la moindre once de bonté : la souffrance veut sa part de chair purulente, morceau par morceau. Elle ne sera pas satisfaite avant qu'il ne reste que le squelette de la personne que vous étiez. La brûlure de la trahison et la piqûre du rejet font mal, mais rien ne dépasse la douleur de se sentir vide. Rien ne peut faire plus mal que de ne plus ressentir de douleur, et c'est absolument illogique tout en étant parfaitement logique à la fois. Là c'est sûr : je suis devenue complètement tarée.

Et en fait, ça ne me dérange pas plus que ça.

— Tu veux que j'aille te chercher quelque chose à manger ?

Est-ce qu'il ne m'a pas entendue ? Est-ce qu'il ne comprend pas que je ne veux pas de lui ici ? C'est impossible, il ne peut pas avoir échappé au chaos qui secoue mon esprit. Comme je ne réponds pas, il insiste :

— Tessa.

Il faut que j'arrive à l'éloigner de moi. Je ne veux pas croiser son regard, je ne veux pas l'entendre me faire des promesses qu'il ne tiendra pas la prochaine fois qu'il aura la haine de lui-même.

Ma gorge est en feu, elle me fait tellement mal, mais je hurle pour faire venir la seule personne qui se soucie vraiment de moi :

— Noah !

Dès qu'il m'entend, il se précipite dans ma chambre, semblant vouloir incarner la force de la nature qui va enfin dégager l'inamovible Hardin de ma chambre à coucher, et de ma vie. Noah est debout devant moi et regarde Hardin sur qui je jette enfin un coup d'œil.

— Je t'ai prévenu : si elle m'appelle, c'est terminé.

Passant instantanément de la douceur à la rage, Hardin fusille Noah du regard et je sais qu'il essaie de réfréner son tempérament de feu. Il y a un truc sur sa main… un plâtre ? Je jette encore un coup d'œil et découvre bel et bien un plâtre noir qui recouvre sa main et son poignet.

— Entendons-nous bien. (Hardin toise Noah.) J'essaie de ne pas la bouleverser et c'est la seule raison pour laquelle je n'ai pas brisé ta putain de nuque. Alors, ne me cherche pas.

Dans mon esprit tout cassé, je vois la tête de mon père tomber en arrière et sa mâchoire s'ouvrir. Je veux juste le silence. Je veux du silence dans mes oreilles et j'en ai besoin dans ma tête.

J'ai des haut-le-cœur lorsque les images se multiplient, que leurs voix deviennent plus fortes, et mon corps me supplie de laisser faire, de simplement tout laisser sortir de mon estomac. Le problème, c'est qu'il n'y a rien dedans, que de l'eau, alors l'acidité de la bile me brûle encore plus quand je vomis sur mon vieux dessus de lit.

— Putain. Tire-toi de là, merde !

Hardin pousse Noah d'une main sur la poitrine, qui en trébuche en arrière, se rattrapant au chambranle de la porte.

— Toi, tu te casses ! On ne veut pas de toi ici !

Noah se précipite vers Hardin pour le pousser.

Aucun d'entre eux ne remarque que je me lève de mon lit, puis que j'essuie mon vomi d'un revers de manche. Parce qu'ils sont tous les deux prisonniers de leur colère et de leur infinie « loyauté » envers moi, je sors de la pièce, remonte le couloir et m'échappe de la maison sans qu'aucun des deux ne le remarque.

∞

26

Hardin

— Va te faire foutre !

Mon plâtre entre en collision avec la mâchoire de Noah qui, sous le coup, recule en crachant du sang.

Il ne s'en arrête pas pour autant, revient à la charge et me fait tomber par terre en gueulant :

— Espèce de fils de pute !

J'inverse nos positions et prends le dessus. Si je ne m'arrête pas maintenant, Tessa va me haïr encore plus qu'elle le fait déjà. Je ne peux pas encaisser ce trou du cul, mais elle tient à lui et si je l'abîme, elle ne me le pardonnera jamais. J'arrive à me relever et à mettre un peu de distance entre moi et ce rugbyman en herbe.

— Tessa…

Je commence la phrase en me retournant vers le lit et là, mon estomac fait un bond quand je découvre qu'il est vide. La seule marque de sa présence est une tache humide à l'endroit où elle a vomi.

Sans un regard pour Noah, je pars à sa recherche dans le couloir en l'appelant. *Comment ai-je pu être aussi débile ? Quand est-ce que je vais arrêter de déconner comme ça ?*

— Où est-elle ?

Noah est derrière moi, me suivant soudain comme un chiot abandonné.

Carol est toujours endormie sur le canapé. Elle n'a pas bougé de là où je l'ai allongée hier soir après qu'elle s'est endormie dans mes bras. Cette femme peut me haïr comme elle veut, je ne pouvais pas lui refuser le réconfort dont elle avait besoin.

À ma grande horreur, je vois que la moustiquaire est ouverte et qu'elle bat contre la porte, fouettée par le vent de l'orage. Deux voitures sont garées dans l'allée : celle de Noah et celle de Carol. La course en taxi qui m'a amené de l'aéroport jusqu'à ici valait bien ses cent dollars, j'aurais perdu tellement de temps à aller jusque chez Ken pour récupérer ma caisse. Au moins, Tessa n'a pas essayé de se tirer en prenant le volant.

— Ses chaussures sont là.

Noah récupère l'un des fragiles souliers de Tessa et le balance par terre.

Une trace de sang s'étale sur son menton, et ses yeux bleus ont pris une expression sauvage et pleine d'inquiétude. Tessa se promène toute seule en plein milieu d'un orage parce que j'ai laissé mon ego de merde prendre le dessus.

Noah disparaît une minute, je parcours le paysage du regard, essayant de la repérer. Lorsqu'il revient de la chambre, il tient son sac à main à bout de bras. Elle n'a pas de chaussure, pas d'argent et pas de téléphone. Elle n'a pas pu partir bien loin, nous ne nous sommes pas battus plus d'une minute, grand max. Comment ai-je pu me laisser me détourner d'elle ?

— Je vais prendre ma voiture et faire le tour du quartier.

Noah, déjà sur le seuil de la porte, extirpe ses clés de la poche de son jean.

Là, il a un avantage. Il a grandi dans cette rue, il connaît cet endroit, moi pas.

Après un coup d'œil dans le séjour, je me rends dans la cuisine. Je regarde par la fenêtre et réalise que c'est moi qui ai un avantage, pas lui. Je suis surpris qu'il n'y ait pas pensé tout seul. C'est peut-être un autochtone, mais je connais ma Tessa et je sais exactement où elle est.

Il pleut toujours des cordes, la pluie forme des rideaux d'eau continus. Je sors par la porte arrière et traverse le carré de pelouse à grandes enjambées pour rejoindre la petite serre dans le coin du jardin, cachée derrière un groupe d'arbres qui se balancent. La porte métallique est entrouverte, preuve que mon instinct était le bon.

Je retrouve Tessa blottie par terre, le jean maculé et les pieds nus couverts de boue. Elle serre ses genoux contre sa poitrine et se bouche les oreilles de ses mains tremblantes. Cette vision me brise le cœur, la voir ainsi réduite à une coquille, elle d'habitude si forte.

Des rangées de pots pleins de terre sont alignées dans ce réduit qui sert de jardin d'hiver ; à l'évidence, personne n'est venu ici depuis que Tessa a quitté la maison. Le plafond est percé, laissant la pluie s'infiltrer de-ci, de-là.

Je ne dis rien, mais je ne veux pas la surprendre. J'espère qu'elle a entendu le bruit de mes bottes dans la boue. En baissant les yeux, je m'aperçois qu'en fait, il n'y a pas de plancher, ce qui explique la boue. Je me penche vers elle pour la forcer à me regarder, retirant ses mains de ses oreilles. Elle se débat comme un animal aux abois et sa réaction me fait tressaillir, mais je garde mes mains sur les siennes.

Elle enfonce ses doigts dans la terre et m'éloigne avec de grands mouvements de jambes. À l'instant où je relâche ses poignets, ses mains retrouvent immédiatement ses oreilles et un terrible gémissement s'échappe de ses lèvres pleines.

En se balançant doucement d'avant en arrière, elle supplie doucement :

— J'ai besoin de calme.

J'ai tellement de choses à lui dire, tellement de mots à lui jeter en pleine figure en espérant qu'elle m'écoute et sorte de sa tanière secrète, mais un regard à ses yeux désespérés me fait tout oublier.

Si elle a besoin de calme, c'est ce que je vais lui donner. Putain, à ce stade, je lui donnerais tout et n'importe quoi, du moment qu'elle ne me force pas à partir.

Alors, je m'approche d'elle et nous restons assis par terre dans la boue de la vieille serre. Cette serre qui lui servait à se cacher de son père, cette serre qui lui permet maintenant de se cacher du monde entier, de se cacher de moi.

Nous restons assis là, sous la pluie battante qui s'écrase contre le toit de verre. Nous restons assis là, pendant que ses gémissements se muent en doux sanglots et qu'elle se remet à fixer l'espace vide devant elle. Nous restons assis là, en silence, mes mains couvrent ses petits doigts ; eux-mêmes, sur ses oreilles, bloquent le bruit autour de nous, lui donnant le silence dont elle a besoin.

∞

27

Hardin

Assis par terre, à écouter le fracas de l'impitoyable tempête qui fait rage dehors, je ne peux m'empêcher de faire des comparaisons avec l'ouragan de merdes que j'ai provoquées dans ma vie. Je suis un connard, le plus gros, le pire putain de petit con de la Terre.

Tessa s'est calmée il y a quelques minutes à peine ; son corps s'est penché vers le mien et elle s'est autorisée à se reposer contre moi, histoire d'avoir un support physique. Ses yeux gonflés sont fermés et elle s'est endormie malgré le brouhaha de la pluie battant contre les fragiles verrières.

Espérant ne pas la réveiller, je me déplace légèrement pour mettre sa tête sur mes genoux. Il faut que je la fasse sortir d'ici, loin de la pluie, loin de la boue, mais je sais ce qu'elle va faire quand elle ouvrira les yeux. Elle va me rejeter, me dire qu'elle ne veut pas de moi ici et, putain, je ne suis pas prêt à entendre à nouveau ces mots.

Je les mérite tous, tous et même plus encore, mais ça ne change rien au fait que je suis un gros lâche et que je veux profiter du silence tant que ça dure. Il n'y a qu'ici, dans la douce quiétude de cette serre, que je peux prétendre être quelqu'un d'autre. Je peux, l'espace d'un instant, prétendre que je suis Noah. Bon, une version moins chiante de ce mec, mais si j'avais été lui, les choses auraient été différentes. Tout serait différent aujourd'hui. J'aurais été capable de gagner les faveurs de Tessa dès le début avec des mots doux, plutôt qu'avec ce jeu à la con. J'aurais été capable de la faire rire plutôt que pleurer. Elle m'aurait accordé une confiance totale et définitive, et je n'aurais pas démoli cette confiance pour la réduire en poussière et la regarder s'envoler dans le vent. Je l'aurais savourée et peut-être même que j'aurais pu en être digne.

Mais je ne suis pas Noah. Je suis Hardin. Et être Hardin, ça ne veut rien dire.

Si je n'avais pas autant de problèmes qui luttent dans ma tête, j'aurais pu la rendre heureuse. J'aurais pu lui montrer le bon côté de la vie, tout comme elle l'a fait pour moi. Mais non, en fin de compte, elle est assise là, brisée et totalement déglinguée. Sa peau est maculée de boue noirâtre, la terre sur ses mains a commencé à sécher, et son visage, même endormi, est barré d'un pli sur le front. Ses cheveux sont mouillés par endroits, secs et en paquets à d'autres. Je commence à me demander si elle s'est changée depuis qu'elle a quitté Londres. Je ne l'aurais jamais renvoyée ici si j'avais ne serait-ce qu'imaginé qu'elle aurait pu trouver le cadavre de son père chez moi.

Penser au père de Tessa et à sa mort me met au comble de la confusion. D'instinct, je balaierais bien cette pensée, comme un non-événement survenu à un marginal qui a grillé trop vite ses dernières cartouches, mais l'idée de ne plus jamais le revoir pèse lourd sur ma poitrine. Je ne l'ai pas connu bien longtemps et je le tolérais à peine, mais c'était relativement cool de l'avoir dans les parages. J'ai du mal à l'admettre, mais je l'aimais bien, plus ou moins. Il était lourd et, putain, ça m'emmerdait qu'il vide toutes mes boîtes de céréales, mais j'adorais un truc dans sa manière d'aimer Tessa et aussi son point de vue optimiste sur la vie, même si la sienne était vraiment à chier.

Ironiquement, dès qu'il a eu quelque chose, plutôt quelqu'un pour qui ça vaille la peine de vivre, il est parti. Comme s'il n'avait pas pu supporter autant de bonté. Mes yeux brûlent de ne pouvoir libérer cette sorte d'émotion, du chagrin peut-être. Du chagrin d'avoir perdu un homme que je connaissais à peine, que je supportais à peine, du chagrin à l'idée de perdre un père que je pensais voir en Ken, du chagrin pour Tessa, que je suis en train de perdre aussi avec peut-être un tout petit espoir qu'elle se remette et qu'elle ne soit pas perdue pour toujours.

Des larmes égoïstes se mêlent aux gouttes de pluie qui tombent de mes cheveux trempés et je baisse la tête, m'empêchant de céder à la tentation d'enfouir mon visage dans son cou en quête de réconfort. Je ne mérite pas d'être réconforté par elle, je ne mérite pas d'être réconforté par qui que ce soit.

Ce que je mérite, c'est d'être assis là et de pleurer comme un pitoyable connard, dans le silence et la désolation, mes amis les plus sincères et les plus anciens.

Les sanglots pathétiques qui s'échappent de mes lèvres se perdent dans le fracas de la pluie et je suis heureux que cette fille que j'adore soit endormie, incapable de me voir me décomposer sans que je puisse y faire grand-chose.

Ce sont mes actes qui ont mené à toutes les conneries qui nous arrivent en ce moment, toutes, même la mort de Richard. Si je n'avais pas accepté d'emmener Tessa en Angleterre, rien de tout ça ne serait arrivé. On nagerait dans le bonheur complet, plus fort que jamais, comme la semaine dernière. *Putain, ça ne fait que ça ?* Si peu de jours se sont écoulés et, pourtant, j'ai l'impression que ça fait des années que je ne l'ai pas touchée, tenue dans mes bras, senti son cœur battre contre la paume de ma main qui survole cette zone, près de sa poitrine, voulant la toucher, mais effrayé à l'idée de la réveiller.

Si je pouvais juste la toucher rien qu'une fois, juste sentir le battement régulier de son cœur, le mien en serait calmé. Ça m'aiderait à sortir de ce cataclysme dans lequel je suis tombé, ça m'aiderait à arrêter ces larmes dégoûtantes qui roulent sur mes joues et ça mettrait fin aux violents haut-le-cœur qui me secouent la poitrine.

— Tessa !

La voix grave de Noah déchire le rideau de pluie, puis un coup de tonnerre résonne comme un point d'exclamation. Je m'essuie le visage furieusement, espérant disparaître dans l'air frais du printemps avant qu'il ne déboule ici.

— Tessa !

Il est juste devant la serre.

Je le sais. Je serre les dents en espérant qu'il ne crie pas son nom une fois de plus, parce que s'il la réveille, je…

— Dieu merci ! J'aurais dû savoir qu'elle viendrait ici !

Il entre précipitamment, visiblement soulagé.

— Putain, tu vas fermer ta gueule ? Elle vient juste de s'endormir.

Je balance ces mots à mi-voix, mais durement, puis baisse les yeux sur le corps endormi de Tessa. J'aurais vraiment souhaité que ce ne soit pas lui qui me découvre comme ça, les yeux injectés de sang et les joues rouges, preuves flagrantes de ma crise de larmes.

Putain, et en plus je ne peux même pas détester ce connard qui fait attention de ne pas me regarder pour éviter de m'embarrasser. Quelque part, ça me donne envie d'encore plus le haïr, de savoir qu'il est résolument bon.

— Elle…

Noah promène son regard à l'intérieur de la serre boueuse puis revient sur Tessa avant de reprendre :

— J'aurais dû savoir qu'elle était là. Elle venait toujours ici…

Il repousse la mèche blonde de son front et me surprend en se dirigeant vers la porte, annonçant d'un ton las :

— Je serai dans la maison.

Puis, les épaules voûtées, il sort sans faire plus de bruit qu'en fermant la porte de la moustiquaire.

∞

28

Tessa

Ça fait une heure qu'il me harcèle, m'observant dans le miroir, me regardant me maquiller et boucler mes cheveux, me tripotant à la moindre occasion.

Hardin ronchonne pour la seconde fois :

— Tess, Bébé, je t'aime, mais il faut que tu te magnes, sinon on va être en retard à notre propre fête.

— Je sais, mais je veux être présentable. Tout le monde sera là.

Je lui fais un petit sourire d'excuse, sachant qu'il ne restera pas aussi grincheux bien longtemps et, secrètement, j'aime cette expression désagréable sur son visage. J'aime cette fossette sur sa joue droite quand il fronce les sourcils d'un air grognon.

— Présentable ? Tu vas être le centre de l'attention de tout le monde.

On dirait qu'il est jaloux.

— C'est pour quoi cette soirée, au fait ?

Je passe une fine couche de gloss sur mes lèvres. Je n'arrive pas à me rappeler ce qui se passe. Je sais seulement qu'il y a de l'excitation dans l'air et que nous allons être en retard si je ne finis pas de me préparer rapidement.

Les solides bras d'Hardin m'encerclent la taille et, à cet instant-là, je me souviens d'un coup de ce que tout le monde va célébrer. Cette idée est tellement atroce que j'en fais tomber le tube de gloss dans le lavabo et que je laisse échapper un petit cri au moment où Hardin murmure :

— L'enterrement de ton père.

Je me hisse en position assise pour me retrouver dans les bras d'Hardin ; aussitôt, je me détache de lui.

— Qu'est-ce qu'il y a ? Qu'est-ce qui s'est passé ?

Hardin est là, juste à côté de moi, et mes jambes étaient emmêlées avec les siennes. Je n'aurais pas dû m'endormir ; pourquoi j'ai fait ça ? Je ne me rappelle même pas m'être assoupie. La dernière chose dont je me souvienne, ce sont les mains chaudes d'Hardin recouvrant mes oreilles.

— Rien.

Je ne parle pas, je geins. J'ai la gorge en feu et je regarde autour de moi, le temps que mon cerveau remette les pendules à l'heure.

— Il faut que je boive.

Je me frotte la nuque et tente de me lever. En trébuchant, je baisse les yeux vers Hardin.

Son visage est fermé et ses yeux sont rouges.

— Tu as rêvé de quelque chose ?

Le vide reprend sa place, juste sous mon sternum, au plus profond de moi.

— Assieds-toi.

Il tend la main vers moi, mais ses doigts me procurent une sensation de brûlure sur la peau, alors je m'éloigne.

— Non, s'il te plaît.

Je le supplie doucement. L'adorable Hardin tout grognon de mon rêve n'était qu'un songe inutile.

Maintenant, je dois faire face à ce Hardin-là, celui qui n'arrête pas de revenir à la charge pour ensuite me dégager. Je sais pourquoi il fait ça, mais ça ne veut pas dire que j'aie envie de m'en préoccuper, maintenant.

En signe de défaite, il baisse la tête et laisse ses mains tomber par terre pour s'aider à se lever. Son genou s'enfonce un peu dans la boue, je détourne le regard quand il se rattrape à la barre.

— Je ne sais pas quoi faire.

— Il n'y a rien à faire.

En murmurant, j'essaie de rassembler mes forces pour dire à mes jambes de me faire sortir d'ici et affronter la pluie incessante.

J'ai parcouru la moitié du jardin quand je l'entends derrière moi. Il reste à bonne distance, ce dont je lui suis reconnaissante. J'ai besoin d'espace, loin de lui. J'ai besoin de temps pour réfléchir et respirer, et j'ai besoin qu'il ne soit pas là.

J'ouvre la porte arrière de la maison. La boue colle immédiatement au tapis et j'ai un mouvement de recul quand je pense à la réaction que va avoir ma mère. Plutôt que d'attendre ses récriminations, je me déshabille et me retrouve en sous-vêtements, laissant mes habits en un petit tas boueux sous le porche arrière ; je fais de mon mieux pour me rincer les pieds sous la pluie avant d'entamer la pénible traversée du carrelage impeccable. Chacun de mes pas fait un couinement et je tressaille lorsque la porte arrière s'ouvre encore et que les bottes boueuses d'Hardin laissent de belles traces par terre.

Est-ce tellement ridicule de s'inquiéter de la boue ? De tout ce qui m'encombre l'esprit, la boue semble la plus triviale, la plus insignifiante. Je regrette ces jours où seule la saleté était un problème.

Une voix perce le brouillard de ma conversation avec moi-même.

— Tessa ? Tu m'entends ?

Je cligne des yeux et les lève sur Noah qui est dans l'entrée, tout trempé et les pieds-nus.

— Désolée, non, je n'ai pas entendu.

Il hoche gentiment la tête.

— Ce n'est rien. Tu vas bien ? Tu veux prendre une douche ?

Je réponds d'un signe de tête et il entre dans la salle de bains pour faire couler l'eau chaude. Le bruit de la douche m'attire, mais la voix dure d'Hardin m'arrête.

— Il ne va pas t'aider à prendre ta douche.

Je ne réponds rien. Pas l'énergie. *Évidemment que non, pourquoi ferait-il une chose pareille ?*

Hardin passe devant moi, laissant une traînée de boue derrière lui.

— Désolé, mais ça ne va pas se passer comme ça.

Mon esprit se déconnecte de mon corps, ou peut-être en ai-je juste l'impression, mais je ne peux m'empêcher de rire quand je vois le bazar et la saleté qu'il laisse derrière lui. Pas seulement dans la maison de ma mère, mais partout où il passe, il salit tout. Même moi. C'est moi qu'il a le plus salie.

Il disparaît dans la salle de bains et dit à Noah :

— Elle est à moitié à poil et tu lui fais couler une douche. Putain, non, quoi. Tu ne vas pas rester ici pendant qu'elle se lave. Non, jamais de la vie.

— J'essaie juste de donner un coup de main et tu fais tout un fromage de…

Je passe devant ces deux grincheux et entre dans la salle de bains.

— Sortez, tous les deux. (Ma voix résonne comme celle d'un robot.) Allez vous disputer ailleurs.

Je les fais sortir de la pièce et ferme la porte. En verrouillant la serrure, je prie pour qu'Hardin n'ajoute pas cette fine porte à la liste de ses dégradations.

Enfin déshabillée, je me glisse sous l'eau que je trouve brûlante, si brûlante contre mon dos. Je suis sale, recouverte de boue, et je déteste ça. Je déteste voir la terre incrustée sous mes ongles et dans mes cheveux. Même en me frictionnant violemment la peau, je n'arrive pas à me nettoyer et ça aussi, je déteste.

∞

29

Hardin

— Elle était déshabillée, je n'y pouvais rien. Avec tout ce qui se passe, tu t'inquiètes que je la voie nue ?

Le jugement que je perçois dans la voix de Noah me donne envie de l'étrangler avec ma main valide.

— Ce n'est pas que... (Je prends une grande inspiration.) C'est pas pour ça.

C'est tout un gros tas de conneries merdiques dont je ne vais pas lui parler. Je pose mes mains sur mes genoux, puis essaie de les mettre dans mes poches avant de me rendre compte que c'est impossible avec un plâtre. Un peu gêné, je les repose sur mes genoux, l'une sur l'autre.

— Je ne sais pas ce qui s'est passé entre vous deux, mais tu ne peux pas m'en vouloir d'avoir envie de lui venir en aide. Je la connais depuis toujours et je ne l'ai jamais vue comme ça.

Noah secoue la tête de désapprobation.

— Je ne parlerai pas de ça avec toi. Toi et moi ne sommes pas dans la même équipe, là.

Il soupire.

— Nous n'avons pas à être rivaux non plus. Je veux ce qu'il y a de mieux pour elle et tu devrais vouloir la même chose. Je ne suis pas une menace pour toi, je ne suis pas assez stupide pour croire qu'elle me choisirait moi plutôt que toi. Je suis passé à autre chose. Je l'aime toujours, parce que, bon, je l'aimerai toujours, mais pas comme tu l'aimes toi.

Je serais sans doute capable d'entendre ce qu'il y a derrière ses mots si je ne l'avais pas profondément méprisé ces huit derniers mois. Je reste silencieux, adossé au mur face à la salle de bains en attendant que le bruit de la douche s'arrête.

— Vous avez encore rompu, c'est ça ?

Là, il fourre son nez où ça ne le regarde pas. Il ne sait vraiment pas quand fermer sa gueule.

— Clairement, oui.

Je ferme les yeux et laisse ma tête retomber en arrière.

— Je ne veux pas me mêler de ce qui ne me regarde pas, mais j'espère que tu vas me parler de Richard et me dire comment il s'est retrouvé chez vous. Je ne comprends pas.

— Il squattait chez moi depuis que Tessa était partie pour Seattle. Il n'avait nulle part où aller, alors j'ai accepté qu'il reste avec moi. Quand nous sommes partis pour Londres, il était censé aller en cure de désintox', alors imagine le choc de le découvrir raide mort sur le carrelage de la salle de bains.

La porte s'ouvre et Tessa passe devant nous sans s'arrêter, seulement enveloppée d'une serviette. Noah ne l'a jamais vue nue, ni aucun autre homme et, égoïstement, j'aimerais que ça reste comme ça. Je sais que je ne devrais pas m'inquiéter de conneries de ce genre, mais je ne peux pas m'en empêcher.

Je pars en quête d'eau dans la cuisine et je profite du silence lorsque j'entends la voix timide de Carol me demander :

— Hardin, est-ce que je peux te parler un instant ?

Rien que le ton de sa voix m'embrouille, et c'est à peine si elle vient de commencer à parler.

— Euh, ouais.

Je me recule un peu pour mettre une distance de sécurité entre nous. Lorsque je m'arrête, je suis déjà adossé au mur de la petite cuisine.

Elle a le visage fermé et je sais que c'est tout aussi bizarre pour elle que pour moi.

— Je voulais juste te parler d'hier soir.

Je détache mon regard du sien pour me concentrer sur mes pieds. Je ne sais pas comment ça va se passer, mais elle a déjà refait son chignon et nettoyé les traces de maquillage qui s'étalaient sous ses yeux hier soir.

— Je ne sais pas ce qui m'a pris. Je n'aurais jamais dû me comporter comme ça face à toi. C'était incroyablement stupide et je…

— C'est bon.

Je l'interromps en espérant qu'elle s'arrête là.

— Non, vraiment, ce n'est pas bon. Je veux que tu comprennes bien que rien n'a changé ici. Je souhaite toujours que tu ne t'approches pas de ma fille.

Je la regarde droit dans les yeux. Comme si je pouvais m'attendre à autre chose de sa part !

— J'aimerais pouvoir dire que je vais vous écouter, mais en fait, non. Je sais que vous ne m'appréciez pas. (Je fais une pause et ne peux pas l'empêcher de rire de mon euphémisme.) Vous me détestez et je le comprends, mais vous savez que je me fous complètement de ce que vous pouvez bien penser. Je vous le dis le plus gentiment possible. C'est juste comme ça.

Elle me prend au dépourvu en riant avec moi. Tout comme le mien, son rire grave est teinté de souffrance.

— Tu es vraiment comme lui, tu t'adresses à moi comme il parlait à mes parents. Richard non plus ne s'est jamais vraiment soucié de ce que les gens pensaient de lui, mais vois un peu où ça l'a mené.

— Je ne suis pas comme lui.

Ma réponse est sèche. J'essaie vraiment d'être aussi gentil que possible avec elle, mais elle ne m'aide pas. Tessa est restée tellement longtemps sous la douche et ça me prend toute mon énergie de ne pas aller voir comment elle va, d'autant plus que Noah est là.

— Il faut que tu essaies de voir ça de mon point de vue, Hardin. J'ai vécu ce même type d'expérience, j'ai été dans une relation toxique et je sais comment ça se termine. Je ne veux pas que Tessa ait à subir ça et, si tu l'aimais comme tu le prétends, tu ne le voudrais pas non plus. (Elle me regarde, semblant attendre une réaction de ma part, puis continue.) Je veux ce qu'il y a de mieux pour elle. Crois-moi si tu veux, mais j'ai toujours élevé Tessa pour qu'elle ne dépende pas d'un homme, comme moi, et regarde-la maintenant. Elle a dix-neuf ans et elle est réduite à néant chaque fois que tu décides de la quitter…

— Je…

Elle lève la main et soupire.

— Laisse-moi finir. Je l'ai enviée, en fait. C'est pathétique, mais je l'enviais d'un certain côté, de te voir revenir chaque fois alors que Richard ne l'a jamais fait pour moi. Mais plus tu la quittais, plus je me rendais compte que vous termineriez comme nous, parce que même si tu reviens, tu ne restes jamais. Si tu veux qu'elle finisse comme moi, seule et aigrie, alors continue comme ça et je t'assure que c'est exactement ce qu'il va lui arriver.

Je déteste l'image que Carol a de moi, mais je déteste plus encore de savoir qu'elle a raison. Je quitte Tessa régulièrement, c'est vrai, et même si je reviens à chaque fois, j'attends qu'elle soit bien pour la quitter à nouveau.

— C'est à toi de voir. Tu es la seule personne qu'elle semble écouter, et ma fille t'aime trop pour voir son propre bien.

Je sais que c'est vrai, elle m'aime et c'est parce qu'elle m'aime que nous ne finirons pas comme ses parents.

— Tu ne peux pas lui donner ce dont elle a besoin. Tu ne fais que l'empêcher de rencontrer la personne qui le pourra.

Je ne l'entends plus, tout ce que j'entends, c'est la porte de la chambre de Tessa qui se ferme.

— Vous verrez, Carol, vous verrez bien…

Je prends un verre sur l'étagère et le remplis pour Tessa. Je me dis que je peux changer ce cycle infernal et prouver à tous qu'ils ont tort, et d'abord à moi-même. Je sais que je peux le faire.

∞

30

Tessa

Après cette douche, je me sens légèrement moins folle, ou peut-être est-ce la mini-sieste dans la serre, ou peut-être le silence que j'ai finalement réussi à obtenir. Je ne sais pas trop pourquoi, mais j'arrive à voir le monde avec plus de clarté, enfin juste un peu, et ça m'aide à ne pas me sentir complètement dingue. Ça me laisse aussi espérer que chaque jour m'apportera un peu plus de clairvoyance et de paix.

— J'entre.

Hardin a ouvert la porte avant même que j'aie eu le temps de répondre.

Je me couvre la poitrine d'un t-shirt et m'assieds sur le lit.

— Je t'ai apporté de l'eau.

Il pose un verre plein sur la petite table de chevet et prend place de l'autre côté du lit.

J'avais préparé tout un speech sous la douche, mais maintenant qu'il est en face de moi, je ne m'en souviens pas.

— Merci.

Voilà, c'est tout ce que j'arrive à dire.

— Tu te sens mieux ?

Il est sur ses gardes. Je dois avoir l'air si fragile, si faible à ses yeux. Je le ressens aussi. Je devrais me sentir vaincue et en colère et triste et désorientée et paumée. Le truc, c'est qu'il n'y a toujours rien. Je ressens un profond vide en moi et je m'y habitue un peu plus à chaque minute qui passe.

Chaque minute sous la douche, à mesure que l'eau refroidissait, j'ai regardé tout ça sous un angle nouveau. Je réfléchissais à ma vie et à ce qu'elle était devenue, cet abîme noir, ce vide absolu, et je me suis penchée sur ma haine totale de cette sensation ; et j'ai trouvé la solution idéale, mais là, je n'arrive pas à démêler les mots qui se bousculent dans ma tête pour en faire une véritable phrase. Ça doit être ce qui se passe quand on perd l'esprit.

— J'espère que c'est le cas.

Il espère que c'est le cas de quoi… ?

— Que tu te sens mieux.

Il répond à la question que je n'ai pas exprimée. Je déteste qu'il soit directement branché à mon cerveau, qu'il sache exactement ce que j'éprouve et ce que je pense même quand je l'ignore.

Je hausse les épaules et me concentre de nouveau sur le mur.

— C'est le cas, plus ou moins.

C'est plus facile de regarder le mur que le vert brillant de ses yeux, ce vert que j'étais terrifiée de perdre. Je me souviens que, quand nous étions au lit ensemble, j'espérais garder ces yeux près de moi une heure de plus, une semaine, peut-être même un autre mois. Je priais pour qu'il change d'avis et veuille de moi pour toujours, comme moi je le désirais. Je ne veux plus avoir à subir ça, je ne veux plus me laisser emporter par le désespoir quand il s'agit de lui. Je veux rester ici seule avec mon vide, être satisfaite du calme et peut-être qu'un jour, je deviendrai quelqu'un d'autre, cette personne que je pensais devenir avant de commencer la fac. Si j'ai de la chance, je pourrai redevenir la fille que j'étais avant de quitter la maison.

Mais bon, cette fille est partie depuis longtemps. Elle a pris un aller simple pour l'enfer et elle est assise là, à se consumer lentement.

— Je veux que tu saches à quel point je suis désolé pour tout ça, Tessa. J'aurais dû revenir ici avec toi. Je n'aurais pas dû rompre à cause de mes problèmes. J'aurais dû te laisser être là pour moi comme je veux l'être pour toi maintenant. Maintenant, je sais ce que tu dois ressentir à constamment essayer de m'aider alors que je te repoussais sans cesse.

Pas trop sûre de savoir quoi dire, je lui réponds :

— Hardin…

— Non, Tessa, laisse-moi parler. Je te promets que cette fois-ci, ce sera différent. Je ne recommencerai plus jamais. Je suis désolé qu'il ait fallu que ton père meure pour me faire comprendre à quel point j'avais besoin de toi, mais je ne m'enfuirai plus jamais, je ne te négligerai plus jamais, je ne me fermerai plus jamais aux autres, je te le jure.

Le désespoir dans sa voix m'est bien trop familier. Je l'ai déjà entendu dire la même chose sur le même ton bien souvent, bien trop.

— Je ne peux pas. Je suis désolée, Hardin, mais vraiment, je ne peux plus.

Dans un mouvement de panique, il se rapproche de moi et tombe à genoux, salissant la moquette.

— Tu ne peux plus faire quoi ? Je sais que ça va prendre du temps, mais je suis prêt à attendre que tu sortes de tout ça, de ta phase de deuil. Je suis prêt à tout, je dis bien à tout.

— Ce n'est pas possible, nous n'avons jamais réussi à le faire.

Le ton de ma voix est de nouveau monocorde. J'ai l'impression que Tessa-Le-Robot est là pour un bout de temps. Je n'ai pas assez d'énergie pour mettre de l'émotion dans mes paroles.

— On pourrait se marier…

Il semble surpris par ses propres mots, mais ne les reprend pas. Ses longs doigts s'enroulent autour de mes poignets et il poursuit :

— Tessa, on pourrait se marier. Je t'épouserai demain si tu es d'accord. Je porterai un smoking et tout le bordel.

Ces mots que j'ai voulu entendre comme une hystérique, ces mots que j'ai tant attendus ont enfin franchi la barrière de ses lèvres, mais je ne peux pas les goûter. Je les ai très bien entendus, parfaitement même, mais je ne ressens rien.

— Non.

Je secoue la tête. Ce qui augmente son désespoir.

— J'ai de l'argent, bien plus qu'il n'en faut pour payer un mariage, Tessa, et on pourrait le faire où tu veux. Tu pourrais avoir la robe la plus chère, celle que tu veux, et des fleurs, je ne me plaindrai pas !

Il parle très fort maintenant et sa voix résonne dans toute la pièce.

— Là n'est pas la question, ce n'est pas ça.

J'aimerais pouvoir graver ces mots dans mon cœur et aussi le son de sa voix, une voix comme s'il était paniqué, excité même, et les emmener avec moi dans le passé. Dans un passé où je n'aurais pas vu à quel point cette relation est destructrice, quand j'aurais donné n'importe quoi pour l'entendre me dire ces mots.

— C'est quoi alors ? Je sais que c'est ce que tu veux, Tessa, tu me l'as répété si souvent.

Je peux voir derrière son regard la bataille qu'il est en train de mener contre lui-même et je regrette de ne rien pouvoir dire pour alléger ses souffrances, mais ce n'est pas possible.

— Je n'ai plus rien, Hardin. Je n'ai plus rien à te donner. Tu as déjà tout pris et je suis désolée, mais il ne reste rien.

Le vide en moi s'agrandit encore, aspirant tout mon être, et je n'ai jamais été aussi heureuse de ne plus rien ressentir. Si je pouvais éprouver la moindre sensation, ce serait une souffrance qui me tuerait.

Ça me tuerait certainement, et j'ai décidé il y a quelques instants à peine que je voulais vivre. Je ne suis pas fière des sombres pensées qui ont traversé mon esprit dans la serre, mais je suis contente qu'elles aient été brèves, et fière de les avoir surmontées ensuite, seule, recroquevillée dans le bac de douche, sous l'eau froide, quand l'eau chaude a fait défaut.

— Je ne veux rien te prendre. Je veux te donner exactement tout ce que tu veux !

Il suffoque et ce bruit est si perturbant que j'accepte presque tout ce qu'il me propose juste pour ne plus avoir à l'entendre.

— Épouse-moi, Tess. S'il te plaît, épouse-moi et je te jure que je ne ferai plus jamais rien de semblable. Nous pourrions être ensemble pour toujours, nous pourrions être mari et femme. Je sais que tu es trop bien pour moi et je sais que tu mérites mieux, et maintenant je sais que toi et moi, nous sommes différents. Nous ne sommes pas comme tes parents ou les miens, nous sommes comme personne d'autre et on peut y arriver, merde. D'accord ? Il faut juste que tu m'écoutes encore une fois…

— Regarde-nous. Regarde ce que je suis devenue. Je ne veux plus de cette vie.

— Non, non, non. Mais si, tu veux ! Laisse-moi me rattraper.

Il se lève et arpente la pièce de long en large en tirant ses cheveux d'une main.

— Hardin, s'il te plaît, calme-toi. Je suis désolée pour tout ce que je t'ai fait et surtout, je suis désolée d'avoir compliqué ta vie et désolée pour les disputes incessantes, mais tu dois savoir que ça ne fonctionnera pas. J'ai cru… (je réprime un pitoyable sourire) j'ai cru que nous pourrions nous en sortir. J'ai cru que notre amour était de ceux qu'on trouve dans les romans, un amour si fort, si rapide et si résistant qu'il aurait pu survivre à n'importe quoi et j'ai cru pouvoir y survivre aussi pour en conter l'histoire.

— Oui, c'est possible, on peut survivre.

Il s'étrangle. Je ne peux pas le regarder parce que je sais ce que je verrai.

— Mais, Hardin, je ne veux pas y survivre. Je veux vivre.

Mes mots doivent atteindre son cerveau parce qu'il cesse de marcher et de tirer ses cheveux.

— Je ne peux pas te laisser partir comme ça. Tu le sais. Je te reviens toujours, tu savais que ça allait arriver. Je serais revenu de Londres un jour et on…

— Je ne peux pas passer ma vie à t'attendre et ce serait égoïste de ma part de te forcer à passer ta vie à me fuir, à nous fuir.

Mais je nage encore en pleine confusion parce que je ne me rappelle pas avoir eu de telles pensées ; toutes mes pensées ont toujours été tournées vers Hardin et vers ce que je pourrais faire pour qu'il se sente mieux, pour le faire rester. Je ne sais pas d'où viennent ces idées et ces mots, mais je ne peux pas ignorer la sensation de détermination que j'éprouve en les prononçant.

— Je ne peux pas vivre sans toi.

Il a déjà déclaré ça un million de fois et, pourtant, il fait tout ce qu'il peut pour m'éloigner de lui, pour me garder à bonne distance.

— Si, tu peux. Tu seras plus heureux et moins déchiré intérieurement. Ce sera plus facile, tu l'as dit toi-mêmc.

Je le pense vraiment. Il sera plus heureux sans moi, sans nos perpétuelles ruptures. Il pourra se concentrer sur lui-même et sur sa colère envers ses deux pères et, un jour, il pourra être heureux. Je l'aime assez pour vouloir qu'il soit heureux, même si ce n'est pas à mes côtés.

Il serre les poings, les approche de son front et me répond, les dents serrées :

— Non !

Je l'aime. J'aimerai toujours cet homme, mais je suis à bout. Je ne peux plus être nourrie de son feu quand il revient incessamment à la charge, muni de seaux d'eau pour l'éteindre à chaque fois.

— Nous nous sommes tellement battus, je pense qu'il est temps que ça cesse.

— Non ! Non !

Des yeux, il fouille la pièce et je sais ce qu'il va faire avant même qu'il ne termine son geste. C'est pour ça que je ne suis pas surprise lorsque la petite lampe vole à travers la pièce et se brise contre le mur. Je ne bouge pas. Je ne cille même pas. J'en ai trop l'habitude et c'est exactement pour cette raison que je fais ça.

Je ne peux pas le réconforter. Ce n'est pas possible. Je ne peux même pas me réconforter moi-même et je ne me fais pas assez confiance pour passer mes bras autour de ses épaules et lui murmurer des promesses à l'oreille.

— C'est ce que tu voulais, tu te souviens ? Revenir à ça, Hardin. Rappelle-toi simplement pourquoi tu ne voulais plus de moi. Rappelle-toi pourquoi tu m'as renvoyée seule en Amérique.

— Je ne peux pas vivre sans toi, j'ai besoin de toi dans ma vie. J'ai besoin de toi dans ma vie. J'ai besoin de toi. Dans ma vie.

C'est comme une psalmodie.

— Je peux toujours être présente, mais plus comme ça.

— Tu me suggères sérieusement de rester amis ?

Son ton est mauvais. Ses pupilles se dilatent d'une colère noire au point que le vert de ses yeux a quasiment disparu. Avant que je ne puisse répondre, il poursuit :

— Nous ne pourrons jamais devenir amis après tout ce que nous avons vécu. Je ne pourrai jamais être dans la même pièce que toi sans être avec toi. Tu es tout pour moi et tu veux m'insulter en suggérant d'être amis ? Tu ne le penses pas vraiment. Tu m'aimes, Tessa. (Il plonge son regard dans le mien.) Tu n'as pas le choix. Tu ne m'aimes pas ?

Le rien qui m'habite commence à s'effriter et je me bats pour le garder intact. Si je commence à avoir des sensations, ça me mettra à terre.

— Si.

C'était juste un souffle. Il se remet à genoux devant moi.

— Je t'aime, Hardin, mais nous ne pouvons plus nous faire subir de telles choses.

Je ne veux pas me disputer avec lui et je ne veux pas le blesser, mais il récolte la monnaie de sa pièce. Je lui aurais tout donné. Merde, je lui ai tout donné et il n'en a pas voulu. Quand ça s'est corsé et qu'il a dû combattre ses démons intérieurs, il s'est avéré qu'il ne m'aimait pas assez. Il a renoncé, à chaque fois.

— Comment vais-je survivre sans toi ?

Et maintenant, il pleure, là, sous mon nez, et je ravale mes propres larmes ainsi que la grosse boule de culpabilité qui me serre la gorge.

— Ce n'est pas possible. Je n'y arriverai pas. Tu ne peux pas tout mettre à la poubelle parce que tu passes un sale quart d'heure. Laisse-moi être là pour toi, ne me repousse pas.

Une fois encore, mon esprit se détache de mon corps et je ris. Ce n'est pas un rire amusé ; c'est un rire triste et cassé par l'ironie de ses paroles. Il me demande de faire la même chose que moi et il ne s'en rend même pas compte.

— C'est ce que je t'ai supplié de faire depuis que je t'ai rencontré.

Je lui dis ça doucement pour lui rafraîchir la mémoire. Je l'aime et je ne veux pas le blesser, mais il faut que je mette fin à ce cycle une bonne fois pour toutes. Si je ne le fais pas, je ne m'en sortirai pas vivante.

— Je sais.

Sa tête tombe sur mes genoux et son corps est parcouru de tremblements contre moi.

— Je suis désolé ! Je suis désolé !

Il est hystérique et mon vide intérieur s'enfuit trop vite pour que je puisse l'arrêter. Je ne veux pas ressentir ça, je ne veux pas le sentir pleurer contre ma cuisse à me faire des promesses et m'offrir tout ce que j'ai attendu d'entendre depuis ce qui semble être une éternité.

— On va s'en sortir. Quand tu sortiras de cette phase, tout ira bien.

Je crois que c'est ce qu'il dit, mais je n'en suis pas sûre. Je ne peux pas lui demander de répéter, parce que je ne pourrais pas le supporter. C'est ce que je déteste entre nous, je déteste que, quoi qu'il me fasse subir, je trouve un moyen de m'accuser de ses souffrances.

J'aperçois un mouvement près de la porte et je fais un signe de tête à Noah pour lui faire savoir que je vais bien.

Je ne vais pas bien, mais ça fait un bout de temps que c'est comme ça. La différence, c'est que je ne ressens pas le besoin d'aller bien. Le regard de Noah se porte sur la lampe brisée et il a l'air inquiet, mais je hoche encore la tête, le suppliant silencieusement de partir pour me laisser vivre cet instant. Ce dernier instant à sentir le corps d'Hardin contre le mien, à sentir sa tête sur mes cuisses, à mémoriser les volutes d'encre noire sur ses bras.

— Je suis désolée de ne pas avoir réussi à te réparer.

Je caresse doucement ses cheveux mouillés.

— Moi aussi.

Il pleure, appuyé contre ma jambe.

∞

31

Tessa

— Maman, qui va payer pour l'enterrement ?

Je ne veux pas paraître insensible ou malpolie, mais tous mes grands-parents sont morts et mes parents étaient tous les deux enfants uniques. Je sais que ma mère n'a pas les moyens de payer un enterrement, particulièrement pour mon père, et je m'inquiète qu'elle en ait pris la charge juste pour prouver à ses amis à l'église qu'elle le peut.

Je ne veux pas porter cette robe noire qu'elle m'a achetée, je ne veux pas mettre ces talons noirs qu'elle n'a sûrement pas les moyens de payer et surtout, je ne veux pas voir le corps de mon père être mis en terre.

Ma mère hésite ; le tube de rouge à lèvres dans sa main s'immobilise à quelques millimètres de sa bouche et elle me regarde droit dans les yeux à travers le miroir.

— Je ne sais pas.

Incrédule, je me tourne vers elle. Enfin, si je pouvais rassembler assez d'énergie pour être incrédule, c'est ce que je ressentirais. Peut-être est-ce plus une forme de curiosité morne.

— Tu ne sais pas ?

Je l'observe. Ses yeux sont gonflés, preuve qu'elle a pris la nouvelle de cette mort plus durement qu'elle ne l'admettra jamais.

— Nous n'avons pas besoin de discuter de ces questions triviales, Theresa.

Comme si elle me réprimandait, elle met fin à la conversation en sortant du séjour.

Je hoche la tête pour marquer mon accord ; je ne veux pas me disputer avec elle. Pas aujourd'hui. La journée va être assez dure comme ça. Je me sens égoïste et un peu tordue de ne pas réussir à comprendre ce qui lui a passé par la tête quand il a poussé cette seringue dans sa veine. Je sais qu'il était drogué et qu'il ne faisait que répéter un geste qu'il a passé des années à faire, mais je ne peux toujours pas comprendre pourquoi il a fait une chose pareille, sachant le geste éminemment fatal.

Ces trois derniers jours, depuis que j'ai vu Hardin, j'ai commencé à recouvrer mes esprits. Pas complètement et je suis un peu terrifiée à l'idée de ne plus jamais redevenir la même personne.

Il loge chez les Porter depuis ce jour-là. Pour moi, pour M. et Mme Porter, la surprise a été immense, j'en suis certaine. Ils n'ont certainement pas beaucoup côtoyé de gens qui n'ont pas de cartes de membre au country club du coin.

J'aurais adoré voir la tête de Mme Porter quand Noah a ramené Hardin chez eux. Je n'arrive pas à m'imaginer Noah et Hardin sur la même longueur d'onde, ne serait-ce qu'un peu, alors j'imagine à quel point il a dû être blessé par mon rejet, pour accepter l'hospitalité de Noah.

Le poids si lourd du deuil que je porte est toujours là, caché dans les replis de mon vide intérieur. Je le sens pousser les murs, essayer désespérément de me détruire en me précipitant du haut d'une falaise. Après la crise d'Hardin, j'étais terrifiée à l'idée que la douleur m'emporte, mais je suis soulagée. C'est l'inverse qui s'est produit.

C'est assez étrange, il est si proche de cette maison, et pourtant il n'a pas essayé de venir. J'ai besoin d'espace et d'habitude, il n'est pas très doué pour ça. Mais bon, je n'ai jamais voulu ça avant. Enfin, pas comme ça. Lorsque j'entends quelqu'un frapper à la porte de la maison, je me dépêche d'ajuster mon collant noir et de vérifier mon apparence dans le miroir une dernière fois.

Je m'approche pour examiner mes yeux. Il y a quelque chose de différent dans mon regard, mais je ne sais pas trop quoi… Il a l'air *plus dur* ? *plus triste* ? Je ne suis pas sûre, mais ils vont bien avec ma pathétique tentative de sourire. Si je n'étais pas à moitié folle, je me soucierais davantage de mon changement d'apparence.

— Theresa !

Ma mère m'appelle, excédée, juste au moment où j'arrive dans l'entrée.

Au son de sa voix, je m'attends à voir Hardin. Il m'a donné l'espace dont j'ai besoin, même si c'est moi qui le lui ai demandé, mais je me doutais bien qu'il viendrait aujourd'hui, pour l'enterrement de mon père. Quand je me tourne, je reste figée sur place. C'est une surprise, plutôt agréable, de découvrir Zed en personne sur le pas de la porte.

Nos regards se croisent, il a l'air peu sûr de lui, mais quand je sens mes lèvres former un sourire, son visage se fend pour me répondre d'un grand sourire, ce sourire que j'aime, celui où sa langue se glisse entre ses dents et ses yeux brillent.

Je l'invite à entrer et mes bras s'accrochent à son cou.

— Que fais-tu ici ?

Il me serre à son tour dans ses bras, un peu trop, et je fais mine de tousser pour qu'il me relâche. Il sourit.

— Désolé, ça fait longtemps.

Il rit, et mon humeur en est instantanément allégée. Je n'ai pas pensé à lui depuis longtemps et je culpabilise presque de ne pas avoir vu son visage dans mes divagations des dernières semaines, mais je suis contente qu'il soit là. Le voir ici me rappelle que le monde ne s'est pas arrêté depuis que mon deuil a commencé.

Mes deuils… Je ne veux même pas m'avouer à moi-même lequel des deux a été le plus lourd à porter.

— Effectivement.

Et puis me revient à l'esprit la raison pour laquelle j'ai mis de la distance entre Zed et moi, alors j'interromps là nos salutations, et je regarde avec prudence derrière lui, de l'autre côté de la porte d'entrée. Je n'ai aucunement besoin d'une bagarre sur le gazon parfait du jardin de ma mère.

— Hardin est ici. Enfin, pas ici dans la maison, mais un peu plus bas dans la rue.

— Je sais.

Zed n'a pas l'air du tout intimidé malgré leur contentieux.

— Vraiment ?

Ma mère m'adresse un regard interrogateur, puis disparaît dans la cuisine pour me laisser seule avec Zed. Je commence seulement à réaliser que Zed est là. Je ne l'ai pas appelé, comment peut-il être au courant pour mon père ? Je suppose que c'est plus ou moins possible que la nouvelle se soit retrouvée sur Internet, mais même si c'était ça, comment Zed pourrait-il être au courant ?

— Il m'a appelé.

À ces mots, je relève brusquement la tête pour le regarder dans les yeux.

— C'est lui qui m'a dit de venir te voir. Je n'ai pas réussi à te joindre par téléphone, alors j'ai dû lui faire confiance.

Je ne sais pas trop quoi dire en entendant ça, je le regarde en silence en essayant de comprendre où est le piège derrière tout ça.

— Ça ne t'embête pas, hein ? (Il tend la main mais s'arrête juste avant de me toucher.) Ça ne t'embête pas que je sois venu, hein ? Je peux y aller si c'est trop pour toi. Il a juste dit que tu avais besoin d'un ami et j'ai su que ça devait être grave pour qu'il m'appelle, moi.

Zed finit sa phrase en riant légèrement, mais je sais qu'il est sérieux.

Pourquoi Hardin l'a-t-il appelé lui, plutôt que Landon ? En réalité, Landon est en route pour venir ici de toute façon, alors pourquoi Hardin demanderait-il à Zed de venir me voir ?

Je ne peux pas m'empêcher de croire qu'il y a un piège, comme si Hardin me testait d'une certaine manière. Je déteste cette idée, l'idée qu'il me fasse une chose pareille en ce moment, mais il a fait bien pire et il y a toujours une raison derrière ses actes. Il y a toujours un angle caché, un calcul savant derrière sa manière de m'aborder.

Sa demande en mariage m'a plus blessée qu'autre chose. Il m'a refusé toute chance de me marier depuis le début de notre relation pour ne me le proposer que deux fois, deux fois où il a cherché à obtenir quelque chose de moi. La première fois, il était trop ivre pour savoir ce qu'il disait et la seconde, c'était une tentative pour me faire rester. Si je m'étais réveillée à ses côtés le lendemain matin, il aurait retiré sa demande en mariage comme la dernière fois. Comme toujours. Il n'a jamais rien fait d'autre que renier ses promesses depuis que je l'ai rencontré, et il y a pire que d'être avec quelqu'un qui ne croit pas au mariage, c'est d'être avec quelqu'un qui ne m'épouserait que pour gagner une bataille, pas parce qu'il veut vraiment être mon mari.

Je dois me souvenir de ça, sinon je vais encore entretenir des idées ridicules. Ces idées qui pénètrent mon esprit, me faisant imaginer Hardin en smoking. L'image me fait rire et le smoking se transforme bien vite en jean et bottes, même le jour de son mariage, mais je crois que ça ne me dérangerait pas plus que ça.

Ça ne m'aurait pas plus dérangée. Il faut que j'arrête de fantasmer, ça ne m'aide pas à ne pas perdre la boule. Une autre image s'infiltre pourtant. Cette fois-ci, Hardin rigole, un verre de vin à la main… et je remarque un anneau argenté à son annulaire. Il rit fort, et rejette la tête en arrière d'une manière si séduisante.

Je la repousse.

Son sourire se fige, et l'image revient, renversant son vin sur son t-shirt blanc. Il insisterait probablement pour porter du blanc, plutôt que du noir pour prendre les traditions à rebours, histoire de se faire plaisir et d'horrifier ma mère. Il repousserait doucement mes mains lorsque j'essaierais de faire disparaître la tache avec une serviette. Il dirait un truc du genre : « J'aurais dû savoir qu'il ne fallait pas mettre de blanc, de toute façon. » Puis, il rirait et porterait mes doigts à ses lèvres pour en embrasser la pulpe doucement. Son regard s'arrêterait sur mon alliance et un sourire de fierté gagnerait son visage.

— Tout va bien ?

Zed brise là ma pitoyable rêverie.

— Ouais.

Je secoue la tête pour me débarrasser de l'image parfaite d'Hardin me souriant, et je m'approche de Zed.

— Je suis désolée, je suis un peu à côté de la plaque en ce moment.

— Pas de problème. Ça m'inquiéterait si ce n'était pas le cas.

Il passe un bras réconfortant autour de mes épaules.

Quand j'y pense, je ne devrais pas être surprise que Zed soit venu jusqu'ici pour me soutenir. Plus j'y réfléchis, plus j'ai de souvenirs. Il a toujours été là, même quand je n'ai pas eu besoin de son soutien. Il a toujours été dans le paysage, dans l'ombre d'Hardin.

∞

32

Hardin

Putain, Noah est vraiment chiant. Je ne sais pas comment Tessa a pu le supporter toutes ces années. Je commence à croire qu'elle se planquait dans la serre pour lui échapper à lui, pas à Richard.

Je ne la blâmerais pas pour ça, je suis tenté de faire la même chose en ce moment.

Il est assis dans le canapé de l'énorme salon de ses parents.

— Je pense que tu n'aurais pas dû appeler ce type. Je ne l'aime vraiment pas. Je ne t'aime pas toi non plus, mais il est encore pire que toi.

— Ferme-la.

Je ronchonne et me remets à fixer ce coussin tout bizarre sur le giga-fauteuil pompeux que j'ai fait mien, ces derniers jours.

— Je dis ça... Je ne comprends pas pourquoi tu l'as appelé si tu le hais à ce point.

Il ne sait pas fermer sa gueule. Je déteste ce bled de merde qui n'a pas d'hôtel à trente bornes à la ronde.

— Parce que… (je pousse un soupir exaspéré) parce qu'elle ne le hait pas. Elle lui fait même confiance, alors qu'elle ne le devrait pas, et elle a besoin de ce type d'ami en ce moment, puisqu'elle ne veut pas me voir.

— Et moi alors ? Et Landon ?

Noah décapsule une cannette de soda en faisant un grand bruit. Même sa manière d'ouvrir une cannette est odieuse.

Je ne peux pas lui dire que ma véritable angoisse, c'est qu'elle retourne dans ses bras à lui, Noah, qu'elle préfère cette relation sans histoire, plutôt que de me redonner une chance. Quant à Landon, bon, je ne l'admettrai jamais, mais c'est moi qui ai un peu besoin de lui en tant qu'ami. Je n'en ai aucun et j'ai genre besoin de lui, d'une certaine façon. Un peu.

Beaucoup. Bon d'accord, putain, j'ai vraiment besoin de lui et Tessa mise à part, je n'ai personne d'autre. Or, Tessa, c'est à peine si je l'ai, alors je ne veux pas le perdre lui non plus.

— Je ne comprends toujours pas. S'il l'aime bien, pourquoi veux-tu le voir tourner autour d'elle ? À l'évidence, tu es du genre jaloux et tu sais mieux que quiconque comment piquer la copine de quelqu'un d'autre.

— Ah ! ah !

Je lève les yeux au ciel et regarde par les luxueuses portes-fenêtres qui ouvrent la façade avant de la maison. La maison des Porter est la plus grande de la rue, probablement la plus grosse baraque de ce foutu bled. Je ne veux pas qu'il se fasse de fausses idées. Je le déteste toujours, ce con, et je ne le laisse m'approcher que parce qu'il faut que je donne à Tessa de l'espace, sans trop m'éloigner d'elle.

— Qu'est-ce que tu en as à foutre de toute façon ? Pourquoi tu joues les gentils avec moi d'un seul coup ? Je sais que tu me méprises, tout comme moi je te déteste.

Je le regarde, vêtu de son cardigan de merde et de ses mocassins marron à la con, brillants comme le crâne d'un vieux chauve.

— Tu ne comptes pas pour moi. Celle qui compte, c'est Tessa. Je veux juste qu'elle soit heureuse. Il m'a fallu pas mal de temps pour accepter ce qui s'est passé entre nous, je m'étais si bien habitué à sa présence. C'était confortable et j'étais disposé à ce que ça dure, alors je ne pouvais pas comprendre ce qu'elle trouvait à une personne comme toi. Je n'ai pas compris et en fait, je ne comprends toujours pas, mais je vois à quel point elle a changé depuis qu'elle t'a rencontré. Pas en mal, c'est vraiment un changement positif. (Il me sourit.) Enfin, si on fait abstraction de cette dernière semaine, évidemment.

Comment peut-il penser une chose pareille ? Je n'ai fait que la blesser et la détruire depuis que j'ai débarqué dans sa vie.

— Bon… (Je me dandine dans le fauteuil, pas franchement à l'aise.) Trêve de conneries, je ne vais pas devenir ton pote. Mais merci de ne pas te conduire en connard.

Je me lève pour aller dans la cuisine d'où je peux entendre la mère de Noah utiliser le mixeur. Je pourrais rester ici. Franchement, ça m'éclate de la voir chercher ses mots et se gratter le cou du bout des ongles chaque fois que je me retrouve dans la même pièce qu'elle.

— Laisse ma mère tranquille, où je te mets à la porte.

Son ton moqueur me fait presque rire.

Putain, si Tessa ne me manquait pas autant, je rigolerais même avec ce peigne-cul.

— Tu vas à l'enterrement, hein ? Tu peux venir avec nous si tu veux, on part dans une heure environ.

Je m'arrête net, hausse les épaules, puis triture mon plâtre.

— Non, je ne pense pas que ce soit une bonne idée.

— Pourquoi pas ? C'est toi qui as payé. Tu étais son ami, plus ou moins. Je crois que tu devrais y aller.

— Arrête d'en parler et souviens-toi de ce que je t'ai dit à propos de ça. Tu ne dis pas que j'ai payé ces conneries. (Mon ton se fait menaçant.) Alors putain, la ramène pas.

Noah lève ses yeux bleus à la con et je sors de la pièce pour torturer sa mère et arrêter de cogiter sur Zed qui doit être en ce moment dans la même maison que Tessa.

Mais putain, à quoi je pensais ?

∞

33

Hardin

Je n'arrive pas à me souvenir de la dernière fois où j'ai assisté à un enterrement. En y réfléchissant bien, je suis à peu près sûr que je n'en ai jamais vu.

Quand la mère de ma mère est morte, je n'ai tout simplement pas eu envie d'y aller. J'avais des coups à boire et une soirée que je ne pouvais pas rater. Je n'ai jamais ressenti le besoin de faire mes adieux à cette femme que je connaissais à peine. La seule chose que je savais de cette vieille peau, c'est qu'elle n'en avait rien à foutre de ma gueule. C'est à peine si elle pouvait encaisser ma mère, alors pourquoi perdre mon temps assis sur un banc d'église, à prétendre être triste à cause d'un décès qui ne me touchait pas du tout ?

Pourtant, des années plus tard, je me retrouve au fond d'une petite église à pleurer la mort du père de Tessa. Tessa, Carol, Zed et ce qui semble être la moitié de cette putain de congrégation squattent les premiers rangs. Il n'y a que moi et une vieille qui ne sait certainement pas où elle est, j'en suis sûr, assis au dernier rang.

Zed est assis à côté de Tessa, sa mère de l'autre.

Je ne regrette pas de l'avoir appelé… Enfin si, mais je ne peux pas ignorer l'ombre de vie qui semble l'avoir animée depuis qu'il s'est pointé aujourd'hui. Elle ne ressemble toujours pas à ma Tessa, mais elle est sur le bon chemin et si ce connard est la clé pour faire renaître sa lumière, eh bien, putain, allons-y gaiement.

J'ai fait beaucoup de trucs tordus dans ma vie, beaucoup. Je le sais, Tessa le sait, putain, tout le monde dans cette église est probablement au courant grâce à sa mère, mais je vais tout arranger pour elle. Rien à foutre d'avoir à faire amende honorable de toutes les casseroles que je me traîne de mon passé ou de mon présent, ce qui compte, c'est de raccommoder ce qui a été cassé avec elle.

Je l'ai brisée… elle a dit qu'elle n'a pas réussi à me réparer… qu'elle ne sera jamais capable de le faire. Mais ce n'est pas elle qui m'a abîmé. Elle m'a guéri et pendant qu'elle me soignait, je brisais sa belle âme en bien trop de morceaux. Si je résume, à moi tout seul, je l'ai brisée, brisé son esprit brillant, tout en étant égoïstement rafistolé par ses soins. Ce qu'il y a de plus déconnant dans ce massacre, c'est que je refusais de voir à quel point je la blessais, à quel point j'ai étouffé sa lumière. Je le savais, je l'ai toujours su, mais je n'en avais rien à foutre, je n'ai compris que quand c'était trop tard. Quand elle m'a rejeté une bonne fois pour toutes, là, j'ai pigé. Ça m'est tombé dessus comme un mur de briques que je n'aurais pas pu éviter, même si j'avais essayé.

Il a fallu que son père décède pour que je voie à quel point mon plan pour l'éloigner de moi était complètement con. Si j'y avais réfléchi, vraiment réfléchi, j'aurais compris à quel point c'était débile. Elle me voulait, moi. Tessa m'a toujours aimé plus que je le méritais et comment l'ai-je remerciée ? Je l'ai poussée et repoussée jusqu'à ce qu'elle n'en puisse plus de mes conneries. Maintenant, elle ne veut plus de moi, elle ne veut plus me désirer et il faut que je trouve un moyen de lui rappeler à quel point elle m'aime.

Là, je suis assis au fond de l'église à regarder Zed passer son bras sur son épaule et se rapprocher d'elle. Je ne peux même pas détourner les yeux. Je suis coincé, obligé d'assister à ça. Peut-être que je me punis, peut-être pas, mais de toute manière, je ne peux pas m'empêcher de la mater, la voyant se pencher vers lui et lui murmurer un truc à l'oreille. La façon dont son expression soucieuse la calme, c'est bizarre, elle soupire, puis il lui sourit.

Quelqu'un se glisse à mes côtés, interrompant momentanément ma torture.

— On est presque en retard… Hardin, pourquoi es-tu assis au fond ?

Landon. Mon père… Ken est assis à côté de lui, tandis que Karen prend la décision de marcher jusqu'aux premiers rangs de la petite église pour s'approcher de Tessa.

— Vous pouvez y aller aussi si vous voulez. Les premiers rangs sont réservés aux proches qui sont importants pour Tessa.

Je me plains en jetant un coup d'œil à la rangée de personnes que je ne peux pas encaisser, de Carol à Noah.

Et ça inclut Tessa. Je l'aime, mais je ne peux pas supporter d'être aussi proche d'elle alors que Zed la réconforte. Il ne la connaît pas comme je la connais. Il ne mérite pas d'être assis à côté d'elle en ce moment.

Landon me réconforte.

— Arrête tes bêtises. Bien sûr qu'elle peut te supporter. C'est l'enterrement de son père, essaie de te souvenir de ça.

Je surprends mon père… *putain*… Ken, je surprends Ken en train de m'observer.

Il n'est même pas mon père. Je le savais. Ça fait une semaine que je le sais, mais maintenant que je le vois, face à moi, c'est comme si je le découvrais à nouveau. Je devrais le lui dire maintenant, je devrais confirmer ses doutes et simplement lui dire la vérité sur ma mère et Vance. Je devrais lui dire là, maintenant, tout de suite, et lui faire sentir la même déception que moi. Mais est-ce que j'étais déçu, au fond ? Je n'en suis pas certain ; j'étais furieux. Je suis toujours en colère, mais je ne suis pas allé plus loin.

— Comment tu te sens, fils ?

Comme pour appuyer son propos, son bras passe derrière Landon et sa main se pose sur mon épaule.

Tout balancer. Je devrais tout lui balancer.

— Ça va.

Je hausse les épaules en me demandant pourquoi ma bouche ne veut pas coopérer avec ma tête, juste pour tout lui dire. Comme je le dis toujours, le malheur aime avoir de la compagnie et je suis aussi malheureux qu'on peut l'être.

— Je suis désolé pour tout ça, j'aurais dû appeler la clinique plus souvent. Je te promets que j'avais pris des nouvelles, Hardin. Je l'ai fait, je ne savais pas qu'il s'était enfui, je ne l'ai su que quand c'était trop tard. Je suis désolé.

La déception dans le regard de Ken me force à fermer ma gueule sans l'embarquer dans ma virée de désespoir. Il ajoute :

— Je suis désolé de toujours te décevoir.

Mon regard croise le sien et je hoche la tête, je décide à cet instant qu'il n'a pas besoin de savoir. Pas maintenant. Alors je réponds calmement :

— Ce n'est pas ta faute.

Je sens soudain le regard de Tessa sur moi, m'appelant même à une telle distance. Sa tête est tournée vers moi et le bras de Zed n'est plus sur son épaule. Elle me regarde attentivement, comme je le faisais, j'agrippe le banc de bois de toutes mes forces et je m'empêche de traverser l'église en courant pour me précipiter vers elle.

— D'une manière ou d'une autre, je suis désolé.

Ken retire sa main de mon épaule. Ses yeux marron sont brillants de larmes, comme ceux de Landon.

— C'est bon.

Je marmonne, toujours focalisé sur le regard gris qui soutient le mien.

— Vas-y, elle a besoin de toi.

J'ignore la douce remarque de Landon, j'attends qu'elle me donne une sorte de signal, n'importe quel petit fragment d'émotion qui me montrerait qu'elle a besoin de moi. Je serais alors à ses côtés en un éclair.

Le prêtre monte sur l'estrade et elle se détourne de moi sans m'inviter à l'approcher, sans le moindre signe qu'elle me voyait même tout court.

Mais avant que je puisse m'apitoyer sur mon sort, Karen fait un sourire à Zed qui se décale d'une place et la laisse s'installer à côté de Tessa.

∞

34

Tessa

Je fais un sourire de faux-cul à un étranger anonyme puis je passe au suivant, le remerciant de sa présence. L'enterrement a été rapide ; apparemment, cette église ne voyait pas d'un très bon œil la célébration de la vie d'un drogué. Quelques mots crispés, deux ou trois faux compliments, et l'affaire a été pliée.

Plus que quelques personnes ; encore quelques émotions forcées pour présenter ses condoléances et des remerciements simulés. Si j'entends encore une fois dire à quel point mon père était un homme bien, je pense que je vais hurler. Je crois que je vais me mettre à crier en plein milieu de l'église, devant tous ces gens, les amis personnels de ma mère. La plupart d'entre eux n'ont même jamais rencontré Richard Young. Pourquoi sont-ils ici et quels mensonges ma mère a-t-elle pu débiter sur mon père pour qu'ils chantent ses louanges ?

C'est pas que je ne crois pas que mon père était un homme bien. Je ne le connaissais pas assez pour juger sa personnalité mais je connais la réalité, et la réalité, c'est qu'il m'a abandonnée avec ma mère quand j'étais enfant et qu'il n'est revenu dans ma vie qu'il y a quelques mois, par hasard. Si je n'avais pas accompagné Hardin chez ce tatoueur, je ne l'aurais probablement jamais revu.

Il ne voulait pas faire partie de ma vie. Il ne voulait être ni père ni époux. Il voulait vivre sa vie et faire des choix qui tournaient autour de lui et de personne d'autre. Tant mieux pour lui, vraiment, mais je ne comprends pas ses choix. Je ne comprends pas pourquoi il a fui ses responsabilités pour mener la vie d'un drogué. Je me souviens de ce que j'ai ressenti quand Hardin a mentionné les sales habitudes de mon père ; je n'arrivais pas à le croire. Pourquoi ai-je si facilement accepté son alcoolisme mais pas son addiction à la drogue ? Je n'arrivais simplement pas à me faire à cette idée. Je pense que j'essayais dans ma tête de voir en lui une personne meilleure. Je suis doucement en train de réaliser que, comme Hardin le dit toujours, je suis naïve. Je suis naïve et stupide de toujours essayer de voir le bien dans les personnes qui, en retour, me prouvent le contraire. J'ai toujours tort et j'en ai vraiment marre.

— Ces dames veulent venir chez nous quand nous partirons d'ici, il faut que tu m'aides à préparer la maison pour les recevoir, dès notre arrivée.

— Qui sont « ces dames » ? Est-ce qu'elles le connaissaient seulement ?

Je ne peux pas m'empêcher de parler sur ce ton sec et je culpabilise légèrement quand ma mère fronce les sourcils. Cette culpabilité s'envole instantanément quand je la vois regarder autour d'elle pour s'assurer qu'aucune de ses « amies » ne m'a entendue parler sur ce ton irrespectueux.

— Oui, Theresa. Quelques-unes d'entre elles le connaissaient.

— J'adorerais vous prêter main forte également. Si vous n'y voyez pas d'inconvénient.

Je suis contente que Karen soit là. Elle est toujours si gentille et attentionnée ; même ma mère semble l'apprécier.

— Avec grand plaisir.

Ma mère répond par un sourire à celui de Karen et s'éloigne en faisant un signe à une femme que je ne connais pas au milieu du petit groupe de personnes qui s'est formé sur la pelouse devant l'église.

— Ça ne te dérange pas que je me joigne à vous, moi aussi ? Mais je comprendrais parfaitement que tu ne veuilles pas. Je sais qu'Hardin est ici et tout, mais puisque c'est lui qui m'a demandé de venir…

— Non, bien sûr, tu peux te joindre à nous, Zed. Tu as fait un long chemin jusqu'ici.

Sur le parking, je ne peux pas m'empêcher de chercher Hardin du regard lorsque j'entends son nom. Je repère Landon et Ken à l'autre bout. Ils montent dans la voiture de Ken. À ce que je vois, Hardin n'est pas avec eux. J'aurais aimé pouvoir parler à Ken et Landon, mais ils étaient assis à côté d'Hardin et je ne voulais pas qu'ils s'éloignent de lui.

Pendant l'enterrement, je ne pouvais rien faire, mais je me suis inquiétée qu'Hardin révèle la vérité sur Christian Vance à Ken devant tout le monde. Hardin doit se sentir mal, il aurait pu avoir envie d'attirer quelqu'un dans son mal-être. Je prie pour qu'il ait la décence d'attendre le bon moment pour lui apprendre cette blessante vérité. Je sais que c'est quelqu'un de bien ; au fond de lui, Hardin n'est pas une mauvaise personne. Il est juste mauvais pour moi.

Je me tourne vers Zed qui triture les pois duveteux de sa chemise rouge.

— Tu veux marcher ? Il y en a pour vingt minutes au plus pour revenir à la maison.

Il accepte et nous nous éclipsons avant que ma mère ne puisse me caser dans sa petite voiture. En ce moment, je ne peux pas supporter l'idée d'être coincée dans un petit espace en sa compagnie. Ma patience envers elle a atteint ses limites. Je ne veux pas être impolie, mais je sens que ma frustration augmente chaque fois qu'elle touche ses cheveux parfaitement bouclés.

Zed rompt le silence au bout de dix minutes de marche dans les rues de ma petite ville natale.

— Tu veux en parler ?

— Je ne sais pas. Rien de ce que je pourrais dire n'aurait de sens.

Je secoue la tête, ne voulant pas que Zed sache à quel point je suis devenue dingue en une semaine. Il n'a pas posé de questions sur ma relation avec Hardin et je lui en suis reconnaissante. Rien de ce qui concerne Hardin n'est ouvert à la discussion.

— Balance.

Zed me sourit chaleureusement.

— Je suis folle.

— Folle de tristesse ou folle tout court ?

Il me taquine en cognant doucement son épaule contre la mienne alors que nous attendons au passage clouté qu'une voiture passe.

— Les deux. (J'essaie de sourire.) Enfin, surtout folle de tristesse. Est-ce que c'est mal que je ressente de la colère contre mon père d'être mort ?

Je déteste l'impression que me font ces mots. Je sais que c'est mal, mais ils me semblent tellement justes. La colère, c'est toujours mieux que rien et c'est une distraction. Une distraction dont j'ai désespérément besoin.

— Ce n'est pas mal d'avoir de telles idées, bon un peu quand même. Je ne pense pas que tu devrais être en colère contre lui. Je suis certain qu'il n'avait aucune idée de ce qu'il faisait quand il a fait ça.

Zed baisse les yeux vers moi, mais je me détourne.

— Il savait ce qu'il faisait quand il est entré dans cet appartement avec la drogue. Bien sûr, il ne savait pas qu'il allait mourir, mais il savait que c'était possible et tout ce qu'il voulait, c'était se défoncer. Il n'a pensé à personne d'autre que lui et à son bon plaisir, tu vois ?

Je ravale la culpabilité qui accompagne mes mots. J'aimais mon père, mais j'ai besoin de regarder la réalité en face. J'ai besoin de laisser sortir ce que je ressens.

Zed fronce les sourcils et répond :

— Je ne sais pas, Tessa. Je ne pense pas que c'était comme ça. Je ne pense pas qu'on puisse être en colère contre un mort, particulièrement un parent.

— Ce n'est pas comme s'il m'avait élevée. Il est parti quand j'étais petite.

Est-ce que Zed le savait ? Je n'en suis pas certaine. J'ai tellement l'habitude de parler à Hardin, qui sait tout de moi, que parfois j'oublie que les autres ne peuvent savoir que ce que je leur ai dit.

— Peut-être qu'il est parti parce qu'il savait que c'était ce qu'il y avait de mieux pour ta mère et toi ?

Zed essaie de me réconforter, en vain.

Ce qu'il me dit me donne juste envie de hurler. J'en ai assez d'entendre exactement la même excuse sortir de toutes les bouches. Toutes ces personnes qui disent vouloir ce qu'il y a de mieux pour moi et qui, pourtant, trouvent des excuses à ce père qui m'a abandonnée, en faisant croire que c'était pour mon bien. Quel altruiste d'avoir abandonné sa femme et sa fille !

— Je ne sais pas. Passons à un autre sujet.

Ce que nous ne faisons pas. Nous restons silencieux jusqu'à la maison de ma mère et j'ignore le ton contrarié avec lequel elle me réprimande d'avoir mis aussi longtemps à rentrer.

— Heureusement que Karen est venue me prêter main forte.

Je passe devant elle pour entrer dans la cuisine.

Zed est mal à l'aise, pas trop sûr de savoir s'il doit aider, ou pas. Bien entendu, ma mère lui donne une boîte de biscuits apéritifs et lui montre du doigt un plat sans prononcer un mot. Ken et Landon ont déjà été mis au travail. Ils arrangent une corbeille de fruits et découpent des légumes pour les servir dans sa plus belle vaisselle. Celle qu'elle utilise quand elle veut impressionner.

— Ouais, heureusement…

Je ne sais pas si elle m'a entendue.

J'aurais cru que l'air printanier m'aiderait à me rafraîchir les idées et à apaiser ma colère, mais en fait, non. La cuisine de ma mère est trop petite, trop étouffante, surtout qu'elle se remplit d'improbables femmes endimanchées.

— J'ai besoin de prendre l'air. Je reviens tout de suite, reste là.

Je profite que ma mère se précipite dans le couloir pour chercher un truc.

Autant je suis reconnaissante à Zed d'avoir fait toute cette route pour me réconforter, autant je ne peux pas m'empêcher de lui en vouloir de notre conversation. Je suis certaine que quand j'aurai les idées claires, je verrai les choses autrement, mais là, j'ai juste envie d'être seule.

La porte arrière de la maison grince et je me maudis en espérant que ma mère ne surgisse pas tel un diable de sa boîte pour me ramener de force à l'intérieur. Le soleil a fait des miracles sur l'épaisse couche de boue qui tapisse le sol de la serre. Des taches sombres et humides couvrent encore la moitié de la surface, mais j'arrive à trouver un petit coin sec. Abîmer les chaussures à talons que ma mère m'a achetées alors qu'elle n'en a vraiment pas les moyens, est bien la dernière chose que je ferais.

Du coin de l'œil, j'aperçois un mouvement et je me mets à paniquer jusqu'à ce que je voie Hardin sortir de derrière une étagère. Ses yeux sont clairs et soulignés de marques sombres qui détonnent sur son teint pâle. Sa peau mate, d'ordinaire rayonnante, est à présent d'une couleur ivoire hantée et fragile.

Je m'excuse et recule pour sortir du petit espace

— Désolée, je ne savais pas que tu étais là. Je vais y aller.

— Non, c'est bon. C'est ta cachette d'abord, tu te souviens ?

Il me fait un sourire et même si c'est le plus petit des sourires, il me semble plus réel que les innombrables fausses expressions de sympathie qu'on m'a adressées aujourd'hui.

— C'est pas faux, mais je dois rentrer de toute façon.

J'attrape la poignée de la porte pour l'ouvrir, mais il tend la main pour m'empêcher de le faire. À l'instant où ses doigts entrent en contact avec ma peau, je retire vivement ma main, ce qui provoque chez lui un gros soupir de frustration. Il reprend contenance, passe devant moi pour tenir la poignée et s'assurer que je ne parte pas, et me demande doucement :

— Dis-moi pourquoi tu es venue ici.

— Je… C'est juste que…

Je cherche mes mots. Après ma conversation avec Zed, j'ai perdu l'envie de discuter de mes abominables pensées sur la mort de mon père.

— Rien.

— Tessa, dis-moi.

Il me connaît assez pour savoir quand je mens et je le connais assez pour savoir qu'il ne me laissera pas quitter cette serre avant que je ne lui aie dit la vérité.

Mais puis-je lui faire confiance ?

Je regarde sans pouvoir m'en empêcher la nouvelle chemise qu'il a sur le dos. Il a dû l'acheter pour l'enterrement car je connais tous ses vêtements et il n'y a pas moyen qu'il rentre dans les vêtements de Noah. Non pas qu'il les porterait un jour… La manche de cette nouvelle chemise noire est déchirée pour laisser passer son plâtre.

— Tessa.

Je sors de mes divagations à propos de ses vêtements.

Le dernier bouton de sa chemise est défait et le col est de travers. Je recule d'un pas avant de répondre :

— Je ne pense pas qu'on devrait faire ça.

— Faire quoi ? *Parler ?* Je veux juste savoir de quoi tu te caches.

Une demande si simple et pourtant si insidieuse. Je me cache de tout. Je me cache de tellement de choses que je ne pourrais pas les nommer, de lui tout en haut de la liste. J'ai envie de passer mes nerfs sur Hardin, mais c'est trop facile de retomber dans nos petites habitudes et je n'ai plus envie de jouer à ces petits jeux. Je ne peux plus faire ça. Il a gagné et je dois apprendre à vivre avec.

— Toi et moi savons très bien que tu ne sortiras pas de cette serre avant d'avoir craché le morceau, alors épargne-nous un peu de temps et d'énergie, dis-moi tout.

Il essaie de dire ça sur le ton de la plaisanterie, mais je vois l'ombre du désespoir dans son regard.

Je finis pas admettre :

— Je suis furieuse.

Il hoche vivement de la tête.

— Évidemment.

— Enfin, je veux dire, vraiment, genre folle de rage.

— Tu as bien raison.

Je lève les yeux vers lui.

— J'ai raison ?

— Bien sûr que tu as raison. Je serais dans le même état si j'étais à ta place.

Je ne pense pas qu'il saisisse ce que j'essaie de dire.

— J'en veux à mon père, Hardin. Je suis tellement en colère contre lui.

Après cette clarification, je m'attends à ce qu'il change sa réponse.

— Moi aussi.

— Ah bon ?

— Putain, mais ouais, ça me fout les boules. Et toi aussi, tu as toutes les raisons de la Terre d'avoir envie de lui défoncer le portrait. Refroidi ou pas.

Je ne peux retenir l'éclat de rire qui s'est formé dans ma gorge en voyant l'expression de sérieux sur le visage d'Hardin alors qu'il me dit une chose aussi ridicule.

— Tu ne crois pas que c'est mal de ma part de ne pas arriver à être triste tellement je suis en colère contre lui de s'être ôté la vie tout seul ?

Je marque un petit temps d'arrêt en mâchouillant ma lèvre inférieure.

— C'est ce qu'il a fait. Il s'est suicidé et il n'a même pas pensé à quel point ça perturberait tout le monde. Je sais que c'est égoïste de ma part, mais c'est ce que je ressens.

Je baisse les yeux sur le sol en terre battue. J'ai honte de ça, de mes sentiments, mais je me sens tellement mieux depuis que j'ai laissé sortir tous ces mots. J'espère qu'ils resteront ici, enterrés dans cette serre, et j'espère que mon père, quelque part là-haut, ne peut pas les entendre.

Hardin presse ses doigts sous mon menton et me lève la tête.

— Hé.

Je ne tressaille pas à son contact, mais je suis contente qu'il le rompe rapidement.

— N'aie pas honte de ces sentiments. Il s'est suicidé et ce n'est la faute de personne, sinon la sienne. Putain, j'ai vu à quel point tu étais excitée quand il est revenu dans ta vie et c'est vraiment un con d'avoir tout foutu en l'air simplement pour la défonce.

Le ton qu'emploie Hardin est dur, mais c'est exactement ce que j'ai besoin d'entendre en ce moment.

Il rit doucement et ajoute :

— Mais qui suis-je pour parler ?

Il ferme les yeux et secoue doucement la tête.

Je détourne la conversation pour ne pas parler de nous.

— Je me sens mal d'avoir des idées pareilles. Je ne veux pas lui manquer de respect.

— Mais, merde, quoi. Tu as le droit de sentir ce que tu veux et personne n'a quoi que ce soit à y redire.

Il accompagne ses mots d'un mouvement de sa main plâtrée entre lui et moi.

— J'aimerais que tout le monde pense comme toi.

Je soupire. Je sais que me confier à Hardin n'est pas ce qu'il y a de plus sain et je dois faire attention, mais je sais qu'il est le seul à vraiment me comprendre.

— Je suis sérieux, Tessa. Ne laisse pas l'un de ces coincés du cul te faire regretter tes sentiments.

J'aimerais que ce soit aussi simple que ça. J'aimerais être davantage comme Hardin pour n'en avoir rien à faire de ce que les gens pensent de moi et ne pas avoir peur de les blesser, mais je ne peux pas. Je ne suis tout bêtement pas comme ça. J'ai de l'empathie pour les autres, même quand je ne le devrais pas et j'aimerais pouvoir me dire que ce trait de caractère va cesser de provoquer ma perte. C'est bien de se soucier d'autrui, c'est une force, mais ça me blesse bien trop souvent.

Il a suffi de quelques minutes dans cette serre avec Hardin pour faire disparaître pratiquement toute ma colère. Je ne suis pas trop sûre de savoir ce qui l'a remplacée, mais je ne ressens plus cette fureur incandescente. Il me reste la brûlure persistante de la douleur qui, je le sais, restera un compagnon de longue route.

— Theresa !

La voix de ma mère résonne dans le jardin et Hardin et moi sursautons.

— Ça ne me pose aucun problème de tous les envoyer chier, elle y compris. Tu le sais, hein ?

Il cherche mon regard et j'acquiesce. Je le sais bien et ça me plairait de le lâcher au beau milieu de cette foule de bonnes femmes bavardes qui n'ont rien à faire ici.

— Je sais. Je suis désolée de m'épancher comme ça. C'est juste que je…

La porte de la moustiquaire claque, ma mère entre dans la serre.

— Theresa, s'il te plaît, rentre à la maison.

Malgré son ton autoritaire, elle fait de son mieux pour cacher sa colère contre moi, mais son masque lui échappe à vitesse grand V.

Le regard d'Hardin va du visage en colère de ma mère au mien, avant de passer devant nous.

— De toute façon, j'allais partir.

Le souvenir de ma mère le trouvant dans ma chambre de fac il y a quelques mois me traverse l'esprit. Elle était tellement en colère et Hardin avait l'air si abattu quand il m'avait laissée partir avec elle et Noah. Ces jours semblent si lointains, si simples. Je ne savais pas ce qui m'attendait, aucun d'entre nous ne le savait.

— Que fais-tu ici, d'ailleurs ?

Ce que je faisais ne la regarde pas. Elle ne comprendrait pas mes sentiments égoïstes et je ne lui ferais jamais assez confiance pour les lui révéler. Elle ne comprendrait pas pourquoi je parlais à Hardin après l'avoir évité pendant trois jours. Elle ne comprendrait rien de ce que je pourrais lui dire parce qu'elle ne me comprend pas, tout simplement.

Alors, plutôt que de répondre à sa question, je me tais et regrette de ne pas avoir demandé à Hardin de quoi lui se cachait dans ma serre.

∞

35

Hardin

— Hardin, s'il te plaît. Il faut que je me prépare.

Tessa marmonnait contre ma poitrine.

Ce jour-là, son corps nu était étalé sur moi, ce qui distrayait jusqu'au plus petit neurone restant dans mon cerveau.

— Tu n'es pas convaincante, jeune femme. Si tu voulais vraiment partir, tu serais déjà sortie du lit à l'heure qu'il est. Tu vas être en retard.

J'ai embrassé l'ourlet de son oreille et elle s'est tortillée.

— Et tu ne serais certainement pas en train de te frotter contre ma queue.

Elle a gentiment gloussé puis s'est glissée contre moi, entrant délibérément en contact avec mon érection.

— Et voilà, tu as gagné. Tu ne vas jamais arriver à l'heure en cours maintenant.

J'ai grogné en agrippant ses hanches voluptueuses à pleines mains. Mes doigts se sont glissés en elle, lui coupant le souffle.

Putain, je la sens toujours si étroite et si chaude avec mes doigts, et plus encore avec ma bite.

Sans un mot, elle a roulé sur le côté et mis sa main sur mon gourdin, en faisant de lents allers et retours.

De son pouce, elle a essuyé la petite perle humide déjà formée au bout de mon membre ; un sourire a trahi l'impassibilité de mon visage quand elle m'a supplié de lui en donner plus.

— Plus de quoi ?

Je l'ai titillée, priant pour qu'elle morde à l'hameçon. Peu importait, je savais ce qui allait arriver ; j'avais juste envie de l'entendre le dire.

Ses désirs prenaient plus d'ampleur, ils étaient plus tangibles quand elle les exprimait à haute voix. Sa façon de bredouiller et de gémir me remplissait de satisfaction et était bien plus qu'une supplique lubrique. De ses mots, elle me signifiait sa confiance ; les mouvements de son corps soulignaient sa loyauté envers moi, et la promesse de son amour comblait mon corps et mon esprit.

J'étais totalement consumé par elle, putain, j'étais perdu en elle chaque fois que je lui faisais l'amour, même quand je lui mentais. Cette fois-là n'était pas une exception.

— Dis-moi, Tessa.

Je la pressais pour qu'elle me dise les mots que je voulais entendre. Les mots dont j'avais besoin.

— Plus de *tout*, juste… juste toi, tout entier.

Elle a gémi en frôlant ma poitrine de ses lèvres. Puis j'ai soulevé l'une de ses cuisses pour la passer au-dessus de la mienne. Ce serait plus difficile comme ça, mais bien plus profond, et je pourrais la regarder plus facilement. Je pourrais regarder ce que moi seul peux lui faire et, putain, je pourrais décoller rien qu'à voir sa bouche s'ouvrir quand elle jouit en criant mon nom.

Tu as déjà tout de moi. Voilà ce que j'aurais dû dire. À la place, j'ai passé la main par-dessus son corps pour choper une capote, l'enfiler et me faufiler entre ses cuisses. Son gémissement de satisfaction a failli me faire exploser à ce moment-là, mais je me suis retenu assez longtemps pour la mener au bord du gouffre avec moi. Elle me murmurait à l'oreille combien elle m'aimait et à quel point je lui faisais du bien et j'aurais dû lui dire que je pensais la même chose, peut-être encore plus qu'elle ne pouvait l'imaginer, mais à la place, j'ai dit son nom et j'ai éjaculé dans le préservatif.

Il y a tant de choses que j'aurais dû dire, j'aurais pu dire, et putain de merde, que j'aurais certainement dites si j'avais su que mes jours au paradis étaient comptés.

Si j'avais su que j'en serais aussi vite expulsé, je l'aurais vénérée comme elle le mérite.

J'ai entendu Tessa dire à Carol qu'elle allait encore dormir chez elle.

Noah me ramène à la réalité de cette façon irritante qu'il a de me parler.

— Tu es sûr que tu ne veux pas rester une nuit de plus ?

Après une minute à me fixer comme un gentil toutou séducteur, il ajoute :

— Ça va ?

— Ouais.

Je devrais lui dire ce qui passe dans ma tête, lui parler du souvenir doux-amer de Tessa enroulée autour de moi, de ses ongles enfoncés dans mon dos pendant qu'elle jouissait. Mais bon, je ne veux pas glisser cette image dans sa tête non plus.

— Alors ?

— Je me casse. Il faut que je lui laisse de l'espace.

Je me demande comment j'ai pu me foutre dans une situation pareille, pour commencer. Je suis un vrai con, voilà comment. Ma stupidité est sans pareille, enfin si, elle ressemble à celle de mes pères et de ma mère aussi, probablement. Je dois avoir pris ça d'eux. C'est d'eux trois que je tire ma capacité à l'auto-sabotage et à la destruction des seules choses bien de ma vie.

Je pourrais les blâmer.

Je le pourrais, mais rejeter la faute sur tout le monde ne m'a pas mené bien loin jusqu'à présent. Peut-être qu'il est temps que je m'y prenne autrement.

— De l'espace ? J'ignorais que tu savais ce que c'est !

Noah essaie de blaguer, mais mon regard assassin l'arrête vite et il ajoute :

— Si tu as besoin de quoi que ce soit, je ne vois pas trop quoi, mais juste n'importe quoi en fait, tu peux m'appeler.

Il jette un coup d'œil gêné à l'immense salon familial et, pour éviter de croiser son regard, je regarde le mur derrière lui.

Après cet échange inconfortable et quelques œillades nerveuses de la part de Mme Porter, je prends mon petit sac et sors de la maison. Je n'ai rien avec moi, juste quelques fringues dégueulasses et mon chargeur de téléphone dans mon sac merdique. Pire encore, et ça c'est franchement chiant, c'est seulement maintenant que je suis dehors sous la pluie que je me rappelle où j'ai laissé ma caisse. Et merde.

Je pourrais aller à pied chez la mère de Tessa et demander à Ken de me ramener s'il est encore là, mais je ne suis pas sûr que ce soit une bonne idée. Si je m'approche un peu plus d'elle, ne serait-ce que si je respire le même air qu'elle, personne ne sera capable de nous séparer. J'ai laissé Carol me dégager de la serre, mais ça n'arrivera plus. J'étais si près de marquer un point avec Tessa. Je l'ai senti et je sais qu'elle aussi. Je l'ai vue sourire. J'ai vu son sourire vide et triste pour le triste garçon qui l'aime de toute son âme abîmée.

Elle m'aime encore assez pour m'offrir des sourires pour rien et ça, putain, ça veut vraiment tout dire. Elle est mon tout. Peut-être, juste peut-être, que si je lui donne l'espace dont elle a besoin, elle continuera de m'accorder quelques miettes. Je prendrai ces miettes avec plaisir. Putain, un petit sourire, un texto en réponse, merde, si elle n'a pas une ordonnance restrictive contre moi, je me contenterai de n'importe quoi jusqu'à ce que je puisse lui rappeler ce que nous partagions.

Lui rappeler ? Je suppose que ce n'est pas vraiment ça, en fait je ne lui ai jamais montré quel genre d'homme je pouvais être. Je n'ai jamais été rien d'autre qu'un égoïste mort de trouille, laissant mes peurs et ma haine contre moi-même mener la danse, me tournant toujours vers autre chose. Je ne pouvais me concentrer que sur moi-même et mon atroce habitude de prendre tout l'amour et toute la confiance qu'elle m'offrait pour les lui renvoyer en pleine figure.

Il pleut de plus en plus et, franchement, ça va. En temps normal, toute cette flotte m'aiderait à ressasser ma haine, mais pas aujourd'hui, aujourd'hui la pluie n'est pas si chiante. Elle me purifie presque.

Enfin, vous savez, si je ne détestais pas ces métaphores de merde.

36

Tessa

La pluie s'est remise à tomber, dessinant un lourd rideau sur la pelouse. Je suis appuyée contre la fenêtre à regarder fixement le paysage, comme si j'étais fascinée. Avant, j'aimais la pluie. Elle me réconfortait quand j'étais enfant et cette sensation s'est poursuivie à l'adolescence. Maintenant que je suis adulte, elle ne fait que me renvoyer le reflet de ma solitude.

La maison est vide maintenant. Même Landon et sa famille sont retournés chez eux. Je n'arrive pas à savoir si je suis contente qu'ils soient partis ou triste de me retrouver toute seule.

— Je peux ?

Une voix et un petit coup frappé à la porte de ma chambre me rappellent que je ne suis pas toute seule, après tout.

Zed a proposé de rester chez ma mère ce soir et je n'ai pas pu lui refuser. Je m'assieds près de la tête de mon lit et attends qu'il ouvre la porte. Au bout de quelques secondes, il n'est toujours pas entré, je l'y invite donc à voix haute. On dirait que je suis habituée à ce qu'une certaine personne débarque toujours avant que je lui en donne la permission. Non pas que ça m'ait vraiment gênée…

Zed entre dans la petite pièce vêtu des mêmes vêtements que ceux qu'il portait à l'enterrement, sauf que maintenant, plusieurs boutons de sa chemise sont ouverts et ses cheveux sans gel sont retombés, ce qui lui donne un air plus doux, plus agréable.

Il prend place au coin du lit et se tourne vers moi.

— Comment tu vas ?

— Eh bien, on peut dire que ça va. Je ne sais pas comment je suis censée me sentir.

Ma réponse est honnête, je ne peux pas lui dire que je porte le deuil de deux hommes ce soir, pas seulement d'un.

— Tu veux aller faire un tour ? Ou peut-être voir un film, ou un truc dans le genre ? Pour te changer les idées.

Je prends un moment pour réfléchir à sa question. Je n'ai envie d'aller nulle part ni de faire quoi que ce soit, même si je le devrais probablement. J'étais bien à côté de ma fenêtre, à psychoter sur la pluie cafardeuse.

— Ou on pourrait juste parler ? Je ne t'ai jamais vue comme ça, tu n'es pas toi-même.

Zed pose sa main sur mon épaule et je ne peux pas me retenir de me pencher vers lui. C'était injuste d'avoir été si dure avec lui cet après-midi. Il essayait simplement de me réconforter, en disant l'inverse de ce que je voulais entendre. Ce n'est pas la faute de Zed si j'ai récemment décidé de m'installer à Tarée-land, c'est ma faute, à moi et à personne d'autre. Population : deux habitants, moi et mon vide intérieur. Il compte pour une personne puisque c'est tout ce qui reste de moi après la bataille.

— Tessa ?

Les doigts de Zed frôlent ma joue pour gagner mon attention. Embarrassée, je secoue la tête en retour.

— Désolée, je te l'ai dit, je suis un peu folle.

J'essaie de sourire et il fait la même chose. Il s'inquiète pour moi, je le vois bien dans le doré de ses yeux noisette. Je le vois dans le faible sourire forcé de ses lèvres pleines.

— C'est normal. Tu as plein de trucs à gérer. Viens par là.

Il tapote le couvre-lit à côté de lui et je m'approche.

— Il faut que je te demande un truc.

Son teint mat laisse paraître une certaine rougeur sur ses joues.

Je lui fais signe de continuer. Je ne vois pas du tout ce qu'il veut me demander, mais il a été un si bon ami de venir jusqu'ici pour me réconforter.

— Ok, bon… (Il prend une grande inspiration.) Je me demandais ce qui se passait entre Hardin et toi.

Il se mord la lèvre inférieure, je détourne le regard.

— Je ne sais pas si c'est sage de parler d'Hardin et de moi…

— Je n'ai pas besoin de détails. Je veux juste savoir si c'est vraiment, absolument terminé entre vous cette fois-ci.

Je déglutis. C'est difficile à dire.

— Oui.

— Tu es sûre ?

Quoi ? Je me retourne vers lui.

— Oui, mais je ne vois pas…

Je suis interrompue par les lèvres de Zed sur les miennes. Ses mains se posent sur mes cheveux et sa langue essaie de s'insinuer entre mes lèvres closes. J'en pousse un petit cri de surprise qu'il prend pour une invitation à poursuivre ses avances, plaquant son corps contre le mien, me forçant à m'allonger sur le matelas.

Confus et pris par surprise, mon corps n'en réagit pas moins rapidement et mes mains repoussent sa poitrine. Il hésite un instant, essayant toujours de m'embrasser.

— Qu'est-ce que tu fais ?

Finalement il s'arrête.

— Quoi ?

Ses yeux sont écarquillés et ses lèvres gonflées.

— Pourquoi as-tu *fait* ça ?

Je me lève brusquement, complètement déconcertée par son geste, mais j'essaie de ne pas dramatiser.

— Quoi ? T'embrasser ?

— Oui !

C'est sorti du fond du cœur, mais je me couvre vite la bouche. Je n'ai vraiment pas besoin que ma mère débarque.

— Tu as dit que tu avais rompu avec Hardin ! Tu viens de le dire !

Il parle plus fort que moi, mais sans rien faire pour baisser le niveau comme je l'ai fait.

Pourquoi pense-t-il qu'il peut s'autoriser à faire ça ? Pourquoi m'a-t-il embrassée ?

Instinctivement, je croise les bras sur ma poitrine et réalise qu'en fait j'essaie de me couvrir.

— Ça n'était pas une invitation à me sauter dessus ! Je pensais que tu étais venu pour me réconforter en *ami*.

— En ami ? Tu connais mes sentiments pour toi ! Tu as toujours su !

Je suis déroutée par la dureté de sa voix. Il a toujours été si compréhensif. Qu'est-ce qui a changé ?

— Zed, tu étais d'accord pour que nous soyons amis, tu connais mes sentiments pour lui.

Je garde un ton aussi calme et neutre que possible en dépit de la panique qui me gagne. Je ne veux pas le blesser, mais là, il a dépassé les bornes.

Il lève les yeux au ciel.

— Non, je ne connais pas tes sentiments pour lui parce que vous deux, vous êtes les champions des allers-retours. Tu changes d'avis toutes les semaines, et moi j'attends, encore et toujours.

Je me recroqueville. C'est à peine si je reconnais Zed ; je veux que l'ancien revienne. Celui en qui j'ai confiance et que j'affectionne n'est pas là.

— Je sais bien. Je sais que c'est ce que nous faisons, mais je croyais avoir été claire quand…

— Me coller façon moule à son rocher n'envoie pas franchement ce message.

Sa voix est plate et froide, et des frissons me parcourent l'épine dorsale quand je vois la différence entre ce Zed et celui d'il y a deux minutes. Son accusation m'offense et me perturbe.

— Je ne me collais pas à toi. (*Il n'a pas pu penser une chose pareille !*) À l'enterrement de mon père, tu as passé ton bras autour de mes épaules pour me réconforter. J'ai pensé que c'était gentil, je ne voulais pas que tu le prennes autrement. Pour moi, ce n'était rien d'autre. Hardin était là, tu ne peux quand même pas croire que je t'aurais témoigné le moindre signe de tendresse devant lui ?

Le bruit d'une porte de placard qui se referme résonne dans la petite maison et je suis infiniment soulagée quand Zed fait enfin un effort pour baisser d'un ton, mais sa remarque est acerbe :

— Pourquoi pas ? Tu m'as déjà utilisé pour le rendre jaloux dans le passé.

Je veux me défendre, mais je sais qu'il a raison. Pas pour tout, mais là il marque un point.

— Je sais que c'est ce que j'ai fait dans le passé, et j'en suis désolée. Vraiment. Je t'ai déjà dit à quel point j'étais désolée et je le répète : tu as toujours été là pour moi et je t'aime bien, mais je croyais qu'on en avait déjà parlé. Je croyais que tu avais compris que nous ne pourrions jamais être autre chose qu'amis.

— Tu es tellement aveuglée par ce mec que tu ne vois même pas à quel point c'est grave.

La chaleur de son regard a laissé place à une ombre glaciale.

— Zed. (Je soupire, vaincue.) Je suis désolée, d'accord ? Vraiment, mais ton comportement est absolument inacceptable. Je croyais que nous étions *amis*.

Je ne veux pas me disputer avec lui, pas après la semaine que je viens de traverser.

Il répond en crachant ces mots :

— Non, nous ne sommes pas amis. Je croyais que tu avais besoin de plus de temps, je croyais que c'était ma chance de t'avoir, enfin, et tu me rejettes. Encore.

— Je ne peux pas te donner ce que tu veux. Tu sais que je ne le peux pas. C'est impossible. Que ce soit bien ou mal, Hardin m'a marquée et je ne serais pas capable de me donner à toi. À personne en fait, je crains.

Je regrette ces mots au moment où ils sortent de ma bouche.

Quand j'en ai fini avec ce discours pathétique, le regard de Zed me donne le tournis, me fait désespérément rechercher toute trace de l'inoffensif mais optimiste Monsieur Collins[1] que je croyais connaître. En fait, j'ai face à moi, dans cette chambre, un Wickham[3] imposteur, insistant, blessé par Darcy dans le passé, qui prétendait être charmant et loyal pour séduire alors qu'en réalité c'était un menteur.

Je m'approche de la porte.

Comment ai-je pu être aussi stupide ? Elizabeth m'attraperait par les épaules et me secouerait un bon coup pour me mettre un peu de plomb dans la cervelle. J'ai passé tellement de temps à défendre Zed contre Hardin, à tourner ses inquiétudes en dérision, à incriminer sa jalousie, alors qu'en fait il a toujours eu raison.

— Tessa, attends ! Je suis désolé !

Je suis déjà en train d'ouvrir la porte de la maison et de me précipiter sous la pluie, quand il m'appelle, sa voix résonne dans le couloir et attire l'attention de ma mère.

Mais je suis déjà partie, partie dans la nuit.

1. Personnage d'*Orgueil et préjugés* de Jane Austen.

37

Tessa

L'eau projetée par mes pieds nus sur le béton m'a éclaboussée et le temps d'arriver chez les Porter, mes vêtements sont trempés. Je ne sais pas quelle heure il est, je ne peux même pas déterminer le moment de la journée, mais c'est un soulagement de voir la lumière toujours allumée chez eux. Une sensation de calme me saisit, je suis comme apaisée par de l'eau fraîche lorsque la mère de Noah vient m'ouvrir la porte.

— Tessa ? Ma chérie ! Est-ce que tu vas bien ?

Elle me fait vite entrer, ça m'horripile de voir l'eau dégouliner sur leur parquet impeccable.

— Je suis désolée, je voulais juste…

Un regard au salon cossu et d'une propreté quasi parfaite me fait regretter immédiatement d'être venue ici.

Hardin ne veut certainement pas me voir de toute façon. Mais où avais-je la tête ? Je ne peux plus courir me réfugier dans ses bras.

Il n'est pas l'homme que je croyais. Mon Hardin a disparu en Angleterre, le berceau de mes contes de fées, un étranger l'a remplacé et nous a détruits. Mon Hardin ne se droguerait pas, ne toucherait à aucune autre femme et la laisserait encore moins porter ses vêtements. Mon Hardin ne se serait pas moqué de moi devant ses amis et ne m'aurait pas renvoyée en Amérique, jetée comme si j'étais une moins que rien. Je ne *suis* rien, à ses yeux du moins. Plus j'énumère ses outrages, plus je me trouve stupide. La vérité, c'est que le seul Hardin que je connaisse m'a fait tout ça et il a recommencé, encore et encore, et pourtant, même maintenant, en me parlant à moi-même, je continue de le défendre.

Je suis pathétique !

— Je suis désolée, Madame Porter. Je n'aurais pas dû venir chez vous. Désolée. S'il vous plaît, ne dites à personne que je suis venue ici.

Je lui présente mes excuses avec frénésie et comme la folle que je suis devenue, je repars en courant sous la pluie avant qu'elle ait pu m'arrêter.

Quand je m'arrête de courir, je suis devant le bureau de poste. J'ai toujours détesté ce coin quand j'étais petite. Ce petit bâtiment de briques est isolé au milieu de nulle part, au fin fond de la ville. Il n'y a ni maison ni commerce aux alentours et dans un moment pareil, quand il fait nuit et qu'il pleut, mes yeux me jouent des tours et la petite poste se perd dans les arbres. Gamine, je passais toujours devant en courant.

Mon pic d'adrénaline s'est évaporé et là, j'ai mal aux pieds à force de les taper contre le béton. Je ne sais pas ce qui m'a pris d'aller aussi loin. Je n'y ai pas réfléchi, enfin je crois.

Ma santé mentale, déjà bien douteuse, me trahit encore lorsqu'une ombre émerge sous le store du bureau de poste. Je commence à reculer, doucement, au cas où ce ne serait pas une hallucination.

— Tessa ? Qu'est-ce que tu fous ici, bordel ?

L'ombre emprunte la voix d'Hardin.

Je tourne les talons pour partir en courant, mais il est plus rapide que moi. Ses bras encerclent ma taille et il m'attire contre sa poitrine avant que j'aie le temps de partir. De sa grande main, il me force à le regarder, j'essaie de conserver les yeux ouverts malgré les grosses gouttes de pluie qui m'aveuglent.

— Mais putain, pourquoi t'es là, sous la pluie, toute seule ?

Hardin gronde comme l'orage en bruit de fond.

Je ne sais pas comment je me sens. J'aimerais suivre le conseil d'Hardin et ressentir ce que je veux, mais ce n'est pas si simple. Je ne peux pas abandonner le peu de force qui me reste. Si je m'autorise à goûter l'indescriptible sensation de soulagement de sentir sa main sur ma joue, je vais me dégonfler.

— Réponds-moi. Il s'est passé quelque chose ?

— Non.

Je me dégage de son étreinte et essaie de retrouver mon souffle après ce mensonge.

— Qu'est-ce que tu fais ici si tard, au milieu de nulle part ? Je croyais que les Porter t'hébergeaient ?

Je panique une minute en m'imaginant que Mme Porter lui a parlé de mon embarrassante et désespérée erreur de jugement.

— Non, il y a une heure que je suis parti. J'attends un taxi. Ce connard était censé être là depuis vingt minutes.

Ses vêtements sont trempés, ses cheveux dégoulinent et ses mains tremblent contre ma peau.

— Dis-moi pourquoi tu es là, à peine vêtue et nu-pieds.

Je vois bien qu'il fait de gros efforts pour garder son calme, mais son masque n'est pas aussi intact qu'il le croit. Clairement, je discerne de la panique dans le vert de ses yeux. Même dans le noir, je vois l'orage s'annoncer. Il connaît la réponse, j'ai l'impression qu'il sait toujours tout.

— Rien, ce n'est pas grave.

Je recule d'un pas, mais ça ne prend pas. Il s'approche, encore un peu plus. Il a toujours été exigeant.

Des phares percent le rideau de pluie et j'aperçois se profiler la silhouette d'un van. Mon cœur se met à cogner puis mon cerveau entre dans la danse quand je réalise que *je connais ce véhicule*.

Lorsqu'il s'arrête, Zed en bondit et court vers moi en laissant le moteur tourner. Hardin s'interpose entre nous, l'avertissant silencieusement de ne pas s'approcher davantage. Voilà encore une scène à laquelle je suis trop habituée et que j'aimerais ne pas revivre. Chaque aspect de ma vie semble pris dans un cercle, un cercle vicieux, un cercle qui emporte un petit bout de moi à chacune de ses révolutions.

La voix d'Hardin résonne forte et distincte sous la pluie :

— Qu'est-ce que *tu as fait* ?

— Qu'est-ce qu'elle t'a dit ?

Hardin s'approche de Zed.

— Tout.

J'ai du mal à interpréter l'expression du visage de Zed devant ce mensonge. Même dans la lumière des phares de la voiture, je ne vois pas bien.

— Elle t'a dit qu'elle m'avait embrassé alors ?

Zed ricane, la voix empreinte d'un horrible mélange de méchanceté et de satisfaction.

Avant que je puisse me défendre de son nouveau mensonge, d'autres phares surgissent dans la nuit pour compléter le chaos.

— Elle a quoi ?

Hardin est toujours tourné vers Zed et le faisceau des phares du taxi illumine l'espace entre eux, suffisamment pour que je puisse apercevoir le rictus méprisant sur le visage de Zed. Comment peut-il mentir sur moi à Hardin de cette manière ? Est-ce qu'Hardin va le croire ? Plus important, est-ce que ça change quelque chose si c'est le cas ?

En fait, est-ce que j'en ai quelque chose à faire ?

— C'est à propos de Sam, c'est ça ?

Hardin lui pose cette question avant que Zed ait le temps de répondre.

— Non, bien sûr que non !

Zed s'essuie le visage, Hardin pointe un doigt accusateur vers lui.

— Mais si, c'est ça ! Je le savais ! Putain, je savais que tu courais derrière Tessa à cause de cette salope !

— Ce n'est pas une salope ! Et ce n'est pas qu'à cause d'elle, Tessa compte pour moi ! Tout comme Samantha, et il a fallu que tu foutes ta merde ! Il faut toujours que tu mettes le boxon dans ma vie.

Hardin s'approche d'un pas vers lui mais s'adresse à moi :

— Monte dans le taxi, Tessa.

J'ignore sa remarque, je reste là où je suis. *Qui est Samantha ?* Le nom me dit vaguement quelque chose, mais je ne sais plus trop où je l'ai entendu.

— Tessa, monte dans le taxi et attends-moi, s'il te plaît.

Hardin a les dents serrées, il a atteint la limite de sa patience et, à ce que je vois de Zed, la sienne aussi s'est évaporée.

— S'il te plaît Hardin, ne te bats pas contre lui. Ne recommence pas.

Je le supplie parce que j'en ai marre de ces bagarres. Je ne pense pas pouvoir supporter d'être le témoin d'une autre scène violente, après avoir découvert le corps de mon père froid et sans vie.

— Tessa…

Mais je l'interromps.

— S'il te plaît, Hardin, cette semaine a été si horrible, je ne peux pas supporter de voir ça. Pitié, Hardin. Monte dans le taxi avec moi. Emmène-moi loin d'ici, s'il te plaît.

Le peu qui me reste de santé mentale a officiellement disparu.

∞

38

Hardin

Tessa n'a pas dit un mot depuis que je suis monté dans le taxi et je suis trop occupé à essayer de me maîtriser pour dire quoi que ce soit. La voir là, dans la nuit, courir pour fuir quelque chose, fuir Zed, m'a mis dans une colère puissance maximale, et ce serait trop facile de lui céder. De la laisser agir en liberté.

Mais je ne peux pas faire ça. Pas cette fois. Cette fois, je vais lui prouver que je peux contrôler ce qui sort de ma bouche, et de mes poings aussi. Je suis monté dans ce taxi avec elle plutôt que d'éclater le crâne de Zed contre le béton comme il le méritait. J'espère qu'elle va le reconnaître, j'espère que ça va plaider en ma faveur, ne serait-ce qu'un tout petit peu.

Tessa n'a pas essayé de s'échapper, elle n'a pas dit un mot quand j'ai demandé au chauffeur de passer par la maison de sa mère pour récupérer son merdier. C'est bon signe. Il faut que ça le soit. Ses fringues sont trempées, elles lui collent à la peau, sur tout le corps, et ses cheveux forment des paquets sur son front. Elle les repousse de la main, soupirant quand les plus récalcitrants refusent de coopérer. Je dois faire appel à toutes mes réserves de self-control pour ne pas tendre la main et la recoiffer.

— Attendez ici pendant que nous serons à l'intérieur. On revient dans moins de cinq minutes, restez là où vous êtes.

Le chauffeur était en retard quand il est venu me chercher, alors il ne faut pas qu'il me fasse chier d'attendre un peu. Non pas que je me plaigne ; s'il n'avait pas été à la bourre, je ne serais pas tombé sur Tessa marchant toute seule sous cette pluie de merde.

Elle ouvre la portière et traverse la pelouse. Elle n'a aucune réaction à la pluie qui l'arrose totalement, formant un bouclier et l'emportant presque loin de moi. Après avoir rappelé au chauffeur qu'il doit nous attendre, je lui cours après avant que la pluie nous sépare plus encore.

Je retiens mon souffle, me forçant à ignorer le van rouge garé devant la maison. D'une manière ou d'une autre, Zed a trouvé le moyen de revenir ici avant nous, comme s'il savait où j'allais la ramener. Mais je ne peux pas perdre les pédales. Je dois montrer à Tessa que je peux me tenir et faire passer ses sentiments avant les miens.

Elle disparaît dans la maison et je la suis quelques secondes plus tard. Carol est déjà sur son dos quand j'entre.

— Theresa, combien de fois vas-tu encore faire ça ? Tu te mets toi-même dans une situation qui, tu le sais, sera catastrophique !

Zed est au milieu du salon, dégoulinant sur le plancher. Tessa se pince la base du nez entre les yeux, signe de complète détresse chez elle, et une fois encore, je lutte pour ne rien dire.

Il suffirait d'un mot de travers de ma part pour qu'elle reste ici, éloignée de moi de plusieurs heures de route.

Tessa lève une main, un geste à mi-chemin entre l'ordre et la supplique.

— Maman, est-ce que tu peux juste t'arrêter ? Je ne fais rien, je veux juste partir d'ici. Rester dans cette maison ne m'aide pas et j'ai un boulot et des cours à Seattle.

Seattle ?

— Tu retournes à Seattle ce soir ?

— Non, pas ce soir, mais demain. Je t'aime, Maman, et je sais pourquoi tu agis comme ça, mais j'ai très envie de me rapprocher de mon… euh… (les yeux gris de Tessa me lancent un regard très incertain) de Landon. Je veux me rapprocher de Landon, là.

Oh…

Zed ouvre son claque-merde :

— Je vais t'y conduire.

Je ne peux simplement pas m'empêcher de le contredire.

— *Non*, tu ne le feras pas.

J'essaie d'être patient, mais là, merde, c'est trop. J'aurais dû débarquer, choper le sac de Tessa et la ramener dans le taxi avant que Zed ne puisse ne serait-ce que la regarder.

Le petit sourire satisfait qui s'étale sur sa gueule, le même qu'il m'a fait il y a quelques secondes à peine, cherche à me narguer. Il essaie de me pousser dans mes retranchements, essaie de me faire péter les plombs devant Tessa et sa mère. Il veut jouer au caïd avec moi, comme toujours.

Mais pas ce soir. Je ne lui donnerai pas la satisfaction d'être son pion.

— Tessa, prends tes affaires, on s'en va.

L'expression hargneuse peinte sur le visage des deux femmes me fait reformuler ma phrase :

— S'il te plaît, peux-tu aller chercher ton sac ?

Le visage de Tessa s'adoucit, elle s'en va dans le couloir vers son ancienne chambre.

Les yeux de Carol vont et viennent de Zed à moi.

— Que s'est-il passé pour qu'elle parte en courant sous la pluie ? Lequel de vous deux a fait ça ?

Elle nous assassine du regard, c'en est presque comique.

— Lui.

Comme des mômes, nous nous sommes mutuellement accusés, d'une même voix.

Carol lève les yeux au ciel et suit sa fille dans la petite chambre. Je me concentre sur Zed :

— Tu peux te tirer, maintenant.

Je sais que Carol m'entend, mais honnêtement, là, je n'en ai plus rien à battre.

— Tessa ne voulait pas que je parte ; elle était seulement un peu paumée. Elle s'est collée à moi, m'a supplié de rester ici avec elle. (Son ton est mauvais et il poursuit, même si je secoue la tête.) Elle ne veut plus de toi. Tu as grillé toutes tes chances avec elle, et tu le sais. Tu as vu comme elle me regarde ? Tu as vu comme elle a envie de moi ?

Je serre les poings et prends de grandes inspirations pour me calmer. Si Tessa ne se dépêche pas de sortir avec son sac, ce salon va être repeint en rouge sang quand elle reviendra. Quel connard avec son petit sourire à la con !

Elle ne l'aurait pas embrassé. Elle ne ferait pas une chose pareille.

Des flashs de mon cauchemar dansent derrière mes paupières, me rapprochant encore plus de mon point de rupture. Ses mains sur son ventre gonflé de femme enceinte, ses ongles à elle lui griffant le dos. Sa fâcheuse tendance à toujours aller vers les copines des autres…

Elle ne ferait pas une chose pareille. Elle ne l'aurait pas embrassé.

Je me force à lui répondre :

— Ça ne va pas le faire. Tu ne vas pas me forcer à t'attaquer devant elle. C'est terminé.

Putain, j'ai envie de lui éclater la tête et de voir la matière grise s'échapper de son crâne. *Putain, j'en ai tellement envie !*

Il s'assied sur un bras du canapé et sourit.

— Tu m'as rendu la tâche facile. Elle m'a dit à quel point elle avait envie de moi, elle m'a dit ça il y a moins d'une demi-heure.

Il jette un coup d'œil à sa montre comme pour vérifier. Ce connard d'enfoiré se la joue dramatique, comme toujours.

— Tessa !

Je l'appelle pour savoir combien de temps je vais encore devoir tolérer la présence de ce trou du cul.

La maison est silencieuse, sauf quelques murmures de Tessa et de sa mère. Je ferme momentanément les yeux, espérant que Carol n'a pas convaincu sa fille de rester dans ce bled de merde une nuit supplémentaire.

— Ça te rend dingue, hein ? (Zed continue à me narguer.) Comment crois-tu que je me sentais quand tu as baisé Sam ? C'était mille fois pire que la petite jalousie dérisoire que tu ressens en ce moment.

Comme s'il pouvait comprendre la profondeur de mes sentiments pour Tessa ! Je le regarde, excédé.

— Je t'ai dit de fermer ta gueule et de te casser. Personne n'en a rien à foutre de Sam et de toi. C'était une fille facile, trop facile pour moi, et rien de plus.

Zed fait un pas vers moi. Je redresse le dos, histoire de lui rappeler que ma taille est l'un des nombreux avantages que j'ai sur lui. À mon tour de lui faire péter les plombs :

— Quoi ? Tu n'aimes pas m'entendre parler de ta précieuse Samantha ?

Les yeux de Zed virent au noir, m'avertissant de m'arrêter, mais je refuse. Putain, il a eu le culot d'embrasser Tessa et d'essayer d'utiliser ses sentiments contre moi ? À l'évidence, il ne sait pas que j'ai tout un arsenal de phrases assassines dans la manche.

— Ferme-la.

Il continue de me pousser. Peut-être que je ne vais pas utiliser mes poings ce coup-ci, mais de toute façon mes mots ont un impact plus important sur lui.

— Pourquoi ?

Je jette un regard dans le couloir pour m'assurer que Tessa est toujours occupée avec sa mère pendant que je torture Zed verbalement :

— Tu ne veux pas que je te parle de la nuit où je l'ai baisée ? En fait, c'est à peine si je m'en souviens, mais j'ai cru comprendre que ce que je lui ai fait était tellement nouveau qu'elle en a couvert quelques pages de son journal intime. Elle n'était pas franchement mémorable, mais au moins elle faisait preuve d'*enthousiasme*.

Je savais à quel point il était mordu de cette meuf et, à l'époque, j'ai cru que leur relation devenait compliquée pour elle. La blague, c'est qu'en fait, elle est devenue plus chiante que divertissante.

— Je l'ai baisée jusqu'à plus soif, je peux te l'assurer. C'est peut-être pour ça qu'elle m'a fait le coup de la grossesse après. Tu t'en souviens de ça, hein ?

Je m'arrête une seconde, une petite seconde, pour réfléchir à ce qu'il a dû ressentir quand il a découvert le pot aux roses. J'essaie de me souvenir de ce qui m'a traversé l'esprit quand j'ai décidé de me la taper. Je savais qu'ils sortaient ensemble. Je l'avais entendue parler de lui à la photocopieuse chez Vance et j'ai tout de suite été intrigué. Ça ne faisait que quelques semaines que je connaissais Zed et j'ai pensé que ça pourrait être marrant de le faire chier.

— Tu étais censé être mon ami.

Cette phrase pathétique tombe à plat dans notre échange.

— Ton ami ? Je ne fais pas partie de tes amis dégénérés. Je te connaissais à peine, cela n'avait rien de personnel. (Je m'approche de lui et empoigne son col.) Comme ça n'avait rien de personnel quand Stéphanie t'a présenté Rebecca même si elle savait que Noah s'y intéressait. Personnel, c'est quand tu déconnes avec Tessa. Tu sais ce qu'elle représente à mes yeux, plus que n'importe quelle salope au bureau pourrait être pour toi.

Je ne l'ai pas vu venir, il me repousse et m'éclate contre le mur. Les cadres des photos tremblent et tombent par terre, faisant revenir Tessa et sa mère en courant.

— Va te faire foutre ! J'aurais pu baiser Tessa aussi, ça aurait été facile vu comme elle s'est jetée sur moi ce soir si tu ne t'étais pas pointé !

Son poing entre en collision avec ma bouche et Tessa crie d'horreur. Le goût métallique du sang se répand sur ma langue et je déglutis rapidement avant de m'essuyer les lèvres et le menton du revers de la manche. Tessa se précipite à mes côtés.

— Zed ! Va-t'en ! Tout de suite !

De ses petits poings, elle tape sur sa poitrine ; je l'attrape délicatement pour l'écarter de lui.

Tessa entendant Zed parler d'elle comme ça, est une pure expérience qui me fout en extase. C'est exactement ce dont j'ai essayé de la prévenir depuis le début : il n'a jamais été le gentil garçon innocent qu'il essayait de jouer.

Bon, ok, je sais qu'il a des sentiments pour elle. Je ne suis pas si aveugle que ça. Mais ses intentions n'ont jamais été honorables. Il vient juste de le lui prouver et je ne pourrais pas être plus heureux. Je suis un connard d'égoïste, mais je n'ai jamais prétendu le contraire.

Sans un autre mot, Zed sort sous la pluie. Ses phares s'allument, projettent de la lumière par les fenêtres et s'éloignent dans la rue.

— Hardin ?

La voix de Tessa est douce et teintée d'épuisement. Nous sommes assis à l'arrière de ce taxi depuis presque une heure et nous n'avons pas échangé un mot.

Ma voix est éraillée, je dois m'éclaircir la gorge.

— Ouais ?

— Qui est Samantha ?

J'attendais qu'elle me pose cette question depuis que nous avons quitté la maison de sa mère. Je pourrais lui mentir, je pourrais monter un bateau pour donner une image merdique de Zed, son véritable reflet, ou je peux être honnête, pour une fois.

— C'est une fille qui a fait un stage chez Vance. Je l'ai baisée alors qu'elle sortait avec Zed.

J'ai décidé de ne pas mentir, mais je regrette la dureté de mes mots lorsque je vois Tessa tressaillir. Alors pour essayer de les adoucir, j'ajoute :

— Désolé, je voulais simplement être honnête.

— Tu savais que c'était sa copine quand tu as couché avec elle ?

Elle me regarde droit dans les yeux comme elle seule sait le faire.

— Oui, je le savais. C'est pour ça que je l'ai fait.

Je hausse les épaules, ignorant le soupçon de regret qui menace de faire surface.

— Pourquoi ?

Ses yeux fouillent les miens pour y trouver une réponse décente, mais je n'en ai aucune. Je n'ai que la vérité. Cette vérité infâme et dépravée.

— Je n'ai pas d'excuse. Ce n'était qu'un jeu pour moi.

Je soupire, regrettant d'être une pareille ordure. Pas pour Zed ou Samantha, mais pour cette jolie fille si douce qui, même à cet instant, ne me juge pas le moins du monde et me regarde, attendant que je développe mon explication.

— Tu oublies que je n'étais pas la même personne avant de te rencontrer. Je n'avais rien de l'homme que tu connais maintenant. Enfin, je sais que tu penses que je déconne complètement en ce moment, mais crois-moi, tu me haïrais encore plus si tu m'avais connu à l'époque.

Je détourne les yeux pour regarder par la vitre et je poursuis :

— Je sais que ça ne se voit pas, mais tu m'as vraiment beaucoup aidé, tu m'as donné un but dans la vie, Tess.

J'entends sa brusque expiration et je grimace, elle doit penser que je suis pathétique et hypocrite. J'en suis certain.

— Et quel est ce but ?

Sa voix timide résonne dans la nuit devenue soudain immobile.

— J'essaie encore de le comprendre. Mais je vais y arriver, alors s'il te plaît, essaie de rester assez longtemps dans les parages pour que j'arrive à le trouver.

Elle me regarde, silencieuse.

Je lui en suis reconnaissant, je ne pense pas pouvoir être en mesure d'accepter de me faire jeter, là. Je détourne la tête pour regarder le paysage plongé dans une profonde obscurité. Je suis content que rien d'irrémédiable ni de dévastateur ne soit sorti de sa bouche.

∞

39

Tessa

Quand je me réveille, des bras passent autour de ma taille et me portent hors de la voiture. La lumière blanche sur le toit du taxi me rappelle la nuit que je viens de passer. Un instant de panique : je regarde autour de moi pour m'apercevoir que je suis devant chez Ken, pas, pas…

— Je ne te ramènerai jamais là-bas.

Hardin murmure à mon oreille les mots qui répondent à mon inquiétude avant même qu'elle ne s'exprime dans mon cerveau.

Je ne proteste pas quand Hardin me porte jusqu'à la maison en remontant l'allée. Karen est réveillée, assise dans un fauteuil devant la fenêtre, un livre de cuisine sur les genoux. Hardin me remet debout, je vacille un peu.

Karen se lève, traverse la pièce pour me rejoindre et me serre dans ses bras.

— Tu veux que je t'apporte quelque chose, ma chérie ? J'ai fait des petits gâteaux au caramel. Tu vas les adorer.

Elle sourit et glisse sa main chaude dans la mienne, m'emmenant vers la cuisine avant qu'Hardin dise :

— Je monte ton sac là-haut.

— Est-ce que Landon dort encore ?

— Je crois, oui, mais je suis certaine que ça ne le dérangera pas que tu le réveilles. Il est encore tôt.

Karen sourit et met un petit gâteau recouvert de caramel sur une assiette avant que je ne puisse l'en empêcher.

— Non, c'est bon. Je le verrai demain.

La mère de Landon me regarde, douce et tendre. Ses doigts triturent nerveusement son alliance sur son doigt fin.

— Je sais que ce n'est vraiment pas le moment et j'en suis désolée, mais je voulais te parler de quelque chose.

Son regard chaleureux brille de sollicitude ; elle me fait signe de mordre dans le gâteau pendant qu'elle verse du lait dans deux verres.

J'acquiesce pour qu'elle poursuive, la bouche pleine du délicieux dessert. Je n'ai pas encore mangé, j'étais trop bouleversée, et la journée a été trop longue. Je tends la main pour en prendre un autre.

— Je sais qu'il se passe beaucoup de choses dans ta vie en ce moment, alors si tu veux que je te laisse tranquille, dis-le moi. Je te promets que je comprendrai, mais j'aimerais bien avoir ton opinion sur un sujet.

Je lui confirme d'un signe de tête, la bouche pleine de gâteau.

— C'est à propos d'Hardin et de Ken.

J'ouvre grand les yeux et m'étouffant à moitié, je tends la main vers le verre de lait. *Est-ce qu'elle est déjà au courant ? Est-ce qu'Hardin a dit quelque chose ?*

Karen me tape dans le dos, je bois une gorgée de lait froid et elle continue en faisant des gestes circulaires dans mon dos :

— Ken est tellement content qu'Hardin commence enfin à le supporter. Ça le rend si heureux d'enfin pouvoir construire une relation avec son fils ; c'est quelque chose qu'il a toujours voulu faire. Hardin est son plus grand regret et ça m'a fait mal pendant tant d'années de le voir dans cet état. Je sais qu'il a fait des erreurs, beaucoup, beaucoup d'erreurs et, en aucun cas, je ne lui trouverais d'excuses pour ça. (Ses yeux s'emplissent de larmes qu'elle essuie du bout des doigts, puis elle sourit.) Désolée. Je suis confuse.

Elle prend quelques grandes inspirations et ajoute :

— Ce n'est plus le même homme. Il ne boit plus depuis longtemps, il a fait une thérapie et il a eu des années pour réfléchir et regretter ses actes.

Elle sait. Karen est au courant pour Trish et Christian. Ma poitrine se comprime et mes yeux s'emplissent de larmes aussi.

— Je sais ce que vous allez dire.

J'aime cette famille. Je l'aime comme la mienne et j'ai des sentiments pour tous ses membres, avec leurs secrets, leurs problèmes d'addiction et leurs regrets.

— Tu es au courant ?

Elle pousse un gros soupir, signe de son soulagement.

— Landon t'a parlé du bébé ? J'aurais dû le savoir. Alors j'imagine qu'Hardin est aussi au courant, non ?

Nouvelle quinte de toux, une quinte étranglée pendant laquelle Karen m'observe avec attention.

— *Quoi ?* Un bébé ?

— Alors, tu n'étais pas au courant. Je sais que je suis plus vieille que la majorité des femmes enceintes, mais je débute à peine ma quarantaine et mon médecin m'a assurée que je suis en assez bonne santé…

— Un bébé ?

Je suis soulagée qu'elle ne sache pas que Christian est le père d'Hardin, mais là, ça dépasse le stade de la surprise.

— Oui. (Elle sourit.) J'étais tout aussi choquée que toi. Ken aussi. Il est tellement inquiet pour moi. Landon a failli faire une crise. Il était au courant de mes rendez-vous chez le médecin, mais je ne lui ai pas dit de quoi il retournait, alors le pauvre chou pensait que j'étais malade. Je me sentais très mal et il a fallu que je lui révèle la vérité. Ce n'était pas planifié. (Son regard cherche le mien.) Mais maintenant que nous avons dépassé le stade du choc, nous sommes heureux d'avoir un nouvel enfant dans notre vie, si tard.

Je lui saute au cou et, pour la première fois depuis plusieurs jours, je ressens de la joie. Là où il n'y avait pratiquement que du vide en moi, je sens maintenant un sentiment de joie. J'aime Karen et je suis ravie pour elle. Cette sensation est si agréable. Je commençais à m'inquiéter de ne plus jamais pouvoir ressentir ça.

— C'est incroyable ! Je suis si heureuse pour vous deux !

Je déborde d'enthousiasme et ses bras m'enserrent de nouveau.

— Merci, Tessa. Je savais que tu réagirais de cette manière, c'est effectivement excitant et plus j'avance, plus ça devient tangible. (Elle s'écarte légèrement et m'embrasse sur les joues avant de me regarder bien en face.) Je m'inquiète seulement de ce que va ressentir Hardin.

Et voilà, mon bonheur est stoppé net, immédiatement remplacé par de l'inquiétude pour Hardin. Sa vie entière était basée sur un mensonge et il n'a pas exactement bien pris la nouvelle. L'homme qu'il pensait être son père va maintenant avoir un autre enfant et Hardin sera oublié. Vérité ou pas, je le connais assez pour savoir que c'est ce qu'il va penser. Et Karen le sait aussi, raison pour laquelle elle avait du mal à aborder le sujet.

— Ça ne vous dérange pas que ce soit moi qui lui annonce la nouvelle ? Mais bien sûr, je comprendrais.

Il ne faut pas que je réfléchisse trop à la question. Je sais que je brouille les pistes là, mais si je quitte Hardin, je préfère m'assurer ne pas laisser le bazar derrière moi.

C'est une excuse, m'avertit une partie de mon cerveau.

— Non, bien sûr que non. Pour être honnête, j'espérais que tu acceptes de le faire. Je sais que ça te met dans une position délicate et je ne veux pas que tu te sentes *obligée* de te mêler de tout ça, mais j'ai peur de la réaction d'Hardin si c'est Ken qui lui annonce. Toi, tu sais comment t'y prendre avec lui, comme personne d'autre.

— C'est bon, je vous assure. Je lui parlerai demain.

Elle me serre encore dans ses bras.

— Tu as eu une très dure journée. Je suis désolée d'avoir abordé ce sujet. J'aurais dû attendre. Je voulais simplement lui éviter de deviner la nouvelle, surtout que j'ai l'impression que ça commence à se voir. Il a eu une vie assez difficile comme ça et je veux faire ce qu'il faut pour que ça se passe bien. Je veux qu'il sache qu'il fait partie de cette famille, que nous l'aimons tous beaucoup et que ce bébé ne changera rien à tout ça.

— Il le sait.

Je lui promets. Il n'est peut-être pas capable de l'accepter tout de suite, mais il le sait.

Des bruits de pas résonnent en bas de l'escalier et Karen et moi sortons de notre bulle. Nous nous essuyons toutes les deux les joues et je prends une autre bouchée de gâteau, quand Hardin entre dans la cuisine. Il a pris une douche et s'est changé. Il porte un bas de jogging trop court qu'il a dû prendre dans les affaires de Landon, le logo de WCU brodé sur la cuisse en est la preuve. Il n'y a aucune chance qu'il soit supporter de l'université.

Si nous étions ailleurs, je me moquerais de ce pantalon. Mais ce n'est pas le cas. Nous sommes au pire des endroits, enfin, le meilleur pour moi ; c'est vraiment bizarre et déroutant. Mais bon, l'équilibre n'a jamais été notre fort, alors pourquoi nos ruptures seraient-elles plus saines ?

— Je vais me coucher. Tu as besoin de quelque chose ?

Sa voix me semble rauque et basse. Je lève les yeux vers lui, mais il regarde fixement ses pieds nus.

— Non, mais merci de l'avoir proposé.

— J'ai mis tes affaires dans la chambre d'amis, dans ta chambre.

Je hoche la tête. Mon côté taré et peu digne de confiance regrette que Karen soit dans la cuisine avec nous, mais l'autre côté, rationnel, aigri et majoritaire, est bien content qu'elle soit là. Il disparaît dans l'escalier et je souhaite une bonne nuit à Karen avant de le suivre.

Je me retrouve rapidement devant la porte de la chambre dans laquelle j'ai passé les meilleures nuits de ma vie. J'attrape la poignée, mais je retire vite ma main, comme si le métal froid allait me brûler.

Ce cycle doit prendre fin et si je cède à toutes mes impulsions, à chaque fibre de mon être qui désire désespérément être près de lui, je n'arriverai jamais à sortir de ce cercle infernal d'erreurs et de disputes.

Je ferme la porte de la chambre d'amis et la verrouille. Et je m'endors en regrettant ne pas avoir connu les dangers de l'amour lorsque j'étais plus jeune. Si j'avais su que ça faisait si mal, si j'avais su que j'en serais déchirée, puis recousue puis éparpillée de nouveau en mille morceaux, je serais restée aussi loin que possible d'Hardin Scott.

∞

40

Tessa

— Tessie ! Ici, viens par ici !

C'est la voix de mon père dans le couloir, son excitation est palpable.

Je descends de mon lit pour le rejoindre en courant. Dans ma précipitation, ma robe de chambre mal nouée me fait trébucher, je me dépêche de la rattacher et déboule dans le séjour… où mes parents se tiennent à côté d'un sapin magnifiquement décoré.

J'ai toujours aimé Noël.

— Regarde Tessie, on t'a offert un cadeau. Je sais que tu es une adulte maintenant, mais j'ai vu ça et il fallait que je te l'offre.

Mon père sourit et ma mère se penche vers lui.

Une adulte ? Je regarde mes pieds et essaie de comprendre le sens de ces mots. Je ne suis pas une adulte, enfin je ne crois pas.

On me pose une petite boîte dans la main et, sans plus y réfléchir, je retire avec impatience le nœud doré. J'adore les cadeaux. On ne m'en offre pas souvent, alors quand ça m'arrive, ça a une saveur particulière.

En arrachant le papier, je regarde mes parents, mais l'excitation de ma mère me perturbe. Je ne l'ai jamais vue sourire comme ça et mon père, eh bien j'ai l'impression qu'il ne devrait pas être là, mais je n'arrive plus à me rappeler pourquoi.

— Dépêche-toi, ouvre-le vite !

Je hoche la tête avec enthousiasme, soulève le couvercle de la boîte et mets la main à l'intérieur… mais la retire rapidement parce que quelque chose m'a piqué le doigt. La douleur m'arrache presque quelques gros mots, j'en fais tomber la boîte par terre. Une seringue roule sur la moquette. Quand je lève les yeux vers mes parents, la peau de mon père a perdu toute couleur et ses yeux sont vides.

Le sourire de ma mère est toujours éclatant, plus éclatant que je ne l'ai jamais vu, aussi éclatant que le soleil, il me semble. Mon père se penche en avant et attrape la seringue par terre. Il s'avance près de moi, aiguille en avant. Je tente de reculer, mais mes pieds ne veulent pas bouger. Bien que j'essaie, ils ne bougent pas et je suis là, sans défense, à ne pouvoir que hurler quand il me l'enfonce dans le bras.

— Tessa !

Landon est dans tous ses états, il parle fort en me secouant l'épaule ; il me fait peur.

Je m'assieds. Bizarrement, mon t-shirt est trempé de sueur. Je le regarde, puis observe mon bras en cherchant, hallucinée, une marque de piqûre.

— Tu vas *bien* ?

Je cherche mon souffle, ma poitrine me fait mal et j'ai du mal à reprendre ma respiration. Je secoue la tête, Landon resserre sa prise sur mes épaules.

— Je t'ai entendue crier, alors je…

Landon est réduit au silence par Hardin qui débarque dans ma chambre.

Ses joues sont d'un rouge profond et ses yeux affolés.

— Qu'est-ce qui s'est passé ?

Il pousse Landon et s'assied à côté de moi sur le lit.

— Je t'ai entendue crier. Qu'est-ce qui s'est passé ?

Il pose doucement ses mains sur mes joues et, de ses pouces, essuie mes larmes.

— Je ne sais pas, j'ai rêvé.

— Quelle sorte de rêve ?

La voix d'Hardin est réduite à un murmure et ses pouces caressent toujours mes pommettes dans un geste très lent.

— Le même genre de rêve que toi.

Un soupir s'échappe de ses lèvres.

— Depuis quand ? Depuis quand fais-tu des rêves comme les miens ?

Je prends un moment pour rassembler mes pensées.

— Seulement depuis que je l'ai trouvé, et ce n'est arrivé que deux fois. Je ne sais pas d'où ils viennent.

Ça me bouleverse de le voir faire courir ses mains dans ses cheveux, dans un geste si familier…

— Eh bien, c'est sûr que trouver le cadavre de son père causerait à tout le monde des… (Il s'interrompt en pleine phrase.) Merde, je suis désolé, faudrait que j'aie un filtre.

Il soupire de frustration, détache son regard du mien et détaille la table de chevet.

— Tu as besoin de quelque chose ? De l'eau ?

Il essaie de sourire, mais c'est un sourire forcé, triste même, puis il poursuit :

— J'ai l'impression que je t'ai proposé mille fois de t'apporter de l'eau ces derniers jours.

— Il faut juste que je me rendorme.

— Tu veux que je reste ?

C'est autant une question qu'une exigence.

— Je ne pense pas que…

Je regarde Landon. J'avais presque oublié qu'il était avec nous dans la pièce.

— C'est bon. Je comprends.

Hardin fixe avec intensité le mur derrière moi.

Quand il hausse les épaules en signe de défaite, je dois faire appel à tout ce que j'ai, au moindre soupçon d'amour-propre qui me reste, pour ne pas lui sauter au cou et le supplier de dormir avec moi. J'ai besoin d'être réconfortée par lui ; j'ai besoin de ses bras autour de ma taille et de ma tête sur sa poitrine pour m'endormir. J'ai besoin qu'il me donne ce sentiment de paix que je lui ai toujours offert. Mais il n'est plus ce filet de sécurité sur lequel je pouvais me reposer, et bon, l'a-t-il jamais été ? Il a été de passage dans ma vie, toujours hors de portée, constamment à me fuir et à fuir notre amour. Je ne peux plus lui courir après. Je n'ai simplement plus la force de courir après quelque chose d'aussi improbable et irréel.

Le temps que je sorte de ma rêverie, il ne reste plus que Landon avec moi dans la pièce.

— Pousse-toi un peu.

Je lui obéis et me rendors en regrettant ces pensées qui me retiennent loin d'Hardin.

Même au milieu de l'inévitable tragédie que représente notre relation, je n'en renierais pas une seule seconde. Je ne recommencerais pas depuis le début, mais je ne regrette pas un seul instant passé à ses côtés.

∞

41

Hardin

Il fait tellement meilleur ici qu'à Seattle. Pas une trace de pluie, le soleil a même fait une discrète apparition. Nous sommes en avril maintenant : il est temps qu'il fasse beau, putain.

Tessa est dans la cuisine avec Karen et cette fille, Sophia, à longueur de journée. J'essaie de lui montrer que je peux la laisser respirer, que je peux attendre qu'elle soit enfin prête à me parler, mais c'est plus dur que je ne me l'étais imaginé. C'était dur la nuit dernière pour moi. Putain, vraiment dur de la voir en détresse et effrayée. Ça me fout les boules que mes cauchemars aient déteint sur elle. Mes terreurs sont contagieuses et, si je le pouvais, je les lui retirerais.

Quand Tessa était mienne, elle dormait toujours en paix. Elle était mon roc, mon réconfort nocturne, elle combattait mes démons pour moi quand j'étais trop faible pour le faire, trop occupé à m'apitoyer sur moi-même pour l'aider dans cette lutte. Elle était là, bouclier en main, à se battre contre toutes ces images qui menaçaient mon esprit perturbé. Elle portait ce fardeau seule et c'est finalement ce qui a eu raison d'elle.

Puis, je me rappelle qu'elle est toujours à moi, c'est juste qu'elle n'est pas prête à l'admettre.

Il n'y a pas le choix. Il n'y a pas d'autre solution.

Je gare ma voiture devant chez mon père. L'agent immobilier m'a fait chier quand je lui ai dit que je déménageais. Il m'a sorti des conneries du genre que je lui devais deux mois de loyer pour avoir rompu le bail, mais je lui ai raccroché au nez. Je me tape de ce que j'ai à payer, je n'habite plus ici. Je sais que cette décision est impulsive, que je n'ai pas vraiment d'autre endroit où aller, mais j'espère rester chez Ken quelques jours avec Tessa, jusqu'à ce que je puisse la convaincre d'emménager avec moi, à Seattle.

Je suis prêt. Je suis prêt à vivre à Seattle si c'est ce qu'elle veut, et ma demande en mariage est toujours sur la table. Ce coup-ci, c'est sûr. Je vais l'épouser et vivre à Seattle jusqu'à la fin de mes jours si c'est ce qu'elle veut, si c'est ce qui la rend heureuse.

— Elle va rester combien de temps, cette fille ?

Je montre à Landon la Prius garée à côté de sa caisse.

C'était plutôt cool de sa part de me proposer d'aller récupérer ma voiture, surtout que je l'ai bien engueulé d'avoir dormi avec Tessa. Comme il me l'a fait remarquer, je n'aurais pas été capable de déverrouiller la porte, mais j'aurais défoncé cette saloperie si j'en avais eu l'énergie. L'idée de les savoir tous les deux dans le même lit m'a rendu complètement dingue quand je les ai entendus parler derrière la porte. Et ce matin, j'ai ignoré son regard étonné quand il m'a trouvé à moitié endormi, assis par terre devant la porte.

J'ai essayé de m'endormir dans le lit vide qu'on m'avait attribué, mais je n'y suis pas arrivé, tout simplement. Il fallait que je sois plus proche d'elle juste au cas où quelque chose d'autre lui arriverait et qu'elle se remette à crier. Du moins, c'est ce que je me répétais en luttant pour ne pas m'endormir dans le couloir pendant toute la nuit.

— Je ne sais pas. Sophia va retourner à New York d'ici la fin de la semaine.

Sa voix est toute bizarre et haut perchée.

C'est quoi ce bordel ?

Je le presse pour qu'il me réponde quand nous rentrons.

— Quoi ?

— Non, rien.

Mais ses joues rougissent. Je le suis dans le salon où Tessa s'est assise près de la fenêtre, le regard dans le vague, tandis que Karen et mini-Karen éclatent de rire.

Pourquoi Tessa ne rit-elle pas ? Pourquoi ne participe-t-elle-même pas à la conversation ?

La nana sourit à Landon :

— Te voilà !

Elle est plutôt mignonne, à des années-lumière de la beauté de Tessa, mais elle est agréable à regarder. Lorsqu'elle approche, je remarque que Landon se remet à rougir… un gâteau dans la main… elle sourit de toutes ses dents… et ça fait clic dans ma tête.

Pourquoi je n'ai rien vu avant ? Putain de merde, il la kiffe ! Un flot de blagues et de commentaires embarrassants me viennent aux lèvres et je dois littéralement me mordre la langue pour m'empêcher de le torturer avec ça.

J'ignore le début de leur conversation et m'approche directement de Tessa qui ne semble remarquer ma présence que lorsque j'arrive devant elle.

— Que se passe-t-il ?

La frontière est ténue entre « lui donner de l'espace » et… eh bien… et mon comportement normal, et j'essaie de toutes mes forces de trouver le bon équilibre, même si c'est dur de changer de caractère.

Je sais que si je lui donne trop d'espace, elle va s'éloigner, mais si je l'étouffe, elle va prendre ses jambes à son cou. Tout ça est nouveau pour moi, un territoire inexploré. Je déteste l'admettre, mais je m'étais un peu habitué à ce qu'elle soit mon punching-ball émotionnel. Je me déteste de l'avoir traitée ainsi et je sais qu'elle mérite mieux que moi, mais j'ai besoin de cette dernière chance pour devenir quelqu'un de meilleur, pour elle.

Non, j'ai besoin d'être moi-même. Juste une version de moi qui soit digne de son amour.

— Rien, que de la pâtisserie. Comme d'habitude. Enfin, là, elles font une petite pause.

Un léger sourire caresse ses lèvres et je lui souris en retour. Ces petites marques d'affection, ces minuscules traces de son adoration m'emplissent d'espoir. Un espoir à la fois nouveau et bien loin de ma zone de confort, mais je consacrerais du temps avec plaisir si je pouvais comprendre ce que c'est.

Karen et le numéro un des fantasmes à pattes de Landon s'approchent, font signe à Tessa et, en quelques secondes, elles sont toutes les trois reparties dans la cuisine, nous laissant, Landon et moi, abandonnés dans le salon.

Dès que je suis certain que les filles ne peuvent pas m'entendre, un sourire diabolique se dessine sur mon visage et j'attaque Landon :

— C'est chaud avec elle.

Il pousse un gros soupir mélodramatique en me regardant méchamment.

— Combien de fois devrai-je te le répéter ? Tessa et moi sommes seulement amis. Je croyais que tu avais compris, après m'avoir pourri pendant une heure ce matin.

— Oh, je ne parle pas de Tessa. Mais de Sarah.

— Elle s'appelle Sophia.

Je hausse les épaules et continue de sourire.

— C'est pareil.

— Non. Ce n'est pas pareil. Tu fais comme si tu ne te souvenais jamais du nom d'aucune femme, à part celui de Tess.

Je le corrige en fronçant les sourcils :

— Tessa. Et je n'ai pas besoin de me souvenir du nom des autres femmes.

— C'est insultant. Tu as appelé Sophia par tous les prénoms qui commencent par un S, sauf son véritable nom, et ça me rendait fou quand tu appelais Dakota *Danielle*.

— T'es chiant.

Je m'assieds sur le canapé, souriant à mon beau-… En fait, il n'est plus mon beau-frère. Il ne l'a jamais été. Et je ne sais pas trop quoi en penser.

Il réprime un sourire.

— Toi aussi.

Est-ce que ça le toucherait s'il savait ? Probablement pas, il serait probablement soulagé de ne plus être de la même famille que moi, même par alliance. Je le titille :

— Je sais que tu l'aimes bien. Admets-le.

— Non, ce n'est pas vrai. Je ne la connais même pas.

Il détourne le regard. *Grillé.*

— Mais elle sera à New York avec toi et vous pourrez explorer la ville ensemble et vous retrouver coincés sous un store pendant une énorme averse. Comme c'est romantique !

Je me mords la lèvre entre les dents pour m'empêcher de rire devant sa tête horrifiée.

— Tu vas arrêter ? Elle est bien plus vieille que moi et, franchement, pas à ma portée.

— Elle est trop bonne pour toi, mais on ne sait jamais. Certaines filles n'en ont rien à foutre du physique. Et qui sait ? Elle recherche peut-être un petit jeune. Elle a quel âge ta petite vieille, là ?

— Vingt-quatre ans. Laisse tomber.

Et c'est justement ce que je décide de faire. Je pourrais continuer à le pourrir, mais j'ai d'autres chats à fouetter.

— Je vais déménager à Seattle.

J'ai presque un vertige en lui balançant la nouvelle. Presque.

Il s'approche, un peu trop surpris.

— Quoi ?

— Ouais, je vais voir ce que Ken peut faire pour m'aider à finir le semestre en enseignement à distance et je vais trouver un appartement à Seattle pour Tessa et moi. J'ai déjà retiré mon dossier universitaire, ça ne devrait donc pas être trop compliqué.

— Quoi ?

Landon cherche à fuir mon regard. *Est-ce qu'il n'a pas entendu ce que je viens de dire ?*

— Je ne vais pas me répéter. Je sais que tu m'as entendu.

— Pourquoi maintenant ? Tessa et toi n'êtes même plus ensemble et elle…

— Nous le serons bientôt, elle a juste besoin d'un peu de temps pour réfléchir à tout ça, mais elle va me pardonner. Elle me pardonne toujours. Tu verras.

Alors que les mots sortent de ma bouche, je lève les yeux et aperçois Tessa sur le pas de la porte, les sourcils de son beau visage sévèrement froncés.

Un beau visage qui disparaît instantanément quand elle tourne les talons et retourne sans dire un mot dans la cuisine.

— Et merde.

Je ferme les yeux et appuie ma tête sur le coussin du canapé, me maudissant pour mon mauvais timing.

∞

42

Tessa

— New York est la ville la plus démente de la Terre, Tessa, c'est incroyable. Ça fait maintenant cinq ans que j'y vis et je n'ai pas encore tout vu. Je te parie qu'une vie entière n'y suffirait pas.

Sophia bavarde en frottant un moule à gâteau que j'ai brûlé en faisant cuire la pâte.

C'est ma faute. J'étais trop perdue dans mes propres pensées, après avoir entendu les paroles arrogantes et insensibles d'Hardin, pour faire attention à l'odeur qui s'échappait du four. Ce n'est que lorsque Sophia et Karen sont sorties du garde-manger à grandes enjambées que j'ai remarqué la fumée. Elles ne m'ont pas grondée, Sophia a simplement passé le moule sous l'eau pour le refroidir, puis elle s'est mise à le gratter.

— Je n'ai jamais été dans une ville plus grande que Seattle, mais je suis prête pour New York. J'ai besoin de partir d'ici.

Ces mots n'effacent pas le visage d'Hardin de mon esprit.

Karen me sourit et nous sert un verre de lait.

— Tu sais, j'habite à côté de NYU, je pourrais te faire découvrir le quartier si tu veux. C'est toujours bien de connaître quelqu'un, surtout dans une ville aussi grande.

— Merci.

Je le pense vraiment. Landon sera là, mais il sera certainement aussi perdu que moi, et nous pourrions tous les deux avoir besoin d'un ami dans cette ville. L'idée de vivre à New York est tellement intimidante, presque écrasante, mais je suis sûre que tout le monde ressent ça avant de déménager de l'autre côté du pays. Si Hardin m'accompagnait…

Je secoue la tête pour me débarrasser de cette idée ridicule. Je n'ai même pas réussi à le convaincre de déménager à Seattle pour moi, il me rirait au nez pour New York. Et mes plans, ce que je veux faire de ma vie, il les tient pour tellement acquis qu'il pense que je vais lui pardonner, juste parce que je l'ai déjà fait dans le passé.

— Eh bien, à New York et aux nouvelles aventures !

Karen sourit et lève son verre de lait vers le mien pour trinquer. Elle rayonne. Sophia lève son verre et je ne peux m'empêcher de ressasser les paroles d'Hardin à Landon en portant ce toast.

Elle va me pardonner. Elle me pardonne toujours. Tu verras.

La peur de déménager de l'autre côté du pays diminue à chaque tour que font ses mots dans ma boîte crânienne, chaque syllabe claque une nouvelle gifle au semblant de dignité qui me reste.

∞

43

Tessa

Dire que j'ai évité Hardin est un euphémisme. Ces derniers jours (seulement deux jours, certes, mais on dirait qu'il y en a eu quarante), je l'ai évité à tout prix. Je sais qu'il est dans cette maison, mais je ne peux pas me résoudre à le voir. Il a frappé à ma porte plusieurs fois, mais je lui ai donné de faibles excuses pour expliquer mon silence.

Je n'étais tout simplement pas prête.

Pourtant, ça suffit, je dois tout lui dire, sinon Karen va être de plus en plus fébrile. Je le sais. Elle déborde de bonheur et je sais qu'elle ne veut pas garder le secret plus longtemps. D'ailleurs, elle ne devrait pas avoir à le faire, elle devrait être heureuse et fière et excitée. Je ne peux pas lui retirer ça simplement parce que je suis lâche.

Alors, quand j'entends le bruit d'une lourde paire de bottes devant ma porte, j'attends en silence, espérant pathétiquement à la fois qu'il frappe et qu'il s'en aille. J'attends toujours le jour où mon esprit y verra plus clair, où mes idées redeviendront logiques. Plus le temps passe, plus je me demande si j'ai eu un jour les idées claires. Ai-je toujours été aussi confuse, si peu sûre de moi et de mes décisions ?

J'attends sur mon lit, les yeux fermés et la lèvre tremblante. Je suis déçue et pourtant soulagée quand j'entends sa porte claquer de l'autre côté du couloir.

Rassemblant mes forces, mon téléphone à la main pour voir de quoi j'ai l'air une dernière fois, je traverse le couloir. Au moment où je m'apprête à frapper, la porte s'ouvre devant Hardin, torse nu, les yeux baissés sur moi.

— Qu'est-ce qui se passe ?

— Rien, je…

J'ignore le nœud qui se forme dans mon estomac et ses sourcils froncés d'inquiétude. Ses mains me touchent, ses pouces caressent légèrement mes joues et je reste plantée là, dans le couloir, à cligner des yeux devant lui, aucune pensée cohérente à portée de neurone.

— Il faut qu'on parle d'un truc.

Les mots sortent comme assourdis, et son regard vert brillant cherche à comprendre.

— Je n'aime pas t'entendre dire ça.

Il m'observe d'un air sombre, et laisse retomber ses mains. Il va s'asseoir sur le coin de son lit et me fait signe de le rejoindre. Je n'ai pas confiance dans ce manque de distance entre nous, même l'air étouffant de la pièce semble se moquer de moi.

— Alors ? C'est quoi ?

Hardin écarte ses grandes mains derrière sa tête et s'y repose. Son short de sport est serré, l'élastique de la ceinture est si bas que je vois qu'il ne porte pas de sous-vêtement. Je commence :

— Hardin, je suis désolée d'avoir été aussi distante. Tu sais que j'ai besoin de temps pour y voir plus clair.

Ce n'est pas ce que j'avais prévu de dire, mais visiblement ma bouche à d'autres plans que ma tête.

— C'est bon. Je suis content que tu sois venue me voir, parce qu'on sait tous les deux que je suis nul pour te laisser de l'espace et, putain, ça me rend dingue.

Il semble soulagé que nous ayons dit ça tous les deux. Il a plongé ses yeux dans les miens, je ne peux me détourner de l'intensité de son regard.

— Je sais.

Je ne peux pas nier qu'il semble avoir réussi à se contrôler depuis une semaine. J'aime qu'il soit devenu un peu moins imprévisible, mais le bouclier que je me suis construit est toujours là, toujours dans un coin à attendre qu'Hardin se retourne contre moi, comme il le fait toujours.

— Est-ce que tu as parlé à Ken ?

Il faut que je revienne au sujet qui me préoccupe avant d'être complètement perdue dans le bazar sans nom qu'est notre relation.

Instantanément, il se raidit et plisse les yeux de façon sarcastique.

— Non.

Ça ne va pas bien se passer.

— Je suis désolée. Je ne veux pas être insensible. Je veux juste savoir où tu en es en ce moment.

Il ne répond pas durant quelques instants et le silence s'installe entre nous, comme une route sans fin.

∞

44

Hardin

Tessa me regarde. Visiblement elle s'inquiète et c'est contagieux, ça me ronge. Elle a traversé tant d'épreuves, dont beaucoup infligées par moi, alors la dernière chose dont elle a besoin, c'est de s'inquiéter à mon sujet. Je veux qu'elle se concentre sur elle, sur sa faculté à être elle-même et non pas sur des efforts supplémentaires. Même si sa compassion pour les autres, spécialement pour moi, supplante ses propres problèmes.

— Tu n'es pas insensible. Je suis chanceux que tu veuilles ne serait-ce que me parler.

C'est la vérité, mais je ne sais pas trop où elle veut en venir avec cette conversation.

Tessa hoche doucement la tête. Et fait une pause avant de me poser la question pour laquelle elle est venue me parler.

— Alors tu penses tout dire à Ken de ce que nous avons appris à Londres ?

Je m'allonge sur le lit, les yeux fermés, et je réfléchis à sa question avant de répondre. J'ai pensé à ça tous ces derniers jours, hésitant entre l'idée de tout lui balancer rapidement et faire l'inverse en gardant tout pour moi. Est-ce que Ken *a besoin* de savoir ? Et si je lui dis, serai-je capable d'accepter les changements qui en découleront ? Est-ce qu'il y aura des changements ou est-ce que je me fais des films ? Ça me semble incroyable qu'à la minute où je me mets à le tolérer et où j'envisage de lui pardonner, je découvre qu'il n'est pas mon père !

J'ouvre les yeux et me rassieds.

— Je n'ai pas encore décidé. En fait, je préférais savoir ce que tu en pensais.

Le regard bleu-gris de ma chérie ne brille plus comme avant, mais il semble y avoir plus de vie en elle que la dernière fois que je l'ai vue. Putain, c'était de la torture d'être sous le même toit qu'elle sans être *près* d'elle, comme j'en ai envie.

Tout semble avoir été modifié avec ce revirement ironique du destin, et maintenant, c'est moi qui essaie d'attirer son attention, qui la supplie de me donner simplement tout ce qu'elle voudra bien m'offrir. Même là, l'expression soucieuse de son regard suffit à mettre un baume sur la douleur constante que je refuse d'accepter comme compagne, peu importe la force de son rejet, peu importe la distance qu'elle veut mettre entre nous.

— Est-ce que tu veux continuer à avoir une relation avec Christian ?

Sa voix est douce, elle triture le couvre-lit de ses petits doigts.

— Non. Enfin, putain, j'en sais rien. Il faut que tu me dises ce que je dois faire.

Elle hoche la tête et me regarde droit dans les yeux.

— Je pense que tu devrais en parler à Ken seulement si tu penses que ça va pouvoir t'aider à mieux gérer les blessures de ton enfance. Je ne pense pas que tu doives le lui dire si tes seules motivations sont la méchanceté et la colère ; et pour Christian, je pense que tu as un peu de temps avant d'avoir à prendre une décision. Vois simplement où les choses te mènent, tu comprends ?

Son ton est si compréhensif.

— Comment arrives-tu à faire ça ?

Elle penche la tête de côté.

— À faire quoi ?

— Toujours dire ce qu'il faut.

— Ce n'est pas vrai. (Elle rit doucement.) Je ne dis pas toujours ce qu'il faut.

— Si. (Je tends la main vers elle, mais elle recule.) Tu dis ce qu'il faut, comme toujours. Avant, je n'arrivais juste pas à t'entendre.

Tessa détourne le regard, mais ce n'est pas grave. Ça va lui prendre du temps de s'habituer à m'entendre dire ce genre de choses, mais elle va y arriver. J'ai juré de lui dire ce que je ressentais et d'arrêter d'être égoïste en attendant qu'elle décrypte tous mes mots et toutes mes intentions.

Son téléphone vibre, mettant fin à cet instant immobile, elle le sort de la poche de son sweat-shirt trop grand. Je préfère croire qu'elle l'a acheté à la boutique de l'université et qu'elle ne porte pas les fringues de Landon. On m'a infligé de porter tout le merchandising brodé aux lettres de l'université, mais l'idée que ses vêtements à lui touchent sa peau à elle, me révulse. C'est ultra-con et totalement irrationnel, mais je ne peux pas empêcher ces idées d'entrer dans ma tête et d'y prendre racine.

Elle passe son pouce sur l'écran et il me faut quelques secondes pour comprendre ce que j'ai sous les yeux.

Je lui arrache son téléphone des mains avant qu'elle ne réagisse.

— Un iPhone ? Tu te fous de ma gueule ! (J'observe son nouveau téléphone dans mes mains.) C'est le tien ?

— Ouais.

Elle rougit et tente de me le reprendre, mais je tends les bras au-dessus de ma tête, hors de sa portée.

— Alors *maintenant*, tu as un iPhone, mais quand je voulais que tu en prennes un, tu avais absolument refusé ! Pourquoi as-tu changé d'avis ?

Je la taquine. Elle écarquille les yeux et respire nerveusement, mais je lui souris pour la rassurer.

— Je ne sais pas. Il était temps, je crois.

Elle hausse les épaules, toujours nerveuse.

Je n'aime pas son air perturbé, mais j'espère qu'elle n'a besoin que d'un peu de légèreté.

— C'est quoi ton code ?

Je lui pose la question, mais en même temps, je tape la combinaison que je devine être la bonne.

Hé, hé ! Du premier coup, et je tombe sur son écran d'accueil.

— Hardin ! Tu ne peux pas fouiller dans mon téléphone comme ça !

Elle se penche et m'attrape le bras d'une main, tandis que de l'autre, elle essaie de choper le téléphone.

— Si, je peux.

Je rigole et rien que de la sentir me toucher, j'ai des frissons partout, chaque cellule sous ma peau se réveille. Elle sourit et tend une petite main impérieuse pour souligner cette douce expression qui m'a tant manqué.

— Très bien. Donne-moi le tien, alors.

— Nan, désolé !

Je continue de la taquiner en parcourant comme un obsédé l'historique de ses conversations textos.

— Rends-moi mon téléphone !

Elle s'approche de moi, mais son sourire disparaît.

— Il y a probablement beaucoup de choses sur ton téléphone que je préfère ne pas voir.

Et là je sens qu'elle remet sa carapace.

— Non, pas du tout. Il y a environ un millier de photos de toi et tout un album de ta musique de merde, si tu veux vraiment savoir à quel point je suis pathétique. Tu pourrais regarder mon journal d'appels et voir combien de fois je t'ai appelée juste pour entendre cette connasse à la voix synthétique me dire que le numéro que j'ai composé n'est plus en service actuellement.

Elle m'assassine du regard, visiblement, elle ne me croit pas. Non pas que je lui en veuille. Son regard s'attendrit un tout petit moment avant qu'elle ne réponde :

— Pas même Janine ?

Sa voix est si basse que je perçois à peine son ton accusateur.

— Quoi ? Non ! Vas-y, regarde. Il est sur la table de chevet.

— Je n'y tiens pas.

Je me redresse sur mes genoux et presse mes épaules contre les siennes.

— Tessa, elle n'est rien pour moi. Elle ne le sera jamais.

Tessa essaie de toutes ses forces de s'en foutre. Elle se bat contre elle-même pour me montrer qu'elle est passée à autre chose, mais je la connais. Je sais que penser à moi avec une autre femme la fait bouillir.

— Je dois y aller.

Elle se lève pour partir, je tends la main vers elle. Mes doigts encerclent lentement son bras, la priant doucement de revenir vers moi. Tout d'abord elle hésite, et je ne la force pas. Je l'attends, mes doigts caressent la peau si douce à l'intérieur de son poignet en faisant de petits cercles.

— Je sais ce que tu penses, mais tu as tort.

J'essaie de la convaincre.

— Non, je sais ce que j'ai vu. Je l'ai vue porter ton t-shirt.

Sa voix est cassante. Elle retire sa main mais se rapproche.

— Je n'étais pas moi-même, Tessa, mais je ne l'ai pas baisée.

Je ne l'aurais pas fait. La sentir me toucher me gênait déjà suffisamment. Pendant une seconde, je me demande si je devrais lui dire que je ne supportais même pas ses lèvres à la saveur de cigarette sur les miennes, mais ça ne ferait que mettre le feu aux poudres.

— Mais bien sûr !

— Tu me manques et ton comportement aussi. Je t'aime.

J'essaie d'alléger l'ambiance, mais sans succès : elle lève les yeux au ciel. Mais ça a le mérite d'attirer son attention. Elle pousse ses deux mains contre ma poitrine pour mettre un peu d'espace entre nous.

— Arrête de faire ça ! Tu ne peux pas juste décider que tu veux de moi maintenant et attendre que je revienne vers toi en courant.

J'ai envie de lui dire qu'elle me reviendra parce qu'elle *m'appartient* et que jamais je ne cesserai d'essayer de l'en convaincre. Au lieu de quoi, je souris et secoue la tête.

— On change de sujet ? Je voulais juste que tu saches que tu me manques, d'accord ?

— Ok.

Elle soupire. Elle pose le bout de ses doigts sur ses lèvres et les pince, ce qui me fait oublier de quoi je voulais lui parler.

— Un iPhone, alors. (Je retourne son téléphone dans ma main.) Je n'arrive pas à croire que tu aies pris un iPhone et que tu n'allais pas me le dire.

Ses sourcils froncés laissent place à un demi-sourire.

— Il n'y a pas de quoi en faire un fromage. Ça m'aide à organiser ma journée et Landon va me montrer comment télécharger de la musique et des films.

— Je peux t'aider.

— C'est bon, vraiment.

Elle essaie de m'écarter.

— Je vais t'aider. Je peux te montrer ça tout de suite.

Je vais directement sur l'application iTunes Store. Nous passons une heure comme ça, à parcourir le catalogue, choisir sa musique préférée et je lui montre comment télécharger ces comédies romantiques dégoulinantes avec Tom Hanks qu'elle semble tant aimer. Pendant tout ce temps, Tessa est quasiment silencieuse, ne me donnant que quelques « Merci » ou « Non, pas cette chanson », et j'essaie de ne pas la pousser à la conversation.

C'est moi qui lui ai fait ça, je l'ai transformée en cette femme silencieuse et si peu sûre d'elle que j'ai devant les yeux, et c'est ma faute si elle ne sait pas comment se comporter en ce moment. C'est ma faute si chaque fois que je me penche vers elle, elle recule, emportant un petit bout de moi.

Ça semble impossible qu'il me reste encore quelque chose à lui donner, alors qu'elle possède déjà mon être tout entier, mais étrangement, quand elle me sourit, mon corps laisse apparaître un petit morceau de moi que je la laisse me voler. Tout lui appartient, et ce sera toujours comme ça.

— Tu veux que je te montre comment charger les meilleurs pornos, tant qu'on y est ?

Je suis récompensé de ma blague par une rougeur sur ses joues.

— Je suis certaine que tu connais le sujet sur le bout des doigts.

J'aime qu'elle me taquine. J'aime être capable de la chambrer comme avant et, putain, j'aime qu'elle me laisse faire.

— Pas vraiment en fait, j'ai plein d'images là. (Je tape mon front avec mon plâtre, ce qui la fait grimacer.) Que des images de toi.

Elle ne peut s'empêcher de froncer les sourcils, mais je refuse de laisser ses pensées prendre cette direction. C'est insensé de se dire que je pourrais être intéressé par n'importe qui d'autre. Je commence à me dire qu'elle est aussi tarée que moi. Peut-être que ça pourrait expliquer la raison pour laquelle on est restés ensemble si longtemps.

— Je suis sérieux. Je ne pense qu'à toi. Toujours toi.

Je parle d'un ton grave, putain, bien trop grave, mais j'en ai rien à battre, je ne veux pas le changer. J'ai essayé de faire des blagues et d'être sympa, mais je la blesse.

Elle me surprend en me demandant :

— Qu'est-ce que tu vois quand tu penses à moi ?

Je me mords la lèvre inférieure lorsque des images d'elle surgissent dans mon cerveau.

— Tu n'aimerais pas ma réponse à cette question.

Tessa allongée sur le lit, les cuisses écartées, agrippant les draps de ses mains tandis qu'elle jouit sous ma langue.

Tessa me chevauchant, ses hanches faisant doucement des cercles qui me torturent sous ses gémissements.

Tessa à genoux devant moi, ses lèvres pleines s'ouvrant pour m'accueillir dans sa bouche si chaude.

Tessa se penchant en avant, sa peau nue luisant sous la lumière douce de la pièce. Elle est devant moi, de dos, et colle son corps au mien. Je la pénètre profondément, elle halète mon nom…

— Tu as probablement raison. On fait toujours ça, on recommence toujours.

Elle agite ses mains entre nous deux, elle rit et soupire.

Je vois exactement ce qu'elle veut dire. Je suis au beau milieu de la pire semaine de ma vie et elle me fait rire et sourire en parlant d'un putain d'iPhone.

— C'est vraiment nous, ça, Bébé. C'est comme ça que nous sommes. On ne peut rien y faire.

— On peut y faire quelque chose. On doit le faire. Je n'ai pas le choix.

Ses mots semblent la convaincre, mais elle ne me trompe pas une seule seconde.

— Arrête de trop réfléchir. Tu sais que c'est comme ça que ça doit être, on se chambre l'un l'autre en parlant de porno et je pense à toutes les cochonneries que j'ai faites et à toutes celles que je veux faire avec toi.

— C'est complètement dingue. On ne peut pas faire ça.

— Faire quoi ?

— Tout ne tourne pas autour du sexe.

Son regard se concentre sur mon entrejambe et je vois bien qu'elle essaie de détourner le regard de la bosse qu'elle y voit.

— Je n'ai jamais dit que c'était le cas, mais ça nous rendrait service à tous les deux si tu arrêtais de te comporter comme si tu ne pensais pas à la même chose que moi.

— On ne peut pas.

Mais là, je remarque que nos respirations sont synchrones, et sa langue darde subtilement entre ses lèvres pour les caresser.

— Je n'ai rien proposé.

Je n'ai rien proposé, mais putain, une chose est sûre, je ne refuserais pas. Mais bon, je n'ai pas cette chance, il n'y a pas moyen qu'elle me laisse la toucher. Pas si rapidement… Si ?

— Tu suggérais. (Elle sourit.)

— Comme toujours, non ?

— C'est pas faux. (Elle glousse doucement.) C'est vraiment déroutant. On ne devrait pas jouer à ça. Je ne me fais pas confiance quand je suis près de toi.

Putain, je suis content. La moitié du temps, je ne me fais pas confiance non plus. Mais je lui dis :

— Qu'est-ce qui pourrait nous arriver de pire ?

Je pose ma main sur son épaule. Elle tressaille à mon contact, mais ce n'est pas le même type de frisson, elle ne me rejette pas comme elle l'a fait toute la semaine dernière.

— Je pourrais continuer à être stupide.

Ma main caresse doucement son bras de haut en bas.

— Arrête de réfléchir, dis à ta tête de se taire et laisse ton corps te contrôler. Ton corps a envie de moi, Tessa, il a besoin de moi.

Elle secoue la tête comme pour nier cette simple vérité.

— Mais si. Mais si.

Je continue à la toucher, à me rapprocher de sa poitrine maintenant, m'attendant à ce qu'elle m'arrête. Si elle me le demande, je mettrai fin à tout contact. Je ne la forcerai jamais. J'ai fait beaucoup de trucs complètement barrés, mais ça, ça n'a jamais été une option.

— Tu vois, le truc c'est que… c'est que je sais exactement où te toucher.

Je la regarde dans les yeux pour qu'elle me donne son accord, et ils me font de grands signes. Elle ne va pas m'arrêter, son corps me réclame, comme toujours.

— Je sais comment te faire jouir si fort que tu oublieras tout le reste.

Peut-être que si je satisfais son corps, son âme suivra le mouvement. Et puis, une fois que je me serai fait une place dans sa chair et dans son esprit, son cœur cédera à son tour.

Je n'ai jamais été timide quand il s'agit de son corps et de son plaisir : pourquoi commencer maintenant ?

J'interprète son silence et son regard rivé dans le mien comme un signal pour attraper le bas de son sweat-shirt. Quelle saloperie, c'est plus lourd que ça ne le devrait et cette connerie de cordon s'est emmêlé dans ses cheveux. Elle me donne une petite tape sur ma main abîmée, retire le vêtement et la ficelle de ses cheveux.

— Je ne te force pas à faire quoi que ça soit, là, hein ?

Je dois poser cette question. Elle me répond dans un souffle :

— Non. Je sais que c'est une très mauvaise idée, mais je ne veux pas m'arrêter. J'ai besoin d'une échappatoire, s'il te plaît, fais-moi penser à autre chose.

— Arrête de cogiter. Arrête de réfléchir à toutes les autres merdes et concentre-toi là-dessus.

Je passe mes doigts le long de son cou, elle frissonne sous ma caresse.

Elle me prend au dépourvu en pressant ses lèvres contre les miennes. En quelques secondes, ce baiser lent et hésitant disparaît. Les gestes timides s'évaporent et, soudain, nous sommes à notre place. Toutes les autres conneries ont disparu et il ne reste plus que Tessa et moi, ses lèvres s'écrasant contre les miennes, sa langue caressant fougueusement la mienne, ses mains tirant mes cheveux à la racine, me rendant complètement dingue.

Je passe mes bras autour de sa taille et colle mes hanches contre les siennes jusqu'à ce que son dos touche le matelas. Elle a plié un genou, le levant contre mon entrejambe, et je me frotte sans honte contre elle. Mon désespoir lui coupe le souffle et elle détache l'une de ses mains de mes cheveux pour la plaquer contre sa propre poitrine. Je pourrais exploser, rien que de la sentir sous moi. Putain, c'est trop et pourtant pas assez, et je n'arrive pas à formuler une pensée cohérente en dehors d'elle.

Elle se touche, attrapant à pleine main l'un de ses seins volumineux, et je baisse le regard comme si j'avais oublié comment faire, perdu dans la contemplation de son corps parfait et de sa façon de s'abandonner au plaisir en ma présence. Elle a besoin de ça encore plus que moi, elle a besoin de s'extraire du monde réel, et je jouerai ce rôle avec joie.

Nos mouvements ne sont pas calculés, une passion pure nous embrase. Je brûle, elle est l'essence de mon incandescence, putain, et il n'y a aucun signe me disant de m'arrêter ou de ralentir jusqu'à ce qu'un truc explose, c'est certain. Si c'est le cas, j'attendrai, prêt à combattre le feu pour elle, à la protéger du danger pour que les flammes de mon amour ne la blessent pas encore une fois. Sa main descend sur son corps, elle m'agrippe, se frottant contre moi. Je dois me concentrer pour ne pas jouir de ce simple contact. Je décale mes hanches pour les reposer entre ses jambes écartées. Elle tire l'élastique de la ceinture de mon short, je l'aide d'une main jusqu'à ce que nous soyons nus sous la ceinture tous les deux.

Le grognement qui s'échappe de ses lèvres rencontre le mien, je me frotte contre elle, peau contre peau. Je bouge légèrement et la pénètre un peu, provoquant un nouveau gémissement. Cette fois, elle presse ses lèvres contre mon épaule dénudée. Elle me lèche, puis me mordille, je la pénètre plus profondément. Ma vision se trouble, j'essaie de savourer chaque seconde, chaque instant où elle me désire de cette manière. Je lui fais une promesse :

— Je t'aime.

Sa bouche cesse de bouger et la pression de ses mains diminue :

— Hardin…

— Épouse-moi, Tessa. S'il te plaît.

Je la pénètre complètement, profondément, espérant la cueillir injustement au beau milieu d'un moment de faiblesse.

— Si tu continues à me dire des choses comme ça, nous devrons arrêter immédiatement.

Je vois dans son regard qu'elle est blessée, elle se reproche son manque de self-control et ça me fait culpabiliser d'avoir évoqué ce putain de truc de mariage pendant que je la baise.

Putain de super timing, espèce de connard d'égoïste.

— Désolé, je ne recommencerai plus.

Je scelle ma promesse d'un baiser. Il lui faut du temps pour réfléchir, il faut que j'y aille mollo sur les trucs bien lourds. Je continue à aller et venir en elle, si chaude, si mouillée…

— Oh mon Dieu !

Plutôt que de lui confesser mon amour éternel, je lui dis les mots qu'elle veut entendre :

— Tu es si étroite, putain. Et ça fait si longtemps.

Ma tête est enfouie dans son cou, l'une de ses mains presse mes fesses, m'encourageant à aller toujours plus profondément en elle.

Elle serre ses paupières et ses jambes. Je sais qu'elle y est presque et, même si elle me déteste en ce moment, je sais qu'elle aime quand je lui dis des cochonneries. Je ne vais pas pouvoir tenir longtemps, mais elle non plus. Ça m'a manqué tout ça, pas seulement la pure perfection du coït, putain, de me sentir en elle, mais aussi d'être proche d'elle, c'est quelque chose dont j'ai besoin et elle aussi.

— Allez, Bébé. Jouis pour moi, laisse-moi sentir ton orgasme.

Elle m'obéit, s'agrippant à l'un de mes bras et gémissant mon nom, la tête enfoncée dans le matelas. Elle explose, une étincelle après l'autre, et je l'admire. J'observe sa belle bouche s'ouvrir pour dire mon nom. J'observe ses yeux qui cherchent les miens juste avant qu'ils ne se ferment, livrés au plaisir. C'en est trop, toute cette beauté jouissant pour moi, me permettant de la faire mienne. Je m'enfonce une dernière fois en elle, j'attrape ses hanches fermement et j'éjacule.

— Putain.

Je retombe sur mes coudes de chaque côté de son corps, faisant attention de ne pas l'écraser sous mon poids.

Elle ferme les yeux, les paupières lourdes, elle a du mal à les garder ouverts.

— Mmmm.

Je me redresse sur une épaule pour l'admirer à son insu. J'ai peur de ce qui va se passer quand elle va reprendre conscience, quand elle va se mettre à regretter d'avoir fait ça et que sa colère contre moi reprendra le dessus.

— Tu vas bien ?

Je ne peux pas m'empêcher de redessiner la courbe de sa hanche nue du bout des doigts.

— Ouais.

Sa voix est rauque et satisfaite.

Putain, je suis tellement content qu'elle soit venue à ma porte. Je ne sais pas combien de temps j'aurais encore pu tenir sans la voir ni entendre cette voix.

— Tu es sûre ?

Je pousse le bouchon, mais j'ai besoin de savoir ce que ça veut dire pour elle.

— Oui.

Elle ouvre un œil, impossible de réprimer le sourire idiot qui monte à mes lèvres.

— Ok.

Je hoche la tête. Je la regarde se repaître de sa volupté, c'est tellement bon de la voir de nouveau elle-même, même si ce n'est que pour quelques instants. Elle referme les yeux et à cet instant précis, je me souviens d'un truc :

— Au fait, pourquoi es-tu venue dans ma chambre, d'abord ?

Son air de femme satisfaite et alanguie disparaît instantanément, elle écarquille brièvement les yeux avant de reprendre la maîtrise de son corps.

— Pourquoi ? Dis-le moi, s'il te plaît.

Je la presse, le visage de Zed remonte à la surface de mon esprit tordu.

— C'est Karen.

Elle roule sur le côté, obligeant mes yeux à quitter sa parfaite poitrine, si joliment offerte.

Bordel de merde, pourquoi parle-t-on de Karen alors que nous sommes tout nus ?

— Ok… Qu'est-ce qu'elle a, Karen ?

— Elle… eh bien…

Tessa s'arrête, et une peur inattendue s'empare de moi, pour elle, pour Ken, aussi.

— Elle *quoi* ?

— Elle est enceinte.

Quoi ? C'est quoi ce bordel ?

— De qui ?

Mon aveuglement amuse Tessa qui rit en me répondant :

— De ton père. (Vite, elle se corrige.) De Ken, de qui d'autre ?

Je ne sais pas à quoi je m'attendais, mais que Karen soit en cloque n'en faisait certainement pas partie.

— Quoi ?

— Je sais que c'est un peu surprenant, mais ils en sont très heureux.

Un peu surprenant ? Putain, c'est *bien plus qu'un peu surprenant.*

— Ken et Karen vont avoir un bébé ?

Je dis des choses parfaitement ridicules.

— Oui. Qu'est-ce que ça te fait ?

Qu'est-ce que ça me fait ? Putain, j'en sais rien. C'est à peine si je connais ce mec et on commence juste à construire un truc ensemble, et maintenant il va avoir un môme ? Un autre gamin pour lequel il va faire l'effort de rester et qu'il va élever.

— Je crois qu'on s'en fout de ce que ça me fait, non ?

J'essaie vainement de nous faire taire tous les deux. Je me rallonge sur le dos et ferme les yeux.

— Si, ça compte. Ça compte pour eux. Ils veulent que tu saches que ce bébé ne changera rien, Hardin. Ils veulent que tu fasses partie de cette famille. Tu vas *devenir grand frère.*

Grand frère ?

Je pense immédiatement à Smith et à sa personnalité bizarre de mini-adulte et j'en ai la nausée. C'est trop difficile à gérer et, putain, c'est vraiment trop pour un mec aussi abîmé que moi.

— Hardin, je sais que c'est dur d'encaisser tout ça, mais je crois…

— C'est bon. Il faut que je prenne une douche.

Je sors du lit et attrape mon short qui traîne par terre.

Tessa s'assied, désorientée et blessée.

— Je suis là si tu veux en parler. Je voulais que ce soit moi qui t'annonce tout ça.

C'est trop. Elle ne veut même pas de moi.

Elle refuse de m'épouser.

Pourquoi ne voit-elle pas ce que nous sommes ? Ce que nous sommes ensemble ? Nous ne pouvons être séparés. Notre amour est un amour de roman, mieux que dans ceux d'Austen ou Brontë.

Mon cœur cogne dans ma poitrine, je peux à peine respirer.

Se sent-elle hors de la vie ? Je ne peux pas l'imaginer. Juste, je ne peux pas. Je ne vis que pour elle. Elle est mon seul souffle de vie, sans ce souffle je ne suis rien. Sans lui, je ne pourrais ni vivre ni survivre. Même si je le pouvais, je ne le voudrais pas.

Putain, mes idées noires sont sur le sentier de la guerre et je suis écrasé par cette lutte pour conserver la lueur d'espoir que Tessa m'a rendue.

Quand tout cela va-t-il s'achever ? Quand toute cette merde arrêtera-t-elle de me tomber dessus chaque fois que j'ai l'impression d'avoir mis mon esprit sous contrôle ?

45

Tessa

Et nous voilà encore dans cette boucle sans fin, de joie, de lubricité, de passion, d'amour infini et de douleur. La douleur semble gagner, elle gagne toujours, et j'en ai assez de me battre.

Je le regarde traverser la pièce, me forçant à faire comme si de rien n'était. À l'instant où la porte se ferme, mes mains tapent mon front, puis frottent mes tempes. Qu'est-ce qui ne va pas chez moi pour que je ne voie personne d'autre que lui ? Pourquoi me suis-je levée ce matin, prête à affronter le monde sans lui, pour me retrouver dans son lit quelques heures plus tard ?

Je déteste cette emprise qu'il a sur moi, mais en toute bonne foi, je ne peux pas l'empêcher. Je ne peux pas le blâmer de ma propre faiblesse, mais si je le faisais, je dirais qu'il ne me facilite pas la tâche en brouillant les lignes entre le bien et le mal. Quand il me sourit, les lignes deviennent floues, elles se mélangent et c'est littéralement impossible de combattre la sensation qui s'empare de mon corps.

Il me fait rire autant qu'il me fait pleurer et il me fait ressentir des choses alors que j'étais convaincue que mon destin me condamnait au néant. Je croyais vraiment que je ne pourrais plus jamais rien sentir, mais

Hardin m'a fait sortir de cette phase, il m'a attrapé la main quand personne d'autre ne semblait intéressé à le faire et il m'a remontée à la surface.

Non pas que ça change le fait que nous ne puissions pas être ensemble. Ça ne marche tout simplement pas et je ne peux pas me permettre d'espérer à nouveau, pour finir écrabouillée quand il me reprendra tout ce qu'il a confessé, et je refuse d'être déchirée encore et encore par la seule main qui veuille bien m'aider.

Et me voilà, le visage dans les mains, à repasser dans ma tête ces erreurs (mes erreurs, ses erreurs, les erreurs de nos parents) et à me demander comment les miennes me grignotent petit bout par petit bout, me refusant la moindre minute de paix.

J'ai entraperçu une lueur, une lueur de sérénité et de calme, quand ses mains se sont posées sur mon corps, quand sa bouche m'a communiqué sa chaleur, quand ses doigts ont creusé la peau si sensible de mes hanches, mais quelques minutes plus tard, l'embrasement s'est éteint et je suis toute seule. Je suis seule et blessée et gênée, toujours la même histoire. Sauf que, cette fois-ci, la fin est encore plus pathétique qu'au dernier épisode.

Je me lève, attache mon soutien-gorge et passe le sweat-shirt de Landon. Je ne peux pas être là quand Hardin reviendra. Je ne peux pas passer les dix prochaines minutes à me préparer à son retour, quelle que soit la personnalité qu'il choisira d'interpréter cette fois-ci. J'ai fait ça bien trop souvent et j'ai enfin réussi à me hisser à une position où mon besoin de lui n'annihile pas toute ma volonté. Une position où il ne monopolise pas toute ma tête, où il n'est pas responsable de chaque inspiration que je prends, et où j'arrive enfin à envisager une vie après lui.

C'était une rechute. Ce n'était rien d'autre. Une terrible rechute, un manque flagrant de jugeote de ma part, et le silence de la pièce se charge de me le rappeler.

Quand je l'entends ouvrir la porte de la salle de bains, je suis habillée et dans ma chambre. Le bruit de son pas s'alourdit quand il passe devant ma porte et ça ne lui prend que quelques secondes pour se rendre compte que je ne suis plus dans son lit.

Il ne frappe pas à la porte avant d'entrer. Ça, je m'y attendais.

Je suis assise, les jambes croisées sur le lit, les genoux relevés sur ma poitrine, en position défensive. Je dois lui paraître pathétique, mes yeux brûlent de larmes de regret et je sens son odeur sur ma peau.

— Pourquoi es-tu partie ?

Ses cheveux sont mouillés, dégoulinants sur son front, ses mains posées sur ses hanches, son short bien trop bas.

— Je ne suis pas partie. Toi, si.

Je le dis l'air obstiné.

Il me regarde d'un œil inexpressif pendant quelques secondes.

— Je crois que tu as raison. Tu reviens ?

Il transforme son exigence en question, je me bats contre moi-même pour ne pas me lever du lit.

— Je ne pense pas que ce soit une bonne idée.

Je détourne le regard, il traverse la pièce pour s'asseoir sur le lit, face à moi.

— Et pourquoi ça ? Je suis désolé, j'ai flippé, c'est juste que je ne savais pas quoi penser et, putain, si je suis honnête jusqu'au bout, je ne me faisais pas confiance.

J'étais capable de te dire quelque chose qu'il ne fallait pas, alors j'ai préféré quitter la pièce, le temps d'y voir plus clair.

Pourquoi ne s'est-il pas comporté comme ça avant ? Pourquoi ne pouvait-il pas être honnête et raisonnable quand j'avais besoin qu'il le soit ? Pourquoi fallait-il que j'en arrive à le quitter pour qu'il veuille changer ?

— J'aurais aimé que tu me le dises, plutôt que de me laisser toute seule là-bas.

Je hoche la tête, récupérant le peu de force qui reste en moi, et j'ajoute :

— Je ne pense pas que nous devrions être seuls tous les deux dans la même pièce.

Son regard s'affole. Il gronde :

— De quoi tu parles ?

Tant pis pour le côté raisonnable. Je garde les bras croisés sur la poitrine :

— Je veux être là pour toi et je le serai. Si tu as besoin de parler de quoi que ce soit ou de te défouler ou si tu as juste besoin de quelqu'un, je serai là. Mais je pense vraiment que nous devrions nous cantonner aux parties communes de la maison, comme le salon ou la cuisine.

— Tu n'es pas sérieuse.

— Si.

— Les parties communes ? Genre avec Landon dans le rôle d'Eleanor Tilney de *Northanger Abbey*[1] ? C'est ridicule, Tess. On peut rester dans la même pièce sans avoir besoin d'un chaperon de merde.

— Je n'ai pas parlé de chaperon. Je pense juste que, vu notre situation en ce moment, c'est probablement

---

1. Roman de Jane Austen. *(N.d.T.)*

nécessaire. (Je soupire.) Je pense retourner à Seattle pour quelques jours.

Je n'avais rien décidé de la sorte, mais maintenant que je l'ai dit, ça me paraît parfaitement logique. Il faut que je récupère mes affaires pour déménager à New York et Kimberly me manque. J'ai aussi un rendez-vous chez le médecin auquel j'essaie de ne pas penser, et rien ne sert de rester à jouer à la dînette chez les Scott. Et pourtant.

— Je vais venir avec toi.

Comme si ça coulait de source !

— Hardin…

Sans demander la permission, il s'assied sur le lit, torse nu.

— Je voulais attendre pour t'en parler, mais je vais partir de l'appart pour aller à Seattle, aussi. C'est ce que tu as toujours voulu et je suis prêt. Je ne sais pas pourquoi ça m'a pris aussi longtemps.

Il se passe la main dans les cheveux pour repousser ses mèches encore un peu humides, qui forment une masse emmêlée.

Je secoue la tête en le regardant.

— De quoi parles-tu ?

Maintenant, il veut déménager à Seattle ?

— Je nous trouverai un joli appartement. Ce ne sera pas un truc énorme comme tu en as l'habitude chez Vance, mais ce sera toujours plus sympa que ce que tu pourrais te payer.

Même si je sais qu'il ne dit pas ça pour m'insulter, c'est comme ça que je le *ressens,* ce qui me met immédiatement sur la défensive.

— Tu ne comprends pas. Tu ne comprends rien à rien.

— Rien à quoi ? Pourquoi faut-il que tu voies le mal dans tout ça ? Pourquoi ne pouvons-nous pas être nous, pourquoi ne me laisses-tu pas te montrer que je peux être là pour toi ? Ce n'est pas une bataille où compter les points chacun de son côté, ce n'est pas minable de m'aimer et tu peux t'autoriser à te laisser aller avec moi.

Il couvre ma main de la sienne.

Je la retire.

— J'aimerais être d'accord avec toi et j'adorerais me vautrer dans ce fantasme où notre relation pourrait fonctionner, mais je l'ai trop fait, trop longtemps, et je ne peux plus. Tu as essayé de m'avertir dans le passé et tu m'as donné chance après chance de voir l'inévitable, mais j'étais dans le déni. Je le vois bien maintenant. Je vois ce que j'étais condamnée à faire depuis le début. Combien de fois devrons-nous avoir cette conversation ?

Il me regarde de ses yeux verts pénétrants.

— Aussi souvent que nécessaire, jusqu'à ce que tu changes d'avis.

— Je n'ai jamais pu changer le tien ; qu'est-ce qui te fait croire que tu pourras changer le mien ?

— Ce qui vient de se passer entre nous, ce n'était pas une évidence ?

— Je veux que tu fasses partie de ma vie, mais pas de cette manière, pas comme mon petit ami.

— Comme ton mari, alors ?

Ses yeux brillent, pleins d'humour et… d'*espoir* ?

Je le fixe, ébahie qu'il *ose*…

— Nous ne sommes plus ensemble, Hardin ! Et tu ne peux pas me jeter cette demande en mariage à la figure parce que tu penses que ça va me faire changer d'avis. Je voulais que tu aies envie de m'épouser, pas que tu me le proposes en dernier ressort !

Sa respiration s'accélère, mais il reprend calmement :

— Ce n'est pas en dernier ressort. Je ne joue pas avec toi, j'ai appris ma leçon. Je veux t'épouser parce que je ne peux pas imaginer ma vie autrement, et tu peux y aller, me dire que j'ai tort, mais on pourrait se marier dès maintenant. Nous ne nous séparerons plus, et tu le sais.

Il semble si sûr de lui, si sûr de notre relation. Moi je suis encore perdue, je n'arrive pas à savoir si je devrais être en colère ou me réjouir de ce qu'il vient de dire.

Le mariage ne revêt plus aujourd'hui la même importance à mes yeux qu'il y a quelques mois à peine. Mes parents n'ont jamais été mariés ; j'ai eu du mal à le croire quand j'ai découvert qu'ils l'ont prétendu pour apaiser mes grands-parents. Trish et Ken étaient mariés, et ce lien légal n'a jamais pu sauver leur relation du naufrage. *Pourquoi vouloir se marier en fait ?* Ça ne marche pratiquement jamais et je commence à comprendre que le concept entier est ridicule. C'est n'importe quoi, cette idée inculquée dès notre plus jeune âge qu'il faut se promettre l'un à l'autre et dépendre de l'autre comme unique source de bonheur.

Heureusement pour moi, j'ai enfin compris que je peux ne dépendre de personne pour trouver le bonheur.

— Je ne pense même plus vouloir me marier un jour.

Hardin inspire violemment et sa main se pose sous mon menton pour fouiller mon regard.

— Quoi ? Tu ne le penses pas vraiment.

— Si, vraiment. Pour quoi faire ? Ça ne marche jamais et un divorce, ça coûte cher.

Je hausse les épaules et ignore l'expression horrifiée qui gagne le visage d'Hardin.

— Non, mais tu me fais quoi, là ? Depuis quand es-tu devenue cynique ?

Cynique ? Je ne pense pas être cynique. J'ai juste besoin d'être réaliste et d'arrêter de croire aux belles histoires qu'on lit dans les livres, car ça n'arrive jamais. Mais ce n'est pas non plus comme si j'allais supporter ces allers et retours dans notre relation indéfiniment.

— Je ne sais pas, depuis que j'ai réalisé à quel point j'étais stupide. Je ne t'en veux pas d'avoir rompu avec moi. J'étais obsédée par l'idée d'avoir une vie que je ne pourrai jamais avoir et ça a dû te rendre complètement dingue.

Hardin tire ses cheveux dans ce geste de frustration qui lui est si familier.

— Tessa, tu dis des conneries. Tu n'étais pas obsédée par quoi que ce soit. J'ai juste été con. (Il grogne de frustration et s'agenouille devant moi.) Putain, regarde un peu ce que tu penses par ma faute, maintenant ! C'est le monde à l'envers.

Je me lève, détestant culpabiliser d'avoir parlé de ce que je ressentais. Je suis en pleine guerre contre moi-même, et me retrouver dans cette petite chambre seule avec Hardin ne m'aide pas. Quand je suis près de lui, je ne peux pas me concentrer et je ne peux pas garder ma ligne de défense quand il me regarde comme si chacun de mes mots était une arme contre lui. Peu importe le degré de vérité là-dedans, j'éprouve toujours de la compassion pour lui, même si je pense que ça n'est pas raisonnable.

J'étais toujours si prompte à juger les femmes comme ça. En regardant les relations super dramatiques sur un écran, je qualifiais rapidement les femmes de « faibles », mais la réalité n'est pas si simple ou si nette.

Il y a bien des choses à prendre en considération quand on met une étiquette sur quelqu'un et, je dois l'admettre, avant de rencontrer Hardin, je le faisais bien trop souvent. Qui suis-je pour juger les gens sur leurs sentiments ? Je ne savais pas que ces émotions stupides pouvaient être si puissantes ; je ne pouvais pas comprendre cette attirance magnétique que deux personnes peuvent ressentir. Je ne comprenais pas que l'amour puisse être plus fort que la raison, que la passion puisse supplanter la logique, et à quel point il est troublant que personne ne puisse comprendre nos sentiments. Personne ne peut me juger d'être faible ou stupide, personne ne peut me mettre plus bas que terre pour les sentiments que j'éprouve.

Je ne dirai jamais que je suis parfaite et je lutte à chaque instant pour rester à la surface, mais ce n'est pas aussi facile qu'on le pense. Ce n'est pas si facile de laisser derrière soi une personne qui a imprégné chaque cellule de son corps, chaque pensée, et qui est à l'origine des meilleures comme des pires sensations. Personne, pas même cette partie de moi livrée au doute, ne peut me faire sentir mal d'aimer passionnément et d'espérer désespérément vivre un jour le grand amour que j'ai découvert dans les livres.

Le temps que je finisse de m'auto-justifier, mon subconscient a enclenché le mode détente, soulagé que j'arrête enfin de me punir d'avoir laissé mes émotions se jouer de moi.

— Tessa, je viens à Seattle. Je n'essaierai pas de te forcer à vivre avec moi, mais je veux être là où tu seras. Je garderai mes distances jusqu'à ce que tu sois prête à passer à la phase suivante et je le jouerai gentil avec tout le monde, même avec Vance.

— Là n'est pas la question.

Je soupire. Sa détermination est admirable, mais la constance n'est pas son fort. Il s'ennuiera un jour et passera à autre chose. Nous sommes allés trop loin cette fois-ci.

— Comme je l'ai déjà dit, j'essaierai de garder mes distances, mais je viens à Seattle. Si tu ne veux pas m'aider à choisir un appartement, je le ferai tout seul, mais je m'assurerai qu'il te plaise aussi.

Il n'a pas besoin de savoir ce que je veux faire. Je noie ses paroles dans mes pensées. Si je l'entends, si je l'écoute vraiment, la barrière que j'ai érigée sera brisée. La surface en a déjà été entaillée il y a une heure seulement, et j'ai laissé mes émotions contrôler mon corps, mais je ne veux pas que ça se répète.

Hardin quitte la chambre dix minutes plus tard, alors que j'essaie encore d'ignorer ses promesses, et je commence à faire mes valises pour Seattle. Ces derniers temps, j'ai trop voyagé. Je cumule les allers et retours, j'ai hâte de pouvoir m'installer enfin dans un endroit que je désignerai comme ma maison. J'ai besoin de sécurité, j'ai besoin de stabilité.

Comment ai-je pu passer toute ma vie à préparer une existence stable pour me retrouver projetée, bringuebalée sans un point fixe qui serait mon chez-moi, sans filet de sécurité, sans rien du tout ?

Lorsque j'atteins le bas des escaliers, Landon, adossé au mur, m'arrête d'un gentil mouvement du bras.

— Hé ! Je voulais te parler avant que tu ne partes.

Je reste devant lui et j'attends qu'il parle. J'espère qu'il ne va pas changer d'avis et qu'il va me laisser le suivre à New York.

— Je voulais savoir si tu n'avais pas changé d'avis et si tu voulais toujours venir à NYU avec moi. Sinon, ce n'est pas grave. J'ai juste besoin de savoir pour dire à Ken comment on s'arrange avec les billets d'avion.

— Oui, je viens toujours. Il faut que j'aille à Seattle pour dire au revoir à Kim et…

J'ai envie de lui parler de mon rendez-vous chez le médecin, mais je ne suis pas encore sûre de pouvoir faire face à ça. Rien n'est certain, mais je préfère simplement ne pas y penser pour l'instant.

— Tu es sûre ? Je ne veux pas que tu croies que tu doives y aller, je le comprendrais si tu voulais rester ici, avec lui.

Landon parle d'une voix si douce, si compréhensive, que je ne peux pas m'empêcher de me jeter à son cou.

— Tu es incroyable, tu sais, ça ? Je n'ai pas changé d'avis. J'ai envie de le faire, je dois le faire pour moi.

— Quand vas-tu lui annoncer ? Qu'est-ce que tu crois qu'il va faire ?

Je n'ai pas encore réfléchi à cette question. Que va faire Hardin quand je lui parlerai de mon projet de déménager à l'autre bout du pays ? Je n'ai pas le temps de laisser l'avis d'Hardin modeler mon projet, c'est terminé.

— Honnêtement, je ne sais pas comment il va réagir. Jusqu'à l'enterrement de mon père, j'aurais dit qu'il en avait rien à faire.

Landon hoche la tête sans grande conviction. Puis des bruits venus de la cuisine rompent notre silence et ça me rappelle que je ne l'ai pas félicité pour la grande nouvelle. Alors, bien contente de pouvoir changer de sujet, je m'exclame :

— Je n'arrive pas à croire que tu ne m'aies pas dit que ta mère était enceinte !

— Je sais, je suis désolé. Quand elle m'a annoncé la nouvelle, tu t'es mise à vivre en recluse dans ta chambre.

Il me taquine gentiment.

— Ça te rend triste de quitter la maison alors qu'un petit frère va arriver ?

Je me demande rapidement si Landon aime être fils unique. Nous avons abordé le sujet quelquefois, mais il a toujours évité de parler de son père, chaque fois il a rapidement retourné l'attention vers moi.

— Un peu. Je m'inquiète surtout de savoir comment ma mère va supporter cette grossesse. Et elle va me manquer, Ken aussi d'ailleurs, mais je suis prêt. Enfin, je crois.

Je hoche la tête avec assurance.

— Tout va bien se passer. Surtout pour toi, tu as déjà été admis à la fac. Je déménage là-bas sans même savoir si je vais pouvoir y faire ma rentrée. Je vais voguer vers New York sans fac fixe, sans boulot et…

La main de Landon couvre ma bouche et il se met à rire.

— J'ai la même sensation de panique quand je pense au changement, mais je me force à me concentrer sur les aspects positifs.

— Qui sont ?

— Eh bien, c'est New York. C'est tout ce que j'ai pour l'instant.

Il part d'un éclat de rire et je me retrouve avec un sourire allant d'une oreille à l'autre lorsque Karen nous rejoint dans le couloir.

— Ce son va me manquer quand vous partirez tous les deux.

Ses yeux brillent sous la lumière. Ken la suit de près, l'embrasse sur le crâne et réplique :

— Comme à nous tous.

∞

46

Hardin

On toque à la porte et quand je l'ouvre, je ne prends même pas la peine de masquer ma déception de voir le sourire bizarre de Ken au lieu de la fille de mes rêves.

Il reste planté là, à attendre ma permission d'entrer.

— Je voulais te parler du bébé.

Je savais que ça allait arriver et même si ça me navre, il n'y a pas moyen d'éviter ce merdier.

— Entre, alors.

Je me décale pour le laisser passer et vais m'asseoir sur la chaise à côté du bureau. Putain, je n'ai aucune idée de ce qu'il va pouvoir me dire ou de ce que je vais répondre, ou de comment tout ça va se terminer, mais je ne vois pas comment ça pourrait bien se passer.

Ken reste debout. Il est planté là, à côté de la commode, les mains dans les poches de son pantalon gris. Le fait que ce soit le même gris que les rayures de sa cravate et qu'il porte un gilet noir proclame haut et fort : « Je suis président d'une université d'État ! » Mais en regardant au-delà des apparences, je lis l'inquiétude dans ses yeux marron et ses sourcils froncés. Il triture ses mains de façon si pathétique que je veux juste mettre fin à ses souffrances.

— Ça va. Tu t'es probablement dit que j'allais casser tes merdes et piquer une crise, mais honnêtement, je m'en tape que tu aies un bébé.

Il soupire, mais il n'a pas l'air soulagé, comme je l'espérais plus ou moins.

— C'est normal que tu sois contrarié. Je sais que c'est inattendu et je connais tes sentiments à mon égard. J'espère simplement que ça ne va pas alimenter ta rancœur.

Il baisse les yeux au sol et je regrette que Tessa ne soit pas à mes côtés plutôt que là où elle est avec Karen. J'ai besoin de la voir avant qu'elle parte. J'ai promis de la laisser respirer, mais je ne m'attendais pas à ce qu'on m'inflige ce moment père-fils.

— Tu ne sais rien de ce que je ressens pour toi.

Putain, *même moi* je ne sais pas ce que je ressens pour lui. Pourtant sa patience avec moi est sans limites.

— J'espère que ça ne changera pas et ne fera pas reculer les progrès que nous avons faits. Je sais que j'ai beaucoup de choses à me faire pardonner, mais j'espère vraiment que tu me laisseras continuer d'essayer.

D'entendre ça, je ressens une certaine affinité avec lui, que je n'avais jamais éprouvée jusque-là. Nous sommes tous les deux déglingués ; nous avons tous les deux subi les conséquences de nos décisions de merde et de notre addiction, et ça me fait chier d'avoir développé ce trait en étant élevé par lui. Si Vance m'avait élevé, je ne serais pas comme ça. Je ne serais pas aussi bousillé à l'intérieur. Je n'aurais pas eu peur de voir mon père rentrer bourré à la maison et je ne serais pas resté assis par terre, pendant des heures, avec ma mère blessée qui pleurait et luttait pour reprendre conscience après tout ce qu'elle avait enduré à cause de ses conneries.

La colère bouillonne en moi, elle chante dans mes veines, et je suis à deux doigts d'appeler Tessa. J'ai besoin d'elle dans les moments comme ça, enfin, j'ai toujours besoin d'elle, mais particulièrement maintenant. J'ai besoin que sa douce voix me murmure des paroles d'encouragement. J'ai besoin que sa lumière repousse les ténèbres qui envahissent mon esprit.

— Je veux que tu fasses partie de la vie de ce bébé, Hardin. Je crois que ça pourrait être une très bonne chose pour nous tous.

— *Nous ?*

— Oui, nous *tous*. Tu fais partie de cette famille. Quand j'ai épousé Karen et assumé le rôle de père pour Landon, je sais que tu as eu l'impression que je t'oubliais, et je ne veux pas que tu éprouves ce genre de chose à cause du bébé.

— *M'oublier ?* Tu m'as oublié bien longtemps avant d'épouser Karen.

Mais je ne ressens pas ce petit pic d'excitation à lui balancer ce genre de merde en pleine tronche, maintenant que je connais son passé entre ma mère et Christian. J'ai de l'empathie pour lui, vu toutes les saloperies que ces deux cons lui ont fait subir, mais en même temps, je suis toujours en rogne qu'il ait été un père aussi naze jusqu'à l'an dernier. Même s'il n'est pas mon père biologique, c'était son rôle de s'occuper de nous et il a accepté ce rôle, avant de tout abandonner pour la bouteille.

Alors je ne peux pas m'en empêcher. Je le devrais, mais je frémis de rage et j'ai besoin de savoir. J'ai besoin de savoir pourquoi il essaie de faire amende honorable avec moi s'il n'est pas sûr à cent pour cent d'être mon père.

— Depuis quand tu sais que ma mère baisait Vance dans ton dos ?

En posant cette question, je lâche les mots comme je dégoupillerais une grenade.

Tout l'oxygène quitte la pièce et Ken est sur le point de tomber dans les pommes.

— Comment…

Il s'interrompt et gratte sa barbe naissante, puis reprend :

— Qui t'a dit ça ?

— Épargne-moi tes conneries. Je sais tout. Voilà ce qui s'est passé à Londres. Je les ai surpris tous les deux. Il se la tapait sur le plan de travail de la cuisine.

— *Oh mon Dieu !* (Sa voix s'étrangle.) Avant ou après le mariage ?

— Avant, mais elle s'est quand même mariée. Pourquoi es-tu resté avec elle si tu savais qu'elle en désirait un autre ?

Il prend quelques inspirations et regarde autour de lui, puis hausse les épaules.

— Je l'aimais.

Il me regarde droit dans les yeux, faisant preuve d'une honnêteté dénuée d'artifice qui pourrait supprimer toute distance entre nous. Il continue :

— Je n'ai pas d'autre raison. Je l'aimais et je t'aimais et j'espérais qu'un jour elle cesserait de l'aimer. Ce jour n'est jamais venu… et ça me rongeait. Je savais ce qu'elle faisait avec lui, mon meilleur ami, mais j'avais tellement d'espoir et je pensais qu'un jour elle me choisirait.

— Elle ne l'a pas fait.

Elle a peut-être choisi de l'épouser et de passer sa vie avec lui, mais elle ne l'a jamais vraiment choisi pour les bonnes raisons.

— À l'évidence, oui. Et j'aurais dû abandonner, bien longtemps avant de me tourner vers la bouteille.

La honte que je lis dans son regard me donne une leçon d'humilité.

— Ouais, tu aurais dû.

Tout aurait été tellement différent s'il l'avait fait.

— Je sais que tu ne comprends pas et je sais que mes choix pitoyables et ces faux-espoirs ont détruit ton enfance, alors je ne m'attends pas à ce que tu me pardonnes ni me comprennes.

Il rassemble ses mains dans un geste de prière et les met devant sa bouche.

Je reste silencieux car je ne sais pas quoi dire. J'ai la tête encombrée d'atroces souvenirs et de cette révélation : mes trois… figures parentales sont réellement et complètement barrées. Je ne sais même pas comment les appeler.

— Je pensais qu'elle verrait qu'il ne pouvait pas lui offrir la stabilité que je pouvais lui procurer. J'avais un bon boulot, elle prenait moins de risques avec moi qu'avec Christian. (Il marque un temps d'arrêt et ses respirations tendent son gilet sur son torse, puis il me regarde.) J'imagine que si Tessa épousait un autre homme, c'est ce qu'il éprouverait. Il serait toujours en compétition contre toi et quand tu la quitterais pour la centième fois, il aurait à se battre contre ton fantôme.

Il est convaincu de ce qu'il dit, je l'entends au ton de sa voix et le vois à sa manière de me regarder droit dans les yeux.

— Je ne la quitterai plus.

Je parle entre mes dents serrées, empoignant le coin du bureau de toutes mes forces.

— C'est ce qu'il a dit, lui aussi.

Il soupire et s'appuie contre la commode.

— Je ne suis pas comme lui.

— Je le sais. Je ne dis pas que tu es Christian et que Tessa est ta mère. Heureusement pour toi, Tessa ne voit que toi. Si ta mère ne s'était pas battue contre ses sentiments pour lui, ils auraient pu être heureux ensemble ; finalement, ils ont laissé leur relation toxique détruire la vie de tous ceux qui les entouraient.

Ken se frotte encore sa barbe de trois jours. Une habitude irritante.

Je pense à Catherine et à Heathcliff et j'ai envie de vomir devant une comparaison aussi facile. Tessa et moi sommes peut-être des désastres ambulants comme les deux personnages, mais je ne nous laisserai pas souffrir la même destinée.

Toutefois, rien de ce que me dit Ken n'est illogique. Pourquoi a-t-il supporté toutes les merdes que je lui ai fait subir s'il avait le moindre soupçon que je n'étais pas son problème, d'abord ?

— Alors c'est vrai, hein ? C'est lui ton père ?

C'est comme s'il perdait la force vitale qui l'animait. L'homme fort et effrayant de mon enfance a disparu. Il est remplacé par un homme au cœur brisé, sur le point de pleurer.

J'ai envie de lui dire qu'il est débile d'avoir supporté toutes mes conneries, que ma mère et moi ne pourrons pas oublier l'enfer qu'il nous a infligé quand j'étais gamin. C'est sa faute si je fais équipe avec les démons et que je combats les anges, sa faute si ma place est réservée en enfer et que je ne suis pas le bienvenu au paradis. C'est sa faute si Tessa ne veut plus être avec moi. C'est sa faute si je l'ai blessée d'innombrables fois et c'est sa faute si j'en suis à essayer de rattraper vingt et une années de conneries.

Plutôt que de lui dire tout ça, je me tais. Ken soupire et continue :

— Dès la première fois que je t'ai vu, j'ai su que tu étais son fils.

Ses mots me percutent si fort que l'air quitte mes poumons, tout comme mes idées de colère. Il poursuit :

— Je le savais.

Il essaie de ne pas pleurer, en vain. J'ai un mouvement de recul et détourne le regard pour ne pas voir les larmes rouler sur ses joues.

— Je le savais. Comment aurais-je pu l'ignorer ? Tu lui ressembles tellement et chaque année, ta mère pleurait un peu plus et le voyait en cachette un peu plus souvent. Je le savais. Je ne voulais pas l'admettre parce que tu étais tout ce que j'avais. Je n'avais pas ta mère ; ça n'a jamais vraiment été le cas. Du jour où je l'ai rencontrée, elle a toujours été à lui. Tu étais tout ce que j'avais et quand j'ai laissé ma rage me dominer, je t'ai perdu, toi aussi. (Il s'interrompt, reprend son souffle et je reste assis, paumé dans mon silence.) Tu aurais été plus heureux s'il t'avait élevé, je le sais très bien, mais je t'aimais. Je t'aime toujours comme si tu étais de mon sang. Et je ne peux qu'espérer que tu me laisses faire partie de ta vie.

Il pleure encore ; il y a trop de larmes sur son visage et je compatis pour lui. Une partie du poids qui me pesait sur le cœur a été enlevée, je peux sentir des années de rage et de colère se dissoudre. Je n'ai jamais connu cette sensation ; c'est puissant et libérateur. Le temps qu'il lève les yeux vers moi, je ne me sens plus pareil. Je ne suis plus le même. C'est la seule explication à mon mouvement : mes bras touchent ses épaules et se resserrent dans son dos pour le réconforter.

En faisant ce geste, je le sens trembler puis se mettre à vraiment sangloter de tout son corps.

∞

47

Tessa

La route a été presque aussi atroce que je l'avais prévu. J'ai eu l'impression que ça ne se terminerait jamais. À chaque ligne jaune, je voyais l'un de ses sourires, l'un de ses froncements de sourcil ; chaque bouchon semblait se moquer de chacune de mes erreurs et chaque voiture sur la route, c'était un autre inconnu, une autre personne avec ses propres problèmes. Je me sentais seule, trop seule dans ma petite voiture, en m'éloignant de plus en plus de là où je voulais être.

Suis-je assez bête pour vouloir me battre contre ça ? Vais-je être assez forte pour nager à contre-courant cette fois-ci ? En ai-je seulement envie ?

Quelles sont les chances que cette fois-ci ce soit différent alors que ça fait des centaines de fois que nous revivons la même scène ? Est-ce qu'il me dit les mots que j'ai toujours voulu entendre par désespoir, juste parce qu'il sait à quel point je m'en suis détachée ?

J'ai dans la tête ce qui semble être un roman de deux mille pages saturées de pensées, de dialogues irréfléchis et de tonnes de questions à deux balles dont je ne connais pas la réponse.

Quand je me suis garée devant chez Kimberly et Christian il y a quelques minutes, la tension dans mes épaules était quasiment insupportable. Je sentais les muscles se tendre sous ma peau au point de claquer et là, plantée dans le salon à attendre que Kimberly arrive, cette tension ne fait que grandir.

Smith descend les escaliers en plissant le nez de dégoût.

— Elle a dit qu'elle viendra quand elle aura fini de frotter la jambe de mon père.

Ce petit garçon à fossettes est plutôt craquant.

— Ok. Merci.

Il n'a pas dit un mot quand il m'a ouvert la porte tout à l'heure. Il m'a juste examinée de bas en haut et fait signe d'entrer avec un petit sourire. J'ai été impressionnée par ce sourire, si mince fût-il.

Il s'assied sur le coin du canapé sans dire un mot. Je le regarde attentivement se concentrer sur le gadget qu'il a dans la main. Le petit frère d'Hardin. C'est une idée tellement bizarre que cet adorable petit garçon, qui semble ne pas trop m'aimer pour une raison que j'ignore, soit son frère biologique. D'une certaine façon, c'est logique : il a toujours été très curieux d'Hardin et a toujours semblé apprécier sa compagnie, à l'inverse de la majorité des gens.

Il se retourne et me surprend à l'observer :

— Il est où, ton Hardin ?

Ton Hardin. J'ai l'impression que chaque fois qu'il me pose cette question, *mon Hardin* est bien loin. Encore plus loin cette fois-ci.

— Il est…

C'est ce moment-là que Kimberly choisit pour débouler dans la pièce, les bras grands ouverts. Évidemment, elle est parfaitement maquillée et porte des talons hauts. Je suppose que le monde extérieur a continué de tourner, contrairement au mien.

— Tessa ! Oh ! Ça fait trop longtemps !

Sa voix est haut perchée et elle me serre si fort dans ses bras que j'en tousse. Puis elle recule et me tire par la main jusque dans la cuisine.

— Comment va ta vie ?

Je grimpe sur ce qui semble être mon tabouret habituel.

Debout devant le comptoir du petit déjeuner, elle passe ses mains dans ses cheveux blonds mi-longs pour essayer de se faire un vague chignon sur le sommet du crâne.

— Eh bien, nous avons tous survécu à ce satané voyage à Londres. Non sans peine, mais on l'a fait.

Elle grimace, et moi aussi.

— Comment va la jambe de M. Vance ?

— M. Vance ? (Elle rit.) Non, pas de retour en arrière à cause de tous les trucs bizarres qui se sont passés. Je t'ai dit que tu peux franchement l'appeler Christian ou Vance. Sa jambe cicatrise ; heureusement, le feu s'est surtout attaqué à ses vêtements, peu à sa peau.

Un pli lui barre le front et je vois un frisson lui parcourir les épaules. J'essaie de ne pas être trop insistante, mais lui demande quand même :

— Il a des ennuis ? Des ennuis avec la justice ?

— Pas vraiment. Il a monté un bateau. Une histoire de punks qui seraient entrés dans la maison et l'auraient vandalisée avant d'y mettre le feu. Maintenant, c'est un cas d'incendie volontaire sans piste.

Elle secoue la tête et passe les mains sur sa robe.

— Comment vas-tu, toi, Tessa ? Je suis vraiment désolée pour ton père. J'aurais dû t'appeler plus souvent. J'ai été si occupée à essayer de résoudre tout ça. (Kimberly pose sa main sur la mienne sur le plan de travail en granit.) Mais bon, ce n'est pas une très bonne excuse…

— Non, non. Ne t'excuse pas. Il se passait tellement de choses dans ta vie et je n'ai pas été de très bonne compagnie. Si tu avais appelé, je n'aurais sans doute même pas été capable de te répondre. J'avais littéralement perdu la raison.

J'essaie de rire, mais même moi, j'entends que ce qui sort de ma bouche sonne étrangement faux.

— Je vois. C'est quoi, ça ?

Elle me regarde d'un air incrédule en désignant ma tenue, et je baisse les yeux sur mon sweat-shirt informe et mon jean sale.

— Je ne sais pas. Les deux dernières semaines ont été plutôt longues.

Je hausse les épaules et tire mes cheveux emmêlés en arrière.

— À l'évidence, tu as passé un sale quart d'heure. Hardin a encore fait des siennes ou ce sont toujours les conséquences de Londres ?

Kimberly hausse un sourcil, ce qui me rappelle à quel point les miens doivent être broussailleux. M'épiler est bien la dernière chose que j'ai en tête, mais Kimberly est l'une de ces femmes qui vous donne toujours envie d'être jolie pour être à son niveau.

— Pas vraiment. Bon, à Londres il a fait la même chose que d'habitude, mais enfin je lui ai dit que c'était fini entre nous.

Voyant l'air sceptique de ses yeux bleus, j'ajoute :

— Je suis sérieuse. Je pense déménager à New York.

— *New York ?* Sérieux ? Avec Hardin ? (Elle en reste bouche bée.) Oh ! oublie, tu viens juste de me dire que vous aviez rompu.

Elle se tape le front de la main dans un geste théâtral.

— Avec Landon, en fait. Il part à NYU et m'a proposé de l'accompagner. Je vais m'accorder l'été et avec un peu de chance, je pourrai intégrer NYU à la rentrée.

Elle rigole.

— Waouh, j'ai besoin de reprendre mes esprits.

— C'est un grand changement. Je sais. C'est juste que je… eh bien, j'ai besoin de partir d'ici et, comme Landon y sera, ça m'a paru logique.

C'est n'importe quoi, un grand n'importe quoi de déménager à l'autre bout du pays, et la réaction de Kimberly me le prouve.

— Tu n'as pas à m'expliquer quoi que ce soit. Je pense que c'est une très bonne idée, je suis juste surprise. (Kim n'essaie même pas de contrôler son petit sourire.) Toi, tu déménages à l'autre bout du continent sans planning, sans avoir tout préparé par le menu depuis un an ?

— C'est bête, hein ? C'est ça ?

J'ai posé la question, sans trop savoir quelle réponse j'ai envie d'entendre.

— Non ! Depuis quand manques-tu autant de confiance en toi ? Ma chérie, je sais que tu as traversé pas mal d'épreuves merdiques, mais il faut que tu te reprennes. Tu es jeune, brillante et belle. La vie n'est pas si moche ! Bordel, essaie de nettoyer les brûlures que ton fiancé s'est faites en tentant de couvrir les conneries d'un fils adulte qu'il s'est découvert en te trompant avec son « amour de jeunesse perdu » (en levant les yeux au ciel, elle mime avec les doigts des guillemets) et prends soin de lui alors que tu as envie de l'étrangler.

Je ne sais pas si elle voulait être drôle, mais je dois me mordre la langue pour m'empêcher de rire de l'image qu'elle vient de me donner. Mais quand elle pouffe, je l'imite.

— Plus sérieusement, tu as le droit d'être triste, mais si tu laisses la tristesse te contrôler, tu ne pourras plus vivre.

Ses mots tombent parfaitement entre mes pleurnicheries égoïstes et ma trouille de déménager à New York sans avoir rien prévu.

Elle a raison, cette année, j'ai traversé pas mal de moments pas sympas, mais est-ce que ça m'avancerait à quelque chose de rester comme ça ? D'être triste et endeuillée à chaque pensée ? J'aimais la facilité de ne rien ressentir, mais pour autant je ne me sentais pas moi-même. J'avais l'impression que mon esprit s'échappait à chaque pensée négative et je commençais à craindre de ne jamais retrouver ma personnalité. Je n'y suis pas encore arrivée, mais peut-être qu'un jour... ?

— Je sais que tu as raison, Kim. C'est juste que je ne sais pas comment m'arrêter. Je suis tellement en colère tout le temps. (Je serre les poings.) Ou triste. De la tristesse et de la douleur. Je ne sais pas comment m'en séparer et ça me bouffe de l'intérieur, ça prend le pas sur ma raison.

— Ce n'est pas aussi facile que ce que je viens d'essayer de te montrer, mais pour commencer, il faut que tu retrouves ton enthousiasme. Tu déménages à New

York ! Fais comme si tu étais transportée de joie à cette idée. Si tu te balades dans les rues de New York en tirant la gueule, tu ne te feras jamais d'amis.

Elle accompagne ses paroles d'un sourire censé les adoucir.

— Et si je n'y arrivais pas ? Et si je me sentais toujours comme ça ?

— Alors tu ressentiras toujours la même chose. Et rien d'autre, mais tu ne peux pas te permettre de penser comme ça maintenant. J'ai appris dans mes jeunes années (elle sourit largement), et c'est pas *si* vieux figure-toi, j'ai appris que les merdes, ça arrive tout le temps et qu'il faut faire avec. C'est pourri, et crois-moi, je sais qu'on parle d'Hardin. On parle toujours d'Hardin, mais tu dois accepter qu'il ne te donnera pas ce que tu veux et ce dont tu as besoin. Alors, essaie du mieux que tu peux de prétendre que tu passes à autre chose. Si tu peux l'embobiner, lui et tout le monde en fait, peut-être que toi aussi tu arriveras à le croire et alors, ça arrivera vraiment.

— Tu crois que je peux y arriver ? Je veux dire, à l'oublier ?

Je me tords les mains.

— Je vais te mentir juste parce que c'est ce que tu as besoin d'entendre en ce moment. (Kimberly sort deux verres à vin du placard.) À ce stade, tu as besoin d'entendre des tas de conneries qui font du bien au moral. Il sera toujours temps de faire face à la réalité plus tard, mais pour l'instant… (Elle fouille dans le tiroir sous l'évier pour en extraire un tire-bouchon.) Pour l'instant, on boit du vin et je te raconte plein d'histoires de ruptures qui vont te faire penser que la tienne, c'est genre un jeu d'enfant.

Je sais qu'elle ne veut pas parler de la flippante poupée à cheveux orange qui tue, mais je lui pose quand même la question.

— Comme le film d'horreur avec Chucky ?

— Non, grosse maligne. (Elle me donne une tape sur la cuisse.) Je parle de femmes qui sont restées mariées pendant des années alors que leur mari s'envoyaient leur sœur. Ce genre de merdes infâmes te fera comprendre que ton cas est loin d'être le pire.

Je suis sur le point de refuser le verre de vin blanc devant moi quand Kimberly me le porte aux lèvres.

Une bouteille plus tard, je rigole tellement que je suis obligée de me tenir au plan de travail pour ne pas m'effondrer. Kimberly m'a présenté un vaste éventail de relations complètement déjantées et j'ai enfin arrêté de regarder mon téléphone toutes les dix secondes. De toute façon, Hardin n'a pas mon nouveau numéro. Je me le répète sans cesse. Bon, c'est d'Hardin dont on parle : s'il veut connaître le numéro, il trouvera un moyen de l'obtenir.

Quelques-unes des histoires que Kimberly vient de me raconter me semblent trop folles pour être vraies. Je suis certaine que le vin l'a incitée à toutes les enjoliver pour les rendre encore pires.

Celle de la femme qui est rentrée chez elle pour trouver son mari nu dans son lit avec la voisine… et son mari.

L'histoire trop détaillée de la femme qui a essayé de faire descendre son mari mais qui a donné par erreur la photo de son frère au tueur à gages. Si bien que le mari a fini par avoir une vie bien meilleure que la sienne !

Et puis celle de l'homme qui a quitté sa femme avec qui il était depuis vingt ans, pour trouver une jeunette de la moitié de son âge qui s'est révélée être... sa petite-nièce. Beurk. (Oui, ils sont restés ensemble.)

Et la fille qui a couché avec son prof de fac et qui s'en est vantée à sa manucure qui, ô surprise, était la femme dudit professeur. Bon, elle a redoublé.

L'histoire de l'homme qui a épousé une Française vraiment sexy qu'il avait rencontrée à l'épicerie, pour s'apercevoir qu'elle ne venait pas de France mais de Detroit et avait de grands talents d'arnaqueuse.

Celle de la femme qui a eu une liaison pendant un an avec un homme sur Internet et qui eut la surprise de découvrir, au premier rendez-vous, qu'il s'agissait en fait de son propre mari.

Mais celle de la femme qui a surpris son mari en train de coucher avec sa sœur, puis sa mère, puis son avocate en charge du divorce, ne tient pas la route. Elle n'a absolument pas pu lui courir après dans le cabinet juridique en lui hurlant dessus et en lui jetant ses talons à la figure alors qu'il s'enfuyait dans le couloir, le pantalon sur les chevilles.

Je n'en peux plus de rire, Kimberly se tient le ventre et proclame qu'elle a vu cet homme quelques jours plus tard avec, au beau milieu du front, la trace de la chaussure de sa future ex.

— C'est même pas une blague ! C'était un vrai bordel ! La meilleure partie de cette histoire, c'est qu'ils se sont remariés depuis !

Elle tape de la main sur le plan de travail et le volume de sa voix ivre me fait taire. Smith est monté à l'étage et a laissé les filles bourrées qui parlent trop fort toutes seules. Je suis contente, je ne culpabiliserai pas de le perturber en rigolant franchement de la misère des autres.

— Les hommes sont tous des connards. Tous, sans exception. (Kimberly lève son verre fraîchement rempli, le mien est vide.) Mais pour être honnête, les femmes sont toutes des connasses aussi, alors le seul moyen pour que ça marche, c'est de te trouver un connard avec qui ça passe. Un qui te rende un peu moins connasse toi-même.

Christian choisit cet instant pour entrer dans la cuisine.

— Toute votre conversation sur les connards porte jusque dans le couloir.

J'avais complètement oublié qu'il était dans le coin. Il me faut un instant pour me rendre compte qu'il est en fauteuil roulant. J'en ai le souffle coupé. Kimberly me regarde, un petit sourire aux lèvres, puis elle m'assure :

— Il va s'en sortir.

Lui sourit à sa fiancée qui se tortille comme elle le fait toujours quand il la regarde de cette manière. Ça me surprend. J'étais sûre qu'elle lui pardonnerait ; je ne savais pas que c'était déjà chose faite et, encore moins, qu'elle puisse en avoir l'air si heureuse.

— Désolée.

Elle lui sourit et il s'approche pour lui attraper les hanches et l'asseoir sur ses genoux. Il grimace quand sa cuisse touche sa blessure et il la repositionne vite sur sa bonne jambe.

— Ça a l'air pire que ça ne l'est vraiment.

Il me dit ça pour me rassurer lorsqu'il me surprend à regarder le métal du fauteuil roulant et la chair brûlée sur sa jambe.

— C'est vrai. Il se la joue vraiment grand blessé maintenant !

Kimberly tapote sa fossette du bout du doigt. Je détourne le regard.

— Tu es venue seule ?

Vance ignore le regard meurtrier de Kimberly quand il lui mord le doigt.

Je ne peux pas m'empêcher de les observer, même si je sais que je ne risque pas d'être à leur place sous peu, voire jamais.

— Ouais. Hardin est de retour chez son… chez Ken.

Christian a l'air déçu et le regard de Kimberly s'adoucit, mais j'ai l'impression que mon vide intérieur, colmaté par les plaisanteries de Kimberly, commence à se creuser de nouveau à l'annonce du nom d'Hardin. Christian murmure :

— Comment va-t-il ? J'aimerais vraiment qu'il décroche son téléphone quand je l'appelle, ce petit con.

Je mets ça sur le compte du vin, mais je lui réponds vertement :

— Il a plein de trucs à gérer en ce moment. (Immédiatement, je me rends compte qu'en prenant ce ton acerbe, je joue les connasses.) Je suis désolée. Je ne voulais pas parler sur ce ton. Je sais juste qu'il a plein de choses à gérer en ce moment. Je ne voulais pas être grossière.

Je choisis d'ignorer le petit sourire satisfait de Kimberly quand elle m'entend défendre Hardin.

Christian secoue la tête et me répond en riant :

— C'est bon, je le méritais amplement. Je sais ce qu'il vit. Je veux juste lui parler, mais je sais qu'il reviendra quand il sera prêt. Mesdames, je vais vous laisser ; j'avais juste envie de connaître l'origine de tous ces rires et de ces cris, et de m'assurer que ce n'était pas sur mon dos.

Sur ce, il embrasse Kimberly brièvement mais tendrement, et fait rouler son fauteuil vers la porte. Je tends mon verre à Kimberly qui me le remplit.

— Attends, ça veut dire qu'on ne travaillera plus ensemble ? Tu ne peux pas me laisser avec toutes ces vipères vicieuses ! Tu es la seule que je puisse supporter, à part la nouvelle copine de Trevor.

— Trevor a une copine ?

Je bois une gorgée de vin frais. Kimberly avait raison, le vin et les rires, ça aide. Je sens que je sors de ma coquille, que je reviens à la vie. À chaque blague ou histoire abracadabrante, je trouve ça plus facile.

— Oui ! La rousse ! Tu sais, celle qui s'occupe du *community management* à la com' ?

J'essaie de me souvenir de sa tête, mais je ne vois rien, le vin danse dans ma tête.

— Je ne la connais pas. Depuis combien de temps sortent-ils ensemble ?

— Seulement quelques semaines. Mais écoute ça. Christian les a entendus tous les deux.

Kimberly a les yeux brillants de se livrer à son activité favorite, les potins de bureau.

J'avale une autre gorgée de vin, attendant qu'elle développe.

— Genre il les a entendus tous les deux *ensemble*. Genre, à baiser dans son bureau. Et le plus dingue, c'est ce qu'il a entendu… (Elle marque une pause pour rire.) Ils faisaient des trucs coquins. Je te dis, Trevor est du genre costaud au plumard. Il a entendu des fessées, ils se donnaient des noms cochons, et tout ça.

J'éclate de rire comme une gourde de lycéenne. Une lycéenne qui a trop bu.

— J'y crois pas !

Je n'arrive pas à imaginer le gentil Trevor donnant la fessée à quiconque. Rien que de l'imaginer, ça me fait rire encore plus fort et je secoue la tête, essayant de ne pas trop y penser. Trevor est beau, très beau, mais bon, il est tellement poli et gentil.

— Je te jure ! Christian est convaincu qu'il l'avait attachée au bureau parce que quand il l'a vu juste après, il détachait un truc du coin !

Kimberly agite ses mains en l'air, le vin monte et me sort par les narines.

C'est mon dernier verre. Où est Hardin quand j'ai besoin de lui ? C'est lui mon autorité suprême en matière d'alcool.

Hardin.

Mon cœur se met à battre plus vite et mon rire dérape, pendant que Kimberly ajoute quelques détails salaces à son histoire.

— J'ai entendu dire qu'il a une cravache dans son bureau.

— Une cravache ?

Je baisse le ton.

— Oui, pour l'équitation. Va voir sur Google !

— Je n'arrive pas à y croire. Il est tellement doux et gentil. Il ne *pourrait* quand même pas attacher une femme à son bureau et lui faire ces trucs !

Impossible de l'imaginer. Mon esprit traître et imbibé commence à imaginer des trucs avec Hardin, des bureaux, des cordes et des fessées.

— Qui s'envoie en l'air dans son bureau de toute façon ? Mon Dieu, ces murs sont fins comme du papier.

J'en reste bouche bée. De vraies images, des souvenirs d'Hardin me couchant sur mon bureau me traversent l'esprit et mon teint déjà bien rouge vire au rubicond bien cuisant.

Kimberly me fait un petit regard complice et penche la tête.

— Les mêmes personnes qui s'envoient en l'air dans les gymnases privés, j'ai l'impression.

Là, elle m'accuse en gloussant.

Je l'ignore, malgré l'embarras qui me gagne.

— Revenons à Trevor.

Je cache mon visage derrière mon verre du mieux que je peux.

— Je savais qu'il n'était pas net. Les hommes qui portent un costume tous les jours ne le sont jamais.

— Seulement dans les romans cochons.

Ça c'est pour la contredire, ça me rappelle un livre que j'avais prévu de lire mais que je n'ai pas encore commencé.

— Ces histoires viennent bien de quelque part, non ? (Elle me fait un clin d'œil.) Je n'arrête pas de passer devant le bureau de Trevor, en espérant bien l'entendre la pilonner, mais je n'ai pas eu cette chance… enfin pas encore.

Le ridicule de cette soirée m'a rendue légère, comme je ne m'étais pas sentie depuis longtemps. J'essaie de saisir cette sensation et de la garder serrée contre ma poitrine le plus longtemps possible. Je ne veux pas qu'elle m'échappe.

— Qui aurait cru que Trevor soit un tel pervers, hein ?

— Cette petite bite de Trevor.

Je reste silencieuse lorsque Kimberly éclate d'un rire sonore.

— *Petite bite* de Trevor !

Elle pousse un cri strident et je me joins à son éclat de rire en pensant à l'origine de ce surnom, et à tour de rôle nous imitons de notre mieux son instigateur prononçant ce surnom.

48

Hardin

Cette journée a été trop longue. Putain, vraiment trop longue, là je suis prêt à aller me coucher. Après cette conversation à cœur ouvert avec Ken, je suis épuisé. Ça, suivi de Sarah… Sonya… enfin S. – on s'en fout de son nom – et Landon qui se faisaient des œillades de loutres en chaleur pendant le dîner, j'ai failli crever d'ennui.

Même si je regrette que Tessa soit partie sans me prévenir, je ne peux pas le dire à voix haute, elle ne me doit aucune explication.

J'ai été sage, comme je le lui avais promis et j'ai mangé en silence pendant que Karen et mon père – ou qui qu'il soit – m'observaient avec attention, s'attendant à ce que j'explose ou ruine leur dîner d'une manière ou d'une autre.

Mais je ne l'ai pas fait. Je n'ai rien dit et j'ai bien mastiqué avant d'avaler. Je n'ai même pas mis mes coudes sur l'atroce bout de tissu qui sert de nappe. Karen pense que ça ajoute une charmante touche pastel pour le printemps ou une merde dans le genre, mais ce n'est pas le cas. C'est hideux et quelqu'un devrait y mettre le feu pendant qu'elle regarde ailleurs.

Je me suis senti un peu mieux, trop bizarre, mais un peu mieux quand même après avoir parlé à mon père. Je trouve que c'est amusant de continuer à appeler Ken «mon père» alors qu'ado, je pouvais à peine prononcer son nom sans l'assassiner du regard ou regretter qu'il soit parti, histoire de lui défoncer le portrait. Maintenant que je comprends, enfin, que je comprends un peu ce qu'il éprouvait, et ses choix, une partie de la colère que je retenais en moi depuis si longtemps s'est évaporée.

En revanche, c'était bizarre de la sentir quitter mon corps. Dans les romans, ils appellent ce phénomène le pardon, mais je ne l'avais jamais ressenti avant ce soir. Je ne suis pas tout à fait sûr d'apprécier la sensation, mais j'admets que ça m'aide à me distraire de la douleur constante d'être loin de Tessa. Enfin, plus ou moins.

Je me sens mieux... Plus heureux ? Je ne sais pas, mais je ne cesse de penser à l'avenir maintenant. Un avenir où Tessa et moi achetons un tapis, des étagères, tous ces trucs que les gens mariés achètent. Le seul couple marié que je connaisse qui peut se supporter mutuellement, c'est Ken et Karen, et je ne sais absolument pas ce qu'ils font ensemble. À part des bébés à quarante ans passés. Comme un gamin immature, je grimace à cette idée et feins de ne pas penser à leur vie sexuelle.

En vérité, penser à l'avenir est bien plus *fun* que je ne l'aurais jamais imaginé. Je n'attendais rien de mon futur ni même de mon présent. J'ai toujours cru que je serais seul, alors je ne me suis jamais donné la peine de tirer des plans à la con sur la comète ni de rêver de jours meilleurs. Il y a encore huit mois, j'ignorais qu'une personne comme Tessa pouvait exister. Je n'avais pas idée que cette blonde énervante était prête à retourner ma vie, me rendant complètement dingue, me rendant amoureux encore plus que j'aime respirer.

Putain, si j'avais su qu'elle était dans le coin, je n'aurais pas perdu mon temps à baiser toutes les filles que je pouvais. Avant, rien ne m'arrêtait ; aucune force de la nature aux yeux bleu-gris ne m'aidait, ne me guidait à travers le bordel ambiant qu'était ma vie, alors bien sûr j'ai fait trop de conneries, et maintenant je dois faire deux fois plus d'efforts que la plupart des gens pour essayer de corriger ces travers.

Si je pouvais revenir en arrière, je n'aurais pas touché d'autre fille. Pas une seule. Et si j'avais su à quel point c'était bon de toucher Tessa, je me serais préparé, j'aurais compté les jours jusqu'à ce qu'elle débarque dans ma chambre à la fraternité, qu'elle bouscule tous mes livres et mes affaires, même après que je lui avais explicitement demandé de ne pas le faire.

Le seul truc qui me fait à peu près garder le contrôle, c'est l'espoir que tôt ou tard, elle changera d'avis. Elle verra bien, cette fois-ci, que je tiendrai parole. Je l'épouserai, même si je dois la traîner par la peau du cul jusqu'à l'autel pour ça.

Ça aussi, c'est un de nos problèmes, ces fantasmes autoritaires. Autant je ne l'admettrai jamais face à elle, autant je ne peux pas m'empêcher de sourire en l'imaginant en robe blanche à râler et m'engueuler parce que je la tire littéralement par les pieds sur le tapis d'une église tandis qu'une harpe joue une chanson à la con, ou ce genre d'instrument que personne n'utilise jamais en dehors des mariages et des enterrements.

Si j'avais son numéro, je lui enverrais un texto juste pour m'assurer qu'elle va bien. Mais bon, elle ne veut pas que j'aie son numéro. Il a fallu que je puise dans mes réserves de calme pour ne pas arracher de sa poche et voler le téléphone de Landon, après le dîner.

Je suis allongé dans ce lit alors que je devrais être en route pour Seattle. Devrais, voudrais, aurais besoin, mais je ne peux pas. Je dois lui laisser un peu d'espace, sinon elle m'échappera. Je tiens mon smartphone au-dessus de ma tête dans le noir et regarde mes photos d'elle. Si des images de souvenirs sont tout ce que je peux avoir pour quelque temps, il va me falloir plus de photos. Je n'en ai que sept cent vingt-deux. Ce n'est pas assez.

Plutôt que de continuer mon trip d'harceleur obsédé, je me lève et enfile un pantalon. Je ne pense pas que Landon ou Karen en cloque apprécient de me voir à poil. Enfin, peut-être que si. L'idée me fait sourire et il me faut quelques secondes pour préparer un plan. Landon va se la jouer entêté, je le sais, mais c'est facile de le faire changer d'avis.

À la deuxième blague embarrassante sur sa nouvelle chérie, il va me cracher le numéro de Tessa et rougir comme une première communiante.

Je frappe deux fois à sa porte, donnant à ce gamin un bon avertissement avant d'ouvrir la porte. Il dort, allongé sur le dos, un bouquin sur le torse. Putain d'*Harry Potter*. J'aurais dû m'en douter…

J'entends un bruit et remarque un petit flash. Comme un signe des dieux, l'écran de son téléphone s'allume et je l'attrape sur la table de nuit. Sur l'écran s'affichent le nom de Tessa et le début d'un texto :

SALUT LANDON, T'ES RÉVEILLÉ ? PARCE QUE…

L'aperçu ne montre pas le reste du message, il faut que je le lise absolument. Les mains sur mon cou, j'essaie d'empêcher la jalousie de prendre le dessus. *Pourquoi lui écrit-elle des textos aussi tard ?*

Je tente de deviner son mot de passe, mais c'est plus difficile de lire en lui qu'en Tessa. Le sien était si évident que c'en était presque comique, en fait. Je savais que, comme moi, elle aurait peur de l'oublier et choisirait 1234. C'est notre mot de passe pour tout. Numéro PIN, code pour accéder aux films sur la box, pour tout ce qui requiert un code, c'est celui que nous utilisons.

Voilà, en fait, on s'est déjà passé la bague au doigt, putain. On pourrait être mariés et se faire voler notre identité ensemble par le premier hacker venu. Merde !

Je balance un oreiller sur la gueule de Landon, ça le fait ronchonner.

— Debout, Ducon.

— Tire-toi !

— J'ai besoin du numéro de portable de Tessa.

Coup d'oreiller.

— Non.

Encore deux coups d'oreiller. Plus fort.

— Mais, euh ! (Il s'assied.) C'est bon. Je vais te le passer, son numéro.

À tâtons, il cherche son téléphone, que je lui pose dans la main. Je le regarde entrer son code, juste au cas où. Il me le rend débloqué, ce dont je le remercie, et j'entre le numéro de Tess dans mon répertoire. Je suis tellement soulagé quand je clique sur « enregistrer » que c'en est pathétique, mais je m'en tape. Pour faire bonne mesure, j'assène un dernier coup d'oreiller à Landon et sors de sa chambre.

Je crois que je l'entends m'insulter jusqu'à ce que je ferme la porte en riant. Je pourrais m'habituer à ça, à cette sensation… d'espoir en tapant un simple texto pour souhaiter bonne nuit à ma copine et à attendre sa réponse avec anxiété. Tout semble s'arranger pour moi, enfin la dernière étape, c'est le pardon de Tessa. J'ai juste besoin d'une lueur de l'espoir qu'elle a toujours eu pour moi. L'espoir de lui revenir.

Un message s'affiche :

HARRRDIN ?

Putain, je commençais à croire qu'elle allait m'ignorer.

NON, PAS HARRRDIN. JUSTE HARDIN.

Je décide d'entamer la conversation en la taquinant même si j'aimerais la supplier de revenir de Seattle ou de ne pas partir en *live* si je me pointe là-bas au beau milieu de la nuit.

DÉSOLÉE, JE N'ARRIVE PAS À TAPER SUR CE CLAVIER. IL EST TROP SENSIBLE.

Je peux l'imaginer, allongée dans son lit à Seattle, clignant les yeux, un pli sur le front, en tapant les lettres de son index.

OUAIS, C'EST L'IPHONE, C'EST ÇA ? TON VIEUX CLAVIER ÉTAIT ÉNORME, PAS ÉTONNANT QUE T'EN CHIES.

Elle me répond par un smiley et je suis impressionné et amusé qu'elle vienne de trouver comment utiliser les émoticônes. Putain, je les déteste et j'ai toujours refusé de les utiliser, mais me voilà en train de télécharger l'appli qui va bien pour pouvoir lui répondre de la même manière.

Le temps que je lui envoie un smiley, elle me redemande :

TU ES ENCORE LÀ ?

OUAIS. POURQUOI ES-TU ENCORE DEBOUT ? J'AI VU QUE TU AVAIS ÉCRIT À LANDON.

Quelques secondes passent et elle m'envoie une image d'un petit verre de vin. Après tout, j'aurais dû me douter qu'elle allait passer la soirée avec Kim.

SOIRÉE PICOLE ?

Je joins à mon message un truc qui ressemble à une tête de gars surpris, enfin je crois. *Putain, mais pourquoi il y en a autant, de ces merdes ? Pourquoi quelqu'un voudrait-il envoyer une image avec un con de tigre, bordel ?*

Comme je suis curieux et un peu shooté à l'attention qu'elle daigne m'accorder, j'envoie l'image de ce putain de tigre et j'éclate de rire quand elle me répond d'un chameau. Je rigole chaque fois qu'elle m'envoie une petite image débile dont personne n'a l'usage.

J'aime qu'elle ait pigé le truc, qu'elle sache que j'ai envoyé le tigre parce que, putain, ça n'a aucun sens, et maintenant, nous nous livrons à une bataille d'émoticônes à la con et je suis là, allongé dans le noir, à rire tellement fort que j'en ai mal au ventre.

Après cinq minutes d'échanges débiles, nous repassons à l'écrit.

J'EN AI PLUS.

MOI NON PLUS. T'ES FATIGUÉE ?

OUI, J'AI TROP BU.

TU T'ES AMUSÉE ?

Je suis surpris, mais je me rends compte que j'ai envie qu'elle réponde oui, qu'elle a passé une bonne soirée, même si je n'étais pas là.

ÇA VA TOI ? J'ESPÈRE QUE TOUT S'EST BIEN PASSÉ AVEC TON PÈRE.

Ouais, peut-être qu'on pourra en parler quand j'arriverai à Seattle ?

J'accompagne mon message un peu trop rentre-dedans d'un cœur et d'une image d'un truc qui ressemble à un immeuble.

Peut-être.

Je suis désolé d'avoir été si merdique comme mec. Tu mérites mieux que moi, mais je t'aime.

J'envoie le message avant de me censurer. C'est la vérité et je ne peux pas m'empêcher de la dire maintenant. J'ai fait une erreur en gardant secrets mes sentiments pour elle, c'est pour ça qu'elle peut aussi facilement douter de mes promesses maintenant.

Trop d'alcool dans mes veines pour avoir cette conversationne. Christian a entendu Trevor s'envoyer en l'air dans son bureau.

Je lève les yeux au ciel en voyant ce nom s'afficher sur mon écran. Cette petite bite de Trevor.

Petite bite de Trevor.

C'est ce que je leur ai dit. J'ai dti à Kim trop la mêmme choes.

Trop de fautes pour pouvoir te lire. Va te coucher. Écris-moi demain.

J'appuie sur « envoyer », puis je commence un nouveau message.

S'il te plaît, écris-moi demain.

Un sourire s'affiche sur mon visage lorsqu'elle envoie une image de téléphone, un visage endormi et ce putain de con de tigre.

∞

49

Hardin

La voix familière de Nate résonne dans l'étroit couloir :

— Scott !

Et merde. Je savais que je n'arriverais pas à me sortir de ce bordel sans avoir à me taper l'un d'entre eux.

Je suis venu sur le campus pour parler à mes profs. Je voulais m'assurer que mon père puisse bien me faire sauter mes dernières dissertes. Avoir des amis ou de la famille haut placés ça aide vraiment, on m'a donné la permission de sécher la fin de mes cours pour ce semestre. De toute façon, j'ai tellement séché que ça ne fera pas vraiment la différence.

Les cheveux blonds de Nate sont plus longs et relevés sur le sommet de son crâne façon touffe pointue.

— Hé, mec, j'ai comme l'impression que tu essayais de m'éviter, là.

Il me regarde droit dans les yeux.

— Perspicace, à ce que je vois ?

Je hausse les épaules, ça ne sert à rien de mentir.

— J'ai toujours détesté ton vocabulaire de snob.

J'aurais pu me passer de le voir aujourd'hui, et à l'avenir. Je n'ai rien contre lui ; je l'ai toujours relativement plus apprécié que le reste de mes amis, mais je suis passé à autre chose.

Il prend mon silence pour une autre invitation à ouvrir son claque-merde.

— Je ne t'ai pas vu sur le campus depuis une éternité. Tu n'es pas censé bientôt terminer ?

— Ouais, au milieu du mois prochain.

Il me suit en marchant lentement.

— Logan aussi. Tu vas aller à la cérémonie, hein ?

— Putain, jamais de la vie. Tu viens vraiment de me poser cette question ?

Je rigole. Je visualise dans ma tête le froncement de sourcils de Tessa et je me mords la lèvre pour m'empêcher de sourire. Je sais qu'elle veut que je participe à ma cérémonie de remise des diplômes, mais putain, il n'est pas question que j'y aille.

Peut-être que je devrais au moins réfléchir à la question ?

— Ok… C'est quoi ce plâtre ?

— Longue histoire.

Une histoire que je ne suis pas près de te raconter.

Tu vois, Tessa, j'ai un peu appris à me contrôler.

Même si je te parle dans ma tête alors que tu n'es même pas là.

Ok, peut-être que je suis taré, mais je suis plus ou moins sympa avec les gens… Tu serais fière de moi.

Putain, je suis vraiment fait.

Nate secoue la tête et me tient la porte quand nous sortons du bâtiment administratif.

— Alors, comment va la vie ?

Là, il joue son rôle de bavard du groupe.

— Cool.

— Comment va-t-elle ?

Mes bottes s'arrêtent net sur le trottoir en béton et il recule d'un pas en levant les mains en signe de défense.

— Je ne fais que poser la question, mec. Ça fait un bail que je n'ai vu aucun d'entre vous et tu as arrêté de répondre à nos appels depuis longtemps. Zed est le seul à parler à Tessa.

Est-ce qu'il essaie de me foutre les boules ?

— Zed ne lui parle pas.

La seule mention de son nom me met les nerfs trop facilement, merde.

Nate lève la main sur son front, c'est un tic nerveux.

— Je ne disais pas ça comme ça, mais il nous a dit pour son père et il a annoncé qu'il était à l'enterrement, alors…

— Alors rien. Il n'est rien pour elle. Passe à autre chose.

Cette conversation ne mène nulle part, c'est pour ça que j'ai arrêté de perdre mon temps avec eux.

— C'est bon.

Si je le regardais, je sais que je le verrais lever les yeux au ciel. Mais non, il me surprend quand il ajoute avec une pointe d'émotion :

— Je ne t'ai jamais rien fait, tu sais.

Quand je me tourne vers lui, je ne suis pas surpris que son visage reflète la même chose que sa voix. Je me sens légèrement coupable.

— Je n'essaie pas de faire le con.

Ce mec est sympa, plus sympa que la plupart de nos amis. De ses amis, car ce ne sont plus les miens.

Il regarde derrière moi.

— On dirait bien que si.

— Eh bien non. C'est juste que c'est fini tout ça pour moi. Tu vois ? (Je me tourne vers lui.) J'ai dépassé toutes ces merdes. Les fêtes, l'alcool, la fumette, la baise. C'est terminé. Alors non, je n'essaie pas de jouer au con avec toi personnellement, c'est juste fini.

Nate sort une clope de sa poche et le seul bruit entre nous est celui de son briquet. Le temps où je me baladais sur le campus avec lui et le reste du groupe me semble tellement loin. Ça me paraît si loin, le temps où on racontait toutes ces merdes sur les gens et où soigner sa gueule de bois était la seule activité du matin. Elle semble si lointaine, cette époque où ma vie tournait autour d'autre chose qu'elle.

Il tire une latte.

— Je comprends ce que tu veux dire. Je n'arrive pas à croire que tu me dises un truc pareil, mais j'ai pigé, et j'espère que tu sais que je suis désolé pour le rôle que j'ai joué dans les conneries de Steph et Dan. Je savais qu'ils préparaient un truc, mais je ne savais pas quoi.

La dernière chose dont j'ai envie, c'est bien de parler de Steph et de Dan et de la merde qu'ils ont provoquée.

— Ouais, bon, on pourrait continuer à ergoter sur le sujet, le résultat serait le même. Ils ne seront plus jamais assez proches de Tessa pour ne serait-ce que respirer le même air qu'elle.

— Steph s'est barrée de toute façon.

— Elle est où ?

— En Louisiane.

Bien. Je veux qu'elle soit aussi loin de Tessa que possible.

J'espère que Tessa va bientôt m'écrire ; elle a plus ou moins accepté de le faire hier soir, et j'y compte bien. D'ailleurs si elle ne s'exécute pas rapidement, je vais craquer et lui écrire en premier. J'essaie de lui donner de l'espace, mais notre conversation à coups d'émoticônes était le truc le plus *fun* que j'aie vu depuis… bah, depuis que j'étais en elle seulement quelques heures auparavant. Je n'arrive toujours pas à croire qu'un connard chanceux comme moi ait le droit de s'approcher d'elle. J'ai déconné juste après, mais ça, c'est une autre histoire.

— Tristan l'a suivie.

Le vent se lève ; ce putain de campus de merde semble être un endroit un peu plus fréquentable depuis que je sais que Steph a quitté l'État.

— C'est qu'un gros con.

— Non. Il l'aime vraiment bien. Enfin, il l'aime, je crois.

Nate défend son pote. Je renifle.

— C'est bien ce que je dis, c'est qu'un gros con.

— Peut-être qu'il la connaît différemment de nous.

Ses mots me font rire, d'un petit rire agacé.

— Qu'est-ce que tu veux connaître d'autre ? Cette salope est complètement tarée.

Je n'arrive pas à croire qu'il soit vraiment en train de défendre Steph, enfin Tristan, qui ressort avec Steph, alors que c'est une folle furieuse qui a essayé de faire du mal à Tessa.

— Je ne sais pas, mec, mais Tristan est mon pote, alors je ne le juge pas. La plupart des gens diraient les mêmes conneries sur Tessa et toi.

Nate me regarde froidement.

— J'espère que c'est moi que tu compares à Steph, pas Tessa.

— Bien sûr.

Il soupire et fait tomber la cendre de sa cigarette par terre.

— Tu devrais venir à la maison avec moi. Comme au bon vieux temps. Il n'y aura pas beaucoup de monde, juste quelques potes.

— Dan ?

Mon portable vibre dans ma poche et je le sors pour voir le nom de Tessa s'afficher sur l'écran.

— Je ne sais pas, mais je peux m'assurer qu'il ne se pointe pas quand tu y seras.

Nous sommes arrivés sur le parking. Ma voiture n'est qu'à quelques pas de là et sa moto est garée au premier rang. Je n'arrive toujours pas à croire qu'il n'ait pas pété cette saloperie. Le jour où il a eu son permis moto, il a fait tomber cette merde au moins cinq fois et je sais que ce débile ne porte pas de casque quand il traverse la ville à toute berzingue.

— C'est bon. J'ai des trucs à faire, en plus.

Je lui mens en répondant au bonjour de Tessa. J'espère que mes trucs à faire se résument à discuter quelques heures avec elle. J'avais presque accepté d'aller dans cette connerie de fraternité, mais que mes anciens « amis » fréquentent encore Dan me rappelle exactement pourquoi j'ai arrêté de les voir.

— Tu es sûr ? On pourrait se faire une dernière soirée avant que tu ne sois diplômé et que tu engrosses ta copine. Tu sais que ça te pend au nez, non ?

Il me taquine, ok.

Je vois sa langue briller sous le soleil et je repousse son bras.

— Tu t'es fait faire un piercing à la langue ?

Je frotte du bout du doigt la petite cicatrice à côté de mon sourcil.

— Ouais, genre il y a un mois. Je n'arrive toujours pas à croire que t'aies viré les tiens. Et bien joué d'avoir évité de répondre à la seconde partie de ma phrase !

J'essaie de me souvenir. Un truc sur ma copine… et une grossesse ?

— Oh putain, non. Personne ne va faire de môme, connard. Va te faire foutre, n'essaie pas de me foutre les boules avec ce genre de conneries.

Je le pousse de l'épaule, et il rit de plus belle.

Le mariage est une chose. Les bébés, putain, c'en est une autre.

Je jette un coup d'œil sur mon téléphone. Aussi sympa que ce soit de prendre des nouvelles de Nate, je veux me concentrer sur Tessa et ses messages, surtout depuis qu'elle a écrit un truc à propos d'un rendez-vous chez le médecin. Je lui envoie une réponse rapide.

— Tiens, voilà Logan.

Nate détourne mon attention du téléphone et je suis son regard jusqu'à Logan qui s'avance vers nous.

— Merde.

J'aperçois la fille qui marche à côté de Logan. J'ai l'impression de la connaître, mais pas totalement…

Molly. C'est Molly, mais ses cheveux sont noirs maintenant, plus roses du tout. J'ai vraiment beaucoup de chance aujourd'hui, vraiment !

— Bon, c'est un signe. Je me casse.

Pour tenter d'éviter le désastre potentiel qui s'avance vers moi.

Juste au moment où je me détourne pour y aller, Molly s'approche de Logan et il lui passe le bras autour de la taille.

C'est quoi ce merdier ? J'en reste bouche bée.

— Ils sont ensemble ? Eux deux, là ? Ils baisent ?

Je regarde Nate ; cet enfoiré n'essaie même pas de dissimuler son amusement.

— Ouais, ça fait un bail maintenant. Ils n'en ont parlé à personne jusqu'à il y a trois semaines environ. Mais bon, je les avais grillés avant. Je savais qu'il y avait un truc quand elle a arrêté de faire sa connasse avec tout le monde.

Molly repousse ses cheveux d'un mouvement de tête et sourit à Logan. Impossible de me souvenir d'un jour où je l'ai vue sourire. Je ne peux pas l'encaisser, mais je ne la déteste plus autant qu'avant. Elle a aidé Tessa…

Logan m'interpelle depuis l'autre bout du parking.

— Ne pense même pas à te tirer avant de me dire pourquoi tu nous évites !

Je lui réponds sur le même ton, en revérifiant mon téléphone.

— J'avais mieux à faire !

Je veux savoir pourquoi Tessa est retournée chez le médecin. Dans son dernier message, elle évitait de répondre à la question et j'ai besoin de savoir. Je suis sûr qu'elle va bien, c'est juste que je suis un connard curieux.

Les lèvres de Molly dessinent un petit sourire satisfait.

— Mieux à faire ? Genre baiser Tessa jusqu'à plus soif à Seattle ?

Et comme au bon vieux temps, je lui fais un doigt d'honneur.

— Va te faire foutre !

— Fais pas ta fiotte. On sait tous que vous n'avez jamais arrêté de baiser depuis le jour où vous vous êtes rencontrés.

Elle me cherche, alors je regarde Logan et je lui dis :

— Fais-la taire ou je m'en occupe.

— Vous faites un merveilleux couple, tous les deux.

J'arque un sourcil en regardant mon vieux pote, et c'est à son tour de me faire un doigt.

— Au moins, elle te laisse sortir tout seul maintenant, à ce que je vois ?

La remarque de Logan me fait rire. Il a raison sur ce point.

Molly demande :

— Elle est où, d'abord ? Non pas que j'en aie quoi que ce soit à foutre ; je ne l'aime pas.

— On sait.

Nate soupire et Molly lève les yeux au ciel.

À mon tour de me moquer.

— Elle ne t'apprécie pas non plus. Personne ne t'aime, en fait.

— Touché.

Elle sourit de toutes ses dents et s'appuie sur l'épaule de Logan.

Nate pourrait avoir raison : on a l'impression qu'elle est moins connasse. Enfin un peu.

— Bon, c'était cool de vous voir les gars, vraiment. (Petit sarcasme avant de me détourner.) Mais j'ai des trucs plus intéressants à faire. Amusez-vous bien avec vos merdes. Et Logan, tu devrais continuer à la baiser. On dirait que ça lui réussit.

Je les salue d'un signe de tête et monte dans ma voiture.

Juste quand je ferme la porte, j'entends un bouquet d'exclamations mêlant « il est de meilleure humeur », « il se fait mener par le bout de la chatte » et « je suis contente pour lui ».

Le plus bizarre, c'est que ce dernier commentaire a été prononcé par la Salope en Chef, en personne.

∞

50

Tessa

Je suis mal à l'aise, stressée et j'ai un peu froid, assise comme ça, seulement vêtue d'une légère blouse d'examen médical, dans la petite salle du cabinet du Docteur West, exactement la même que toutes les autres le long du couloir. Ils devraient mettre un peu de couleur dans ces pièces, juste un peu de peinture ferait l'affaire, ou même une photo encadrée comme dans toutes les salles d'examen que j'ai fréquentées. Celle-ci mise à part. Elle est complètement blanche. Des murs blancs, un bureau blanc, un sol blanc.

J'aurais dû accepter la proposition de Kimberly de m'accompagner. Je peux m'en tirer toute seule, mais avoir un peu de soutien aujourd'hui, ne serait-ce qu'un peu de l'humour de Kimberly, m'aurait aidée à déstresser. En me levant ce matin, je me sentais bien mieux que je ne le méritais, aucune trace de gueule de bois. Je me sentais quasiment bien. Je me suis endormie avec un sourire dû au mélange de vin et d'Hardin, et j'ai mieux dormi cette nuit qu'au cours des dernières semaines.

Ça tourne en rond dans ma tête, comme d'habitude dès que j'en viens à penser à Hardin. Lire et relire notre conversation badine d'hier soir n'a pas manqué de me faire sourire, peu importe le nombre de fois où j'ai regardé les messages.

J'aime ce Hardin, patient, gentil et joueur. J'adorerais mieux le connaître, mais j'ai peur qu'il ne demeure pas assez longtemps dans les parages pour ça. Je ne vais pas rester longtemps non plus. Je pars pour New York avec Landon et plus la date approche, plus les papillons que j'ai dans le ventre sont excités. Je ne peux pas dire si c'est une bonne ou une mauvaise vibration, mais aujourd'hui elle est incontrôlable et, en ce moment, démultipliée.

J'ai les pieds qui pendent au bord de l'inconfortable table d'examen et je n'arrive pas à décider si je veux garder les jambes croisées ou pas. C'est une question dérisoire, mais elle m'aide à penser à autre chose qu'à la température trop fraîche de la pièce et aux papillons bizarres qui attaquent mon estomac.

Je sors mon téléphone de mon sac et envoie un message à Hardin, juste pour m'occuper pendant mon attente, bien sûr.

J'envoie un simple SALUT, et j'attends la réponse en croisant et décroisant mes jambes.

JE SUIS CONTENT QUE TU M'ÉCRIVES PARCE QU'UNE HEURE DE PLUS ET JE T'ENVOYAIS UN MESSAGE.

Je souris à l'écran, même si je devrais être choquée de l'intransigeance cachée derrière ses mots. Il est si honnête ces derniers temps, j'adore ça.

JE SUIS CHEZ LE MÉDECIN ET J'ATTENDS DEPUIS UNE ÉTERNITÉ. COMMENT TE PORTES-TU ?

ARRÊTE D'ÊTRE AUSSI FORMELLE. POURQUOI ES-TU CHEZ LE MÉDECIN ? TU VAS BIEN ? TU NE M'AS PAS DIT QUE TU Y RETOURNAIS. JE VAIS BIEN, NE T'EN FAIS PAS POUR MOI,

MÊME SI JE SUIS AVEC NATE QUI ESSAIE DE ME TRAÎNER CHEZ LUI. COMME SI ÇA ALLAIT LE FAIRE.

Je déteste la douleur que je ressens dans la poitrine à l'idée qu'Hardin passe du temps avec ses anciens amis. Ses activités ne me concernent pas ni ses fréquentations, mais je ne peux pas me débarrasser de ce malaise quand je repense à tous les souvenirs auxquels ils sont associés.

Quelques secondes plus tard :

NON PAS QUE TU AIES BESOIN DE ME LE DIRE, MAIS TU POURRAIS Y ALLER. PEUT-ÊTRE QUE JE T'AURAIS ACCOMPAGNÉ ?

C'EST BON. JE SUIS BIEN TOUT SEUL.

Je me retrouve à regretter de lui avoir donné le choix.

TU ES RESTÉ TROP LONGTEMPS TOUT SEUL DEPUIS QUE JE T'AI RENCONTRÉ.

PAS VRAIMENT.

Je ne sais pas trop quoi dire, j'ai la tête encombrée et je me sens assez heureuse qu'il se soucie de moi et qu'il soit si ouvert.

Un MENTEUSE accompagné d'un jean et d'une boule de feu s'affichent ensuite. Je couvre ma bouche de ma main pour m'empêcher d'éclater de rire quand le médecin rentre dans la salle d'examen.

LE DOCTEUR VIENT D'ARRIVER. JE TE REPARLE PLUS TARD.

DIS-LE-MOI S'IL A LA MAIN BALADEUSE.

Je range mon téléphone et mon sourire (enfin j'essaie) pendant que le Docteur West enfile une paire de gants en latex.

— Comment allez-vous ?

Comment je vais ? Comme s'il voulait avoir la réponse à cette question ! Pas plus qu'il n'a le temps de l'écouter. C'est un médecin, pas un psy.

— Bien.

Je grimace à l'idée de lui faire la conversation pendant l'examen.

— J'ai les résultats de vos examens sanguins, il n'y a pas à s'inquiéter de ce côté-là.

Je laisse échapper un soupir de soulagement.

— Toutefois…

Il dit ça de façon menaçante, avant de marquer une pause.

J'aurais dû savoir qu'il y aurait un *toutefois*.

— Au vu de votre scan, j'en conclus que votre col de l'utérus est très étroit et, à ce que je peux voir, très court. J'aimerais vous montrer ce que je veux dire, si ça vous va ?

Le Docteur West remet ses lunettes et je fais un signe de tête pour donner mon accord. Un col de l'utérus court et étroit. J'ai fait assez de recherches sur Internet pour savoir ce que ça veut dire.

Dix longues minutes plus tard, il m'a montré de manière très détaillée ce que je savais déjà. Je connaissais la conclusion de son exposé. Je l'ai su à l'instant où j'ai quitté son cabinet il y a deux semaines et demi. En me rhabillant, ses paroles me tournaient sans cesse dans la tête :

« *Pas impossible, mais hautement improbable.* »

« Il y a d'autres possibilités, beaucoup de gens optent pour l'adoption. »

« *Vous êtes encore très jeune. En vieillissant, votre partenaire et vous pourrez explorer les meilleures options.* »

« Je suis désolé, Mademoiselle Young. »

Sans y penser, je compose le numéro d'Hardin en retournant à ma voiture. Trois fois, je tombe sur sa messagerie vocale, avant de me forcer à reposer mon téléphone.

Je n'ai pas besoin de lui ni de personne en ce moment. Je peux gérer ça toute seule. Je le savais déjà. J'ai déjà digéré l'information et l'ai archivée.

Peu importe qu'Hardin ne réponde pas à son téléphone. Je vais bien. Qui se soucie que je sois stérile ? Je n'ai que dix-neuf ans, et tous les autres plans de ma vie sont tombés à l'eau jusqu'à présent. Ça semble logique que ce dernier projet d'avenir se soit envolé en fumée lui aussi.

La route pour rentrer chez Kimberly est longue à cause des embouteillages. J'ai décidé que je détestais conduire. Je déteste les fous du volant. Je déteste cette pluie permanente. Je déteste ces filles qui écoutent la musique à fond, les fenêtres grandes ouvertes, même quand il pleut. Mais remontez-les, vos vitres !

Je déteste ma façon d'essayer de rester positive pour ne pas revenir à l'état de créature pathétique que j'avais atteint la semaine dernière. Je déteste que ce soit si difficile de penser à autre chose qu'à cette trahison de mon corps, si définitive et si intime.

Je suis née comme ça, m'a annoncé le Docteur West. Bien évidemment. Tout comme ma mère, peu importe à quel point j'essaie d'être parfaite, ça n'arrivera jamais. Il y a un bon côté à tout ça, certes assez pervers, mais je ne transmettrai aucun de ces traits pourris à un enfant. Je suppose que je ne peux pas en vouloir à ma mère pour mon col de l'utérus détraqué, pourtant j'en ai envie. J'ai envie de rejeter la faute sur quelqu'un ou quelque chose, mais je ne le peux pas.

Ainsi va le monde : si on désire quelque chose vraiment, il vous est retiré et mis hors de portée. Tout comme Hardin. Pas de Hardin et pas de bébé. Les deux ne seraient jamais bien allés ensemble de toute façon, mais c'était sympa de rêver que je pourrais avoir les deux.

Je marche vers la demeure de Christian et suis soulagée de me retrouver toute seule à la maison. Pas à ma maison, mais là. Sans regarder mon téléphone, je me déshabille et passe sous la douche. Je ne sais pas combien de temps j'y reste, à regarder l'eau s'écouler dans la canalisation. Quand l'eau est froide, je sors et me rhabille en choisissant le t-shirt qu'Hardin avait laissé dans ma valise quand il m'a renvoyée de Londres.

Je reste allongée là, dans ce lit vide. Au moment où je me mets à regretter que Kimberly ne soit pas chez elle, je reçois un texto de sa part m'annonçant que Christian et elle vont passer la nuit en ville et que Smith va rester chez sa baby-sitter. J'ai toute la maison pour moi et rien à faire ni personne à qui parler. Plus personne maintenant, pas même un petit bébé que je pourrais chérir et aimer plus tard.

M'apitoyer sur mon sort, je sais que c'est ridicule, mais je n'arrive pas à m'arrêter.

Kimberly répond à mon message qui lui souhaitait une bonne soirée.

PRENDS UN VERRE DE VIN ET LOUE UN FILM, C'EST CADEAU !

Mon téléphone sonne à l'instant où je lui envoie un texto de remerciement. Le numéro d'Hardin s'affiche sur l'écran, je me demande si je dois répondre.

Le temps que j'atteigne le frigo dans la cuisine, il est renvoyé sur ma boîte vocale. Je prends un billet pour la Fête à la Déprime.

Une bouteille de vin plus tard, je suis dans le séjour au beau milieu d'un film d'action que j'ai loué. C'est l'histoire d'un Marine devenu nounou qui se retrouve à chasser les aliens. C'était le seul film sur la liste qui n'ait rien à voir avec l'amour, les bébés ou quoi que ce soit de joyeux.

Depuis quand suis-je une fille triste ? Je reprends une gorgée de vin, directement à la bouteille. J'ai abandonné le verre il y a cinq explosions de vaisseau spatial.

Mon téléphone résonne et, cette fois-ci, en regardant l'écran, mon ivrogne de pouce répond à ma place, par pur accident.

∞

51

Hardin

— Tess ?

J'essaie de dissimuler ma panique.

Elle a ignoré mes appels toute la soirée et ça m'a rendu dingue de me demander ce que j'ai fait de mal, ce que j'ai *encore* fait de mal cette fois-ci.

— Ouais.

Elle parle d'une voix traînante. Un seul mot, et je comprends qu'elle a bu.

— Encore du vin ? Il faut que je te fasse la leçon ?

Je la taquine en riant doucement, mais seul son silence me répond.

— Tess ?

— Ouais ?

— Qu'est-ce qui se passe ?

— Rien, je regarde un film.

— Avec Kimberly ?

Mon estomac se retourne à l'idée qu'elle soit là-bas avec quelqu'un d'autre.

— Avec moi-même. Je suis toute seule dans cette *graaannde* maison.

Sa voix est atone, même quand elle appuie sur certains mots.

— Où sont Kimberly et Vance ?

Je ne devrais pas être aussi inquiet, mais le ton de sa voix m'a mis la puce à l'oreille.

— Sortis pour la soirée. Smith aussi. Je suis juste en train de regarder un film toute seule. C'est l'histoire de ma vie, non ?

Elle rigole, mais c'est un rire creux. Aucune émotion, rien.

— Tessa, qu'est-ce qui se passe ? Combien de verres as-tu bus ?

Elle soupire dans le téléphone et je jure que je la vois un verre à la main.

— Tessa. Réponds-moi !

— Ça va. J'ai le droit de boire un coup, hein, *Papa* ?

Elle tente une blague, mais sa manière de prononcer les mots me fout les boules.

— Techniquement parlant, tu n'as pas le droit de boire. Pas légalement, du moins.

Je suis bien la dernière personne à pouvoir lui faire la morale ; c'est ma faute si elle s'est mise à boire aussi souvent, et là, cette paranoïa virulente me creuse l'estomac. Elle boit seule et elle a l'air assez triste pour que je me lève d'un coup.

— Ouais.

— Combien de verres as-tu bus ?

J'envoie un texto à Vance, j'espère qu'il va répondre.

— Pas beaucoup. Ça va. Tu sssssais ce qui est bizarre ?

J'attrape mes clés. Putain, ça fait chier que Seattle soit si loin.

— Dis-moi ?

J'enfile mes Vans. Les bottes prendraient trop de temps, et je n'ai pas du tout le temps, là.

— C’est bizarre que les choses moches arrivent toujours aux gens bien. Tu vois ?

Et merde. Je renvoie un texto à Vance, cette fois-ci je lui dis de ramener son cul chez lui, *tout de suite.*

— Ouais, je suis bien placé pour le savoir. C’est pas juste.

Je déteste qu’elle se sente comme ça. C’est une fille bien, la plus belle personne que j’aie jamais rencontrée, et elle s’est retrouvée cernée par une bande de tarés, moi le premier. De qui je me moque ? Je suis le pire de la bande.

— Peut-être que je devrais arrêter d’être une fille b-bien.

Quoi ? Non. Non, non, non. Elle ne devrait pas parler comme ça ni penser comme ça, d’ailleurs.

— Non, ne dis pas ça.

Je fais un signe impatient à Karen qui, sur le pas de la porte de la cuisine, se demande où je vais à cette heure de la nuit si précipitamment, j’en suis certain.

— J’essaie, mais je ne peux pas m’en empêcher. Je ne sais pas comment arrêter.

— Qu’est-ce qui s’est passé aujourd’hui ?

C’est dur de croire que je parle à ma Tessa, celle qui voit toujours le meilleur en chacun, y compris en elle-même. Elle a toujours été si positive, si heureuse, et là, elle ne l’est pas.

Elle semble si désespérée, si abattue.

Et elle se met à parler comme moi.

Mon sang ne fait qu’un tour. Je savais que ça allait arriver ; je savais qu’elle ne serait plus la même une fois que j’aurais planté mes griffes en elle. D’une manière ou d’une autre, je savais qu’après moi, elle serait différente.

J'espérais que ça n'arriverait pas, mais ce soir, on dirait bien que si.

— Rien d'important.

Elle ment.

Vance ne m'a toujours pas répondu. Il a *intérêt* à être en route.

— Tessa, dis-moi ce qui se passe. S'il te plaît.

— Rien. C'est juste le karma qui m'a rattrapée, je crois.

Après ce bredouillement, j'entends le son d'un bouchon de bouteille qui sort du goulot, rompant le silence à l'autre bout de la ligne.

— Karma pour quoi ? Tu es folle ? Tu n'as jamais rien fait qui puisse mériter toutes les merdes qui te tombent dessus.

Silence.

— Tessa, je crois que tu devrais arrêter de boire pour ce soir. Je suis en route pour Seattle. Je sais que tu as besoin d'espace, mais tu m'inquiètes et je… eh bien, je ne peux pas rester loin de toi, je l'ai jamais pu.

— Ouais…

Elle ne m'écoute même pas.

— Je n'aime pas que tu continues à boire autant.

Je sais qu'elle ne m'entendra pas.

— Ouais…

— Je suis en route. Prends une bouteille d'eau. D'accord ?

— Ouais… une petite bouteille…

La route pour arriver à Seattle ne m'a jamais paru aussi longue, putain, et à cause de cette distance entre nous, je vois enfin ce fameux cycle dont Tessa me rebat les oreilles. Mais le cycle s'achève ici. Putain, c'est la dernière fois que je fais la route pour aller la voir dans une autre ville. Plus de toute cette merde en boucle. Plus de fuite devant mes problèmes et plus d'excuses à la con. Plus de putain de route sans fin à travers l'État de Washington parce que je m'étais enfui au loin.

∞

52

Hardin

J'ai appelé quarante-neuf fois.

Putain, quarante-neuf fois.

Quarante-neuf.

Vous savez combien de sonneries ça fait ?

Un sacré paquet.

Bien trop pour les compter, ou du moins je ne peux pas penser assez clairement pour les compter. Mais si je le pouvais, ça ferait un nombre énorme de sonneries.

Si je survis aux trois prochaines minutes, j'envisage d'arracher la porte d'entrée de ses putains de gonds et d'éclater le téléphone de Tessa, celui auquel elle ne sait apparemment pas répondre, de l'éclater contre le mur.

Ok, bon, peut-être je ne devrais pas l'éclater contre le mur. Peut-être que je pourrais le piétiner avec force plusieurs fois et le faire craquer sous mon poids.

Peut-être.

Putain, elle va m'entendre, elle va se prendre une bonne soufflante, ça, c'est sûr. Ça fait des heures que je n'ai pas eu de signe de vie et putain, elle ne sait pas à quel point ces heures de route ont été une torture. Je dépasse la limite de vitesse de trente bons kilomètres/heure pour arriver le plus rapidement possible à Seattle.

Quand j'approche de la maison, il est trois heures du mat, putain, et Tessa, Vance et Kimberly sont sur ma liste noire. Je devrais peut-être éclater leurs téléphones à tous les trois, puisqu'à l'évidence ils ont oublié de répondre à mes appels.

En arrivant à la porte, je me mets à paniquer encore plus. *Et s'ils avaient décidé de fermer leur portail de sécurité ? Et s'ils avaient changé le code de l'alarme ?*

Putain, est-ce que je me souviens de ce code de merde ? Bien sûr que non. Est-ce qu'ils vont répondre si j'appelle pour leur demander le code ? Bien sûr que non.

Et s'ils ne répondaient pas parce qu'il est arrivé quelque chose à Tessa et qu'ils l'aient emmenée à l'hôpital et qu'elle n'aille pas bien et qu'il n'y ait pas de réseau et…

Mais ouf, je vois que le portail est ouvert et ça aussi, ça m'emmerde un peu. *Pourquoi Tessa n'a-t-elle pas enclenché le système de sécurité alors qu'elle est toute seule ?*

Comme j'avance dans l'allée sinueuse qui mène à la maison, je vois que sa voiture est la seule garée devant la gigantesque maison. C'est bon de savoir que Vance est là quand j'ai besoin de lui… Putain, quel ami ! Père ou ami, en réalité, il n'est ni l'un ni l'autre, putain.

Ma colère et mon anxiété montent d'un cran, je sors de la voiture et m'approche de la porte d'entrée. Elle parlait comme… comme si elle ne maîtrisait même plus ses actes.

La porte est ouverte – mais bien sûr – je m'avance jusqu'au séjour, puis remonte le couloir. Mes mains tremblent quand j'ouvre la porte de sa chambre et ma poitrine se serre : son lit est vide. Non seulement il est vide mais il est fait à la perfection, bordé comme personne d'autre ne pourrait arriver à ce résultat. J'ai essayé, impossible de faire un lit aussi bien que Tessa.

— Tessa !

Je continue vers la salle de bains de l'autre côté du couloir. Je garde les yeux fermés, j'allume la lumière. N'entendant rien, je les ouvre.

Rien.

Tout l'air que je retenais dans mes poumons sort d'un coup, je passe à la pièce suivante. *Putain, mais elle est où ?*

— Tess ?

Je gueule de plus en plus fort.

Après avoir cherché partout dans cette immense baraque de merde, j'ai du mal à respirer. Où est-elle ? Les seules pièces qui restent, c'est la chambre de Vance et une pièce verrouillée à l'étage. Je ne suis pas sûr de vouloir ouvrir cette porte…

Il me reste à vérifier dans le patio et dans le jardin, mais si je ne la trouve pas là non plus, putain, je ne saurai vraiment plus quoi faire.

— Theresa ! Putain, où tu te planques ? C'est pas drôle, je te jure…

J'arrête de gueuler quand j'aperçois une boule emmitouflée dans la chaise longue du patio.

Je m'approche et découvre Tessa recroquevillée en chien de fusil, les bras serrés sur la poitrine, comme si elle s'était endormie en essayant de se préserver.

Toute ma colère s'évapore d'un coup, je m'agenouille à côté d'elle. Je repousse une mèche de cheveux blonds tombée sur son visage et me force à ne pas péter un câble maintenant que je sais qu'elle va bien. Putain, je me suis tellement inquiété pour elle.

Mon pouls bat comme un taré dans mes veines, je me penche vers elle et passe mon pouce sur sa lèvre inférieure. Je ne sais pas pourquoi je fais ça en fait, c'est un geste naturel, mais une chose est sûre, je ne le regrette pas : ses yeux papillonnent, s'ouvrent et elle s'étire.

— Qu'est-ce que tu fais dehors ?

Je parle d'une voix forte mais éreintée.

Elle grimace, clairement irritée par mon volume sonore.

Pourquoi n'es-tu pas rentrée ? Je me suis inquiété comme un malade pour toi, à me repasser tous les scénarios possibles dans la tête pendant des heures.

Mais sans réfléchir, je lui dis :

— Dieu merci, tu étais endormie. Je n'ai pas arrêté de t'appeler, je m'inquiétais pour toi.

Elle s'assied, se tenant le cou comme si sa tête pouvait tomber.

— Hardin ?

— Oui, Hardin.

Dans le noir, je devine qu'elle plisse les yeux et se frotte la nuque. Lorsqu'elle essaie de se lever, une bouteille de vin tombe sur le sol en béton et se brise.

— Désolée.

Elle se penche pour attraper les morceaux de verre.

Je repousse doucement sa main et enveloppe ses doigts des miens.

— Ne touche pas à ça. Je m'en occuperai plus tard. Rentrons.

Je l'aide à se lever.

— Comment… tu es… arrivé ici ?

Ses mots sortent hachés, je ne veux même pas savoir quelle quantité de vin elle a ingurgitée après avoir raccroché. J'ai vu au moins deux bouteilles vides dans la cuisine.

— Je suis venu en voiture, pardi.

— Tu as fait tout ce chemin ? Quelle heure est-il ?

Mes yeux tombent sur son corps qui n'est couvert que d'un t-shirt. Mon t-shirt.

Elle suit mon regard et tire sur le bas du tissu pour couvrir ses cuisses nues.

— Je ne le p-porte que… (Elle bégaie et n'achève pas sa phrase.) Je ne le porte que là, juste une fois.

Ce qu'elle dit n'a ni queue ni tête.

— C'est bon. Ça me fait plaisir que tu le portes. Rentrons.

— J'aime bien être ici.

Sa voix est calme et son regard se perd dans les ténèbres.

— Il fait trop froid. On rentre. (Je tends ma main vers la sienne, mais elle recule.) Ok, ok, si tu veux rester ici, tout va bien. Mais je reste avec toi.

Elle acquiesce puis s'appuie à la balustrade. Ses genoux tremblent et son visage est livide.

— Que s'est-il passé ce soir ?

Elle demeure silencieuse, les yeux toujours perdus dans le vague. Quelques instants plus tard, elle se tourne vers moi.

— Tu n'as jamais eu l'impression que ta vie était devenue une vaste blague ?

— Tous les jours.

Je hausse les épaules, pas sûr de savoir où cette conversation va nous mener, mais je hais la tristesse de son regard. Ces yeux brillants que j'aime tant sont hantés de tristesse, même dans le noir, ils sont d'un bleu profond.

— Eh bien, moi aussi.

— Non, de nous deux, c'est toi la positive. La fille heureuse. C'est moi le trou du cul cynique, pas l'inverse.

— C'est épuisant d'être heureuse, tu sais ?

— Pas vraiment. Je ne suis pas vraiment le meilleur représentant des rayons de soleil et de la joie, au cas où tu ne l'aurais pas remarqué.

J'essaie d'alléger l'atmosphère, ce qui me vaut un sourire, mi-alcoolisé, mi-amusé. Je me rapproche d'elle d'un pas.

J'aimerais simplement qu'elle me dise ce qui lui est arrivé cet après-midi. Je ne sais pas quoi faire pour l'aider, mais c'est ma faute : tout est ma faute. Cette tristesse en elle, c'est mon fardeau, pas le sien.

Elle lève les bras pour les poser sur la rambarde en bois devant elle, mais elle la rate et trébuche, tombant pratiquement la tête la première sur le parasol fiché dans la table de jardin.

Je l'attrape par les coudes pour la stabiliser, elle vient s'appuyer sur moi.

— On peut rentrer maintenant ? Tu as besoin de dormir avec tout ce vin que tu as bu.

— Je ne me rappelle pas m'être endormie.

— C'est probablement parce que tu t'es évanouie, pas endormie.

Je désigne la bouteille brisée à quelques pas de là.

— N'essaie pas de me gronder.

Elle parle d'un ton tranchant en reculant.

— Non, promis.

Je lève les mains dans un geste d'innocence ; j'ai envie de crier devant l'ironie de cette putain de situation.

C'est Tessa qui est bourrée et moi qui suis sobre et essaie de la raisonner.

Elle soupire.

— Je suis désolée. Je n'arrive pas à réfléchir.

Je la regarde s'asseoir par terre et ramener ses genoux contre sa poitrine. Elle lève la tête pour me regarder.

— Je peux te parler d'un truc ?

— Bien sûr.

— Et tu seras complètement honnête ?

— Je vais essayer.

Ma réponse semble la satisfaire et je m'assieds sur le coin de la chaise la plus proche d'elle. J'ai un peu peur de ce dont elle veut me parler, mais j'ai besoin de savoir ce qui lui arrive, alors j'attends, bouche cousue, qu'elle se mette à parler.

— Parfois, j'ai l'impression que tout le monde a ce que moi je voudrais.

Elle est embarrassée. Tessa *se sentirait* coupable de dire ce qu'elle ressent... J'ai du mal à discerner ce qu'elle veut dire.

— Ce n'est pas que je ne suis pas contente pour eux...

Je vois bien les larmes poindre dans ses yeux. Mais, je le jure, je n'arrive pas à comprendre de quoi elle parle, même si les fiançailles de Kimberly et de Vance me viennent à l'esprit.

— Est-ce que c'est à propos de Kimberly et de Vance ? Parce que si c'est ça, tu ne devrais pas envier ce qu'ils partagent. C'est un menteur, il l'a trompée et...

Je m'arrête avant de finir ma phrase par un truc horrible.

— Il l'aime. Il l'aime tellement.

Ses doigts dessinent de petits motifs sur le béton.

— Moi, je t'aime plus.

J'ai parlé sans réfléchir, mais mes mots ont l'effet opposé de ce que j'attendais et elle se met à gémir. Littéralement. Puis elle serre ses genoux contre elle.

— C'est vrai.

— Tu ne m'aimes que de temps en temps.

Sa phrase tombe comme une sentence, comme si c'était la seule chose dont elle était certaine sur cette Terre.

— N'importe quoi. Tu sais que ce n'est pas vrai.

— C'est ce que je *ressens*.

Son regard se porte vers la mer à l'horizon. Je regrette qu'il ne fasse pas jour pour que la vue puisse la réconforter, puisqu'à l'évidence, je ne suis pas très doué pour ça.

— Je sais. Je sais que tu pourrais le croire.

Je peux comprendre que ça puisse être son ressenti, maintenant.

— Plus tard, tu aimeras quelqu'un pour toujours.

Quoi ?

— De quoi tu parles ?

— La prochaine fois, tu l'aimeras tout le temps.

À cet instant, j'ai la vision étrange de moi dans cinquante ans, repensant à ce moment, revivant toute la douleur qui accompagne ses paroles. La sensation est écrasante, et c'est si évident, ça n'a jamais été plus évident.

Elle a renoncé à moi. À notre histoire.

— Il n'y aura pas de prochaine fois !

Je ne peux m'empêcher de hausser le ton, mon sang frémit en surface et menace d'exploser là, dans ce putain de patio.

— Mais si. Je suis ta Trish.

Elle parle de quoi, là ? Je sais qu'elle est bourrée, mais qu'est-ce que ma mère a à voir là-dedans ?

— Ta Trish, c'est moi. Tu auras une Karen, toi aussi, et elle pourra te donner un bébé.

Tessa essuie ses larmes, je glisse de la chaise pour m'agenouiller à côté d'elle.

— Je ne sais pas de quoi tu parles, mais tu as tort.

Mes bras encerclent ses épaules au moment où elle se met à sangloter.

Je n'arrive pas à comprendre ce qu'elle dit :

— … bébé… Karen… Trish… Ken.

Putain, elle fait chier, Kimberly, à garder autant de pinard chez elle.

— Je ne vois pas le rapport entre Karen, Trish ou n'importe quel nom que tu viens de balancer et nous.

Elle me repousse, mais je resserre mon étreinte sur ses épaules. Elle peut ne pas vouloir de moi, mais en ce moment, elle a besoin de moi.

— Tu es Tessa, et je suis Hardin. Fin de l'…

— Karen est enceinte. Elle va avoir un bébé.

Tessa sanglote dans mon t-shirt.

— Et alors ?

Je lui caresse le dos de ma main plâtrée, pas trop sûr de savoir quoi faire ni quoi dire à cette version de Tessa.

— Je suis allée chez le médecin.

Maintenant, elle pleure. Je reste figé sur place.

Oh ! putain de bordel de merde.

— Et ?

Surtout, ne pas paniquer.

Sa réponse est inintelligible. Elle vient plutôt sous forme d'un cri aviné et j'essaie un instant de réfléchir avec discernement. Apparemment, elle n'est pas enceinte ; si elle l'était, elle ne boirait pas. Je connais Tessa et je sais qu'elle ne ferait jamais, au grand jamais, rien de tel. Elle est obsédée par l'idée d'avoir des enfants un jour, elle ne mettrait pas ne serait-ce qu'un embryon de bébé en danger.

Elle me laisse la serrer dans mes bras le temps qu'elle se calme.

— Tu aimerais bien ?

Une profonde respiration la fait trembler contre moi, mais ses larmes sont taries.

— Quoi ?

— Avoir un bébé ?

Elle se frotte les yeux et je tressaille.

— Euh, non. Je ne veux pas avoir d'enfant avec toi.

Elle ferme les yeux et se remet à gémir. Je repasse dans ma tête ce que je viens de dire et je réalise qu'elle a pu mal l'interpréter.

— Ce n'est pas ce que je voulais dire. C'est juste que je ne veux pas d'enfant, en général. Tu le sais.

Elle renifle et hoche la tête, toujours silencieuse.

— Ta Karen pourra te donner un bébé.

Les yeux clos, elle repose sa tête sur ma poitrine.

Je suis toujours aussi paumé. Je fais le lien entre Karen et mon père, mais je ne veux pas m'appesantir sur l'idée que Tessa pense qu'elle est juste mon début et pas l'histoire de toute ma vie.

Je passe mes bras autour de sa taille et la soulève du sol.

— C'est bon, il est l'heure d'aller se coucher.

Cette fois-ci, elle ne se débat pas.

— C'est vrai. Tu l'as dit un jour.

Elle passe ses jambes de part et d'autre de ma taille pour m'aider à la porter, je passe la porte-fenêtre et avance le long du couloir.

— J'ai dit quoi ?

— « Il ne peut y avoir de fin heureuse. »

Elle me cite dans le texte. Putain, il fait chier, Hemingway, avec son regard négatif sur la vie.

— C'était con de ma part de te dire ça. Je ne le pensais pas.

— « Si tu trouves que je ne le suis pas assez comme ça ! Qu'est-ce que tu veux donc, ma mort[1] ? »

Elle cite encore cet enfoiré. Faites confiance à Tessa pour avoir une mémoire parfaite, même quand elle est trop bourrée pour rester debout.

— Ça va, on pourra citer Hemingway quand tu auras dessoûlé.

Elle murmure dans mon cou, en resserrant son emprise :

— « C'est toujours dans l'innocence que le mal véritable prend sa source[2]. »

J'ouvre la porte de sa chambre.

Avant, j'adorais cette citation, mais je n'en avais jamais compris le sens. Je croyais que si, mais maintenant que je la vis pour de bon, je viens de piger.

La culpabilité envahit mon esprit et je pose Tess doucement sur le lit, puis jette les coussins par terre, en en gardant un seul pour faire un oreiller.

— Pousse-toi un peu.

---

1. *L'adieu aux armes*, traduction Maurice-E. Coindreau, Gallimard, 1948, chapitre XXXIX.
2. *Paris est une fête*, traduction Marc Saporta, Gallimard, 1964.

Ses yeux sont fermés et je sais qu'elle est à deux doigts de s'endormir, enfin. Je laisse la lumière éteinte espérant qu'elle puisse finir sa nuit.

— Tu resssssstes ?

— Tu veux que je reste ? Je peux dormir dans l'autre chambre.

Même si je n'en ai aucune envie, je lui fais la proposition. Elle est tellement partie, si détachée d'elle-même, que j'ai un peu peur de la laisser seule.

En tendant la main vers la couverture, elle marmonne :

— Mmmmhhh.

Elle en attrape un bout et soupire de frustration parce qu'elle n'arrive pas à la tirer suffisamment pour se recouvrir.

Je l'aide à se border, retire mes chaussures et grimpe sur le lit à ses côtés. Alors que je me demande quelle distance laisser entre nos deux corps, elle passe sa cuisse nue autour de ma taille, m'attirant plus près d'elle.

Je respire. Enfin, putain, je respire enfin.

Dans le silence des ténèbres de la chambre, j'admets :

— J'avais peur que tu ne guérisses pas.

— Moi aussi.

Sa voix se brise.

Je passe mon bras sous sa tête, elle bascule ses hanches de mon côté, resserrant son étreinte.

Je ne sais pas quoi faire, là. Je ne sais pas ce que j'ai fait pour qu'elle soit dans cet état.

Si. Si, je sais. Je l'ai traitée comme de la merde et j'ai abusé de sa gentillesse. J'ai gâché toutes ses chances l'une après l'autre, comme si elle en avait une réserve sans fin. J'ai pris la confiance qu'elle m'avait accordée, je l'ai déchirée comme si de rien n'était et je la lui ai renvoyée en pleine face à chaque fois que j'avais l'impression que je n'étais pas assez bien pour elle.

Si j'avais simplement accepté son amour depuis le début, accueilli sa confiance et chéri le sens de la vie qu'elle essayait de m'insuffler, elle ne serait pas comme ça aujourd'hui. Elle ne serait pas allongée à côté de moi, ivre et bouleversée, abattue et détruite par moi.

Elle m'a réparé, elle a recollé les petits morceaux de mon âme déglinguée pour former quelque chose d'impossible, quelque chose de presque attrayant, même. Elle a fait quelque chose de moi, elle m'a rendu quasiment normal, mais à chaque goutte de colle qu'elle a utilisée pour moi, elle a perdu un peu d'elle-même et moi, en bonne grosse merde que je suis, je n'ai rien eu à lui offrir.

Tout ce que je craignais s'est matérialisé. Peu importe comment j'ai essayé de l'éviter, je vois maintenant que j'ai tout fait empirer. Je l'ai transformée et détruite, exactement comme je le lui avais promis au tout début.

Ça semble dingue.

Quand sa respiration se ralentit et qu'elle est sur le point de s'endormir, je lui murmure dans les cheveux :

— Je suis vraiment désolé de t'avoir détruite.

— Moi aussi.

Elle soupire, et les regrets emplissent tous ces petits espaces vides entre nous tandis qu'elle s'assoupit.

∞

53

Tessa

Un bourdonnement. Tout ce que j'entends, c'est un bourdonnement constant, j'ai l'impression que ma tête va exploser d'une seconde à l'autre. Et il fait chaud. Trop chaud. Hardin pèse une tonne. Son plâtre m'appuie sur le ventre et j'ai envie de faire pipi.

Hardin.

Je soulève son bras et me trémousse pour m'extirper du lit. La première chose que je fais, c'est d'attraper son téléphone sur la table de chevet pour l'arrêter. Des messages et des textos de Christian remplissent l'écran. J'envoie un simple ON VA BIEN en réponse et passe son portable en mode silencieux avant d'aller dans la salle de bains.

Mon cœur est lourd dans ma poitrine et je sens que j'ai encore de l'alcool de la veille dans les veines. Je n'aurais pas dû tant boire ; j'aurais dû m'arrêter à la fin de la première bouteille. Ou de la seconde.

Je n'ai aucun souvenir de m'être endormie et je ne sais pas comment Hardin s'est retrouvé ici. Un vague souvenir de sa voix au téléphone affleure ma mémoire, mais c'est difficile d'y voir clair et je ne suis pas tout à fait convaincue que ce soit réellement arrivé. Mais il est là maintenant, endormi dans mon lit, alors je suppose que les détails importent peu.

Penchée sur le lavabo, je fais couler l'eau froide. Je m'asperge le visage comme ils font dans les films, mais ça ne marche pas. Ça ne me réveille pas ni me fait voir plus clair. Tout ce que ça fait, c'est de barbouiller un peu plus mes joues de mascara.

— Tessa ?

Je ferme le robinet. Hardin est là, dans le couloir.

— Salut.

J'évite de croiser son regard.

— Pourquoi es-tu levée ? Tu t'es endormie il y a deux heures à peine.

— Je n'arrivais plus à dormir.

Je hausse les épaules, je déteste la tension bizarre que sa présence provoque en moi.

— Comment te sens-tu ? Tu as beaucoup bu hier soir.

Je le suis dans la chambre et ferme la porte derrière moi. Il s'assied au coin du lit et je me glisse sous les couvertures. Je ne me sens pas capable de faire face à la réalité tout de suite, mais bon, le soleil ne s'est pas encore décidé à se lever.

— J'ai mal à la tête.

— Pas étonnant. Tu as passé la moitié de la nuit à vomir, Bébé.

Je grimace au souvenir d'Hardin me tenant les cheveux et me caressant le haut du dos pour me réconforter pendant que je vidais le contenu de mon estomac dans les toilettes.

La voix du Docteur West m'annonçant la terrible nouvelle, la pire des nouvelles, se fait une place dans ma tête si douloureuse. Est-ce que, dans mon accès d'ivrognerie, j'ai partagé cette nouvelle avec Hardin ? *Oh non !* Je ne l'espère pas.

— Qu'est-ce que… qu'est-ce que je t'ai raconté hier soir ?

Je marche sur des œufs en posant cette question.

Il soupire et se passe la main dans les cheveux.

— Tu parlais de Karen et de ma mère. Je ne veux même pas savoir ce que tu voulais dire par là.

Son visage a un rictus, j'ai l'impression que son expression est à l'image de la mienne.

— C'est tout ?

En tous cas, je l'espère.

— En gros, oui. Oh ! Et tu as cité Hemingway.

Il sourit un peu, et ça me rappelle à quel point il peut être charmant.

— Non, *je n'ai pas fait ça* ?

Je cache mon visage dans mes mains pour dissimuler mon embarras.

— Oh que si !

Un petit rire s'échappe de ses lèvres, je le regarde entre mes doigts.

— Tu as aussi dit que tu acceptais mes excuses et que tu me donnerais une autre chance.

Il plonge son regard dans le mien ; mes mains sont toujours plaquées sur ma figure et je n'arrive pas à détourner les yeux. *Il est doué. Très doué.*

— Menteur !

Je ne suis pas sûre de savoir si je veux rire ou pleurer. Nous voilà au beau milieu du même vieil échange aller-retour, attraction-répulsion. Je ne peux pas ignorer que cette fois-ci, la sensation est différente, mais je sais aussi que je ne peux pas faire confiance en mon jugement en la matière. Chaque fois qu'il me fait des promesses qu'il n'arrive pas à tenir, j'ai l'impression que la situation est différente.

— Tu veux parler de ce qui est arrivé hier soir ? Parce que j'ai détesté te voir comme ça. Tu n'étais pas toi-même. Tu m'as vraiment fait peur quand j'étais au téléphone avec toi.

— Ça va.

— Tu étais bourrée. Tu as bu jusqu'à en perdre connaissance dans le patio, il y a des bouteilles vides qui traînent dans toute la maison.

— C'est pas cool de trouver quelqu'un comme ça, hein ?

J'ai à peine prononcé ces mots que je me sens une vraie connasse.

Il baisse la tête.

— Non. Vraiment pas.

Je me rappelle les nuits (et parfois même les jours) où j'ai trouvé Hardin ivre. Hardin bourré va toujours de pair avec lampes cassées, trous dans le mur et méchancetés qui font mal à tous les coups.

— Ça n'arrivera plus jamais.

Il répond à mes pensées.

— Je n'étais pas…

J'allais dire un mensonge, mais il me connaît trop bien.

— Si, tu étais, et tu as raison, je le mérite.

— Quoi qu'il en soit, ce n'était pas juste de ma part de t'envoyer ça en pleine figure.

Je dois apprendre à pardonner à Hardin ou ni l'un ni l'autre nous ne trouverons la paix dans notre existence après notre histoire.

Je ne m'étais pas rendu compte qu'il vibrait, jusqu'à ce qu'il prenne son téléphone sur la table de chevet et le pose contre son oreille. Pour soulager mon mal de crâne, je ferme les yeux lorsque je l'entends invectiver Christian. Je lui fais un signe pour essayer de l'arrêter, mais il m'ignore et se dépêche d'ajouter que Christian est un connard.

— Eh bien, putain, tu aurais dû répondre. S'il lui était arrivé quoi que ce soit, putain, je t'aurais tenu pour responsable.

Hardin continue son coup de fil et j'essaie de faire abstraction de la conversation.

Ça va, j'ai juste un peu trop bu parce que j'ai passé une mauvaise journée, mais je vais bien maintenant. Où est le mal là-dedans ?

Quand il raccroche, je sens le matelas s'enfoncer à côté de moi et il ôte ma main de ma figure.

— Il dit qu'il est désolé de ne pas être venu s'assurer que tout allait bien.

Hardin est à quelques centimètres de mon visage, je vois sa barbe naissante sur son menton et ses joues. Je ne sais pas si c'est parce que je suis encore un peu bourrée ou complètement tarée, mais je lève la main pour dessiner le contour de son visage du bout de mes doigts. Mon geste le surprend, et son regard s'embue tandis que je caresse sa peau.

Il se rapproche :

— Qu'est-ce que tu fais ?

— J'en sais rien.

C'est la seule vérité que je connaisse. Avec Hardin, je n'ai aucune idée de là où nous mènent mes actes, nos actes. Je ne l'ai jamais su.

Au fond, je suis triste et blessée, je me sens trahie par mon propre corps, la nature essentielle du karma et la vie en général, mais avant tout, je sais qu'Hardin peut tout effacer. Même si c'est temporaire, il peut me faire oublier tous mes soucis ; il peut écarter tout le chaos qui embue mon esprit, tout comme je le faisais pour lui.

Maintenant, je comprends. Je comprends ce qu'il voulait dire quand il me répétait qu'il avait besoin de moi. Je comprends pourquoi il m'a utilisée de cette manière.

— Je ne veux pas t'utiliser.

— Quoi ?

Il a l'air confus.

— Je veux que tu me fasses tout oublier, mais je ne veux pas t'utiliser. Je veux être près de toi en ce moment, mais je n'ai pas changé d'avis pour tout le reste.

Je divague en espérant qu'il comprenne ce que je ne sais pas expliquer.

Il s'appuie sur un coude et baisse le regard vers moi.

— Je me fous de savoir comment et pourquoi, mais si tu veux de moi, de n'importe quelle façon, tu n'as pas à me l'expliquer. Je t'appartiens déjà.

Ses lèvres sont proches des miennes et je pourrais si facilement lever la tête un tout petit peu pour les toucher.

— Je suis désolée.

Je détourne la tête. Je ne peux pas l'utiliser comme ça, mais surtout, je ne peux pas prétendre qu'il n'y aura rien d'autre. Ça ne serait pas qu'une distraction physique pour échapper à mes problèmes. Ça serait plus, bien plus. Je l'aime encore, même si parfois je le regrette. J'aimerais être plus forte pour classer ce moment au rayon divertissement simple, sans sentiment, rien d'autre que du sexe.

Mais mon cœur et ma conscience ne le permettent pas. Même blessée parce que mon idéal d'avenir m'est arraché de force, je ne peux pas l'utiliser comme ça, particulièrement maintenant qu'il semble faire tant d'efforts. Ça lui ferait trop mal.

Pendant que je me bats contre moi-même, il roule son corps sur le mien et ramène mes deux poignets au-dessus de ma tête.

— À quoi tu… Je sais ce que tu es en train de penser.

Il presse ses lèvres contre mon cou, et mon corps gagne la bataille. Je tourne la tête sur le côté pour lui donner un meilleur accès à cette zone si sensible.

— Ce n'est pas envers toi.

Je suffoque quand il me mordille sous l'oreille. Il relâche un instant mes poignets, le temps de retirer mon t-shirt et de le jeter à terre.

— Ce n'est pas juste. Me permettre de te toucher après tout ce que je t'ai fait subir n'est pas juste envers toi, mais j'en ai envie. J'ai envie de toi, j'ai toujours envie de toi et je sais que tu essaies de t'en empêcher, mais tu as besoin que je te fasse oublier ce que tu as en tête. Laisse-moi faire.

Il s'écrase sur moi, ses hanches me rivent au matelas, elles sont exigeantes et dominatrices. Il me fait tourner la tête encore plus que le vin d'hier. Ses genoux s'insinuent entre mes cuisses, qu'il écarte.

— Ne pense pas à moi. Ne pense qu'à toi et à ce que tu veux.

— Ok.

Je hoche la tête et me mets à ronronner quand son genou frotte mon entrejambe.

— Je t'aime. Ne culpabilise jamais de me laisser te le montrer.

Il me dit des mots très doux, mais ses mains sont fermes, l'une me maintient les poignets, l'autre se fraye un chemin dans ma petite culotte.

— Tu mouilles tellement.

Il grogne en frottant son doigt le long de mon intimité. J'essaie de rester immobile, il porte son index à ma bouche et affirme :

— C'est bon, hein ?

Avant de me permettre de répondre, il libère mes mains et place sa tête entre mes jambes.

Sa langue me lèche sur toute la hauteur et j'enfouis mes doigts dans ses cheveux. À chaque caresse de sa langue sur mon clitoris, je m'éloigne un peu plus. Je ne suis plus encerclée par les ténèbres, je ne suis plus en colère. Je ne me concentre plus sur mes regrets et mes erreurs.

Je ne pense qu'à mon corps et au sien. Je ne pense qu'à ses grognements quand je tire sur ses cheveux. Je ne pense qu'à mes ongles laissant de féroces lignes rouges sur ses épaules lorsqu'il me pénètre de deux doigts. Je ne pense qu'à ses mains sur mon corps, sur l'ensemble de mon corps, à l'intérieur comme à l'extérieur, comme personne d'autre ne pourra jamais le faire.

Je me concentre sur sa respiration quand je le supplie de se relever pour le satisfaire comme il me satisfait, sur sa façon de faire tomber son jean par terre et de quasiment déchirer son t-shirt dans sa précipitation à me toucher encore. Je me concentre pour m'installer sur lui, mon visage près de son membre. Je me concentre sur la nouveauté de cette position pour moi, mais j'aime l'entendre gémir mon nom quand je le prends dans ma bouche. Je ne pense qu'à ses doigts qui s'enfoncent dans mes hanches pendant qu'il me lèche et que je le suce. Je ne pense qu'à cette pression qui monte en moi, qu'aux paroles salaces qu'il me répète pour me faire tomber dans l'extase.

Je jouis en premier, il me suit rapidement et remplit ma bouche. Je m'effondre pratiquement tant mon corps est soulagé après la jouissance. J'essaie de ne pas me concentrer sur ma culpabilité de lui avoir permis de me toucher pour penser à autre chose qu'à ma douleur.

— Merci.

Je halète contre sa poitrine, il me retourne pour m'allonger à son côté.

— Non, merci à *toi*. Est-ce que tu vas me dire ce qui te pèse tant ?

Il dépose un petit baiser sur mon épaule nue.

— Non.

Du bout du doigt, je suis le contour de l'encre noire qui dessine l'arbre sur sa peau.

— Bien. Veux-tu m'épouser ?

Son corps tressaille près du mien, il part d'un rire léger.

— Non.

Je lui fais une petite tape, espérant qu'il me taquine simplement.

— Bien. Veux-tu habiter avec moi ?

— Non.

Mon doigt se déplace vers un autre groupe de tatouages sur sa peau et je m'attarde sur le symbole de l'infini en forme de cœur.

— Je vais interpréter ça comme un peut-être.

Il rit doucement et passe son bras dans mon dos.

— Est-ce que tu vas me permettre de t'inviter à dîner ce soir ?

— Non.

Là, j'ai répondu trop vite. Il rit carrément.

— Je vais prendre ça pour un oui.

Son éclat de rire est interrompu par le bruit de la porte d'entrée qui s'ouvre et des voix qui résonnent dans le couloir.

Nous nous exclamons ensemble :

— Merde.

Il me regarde, interloqué, ce qui me fait ricaner, avant que je me mette à fouiller dans mon tiroir pour trouver de quoi m'habiller.

54

Tessa

Il y a tellement de tension dans l'air qu'il en devient épais. D'ailleurs, je suis sûre que Kimberly a ouvert la fenêtre pour ça. D'un bout à l'autre du séjour, nous échangeons des regards de sympathie.

— Ce n'est pas dur de répondre au téléphone ou au moins d'envoyer un texto. J'ai fait toute la route pour venir ici et tu es rentré il y a une heure à peine.

Hardin, furieux, fait la morale à Christian.

Je soupire, tout autant que Kimberly. Je suis sûre qu'elle se demande, comme moi, combien de fois Hardin va encore répéter : « J'ai fait toute la route pour venir ici. »

Christian fait rouler son fauteuil devant Hardin.

— J'ai dit que j'étais désolé. Nous étions en ville et mon téléphone avait décidé qu'il n'y avait pas de réseau. Ça arrive. « Les plans les mieux conçus des souris et des hommes souvent ne se réalisent pas[1] », et tutti quanti…

Hardin assassine Christian de son célèbre regard avant de se mettre à côté de moi.

Je lui murmure :

---

1. Vers extrait du poème de Robert Burns, *To A Mouse*.

— Je crois qu'il a compris.

— Ouais, bah, il vaudrait mieux.

Hardin persiste avec son regard mauvais, ce qui lui vaut une mimique ennuyée de son père biologique.

— Tu es de sale humeur aujourd'hui si on pense à ce qu'on vient de faire.

J'ai murmuré cette petite phrase à son oreille, espérant diluer sa colère.

Il se penche vers moi, l'espoir remplace la rage dans ses yeux.

— À quelle heure tu veux partir pour aller dîner ?

— Dîner ?

Je me tourne vers Kimberly, pas besoin d'être voyant pour deviner ce qu'elle pense.

— Pas comme ça.

— Mais si.

Entre Kim qui fourre son nez partout et le petit sourire satisfait d'Hardin, j'ai envie de les claquer tous les deux. Bien sûr que j'ai envie d'aller dîner avec Hardin. Depuis le jour où je l'ai rencontré, j'ai toujours eu envie d'être près de lui.

Mais je ne veux pas lui céder ; ni entrer dans le cercle vicieux de notre relation destructrice. Nous devons parler, vraiment parler de tout ce qui s'est passé et de mes projets d'avenir. Mon avenir, c'est New York dans trois semaines avec Landon.

Il y a eu bien trop de secrets entre nous, trop de situations explosives quand lesdits secrets ont été révélés de la pire des manières, que je ne veux pas revivre ce genre de situation. Il est temps d'être mature, de prendre mon courage à deux mains et de dire à Hardin ce que je projette de faire.

C'est ma vie et mon choix.

Il n'a pas à l'approuver, pas plus lui que quiconque d'autre, d'ailleurs. Mais je lui dois bien ça, je dois au moins lui dire la vérité avant qu'il ne la découvre par une tierce personne.

— On peut y aller quand tu veux.

J'ignore le petit sourire retors de Kimberly.

Il me fait un signe condescendant à la vue de mon t-shirt froissé et de mon pantalon de jogging trop grand.

— Tu vas mettre ça pour sortir ?

Je n'ai pas eu le temps de choisir ce que j'enfilais à la va-vite pour me couvrir ; j'étais trop préoccupée par l'éventualité que Kimberly frappe à ma porte et nous surprenne tout nus.

— Chut.

Je cligne des yeux tout en m'éloignant de lui. Je l'entends me suivre, mais je ferme la porte de la salle de bains juste derrière moi et la verrouille. Il essaie de l'ouvrir et j'entends son rire, puis un petit coup étouffé contre le battant. Je l'imagine en train de se taper la tête gentiment contre la porte et ça me fait sourire.

Quand je n'entends plus rien de l'autre côté, je fais couler l'eau, retire mes vêtements et me glisse sous la douche avant même qu'elle ait eu le temps de chauffer.

∞

55

Hardin

Kimberly est dans la cuisine, une main sur la hanche. Charmant.

— Dîner, hein ?

— Hein ?

Je l'imite pour me moquer d'elle et lui passe sous le nez, comme si j'étais chez moi plutôt que chez elle.

— Ne me regarde pas comme ça.

Ses talons claquent derrière moi.

— J'aurais dû parier plus d'argent sur le peu de temps qu'il te faudrait pour revenir. (Elle ouvre la porte du frigo.) Sur le chemin du retour, j'ai dit à Christian que ta voiture serait dans l'allée.

— Ouais, ouais. J'ai compris.

Je jette un coup d'œil vers le couloir, espérant que la douche de Tessa sera rapide et regrettant de ne pas y être avec elle. Putain, je serais même content qu'elle me laisse simplement m'asseoir par terre pour lui parler pendant qu'elle prend un bain. Ça me manque de ne plus prendre de douche avec elle, ça me manque de ne plus la voir fermer les yeux un peu trop fort et plisser le nez chaque fois qu'elle se lave les cheveux – « tu sais, juste “au cas où” le shampoing rentrerait dans mes yeux. »

Je me suis moquée d'elle à ce sujet un jour et elle a ouvert les yeux, juste pour se prendre une grosse bulle de savon en plein dedans. J'en ai entendu parler pendant des heures, jusqu'à ce que la rougeur de ses yeux disparaisse.

— Qu'est-ce qu'il y a de si drôle ?

Kimberly pose une boîte d'œufs sur le plan de travail devant moi.

Je ne m'étais pas rendu compte que je riais ; j'étais tellement pris par ce souvenir de Tessa le regard noir, enflé et strié de rouge.

— Rien.

Je fais un petit signe dédaigneux de la main à Kimberly comme pour la chasser.

Le plan de travail est envahi par une montagne de bouffe, et Kimberly me file même une tasse de café noir.

— Qu'est-ce qui t'arrive ? Tu es gentille avec moi pour que j'arrête de dire à ton fiancé à quel point c'est un gros con ?

Suspicieux, je lève la tasse de café en l'air.

Kimberly rigole.

— Non. Je suis toujours gentille avec toi. Je n'accepte pas que tu me marches sur les pieds, comme les autres, mais je suis toujours gentille avec toi.

Je hoche la tête, ne sachant pas quoi dire ensuite pour poursuivre la conversation. *Qu'est-ce qui est en train de se passer, là ? J'ai une conversation avec la plus insupportable copine de Tessa ? Cette même femme qui se trouve être fiancée à mon putain de donneur de sperme ?*

Elle casse un œuf sur le bord d'un saladier en verre.

— Je ne suis pas si terrible, une fois que tu as dépassé tout ce truc de « je hais la Terre entière » que tu arbores en permanence.

Je lève les yeux. Elle est chiante, mais elle est hyper loyale, je peux lui accorder ça au moins. La loyauté, ça ne court pas les rues, surtout de nos jours, et bizarrement je me retrouve à penser à Landon qui semble être la seule personne loyale envers moi, Tessa mise à part. De façon inattendue, il a été là pour moi et, franchement, je ne m'attendais pas à ça, j'en suis même arrivé à compter dessus.

Avec toutes ces merdes dans ma vie et mon combat pour rester sur le droit chemin, ce chemin noyé d'arcs-en-ciel à la con, de fleurs et de toutes les merdes qui mènent à la vie avec Tessa, c'est cool de savoir que Landon est là si j'ai besoin de lui. Il part bientôt et ça, c'est bien pourri, mais je sais que même depuis New York, il sera loyal. Il est du côté de Tessa la plupart du temps, mais il est toujours honnête avec moi. Il ne me cache rien, au contraire de ce que font tous les autres.

— En plus, nous sommes une famille !

Kimberly se mord la lèvre pour s'empêcher de rire.

Et voilà, elle redevient casse-couilles.

— Super drôle.

Je souffle. Si c'est moi qui avais dit ça, ça l'aurait été, mais il a fallu qu'elle rompe le silence qui s'était installé.

Elle se détourne et verse son truc avec des œufs dans une poêle sur le feu.

— Mon sens de l'humour m'a rendue célèbre.

C'est surtout ta grande gueule qui t'a rendue célèbre, mais si ça te fait plaisir de te croire drôle, vas-y.

Elle me regarde par-dessus son épaule.

— Blague à part. J'espère que tu envisages de parler à Christian avant de partir. Il est vraiment bouleversé et inquiet que votre relation soit détruite pour toujours. Je ne t'en voudrais pas si c'était le cas, mais je te le dis simplement.

Son regard quitte le mien et elle se remet à cuisiner, me laissant le temps de trouver une réponse. Dois-je même répondre ?

— Je ne suis pas prêt à en parler… pas encore.

Pendant un moment, je ne suis pas sûr qu'elle m'ait entendu, mais elle hoche la tête et je peux voir l'esquisse d'un sourire lorsqu'elle se tourne pour attraper un autre ingrédient.

J'ai l'impression qu'il s'est passé trois plombes avant que Tessa émerge enfin de la salle de bains. Ses cheveux sont secs et son visage est dégagé grâce à un fin bandeau qui les maintient en arrière. Je vois tout de suite qu'elle s'est maquillée. Elle aurait pu s'en passer, mais je prends ça comme un bon signe, elle veut revenir à la normale.

Je l'observe un peu trop longtemps, elle se dandine sous mon regard. J'aime sa tenue aujourd'hui : des ballerines, un débardeur et une jupe à gros plis rose. Je la connais, elle l'a achetée chez Karl Marc John, faut pas me la faire. Putain, qu'est-ce qu'elle est belle ! Il n'y a rien d'autre à dire.

— On va déjeuner plutôt ?

Je change ma proposition, ne voulant pas m'éloigner d'elle tout court aujourd'hui.

— Kimberly a fait un petit déjeuner ?

Elle murmure.

— Et alors ? C'est probablement dégueulasse de toute façon.

Je désigne toute la bouffe qu'elle a sortie.

Ça n'a pas l'air mal, je crois. Mais bon, n'est pas Karen qui veut.

— Ne dis pas ça.

Tessa sourit et je suis tenté de répéter la phrase pour obtenir un autre sourire.

— Ok. On prend un truc en disant qu'on le mangera en route et puis on le foutra à la poubelle dès qu'on sera sortis ?

Elle m'ignore, mais je l'entends dire à Kimberly de nous garder des restes pour plus tard.

Hardin, 1.

Kimberly, sa bouffe dégueu et ses questions à la con, 0.

La route pour rejoindre le centre-ville de Seattle n'est pas aussi chiante que d'habitude. Tessa est silencieuse, comme je m'y attendais. Je sens son regard sur moi tout le temps, mais dès que je la regarde, elle détourne les yeux.

Pour déjeuner, je choisis un petit restau, de style moderne, mais quand on se gare sur le parking pratiquement désert, je sais qu'il n'y a que deux options : soit ça vient d'ouvrir et la foule n'est pas encore arrivée, soit la bouffe est tellement immonde que personne ne mange là. Espérant que la première solution soit la bonne, nous franchissons les portes de verre et Tessa observe attentivement l'endroit. Le décor est sympa, fantaisiste comme elle semble l'aimer, ce qui me rappelle combien j'aime sa réaction aux choses les plus simples.

Hardin, 2.

Non pas que je compte les points… Mais si je le faisais… je gagnerais.

Nous nous asseyons en silence et attendons de passer commande. Le serveur est un jeune étudiant, pas très rapide, il semble stressé et avoir un problème pour regarder les gens dans les yeux. On dirait qu'il ne veut pas ou ne peut pas me regarder en face, ce trou du cul.

Tessa commande un truc dont je n'ai jamais entendu parler et je demande le premier truc que je lis sur le menu. Une femme enceinte est assise à la table à côté de la nôtre et je regarde Tessa la dévisager un peu trop longtemps. Je me racle la gorge pour attirer son attention.

— Hé ! Je ne sais pas si tu te souviens de ce que je t'ai dit hier soir, mais si c'est le cas, je suis désolé. Quand j'ai dit que je ne voulais pas faire d'enfant avec toi, je voulais simplement dire que je ne veux pas avoir d'enfant tout court. Mais qui sait… (mon cœur bat la chamade) peut-être qu'un jour…

Je n'arrive pas à croire que je viens de dire ça et vu la tête de Tessa, elle non plus à l'évidence. Elle a la bouche grande ouverte et sa main, qui tient un verre d'eau, reste figée en l'air.

Elle cligne des yeux.

— Quoi ? Qu'est-ce que tu viens de dire ?

Pourquoi j'ai dit ça ? Je veux dire, je le pense. Je crois. Je pourrais peut-être y songer. Je n'aime pas les gamins, ni les bébés, ni les ados, mais bon, je n'aime pas les adultes non plus. En fait, grosso modo, je n'aime que Tessa, alors peut-être qu'une version miniature d'elle ne serait pas si horrible ?

— Je dis juste que, peut-être, ce ne serait pas si terrible ?

Je hausse les épaules pour cacher la panique qui me secoue.

Elle est toujours bouche bée. Je commence à me dire que je devrais me rapprocher d'elle pour lui remonter la mâchoire.

— Bien sûr, pas tout de suite. Je ne suis pas con. Je sais qu'il faut que tu termines tes études et toutes ces merdes.

— Mais tu…

Visiblement, je l'ai tellement scotchée qu'elle ne sait plus quoi dire.

— Je sais ce que j'ai dit, mais je n'étais pas non plus sorti avec quelqu'un avant toi, je n'avais jamais aimé, je ne m'étais soucié de personne. Je pourrais changer d'avis. Si tu m'en donnes la chance ?

Je lui laisse quelques secondes pour se reprendre, mais elle reste plantée là, assise, bouche bée, yeux écarquillés.

— J'ai encore du chemin à faire ; tu ne me fais pas encore confiance, je le sais. Il faut qu'on finisse nos études et je dois d'abord te convaincre de m'épouser. (Je radote, cherchant un truc pour l'attraper, pour la faire mienne en cet instant.) Non pas qu'on ait besoin de se marier d'abord ; je ne suis pas un gentleman.

Un rire nerveux s'échappe de mes lèvres, ce qui semble faire revenir Tessa à la réalité. Elle est livide.

— On ne pourrait pas.

— On pourrait.

— Non…

Je lève la main pour la faire taire.

— On *pourrait*. Je t'aime et je veux faire ma vie avec toi. Je me tape que tu sois trop jeune et moi aussi, que je ne sois pas celui qu'il te faut et que tu sois trop bien pour moi… Putain, je t'aime. Je sais que j'ai déconné…

Je passe ma main dans mes cheveux.

Un bref regard autour de moi, je réalise que la dame enceinte me dévisage. *Elle devrait pas s'occuper de son utérus, elle ? Genre bouffer pour deux ? Se pomper le lait ?* J'en sais rien, mais elle me rend nerveux, genre elle me juge et elle est en cloque, et c'est juste trop bizarre. Pourquoi j'ai choisi de déballer toutes ces conneries dans un lieu public, moi ?

— Et je sais aussi que je t'ai déjà sorti ce speech probablement… une trentaine de fois, mais il faut que tu le saches, j'ai arrêté de déconner. Je te veux, pour toujours. Des disputes, des réconciliations, putain, tu peux même rompre avec moi et te tirer de la maison une fois par semaine si ça te chante. Promets-moi juste que tu reviendras, et je ne me plaindrai pas.

Je reprends ma respiration, lève les yeux vers elle et reprends :

— Bon, je ne me plaindrai pas *trop*.

— Hardin, je n'arrive pas à croire que tu me dises tout ça.

Elle se penche en avant et ajoute en murmurant :

— Je… C'est tout ce que j'ai toujours voulu. (Ses yeux s'emplissent de larmes. Des larmes de bonheur, j'espère.) Mais nous ne pourrons pas avoir d'enfant ensemble. Nous ne sommes même pas…

Je ne peux pas m'empêcher de l'interrompre :

— Je sais. Je sais que tu ne m'as pas encore pardonné et je serai patient. Je te le jure. Et je ne serai pas trop insistant. Je veux juste que tu saches que je peux être celui dont tu as besoin, je peux te donner ce que tu veux et pas seulement parce que tu le veux, mais parce que, moi aussi, je le veux.

Elle ouvre la bouche pour répondre, mais le serveur à la con revient avec notre bouffe. Il pose l'assiette fumante du truc que Tessa a commandé et mon burger. Bizarrement, il reste à côté de nous. Je le casse en lui demandant :

— Vous avez besoin de quelque chose ?

Ce n'est pas sa faute si c'est maintenant que je déverse tous mes espoirs d'avenir à cette femme et qu'il nous a interrompus, mais planté là il me fait perdre mon temps.

— Non, monsieur. Ce sera tout ?

Le rouge lui monte aux joues.

— Oui, merci d'avoir demandé.

Tessa lui sourit, le sortant de l'embarras et compensant mes manières d'enfoiré. Il lui rend son sourire et disparaît enfin.

— Bon, en fait, je te disais juste tout ce que j'aurais dû te dire depuis longtemps. Parfois, j'oublie que tu ne peux pas lire dans mes pensées et que tu ne sais pas tout ce que je pense de toi. J'aimerais que tu puisses le faire ; tu m'aimerais davantage si c'était le cas.

— Je ne pense pas que je puisse plus t'aimer que je ne le fais déjà.

Elle se tord les doigts.

— Vraiment ?

Nous échangeons un vrai sourire.

— Mais il faut que je te dise un truc. Je ne sais pas comment tu vas le prendre.

Elle a du mal à terminer sa phrase, ça me fait paniquer. Je sais qu'elle a renoncé à notre histoire, mais je peux la faire changer d'avis. Je sais que je peux le faire. Je ressens une détermination comme jamais, je ne savais même pas que ça existait.

— Vas-y.

Je me force à rester le plus neutre possible avec ces deux mots, puis je mords dans le burger. C'est le seul moyen pour que je la ferme.

— Tu sais que je suis allée chez le médecin.

Des images d'elle en larmes, qui marmonne des trucs sur son médecin, m'envahissent la tête.

— Est-ce que tout va bien pour vous ? Tout est à votre goût ? Souhaitez-vous un peu plus d'eau, Mademoiselle ?

Putain, non mais il est sérieux, cet enfoiré de serveur ?

— Tout va bien.

Je réponds en grognant, comme un putain de chien enragé. Il me fait chier et Tessa lève son doigt devant son verre vide.

— Merde. Tiens.

Je lui glisse mon verre et elle sourit, puis le descend d'un coup.

— Tu disais ?

— On peut en parler plus tard.

Elle entame le plat posé devant elle auquel elle n'avait pas encore touché.

— Oh non ! pas question. Je connais ce truc, je l'ai inventé. Tu peux te remplir la panse, mais tu me le diras après. S'il te plaît.

Elle prend une autre bouchée, essayant de détourner mon attention, mais, non, ça ne marchera pas. Je veux savoir ce que son docteur lui a dit pour qu'elle soit aussi bizarre. Si nous n'étions pas en public, ce serait plus facile de la faire parler. Je peux lui faire une scène, j'en ai rien à foutre, mais je sais qu'elle serait gênée, alors, je la joue gentil. Je peux le faire. Je peux garder cet équilibre de gentil garçon coopératif et ne pas me sentir complètement instrumentalisé.

Je la laisse s'en tirer avec cinq autres minutes de silence et, bientôt, elle commence à éparpiller la nourriture dans son assiette.

— Tu as terminé ?

— C'est…

Elle baisse le regard sur son assiette encore pleine.

— Quoi ?

— Ce n'est pas très bon.

Elle avoue ça dans un murmure, regardant autour d'elle pour s'assurer que personne ne l'entende.

J'éclate de rire.

— C'est pour ça que tu rougis et que tu parles à voix basse ?

— Chut.

Elle fait un petit geste de la main et reprend :

— J'ai super faim, mais la nourriture est vraiment *atroce*. Je ne sais même pas ce que c'est. J'ai pris un truc au hasard parce que j'étais nerveuse.

— Je vais leur dire que tu veux autre chose.

Je me lève, mais elle m'attrape le bras.

— Non, c'est bon. Si on y allait ?

— Ok. On passera au drive-in prendre un truc pour toi et tu pourras me parler du bordel dans ta tête. Je deviens taré à essayer de le deviner.

Elle hoche la tête, l'air un peu folle elle aussi.

∞

56

Hardin

Le passage au drive-in pour choper des tacos a rassasié Tessa, mais ma patience s'est amenuisée au fil de toutes ces minutes de silence.

— Je t'ai fait flipper en parlant de gamins, c'est ça ? Je sais que je t'ai balancé plein de trucs d'un seul coup, mais j'ai passé les huit derniers mois à tout garder à l'intérieur et je ne veux plus faire ça.

Je veux lui parler de toutes les conneries complètement dingues que j'ai en tête. Lui dire que je veux, comme un con hyper sentimental, regarder le soleil caresser ses cheveux sur le siège passager jusqu'à en devenir aveugle. Que je veux l'entendre gémir de plaisir et fermer les yeux lorsqu'elle mord dans un taco jusqu'à en devenir sourd (pourtant ça a un goût de carton). Que je veux la taquiner sur le petit coin de peau qu'elle oublie toujours de raser sous son genou, jusqu'à en devenir muet.

— Ce n'est pas ça.

Son ton sec me force à détacher mon regard de ses jambes.

— C'est quoi alors ? Laisse-moi deviner : tu te poses déjà des questions sur le mariage ; maintenant tu ne veux plus d'enfant toi non plus ?

— Non, ce n'est pas ça.

— Putain, j'espère bien, parce que tu sais très bien que tu seras la meilleure maman de la Terre.

Elle tressaille et pose ses mains sur son ventre.

— Je ne peux pas.

— Si, on peut.

— Non, Hardin, je *ne peux pas.*

Je suis content d'être garé quand je la vois baisser les yeux sur son ventre et ses mains ; je serais sorti de la route sinon, merde.

Le médecin, les larmes, le vin, la crise sur Karen et son bébé, la répétition des « je peux pas » toute la journée.

— Tu ne peux pas…

J'ai compris ce qu'elle veut dire, mais je poursuis :

— C'est ma faute, c'est ça ? Je t'ai fait quelque chose ?

Je ne sais pas ce que j'aurais pu lui faire, mais c'est comme ça que ça marche : il arrive toujours quelque chose de terrible à Tessa par ma faute, toujours.

— Non, non. Tu n'as rien fait. C'est un truc qui ne va pas chez moi.

Ses lèvres tremblent.

— Oh !

J'aimerais pouvoir dire autre chose, un truc un peu mieux, n'importe quoi en fait.

— Ouais.

Elle se frotte le bas du ventre et je sens tout d'un coup l'air disparaître du petit habitacle de la voiture. Aussi dingue que ce soit, aussi dingue que je sois, j'ai l'impression que mon torse s'affaisse et que des petites filles brunes aux yeux bleu-gris et des petits garçons blonds aux yeux verts avec de mini-bonnets-trucmuches et de toutes petites chaussettes avec des animaux (toutes ces conneries qui me donnent envie de gerber d'habitude) tourbillonnent dans ma tête, et j'en ai le vertige lorsqu'ils sont arrachés et balancés n'importe comment, puis emportés là où les avenirs brisés vont mourir.

— C'est possible, je veux dire, il y a une toute petite, petite chance. Mais il y aurait un gros risque de fausse-couche et mon taux hormonal est dans les choux, alors je crois que ce n'est pas la peine de me torturer à essayer. Je ne serais pas capable de gérer la perte d'un bébé ou d'essayer pendant des années sans succès. C'est juste qu'il était écrit que je ne serai jamais mère, je crois.

Elle me sort cette merde pour essayer de me réconforter, mais ça ne marche pas, je vois bien qu'elle ne contrôle pas la situation comme elle essaie de me le faire croire.

Elle me regarde, s'attendant à ce que je lui dise quelque chose, mais je ne peux pas. Je ne sais pas quoi lui dire, et impossible de retenir la colère que je ressens pour ce qu'elle vit. C'est con, égoïste et tellement mal, putain, mais voilà, je suis terrifié : si j'ouvre la bouche, je vais dire un truc à côté de la plaque.

Si je n'étais pas un tel connard, je la réconforterais. Je la prendrais dans mes bras et je lui dirais que tout ira bien, que nous n'avons pas besoin d'avoir des enfants, qu'on peut adopter ou un truc dans le genre, n'importe quoi.

Mais dans la réalité, ça ne marche pas comme ça. Dans la réalité, les hommes ne sont pas des héros, ils ne changent pas du tout au tout en une nuit et personne ne fait jamais rien de bien dans la vraie vie des vrais gens. Je ne suis pas un Darcy et elle n'est pas une Elizabeth.

Elle est au bord des larmes.

— Tu dis quelque chose ?

— Je ne sais pas quoi dire.

Le son de ma voix est à peine audible et ma gorge se referme. J'ai l'impression d'avoir avalé une poignée de guêpes.

— Tu ne voulais pas avoir d'enfants, de toute façon, hein ? Je ne pensais pas que ça changerait grand-chose…

Si je tourne la tête, je vais la voir en larmes.

— Je ne pensais pas, dans l'absolu, mais maintenant que ce n'est plus possible…

— *Oh !*

Je lui suis reconnaissant de m'avoir interrompu, qui sait quelle connerie j'aurais pu balancer ensuite.

— Peux-tu juste me ramener chez…

Je hoche la tête et démarre. C'est n'importe quoi : comment quelque chose dont on n'a jamais voulu peut faire aussi mal ?

— Je suis désolé, juste je…

Je ne finis pas ma phrase, ni elle ni moi n'y arrivons aujourd'hui.

— C'est bon, je comprends.

Elle s'appuie contre sa vitre. Je suppose qu'elle essaie de s'éloigner le plus possible de moi.

Mes émotions me disent de la réconforter, de penser à elle et à sa façon d'être affectée, à ce qu'elle doit ressentir.

Mais ma tête est dure, si dure, putain, et je suis en colère. Pas contre elle, mais contre son corps et contre sa mère pour le truc défectueux qu'elle lui a refilé.

Je suis en colère contre le monde entier de m'avoir envoyé encore une bonne claque et contre moi-même de n'être pas capable de lui dire quoi que ce soit pendant que nous traversons la ville.

*

Quelques minutes plus tard, je réalise que le silence est tellement assourdissant qu'il en est douloureux. Tessa essaie de garder son calme de son côté, mais j'entends à sa respiration qu'elle essaie de se contrôler, qu'elle tente de garder ses émotions pour elle.

Ma poitrine est totalement comprimée, putain, et elle est assise là, gardant mes conneries à l'esprit. Pourquoi est-ce que je merde toujours avec elle ? Je dis toujours ce qu'il ne faut pas, peu importe le nombre de fois où je lui promets de ne plus le faire. Peu importe le nombre de fois où je lui ai promis de changer, je fais toujours ça. Je rentre dans ma coquille et je la laisse toute seule baigner dans sa merde.

C'est terminé. Je ne peux pas recommencer ; elle a besoin de moi, plus que jamais, et c'est ma chance de lui montrer que je peux être présent de la manière dont elle a besoin.

Tessa ne me regarde pas quand je tourne le volant et que je me gare sur la bande d'arrêt d'urgence de l'autoroute. J'allume mes feux de détresse, espérant qu'un flic à la con ne va pas venir me faire chier.

— Tess.

J'essaie de capter son attention tout en rassemblant mes idées. Elle garde les yeux baissés sur ses mains posées sur son ventre.

— Tessa, regarde-moi.

Je tends la main pour la toucher, mais elle recule violemment et heurte sa main contre la portière de la voiture, fort.

— Hé !

Je détache ma ceinture de sécurité et me tourne vers elle, prenant ses deux poignets dans l'une de mes mains, dans un geste qui m'est coutumier.

— Je vais bien.

Elle lève légèrement le menton pour me prouver qu'elle a raison, mais ses yeux brillants de larmes racontent une tout autre histoire.

— Tu ne devrais pas te garer ici, c'est une autoroute très fréquentée.

— J'en ai rien à battre de là où je suis garé. Je suis déglingué, ça ne va pas bien dans ma tête. (Je cherche des mots qui ont un sens.) Je suis désolé. Je n'aurais pas dû réagir comme ça.

Elle lève les yeux vers moi après quelques battements, puis elle regarde mon visage mais évite mes yeux.

— Tess, ne te referme pas sur toi-même encore une fois, s'il te plaît. Je suis vraiment désolé, je ne sais pas à quoi je pensais. Je n'avais jamais pensé à avoir des enfants en fait et, là, je t'ai fait culpabiliser pour ces conneries.

Cette confession semble encore pire, maintenant que les mots flottent autour de nous.

— Tu as le droit d'être bouleversé, toi aussi. J'avais juste besoin que tu me dises quelque chose, *n'importe quoi*…

Le dernier mot, elle l'a prononcé si bas que je l'entends à peine.

— Je m'en tape que tu ne puisses pas avoir d'enfant. (Je balance ça, cash. *Putain de bordel de merde.*) Enfin, ce que je veux dire, c'est que je m'en tape de ces mômes qu'on ne peut pas avoir.

J'essaie de passer de la pommade sur la blessure que j'ai provoquée, mais son expression me fait comprendre que c'est l'inverse.

— Ce que j'essaie de te dire, et visiblement j'échoue lamentablement, c'est que je t'aime et que je suis un connard insensible de ne pas pouvoir t'aider. Je fais passer mes besoins avant les tiens, comme toujours, et j'en suis désolé.

Mes mots semblent toucher leur but, elle sort de sa transe et me regarde enfin dans les yeux.

— Merci.

Elle dégage l'un de ses poignets, j'hésite à la laisser faire, mais je suis soulagé lorsqu'elle lève la main pour s'essuyer les yeux.

— Je suis désolée que tu aies l'impression que je t'ai pris quelque chose.

Je vois bien qu'elle a encore des choses à me dire.

— Ne te retiens pas. Je te connais, dis ce que tu as sur le cœur.

— Je déteste la réaction que tu as eue. (Elle soupire.)

— Je sais, je…

Elle lève la main pour m'interrompre.

— Je n'ai pas terminé. D'aussi loin que je m'en souvienne, j'ai toujours voulu être mère. J'étais comme toutes les autres petites filles avec leurs poupées, peut-être même un peu plus. C'était si important pour moi d'être mère. Je n'ai jamais, jamais remis ça en question ni ne me suis inquiétée de ne pouvoir y arriver.

— Je sais, je…

— S'il te plaît, laisse-moi *parler.*

Elle serre les dents.

Je devrais vraiment fermer ma gueule, pour une fois. Plutôt que de répondre, je hoche la tête en silence.

— J'éprouve un indescriptible sentiment de perte en ce moment. Et je n'ai pas l'énergie de m'inquiéter du fait que tu m'en veuilles. C'est normal que toi aussi tu éprouves cette sensation de perte, pour toi aussi ; je veux que tu sois toujours ouvert sur tes sentiments, mais ce ne sont pas *tes* rêves qui viennent d'être réduits à néant, là. Ça ne fait pas dix minutes que tu veux avoir des enfants et je ne trouve pas ça juste que tu te comportes comme ça.

J'attends quelques secondes et, d'un sourcil interrogateur, je lui demande la permission de parler. Elle accepte d'un signe de tête, mais à ce moment-là, un semi-remorque klaxonne si fort que j'en sursaute sur mon siège.

— Je vais te ramener chez Vance. Mais j'aimerais rentrer et rester avec toi.

Tessa regarde par la vitre et me fait un petit signe d'assentiment.

— Je veux dire, pour te réconforter, comme j'aurais dû le faire.

D'un tout petit geste, tout aussi ténu que son petit mouvement de tête, je la surprends qui lève les yeux au ciel.

∞

57

Tessa

Hardin et Vance se regardent bizarrement en se croisant dans le couloir. C'est bizarre d'avoir Hardin avec moi ici après tout ce qui s'est passé. Je ne peux pas ignorer les efforts et la retenue dont il fait preuve en venant dans cette maison, dans la maison de Vance.

C'est dur de rester concentrée sur un seul des nombreux problèmes qui ont surgi ces derniers temps : le comportement d'Hardin à Londres, Vance et Trish, la mort de mon père, le problème de ma stérilité.

C'est trop et ça semble ne jamais finir.

D'une certaine manière, je suis immensément soulagée d'avoir parlé de ce problème de stérilité à Hardin. C'est énorme.

Mais il y a encore autre chose qui attend d'être révélé ou d'être jeté entre nous.

New York.

Je ne sais pas si je devrais lui dire maintenant, maintenant qu'un problème s'interpose déjà entre nous. J'ai détesté la réaction d'Hardin, mais je lui suis reconnaissante d'avoir eu des remords après coup et de m'avoir montré qu'il regrettait d'avoir rejeté si cruellement mes sentiments. S'il ne s'était pas garé pour me présenter ses excuses, je ne pense pas que j'aurais trouvé la force de continuer à lui parler. Je ne peux pas dire combien de fois j'ai déjà prononcé, pensé, même juré cette phrase depuis que je l'ai rencontré. Je me dois à moi-même de croire que cette fois-ci, je le pensais.

— À quoi tu penses ?

Hardin ferme la porte de ma chambre derrière lui.

Sans hésitation, je lui réponds honnêtement :

— Que je ne t'aurais plus jamais adressé la parole.

— Quoi ?

Il s'approche, mais je m'éloigne de lui en reculant.

— Si tu ne m'avais pas présenté tes excuses, je ne t'aurais plus jamais adressé la parole.

Il soupire et passe la main dans ses cheveux.

— Je sais.

Je ne peux pas m'empêcher de penser à ce qu'il m'a dit : « *Je ne pensais pas vouloir d'enfant, mais maintenant que c'est impossible…* »

Je suis toujours choquée de l'avoir entendu dire ça, c'est sûr. Je ne me serais jamais attendue à ce que ces mots sortent de sa bouche. Pour moi, c'était impossible qu'il change d'avis, mais bon, fidèle à notre relation dysfonctionnelle, son opinion n'a évolué qu'après la tragédie.

— Viens par là.

Hardin ouvre grand les bras vers moi, j'hésite.

— Je t'en prie, laisse-moi te réconforter comme j'aurais dû. Laisse-moi te parler et t'écouter. Je suis désolé.

Comme d'habitude, je me réfugie dans ses bras. Je les trouve différents maintenant, plus solides, plus réels qu'avant. Il resserre son étreinte autour de moi et pose sa joue sur le sommet de mon crâne. Je sens qu'il m'embrasse les cheveux.

— Dis-moi ce que tu penses de tout ça. Dis-moi tout ce que tu ne m'as pas encore dit.

Il me tire pour m'asseoir à côté de lui sur le lit. Je m'installe, les jambes croisées, lui s'appuie à la tête de lit.

Et je lui raconte tout. Je lui parle de mon premier rendez-vous pour me faire prescrire un moyen de contraception. Je lui dis que je savais que c'était un problème potentiel avant même que nous partions pour Londres. Il serre les dents quand je lui dis que je ne voulais pas qu'il soit au courant, puis il ferme les poings quand je lui annonce que j'ai eu peur qu'il s'en réjouisse. Il reste silencieux jusqu'à ce que je lui dise que j'avais l'intention de ne jamais lui parler de ce problème.

Il s'appuie sur un coude pour s'approcher de moi.

— Pourquoi ? Pourquoi aurais-tu fait une chose pareille ?

— Je pensais que tu t'en réjouirais et je ne voulais pas avoir à entendre ça. (Je hausse les épaules.) J'aurais préféré garder ça pour moi plutôt que de t'entendre dire à quel point tu étais soulagé.

— Si tu m'en avais parlé avant d'aller à Londres, les choses auraient pu se passer différemment.

Je lui adresse un regard mauvais.

— Ouais, pire encore, c'est sûr.

J'espère qu'il ne dirige pas cette conversation là où je pense qu'il veut aller ; il a plutôt intérêt à ne pas me reprocher le bazar de notre voyage à Londres.

Il semble réfléchir avant de parler, c'est un autre de ses progrès.

— Tu as raison. Tu sais que tu as raison.

— Je suis contente d'avoir gardé ça pour moi, surtout avant d'en être certaine.

— Je suis content que tu m'en aies parlé en premier.

— J'en avais déjà parlé à Kim.

Je culpabilise légèrement qu'il ait cru avoir été le premier, mais il n'était pas là pour moi.

Hardin fronce les sourcils.

— Comment ça, tu en as parlé à Kim ? Quand ?

— Je lui ai parlé de ce risque il y a un petit bout de temps.

— Alors Kim était au courant et moi pas ?

— Oui.

— Et Landon ? Est-ce que Landon est aussi au courant ? Karen ? Vance ?

— Pourquoi Vance serait-il au courant ?

Je lui réponds d'un ton dur. Il reprend son comportement ridicule.

— Kimberly le lui a probablement annoncé. Est-ce que tu en as aussi parlé à Landon ?

— Non, Hardin. Seulement à Kimberly. Il fallait que j'en parle à quelqu'un et je ne pouvais pas assez compter sur toi pour te l'annoncer.

— Aïe.

Le son de sa voix est âpre, je suis bouleversée par son air sévère. Je lui parle doucement.

— C'est vrai. Je sais que tu ne veux pas l'entendre, mais c'est vrai. Tu sembles oublier que tu ne voulais pas d'une relation avec moi jusqu'à ce que mon père meure.

∞

58

Hardin

Je ne voulais pas d'une relation avec elle ? J'ai aimé cette fille de tout mon être depuis si longtemps. Je déteste savoir qu'elle ressentait ça, qu'elle ait oublié à quel point mon amour pour elle est profond et qu'elle l'ait réduit à une mine d'embrouilles à la con. Non pas que je puisse lui en vouloir. C'est ma faute si elle éprouve des choses pareilles.

— J'ai toujours voulu de toi, tu le sais. Mais je n'arrêtais pas d'essayer de détruire la seule bonne chose de ma vie, et j'en suis désolé. Je sais que c'est naze que ça m'ait pris si longtemps, et horrible qu'il ait fallu que ton père meure pour arrêter d'être un trou du cul, mais je suis là maintenant, je t'aime plus que jamais et je m'en fous si on ne peut pas avoir de bébé.

Désespéré et pour essayer de contrer son regard hostile, j'ajoute impulsivement :

— Épouse-moi.

Elle m'assassine du regard.

— Hardin, tu ne peux pas me balancer ça comme ça à tout bout de champ. Arrête !

Elle couvre sa poitrine de ses bras comme pour se protéger de mes mots.

— Bien, je vais d'abord t'acheter une bag…

— Hardin. (Elle pince les lèvres.)

— D'accord.

Je soupire, je crois qu'elle a envie de me filer une baffe.

— Je suis tellement amoureux de toi.

— Ouais, c'est ça, maintenant peut-être.

Elle recule pour me défier.

— Je t'aime depuis si longtemps.

— Mais bien sûr !

Comment peut-elle être aussi mignonne et aussi odieuse à la fois, putain ?

— Je t'aimais même quand je faisais le con à Londres.

— Tu ne l'as pas montré et peu importe le nombre de fois où tu le dis si tu ne le montres pas ni me fais sentir que tes mots sont vrais.

— Je sais, j'étais complètement à côté de la plaque.

Je triture le bout de tissu qui me fait chier au bout de mon plâtre. *Combien de semaines avant que je puisse virer cette merde ?*

— Tu l'as laissée porter ton t-shirt après avoir couché avec elle.

Tessa ne me regarde pas, elle se concentre sur le mur derrière moi.

Quoi ?

— De qui tu parles ?

J'appuie doucement mon pouce sous son menton pour la forcer à me regarder.

— Cette fille-là, la sœur de Mark. Janine, je crois que c'est comme ça que quelqu'un l'a appelée ?

J'en reste bouche bée.

— Tu crois que je l'ai baisée ? Je *t'ai dit* que je ne l'avais pas fait. Je n'ai touché aucune fille à Londres.

— C'est ce que tu dis, mais tu m'as pratiquement agité le préservatif devant les yeux.

— Je ne l'ai pas baisée, Tessa. Regarde-moi.

Il faut que je la convainque, mais elle détourne la tête. Je poursuis :

— Je sais que ça avait l'air…

— Ça avait l'air qu'elle *portait ton t-shirt.*

Janine dans mon t-shirt, ça m'a donné envie de gerber, mais elle ne voulait pas fermer sa gueule tant que je ne le lui avais pas filé.

— Je sais, mais je ne l'ai pas baisée. Tu te fais des films si tu me crois capable d'un truc pareil.

J'ai le cœur qui cogne à mort à l'idée de l'avoir laissée se balader ces dernières semaines avec de telles conneries en tête. J'aurais dû savoir que notre dernière conversation à ce sujet n'avait pas suffi.

— Elle avait ses mains partout sur toi, Hardin, devant moi !

— Elle m'a embrassé et a essayé de me tailler une pipe, mais c'est tout.

Tessa fait un petit bruit et ferme les yeux.

— Je n'ai même pas réussi à bander pour elle, je ne bande que pour toi.

J'essaie de mieux lui expliquer, mais elle lève la main pour me faire signe d'arrêter.

— Arrête de parler d'elle, je vais vomir.

Je sais qu'elle le pense vraiment.

— Moi aussi, j'ai gerbé. J'ai dégueulé partout dans l'appart quand elle m'a touché.

— Tu as fait *quoi* ?

Tessa me regarde avec intensité.

— J'ai littéralement vomi, genre j'ai dû aller dans la salle de bains parce que ça m'a donné envie de gerber de l'avoir sentie me toucher. Je n'ai pas pu le supporter.

— Vraiment ?

Je me demande si je devrais m'inquiéter du petit sourire qui monte au coin de ses lèvres quand je lui parle de mon expérience vomitive.

— Oui, vraiment. N'aie pas l'air si contente.

Pour essayer d'alléger l'atmosphère, je tente un sourire ; si elle doit se moquer de moi pour changer l'ambiance, je suis pour.

— Bien. J'espère que tu as *vraiment* vomi.

Elle sourit vraiment maintenant.

Nous sommes le couple le plus dingue de la planète. J'en profite.

— Mais oui. Putain, j'ai gerbé partout. Je suis désolé que tu aies cru ça aussi longtemps. Pas étonnant que tu m'en veuilles autant. (Ça me paraît logique maintenant, mais bon, elle m'en veut tout le temps en ce moment.) Maintenant que tu sais que je ne t'ai pas trompée, est-ce que tu veux bien me reprendre et me laisser faire de toi une honnête femme qui ne vit plus dans le péché ?

Elle penche la tête sur le côté.

— Tu as promis d'arrêter de me jeter ça à la figure.

— Je n'ai rien promis. Le mot *promis* n'a jamais été utilisé.

Elle va me foutre une baffe d'une seconde à l'autre.

— Tu vas parler à quelqu'un de ce merdier avec le bébé ?

— Non. Je ne pense pas. Pas tout de suite.

Elle se mord la lèvre inférieure.

— Personne n'a à le savoir avant qu'on adopte, dans quelques années. Je suis certain que le monde est blindé de bébés à la con qui attendent d'être achetés par des parents. On va s'en sortir.

Je sais qu'elle n'a pas accepté ma demande en mariage, ni même d'être avec moi, mais j'espère qu'elle ne va pas se servir de cette opportunité pour me le rappeler.

Elle rit doucement.

— Bébés à la con ? Pitié, dis-moi que tu ne penses pas qu'il y a en ville des magasins de bébés où tu peux aller acheter des enfants ?

Elle pose sa main devant sa bouche pour s'empêcher de rire de moi.

— Ah bon ? C'est quoi Babies'R'Us alors ?

— Oh, mon Dieu !

Elle penche la tête en arrière pour éclater de rire.

Je tends la main dans le petit espace qui nous sépare et lui attrape les doigts.

— Si ce putain de magasin n'est pas plein de bébés en rayons, prêts à être achetés, c'est de la publicité mensongère !

Je lui fais mon meilleur sourire et elle soupire, soulagée de rire. Quelque part, je le sais. Je sais exactement ce qu'elle pense.

— Il faut te faire soigner.

Elle retire sa main de la mienne et se lève. Je vois son sourire s'effacer.

— Ouais. Ouais, je vais le faire.

∞

59

Hardin

— Vous êtes les deux personnes que je connais qui traversez le plus souvent l'État de Washington.

Landon me regarde, assis dans le canapé du salon de mon père.

Quand notre éclat de rire s'est mué en silence, j'ai convaincu Tessa de repartir à l'Est pour profiter de Landon avant qu'il ne nous quitte pour de bon. J'avais cru qu'elle serait immédiatement partante – elle adore passer du temps avec lui après tout –, mais elle est restée assise et muette dans son coin pendant quelques minutes inconfortables avant d'accepter. J'ai patienté sur son lit le temps qu'elle emballe quasiment toutes ses affaires pour une raison que je n'ai pas pigée. Puis, j'ai attendu dans la voiture pendant qu'elle faisait d'interminables adieux à Kimberly et à Vance.

Je regarde Landon de travers.

— Vu le peu de monde que tu connais, je ne vois pas trop la pertinence de ta vanne…

Il jette un petit coup d'œil à sa mère, assise dans le fauteuil, je sens qu'il veut me balancer une saloperie. Si elle n'avait pas été là, je suis certain qu'il m'aurait sorti une belle vanne d'intello. Il s'est amélioré côté réparties ces derniers temps.

Mais il a simplement levé les yeux au ciel et dit « Ah, ah », puis il est retourné au livre sur ses genoux.

— Je suis contente que vous soyez bien arrivés à la maison. Il pleut des cordes et c'est censé aller de mal en pis cette nuit. Le dîner est au four, ce sera bientôt prêt.

Karen me sourit, ce qui me fait détourner le regard.

— Je vais me changer. (Tessa parle derrière mon dos.) Merci de m'accueillir encore ici.

Elle disparaît dans les escaliers.

Je reste en bas quelques secondes avant de la suivre comme un petit toutou. Quand j'entre dans sa chambre, elle est en sous-vêtements.

Lorsqu'elle me regarde sur le pas de la porte, je me marmonne un « Bien joué, Ducon ».

Elle se couvre la poitrine des mains, puis les baisse sur son pubis, et je ne peux m'empêcher de sourire.

— C'est un petit peu tard pour ça, tu ne crois pas ?

— Chut.

Elle passe un t-shirt sec par-dessus ses cheveux trempés par la pluie.

— Tu sais que je ne suis pas très doué pour garder le silence.

— Et pour quoi es-tu doué, exactement ?

Je sens qu'elle me défie, remuant les hanches le temps de remonter un pantalon sur son ventre. *Ce* pantalon.

— Tu n'as pas porté ce truc de yoga depuis un bail…

Je gratte ma barbe naissante et regarde avec intensité le tissu noir si serré qu'il la moule parfaitement.

— Ne commence pas avec ce pantalon. (Elle pointe vers moi un index impertinent.) Tu l'avais caché, c'est pour ça que j'avais arrêté de le mettre.

Elle sourit, surprise de blaguer aussi facilement avec moi. Puis elle durcit son regard et redresse l'échine.

— Mais non.

Je me demande quand elle a pu le trouver au fond du placard de notre connerie d'appartement. En matant son cul dans ce pantalon, je me rappelle pourquoi je l'avais planqué.

— Il était dans le placard.

En disant ça, les images de Tessa fouillant pour trouver son pantalon me font rire, jusqu'à ce que je me souvienne qu'il y avait autre chose là-dedans, quelque chose que je ne voulais pas qu'elle trouve.

Je scrute son visage, craignant que la mention de ce placard ne lui rappelle qu'elle y a trouvé cette saloperie de boîte.

— Quoi ?

Elle enfile un mignon t-shirt KMJ bleu et des chaussettes roses, un truc hideux avec des poils et des pois au-dessus du pied.

— Rien.

Je continue à mentir, ignorant ma parano.

— Ok…

Elle s'éloigne et, continuant à jouer les petits toutous, je la suis dans les escaliers et m'assieds à côté d'elle autour de l'énorme table de salle à manger. Cette S-fille est encore là, à mater Landon comme s'il était un bijou brillant ou une connerie dans le genre, ce qui la range clairement dans le genre tarée de premier ordre.

Tessa fait un grand sourire à la fille :

— Salut, Sophia.

Sophia détache son regard de Landon suffisamment longtemps pour nous sourire à tous les deux.

— Sophia m'a donné un coup de main pour le jambon cuit.

Karen a l'air très fière. L'énorme table de salle à manger est dressée pour un monstrueux festin, sans oublier les chandeliers incandescents et les bouquets de fleurs. Une conversation sans intérêt bourdonne en bruit de fond, le temps que Karen et Sophia coupent la viande.

— Mmm, c'est tellement bon. La sauce est vraiment délicieuse.

Tessa gémit, la fourchette dans la bouche. Ces femmes et leur bouffe à la con !

— On croirait que vous parlez d'un truc porno.

Je parle vraiment trop fort.

Tessa me file un bon coup de pied sous la table et Karen tousse, la bouche pleine. Tout le monde est surpris quand Sophia se met à rire. Landon a l'air mal à l'aise, mais son expression s'adoucit quand il remarque à quel point elle est hilare.

— Qui *a dit* ça ?

Landon est pathétiquement béat d'admiration devant elle et, maintenant, Tessa sourit.

— Hardin. C'est Hardin qui dit ce genre de choses. (Karen a les yeux qui pétillent d'humour.)

Ok, c'est bizarre.

Landon me regarde rapidement avant de revenir vite fait à sa nouvelle passade.

— Tu vas bientôt t'y faire. Enfin, si tu passes beaucoup de temps avec nous. (Ses joues sont rouge vif.) Enfin, je veux dire, si tu veux, quoi. Non pas que tu sois obligée.

— Elle a compris.

Je le sors de sa galère, j'ai l'impression qu'il est à deux doigts de se pisser dessus.

— J'ai compris.

Elle sourit à Landon et je jure que son visage passe du cramoisi au violet. Pauvre petite chose !

— Sophia, tu vas rester longtemps en ville ?

Ça, c'est tout Tessa de changer de sujet pour aider son pote.

— Quelques jours, seulement. Je retourne lundi à New York. Mes colocs ont hâte que je revienne.

— Tu as combien de colocataires ?

— Trois, tous danseurs.

Je ris. Tessa se fend d'un sourire.

— Waouh !

— Oh mon Dieu ! Des danseurs classiques, pas des *gogo dancers*.

Sarah explose de rire et je l'imite, seulement pour me moquer de Tessa, si soulagée et embarrassée à la fois.

Tessa mène la conversation, elle pose des questions à la con sur la vie de la fille et je pense complètement à autre chose, me concentrant sur la courbe de ses lèvres lorsqu'elle parle. J'aime sa manière de s'interrompre régulièrement entre les bouchées pour tamponner délicatement sa bouche d'une serviette, juste au cas où elle ait quelque chose dessus.

Le dîner se poursuit comme ça jusqu'à ce que je sois quasiment mort d'ennui et que le visage de Landon ne soit plus qu'un tout petit peu rougeâtre. Les filles débarrassent la table.

— Hardin, tu as pris une décision pour ta cérémonie de fin d'études ? Je sais que tu ne veux pas participer, mais est-ce que tu y as bien réfléchi ?

— Nan, j'ai pas changé d'avis.

Ken fait tout le temps la même chose, il met le sujet sur le tapis devant Tessa, espérant me forcer à traverser cet auditorium surchauffé où des milliers de personnes seront engoncées sur les gradins, à transpirer et hurler comme des animaux sauvages.

— Vraiment ? Je croyais que tu allais changer d'avis ?

Tessa sait exactement ce qu'elle fait.

Je les regarde alternativement, elle et mon père.

Landon sourit de toutes ses dents comme le vrai trou du cul qu'il est. Karen et la S-fille papotent dans la cuisine.

— Je…

Putain de bordel de merde. Le regard de Tessa est plein d'espoir, mais aussi de nervosité, elle me défie presque de lui refuser. Finalement, je soupire :

— Ouais, bon, d'accord, ça va. Putain, je vais y aller à ta cérémonie.

C'est vraiment des conneries.

— Merci.

Alors que je suis sur le point de répondre à Ken « De rien, putain », je me rends compte que c'est Tessa qu'il remercie, pas moi.

— Tous les deux, vous êtes…

Je ne finis pas cette phrase, Tessa me lance un regard d'avertissement qui me dissuade de poursuivre. Je finis donc par dire :

— Tous les deux, vous êtes formidables.

Tous les deux, vous êtes des sales petits comploteurs de merde, ouais. Je répète la phrase en boucle dans ma tête, les voyant partager un sourire de connivence satisfaite.

∞

60

Tessa

Chaque fois que Sophia a mentionné New York pendant le dîner, j'ai commencé à paniquer. C'est moi qui ai mis le sujet sur la table, je sais. Mais je n'essayais que de détourner l'attention de Landon. Je savais qu'il était mal à l'aise et j'ai dit la première chose qui m'ait traversé l'esprit. Il s'est trouvé que c'était le sujet que je n'aurais pas dû aborder devant Hardin.

Il faut que je lui dise tout ce soir. Je suis une poule mouillée, ridicule et immature de lui cacher ça. Les progrès qu'il fait pour se contenir vont peut-être l'aider à gérer la nouvelle, ou alors il explosera. Je ne sais jamais à quoi m'attendre avec lui ; ça peut être tout l'un ou tout l'autre. Mais je sais aussi que je ne suis pas responsable de ses réactions émotives et que je lui dois de lui annoncer la nouvelle moi-même. Appuyée au chambranle de la porte de la salle à manger, à moitié dans le couloir, j'observe Karen essuyer le piano de sa cuisine avec un torchon humide. Ken s'est installé dans le fauteuil du salon et pique un petit somme. Landon et Sophia sont assis en silence autour de la table de la salle à manger. Landon lui jette des coups d'œil et quand elle lève les yeux sur lui, elle croise son regard et lui fait son plus beau sourire.

Je ne suis pas sûre de savoir quoi penser de Landon, à peine sorti d'une relation longue, et déjà prêt à se remettre avec quelqu'un… Mais bon, qui suis-je pour avoir une quelconque opinion sur les relations des autres ? Je ne sais déjà pas moi-même comment naviguer dans la mienne.

De mon poste d'observation, au croisement du salon, de la salle à manger et de la cuisine, j'ai un tableau parfait des personnes qui me sont les plus chères.

Au milieu de ce groupe, le plus important d'entre eux, Hardin, est calmement assis dans le canapé du salon, les yeux dans le vague face au mur.

L'idée qu'il participe à sa cérémonie de remise des diplômes au mois de juin me fait sourire. Je ne peux pas l'imaginer dans l'uniforme universitaire, mais ce qui est sûr, c'est que j'ai hâte de le voir et je sais que c'est très important pour Ken qu'il ait accepté de le faire.

Ken m'a souvent répété qu'il ne s'était jamais attendu à ce qu'Hardin finisse l'université et, maintenant que la vérité sur leur passé a éclaté, je suis sûre que Ken ne se serait jamais attendu à ce qu'Hardin change d'avis et accepte de se prêter au jeu de la cérémonie traditionnelle de fin d'études. Hardin Scott est tout, sauf traditionnel.

Les doigts sur le front, j'essaie de forcer mon cerveau à fonctionner normalement. *Comment puis-je aborder le sujet maintenant ? Que faire s'il me propose de m'accompagner à New York ? Ferait-il une chose pareille ? S'il le propose, dois-je accepter ?*

Soudain, je sens son regard sur moi et évidemment, quand je le regarde, il m'étudie, ses yeux verts pleins de curiosité, ses douces lèvres pressées en une ligne étroite. Je lui fais mon meilleur sourire type « tout va bien, je ne fais que réfléchir » et je l'observe froncer les sourcils puis se lever. Il traverse la pièce en quelques pas et appuie l'une de ses paumes contre le mur à côté de moi tandis que l'autre me frôle.

— Qu'est-ce qui se passe ?

Landon lève la tête et se détourne légèrement de Sophia en entendant Hardin parler si fort. J'admets alors calmement :

— Je dois te parler d'un truc.

Il n'a pas l'air inquiet, pas autant qu'il devrait l'être.

— Ok, de quoi ?

Il s'approche plus près, trop près, et j'essaie de faire un pas de côté. Bon, il m'a coincée contre le mur. Hardin lève son autre bras pour m'empêcher toute sortie et quand mon regard croise le sien, un petit sourire satisfait s'affiche franchement sur son visage.

— Eh bien ?

Je l'observe en silence. J'ai la bouche sèche maintenant et quand je l'ouvre pour parler, je me mets à tousser. J'ai l'impression que ça arrive toujours dans un cinéma très silencieux, à l'église ou pendant une conversation importante. En fait, dans les situations où il vaut mieux ne pas tousser. Comme maintenant par exemple, au moment où j'ai un débat très animé avec moi-même sur cette question de toux, où je tousse et où Hardin me dévisage comme si j'allais mourir à ses pieds.

Il recule et entre dans la cuisine d'un pas décidé. Il contourne Karen puis revient avec un verre d'eau pour la trentième fois en deux semaines. Je le prends, et le liquide frais apaise ma gorge irritée.

Je suis consciente que même mon corps essaie d'éviter de révéler la vérité à Hardin et je me donnerais bien une tape dans le dos et une bonne gifle en même temps.

Si je faisais ça, j'imagine qu'Hardin aurait un peu pitié de mon comportement de folle furieuse et changerait peut-être de sujet.

— Qu'est-ce qui se passe ? Ça tourne à mille à l'heure dans ta tête.

Il baisse le regard vers moi et tend la main pour récupérer le verre. Quand je secoue la tête, il insiste :

— Non, non, je vois bien.

— Est-ce qu'on peut sortir ?

Je me tourne vers la porte qui donne sur la terrasse pour lui indiquer clairement que nous ne devrions pas parler en public. Zut, on devrait même retourner à Seattle pour aborder tout ce bazar. Ou plus loin encore. Plus loin, c'est bien.

— Dehors ? Pourquoi ?

— Je peux te parler d'un truc ? En privé.

— D'accord. Bien sûr.

Je fais un pas devant lui pour garder l'équilibre. Si je passe devant, je pourrai peut-être mener la conversation. Si j'ai la main sur cet échange, alors je peux même avoir une meilleure chance de ne pas le laisser tout écrabouiller. Peut-être.

Je ne retire pas ma main de celle d'Hardin quand je sens ses doigts se mêler aux miens. C'est si calme, on n'entend que les voix du documentaire policier devant lequel Ken s'est endormi et le bourdonnement du lave-vaisselle dans la cuisine.

Quand nous sortons sur la terrasse, les sons s'estompent. Je me retrouve seule face au vacarme de mes pensées chaotiques et d'Hardin qui fredonne doucement. Je lui suis reconnaissante de meubler gentiment avec sa petite musique, mais ça me déconcentre, ça me fait penser à autre chose qu'au désastre imminent que je m'apprête à provoquer. Si j'ai de la chance, j'aurai quelques minutes pour m'expliquer et lui présenter les motivations derrière ma décision avant qu'il ne parte totalement en *live*.

— Crache le morceau.

Hardin tire une des chaises de jardin sur le revêtement en bois.

Je peux dire adieu à ma chance qu'il reste calme, même pendant quelques minutes, je ne le sens pas d'humeur patiente. Il s'assied et appuie ses coudes sur la table entre nous. Je me rue sur la chaise en face de la sienne, hésitant à savoir où mettre mes mains. Je les pose sur la table, puis sur mes genoux, puis encore sur la table avant qu'il ne les attrape et aplatisse sa paume sur mes doigts agités.

— Détends-toi.

Sa main est chaude, elle recouvre complètement la mienne, ce qui me donne un éclair de clarté, ne serait-ce qu'un instant.

— Je te cache quelque chose et ça me rend dingue. Il faut que je te le dise maintenant et je sais que ce n'est pas le bon moment, mais il le faut avant que tu ne le découvres d'une autre manière.

Il ôte sa main et s'adosse au dossier de sa chaise.

— Qu'est-ce que tu as fait ?

J'entends l'anxiété dans le ton de sa voix, la suspicion dans sa respiration maîtrisée.

— Rien. Rien de ce que tu as l'air de penser.

— Tu n'as pas… (Il cligne des yeux plusieurs fois.) Tu n'es pas allée… avec un autre homme, hein ?

— Non !

Je ne parle pas, je grince et secoue la tête pour appuyer mes paroles.

— Non, rien de tel. Je viens juste de prendre une décision et je ne t'en ai pas parlé. Ça n'implique pas que je sois avec quelqu'un d'autre.

Je ne suis pas sûre de savoir si je suis soulagée ou outrée que ce soit sa première idée. D'une certaine manière, je suis soulagée, parce que déménager à New York ne peut pas être aussi douloureux pour lui que de me savoir avec un autre homme, mais je suis un peu outrée qu'il ne me connaisse pas mieux que ça depuis tout ce temps. Certes, en bonne irresponsable, j'ai l'ai blessé, particulièrement avec Zed, mais je ne coucherais jamais avec un autre.

— Ok.

Il se gratte le crâne, puis garde sa paume contre sa nuque, se massant légèrement. Il poursuit :

— Ça ne peut pas être si terrible, alors.

Je prends une grande inspiration et décide de tout balancer et d'arrêter de tourner autour du pot.

— Alors…

Il lève la main pour m'interrompre :

— Attends. Avant de me dire ce que c'est, si tu commençais par m'expliquer tes motivations.

— Mes motivations pour quoi ?

Je penche la tête sur le côté, signe de ma confusion. Il arque un sourcil.

— Tes motivations pour avoir pris cette décision pour laquelle tu es en train de te pisser dessus.

— Ok.

Je fais le tri dans mes idées pendant qu'il me regarde d'un air patient. Par où dois-je commencer ? C'est bien plus difficile que de tout simplement lui annoncer que je déménage, mais c'est un bien meilleur moyen de lui faire part de la nouvelle.

Maintenant que j'y pense, je ne suis pas sûre d'avoir déjà fait ça avec lui. Chaque fois qu'il est arrivé un gros truc bien dramatique, nous avons toujours découvert le pot aux roses d'une façon tout aussi tragique.

Je lui jette un dernier coup d'œil avant de me mettre à parler. Je veux mémoriser chaque détail de son visage, étudier et me rappeler la patience qui peut parfois se dégager de son regard vert. Je remarque à quel point la légère teinte rosée de ses lèvres paraît attirante là, mais ça me rappelle aussi les nombreuses fois où je les ai vues fendues d'un côté ou en plein milieu et sanguinolentes après une bagarre. Je me souviens de son piercing à cet endroit que j'avais si vite apprécié.

J'éprouve encore la sensation du métal froid qui caresse mes lèvres. Je me perds dans les images de son petit geste pour le triturer entre ses dents chaque fois qu'il était perdu dans ses pensées, et à quel point c'était attirant.

Je repense à la soirée où nous sommes allés faire du patin à glace et à sa tentative de me prouver qu'il pouvait être un petit ami « normal ». Il était stressé et joueur à la fois. Il avait retiré ses deux piercings et m'avait annoncé qu'il les avait enlevés parce qu'il le voulait, mais même à ce jour, je reste persuadée qu'il s'en est débarrassé pour se prouver quelque chose à lui-même, ainsi qu'à moi. Ils m'ont manqué pendant un petit bout de temps. C'est toujours un peu le cas, mais j'aime assez ce que leur absence représente, même si c'était indéniablement très sexy sur lui.

— Hardin à Tessa : Prête à me dire ce qu'il y a dans ta tête ?

Il me taquine en se penchant et en posant son menton sur la paume de sa main.

— Oui. Eh bien, j'ai pris cette décision parce que nous avions besoin de passer du temps loin de l'autre et ça me semblait être le seul moyen d'être sûre d'y arriver vraiment.

— Du temps loin de l'autre, hein ? Encore ?

— Oui, du temps loin l'un de l'autre. Tout est un tel bazar dans notre relation et j'avais besoin de mettre de la distance entre nous, mais vraiment cette fois-ci. Je sais qu'on le dit tout le temps, mais on connaît la chanson et à chaque refrain, on recommence, ce qui nous oblige à des allers et retours entre Seattle et ici, puis Londres s'est mêlé à tout ça ; en fait, on sème nos embrouilles sur toute la planète.

Je fais une pause pour le laisser réagir et ne reçois qu'une expression énigmatique. J'arrache enfin mon regard du sien.

— C'est vraiment un tel bazar ?

Hardin parle d'une voix douce.

— Nous nous disputons plus que nous nous entendons bien.

— Ce n'est pas vrai. (Il tire le col de son t-shirt noir.) Techniquement et littéralement, ce n'est pas vrai, Tess. On peut en avoir l'impression, mais si tu repenses à toutes les conneries qu'on a traversées, on a passé plus de temps à rire, parler, lire, se vanner et au lit, bien sûr. Je prends *beaucoup* de temps au lit.

Il me fait un petit sourire, je sens ma volonté faiblir.

— On résout tous nos problèmes en couchant ensemble, ce n'est pas sain.

— Le sexe, ce n'est pas sain ? (Son ton se fait moqueur et son regard intense.) On s'envoie en l'air parce qu'on le veut bien, qu'on s'aime et, putain, parce qu'on se fait confiance. Ouais, il se trouve aussi que c'est époustouflant et incroyablement bon, mais n'oublie pas pourquoi nous le faisons. Je ne te baise pas juste pour prendre mon pied. Je le fais parce que je t'aime et que j'aime la confiance que tu m'accordes quand tu me laisses te toucher.

Tout ce qu'il dit est parfaitement logique, même si ça ne devrait pas. Je suis d'accord avec lui, peu importe la prudence dont j'essaie de faire preuve.

Je sens New York s'éloigner de plus en plus, alors je décide de lâcher ma bombe tout de suite.

— Est-ce que tu connais les caractéristiques de la maltraitance dans une relation de couple ?

— *Maltraitance ?*

J'ai l'impression qu'il n'arrive pas à respirer, mais il continue :

— Tu crois que je te *maltraite* ? Je n'ai jamais porté la main sur toi et je ne le ferai jamais !

Je poursuis mon chemin sur la route de l'honnêteté.

— Non, ce n'est pas ce que je voulais dire. Je faisais référence à nous deux et à notre fâcheuse tendance à faire des choses pour nous blesser mutuellement. Je ne t'accusais pas de me maltraiter physiquement.

Il soupire et passe ses deux mains dans ses cheveux, preuve évidente de son début de panique.

— Ok, alors à l'évidence, c'est bien plus qu'une décision à la con pour venir habiter à Seattle avec moi ou pas.

Il s'interrompt, attendant une réponse de ma part, me regarde avec un sérieux sans faille et reprend :

— Tessa, je vais te poser une question et je veux une vraie réponse honnête, pas de conneries ni de « je vais y réfléchir ». Tu me dis simplement ce qui te passe par la tête, d'accord ?

Je hoche la tête, pas trop sûre de savoir où il veut en venir.

— Quelle est la pire chose que je t'aie jamais faite ? Quel était mon acte envers toi le plus dégoûtant, le plus terrible depuis que nous nous sommes rencontrés ?

Je repense à ces huit derniers mois, mais il s'éclaircit la gorge, me rappelant qu'il voulait que je lui dise la première chose qui me vienne à l'esprit.

Je me trémousse sur ma chaise, ne voulant pas ouvrir cette boîte de Pandore, ni maintenant ni dans le futur, en fait. Mais je finis par cracher :

— Le pari. Le fait que tu te sois moqué de moi alors que je tombais amoureuse de toi.

Pendant un bref instant, Hardin semble perdu dans ses pensées.

— Est-ce que tu le retirerais ? Est-ce que tu changerais cette erreur que j'ai faite si tu le pouvais ?

Je prends le temps de réfléchir à la question, vraiment d'en examiner tous les angles avant de répondre. J'ai déjà donné ma réponse dans le passé, de nombreuses fois, et j'ai très souvent changé d'avis à ce sujet, mais à présent la réponse me semble si… définitive. J'ai l'impression que c'est terriblement définitif, c'est comme si cette réponse portait plus à conséquence que les fois précédentes.

Le soleil poursuit sa course, il est en train de se cacher derrière l'épais bosquet qui borde la propriété des Scott, ce qui déclenche l'allumage automatique de la lumière sur la terrasse.

— Non, je ne le renierais pas.

J'ai répondu surtout pour moi.

Hardin hoche la tête, comme s'il savait exactement ce que j'allais répondre.

— Ok, alors ensuite, quelle est la seconde pire chose que je t'aie faite ?

— Lorsque tu as fait capoter mon plan logement à Seattle.

— Vraiment ?

Il semble surpris par ma réponse.

— Oui.

— Pourquoi ? Qu'est-ce qui t'a foutu les boules à ce point ?

— Le fait que tu aies pris le contrôle d'une décision qui ne t'appartenait pas et que tu me l'aies caché.

— Je n'essaierai pas de justifier cette connerie, parce que je sais que justement, c'en était une, particulièrement naze en plus.

— Ok ?

J'espère qu'il a plus que ça à m'offrir comme explication.

— Je comprends d'où ça te vient. Je n'aurais pas dû faire ça ; j'aurais dû te parler plutôt que d'essayer de t'empêcher d'aller à Seattle. Je n'allais pas bien dans ma tête à cette époque, enfin toujours pas, mais j'essaie de m'améliorer, ce qui change tout.

Je ne sais pas trop comment répondre à ça. Je suis d'accord, il ne devrait pas avoir fait une chose pareille et c'est vrai qu'il fait des efforts. Je plonge mon regard dans ses yeux verts si honnêtes et si brillants que j'ai du mal à me rappeler où je voulais en venir avec cette conversation.

— Tu as une idée en tête, Bébé, une idée plantée là par quelqu'un, peut-être que tu l'as vue dans une émission de merde à la télé, ou peut-être dans l'un de tes bouquins, je ne sais pas. Mais la vraie vie, putain, c'est dur. Aucune relation n'est parfaite et aucun homme ne traitera jamais une femme comme il le devrait. (Il lève une main en l'air pour m'empêcher de l'interrompre.) Je ne dis pas que c'est bien, d'accord ? Écoute-moi un peu : tout ce que je dis, c'est que si toi et peut-être tout autre personne dans ce monde de critiques de merde, enfin si vous faisiez plus attention au merdier en coulisse, vous verriez le monde différemment. Nous ne sommes pas parfaits, Tessa. Putain, je ne suis pas parfait mais je t'aime, et toi aussi tu es loin de la perfection.

Il grimace en disant ça, ce qui me fait comprendre qu'il le pense mais que ce n'est pas aussi terrible que ça. Il poursuit :

— Je t'ai fait subir beaucoup de saloperies et, putain, je t'ai déjà dit ça mille fois, quelque chose en moi a changé. Tu *sais* que c'est vrai.

Quand Hardin arrête de parler, je regarde le ciel derrière lui pendant quelques secondes. Le soleil vient de passer derrière les arbres et j'attends qu'il disparaisse complètement avant de répondre :

— J'ai peur que nous soyons allés trop loin. Nous avons tous les deux fait tant d'erreurs.

— Ce serait un trop grand gâchis d'abandonner sans essayer de réparer ces erreurs et bordel, tu le sais très bien.

— Un gâchis de quoi ? *De temps* ? Nous n'avons plus beaucoup de temps à perdre maintenant.

Nous approchons de l'inévitable déraillement.

— On a tout le temps du monde. On est encore jeunes ! Je suis sur le point de finir l'université et on va habiter à Seattle. Je sais que tu en as marre de mes conneries, mais égoïstement, je compte sur ton amour pour te convaincre de me laisser une dernière chance.

— Et tu penses quoi de tout ce que je t'ai fait ? Je t'ai insulté et tout ce truc avec Zed ?

Je me mords la langue et détourne le regard lorsque je parle de Zed.

Hardin pianote du bout des doigts sur la table en verre.

— Tout d'abord, Zed n'a pas sa place ici, dans cette conversation. Tu as déconné, moi aussi. Ni toi ni moi ne savions comment se comporter dans une relation amoureuse. Tu as pu croire que tu savais parce que tu es restée avec Noah pendant longtemps, mais soyons réalistes : tous les deux, en gros, vous étiez comme des cousins qui se roulaient des pelles. Ce n'était pas une vraie relation.

Je regarde Hardin méchamment en attendant qu'il continue à creuser le trou auquel il vient de s'attaquer.

— Et bon, pour ce qui est de m'insulter, ce qui n'est presque jamais arrivé (il sourit et je me demande qui est l'homme en face de moi), tout le monde se jette une petite insulte à la gueule de temps en temps. Je suis désolé, mais même la femme du pasteur de ta mère dit que son mari est un trou du cul. Elle ne lui dit probablement pas en face, mais c'est pareil. Et je préfère mille fois que tu me dises en face que je suis un connard.

— Tu as une explication pour tout, c'est ça ?

— Non, pas pour tout. Pas pour grand-chose, en fait, mais je sais que tu es assise face à moi à chercher une porte de sortie, et je fais de mon mieux pour m'assurer que tu sais ce que tu dis.

— Depuis quand communique-t-on comme ça ?

Je ne peux m'empêcher d'être étonnée de l'absence de cris et de pleurs de notre conversation.

Hardin croise les bras et triture le bout de son plâtre.

— Depuis maintenant. Depuis, je ne sais pas, que les autres merdes n'avaient pas l'air de marcher entre nous. Alors, pourquoi ne pas essayer ça ?

Je sens ma bouche s'ouvrir de surprise devant la nonchalance de sa déclaration.

— Pourquoi tu dis ça comme si c'était si facile ? Si ça l'était, on aurait pu le faire avant.

— Non. Je n'étais pas le même avant, et toi non plus.

Il me regarde intensément dans l'attente d'une réponse.

— Ce n'est pas si simple ; le temps qu'il nous a fallu pour en arriver là *compte,* Hardin. Ça compte que nous ayons traversé toutes ces épreuves et j'ai besoin de temps pour moi. De temps pour découvrir qui je suis, ce que je veux faire de ma vie et comment je vais y arriver aussi. Et j'ai besoin de faire ça toute seule.

Pleine d'audace, j'annonce mon programme, mais j'ai l'impression d'avoir de l'acide dans la bouche en prononçant ces mots.

— Tu as pris ta décision, alors ? Tu ne veux pas vivre avec moi à Seattle ? C'est pour ça que tu es aussi fermée et que tu ne veux même pas écouter ce que j'ai à te dire ?

— J'écoute, mais ma décision est déjà prise… Je ne peux plus me permettre de faire ces allers et retours incessants. Pas seulement avec toi, mais aussi avec moi-même.

— Je ne te crois pas, surtout parce que j'ai l'impression que tu ne te crois pas toi-même.

Il s'enfonce dans le coussin de la chaise et pose ses pieds sur la table. Il poursuit :

— Où est ton appartement alors ? Dans quel quartier de Seattle ?

— Ce ne sera pas à Seattle.

J'ai soudain l'impression que ma langue est en plomb et que je ne peux plus dire un mot.

— Oh ! Où ça alors ? Dans quelle banlieue ?

Sa voix devient méprisante.

— À New York, Hardin. Je veux aller…

Là, il me croit.

— *New York ?* (Il enlève ses pieds de la table et se lève.) Tu parles de la *vraie* ville de New York ? Ou d'un petit quartier de hipsters à Seattle que je ne connais pas encore ?

— Le vrai New York. Dans une semaine.

Il vaut mieux clarifier la situation tout de suite.

Le seul bruit que fait Hardin est celui de ses pieds sur le bois de la terrasse qu'il parcourt de long en large.

— Quand as-tu pris cette décision ?

— Après Londres et après le décès de mon père.

— Alors, parce que j'ai joué au con avec toi, tu as décidé d'emballer tes affaires et de te tirer à New York ? Tu n'as même jamais quitté l'État de Washington ; qu'est-ce qui te fait croire que tu pourrais vivre dans une ville pareille ?

Sa réponse titille mon côté défensif.

— Je peux vivre où je veux ! N'essaie pas de me rabaisser.

— Te rabaisser ? Tessa, tu es une personne mille fois meilleure que moi, mais qu'est-ce qui te fait penser que tu peux vivre à New York ? Où vivrais-tu ?

— Avec Landon.

Hardin écarquille les yeux.

— *Landon ?*

C'est cette tête-là que j'attendais, espérant qu'elle ne vienne pas, mais maintenant qu'elle est là, tristement, je me sens un peu plus à l'aise. Hardin prenait tout si bien ; il était plus compréhensif, calme et prudent dans ses paroles qu'il ne l'a jamais été. Ça me perturbait.

Cette tête-là, je la connais. C'est Hardin qui essaie de contrôler la rage qui le saisit.

— *Landon*. Toi et Landon, vous déménagez à New York.

— Oui, il y allait déjà et je…

— C'est l'idée de qui ? La sienne ou la tienne ?

Hardin parle d'une voix sourde, et je réalise qu'il est bien moins en colère que je l'attendais. Il y a quelque chose de pire que la colère, c'est la souffrance. Hardin est blessé et je sens mes entrailles se serrer en le voyant tour à tour surpris, trahi, puis essayant de se contrôler.

Je ne veux pas dire à Hardin que Landon m'a proposé de l'accompagner à New York. Je ne veux pas dire à Hardin que Landon et Ken m'ont aidée pour envoyer ma candidature à l'université avec des lettres de recommandation.

— Je ne vais pas suivre de cours le premier semestre quand j'arriverai.

J'espère lui faire oublier sa question.

Il se tourne vers moi, les joues rouges sous la lumière artificielle, le regard fou et les poings serrés.

— C'était son idée, c'est ça ? Il le savait depuis le début et alors qu'il me faisait croire qu'on était, je ne sais pas, amis… *frères* même, il a fait ça dans mon dos.

— Hardin, ça ne s'est pas passé comme ça.

— Mais genre ! Tous les deux, vous êtes *autre chose, putain*. (Ses mains s'agitent frénétiquement.) Tu es restée là, à me faire passer pour un con qui te proposait de t'épouser, d'adopter des mômes et toutes ces merdes, et tu savais, *putain, tu savais* que tu allais te tirer de toute façon ?

Il tire ses cheveux et change la direction de ses déambulations. Il marche vers la porte, j'essaie de le retenir.

— Ne rentre pas dans la maison dans cet état-là, s'il te plaît. Reste ici avec moi et terminons cette discussion. Nous avons encore tant de choses à nous dire.

— *Stop ! Putain, stop !*

D'un mouvement d'épaule, il repousse ma main quand j'essaie de le toucher.

Hardin tire sur la poignée de la porte de la moustiquaire et je suis certaine que le bruit que j'entends provient des gonds qui se déforment. Je le suis de près en espérant qu'il ne va pas faire ce qu'il fait toujours quand quelque chose de mal arrive dans notre vie. Il entre dans la cuisine.

— *Landon !*

Je suis contente que Ken et Karen semblent s'être retirés à l'étage.

— Quoi ?

Landon répond sur le même ton.

Je suis Hardin dans la salle à manger où Landon et Sophia sont toujours assis, une assiette à dessert quasiment terminée entre eux.

Lorsque Hardin déboule dans la pièce, la mâchoire tendue et les poings serrés, Landon change d'expression.

— Que se passe-t-il ?

Il jette un coup d'œil prudent à son demi-frère avant de se retourner pour m'observer.

— Ne la regarde pas elle, mais *moi*.

Sophia sursaute mais se reprend rapidement et se tourne vers moi lorsque je me place derrière Hardin.

— Hardin, il n'a rien fait de mal. C'est mon meilleur ami et il ne faisait que m'aider.

Je sais de quoi Hardin est capable, et l'idée que Landon soit du mauvais côté de son poing me rend malade.

— Reste en dehors de ça, Tessa.

— De quoi parles-tu ? (Je sais que Landon est parfaitement conscient de ce qui a pu mettre Hardin dans cet état.) Attends, tu veux parler de New York, c'est ça ?

— *Putain, mais oui, c'est à propos de New York !*

Landon se lève et Sophia adresse à Hardin un regard d'avertissement meurtrier. Ma décision est prise, je suis d'accord pour que Landon et elle deviennent plus que de bons voisins.

— Je ne faisais que me soucier de Tessa quand je l'ai invitée ! Tu as rompu avec elle et elle était brisée, absolument brisée. New York est ce qu'il y a de mieux pour elle.

— Tu sais à quel point t'es taré ? Tu as prétendu être mon pote, putain, et maintenant tu me fais *ce coup-là* ?

Hardin se remet à tourner en rond, à petits pas cette fois.

— Je n'ai rien prétendu ! Tu as encore déconné et j'essayais de l'aider ! Je suis votre ami à *tous les deux.*

J'ai le cœur qui bat la chamade quand Hardin traverse la pièce et agrippe la chemise de son demi-frère.

— Tu l'aides en me la prenant !

Hardin le pousse contre le mur.

— Tu étais trop défoncé pour en avoir quelque chose à foutre.

Landon lui crie maintenant en pleine figure.

Sophia et moi les observons, scotchées sur place. Je les connais bien mieux qu'elle et même moi, je ne sais pas quoi faire ni quoi dire. C'est un véritable chaos : les deux hommes qui se crient dessus, le vacarme de Ken et Karen descendant les escaliers à toute vitesse, le verre et la porcelaine qui se brisent quand il colle Landon contre le mur.

— Putain, tu savais ce que tu faisais. Je te faisais confiance, espèce de petite merde !

— Vas-y alors ! Frappe-moi !

Hardin lève le poing, mais Landon ne cille même pas. Je crie le nom d'Hardin et j'entends Ken et Karen faire la même chose. Du coin de l'œil, je vois Karen tirer sur la chemise de Ken pour l'empêcher d'aller s'interposer entre les deux hommes.

— Frappe-moi, Hardin ! Tu es si fort et si violent, vas-y putain !

— Je vais ! Je vais…

Hardin baisse la main pour la remonter ensuite.

Les joues de Landon sont rouges de colère et sa poitrine se soulève au rythme de sa respiration saccadée, mais il n'a pas l'air d'avoir le moins du monde peur d'Hardin. Il a l'air en colère, mais aussi de se maîtriser complètement. J'ai l'impression d'être l'exact opposé ; je me sens comme si les deux personnes que j'aimais le plus allaient se battre d'un instant à l'autre, sans savoir quoi faire.

Ken et Karen ne semblent pas s'inquiéter pour la santé de leur fils. Ils sont étonnamment calmes.

— Tu ne vas pas le faire.

— Si, putain, je vais le faire ! Je vais défoncer ce con de plâtre…

Mais Hardin ne termine pas sa phrase. Il observe Landon, se tourne vers moi avant de revenir sur Landon.

— Va te faire foutre !

Il baisse le poing, puis tourne les talons et quitte la pièce. Landon est toujours contre le mur, l'air d'être à deux doigts de taper sur quelque chose lui aussi. Sophia s'est levée et se rapproche de lui pour le réconforter. Ken et Karen parlent doucement entre eux, se dirigent vers nous… et moi, eh bien, je suis plantée là, au milieu de la salle à manger, à essayer de comprendre ce qui vient de se passer.

Landon a demandé à Hardin de le frapper. Hardin était déjà lancé : il s'est senti trahi comme s'il s'était fait avoir encore une fois, et pourtant, il ne l'a pas fait. Hardin Scott s'est détourné de la violence, même lorsqu'elle était à son paroxysme.

∞

61

Hardin

Je marche jusqu'à sortir de la maison et c'est seulement à ce moment-là que je me rends compte que Ken et Karen étaient dans la pièce. Pourquoi n'ont-ils pas essayé de m'arrêter ? Est-ce que, d'une manière ou d'une autre, ils savaient que je ne le frapperais pas ?

Je ne suis pas trop sûr de savoir ce que ça me fait.

Putain, l'air printanier n'est ni frais, ni vivifiant, ni floral mon cul, rien qui puisse m'aider à sortir de cette transe de merde. J'y retourne. Je vois rouge, mais je n'en ai pas envie. Putain, je ne veux pas rechuter et perdre tout ce que j'ai tant bossé pour réussir. Je ne veux pas perdre cette nouvelle et bien plus facile version de moi. Si je l'avais frappé, si j'avais cogné Landon, putain, il aurait retrouvé ses dents au fond de sa gorge et j'aurais perdu. J'aurais tout perdu, Tessa en premier.

Mais bon, je ne l'ai pas vraiment. Elle n'est plus à moi depuis que je l'ai renvoyée de Londres. Depuis tout ce temps, elle planifiait sa petite sortie. Aux côtés de Landon. Tous les deux ont comploté derrière mon dos, se préparant à me laisser derrière eux dans cet État de Washington de merde alors qu'ils vont traverser le pays ensemble. Elle est restée assise là, silencieuse, à m'écouter lui ouvrir mon cœur et elle m'a laissé passer pour un con.

Landon m'a roulé depuis le début, à me faire croire que je comptais pour lui. Tout le monde dans mon entourage se fout de ma gueule, me ment, et j'en ai marre. Hardin, putain de con d'Hardin, le gars dont tout le monde se fout, toujours le dernier à être au courant de tout. C'est moi. Ça a toujours été moi et ça le sera à jamais.

Tessa est la seule personne qui ait pris le temps de se soucier de moi, de s'occuper de moi et de me faire sentir que j'en valais vraiment la peine.

Je suis d'accord, notre relation n'est pas des plus simples. J'ai fait connerie sur connerie et j'aurais pu beaucoup moins merder en faisant les choses différemment, mais je ne la maltraiterai jamais. Si elle me voit comme ça, ou si elle pense que notre relation est entachée de maltraitance, alors il n'y a vraiment plus aucun espoir pour nous.

Je crois que le plus dur à expliquer, c'est qu'il y a une grosse différence entre le fait que notre relation ne soit pas saine et un cas de maltraitance. Je crois que beaucoup de gens sont prompts à juger sans se mettre à la place de ceux qui sont dans cette merde.

Mes pieds me font traverser la pelouse et m'emmènent à l'orée du bosquet au fond du jardin. Putain, je ne sais pas où je vais ni ce que je fous là, mais j'ai besoin de calmer ma respiration et de me concentrer avant de péter les plombs.

Il a fallu que ce con de Landon me pousse ; il a juste eu à appuyer là où ça fait mal pour que je le frappe. Mais je n'ai pas senti la vague d'adrénaline enragée m'envahir, mon sang ne chantait pas dans mes veines, je ne salivais pas d'avance à l'idée de me battre, pour une fois.

Putain, mais pourquoi m'a-t-il demandé de le frapper ? C'est qu'un gros con, je ne vois pas d'autre explication.

C'est un enfoiré, voilà ce qu'il est.

Bâtard.

Trou du cul.

Putain d'enfoiré de bâtard de trou du cul de merde.

— Hardin ?

La voix de Tessa traverse le silence obscur et j'essaie de rapidement décider si je veux lui parler ou non. Je suis trop en colère pour gérer sa merde et supporter qu'elle m'engueule d'avoir provoqué Landon. Je sors de ma cachette entre deux gros arbres.

— C'est lui qui a commencé.

Bien joué pour la planque. *Et voilà, je ne suis même pas foutu de faire ça correctement.*

— Tu vas bien ?

Sa voix est légère et nerveuse.

— Qu'est-ce que tu crois ?

— Je…

— C'est bon. Épargne-moi ça. Je sais que tu vas dire que tu as raison et que j'ai tort, et que je n'aurais pas dû balancer Landon contre le mur.

Elle s'approche de moi et je ne peux pas m'empêcher de remarquer que chaque fois qu'elle fait un pas en avant, moi aussi. Même en colère, je suis attiré par elle, putain, comme toujours, et ça ne changera jamais.

— En fait, je venais te présenter des excuses. Je sais que c'était très mal de te cacher ça. Je veux endosser la responsabilité de mon erreur, pas t'en blâmer.

Quoi ?

— Depuis quand ?

Je me rappelle encore une fois que je suis en colère. Mais c'est dur quand j'ai juste envie qu'elle me fasse un câlin, qu'elle me rappelle que je ne suis pas aussi tordu que je le pense.

— Est-ce qu'on peut encore parler ? Tu sais, comme nous l'avons fait sur la terrasse ?

Ses yeux sont grands ouverts et pleins d'espoir, même dans le noir, même après m'avoir vu exploser.

J'ai envie de lui dire non, qu'elle a eu une putain d'opportunité de parler tous les jours depuis qu'elle a décidé d'aller vivre de l'autre côté de ce putain de pays, de « mettre un peu d'espace entre nous ». Au lieu de quoi, je soupire pour accepter. Je ne lui donne pas la satisfaction de répondre, mais je fais un mouvement de tête, puis je m'adosse contre un tronc d'arbre derrière moi.

Rien qu'en regardant sa tête, je vois bien qu'elle ne s'attendait pas à ce que j'accepte aussi facilement. Le petit merdeux infantile qui est en moi est bien content de l'avoir déstabilisée.

Elle s'agenouille, puis s'assied en tailleur dans l'herbe. Elle pose ses mains sur ses pieds nus, lève les yeux vers moi.

— Je suis fière de toi.

Les lampes sur la terrasse projettent juste assez de lumière pour souligner son petit sourire et son doux compliment dans ses yeux.

— Pourquoi ?

Je triture l'écorce de l'arbre dans l'attente de sa réponse.

— D'avoir tourné les talons comme ça. Je sais que Landon te poussait tant et plus, mais tu t'es détourné de la violence, Hardin. C'est une immense étape pour toi. J'espère que tu sais combien ça compte pour lui que tu aies choisi de ne pas le frapper.

Genre il en a quelque chose à foutre ! Il a fait des trucs dans mon dos ces trois dernières semaines.

— Ça ne veut rien dire.

— Si, bien sûr que si. C'est très important pour lui.

J'arrache un morceau d'écorce particulièrement gros et le jette à mes pieds. Les yeux rivés sur les arbres, je demande :

— Et pour toi, qu'est-ce que ça veut dire ?

— Encore plus. Ça veut dire encore plus pour moi.

Elle caresse la pelouse de la paume de sa main.

— Assez pour t'empêcher de déménager ? Ou est-ce un « encore plus », genre tu es très fière de moi, mais tu veux quand même partir ?

Je n'arrive pas à dissimuler mon ton geignard.

— Hardin…

Elle secoue la tête, essayant de trouver une excuse, j'en suis certain.

— Landon, plus que n'importe qui d'autre, sait ce que tu représentes pour moi. Il sait que tu es ma putain de ligne de vie et il n'en a rien eu à foutre. Il va t'emmener de l'autre côté du pays, loin de moi, et ça fait mal, d'accord ?

Elle soupire et se mord la lèvre inférieure.

— Quand tu dis des choses comme ça, j'oublie pourquoi je me dispute avec toi.

— Quoi ?

Je repousse mes cheveux en arrière et m'assieds par terre, adossé à l'arbre.

— Quand tu me dis que je suis ta ligne de vie et quand tu admets que quelque chose te fait mal, ça me rappelle pourquoi je t'aime tant.

Je la regarde et je remarque qu'elle parle comme une personne décidée, malgré ses déclarations sur l'incertitude de notre relation.

— Putain, tu sais très bien que tu l'es et tu sais aussi très bien que je suis une merde sans toi.

Peut-être que j'aurais dû dire : *Je ne suis rien sans toi, aime-moi*, mais j'ai déjà balancé ma propre version.

— Mais non. (Elle hésite à sourire.) Tu es une bonne personne, même quand tu donnes le pire de toi-même. J'ai la mauvaise habitude de te rappeler tes erreurs et de t'en tenir rigueur, alors qu'en fait je suis aussi mauvaise que toi dans notre relation. Je suis tout aussi responsable que toi de cette malédiction.

— Malédiction ?

J'ai entendu ça bien trop souvent.

— Notre destruction mutuelle, je veux dire. C'était autant ta faute que la mienne.

— Pourquoi détruire ? Pourquoi ne pouvons-nous pas résoudre nos problèmes ?

Elle prend une autre inspiration et penche la tête légèrement en arrière pour regarder le ciel.

— Je ne sais pas.

— Tu ne sais pas ?

Je répète sa phrase, un sourire aux lèvres. *Putain, on est complètement tarés.*

— Je ne sais pas. J'ai juste pris ma décision et maintenant, je suis perdue, parce que tu essaies vraiment et honnêtement, je le vois bien.

— Vraiment ?

J'essaie de ne pas avoir l'air trop intéressé, mais bien sûr ma voix de merde se brise et je couine comme une souris à la con.

— Oui, Hardin, vraiment. Je ne sais simplement pas trop comment réagir.

— New York ne va pas nous aider. New York ne sera pas ce nouveau départ ou quoi que ce soit d'autre auquel tu penses. Toi et moi savons bien que tu utilises cette ville comme une porte de sortie facile devant tout ce bordel.

J'agite la main entre elle et moi pour nous désigner tous les deux.

— Je sais.

Elle arrache une touffe d'herbe, je la connais suffisamment pour savoir qu'elle fait ça chaque fois qu'elle s'assied dans l'herbe.

— Combien de temps ?

— Je ne sais pas. Je veux vraiment aller à New York, maintenant. Mon expérience de l'État de Washington n'a pas été une réussite jusqu'à présent.

Elle baisse la tête et je la sens s'éloigner et disparaître dans ses pensées.

— Tu y as habité toute ta vie.

Elle cligne des yeux, prend une grande inspiration et jette les petits morceaux d'herbe à ses pieds.

— Justement.

∞

62

Tessa

— Tu es prêt à rentrer ?

Je romps le silence. Hardin n'a pas dit un mot et je n'ai pas réussi à trouver quoi que ce soit qui vaille la peine d'en parler durant ces vingt dernières minutes.

— Et toi ?

Il se lève en s'appuyant sur l'arbre, puis essuie la terre sur son jean noir.

— Si tu l'es…

— Je le suis. (Un sourire sarcastique se dessine sur ses lèvres.) Mais si tu veux qu'on continue à *parler* de rentrer à la maison, on peut le faire.

— Ah ah !

Je lève les yeux au ciel et il tend la main vers moi pour m'aider à me lever. Sa main s'enroule avec délicatesse autour de mon poignet, puis il me tire vers le haut. Il ne me relâche pas ; il glisse seulement sa main dans la mienne pour la tenir. Je ne relève pas sa caresse ni qu'il me regarde d'une manière familière, il me regarde comme lorsque sa colère est masquée, dépassée même, par son amour pour moi. Cette expression naturelle, absolument pas réfléchie, me rappelle que j'ai aussi besoin de cet homme et que je l'aime plus que je ne pourrai jamais l'admettre.

Il n'y a pas de sous-entendu derrière son geste, rien de calculé lorsque son bras enserre ma taille et qu'il me rapproche de son corps pour traverser la pelouse jusqu'à la terrasse.

Quand nous rentrons, nous n'échangeons pas un mot ; nous ne récoltons qu'un regard inquiet de la part de Karen. Elle a posé sa main sur le bras de son mari qui se penche vers Landon pour lui parler calmement. Landon a regagné son siège autour de la table de la salle à manger.

Sophia n'est plus là, j'imagine qu'elle est partie au moment où le chaos a déferlé dans la pièce. D'ailleurs qui pourrait l'en blâmer ?

— Est-ce que tu vas bien ?

Karen suit des yeux Hardin qui passe à côté d'elle.

Landon lève les yeux en même temps que Ken, j'appuie d'une petite pression sur le bout des doigts d'Hardin.

— Qui, moi ?

Il s'arrête au pied des escaliers et je lui rentre dedans.

— Oui, chéri, est-ce que tu vas bien ?

Karen repousse ses cheveux bruns derrière ses oreilles et s'avance d'un pas vers nous, une main posée sur son ventre.

— Tu veux dire (Hardin s'éclaircit la gorge), est-ce que je vais me déchaîner sur Landon et lui refaire le portrait ? Non, je vais m'abstenir.

Karen secoue la tête, son doux visage incarne la patience.

— Non, ce que je voulais te demander, c'est si toi, tu allais *bien* ? Est-ce que je peux faire quelque chose pour toi ? Voilà ce que je voulais dire.

Il cligne des yeux, reprenant contenance.

— Ouais, ça va.

— Si la réponse à cette question change, tu m'en parles. D'accord ?

Il acquiesce et me conduit à l'étage. Avant de monter, je baisse les yeux pour chercher Landon du regard et lui demander silencieusement de me suivre, mais il ferme les yeux et se tourne d'un quart de tour.

— Je dois parler à Landon.

Hardin ouvre la porte de sa chambre, allume la lumière et lâche mon bras.

— Maintenant ?

— Oui, maintenant.

— Maintenant, tout de suite ?

— Oui.

À l'instant où je prononce le mot, Hardin me plaque contre le mur.

— Tu es à une seconde près ?

Il se penche vers moi, son souffle chaud contre mon cou, et poursuit :

— Tu es sûre ?

Je ne suis pas sûre, sûre de rien en fait.

— Quoi ?

J'ai la voix rauque et la tête embuée.

— Je crois que tu allais m'embrasser.

Il presse ses lèvres contre les miennes et je ne peux m'empêcher d'en sourire, de me sentir follement soulagée de son affection. Ses lèvres ne sont pas douces ; elles sont sèches et gercées, mais si parfaites, et j'aime sentir sa langue dessiner le contour de la mienne et s'insinuer dans ma bouche, m'évitant de trop réfléchir ou de me dérober.

Je sens ses mains sur ma taille, ses doigts s'enfoncent dans ma chair, et son genou se fraie un passage entre mes cuisses pour les écarter.

— Je n'arrive pas à croire que tu déménages si loin de moi. (Sa bouche me frôle tout le long de la joue pour s'arrêter juste sous mon oreille.) Si loin de moi.

— Je suis désolée.

Je suis incapable d'en dire plus quand ses mains passent de mes hanches à mon ventre, repoussant le tissu de mon t-shirt d'un geste appuyé.

— On ne fait que courir, tous les deux.

Le ton de sa voix est calme, mais ses mains prennent mes seins avec précipitation. J'ai le dos appuyé contre le mur et mon t-shirt est maintenant à mes pieds.

— C'est vrai.

— Une dernière citation d'Hemingway et je vais occuper ma bouche ailleurs.

Il sourit en m'embrassant, ses mains me caressent, me titillent juste au-dessus de la ceinture de mon pantalon.

— « Ce n'est pas parce que tu iras d'un endroit dans un autre que tu échapperas à toi-même[1]. »

Puis ses doigts se glissent sous ma ceinture.

Je gémis, bouleversée tant par ses mots que par la sensation de ses mains sur mon corps. Ses paroles tournent en rond dans ma tête quand il me touche, ce que je fais aussi. Visiblement, il bande fort et quand je m'occupe de la braguette de son jean, il murmure mon nom.

---

1. Ernest Hemingway, *Le soleil se lève aussi*, chapitre II, traduction Maurice-Edgar Coindreau, Gallimard, Folio, Paris 1972.

— Ne pars pas à New York avec Landon, reste avec moi à Seattle.

Landon. Je tourne la tête et retire ma main du pantalon d'Hardin.

— Il faut que je parle à Landon, c'est important. Il semblait fâché.

— Et alors ? Moi aussi, je suis fâché.

— Je sais. (Je soupire.) Mais visiblement, tu n'es pas si fâché que ça.

Je jette un coup d'œil à son sexe, à peine recouvert par son boxer.

— Eh bien, ça, c'est parce que ma colère a été détournée.

C'est comme s'il y avait pensé après coup.

— Je ne serai pas longue.

Je me détache de lui et récupère mon t-shirt par terre, puis le renfile.

— Ok, j'ai besoin de deux minutes de toute façon.

Hardin se tire les cheveux en arrière et relâche la mèche emmêlée sur sa nuque. Depuis que je l'ai rencontré, ses cheveux n'ont jamais été aussi longs. Je les aime bien comme ça, mais ça me manque un peu de ne plus voir l'encre de son tatouage s'échapper du col de son t-shirt.

— Deux minutes loin de moi ?

J'ai posé la question avant de me rendre compte à quel point je fais fille désespérée en disant ça.

— Oui. Tu viens juste de m'annoncer que tu allais déménager de l'autre côté du pays et j'ai perdu mon calme avec Landon. J'ai besoin de quelques minutes pour me repasser tout ça dans ma tête et y réfléchir.

— Ok, je comprends.

Je comprends vraiment. Il gère la situation bien mieux que je ne l'aurais cru et la dernière chose que je devrais faire, c'est bien de sauter dans son lit et de négliger mon amitié avec Landon.

— Je vais prendre une douche.

Ma tête est toujours dans la chambre avec Hardin, pressée contre le mur à vivre ce moment d'oubli lorsque je descends au rez-de-chaussée. À chaque pas, le fantôme de ses mains sur mon corps disparaît un peu plus et quand j'entre dans la salle à manger, Karen s'éloigne de Landon et Ken lui fait signe de me laisser seule dans la pièce avec lui. Elle me fait un petit sourire, puis me presse gentiment la main en passant.

— Salut.

Je tire une chaise pour m'asseoir à côté de Landon, mais il se lève à l'instant où je prends place.

— Pas maintenant, Tessa.

Il se dirige vers le salon d'un air décidé.

Perturbée par la dureté de sa voix, je me dis que j'ai raté un truc. Apparemment, j'ai raté même plus que ça.

— Landon… Attends !

Je me lève pour le suivre dans le salon.

— Je suis désolé, mais ça ne marche plus.

— Qu'est-ce qui ne marche plus ?

Je tire sur le bas de son t-shirt à manches longues pour l'empêcher de s'éloigner de moi.

— Ce truc entre Hardin et toi. Ça allait quand ça ne concernait que vous deux, mais maintenant, vous entraînez tout le monde dedans et ce n'est pas honnête.

Sa colère me blesse profondément et il me faut un instant pour me rappeler qu'il s'adresse à moi. Landon a toujours été un tel soutien et si gentil que je ne me serais jamais attendue à entendre ça de sa bouche.

— Je suis désolé, Tessa, mais tu sais que j'ai raison. Tous les deux, vous ne pouvez pas vous empêcher de ramener vos problèmes ici. Ma mère est enceinte maintenant et cette scène aurait vraiment pu être dangereuse pour sa santé. Vous n'arrêtez pas de faire des allers et retours entre Seattle et ici, à vous disputer dans les deux villes et partout.

Aïe.

Je cherche mes mots, non pas qu'aucune belle parole ne me vienne à l'esprit.

— Je sais, je suis désolée pour ce qui vient de se passer. Je n'avais pas l'intention que ça se produise, Landon. Il fallait que je lui dise pour New York, je ne pouvais plus lui cacher ça. Je pense qu'il a très bien pris la nouvelle.

Je m'arrête quand ma voix se brise. Ça me perturbe et me panique que Landon m'en veuille. Je savais qu'il n'était pas content qu'Hardin le touche, mais je ne m'attendais pas à ça.

Landon se tourne pour me regarder.

— Il a « très bien pris la nouvelle » ? *Il m'a balancé contre le mur…*

Il soupire et retrousse ses manches jusqu'au coude, en prenant quelques grandes inspirations avant de poursuivre :

— J'imagine que tu as raison. Mais ça ne veut pas dire que ça ne devient pas un problème de plus en plus pénible. Tous les deux, vous ne pouvez pas continuer à vous disputer et vous rabibocher partout sur la planète. Si ça ne fonctionne pas dans une ville, pourquoi penses-tu que ça peut marcher dans une autre ?

— Je sais. C'est pour ça que je viens à New York avec toi. J'avais besoin de comprendre ça toute seule. Enfin, sans Hardin. C'était là le fin mot de l'histoire.

Landon secoue la tête.

— Sans Hardin ? Tu crois qu'il va te laisser aller à New York sans lui ? Soit il va t'accompagner, soit tu vas rester ici, mais vous vous disputerez comme toujours.

Tout le monde dit la même chose sur ma relation avec Hardin. Mon Dieu, moi aussi j'en arrive aux mêmes conclusions. J'ai déjà entendu tout ça de nombreuses fois, mais que Landon me les jette en pleine figure, c'est autre chose. C'est différent et ça a une tout autre portée, ça me fait plus mal encore et j'en viens à douter encore plus.

— Je suis vraiment désolée, Landon. (J'ai l'impression que je vais me mettre à pleurer.) Je sais que j'attire tout le monde dans notre désastre et j'en suis désolée. Ce n'est pas ce que je veux faire. Je ne veux pas que ça se passe comme ça, surtout avec toi. Tu es mon meilleur ami. Je n'ai jamais voulu que tu te mettes dans un tel état.

— Ouais, eh bien, trop tard. Et ça vaut pour beaucoup de monde, Tessa.

Ses mots si durs me frappent au seul endroit encore intact et propre qui restait en moi, ce petit coin que j'avais réservé pour Landon et son indéfectible amitié. Ce petit coin sacré qui était tout ce qui me restait des gens de mon entourage. C'était mon refuge et, maintenant, il est plongé dans les ténèbres, comme le reste.

— Je suis désolée.

Ma voix est réduite à un couinement brisé et je suis convaincue que mon esprit n'a pas encore saisi que c'était Landon qui me disait tout ça.

— C'est juste que je… je croyais que tu étais de notre côté.

Il faut que je sache si la situation est aussi désespérée qu'elle semble l'être.

Il respire un bon coup avant de me répondre :

— Je suis tout aussi désolé, mais ce soir, c'était la goutte d'eau qui a fait déborder le vase. Ma mère enceinte, Ken qui essaie de rattraper la situation avec Hardin, et mon déménagement, c'est trop. C'est notre famille et nous devons nous retrouver. Tu ne nous aides pas.

— Je suis désolée.

Je ne peux rien dire d'autre, rien contre lui, je ne peux même pas avoir un avis différent du sien, car il a raison. C'est leur famille, pas la mienne. Peu importe mon immense désir de considérer cette famille comme la mienne, ce n'est pas le cas, je suis la pièce rapportée dont on peut se débarrasser. Je l'ai été partout où j'ai essayé de m'installer depuis que j'ai quitté la maison de ma mère.

Il a le regard baissé sur ses pieds et je n'arrive pas à regarder ailleurs que son visage.

— Je sais que tu es désolée. Je le suis aussi d'être une ordure, mais il fallait que je te le dise.

— Oui, je comprends. (Il ne me regarde toujours pas.) Ce ne sera pas comme ça à New York, je te le promets. J'ai juste besoin de temps. Je suis tellement perdue dans tout ce qui se passe dans ma vie, je n'arrive pas à y voir la logique.

Cette sensation de ne pas être désirée quelque part, quand on n'est pas sûr de savoir comment partir, est véritablement atroce, il n'y a pas pire. C'est tellement bizarre, et il me faut quelques secondes pour comprendre la situation et m'assurer de ne pas être parano. Mais quand mon meilleur ami refuse de me regarder en face après m'avoir dit que je causais des problèmes à sa famille, la seule famille que j'ai, je sais que c'est la vérité. Landon ne veut pas me parler en ce moment, mais il est trop gentil pour me le dire.

— New York. (Je ravale la grosse boule que j'ai dans la gorge.) Tu ne veux plus que je vienne avec toi ?

— C'est pas ça. J'ai cru que New York serait un nouveau départ pour nous deux, Tessa. Pas un nouvel endroit pour que tu te disputes avec Hardin.

— J'ai compris.

Je hausse les épaules et plante mes ongles dans les paumes de ma main pour m'empêcher de pleurer. J'ai pigé. Je comprends tout.

Landon ne veut pas que j'aille à New York avec lui. Mon plan n'était pas très bon de toute façon. Je n'ai pas beaucoup d'argent et je ne suis pas encore formellement acceptée à NYU, si jamais je le suis un jour. Jusqu'à présent, je n'avais pas pris conscience de l'importance de ma décision de déménager à New York. J'en avais besoin. J'avais besoin d'au moins essayer de faire quelque chose de spontané et de différent et j'avais besoin de sauter à deux pieds au cœur du monde réel et de retomber sur mes pattes.

— Je suis désolé.

Il tape légèrement le pied d'une chaise du bout de sa chaussure pour détourner l'attention de ce qu'il vient de m'asséner.

— C'est bon, j'ai compris.

Je me force à sourire à mon meilleur ami et je m'arrange pour remonter les escaliers avant que mes larmes coulent abondamment sur mes joues.

Dans la chambre d'amis, le lit semble dur sous mon corps, mais il me permet de me tenir suffisamment droite pour regarder toutes mes erreurs en face.

J'ai été si égoïste, je ne m'en étais même pas rendu compte jusqu'à présent.

J'ai détruit tant de relations ces huit derniers mois. Quand j'ai commencé mes études, amoureuse de Noah, mon petit ami d'enfance, je l'ai trompé à peine quelques semaines plus tard avec Hardin, et à plusieurs reprises.

Je suis devenue amie avec Steph qui m'a trahie et a essayé de me faire du mal. J'ai jugé Molly alors qu'elle n'était pas celle dont j'aurais dû m'inquiéter. Je me suis forcée à croire que je pourrais avoir ma place à l'université, que dans ce groupe de personnes j'avais trouvé des amis quand, en fait, je n'étais qu'une vaste blague à leurs yeux.

Je me suis battue tant et plus pour garder Hardin ; je me suis battue dès le départ pour qu'il m'accepte. Quand il ne voulait pas de moi, je le voulais plus encore. Je me suis battue contre ma mère pour le défendre ; je me suis battue contre moi-même pour le défendre ; je me suis battue contre lui pour le défendre de lui-même.

Je lui ai donné ma virginité alors que c'était pour remporter un pari. Je l'ai aimé, j'ai chéri ce moment et, pendant tout ce temps, il me cachait la raison de ses actes. Même après avoir su ça, je suis restée avec lui et il me revenait toujours avec des excuses chaque fois plus énormes. Ce n'était pas toujours sa faute, mais plus ses erreurs étaient profondes et douloureuses, plus les miennes devenaient tout aussi fréquentes.

Par pur égoïsme, j'ai utilisé Zed pour remplir le vide quand Hardin me quittait. Je l'ai embrassé, j'ai passé du temps avec lui et je l'ai mené en bateau. J'ai conservé ma relation amicale avec lui au détriment de celle que j'avais avec Hardin, poursuivant en toute connaissance de cause le jeu qu'ils avaient commencé bien des mois plus tôt.

J'ai souvent accordé mon pardon à Hardin, pour lui renvoyer ses erreurs en pleine figure. J'ai toujours trop attendu de lui et je ne l'ai jamais laissé l'oublier. Malgré ses failles, Hardin est un mec bien. C'est quelqu'un de tellement bien qu'il mérite d'être heureux. Il mérite tout. Il mérite des jours tranquilles avec une femme aimante qui n'aura pas à se battre pour lui donner des enfants. Il ne mérite pas des petits jeux et des mauvais souvenirs. Il ne mérite pas de tenter de vivre à la hauteur de mes attentes ridicules, quasiment impossibles à atteindre.

Ces huit derniers mois, j'ai traversé l'enfer et j'en suis revenue et maintenant, je suis là, assise sur ce lit, seule.

J'ai passé toute ma vie à planifier, programmer, organiser et anticiper et, pourtant, je me retrouve ici avec juste les joues barbouillées de mascara et des plans réduits à néant. Pas même réduits à néant, aucun d'entre eux n'était suffisamment avancé pour qu'ils puissent être réduits à quoi que ce soit. Je n'ai aucune idée de là où doit me mener ma vie. Je n'ai plus d'université pour m'accueillir, ma place n'est nulle part, je n'ai même plus cette notion romantique de l'amour apprise dans les livres, que j'ai adorée et à laquelle je croyais. Je n'ai aucune idée de ce que je vais bien pouvoir faire de ma vie.

Tant de ruptures, tant de deuils. Mon père revenu dans ma vie, seulement pour être massacré par ses propres démons. J'ai vu le mensonge absolu qu'était toute la vie d'Hardin : son mentor devenu son père biologique dont la longue relation amoureuse avec sa mère a mené l'homme qui l'a élevé à la boisson. Hardin a tant souffert dans son enfance pour rien ; il a dû supporter l'alcoolisme de son père pendant des années et être le témoin, enfant, de choses que personne ne devrait jamais voir. Depuis le début, j'ai vu les tentatives d'Hardin pour renouer avec Ken, depuis notre première rencontre devant le restaurant, pour devenir membre à part entière de cette famille, et j'ai vu Hardin lutter pour lui pardonner ses erreurs. Il apprend à accepter son passé et à pardonner à Ken. C'est incroyable. Lui, tellement colérique depuis toujours, qui trouve enfin maintenant un peu de paix dans sa vie, je me rends compte que c'est ahurissant. Hardin a besoin de cette paix. Il a besoin de détermination. Il n'a pas besoin de retours en arrière et d'incessants tourments. Il n'a pas besoin de doutes et de disputes ; il a besoin d'une famille.

Il a besoin de son amitié avec Landon et d'une relation avec son père. Il doit accepter sa place dans cette famille et être capable d'apprécier l'excitation de voir cette famille s'agrandir. Il a besoin de réveillons de Noël pleins d'amour et d'éclats de rire, pas de larmes et de tension. J'ai vu tellement de changements depuis le jour où j'ai rencontré ce garçon grossier, tatoué, avec des piercings et les cheveux les plus emmêlés que j'aie jamais vus. Il n'est plus ce garçon. C'est un homme maintenant, un homme sur le chemin de la guérison. Il ne boit plus comme avant. Il ne casse plus d'objets aussi souvent. Et il s'est arrêté *tout seul* avant de faire du mal à Landon.

Il a réussi à se construire une existence autour de lui, pleine de gens qui l'aiment et le chérissent, alors que moi, je n'ai réussi qu'à détruire toutes les relations que je croyais avoir. Nous nous sommes disputés et battus, nous avons gagné et perdu, et maintenant mon amitié avec Landon est devenue un autre dommage collatéral de mon couple avec Hardin.

À peine ai-je évoqué son prénom, comme s'il était un génie tout droit sorti d'une lampe à huile magique, Hardin ouvre la porte et entre calmement en se frottant les cheveux mouillés avec une serviette.

— Qu'est-ce qui se passe ?

Dès qu'il voit l'état dans lequel je suis, il jette sa serviette et se dépêche de traverser la pièce pour s'agenouiller devant moi.

Je n'essaie pas de masquer mes larmes ; je ne vois pas à quoi ça pourrait servir.

— Nous sommes Catherine et Heathcliff.

Je suis dévastée par la vérité de cette phrase. Hardin fronce les sourcils et demande :

— Quoi ? Putain, qu'est-ce qui s'est passé ?

— Nous avons rendu tout notre entourage malheureux et je ne sais pas si je ne m'en étais simplement pas rendu compte ou si j'étais trop égoïste pour m'en soucier, mais c'est arrivé. Même Landon, même Landon a été touché par notre désastre.

— Ça sort d'où, ça ? Putain, qu'est-ce qu'il t'a dit ?

— Non. (Je tire Hardin par le bras, le suppliant de ne pas descendre.) Il n'a dit que la vérité. Je le vois bien maintenant. J'essayais de saisir l'idée, mais maintenant, je comprends.

J'essuie mes larmes, prends une profonde inspiration et poursuis :

— Ce n'est pas toi qui me détruisais ; j'ai fait ça toute seule. J'ai changé et toi aussi, mais tu as changé en bien. Moi pas.

En disant ces mots à haute voix, c'est plus facile de les accepter. Je ne suis pas parfaite. Je ne le serai jamais. Et ce n'est pas grave, mais je ne peux pas tirer Hardin vers le bas avec moi. Je dois réparer ce qui cloche chez moi, ce n'est pas juste d'exiger ça d'Hardin sans le faire moi-même.

Il secoue la tête, m'observant de ses magnifiques yeux émeraude.

— Tu dis n'importe quoi. Ça n'a pas de sens.

— Si. C'est très clair pour moi.

Je me lève, puis coince mes cheveux derrière mes oreilles. J'essaie de rester aussi calme que possible, mais c'est dur car il ne comprend pas, et c'est pourtant si évident : *comment peut-il ne pas le comprendre ?*

— J'ai besoin que tu fasses quelque chose pour moi. J'ai besoin que tu me promettes quelque chose tout de suite.

— Quoi ? Putain, non. Je ne te promets rien, Tessa. Putain, où veux-tu en venir ?

Il me prend doucement le menton du bout des doigts pour que je le regarde en face. De son autre main, il essuie mes larmes.

— S'il te plaît, promets-moi quelque chose. Si nous pouvons avoir une chance d'avoir un avenir ensemble, il faut que tu fasses quelque chose pour moi.

— Bon, ok.

— Je t'en supplie, si tu m'aimes, écoute-moi et fais ça pour moi. Si tu refuses, nous n'aurons pas d'avenir ensemble, Hardin.

Je ne veux pas que ces mots soient une menace. Ils sont une supplique. J'ai besoin qu'il fasse ça pour moi. J'ai besoin qu'il comprenne et guérisse pour vivre sa vie pendant que j'essaie de réparer la mienne.

Il déglutit et plante son regard dans le mien, je sais qu'il ne veut pas accepter, mais il dit quand même :

— Ok, je te le promets.

— Ne me suis pas cette fois-ci, Hardin. Reste ici avec ta famille et…

— Tessa… (Il prend mon visage dans ses mains.) Non, arrête tout de suite. On va trouver une solution pour cette connerie de New York. Ne fais pas une montagne d'un petit truc.

Je secoue la tête.

— Je ne vais plus à New York et je te promets que je ne dramatise pas la situation. Je sais que ça a l'air impulsif, mais je te promets que ça ne l'est pas. Nous avons traversé tous les deux tant d'épreuves cette année et si nous ne prenons pas un peu de temps pour nous assurer que c'est ce que nous voulons, nous finirons par entraîner tout le monde dans notre chute, encore plus que nous l'avons déjà fait.

J'essaie de lui faire comprendre ; il faut qu'il le fasse.

— Combien de temps ?

Ses épaules s'affaissent et il repousse ses cheveux.

— Jusqu'à ce que nous sachions tous les deux que nous sommes prêts.

Je me sens plus déterminée qu'au cours des huit derniers mois.

— Qu'on sache quoi ? Je sais déjà ce que je veux avec toi.

— J'ai besoin de ça, Hardin. Si je ne me retrouve pas, je t'en voudrai et à moi aussi. J'en ai besoin.

— Bien, tu as gagné. Je t'accorde ça, pas parce que je le veux, mais parce que ce sera le dernier doute que je te permettrai d'avoir. Je cède cette fois-ci, puis tu me reviendras et c'est tout. Tu ne me quitteras plus et tu m'épouseras. C'est ce que je veux en échange de ce temps dont tu as besoin.

— Ok.

Si nous arrivons à nous sortir de ça, j'épouserai cet homme.

∞

63

Tessa

Hardin m'embrasse sur le front et ferme la porte de ma voiture, côté passager. Mes valises ont été refaites pour la centième et dernière fois et maintenant Hardin s'appuie contre la carrosserie, me serrant contre sa poitrine.

— Je t'aime. S'il te plaît, souviens-t'en. Et appelle-moi dès que tu arrives.

Il n'est pas content, mais il le sera un jour. Je sais que c'est la bonne décision. Nous avons besoin de prendre du temps chacun de notre côté. Nous sommes si jeunes, si perdus, nous avons besoin de ce laps de temps pour réparer ce que nous avons endommagé dans la vie des gens qui nous entourent.

— Promis. Tu leur diras au revoir de ma part, tu t'en souviendras ?

Je me love contre lui en fermant les yeux. Je ne sais pas trop comment ça va se terminer, mais je sais que c'est nécessaire.

— Promis. Monte dans la voiture, s'il te plaît. C'est trop dur de faire durer cet au revoir et de prétendre que je suis content plus longtemps. Je suis une nouvelle personne maintenant, et je peux coopérer, mais pas trop longtemps, sinon je vais vouloir te traîner jusqu'à cette chambre pour toujours.

Je passe mes bras autour de sa poitrine et les siens enserrent mes épaules.

— Je sais. Merci.

— Je t'aime, Tessa, putain, je t'aime tellement. Tu n'oublieras pas, d'accord ?

J'entends sa voix se briser dans mes cheveux, et le besoin de le protéger recommence à planter ses griffes dans mon cœur.

— Je t'aime, Hardin. Pour toujours.

Je pose mes mains contre sa poitrine et me penche pour l'embrasser. Je ferme les yeux, espérant, voulant, rêvant que ce ne sera pas la dernière fois que je sentirai ses lèvres contre les miennes, que ce ne sera pas la dernière fois que je ressentirai ça. Même à cet instant, même avec la tristesse et la douleur de le laisser ici, je perçois cette petite étincelle électrique entre nous. Je sens la douce courbe de sa lèvre et la brûlure de mon désir, et aussi le désir de changer d'avis à propos de cette décision et de continuer à vivre dans ce cercle infernal. Je connais le pouvoir qu'il a sur moi et moi sur lui, je connais cette attraction.

Je me dégage de notre étreinte en premier, mémorisant son sourd grognement lorsque je l'embrasse sur la joue et que je m'éloigne.

— Je t'appelle en arrivant.

Je l'embrasse encore une fois, un petit baiser d'adieu rapide, il passe les mains dans ses cheveux en s'écartant de la voiture.

— Prends soin de toi, Tess.

Je grimpe dans la voiture et ferme la porte.

Je ne me fais pas assez confiance pour parler, mais quand ma voiture s'éloigne de la maison, je murmure enfin :

— Au revoir, Hardin.

∞

64

Tessa

Juin

— Ça va comme ça ?

Un petit tour sur moi-même pour m'admirer dans le miroir en pied, en tirant sur ma robe Karl Marc John qui tombe juste au-dessus des genoux. La matière me procure une petite vague de nostalgie. À l'instant où j'ai essayé cette robe, je suis tombée amoureuse du tissu, et la couleur bleue me rappelle le passé, cette époque où j'étais quelqu'un d'autre.

— De quoi ai-je l'air ?

La robe est différente de celles que je portais alors. Elles étaient amples, n'avaient pas de décolleté et des manches trois-quarts. Celle-ci est coupée plus près du corps, elle a un joli décolleté, d'ailleurs la forme en est travaillée, et elle n'a pas de manche. J'adore la ligne féminine de cette nouvelle robe sur moi.

— Très bien, vraiment, Theresa.

Ma mère s'appuie contre le chambranle de la porte et me sourit.

J'ai essayé de me calmer en me préparant pour cette journée, mais j'ai bu quatre tasses de café, mangé la moitié d'un sac de pop-corn et arpenté la maison de ma mère dans tous les sens comme une folle.

C'est la cérémonie de remise des diplômes d'Hardin. Légèrement parano, je ne sais pas trop si je serai la bienvenue ou si l'invitation ne m'a été envoyée que par pure politesse. D'une manière ou d'une autre, les minutes et les heures se sont écoulées, comme elles l'ont toujours fait et le feront toujours, mais cette fois-ci, je n'essaie plus de l'oublier. Cette fois-ci, je peux me souvenir, guérir et repenser à mes moments avec Hardin en souriant.

Cette nuit d'avril, cette nuit où Landon m'a offert une leçon de réalisme sur un plateau d'argent, je suis allée directement chez ma mère. J'ai appelé Kimberly et j'ai pleuré au téléphone jusqu'à ce qu'elle me dise de remballer tout ça, d'arrêter de chialer et de faire quelque chose de ma vie. Vu la direction qu'elle prenait, c'était nécessaire.

Je n'avais pas réalisé à quel point ma vie était devenue sombre jusqu'à ce que je me remette à voir la lumière. La première semaine, je l'ai passée dans la solitude la plus complète, quittant à peine ma chambre d'enfant et me forçant à manger. Chacune de mes pensées tournait autour d'Hardin : à quel point il me manquait, à quel point j'avais besoin de lui, à quel point je l'aimais.

La suivante a été moins douloureuse, surtout comparée à celles que j'avais vécues lors de nos ruptures précédentes ; cette fois-ci, c'était différent. Cette fois-ci, je me répétais qu'Hardin était bien avec sa famille, que je ne l'avais pas laissé livré à lui-même pour combattre ses démons. S'il avait besoin de quoi que ce soit, il était auprès de sa famille. Seuls les appels quotidiens de Karen m'ont empêchée de retourner là-bas vérifier qu'il allait bien pour la centième fois. J'avais besoin de reprendre ma vie en main, mais j'avais aussi besoin de savoir que je n'endommageais pas la vie d'Hardin ni d'aucune autre personne de mon entourage.

Sans m'en rendre compte, j'étais devenue une fille pesante pour tout le monde car je ne voyais rien d'autre qu'Hardin. L'opinion qu'il avait de moi était la seule chose qui semblait avoir de l'importance, et je passais mes jours et mes nuits à essayer de le guérir, de nous guérir, tout en brisant tout le reste, moi y compris.

Les trois premières semaines, Hardin a été tenace, mais comme les appels quotidiens de Karen, la fréquence de ses coups de fil a diminué pour finir par deux par semaine, de leur part à tous les deux. Karen m'assure qu'Hardin est heureux, je ne peux donc pas lui en vouloir de ne plus m'appeler autant que je le voudrais ou le souhaiterais.

Je garde surtout le contact avec Landon. Le lendemain de ce fameux jour où il m'a dit tout ça, il s'est senti atrocement mal. Il est venu dans la chambre d'Hardin pour me présenter ses excuses, mais n'a trouvé qu'Hardin seul et enragé.

Landon m'a immédiatement appelée, me suppliant de revenir pour lui laisser le temps de tout m'expliquer, mais je lui ai assuré que c'est lui qui avait raison et que j'avais besoin de m'éloigner quelque peu. Même si je mourais d'envie d'aller à New York avec lui, j'avais besoin de revenir là où la destruction de ma vie avait débuté pour tout recommencer toute seule.

Ce qui m'a fait le plus mal, c'est que Landon me rappelle que je ne faisais pas partie de leur famille. Je me suis sentie de trop, sans amour ni attache à quelque chose ou quelqu'un. J'ai eu l'impression d'être seule, sans lien, de flotter en essayant de m'accrocher à quiconque voudrait de moi. J'étais devenue dépendante des autres et totalement perdue dans ma recherche d'amour. Et j'ai détesté cette sensation. Je l'ai même haïe plus que tout, et même si j'ai compris que Landon m'avait dit ça sur le coup de la colère, il n'avait pas tort. Parfois la colère permet de percer un abcès et de nous faire voir ce que nous ressentons vraiment.

— Rêvasser ne va pas t'aider à franchir le seuil de cette porte plus rapidement.

Ma mère s'avance et ouvre le tiroir du haut de sa boîte à bijoux. En laissant tomber une paire de petites boucles d'oreilles en diamant dans ma paume, elle referme sa main autour de la mienne.

— Porte-les. Ce ne sera pas aussi terrible que tu le penses. Reste calme et ne montre aucune faiblesse.

Je ris de sa tentative d'encouragement et de réconfort, et mets les boucles d'oreilles.

— Merci.

Et, fidèle à elle-même, Carol Young me suggère de dégager mon visage en m'attachant les cheveux, d'ajouter du rouge à lèvres et de porter des talons plus hauts. Je la remercie gentiment pour ses conseils, mais je n'en fais qu'à ma tête ; et silencieusement, je la remercie surtout de ne pas insister.

Ma mère et moi travaillons à construire cette relation dont j'ai toujours rêvé pour nous. Elle apprend à me traiter comme une femme, jeune mais capable de prendre ses propres décisions, et j'apprends à accepter qu'elle n'ait jamais voulu être la femme qu'elle est devenue. Elle a été brisée par mon père il y a longtemps maintenant et ne s'en est jamais remise. Aujourd'hui elle y travaille, en parallèle à mon travail sur moi-même.

J'ai été surprise quand elle m'a annoncé qu'elle avait rencontré quelqu'un et qu'elle avait eu quelques rendez-vous ces dernières semaines. La plus grande des surprises a été de découvrir que cet homme, David, n'était ni avocat ni médecin et qu'il ne conduisait pas de voiture luxueuse. Il est propriétaire d'une boulangerie de la ville et c'est la personne la plus gaie que j'aie jamais rencontrée. Et il a une fille de dix ans qui a un penchant pour l'essayage de ma garde-robe. Mes vêtements sont bien trop grands pour sa frêle silhouette, en revanche elle me laisse pratiquer avec enthousiasme mes techniques balbutiantes de maquillage et de coiffure sur elle. C'est une gentille petite fille. Elle s'appelle Heather et sa mère est décédée quand elle avait sept ans. Le plus surprenant est de voir la gentillesse de ma mère envers elle. David fait ressortir en ma mère des choses que je n'avais jamais vues et j'adore sa façon de rire et de sourire quand il est dans les parages.

— J'ai encore combien de temps ?

Je me tourne vers ma mère et enfile mes chaussures, ignorant son exaspération quand je choisis les talons les moins hauts de mon placard, mais ces ballerines à paillettes KMJ sont justes parfaites. Je suis déjà stressée à mort ; la dernière chose dont j'ai besoin pour développer mon anxiété, c'est de marcher sur des échasses.

— Cinq minutes si tu veux arriver en avance, ce que tu veux, j'en suis sûre.

Elle secoue la tête et passe ses longs cheveux blonds derrière son épaule. Voir ma mère changer, voir sa carapace se fêler pour devenir une meilleure version d'elle-même, a été une expérience incroyable et chargée d'émotion. C'est agréable de la sentir me soutenir, particulièrement aujourd'hui, surtout je lui suis reconnaissante d'avoir gardé pour elle son opinion sur ma présence à cette cérémonie.

— J'espère qu'il n'y aura pas trop de circulation. Et s'il y avait un carambolage ? Les deux heures pourraient facilement se transformer en quatre heures de route et ma robe serait froissée, mes cheveux tout plats et…

Ma mère penche la tête de côté.

— Tout ira *bien*. Tu réfléchis trop. Maintenant, mets un peu de rouge à lèvres et vas-y.

Je soupire et fais exactement ce qu'elle m'a dit, espérant que tout se passe comme prévu. Pour une fois.

∞

65
Hardin

Je ronchonne en voyant cet uniforme monstrueusement laid dans le miroir. Je ne comprendrai jamais pourquoi je suis forcé de porter cette merde. Pourquoi ne peut-on pas mettre des vêtements normaux pour la cérémonie ? Mes fringues dans le civil seraient de la bonne couleur, vu qu'elles sont noires.

— La merde la plus débile que j'aie jamais portée, haut la main !

Karen lève les yeux au ciel.

— Oh ! allez. Enfile ça.

— La grossesse te rend moins tolérante.

Je la taquine en m'écartant avant qu'elle ne me tape sur le bras.

— Ken est au Coliseum depuis neuf heures du matin. Il va être si fier de te voir habillé comme ça, quand tu t'avanceras vers la scène.

Elle sourit et ses yeux deviennent brillants de larmes. Si elle se met à chialer, il va falloir que je trouve une porte de sortie. Je déguerpirai calmement de la pièce en espérant qu'elle voie trop trouble pour me suivre.

— Tu parles comme si j'allais au bal de fin d'année.

Je râle en ajustant ce stupide morceau de tissu qui comprime mon corps tout entier.

J'ai les épaules tendues, mal à la tête, et ma poitrine brûle d'avance. Pas à cause de la cérémonie ou du diplôme, j'en ai strictement rien à battre de ces conneries. C'est *sa* présumée présence qui me vaut cette anxiété dévastatrice. C'est pour Tessa que je me comporte aux yeux de tous de cette manière convenue. C'est elle qui m'a convaincu d'y aller (enfin qui m'a *arnaqué*). Et si je la connais aussi bien que je le crois, elle sera là pour assister à son triomphe.

Même si ses coups de téléphone sont devenus de moins en moins fréquents et que ses textos ont pratiquement disparu de la surface de la Terre, elle sera là aujourd'hui.

Une heure plus tard, nous nous garons dans le parking du Coliseum où la cérémonie va avoir lieu. J'ai accepté d'y aller en voiture avec Karen à la dix-neuvième fois où elle me l'a demandé. Bon, j'aurais préféré m'y conduire moi-même, mais elle est collante ces derniers temps. Je sais qu'elle essaie de compenser le départ de Tessa de ma vie, mais rien ne pourra combler ce manque.

Ni rien ni personne ne pourra compenser ce que Tessa me procurait, j'aurai toujours besoin d'elle. Ce que je fais chaque jour depuis qu'elle est partie, c'est m'améliorer pour elle. Je me suis fait de nouveaux amis ; ok, deux amis. Luke et sa copine Kaci sont ce que je pourrais avoir de plus proche du statut d'amis, et ils sont supportables. Ils ne boivent pas vraiment et sont définitivement à des années-lumière de faire des paris à la con lors de soirées débiles. Luke est un peu plus vieux que moi, je l'ai rencontré alors qu'il se faisait traîner à une séance de thérapie de couple, lors d'un de mes rendez-vous hebdomadaires avec le Docteur Tran, le fabuleux professionnel de la santé mentale.

Enfin, pas vraiment ; c'est un escroc que je paie cent dollars de l'heure pour qu'il m'écoute parler de Tessa environ deux heures par semaine… mais ça me fait vraiment du bien de parler à quelqu'un de toute la merde que j'ai dans la tête, et il écoute pas trop mal.

— Landon m'a demandé de te rappeler qu'il est vraiment désolé de ne pouvoir être présent. Il est si occupé à New York ! (Karen se gare.) Je lui ai promis de prendre plein de photos aujourd'hui.

— Ouais.

Je souris à Karen et sors de la voiture.

Le bâtiment est blindé, le simili-stade est rempli de parents très fiers, de proches et d'amis. Je fais un signe de tête à Karen qui me fait un petit coucou depuis son siège au premier rang. Être la femme du président de la fac donne quelques avantages, j'imagine. Genre un siège au premier rang pour ces cérémonies qui déchirent.

Je ne peux m'empêcher d'essayer de trouver Tessa dans la foule. Il est impossible de voir la moitié des visages à cause de ces satanées lumières, si puissantes que j'en suis quasiment aveugle. Je détesterais savoir combien cette cérémonie extravagante coûte à l'université. Je trouve mon nom sur le plan et me dirige vers la dame en charge du placement. Elle ronchonne. Elle est énervée. J'imagine que c'est parce que j'ai séché la répétition. Mais sérieux, pourquoi cette merde est-elle aussi compliquée ? Assis. Appelé. Marcher. Prendre le bout de papier qui sert à rien. Marcher. Assis.

Bien sûr, une fois assis sur un siège en plastique hautement inconfortable, je découvre que le mec à côté de moi transpire comme un bœuf. Il remue tout le temps, fredonne un truc pour lui-même, et son genou tremble. J'ai envie de l'envoyer chier jusqu'à ce que je me rende compte que je fais exactement la même chose, la sueur dégueu en moins.

Impossible de savoir combien d'heures ont passé (au moins quatre, j'ai l'impression) quand mon nom est enfin appelé. C'est très bizarre et j'ai grave envie de gerber quand je vois tout le monde me mater ; je me magne de quitter la scène dès que je remarque que Ken a les larmes aux yeux.

Maintenant, il faut juste que je résiste jusqu'à la fin de l'alphabet pour pouvoir aller la retrouver. Quand on arrive à la lettre *V*, j'ai trop envie de me lever de mon siège et d'interrompre tout ce bordel. Combien de gens peuvent avoir un nom qui commence par un *V* ?

Apparemment beaucoup.

Enfin, après de longs moments d'ennui mortel et l'apogée de l'excitation lorsque tout le monde applaudit, nous pouvons quitter nos sièges. Karen se précipite vers moi pour me faire un câlin, m'empêchant de m'enfuir. Après ce qui semble un moment de tolérance tout à fait raisonnable, je me soustrais à ses félicitations larmoyantes et me casse pour *la* retrouver.

Je sais qu'elle est là, je le sens.

Je ne l'ai pas vue depuis deux mois, deux putains de mois qui se sont traînés, et je suis shooté à l'adrénaline quand je la repère enfin à côté d'une sortie. Je sentais qu'elle allait me faire ce coup-là : se pointer et se barrer en douce avant que je la trouve, mais je ne le lui permettrai pas. Je la poursuivrai en bagnole dans la rue, si nécessaire.

— Tessa !

Je me fraie un chemin parmi les attroupements familiaux pour la rejoindre, elle se retourne au moment où je dégage un gamin de ma trajectoire.

Ça fait si longtemps que je ne l'ai pas vue que la sensation de soulagement balaie tout sur son passage. Putain, je suis bouleversé. Elle est toujours aussi belle. Sa peau est légèrement bronzée, ce qui n'était pas le cas avant, et ses yeux sont plus brillants, plus heureux, la coquille vide qu'elle était devenue a été remplacée par une coquille vivante. Je peux dire tout ça rien qu'en la regardant.

— Salut.

Elle sourit et fait ce truc qu'elle fait toujours quand elle est stressée : elle met ses cheveux derrière ses oreilles.

— Salut.

Répéter la même chose qu'elle me donne quelques secondes, juste le temps de l'admirer. Elle est encore plus angélique que dans mes souvenirs.

Elle semble faire la même chose que moi, je l'observe me reluquer de la tête aux pieds. Je regrette de porter cette espèce d'étoffe à la con. Sans cette merde, elle pourrait voir à quel point j'ai fait du sport.

Elle parle en premier :

— Tes cheveux sont longs.

Je ris doucement et passe mes doigts dans le bordel sur ma tête. Le chapeau de l'uniforme a dû y foutre encore plus le boxon. C'est à cet instant que je me rends compte que je ne sais plus où j'ai foutu cette merde. Mais bon, on s'en branle, non ?

— Ouais, les tiens aussi. (Elle se marre de ma remarque débile et met sa main devant sa bouche.) Enfin, tes cheveux sont longs, ils l'ont toujours été.

J'essaie de me rattraper, mais ça ne fait que la faire rire de plus belle.

Bien joué, Scott. Putain, vraiment bien joué.

— Alors, est-ce que la cérémonie était aussi terrible que ce à quoi tu t'attendais ?

Elle est à deux pas de moi et j'aimerais qu'on soit assis ou un truc dans le genre. Je sens que j'ai besoin de m'asseoir. *Putain, pourquoi je suis aussi stressé, moi ?*

— Pire. Tu as vu combien de temps ça a duré ? Le mec qui lisait les noms était une antiquité.

J'espère qu'elle va encore sourire. Quand ses lèvres se soulèvent aux coins de sa bouche, je lui renvoie la pareille et repousse mes cheveux de ma figure. J'ai vraiment besoin d'une coupe, mais je crois que je vais les garder comme ça un bout de temps.

— Je suis très fière de toi, d'avoir participé à cette cérémonie. Je suis certaine que Ken est très heureux.

— Es-tu heureuse, toi ?

Elle fronce les sourcils.

— Pour toi ? Oui, bien sûr. Je suis très heureuse que tu te sois plié au rituel. Ça ne te gêne pas que je sois venue, hein ?

Elle regarde rapidement ses pieds avant de planter son regard dans le mien.

Il y a un truc différent en elle, elle a plus confiance, elle est plus… je ne sais pas, plus *forte* ? Elle se tient droite, son regard est franc et concentré, même si je vois bien qu'elle est stressée, elle n'est pas intimidée comme elle l'était avant.

— Bien sûr que non. Je n'aurais pas été content si je m'étais tapé ce merdier pour rien.

Je lui souris, et lui souris encore en nous regardant ne rien faire d'autre que sourire et triturer nos doigts.

— Comment vas-tu ? Je suis désolé de ne pas avoir beaucoup appelé. J'ai été très occupé…

— C'est bon, je sais que tu as eu fort à faire avec la cérémonie et la préparation de ton dossier pour l'année à venir et tout ça. (Elle esquisse un mini-sourire.) Je vais bien. J'ai envoyé ma candidature dans toutes les facs de New York et ses alentours.

— Tu veux toujours y aller ? Landon disait que tu n'en étais pas sûre hier.

— Pas encore. J'attends la réponse d'au moins une fac avant de programmer mon déménagement. Mon dossier ne s'est pas arrangé avec tous ces transferts. Le bureau des admissions de NYU m'a dit que ça donnait de moi une image d'écervelée en manque de préparation, alors j'espère qu'au moins une des autres universités là-bas dira autre chose. Sinon, je vais prendre quelques cours à l'IUT à côté de chez moi jusqu'à ce que je puisse trouver une place en fac. (Elle prend une grande inspiration.) *Waouh*, c'était une grosse explication pour une petite question.

Elle rit, fait un pas de côté pour laisser passer une mère en larmes marchant main dans la main avec sa fille en uniforme, puis elle me demande :

— As-tu décidé de ce que tu voulais faire après ?

— Eh bien, j'ai quelques entretiens dans les prochaines semaines.

— C'est super. Je suis très contente pour toi.

— Aucun d'entre eux n'est ici en revanche.

J'observe son visage attentivement.

— *Ici*, ici dans cette ville ?

— Non, ici dans l'État de Washington.

— Où sont-ils ? Si ça ne te dérange pas que je te pose la question.

Elle est posée, polie, et sa voix est si douce et prévenante que je dois me rapprocher d'elle.

— Un à Chicago et trois à Londres.

— Londres ?

Elle essaie de cacher sa surprise, j'acquiesce. Je ne voulais pas lui dire ça, mais j'ai profité de l'opportunité qui se présentait. Je ne retournerai probablement pas là-bas de toute façon, je ne fais qu'explorer les possibilités.

— Je ne savais pas ce qui allait se passer, tu sais, entre nous.

Ça, c'est pour essayer de m'expliquer.

— Oui, je comprends. Je suis juste surprise, c'est tout.

Je sais qu'elle réfléchit, je peux le voir sur son visage et je peux pratiquement deviner tout ce qui lui traverse la tête.

— J'ai un peu parlé à ma mère ces derniers temps.

Ça paraît bizarre que cette phrase sorte de ma bouche, c'était encore plus bizarre d'enfin décrocher le téléphone à l'un de ses appels. Je l'ai évitée jusqu'à ce que je décide de répondre à son coup de téléphone il y a deux semaines. Je ne lui ai pas vraiment pardonné, mais j'essaie plus ou moins de gérer tout ce merdier. Ça ne m'apporte rien de lutter contre.

— Vraiment ? Hardin, c'est tellement fantastique.

Elle ne fronce plus les sourcils, elle sourit tellement que j'en ai mal à la poitrine de voir tant de beauté, putain.

— Ouais, un peu, quoi.

Elle me sourit toujours comme si je venais de lui annoncer que j'avais gagné au Loto.

— Je suis si heureuse que tout se passe bien pour toi. Tu mérites le bon côté de la vie.

Je ne sais pas trop quoi dire, mais sa gentillesse m'a tellement manqué que je ne peux pas m'empêcher de l'attraper pour la serrer dans mes bras.

Ses mains se posent sur mes épaules et sa tête se love sur ma poitrine. Je jure que j'entends un soupir quitter ses lèvres. Si j'ai tort, je prétendrai que c'était vrai.

— Hardin !

Quelqu'un m'interpelle, et Tessa recule pour se mettre à côté de moi. Ses joues sont rouges et elle a de nouveau l'air stressée. Luke s'approche avec Kaci, un bouquet de fleurs à la main.

— Je *suis sûr* que ce n'est pas toi qui m'as apporté ces putains de fleurs.

Je râle pour ce qui ne peut être qu'une idée de sa meuf.

Tessa est à mes côtés, elle écarquille les yeux devant Luke et la petite brune à ses côtés.

— Tu le sais bien. Et je sais à quel point tu apprécies les lys.

Luke se marre de sa merde tandis que Kaci fait un petit bonjour de la main à Tessa.

Tessa se tourne vers moi, un peu paumée, mais elle me fait le plus beau des sourires de ces deux derniers mois.

— C'est vraiment sympa de te rencontrer enfin.

Kaci prend Tessa dans ses bras pendant que Luke essaie de me refourguer son monstrueux bouquet.

Je laisse tomber les fleurs par terre ce qui me vaut un lot d'insultes de Luke lorsqu'une horde de parents bien trop fiers les piétine en passant devant nous.

— Je suis Kaci, une amie d'Hardin. J'ai tellement entendu parler de toi, Tessa.

La fille se recule un peu pour prendre le bras de Tessa ; je suis un peu surpris quand elle répond à son sourire et s'engage dans une conversation avec Kaci sur les fleurs gâchées, sans me regarder pour que je lui vienne en aide.

— Hardin a l'air d'être un mec à fleurs, non ? C'est pour ça qu'il a toutes ces feuilles ridicules tatouées sur lui.

Le rire de Kaci fait glousser Tessa, qui hausse un sourcil interrogateur.

— Des feuilles ?

— Ce ne sont pas exactement des feuilles ; c'est juste pour me faire chier, mais j'ai quelques nouveaux tatouages depuis la dernière fois que je t'ai vue.

Je ne sais pas trop pourquoi je culpabilise un peu pour ça, mais c'est le cas.

— Oh ! C'est bien.

Tessa essaie de sourire, mais je vois bien que ce n'est pas sincère.

L'ambiance a viré vers le légèrement bizarre. Luke parle à Tessa des nouveaux tatouages sur le bas de mon ventre et fait une grosse connerie en disant :

— Je lui avais dit de ne pas les faire faire. On était sortis tous les quatre et Kaci était curieuse des tatouages d'Hardin, ça l'a décidé à en faire un.

— Quatre ?

Tessa lâche le mot et je peux lire dans ses yeux la contrariété d'avoir posé cette question.

J'assassine Luke du regard au moment où Kaci lui flanque un bon coup de coude.

— La sœur de Kaci.

Luke essaie de rattraper sa connerie, mais il ne fait qu'empirer les choses.

La première fois que j'ai traîné avec Luke, nous avons retrouvé Kaci pour dîner. Ce week-end-là, nous sommes allés au ciné et Kaci avait invité sa sœur. Quelques soirées plus tard, je me suis rendu compte que cette fille avait un petit béguin pour moi et j'ai dû leur dire d'arrêter de l'inviter à nos sorties. Je n'avais pas et je n'ai toujours pas besoin d'une distraction en attendant que Tessa me revienne.

— Oh !

Tessa adresse son sourire le plus faux à Luke et tourne son regard vers la foule.

Putain, je déteste voir cette expression-là sur son visage.

Avant que je puisse envoyer Luke et Kaci se faire foutre et expliquer ce merdier à Tessa, Ken s'approche.

— Hardin, il y a ici quelqu'un que je voudrais te présenter.

Luke et Kaci se retirent et Tessa s'écarte. Je tends la main vers elle, mais elle me repousse.

— J'ai besoin d'aller aux toilettes.

Elle sourit et s'en va après avoir rapidement salué mon père.

— Je te présente Chris, dont je t'ai parlé. Il est directeur éditorial chez Gabber à Chicago et il est venu jusqu'ici pour te parler.

Ken affiche un large sourire et agrippe le mec par l'épaule, mais mon regard essaie de suivre Tessa dans la foule.

— Ouais, merci.

Je serre la main du petit homme qui se lance dans une conversation. Je ne comprends pas quel genre de conneries Ken a pu débiter pour attirer ce gars ici, mais surtout je m'inquiète que Tessa ne trouve pas son chemin. En fait, je ne saisis qu'à peine la moitié de la proposition du mec.

Après quoi, je fonce dans le coin des toilettes ; je les fouille, toutes, je l'appelle deux fois au téléphone, mais je dois me rendre à l'évidence : Tessa est partie sans dire au revoir.

∞

66

Tessa

Septembre

L'appartement de Landon est petit et il n'y a pratiquement pas de placard, mais ça lui va. Enfin, ça nous va. Chaque fois que je dis à Landon que c'est son appartement et pas le mien, il me rappelle que j'habite ici maintenant, dans cet appartement, à New York.

— Tu es sûre que ça va aller, hein ? Tu te rappelles, Sophia a dit que tu pouvais habiter chez elle ce week-end, si tu n'es pas à l'aise.

Landon range une pile de serviettes pliées dans le microscopique réduit qu'il appelle le placard.

Je lui fais un petit signe de tête pour masquer mon anxiété galopante devant le week-end qui m'attend.

— C'est bon, t'inquiète. Je vais devoir bosser tout le week-end de toute façon.

Nous sommes le deuxième vendredi du mois de septembre et le vol d'Hardin doit atterrir d'une seconde à l'autre. Je n'ai pas demandé pourquoi il venait, je n'ai pas réussi à le faire, et quand Landon a maladroitement amené le sujet, j'ai juste hoché la tête, me forçant à sourire.

— Il va prendre un taxi depuis Newark, et vu la circulation, il devrait arriver d'ici une heure.

Landon passe les mains sur son menton avant de se cacher le visage dedans.

J'ai l'impression que ça va mal se passer, je n'aurais pas dû accepter. J'ôte les mains de son visage.

— C'est bon. Je suis une grande fille, je peux gérer une petite dose d'Hardin Scott.

Je suis complètement stressée, mais savoir que je dois travailler et que Sophia est à deux rues devrait m'aider à survivre à ce week-end.

— Est-ce que qui-tu-sais sera là ce week-end ? Je ne sais pas comment ça va se passer…

Landon a l'air paniqué, comme s'il allait se mettre à pleurer ou à crier d'un instant à l'autre.

— Non, lui aussi doit travailler ces prochains jours.

Je m'avance vers le canapé et prends mon tablier sur la pile de vêtements propres. C'est facile de vivre avec Landon, malgré ses récents problèmes amoureux, et comme il ne déteste pas faire le ménage, nous nous entendons plutôt bien sur ce plan-là.

Notre amitié a vite repris le dessus et nous n'avons vécu aucun moment difficile depuis que je suis arrivée il y a un mois. J'ai passé l'été avec ma mère, son petit ami David et sa fille, Heather. J'ai même appris à me servir de Skype avec Landon, et mes journées étaient consacrées à préparer mon déménagement. C'était l'un de ces étés où l'on s'endort un soir en juin et on se réveille un matin du mois d'août. Un été trop rapide où la majeure partie de mon temps était occupée par le souvenir d'Hardin. David avait loué un cabanon, une semaine en juillet, à moins de dix kilomètres de la maison de vacances des Scott et, en nous promenant, j'ai revu ce petit bar dans lequel nous avions trop bu.

J'ai parcouru les mêmes rues, cette fois avec la fille de David qui s'arrêtait à tous les carrefours pour ramasser des fleurs. Nous sommes allés manger dans ce restaurant où j'ai passé l'une des soirées les plus tendues de ma vie et c'était le même serveur, Robert. La surprise, c'est quand il m'a annoncé que lui aussi déménageait à New York pour entrer en fac de médecine. Comme on lui a proposé une plus grosse bourse pour venir étudier dans une université new-yorkaise que dans son choix précédent à Seattle, il n'a pas hésité. Nous avons échangé nos numéros de téléphone et passé l'été à nous envoyer des textos. Nous préparions nos déménagements en même temps. Il est arrivé à New York une semaine avant moi et, maintenant, nous travaillons au même endroit. Avant de reprendre les cours à temps complet, il va bosser autant que moi les deux prochaines semaines. J'aurais bien aimé faire la même chose, malheureusement je suis arrivée trop tard pour entrer au premier semestre à NYU.

Ken m'a conseillé d'attendre au moins le début du second semestre avant d'intégrer une nouvelle université. Il dit que je ne devrais pas changer de fac une fois de plus ; ça ne ferait que ruiner mon dossier universitaire et l'université de New York est on ne peut plus sélective. Ça ne me dérange pas de faire une pause, même si je vais devoir bosser deux fois plus pour rattraper mon retard, je vais utiliser cette pause pour travailler et découvrir cette ville tentaculaire bizarroïde.

Depuis qu'il a quitté la cérémonie de remise des diplômes sans me dire au revoir, Hardin et moi n'avons que peu discuté. Il m'a envoyé quelques textos de temps en temps et deux ou trois mails assez crispés, gauches et formels. Je n'ai répondu qu'à certains d'entre eux.

— Vous avez des projets pour le week-end ?

Je regarde Landon du coin de l'œil et attache mon tablier autour de la taille.

— Pas que je sache. Je crois qu'il va juste dormir ici et partir lundi après-midi.

— Ok. Je fais deux services aujourd'hui, alors ne m'attends pas. Je ne rentrerai pas à la maison avant deux heures du matin.

Landon soupire.

— J'aimerais vraiment que tu ne travailles pas autant. Tu n'as pas à m'aider à payer quoi que ce soit, j'ai assez d'argent avec les bourses que j'ai obtenues et tu sais qu'en plus Ken ne veut pas que je paye grand-chose.

Je fais mon plus gentil sourire à Landon et attache mes cheveux en queue-de-cheval basse, juste au-dessus du col de la chemise noire.

— Je refuse d'avoir encore une fois cette discussion avec toi.

Je rentre ma chemise dans mon pantalon d'uniforme.

Ma tenue de travail n'est pas trop horrible : une chemise noire, un pantalon noir et des chaussures noires. La seule chose qui m'ennuie, c'est cette cravate vert fluo qu'il faut que je porte. Il m'a fallu deux semaines pour m'habituer au look, mais je suis si reconnaissante à Sophia de m'avoir dégoté un job de serveuse dans un restaurant chic que la couleur de la cravate n'a pas beaucoup d'importance.

Elle est chef pâtissière au Lookout, un restaurant ouvert récemment en plein Manhattan, moderne et hors de prix. Je ne me mêle pas de son… *amitié ?* avec Landon, surtout depuis que j'ai rencontré ses colocataires, dont l'une que j'avais déjà rencontrée dans l'État de Washington. Landon et moi semblons souffrir du même syndrome « l'Amérique est un village ».

— Tu m'envoies un texto quand tu pars ?

Landon attrape mes clés sur le crochet et me les pose dans la main. J'y consens, lui assurant que l'arrivée d'Hardin ne va pas me bouleverser et, sur ces bonnes paroles, je décolle pour aller bosser.

Les vingt minutes de marche pour arriver jusqu'à mon travail ne me dérangent pas. J'apprends encore à me repérer dans cette gigantesque ville et chaque fois que je me noie dans la foule de gens pressés, bizarrement, j'arrive à nager en rythme. Le bruit des rues, le brouhaha perpétuel, les sirènes et les klaxons ne m'ont tenue éveillée que la première semaine. Maintenant, cet incessant boucan me calme presque, tout comme j'arrive à me fondre dans la foule.

C'est complètement différent d'observer les gens à New York. Tout le monde semble si important, genre officiel, et je m'amuse à deviner l'histoire de ces gens, là d'où ils viennent et pourquoi ils sont là. Je ne sais pas combien de temps je resterai ici ; ce n'est pas définitif, mais pour l'instant, j'aime bien. Pourtant il me manque, tellement.

Arrête ça. Je dois arrêter de penser comme ça. Je suis heureuse maintenant, il a clairement refait sa vie et je n'y ai pas ma place. Ça me va. Je veux juste qu'il soit heureux, c'est tout. J'ai aimé le voir avec ses nouveaux amis à sa cérémonie de remise des diplômes, j'ai aimé le voir si calme et serein, si… heureux.

J'ai juste détesté qu'il s'en aille parce que j'avais mis trop de temps à revenir des toilettes. En fait, j'avais laissé mon téléphone à côté du lavabo et quand je m'en suis aperçue, je suis retournée le chercher, mais il n'était déjà plus là. Ensuite, j'ai passé une demi-heure à essayer de dénicher le service des objets trouvés ou un gardien qui puisse m'aider. Pour finir, je l'ai retrouvé posé sur une poubelle, comme si quelqu'un s'était rendu compte qu'il avait pris le mauvais téléphone mais ne s'était pas donné la peine de le remettre à sa place. Quoi qu'il en soit, quand j'ai remis la main dessus, la batterie était à plat. J'ai essayé de trouver Hardin là où je l'avais laissé, mais il était parti. Ken m'a dit qu'il avait quitté les lieux avec ses amis, et là, j'ai compris un truc : c'était fini. C'était vraiment terminé.

Est-ce que j'aimerais qu'il revienne vers moi ? Bien sûr. Mais il ne l'a pas fait et je ne peux pas passer ma vie à espérer qu'il le fasse.

C'est exprès que j'ai demandé à enchaîner les services ce week-end, pour être occupée et le moins longtemps possible à l'appartement. Comme il y a beaucoup de tension entre Sophia et ses colocataires qui passent leur temps à se disputer, je fais de mon mieux pour éviter de dormir là-bas, mais je m'y réfugierai si ça devient trop bizarre avec Hardin. Sophia et moi nous sommes rapprochées, mais je ne veux pas trop me mêler de ses affaires. Étant amie avec Landon, mon point de vue est biaisé et je préfère ne pas entendre les détails de leur histoire. Surtout si elle se sentait assez à l'aise avec moi pour me parler de leurs relations sexuelles. Je tremble encore des révélations de Kimberly sur les penchants coquins de l'adorable Trevor.

À quelques rues du Lookout, en baissant les yeux sur mon téléphone pour regarder l'heure, je bute pratiquement sur Robert. Il tend les bras et m'arrête pour éviter la collision.

— *Attention Léon !* Bon, tu ne trouves pas ça drôle, ça rime pourtant, et, et…

Il sourit et ajuste sa cravate vert fluo d'un geste comique.

Avec ses cheveux blonds décoiffés en épis, la cravate lui va bien mieux qu'à moi. Je me demande si je dois lui rappeler qu'Hardin arrive, mais je préfère me taire, et nous traversons la rue en compagnie d'un groupe d'adolescentes qui gloussent en lui faisant de grands sourires. Je ne leur en veux pas, il est très mignon.

— J'ai un peu la tête ailleurs.

— Il arrive aujourd'hui, c'est ça ?

Robert me tient la porte et j'entre dans le restaurant peu éclairé. L'intérieur du Lookout est tellement sombre qu'il faut quelques secondes pour que mes yeux s'habituent à la pénombre, particulièrement quand l'après-midi est ensoleillé ou même maintenant, alors qu'il est à peine midi. Je le suis dans la salle du personnel, je range mon sac à main dans un petit casier et Robert son téléphone portable sur l'étagère du haut.

— Oui.

Je ferme la porte du casier et m'y adosse.

Robert tend la main pour me toucher le coude.

— Tu sais, ça ne me pose pas de problème que tu me parles de lui. Je n'aime pas trop ce gars, mais tu peux me parler de tout ce que tu veux.

— Je sais… Et c'est tellement bien. Je pense juste que ce n'est pas une bonne idée d'ouvrir la porte de ce placard. Je l'ai laissée fermée pendant si longtemps.

Je ris en espérant être plus convaincante que je ne le suis. Je sors en premier de la salle du personnel, Robert sur mes talons.

Il sourit et lève les yeux vers la pendule sur le mur. Si les chiffres ne s'affichaient pas en bleu marine sur un fond rouge luisant, je ne pense pas que je serais capable de lire l'heure qu'il est. Les couloirs sont les zones les plus sombres du restaurant, les cuisines et la salle du personnel sont les deux seules à être normalement éclairées.

Mon service commence sans histoire et les heures s'égrènent rapidement à mesure que la foule du déjeuner s'en va et que celle du dîner commence à s'installer. J'en suis presque arrivée à oublier la venue d'Hardin pendant cinq minutes d'affilée quand Robert s'approche de moi, l'air visiblement inquiet.

— Ils sont là. Landon et Hardin. (Robert attrape l'ourlet de son tablier et s'essuie le front.) Ils demandent à être assis à l'une de tes tables.

Je ne panique pas comme j'aurais cru le faire. En fait, je hoche simplement la tête et m'avance vers l'entrée en cherchant Landon. Je force mes yeux à ne voir que Landon et sa chemise de bûcheron, pas Hardin. Je scrute avec inquiétude la file d'attente, passant sur tous les visages l'un après l'autre : Landon n'est pas parmi eux.

— Tess.

Une main touche mon bras, je sursaute.

C'est cette voix, cette voix profonde au si bel accent, que j'ai écoutée dans ma tête pendant des mois.

— Tessa ?

Hardin me touche encore ; cette fois, sa main entoure mon poignet dans un geste si familier.

Je ne veux pas me retourner pour lui faire face, enfin si, j'en ai envie, mais je suis terrifiée. Je suis terrifiée à l'idée de le voir, de voir ce visage gravé pour toujours dans mon esprit sans y être jamais altéré ni effacé par le temps comme je l'aurais pourtant cru. Son visage, grincheux et renfrogné, sera toujours aussi vivace dans ma mémoire que la première fois que je l'ai vu.

Je sors rapidement de ma transe et me retourne. Dans les quelques secondes que j'ai eues pour trouver un plan, j'essaie de croiser le regard de Landon avant celui d'Hardin, mais pour quoi faire ?

Il est impossible de passer à côté de ce regard, de ces yeux verts si beaux qu'ils ne pourront jamais être égalés.

Hardin me sourit et je reste plantée là, incapable de parler pendant quelques secondes. Il faut que je me reprenne.

— Salut.

— Salut.

— Hardin voulait venir ici.

J'entends la voix de Landon, mais mes yeux ne veulent pas collaborer avec mon cerveau. Hardin me regarde comme avant, ses doigts pressent toujours la peau de mon poignet. Je devrais m'écarter avant que mon pouls ne trahisse ma réaction de le voir après trois mois d'absence.

— Nous ne restons pas si tu es occupée.

— Non, c'est bon. Vraiment.

Je sais ce que Landon pense. Je sais que mon meilleur ami culpabilise, qu'il s'inquiète que la présence d'Hardin ici brise la nouvelle Tessa. La Tessa qui rigole et fait des blagues, la Tessa qui s'assume, même si c'est avec une tête de mule. Mais ça n'arrivera pas. Je sais où j'en suis, je me contrôle, je suis posée et calme. Absolument.

Je dégage mon poignet de la douce étreinte d'Hardin et attrape deux menus sur l'étagère. Un petit signe à l'hôtesse d'accueil, Kelsey, pour lui faire savoir que je vais conduire ces deux clients à leur table.

— Tu travailles ici depuis combien de temps ?

Hardin me suit. Il est toujours habillé de la même manière, avec le même t-shirt noir, les mêmes bottes, le même jean moulant noir, même si celui-ci est légèrement déchiré au genou. Je dois me rappeler qu'il n'y a que quelques mois que j'ai quitté la maison de ma mère. J'ai l'impression que ça fait bien plus longtemps, des années même.

— Seulement trois semaines.

— Landon dit que tu as commencé à midi aujourd'hui ?

Je hoche la tête. Je leur désigne une petite table isolée contre le mur noir, Hardin se glisse d'un côté et Landon de l'autre.

— Quand est-ce que tu sors avec ta cravate ?

Sortir avec ma cravate ? Est-ce qu'il fait des allusions ? Après tout ce temps, je n'en sais rien. *Est-ce que j'en ai envie ?* Ça non plus, je n'en sais rien.

— Le restaurant ferme à une heure, alors je rentre à la maison vers deux heures quand je fais ce service-là.

— À deux heures du matin ?

Il en reste positivement bouche bée.

Je pose les menus devant eux et Hardin m'attrape encore le poignet. Cette fois-ci, je recule comme si je ne remarquais pas ses intentions.

— Oui, le matin. Elle fait ces horaires-là pratiquement tous les jours.

Je lance un regard d'avertissement à Landon, regrettant qu'il n'ait pas gardé ça pour lui, et me demandant pourquoi je pense un truc pareil. Le nombre d'heures que je passe ici ne devrait pas avoir d'importance pour Hardin.

Puis il n'ajoute plus grand-chose. Il regarde le menu, désigne les raviolis à l'agneau et commande de l'eau. Landon passe sa commande habituelle et me demande si Sophia est occupée en cuisine, me gratifiant de quelques sourires ambiance « je suis désolé ».

La table suivante m'occupe bien. La cliente est ivre et je n'arrive pas à savoir ce qu'elle veut manger ; son mari est trop occupé par son téléphone pour y prêter la moindre attention. En fait, je suis plutôt soulagée que cette femme soit soûle, qu'elle renvoie son assiette trois fois ; ça me permet de ne passer à la table de Landon et Hardin qu'une seule fois pour remplacer leur carafe d'eau et reprendre leurs assiettes.

Fidèle à elle-même, Sophia a pris leur addition. Fidèle à lui-même, Hardin m'a laissé un pourboire ridicule. Et fidèle à moi-même, j'ai forcé Landon à le prendre pour le rendre à Hardin quand ils rentreront à l'appartement.

∞

67

Hardin

Je balance un bon vieux « merde » en marchant sur un truc en plastique, mais pas trop fort, car je suis certain qu'on entend tout dans cet appartement, un appartement qui, n'ayant que peu de fenêtres, est bien trop sombre pour y voir quoi que ce soit. Il faut que j'essaie de me souvenir du chemin de retour entre la minuscule salle de bains et le canapé. Voilà ce que je récolte d'avoir bu toute cette flotte au restaurant en espérant que Tessa passe plus souvent nous apporter des carafes d'eau. Ça n'a pas fonctionné et un autre serveur est passé à sa place. En revanche, j'ai gagné une énorme envie de pisser toute la nuit.

Dormir sur le canapé sachant que le placard à balais qui sert de chambre à Tessa est vide, ça me rend taré. Je déteste savoir qu'elle marche toute seule dans la rue au milieu de la nuit, putain. Et j'ai engueulé Landon de lui avoir donné la plus petite « chambre », mais il me jure que Tessa refuse de changer.

Va comprendre. Ça ne m'étonne pas du tout qu'elle soit toujours aussi entêtée. Comme, par exemple, quand elle travaille jusqu'à deux heures du matin et rentre à pied à la maison toute seule.

J'aurais dû penser à ça plus tôt. J'aurais dû être à la porte de ce restau ridicule pour la raccompagner. Je chope mon téléphone sur le canapé et regarde l'heure. Il n'est qu'une heure du matin. Je peux prendre un taxi et y être en cinq minutes.

Un quart d'heure plus tard, et malgré l'impossibilité de trouver un taxi, parce que c'est vendredi soir, j'imagine, je suis devant le lieu de travail de Tessa et je l'attends. Je devrais lui envoyer un texto, mais je ne veux pas lui laisser l'opportunité de refuser, d'autant plus que je suis déjà là.

Des gens passent dans la rue, surtout des hommes, ce qui me fait stresser encore plus à l'idée qu'elle rentre seule si tard. Je me lance dans l'analyse des paramètres de sa sécurité lorsque j'entends quelqu'un rire. C'est elle.

Les portes du restaurant s'ouvrent et elle sort en riant, une main sur la bouche. Un homme est à côté d'elle, il lui tient la porte. J'ai l'impression de l'avoir déjà vu, genre vraiment déjà vu… *Putain, mais c'est qui ce type ?* Je suis sûr que j'ai déjà croisé ce mec quelque part, mais je n'arrive pas à me souvenir…

C'est le serveur. Le serveur de ce restaurant à côté de la maison de vacances de mon père.

Putain, mais comment c'est possible ? Qu'est-ce qu'il fout à New York ce mec, merde ?

Tessa se penche vers lui, toujours en riant, mais quand je m'avance d'un pas pour sortir de l'ombre, son regard croise immédiatement le mien.

— Hardin ? Qu'est-ce que tu fais là ? Tu m'as foutu une trouille bleue !

Je le regarde, puis je me tourne vers elle. Des mois à faire du sport pour me débarrasser de ma colère, des mois à dire de la merde au Docteur Tran pour contrôler mes émotions, ne m'ont pas préparé à ça, de toute façon je ne pourrai jamais m'y préparer. L'idée m'a traversé la tête de temps en temps, Tessa avec un petit ami, mais je ne m'attendais pas, je n'étais pas préparé à avoir à affronter la situation.

Aussi nonchalamment que possible, je hausse les épaules.

— Je suis venu m'assurer que tu rentrerais sans problème.

Tessa et le mec se regardent silencieusement.

— Envoie-moi un message quand tu arrives à la maison.

Il lui caresse la main avant de partir.

Tessa le regarde s'éloigner, puis se tourne vers moi avec un sourire… pas désagréable.

— Je vais appeler un taxi.

Je poursuis mon dialogue intérieur. À quoi avais-je la tête ? Je croyais vraiment qu'elle allait trouver une solution à notre merdier ? Ouais, je crois bien que oui.

— D'habitude, je marche.

— Tu marches ? Toute seule ?

Je regrette d'avoir posé la seconde question à l'instant où les mots quittent mes lèvres. Je laisse passer trois secondes.

— Il te raccompagne à la maison ?

— Seulement quand nous sommes du même service.

— Vous sortez depuis combien de temps ensemble ?

— Quoi ?

Elle s'arrête avant même que nous ayons atteint le coin de la rue et me répond en fronçant les sourcils :

— On ne sort pas ensemble.

— On dirait bien que si.

Je fais de mon mieux pour ne pas faire mon connard qui boude.

— Ce n'est pas le cas. Nous passons du temps ensemble, mais je ne sors avec personne.

J'essaie de savoir, en la regardant, si elle dit la vérité.

— Il en a envie. La façon dont il t'a touché la main.

— Eh bien, ce n'est pas le cas. Pas encore.

Elle regarde ses pieds avec attention et nous traversons la rue. Il n'y a pas autant de monde que tout à l'heure, loin de là, mais les rues ne sont pas vraiment désertes.

— Pas encore ? Tu n'es sortie avec personne ?

Je regarde le primeur à côté qui remballe ses fruits pour la nuit en priant pour qu'elle réponde ce que je veux bien entendre.

— Non, je n'ai pas l'intention de sortir avec qui que ce soit pour un bout de temps.

Je sens son regard se porter sur moi.

— Et toi ? Tu sors avec quelqu'un ?

Je n'ai pas de mots pour décrire la sensation de soulagement quand elle m'a annoncé qu'elle ne sortait avec personne. Je me tourne vers elle avec un sourire.

— Non, je ne sors avec personne.

Et elle sourit à son tour.

— J'ai déjà entendu ça quelque part.

— Je suis plutôt conservateur comme mec, tu t'en souviens ?

Elle rit mais ne rebondit pas sur ma remarque. Nous continuons à marcher. Il faut que je lui parle de ça d'ailleurs, de rentrer à pied du travail si tard. J'ai passé mes nuits et mes semaines à essayer d'imaginer sa vie ici. La découvrir serveuse dans un restaurant, déambulant toute seule la nuit à New York, ne m'avait jamais traversé l'esprit.

— Pourquoi travailles-tu dans un restaurant ?

— C'est Sophia qui m'a trouvé ce job. C'est vraiment sympa comme endroit et je me fais plus d'argent que tu ne pourrais le croire.

— Plus d'argent qu'en travaillant chez Vance ?

Je lui pose la question, mais je connais la réponse.

— Ça ne m'ennuie pas. Ça m'occupe.

— Vance m'a dit que tu ne lui avais même pas demandé de lettre de recommandation, et tu sais qu'il projette d'ouvrir un département ici aussi.

Elle a le regard perdu dans le vague, semblant observer le trafic.

— Je sais, mais je veux réussir par moi-même. J'aime mon boulot pour l'instant, jusqu'à ce que je puisse entrer à NYU.

Je suis incapable de cacher ma surprise.

— Tu n'as pas encore intégré NYU ?

Pourquoi personne ne m'a-t-il rien dit de tout ça ? Je force Landon à me donner des nouvelles de la vie de Tessa, mais apparemment, il choisit de laisser de côté les trucs importants.

— Non, mais j'espère y entrer au prochain semestre. (Elle met la main dans son sac pour en sortir un trousseau de clés.) Les dates limites d'inscription étaient toutes dépassées.

— Ça ne t'emmerde pas ?

Je suis surpris de l'entendre aussi calme.

— Non, je n'ai que dix-neuf ans. Tout se passera bien. (Mon cœur s'arrête.) Ce n'est pas idéal, mais j'ai le temps de me rattraper. Je pourrais toujours cumuler les heures de cours et peut-être même finir par être diplômée en avance, comme toi.

Je ne sais pas quoi répondre à ça… Tessa calme, qui transige, Tessa sans plan en béton armé… mais je suis tellement heureux d'être près d'elle.

— Ouais, c'est vrai que tu pourrais…

Avant que je puisse finir ma phrase, un homme surgit devant nous. Son visage est recouvert de saleté et d'une énorme moustache. Instinctivement, je passe devant Tessa.

— Salut, ma jolie.

Je passe de paranoïaque à protecteur et me redresse de toute ma hauteur en attendant que ce connard tente un truc.

— Salut, Joe. Ça va ce soir ?

Tessa me fait gentiment dégager et sort un petit truc de son sac à main.

— Ça va, ma belle. (Tout sourires, l'homme tend la main.) Qu'est-ce que tu m'as apporté cette fois-ci ?

Je me force à reculer, mais pas loin.

— Des frites et les mini-hamburgers que tu aimes tant.

L'homme répond par un sourire au sien, avant d'ouvrir le sac en papier qu'elle lui tend et de le porter à son visage pour en sentir le contenu.

— Tu es trop bonne pour moi.

Il enfonce une main crasseuse dans le sac, en sort une poignée de frites qu'il enfourne aussitôt.

— T'en veux ?

Il nous regarde tour à tour, des frites plein la bouche.

— Non. Profite de ton dîner, Joe. Je te verrai demain.

Elle me fait signe de la suivre au coin de la rue où elle compose le code pour entrer dans l'immeuble de Landon.

— Comment connais-tu ce type ?

Elle s'arrête au milieu de la rangée de boîtes aux lettres dans l'entrée et ouvre la sienne pendant que j'attends sa réponse.

— Il habite là, à ce coin de rue. Il y est tous les soirs, alors quand nous avons des restes en cuisine, j'essaie de lui en rapporter.

— Ça n'est pas dangereux ?

Je regarde derrière moi en remontant le hall d'entrée désert.

— De donner à manger à quelqu'un ? Non. Je ne suis plus aussi fragile que je l'étais.

Elle me fait un vrai sourire, elle ne s'est pas sentie offensée par ma question et, moi, je ne sais plus quoi dire.

Dans l'appartement, Tessa se déchausse et retire sa cravate. Je ne me suis pas trop autorisé à la reluquer. J'essaie de garder mes yeux sur son visage, ses cheveux, putain, même sur ses oreilles, mais là, en la voyant déboutonner sa chemise noire, révélant un débardeur, je suis distrait et je n'arrive pas à me rappeler pourquoi j'évitais de la mater. Putain, son corps est plus que parfait, j'en salive, et je fantasme sur la courbe de ses hanches.

Elle va dans la cuisine et me parle par-dessus son épaule.

— Je vais me coucher, je prends mon service tôt demain.

Je m'approche d'elle et attends qu'elle finisse son verre d'eau.

— Tu travailles demain aussi ?

— Oui, toute la journée.

— Pourquoi ?

Elle soupire.

— Eh bien, j'ai des factures à payer.

Elle ment.

— Et ?

Elle essuie le plan de travail avec sa main pendant une minute.

— Et peut-être que j'essayais de t'éviter.

— Tu m'as évité assez longtemps, tu ne crois pas ?

Elle déglutit.

— Je ne t'évitais pas. Tu n'essayais presque plus de me parler.

— Ça, c'est parce que tu m'évitais.

Elle passe devant moi en défaisant sa queue-de-cheval.

— Je ne savais pas quoi dire. Ça m'a fait plutôt mal quand tu es parti de ta cérémonie de remise des diplômes et…

— *Tu* es partie. Pas moi.

— Quoi ?

Elle s'arrête net et se retourne.

— Tu es partie de la cérémonie. Je n'ai quitté les lieux qu'après t'avoir cherchée pendant une demi-heure.

Elle a l'air outré.

— Je t'ai cherché *toi*. Je l'ai fait. Je ne serais jamais partie comme ça d'un tel événement.

— Ok, eh bien, j'ai le souvenir d'une tout autre histoire de mon côté, mais ça ne sert à rien de nous disputer à ce sujet.

Elle baisse les yeux, elle semble être d'accord avec moi.

— Tu as raison.

Elle se remplit un nouveau verre d'eau et en boit une petite gorgée.

— Regarde-nous, on n'est pas mignons à éviter de nous disputer ?

Elle sourit quand je la taquine, s'accoude au plan de travail et ferme le robinet.

— Et merde.

— Et merde.

Nous rions tous les deux en continuant de nous regarder.

— Ce n'est pas aussi bizarre que je le craignais.

Tessa essaie de retirer son tablier, mais elle bute sur le nœud.

— Besoin d'un coup de main ?

— Non.

Elle m'a répondu trop vite et tire à nouveau sur les cordons.

— Tu es sûre ?

Après quelques minutes à se débattre, elle me jette un regard noir puis se tourne pour me donner accès à son dos. En quelques secondes, j'ai défait le nœud et elle compte ses pourboires.

— Pourquoi n'essaies-tu pas de faire un nouveau stage ? Tu mérites bien mieux qu'un job de serveuse.

— Il n'y a rien de mal à être serveuse et ce n'est pas un but en soi. Ça ne me dérange pas et…

— Et parce que tu ne veux pas demander d'aide à Vance.

Elle écarquille les yeux. Je secoue la tête et repousse mes cheveux en arrière avant de poursuivre :

— Tu fais comme si je ne te connaissais pas, Tess.

— Il n'y a pas que ça ; j'aime ne rien devoir à d'autres que *moi-même*, c'est mon job. Il faudrait demander de sacrées faveurs à de nombreuses personnes pour obtenir un stage ici. Je ne suis même pas inscrite à l'université, pour plusieurs mois encore.

— Sophia t'a aidée à avoir ce boulot.

Je ne veux pas être cruel, mais juste l'entendre me dire la vérité. Je continue.

— Ce que tu voulais vraiment, c'est quelque chose qui ne me soit pas relié. J'ai raison ?

Elle prend quelques inspirations et regarde partout autour de la pièce, sauf vers moi.

— Oui, c'est ça.

Nous restons là, calmement, trop près l'un de l'autre et pourtant trop éloignés dans cette petite cuisine. Au bout de quelques secondes, elle se redresse, attrape son tablier et son verre d'eau et annonce :

— Je dois aller me coucher. Je travaille toute la journée demain et il se fait tard.

— Appelle pour dire que tu es malade.

Je lui suggère ça comme ça, même si en fait, j'ai envie de l'exiger.

— Je ne peux pas faire ça.

— Mais si.

— Je n'ai jamais loupé un jour de travail.

— Tu n'es là que depuis trois semaines, tu n'as pas encore eu le temps de sécher et, sérieux, c'est ce que font les gens le samedi à New York. Ils appellent leur boulot pour dire qu'ils seront absents et passent leur journée en meilleure compagnie.

Elle sourit, ses lèvres pleines ont un air joueur.

— Et la meilleure compagnie, c'est toi ?

— Bien sûr.

Elle me mate un peu et je vois bien qu'elle pense sérieusement à prendre une journée de repos.

— Non, je ne peux pas. Je suis désolée. Je ne peux vraiment pas. Je ne peux pas risquer de déstabiliser le service. Ça me mettrait en mauvaise posture et j'ai besoin de ce boulot.

Elle fronce les sourcils, ce n'est plus la joie qu'on lit sur son visage, ce n'est plus que de la réflexion superflue.

Je suis à deux doigts de lui dire qu'elle n'a pas vraiment besoin de ce job, que tout ce qu'elle a à faire, c'est remballer son merdier et revenir à Seattle avec moi, mais je me mords la langue pour m'empêcher de parler. Le Docteur Tran dit que le contrôle est un facteur négatif dans notre relation et que « j'ai besoin de trouver l'équilibre entre contrôle et conseil ».

Il me fait vraiment chier, le Docteur Tran.

— Je comprends.

Je hausse les épaules, mais mentalement, j'engueule le bon docteur comme du poisson pourri avant de sourire à Tessa.

— Je vais te laisser aller te coucher, alors.

Sur ces mots, elle tourne les talons et retourne dans sa chambre-placard, me laissant seul dans la cuisine, puis seul sur le canapé, puis seul face à mes rêves d'avenir.

∞

68

Tessa

La voix d'Hardin transperce mes rêves, haute et intelligible, il me supplie d'arrêter.

Me supplier d'arrêter ? Pourquoi…

J'ouvre les yeux tout en m'asseyant sur mon lit. J'entends de nouveau ce bruit.

— Stop !

Il me faut un moment pour me rendre compte que je ne suis pas dans l'un de mes rêves, mais que j'entends bel et bien la voix d'Hardin.

Je me précipite hors de ma chambre pour courir dans le salon où Hardin dort sur le canapé. Il ne hurle pas en se débattant dans les draps comme avant, mais sa voix est une supplique lorsqu'il dit : « S'il vous plaît, arrêtez ! » J'en ai le cœur qui saigne.

— Hardin, réveille-toi. S'il te plaît, réveille-toi.

Calmement, je passe la main sur son épaule moite.

Il ouvre les yeux et ses mains viennent toucher mon visage. Désorienté, il s'assied et m'attire sur ses genoux. Je ne me débats pas, je ne le pourrais même pas.

Des secondes silencieuses s'écoulent avant qu'il ne repose sa tête sur ma poitrine. J'ai mal pour lui.

— Ça arrive souvent ?

— Seulement une à deux fois par semaine en gros. Maintenant, je prends des cachets pour les maîtriser, mais les soirs comme celui-ci, il était trop tard pour les prendre.

— Je suis désolée.

Je me force à oublier que nous ne nous sommes pas vus depuis des mois. Je ne m'appesantis pas sur le fait que nous en soyons déjà à nous toucher. Je m'en fiche, je ne m'empêcherai jamais de le réconforter, peu importent les circonstances.

— Ne le sois pas. Je vais bien. Je suis désolé de t'avoir réveillée.

Il enfouit son visage dans mon cou et passe ses bras autour de ma taille.

— Ne le sois pas.

Je me rencogne dans le coin du canapé.

— Tu m'as manqué.

Il bâille et me serre encore plus contre son cœur. Il se rallonge en m'entraînant avec lui, et je le laisse faire.

— Toi aussi.

Je sens ses lèvres se poser sur mon front, je frissonne en savourant la chaleur et la sensation si familière sur ma peau. Ça ne me paraît pas logique que ce soit aussi facile, aussi naturel de me retrouver dans les bras d'Hardin.

— J'aime que ce soit si réel. Ça ne changera jamais, tu le sais, ça ?

Essayant de donner un semblant de cohérence à notre échange, je lui réponds :

— Nous avons des vies différentes, maintenant.

— J'attends toujours que tu t'en rendes compte, c'est tout.

— Que je me rende compte de quoi ?

Comme il ne répond pas, je le regarde, mais ses yeux sont fermés et ses lèvres entrouvertes dans le sommeil.

Je me réveille au son de la cafetière qui sonne dans la cuisine. Le visage d'Hardin est la première chose que je vois et je ne suis pas trop sûre de savoir ce que ça me fait.

Je détache mon corps du sien, retire ses bras de ma taille et me dandine pour réussir à me lever. Landon sort de la cuisine, une tasse de café à la main, un sourire qui ne trompe pas aux lèvres.

— Quoi ?

Je n'ai partagé de lit ni de canapé avec personne depuis Hardin. Une nuit, Robert est resté à la maison car il s'était enfermé à l'extérieur de son appartement, mais il a dormi sur le canapé et moi dans mon lit.

— Rrrrrien.

Le sourire de Landon s'élargit et il essaie de le cacher en buvant une gorgée de café fumant.

Je lève les yeux au ciel et réprime un sourire en allant dans ma chambre chercher mon téléphone. Panique : il est onze heures et demie. Je n'ai jamais dormi aussi tard depuis que j'ai emménagé ici, et maintenant je n'ai même pas le temps de prendre une douche avant de partir travailler.

Je me verse une tasse de café et la met à refroidir dans le congélateur pendant que je me brosse les dents, me débarbouille, puis m'habille en vitesse. Je suis devenue accro au café frappé, mais je déteste payer une fortune pour acheter deux glaçons dans un café. Le mien a le même goût. Landon est d'accord.

Hardin dort encore quand je pars et je me retrouve penchée sur lui, prête à l'embrasser avant de partir.

Heureusement, Landon entre dans le salon au bon moment, mettant fin à mon comportement de folle furieuse. *Qu'est-ce qui ne va pas chez moi ?*

En chemin, je suis assaillie de souvenirs d'Hardin : la manière dont il s'est endormi dans mes bras, à quel point c'était réconfortant de me réveiller dans les siens. Je suis perturbée, comme d'habitude quand je le croise, et je dois accélérer pour arriver à l'heure au travail.

Quand j'entre dans la salle du personnel, Robert est déjà là, il ouvre mon casier lorsqu'il me voit arriver.

— Je suis à la bourre, ils s'en sont aperçus ?

Je me précipite pour ranger mon sac et fermer le casier.

— Non, tu n'as que cinq minutes de retard. Comment s'est passée ta nuit ?

Ses yeux bleus brillent d'une curiosité à peine masquée. Je hausse les épaules.

— Ça allait.

Je connais les sentiments de Robert à mon égard et ce n'est pas juste de ma part de lui parler d'Hardin, qu'il m'encourage à le faire ou pas.

— Ça allait, hein ?

— Mieux que je ne l'aurais cru.

Il vaut mieux me cantonner à des réponses courtes.

— C'est bon, Tessa. Je sais ce que tu ressens pour lui. Je l'ai su le jour où je t'ai rencontrée.

Je suis tout émue maintenant, je regrette que Robert soit si gentil et qu'Hardin soit à New York pour le week-end, puis je change d'idée et regrette qu'il ne reste pas plus longtemps. Robert ne me pose pas d'autre question et nous sommes si occupés aujourd'hui que je n'ai le temps de penser à rien d'autre qu'à servir des boissons et des assiettes jusqu'à une heure du matin.

Même mes pauses passent trop vite, ne me laissant que le temps d'avaler une assiette de boulettes de viande et un bout de fromage.

Quand vient l'heure de la fermeture, je suis la dernière à sortir. J'ai assuré à Robert que tout irait bien et il est parti plus tôt boire des coups avec les autres serveurs. De toute façon, j'ai l'impression qu'à l'instant où je sortirai du restaurant, Hardin sera là à m'attendre.

∞

69

Tessa

Et j'ai vu juste. Hardin est là, adossé au mur recouvert d'une copie d'un pochoir à la Banksy.

— Tu ne m'avais pas dit que Delilah et Samantha étaient les colocataires de Sophia.

Son sourire, celui où il plisse le nez, se termine en un frisson de tout son corps.

— Ouais, c'est le bordel. Surtout qu'elles ne s'appellent pas comme ça, et tu le sais bien.

Hardin éclate de rire.

— Mais c'est bon, ça. C'était tellement improbable. Ça sort tout droit d'une *telenovela* à la con !

Secoué de rire, il porte la main à son cœur.

— À qui le dis-tu ? *Moi*, je dois me taper ça. Mais bon, pauvre Landon, tu aurais vu sa tête quand il est allé boire un verre avec Sophia et ses amies un soir et qu'il s'en est rendu compte. Il en est presque tombé de sa chaise.

— C'est trop.

Hardin étouffe un petit rire.

— Ne te marre pas devant lui ; il a du mal à gérer la situation avec elles.

— Ouais, ouais. J'imagine.

Hardin ricane.

À ce moment, le vent se lève et ses longs cheveux se mettent à voler autour de son visage. Je ne peux pas m'empêcher de le lui faire remarquer et d'en rire. C'est moins dangereux que l'autre possibilité : lui demander les raisons de sa venue.

— Mes cheveux sont plus cool comme ça et ça donne quelque chose aux femmes pour s'agripper.

Bon, il me taquine, mais ses mots me font une drôle de piqûre au cœur.

— Oh.

Préférant lui cacher que j'ai la tête qui tourne, que ça me rend triste de penser que quelqu'un d'autre pourrait le toucher, je ris avec lui.

— Hé !

Et, comme si nous étions tout seuls sur le trottoir, il se rapproche et me fait pivoter pour que je le regarde.

— C'était une blague. Ok, une blague à la con.

— C'est bon, tout va bien.

Je lui souris en rattrapant mes cheveux, qui sont eux aussi balayés par le vent dans tous les sens.

— Que tu sois très indépendante et assez courageuse pour copiner avec des SDF, soit, mais tu es toujours aussi nulle pour mentir.

Il voit clair dans mon jeu, mais j'essaie de garder de la légèreté à notre conversation.

— Ne commence pas avec Joe. C'est mon pote.

Je lui tire la langue au moment où nous passons devant un couple qui se pelote sur un banc.

— Cinq balles qu'il a sa main sous sa jupe dans moins de deux minutes !

Il fait exprès de parler assez fort pour qu'ils l'entendent.

Pour jouer, je lui donne une petite tape sur l'épaule et il en profite pour passer son bras autour de ma taille.

— Ne sois pas si câline, ou Joe va se poser des questions !

Je hausse plusieurs fois les sourcils, Hardin éclate de rire.

— C'est quoi ton truc avec les SDF ?

Je pense à mon père et mon rire s'arrête net.

— Merde, ce n'est pas ce que je voulais dire.

Je tends la main vers lui en lui souriant.

— Non, c'est bon. T'inquiète. Espérons simplement que Joe ne se révèle pas être mon oncle.

Hardin me regarde comme si je m'étais fait pousser des yeux en plus. Je poursuis :

— Tout va bien ! Je peux encaisser les blagues maintenant. J'ai appris à ne pas me prendre trop au sérieux.

Cette révélation semble lui plaire et il sourit même à Joe quand je lui tends un sac avec des restes de poisson et de croquettes de crabe.

L'appartement est plongé dans le noir. Il est très probable que Landon soit couché depuis plusieurs heures.

Comme Hardin me suit dans la cuisine, je lui demande :

— Tu as mangé ?

Il s'assied à la petite table pour deux et pose ses coudes dessus.

— En fait, non. Je n'ai pas mangé. J'avais tiré ce sac de bouffe, mais Joe a été plus rapide que moi !

— Tu veux que je te fasse un truc ? Moi aussi, j'ai faim.

Vingt minutes plus tard, je trempe mon doigt dans la sauce à la vodka pour la tester.

Derrière moi, Hardin a un petit sourire satisfait.

— Tu vas partager ? Ce ne serait pas la première fois que je lèche quelque chose sur ton doigt. Le glaçage était l'un de mes parfums de Tessa préférés.

— Tu te souviens de ça ?

Je lui propose la sauce sur une cuillère.

— Je me souviens de tout, Tessa. Enfin, de tout quand j'étais sobre et pas défoncé.

Son sourire taquin disparaît. Je trempe mon doigt dans la sauce pour la lui faire goûter. Ça marche plutôt bien, son sourire revient.

Sa langue sur mon doigt est chaude, il plonge son regard dans le mien en léchant la sauce jusqu'au bout. Même quand il n'en reste plus, il aspire mon doigt entre ses lèvres et continue de le sucer.

Mon doigt toujours sur ses lèvres, il me dit :

— Je voulais te parler d'un truc. À propos de ce que tu disais sur mes souvenirs.

Mais le mouvement de ses lèvres si douces sur ma peau me distrait.

— Maintenant ?

— À un moment ou un autre, pas nécessairement ce soir.

Sa langue mouille le bout de mon majeur.

— Qu'est-ce que tu fais ?

— Tu m'as trop posé cette question.

Il sourit puis se lève.

— On ne s'est pas vus depuis si longtemps. Ce n'est pas une bonne idée.

Je n'en pense pas le moindre mot.

— Tu m'as manqué et j'attendais de te manquer à *toi* aussi. (Sa main suit ma hanche, sur le tissu de ma chemise d'uniforme.) Je n'aime pas te voir tout en noir. Ça ne te va pas.

Il penche la tête pour frôler mon menton de son nez.

Maladroitement, mes doigts essaient de déboutonner ma chemise, mais ils glissent sur les petits boutons de plastique.

— Je suis contente que *toi*, tu ne te sois pas pointé ici vêtu d'une autre couleur.

Il sourit contre ma joue.

— Je n'ai pas beaucoup changé, Tess. J'ai juste vu quelques médecins et j'ai forcé sur le sport.

— Tu ne bois toujours pas ?

Je laisse tomber ma chemise par terre derrière nous et il me pousse dans un coin.

— Si, un peu. Généralement du vin ou de la bière légère. Mais non, je ne descends plus de bouteille de vodka cul sec.

Ma peau s'embrase, mon cerveau essaie péniblement de savoir comment on en est arrivés là, tant de mois après, et mes mains attendent la permission de lui retirer son t-shirt. Il semble lire dans mes pensées, prend mes mains dans les siennes et les passent sous le fin tissu.

— Nous sommes en plein dans le mois de l'anniversaire de notre rencontre, tu le sais ?

Il enlève son t-shirt, ce qui me permet d'apprécier la vue de son torse nu.

Je l'observe, à la recherche de nouveaux tatouages, et je suis contente de ne trouver que des feuilles, *du lierre*, je crois qu'Hardin a dit ça. À mes yeux, on dirait des feuilles toutes bizarres, petites et avec de longues tiges qui s'enroulent.

— On n'a pas de mois d'anniversaire de rencontre, t'es un grand malade.

Un peu gênée, j'essaie d'observer son dos et quand il comprend mon manège, il se retourne.

— Mais si. Regarde, il n'y a toujours que le tien sur mon dos.

Je reste scotchée devant les muscles qui se sont développés sur ses épaules et dans son dos. J'ai la bouche sèche.

— Tu m'en vois ravie.

Le regard franchement amusé, il me demande :

— Est-ce que ma petite folle s'est fait tatouer ?

— Non.

Il recule vers le plan de travail en tendant la main vers moi.

— Tu es d'accord pour que je te touche comme ça ?

— Oui.

C'est ma bouche qui répond avant que mon cerveau n'ait eu le temps de réagir.

D'une main, il suit le bord du décolleté de mon débardeur.

— Et comme ça ?

Je hoche la tête.

Mon cœur bat si fort que je suis certaine qu'il l'entend cogner contre ma poitrine. Je me sens si bien, si vivante et consciente, si excitée de le sentir me toucher. Ça fait si longtemps et il est là, face à moi, à me dire et me faire des choses que j'aime tant. Sauf que cette fois-ci, il est plus prudent, plus patient.

— J'ai eu tellement besoin de toi, Tess.

Sa bouche est à quelques centimètres de la mienne, ses doigts dessinent de petits cercles sur la peau de mon épaule dénudée. Je suis ivre de lui et ne peux penser à rien d'autre.

Quand ses lèvres se posent sur les miennes, je replonge. Je retourne dans cet endroit où seul Hardin existe, où il n'y a que ses mains sur ma peau, ses lèvres qui caressent les miennes, ses dents qui mordillent le coin de ma bouche et le doux gémissement qui s'échappe de sa gorge quand je déboutonne son jean.

— Est-ce que tu essaies de m'utiliser pour t'envoyer en l'air encore une fois ?

Il sourit en m'embrassant, poussant sa langue contre la mienne pour que je ne puisse pas répondre.

— Je blague.

Il presse son corps contre le mien.

Mes bras passent autour de son cou et mes doigts se perdent dans ses cheveux.

— Si je n'étais pas un gentleman, je te baiserais ici, direct sur le plan de travail.

Ses mains se saisissent de mes deux seins, ses doigts font tomber les bretelles de mon soutien-gorge et de mon débardeur.

— Je te poserais là, je ferais glisser ce monstrueux pantalon le long de tes jambes, j'écarterais tes cuisses et je te prendrais comme ça.

— Tu as toujours dit que tu n'étais pas un gentleman.

— J'ai changé d'avis. Maintenant, je suis un demi-gentleman.

Je suis tellement partie que je commence à me dire que je pourrais bien prendre feu et mettre le boxon, là, au beau milieu de la cuisine. D'un geste, je fais tomber son boxer.

— Putain, Tess.

— Un *demi*-gentleman ? Qu'est-ce que ça veut dire ?

Ses mains descendent sous la ceinture de mon pantalon, m'arrachant un gémissement.

— Ça veut dire que peu importe à quel point j'ai envie de toi, à quel point j'ai envie de te baiser sur ce plan de travail, à t'en faire crier mon nom pour que tout le quartier sache qui te fait jouir… (il suçote la peau tout le long de mon cou)… je ne te ferai rien jusqu'au jour où tu accepteras de m'épouser.

Mes mains s'immobilisent immédiatement, l'une sur sa fesse, l'autre dans son dos.

— Quoi ?

— Tu m'as bien entendu. Je ne te baiserai pas tant que tu ne te marieras pas avec moi.

— Tu n'es pas sérieux ?

Pitié, faites qu'il ne soit pas sérieux ! Ce n'est pas possible, ça fait des mois qu'on se parle à peine. Il se fout de moi. Non ?

— C'est loin d'être une blague. Sérieux.

Ses yeux pétillent de joie, mais je suis si frustrée que je commence à taper du pied contre le carrelage.

— Mais nous ne… on n'a même pas…

Je rassemble mes cheveux d'une main et essaie de comprendre ce qu'il m'a dit.

— Oh ! tu ne croyais tout de même pas que j'abandonnerais aussi facilement ? (Il s'approche pour embrasser ma joue brûlante.) Tu ne me connais donc pas ?

Son sourire me donne envie de lui retourner une baffe et de l'embrasser en même temps.

— Mais tu *as* abandonné.

— Non, je t'ai donné de l'espace, comme tu m'y as forcé. J'ai confiance en ton amour pour moi qui te fera revenir dans le vrai un jour. (Il arque un sourcil, affichant de nouveau ce sourire et cette fossette diabolique.) Mais putain, il t'en faut du temps.

C'est quoi ce merdier ?

— Mais…

Je suis littéralement à court de mots.

— Tu vas te faire mal.

Il rit et me caresse la joue d'un geste de la main.

— Est-ce que tu veux encore dormir avec moi sur le canapé ? Ou est-ce que la tentation serait trop grande pour toi ?

Je rigole et le suis dans le salon, essayant de comprendre comment tout ça pourrait finir, pour lui comme pour moi. Il y a tant de choses dont nous devons parler, tant de questions à poser, tant de réponses à donner.

Mais, pour l'instant, je vais m'endormir sur le canapé avec Hardin et prétendre que tout va bien dans mon petit monde, pour une fois.

∞

70

Tessa

— Bonjour, Bébé.

Une voix me parle tout près.

Lorsque j'ouvre les yeux, la première chose que je vois, c'est une hirondelle dessinée à l'encre. Le teint d'Hardin est plus hâlé que jamais et les muscles de son torse sont bien plus développés que dans mon souvenir. Il a toujours été incroyablement beau, mais là, il est magnifique et c'est la plus exquise des tortures que d'être allongée contre sa poitrine nue, un de ses bras encerclant ma taille et l'autre repoussant mes cheveux.

— Bonjour.

Je pose mon menton sur sa poitrine, ce qui me donne le plus admirable des points de vue sur son visage.

— Bien dormi ?

Il me caresse doucement les cheveux, un parfait sourire aux lèvres, comme toujours.

— Oui.

Je ferme les yeux un instant pour rassembler mes esprits, qui se sont engourdis en entendant le son de sa voix éraillée, chargée de sommeil.

Silencieux, il pose son pouce sur mes lèvres.

Au bruit de la porte de la chambre de Landon qui grince, j'ouvre les yeux et commence à m'asseoir, mais Hardin m'enveloppe de ses bras.

— Oh que non !

Il se lève, m'entraînant avec lui.

Landon entre dans le salon, torse nu, Sophia le suit de près. Elle porte son uniforme de la veille, les vêtements noirs mettent en valeur son sourire radieux.

— Salut.

Landon rougit et Sophia lui prend la main en me souriant. J'ai l'impression qu'elle me fait un clin d'œil, mais j'ai toujours le cerveau embué de m'être réveillée auprès d'Hardin.

Elle se hausse sur la pointe des pieds pour embrasser Landon sur la joue.

— Je t'appelle à la fin de mon service.

J'ai encore du mal à m'habituer à la barbe de Landon, mais ça lui va bien. Il sourit à Sophia et lui ouvre la porte.

Hardin murmure à mon oreille, son souffle chaud sur ma peau :

— Eh bien, maintenant, on sait pourquoi Landon n'est pas sorti de sa chambre hier soir.

Hypersensible et très tendue, j'essaie encore de me décoller de lui.

— J'ai besoin d'un café.

Ça doit être la formule magique, parce qu'il hoche la tête et me laisse descendre de ses genoux. Immédiatement, je ressens un manque de m'éloigner de son corps, mais je me force à atteindre la machine à café.

J'ignore Landon qui sourit et vais dans la cuisine. La poêle que j'ai voulu utiliser hier soir est toujours sur la gazinière, pleine de sauce à la vodka et, quand j'ouvre le four, je découvre les filets de poulet à l'intérieur.

Je ne me souviens pas de l'avoir éteint, mais bon, ce n'est pas comme si j'avais beaucoup réfléchi hier soir. Mon cerveau ne semblait pas vouloir étendre ses réflexions au-delà d'Hardin et de la sensation de ses lèvres sur les miennes après des mois de privation. Rien qu'au souvenir de la douceur de son contact enflammant mon corps, ma peau s'embrase.

— C'est pas con d'avoir éteint le four, hein ?

Hardin fanfaronne en entrant dans la cuisine, son pyjama très bas sur ses hanches. Ses nouveaux tatouages mettent l'accent sur ses muscles et attirent mon regard sur son abdomen sculpté.

— Euh, ouais.

Je m'éclaircis la gorge et essaie de comprendre pourquoi je suis devenue l'esclave de mes hormones. Je me sens comme la première fois où je l'ai rencontré, et ça m'inquiète. C'est toujours si facile de retomber dans cette relation dysfonctionnelle, il faut que je garde la tête froide, là.

— Tu travailles à quelle heure aujourd'hui ?

Hardin s'appuie au plan de travail et me regarde nettoyer mon bazar de la veille.

— À midi. (Je verse la sauce froide dans l'évier.) Je ne fais que le service de midi. Je devrais être à la maison vers cinq heures.

— Je t'invite à dîner.

Il sourit et croise les bras. Je penche la tête de côté et lui lance un regard, puis je me tourne vers le broyeur de déchets. Il reprend :

— T'es en train de penser à me mettre la main là-dedans, non ?

Malgré le bruit du broyeur, j'entends son rire doux et charmant, ce qui me fait tourner la tête.

— Peut-être… Il va falloir que tu reformules ton invitation sous forme de question.

— Ah, revoilà Theresa l'impertinente, celle que je connais et que j'aime.

Il a un regard taquin et frotte la paume de sa main contre le plan de travail.

— On en est revenus à Theresa ?

J'essaie de le regarder sévèrement, mais j'échoue lamentablement… par un sourire.

— Oui, on en est revenus là.

Il me fait un signe de tête et fait un truc qui ne lui ressemble pas du tout : il prend la petite poubelle sous l'évier et m'aide à remettre de l'ordre dans la cuisine.

— Donc, pourrais-tu, s'il te plaît, me faire l'insigne honneur de m'accorder un peu de ton temps libre pour partager un repas dans un lieu public ce soir ?

Sa tendre moquerie me fait rire.

Landon entre dans la cuisine et nous jette un coup d'œil avant de s'adosser au plan de travail.

— Tu vas bien ?

Landon fixe l'homme déguisé en Hardin qui est en train de faire le ménage, et retourne son attention vers moi, l'air surpris. Il se frotte les yeux.

— Ouais, juste un peu fatigué.

— J'imagine bien.

Avec un sourire, Hardin hausse plusieurs fois les sourcils et Landon lui pousse gentiment l'épaule.

Je les regarde, fascinée, avec la sensation d'être dans un univers parallèle. Un univers dans lequel Landon pousse Hardin qui en rit et le traite de trou du cul plutôt que de le menacer. J'aime bien ce monde-là.

Je crois que j'aimerais beaucoup y rester un bout de temps.

— Ce n'est pas ce que tu crois. Ferme-la !

Landon met du café moulu dans la cafetière et sort trois tasses du placard pour les poser sur le plan de travail.

— Mais ouais, c'est ça !

Hardin lève les yeux au ciel.

— C'est ça, eh oui !

Je les écoute plaisanter et se lancer de gentilles piques. J'attrape la boîte de céréales dans le placard le plus haut. Perchée sur la pointe des pieds, je sens les mains d'Hardin qui tirent sur mon short pour cacher un peu de ma peau.

D'un certain côté, j'ai bien envie de le remonter encore plus, voire de complètement l'enlever juste pour voir sa tête, mais par pitié pour Landon, je m'abstiens.

Au lieu de quoi, je rigole du geste pudique d'Hardin et lève les yeux au ciel en descendant la boîte de céréales et en ouvrant le sachet intérieur.

Hardin demande à Landon :

— Y a des Frosties ?

— Dans le placard.

Une image d'Hardin se chamaillant avec mon père parce qu'il lui avait mangé toutes ses céréales remonte à la surface. Ça me fait sourire, mais je range ce souvenir dans un coin de ma tête. Je n'ai plus de douleur dans mon cœur quand je repense à mon père. J'ai appris à sourire en repensant à son sens de l'humour, et à admirer l'optimisme dont il a fait preuve le temps de son court séjour chez nous. Je m'éclipse dans la salle de bains, il faut que je prenne une douche avant d'aller travailler. Landon parle à Hardin de son nouveau joueur de hockey préféré qui vient de se faire engager par une autre équipe et Hardin me surprend en restant dans la cuisine avec lui, plutôt que de me suivre.

Une heure plus tard, je suis habillée et prête à aller au restaurant à pied. Quand j'entre dans le salon, Hardin est en train d'enfiler ses bottes sur le canapé. Il lève les yeux vers moi et me sourit.

— Prête ?

— À quoi ?

J'attrape mon tablier sur le dossier du fauteuil et dépose mon téléphone au fond de ma poche.

— À aller au travail, bien sûr.

Comme si c'était la plus évidente des réponses !

Appréciant le geste, j'acquiesce et le suis en souriant, comme une idiote.

C'est un peu bizarre de marcher dans les rues de New York avec Hardin. Il s'intègre parfaitement ici, son style, ses vêtements, mais en même temps, il semble prendre toute la place avec sa voix et ses expressions animées qui amènent un rayon de soleil dans cette grise journée.

— Le seul, enfin, un des seuls problèmes que j'ai avec cette ville, c'est ça… (Il agite sa main en l'air. J'attends une seconde qu'il développe un peu.) Le soleil est caché.

Ses bottes font beaucoup de bruit sur le trottoir et je me rends compte que j'aime ça. Ça m'a manqué. C'est l'une des petites choses que j'aime en lui et dont je ne me m'étais pas rendu compte avant de le quitter. J'étais toute seule à marcher dans le vacarme des rues de cette ville, regrettant de ne pas entendre le bruit lourd des bottes d'Hardin à mes côtés.

— Tu vis dans le très pluvieux État de Washington. Tu ne peux pas reprocher à New York son manque de soleil.

Il rit, change de sujet et s'enquiert des conditions de travail des serveuses. Le reste du chemin est sympa ; Hardin me pose des tonnes de questions sur ce que j'ai fait ces cinq derniers mois et je lui parle de ma mère, de David et de sa fille. Je lui parle de Noah et du fait qu'il a réussi à intégrer l'équipe de foot de son université en Californie. Je lui parle de mes vacances avec ma mère et David dans cette même ville où la famille d'Hardin nous avait emmenés.

Je lui parle de mes deux premières nuits ici et du vacarme qui m'a tenue éveillée et qu'à la troisième nuit je suis sortie de mon lit, j'ai fait une promenade dans le quartier et j'ai rencontré Joe pour la première fois. Je lui dis que ce gentil SDF me rappelle mon père d'une certaine manière, et que j'aime croire que lui apporter à manger l'aide là où j'ai échoué avec mon géniteur.

En entendant cette confession, Hardin me prend la main ; je n'essaie pas de me détacher de son étreinte.

Je lui parle de mon inquiétude quand j'ai déménagé ici et je lui dis surtout que je suis contente qu'il soit venu nous rendre visite. Il ne parle pas du fait qu'il a refusé de coucher avec moi et m'a taquinée jusqu'à ce que je m'endorme dans ses bras. Il ne parle pas de sa demande en mariage, et ça me va plutôt bien. J'essaie toujours de comprendre mes sentiments pour lui depuis qu'il a débarqué dans mon existence l'année dernière.

Quand je retrouve Robert au coin de la rue, comme chaque fois que nous sommes du même service, Hardin se rapproche de moi et serre ma main plus fort. Aucun d'entre nous ne dit grand-chose, ils se toisent mutuellement. Le comportement des hommes en présence d'une femme me fait halluciner.

— Je serai là quand tu sortiras.

Hardin se penche vers moi pour m'embrasser sur la joue et repousser mes cheveux derrière les oreilles, avant de murmurer :

— Ne travaille pas trop dur.

J'entends son sourire lorsqu'il me parle, mais je reconnais aussi le soupçon de sérieux derrière sa recommandation.

Bien évidemment, on dirait que les paroles d'Hardin me portent la poisse pendant tout mon service. Nous sommes débordés par des tables et des tables d'hommes et de femmes qui boivent trop. Un enfant a aussi décidé que mon uniforme pourrait avoir besoin de petits ajustements esthétiques : une assiette de spaghettis a fait l'affaire. Je n'ai pas le temps de prendre de pause pendant tout le service et quand arrive enfin le moment de pointer pour sortir cinq heures plus tard, j'ai les pieds en compote.

Comme promis, Hardin m'attend dans le couloir. Sophia est assise à côté de lui sur le banc. Elle a remonté ses cheveux noirs en chignon sur le haut du crâne, ce qui attire l'attention sur l'étrange beauté de son visage. Elle a des traits vraiment exotiques avec ses pommettes saillantes et ses lèvres pulpeuses. Je baisse les yeux sur mon uniforme tout sale et je grimace, ma chemise sent l'ail et la tomate. Hardin ne semble pas remarquer mes vêtements souillés, mais il retire un truc de ma queue-de-cheval quand nous sortons.

Je ris doucement.

— Je ne veux même pas savoir ce que c'était.

Il sort une serviette en papier, non, un mouchoir de sa poche et me le tend.

Je m'en sers pour m'essuyer les joues ; j'ai tellement sué en travaillant que mon eyeliner a coulé, impossible de trouver ça sexy. Hardin bavarde, me posant toutes sortes de questions sur mon service, et nous retournons rapidement à l'appartement.

— J'ai les pieds défoncés.

Je grogne en retirant mes chaussures, que je balance n'importe où dans l'appartement. Hardin les suit des yeux et j'imagine les commentaires sarcastiques sur mon comportement de souillon qui se forment sous son crâne. Alors je continue :

— Je les rangerai dans deux minutes, bien sûr.

— Je me disais aussi ! (Il sourit et s'assied à côté de moi sur le lit.) Viens par ici.

Il attrape mes chevilles et pose mes pieds douloureux sur ses cuisses. Puis il me les masse et je m'allonge sur le matelas, essayant d'ignorer que mes petons ont été enfermés dans des chaussures pendant des heures.

— Merci.

Je gémis à moitié. Mes yeux voudraient se fermer tant le massage d'Hardin me relaxe, mais je veux le regarder. J'ai souffert pendant des mois de ne pas pouvoir l'admirer alors, maintenant, je ne veux plus détourner les yeux.

— Pas de problème. Je pourrais supporter l'odeur rien que pour voir ce putain d'air rêveur et tranquille sur ton visage.

Je lève la main pour mimer la petite claque que je lui administrerais bien sur le bras, ce qui le fait rire ; et il continue de faire des miracles sur mes pieds.

Ses mains remontent sur mes mollets et le long de mes cuisses. Je ne prends même pas la peine de mettre un frein aux gémissements qui s'échappent de mes lèvres ; c'est tellement bon et calmant de le sentir me toucher, relaxer mes muscles endoloris.

— Viens t'asseoir devant moi.

Je me redresse pour m'asseoir sur ses cuisses. Ses mains attrapent d'abord mes épaules ; il presse ses doigts contre mes muscles tendus et les masse jusqu'à faire disparaître toute trace de tension.

— Sans ta chemise, ce serait encore mieux.

Je ris un instant, mais le souvenir de son attaque sensuelle hier soir dans la cuisine m'arrête tout de suite. Je me penche en avant, j'attrape le bas de ma chemise d'uniforme qui n'est pas très ajustée et la fais sortir de mon pantalon. J'entends qu'Hardin cherche son souffle quand je la retire avec le débardeur que je porte en dessous en les passant par-dessus ma tête.

— Quoi ? C'était ton idée.

Ses mains sont plus vigoureuses maintenant, elles repoussent ma peau dans un sens précis et ma tête retombe sur son épaule.

Il marmonne un truc et je me félicite mentalement d'avoir eu l'idée de mettre un soutien-gorge potable. Certes, ce n'est que l'un des deux en ma possession, mais personne d'autre que moi ne les voit, à part Landon lorsqu'il y a un petit accident de lessive.

— C'est nouveau, ça.

Hardin passe un doigt sous l'une des bretelles. Il tire dessus et la relâche.

Je ne dis rien. Je ne fais que prendre une position plus confortable en rapprochant mes fesses de ses jambes écartées. Il grogne et attrape ma nuque de sa grande main, ses doigts me massent doucement, puis reviennent sur la peau si fine sous mon oreille.

— Ça fait du bien ?

Il connaît la réponse.

— Mmmmm.

C'est le seul bruit cohérent que je sois capable d'émettre. Quand je l'entends rire, je m'approche plus près de lui, en fait je frotte mon corps contre son entrejambe et, de ma main, je fais glisser la bretelle de mon soutien-gorge le long de mon épaule.

Ses mains se crispent sur ma gorge.

— On ne m'allume pas.

De son autre main, il remet ma bretelle en place.

— … Dit le maître en la matière !

De nouveau, je repousse la bretelle de mon soutien-gorge. Rester assise sans chemise devant lui en retirant mes sous-vêtements tandis que sa main les retient en place me rend folle. Je suis épuisée et Hardin ne fait que décupler l'effet de mes hormones en haletant et en se frottant contre moi.

— On ne m'allume pas.

J'ai répété sa phrase pour me moquer. Je n'ai pas le temps de rire qu'il pose ses mains sur mes épaules et fait pivoter ma tête vers lui.

— Ça fait cinq mois que je n'ai baisé avec personne, Theresa. Tu repousses les limites de mon self-control.

Sa bouche frôle mes lèvres.

J'attaque la première : j'écrase ma bouche contre la sienne, ce qui me rappelle notre premier baiser dans sa chambre de cette saleté de fraternité.

— Vraiment ?

Qu'il n'ait couché avec personne pendant notre séparation me stupéfie et j'en remercie ma bonne étoile. Quelque part, j'ai l'impression que je le savais, j'en étais sûre. Ou alors je me suis forcée à croire qu'il ne toucherait pas d'autre femme.

Il n'est plus le même garçon qu'il y a un an. Il n'a plus recours au sexe ni à des mots crus pour attirer l'attention. Il n'a plus besoin d'enchaîner les filles d'un soir, il est plus fort maintenant… C'est le même Hardin que celui que j'ai aimé, mais en plus fort.

Il m'avait dit : « Je n'avais pas remarqué à quel point tes yeux étaient gris » et il ne m'en avait pas fallu plus. Entre l'alcool et sa soudaine gentillesse, je n'avais pas pu m'empêcher de l'embrasser. Il avait un goût de menthe bien sûr, quoi d'autre ? Et j'avais senti le froid de son piercing à la lèvre contre les miennes. La sensation était étrange et dangereuse, mais j'avais aimé ça.

Maintenant, je grimpe sur les genoux d'Hardin comme je le faisais il y a si longtemps, ses mains agrippent ma taille, m'attirant doucement contre lui dans un même mouvement tandis qu'il s'allonge sur le lit.

— Tess.

Il gémit comme dans mon souvenir.

Ça attise mon désir, me projetant dans cette passion dévorante qui nous habite. J'y suis perdue et je n'ai absolument aucune envie de retrouver la sortie.

Mes cuisses serrent plus fort sa poitrine et je plonge mes mains dans ses cheveux. Je suis en manque d'affection, en pleine frénésie, en plein désir, et je ne peux penser qu'à une seule chose : ses doigts qui parcourent ma colonne vertébrale d'un geste d'une telle douceur.

∞

71

Hardin

Mon plan a complètement foiré. Il n'y a pas moyen que je m'arrête et que je ne lui fasse pas l'amour. J'aurais dû savoir que je n'avais aucune chance. Je l'aime. Je l'aime depuis toujours, enfin j'en ai l'impression, et ça m'a tellement manqué de ne pas la sentir comme ça.

Les petits couinements si sexy qui s'échappent de ses lèvres pulpeuses m'ont tellement manqué. Comme de faire glisser ses hanches voluptueuses contre moi, j'en bande tellement que je ne pense qu'à la pénétrer, pour lui montrer à quel point elle me fait me sentir bien tant physiquement qu'émotionnellement.

— Putain, tu m'as tellement manqué que j'en crevais, à chaque seconde de chaque jour.

Sa langue passe sur la mienne et je la serre entre mes lèvres, jouant avec elle. Sa respiration s'accélère. Ses mains attrapent le bas de mon t-shirt et elle le repousse jusqu'à mi-hauteur. Je m'assieds, faisant bouger son corps à moitié nu avec le mien pour lui faciliter la tâche, pour qu'elle puisse me le retirer.

— Tu n'as pas idée du nombre de fois où j'ai pensé à toi, où je me suis branlé en me rappelant ce que ça faisait de sentir tes mains sur moi, ta bouche aussi.

— Oh mon Dieu !

Ses gémissements me poussent à continuer.

— Toi aussi, ça t'a manqué, hein ? T'avais envie que je te dise ces mots salaces qui te font tellement mouiller ?

Elle hoche la tête et continue à gémir quand ma langue descend le long de son cou, embrassant doucement sa peau légèrement salée. J'ai tellement rêvé de cette sensation, cette manière qu'elle a de me maîtriser complètement, de me faire sombrer pour mieux me ramener à la surface rien qu'en me touchant.

Je passe mes bras autour de sa taille et fais pivoter son corps pour l'allonger sous moi. De mes doigts, je déboutonne son pantalon que je fais tomber sur ses chevilles en quelques secondes. Tessa s'impatiente et elle le dégage d'un coup de pied.

— Enlève le tien aussi.

C'est un ordre. Ses joues sont rouges, ses mains tremblent, posées sur mes fesses. Je l'aime, putain, je l'aime et j'aime qu'elle m'aime encore après tout ce temps. Notre amour est inéluctable, même le temps ne peut nous séparer.

Je fais ce qu'elle me demande et remonte sur son corps, qu'elle soulève, m'aidant à lui enlever sa petite culotte.

— Putain.

Je reluque la courbe de ses hanches, et ses cuisses me crient de les attraper à pleines mains. C'est ce que je fais et ses yeux me fixent tout le temps, ces yeux bleus-gris qui m'ont fait débiter des conneries au Docteur Tran pendant des heures. Ces yeux qui m'ont même poussé à appeler Vance plusieurs fois ces derniers mois.

— S'il te plaît, Hardin.

Tessa lève son cul du matelas, me montrant le chemin.

— Je sais, Bébé.

Je pose mes doigts à la jonction de ses cuisses et frotte mon index contre son sexe pour y recueillir son humidité. J'ai la queue qui fait des bonds quand elle soupire d'envie. Mon pouce caresse son clitoris, je la pénètre d'un doigt et quand j'ajoute un deuxième, elle se tortille autour en poussant les petits cris les plus sexy de la Terre.

Putain.

Putain.

— C'est tellement bon.

Elle halète et s'agrippe aux monstrueux draps à fleurs de son petit lit.

— Ouais ?

Je l'encourage en bougeant plus vite mon pouce sur le point qui la rend dingue. Elle me dit oui de la tête, sa main s'empare de ma queue et la caresse de haut en bas dans un mouvement lent mais chaud.

— J'ai envie de te lécher, de te goûter, putain, ça fait si longtemps, mais si ma bite ne te pénètre pas tout de suite, je vais jouir sur tes draps.

Elle écarquille les yeux et je bouge encore un peu mes doigts en elle avant d'aligner mon corps sur le sien. Elle a toujours la main sur ma queue qu'elle guide jusqu'à son sexe, les yeux fermés quand je m'y enfonce.

— Je t'aime, putain, je t'aime tellement.

Je m'accoude de part et d'autre de son corps et commence à aller et venir en elle.

D'une main, elle me plante ses ongles dans le dos et, de l'autre, elle s'agrippe à mes cheveux. Elle tire dessus et lorsque je change mon mouvement de hanches, elle écarte un peu plus ses cuisses.

Après plusieurs mois à m'améliorer pour voir la vie du bon côté et toutes ces merdes, putain, c'est tellement bon d'être avec elle. Toute ma vie gravite autour de cette femme et certaines personnes diront que ce n'est pas sain, que c'est un comportement obsessionnel qui tourne à la folie. Mais vous savez quoi ?

Je m'en tape complètement, absolument rien à battre. Je l'aime et elle est tout pour moi. Si quelqu'un trouve quoi que ce soit à redire, qu'il aille se faire foutre avec ses conneries de jugement, parce que putain, personne n'est parfait et Tessa me rapproche de la perfection autant que je ne pourrai jamais l'être.

— Je t'aime, Hardin, je t'ai toujours aimé.

Ses mots me font marquer un temps d'arrêt, et un autre petit morceau de mon puzzle se remet en place. Tessa est mon tout, et l'entendre dire ces conneries, voir sa tête quand je la regarde, c'est énorme.

— Il faut que tu saches que je t'aimerai toujours. Tu m'as permis de devenir… *moi-même*, Tessa, et je ne l'oublierai jamais.

Je replonge dans son intimité, espérant ne pas me mettre à chialer en la faisant jouir.

— Toi aussi, tu m'as permis d'être *moi*.

Elle me sourit comme si nous étions dans une romance.

Deux amants, séparés pendant des mois, merveilleusement réunis dans la grande ville. Sourires, éclats de rire et séances de baise. On a déjà tous lu ça.

— Il n'y a que nous pour avoir une conversation sentimentale à un moment pareil.

Je la taquine en lui plantant un baiser sur le front. Mais bon, y a-t-il meilleur moment pour laisser nos sentiments s'exprimer ? J'embrasse ses lèvres, tout sourires, et elle encercle ma taille de ses cuisses.

J'y suis presque. J'ai des fourmis dans la colonne vertébrale et je sens que je m'approche du moment fatidique à mesure que j'entends sa respiration s'accélérer et s'approfondir quand elle resserre ses cuisses. Le souffle court, je murmure à son oreille :

— Tu vas jouir. (Elle tire mes cheveux, m'approchant du précipice.) Tu vas jouir maintenant, avec moi, et je vais décharger.

Pas besoin de lui promettre, mais je sais qu'elle aime quand je lui dis des mots cochons. Je suis peut-être un peu moins connard, mais je ne vais quand même pas perdre mon style.

Elle jouit en criant mon nom. Moi aussi et, putain, c'est tellement bon que c'en est presque magique, il n'y a rien de meilleur au monde. Je n'avais jamais tenu aussi longtemps sans baiser personne et j'aurais attendu encore un an pour elle avec plaisir.

Je roule pour m'allonger à côté d'elle.

— Tu sais, en me faisant l'amour, là, tu viens juste d'accepter de m'épouser.

— Tais-toi. Tu gâches le moment.

Nous rions ensemble.

— Tu viens de jouir tellement fort que je doute que quoi que ce soit arrive à ruiner ton moment.

— *Notre* moment.

Je sais qu'elle se moque de moi lorsqu'elle sourit comme une tarée, les yeux bien fermés.

— Sérieux, tu as accepté. Alors quand vas-tu aller acheter ta robe ?

Elle roule sur elle-même, me foutant ses seins dans la gueule, et je dois faire appel à tout mon self-control pour ne pas me pencher et les lécher. Elle ne pourrait pas m'en vouloir, je viens de traverser une période d'abstinence sexuelle vraiment longue.

— Tu es toujours aussi dingue. Pas question que je t'épouse maintenant.

— La thérapie ne m'aide qu'à maîtriser ma colère, pas mon obsession de t'avoir avec moi pour toujours.

Elle soupire, puis lève les bras pour cacher son visage.

Je ris et la tire avec les draps pour rigoler.

— C'est vrai.

Je la fais passer sur mon épaule.

— Qu'est-ce que tu fais ? Tu vas te faire mal en me portant !

Elle gigote pour que je la laisse tomber, mais je serre mon bras sur le haut de ses cuisses.

Ignorant si Landon est là ou pas, je lance un avertissement juste au cas où. La dernière chose dont il a besoin, c'est bien de me voir porter une Tessa à poil dans le couloir de cet appartement grand comme une boîte à chaussures.

— Landon ! Si tu es là, reste dans ta putain de chambre !

— Repose-moi !

Elle recommence à me donner des coups de pied.

— Tu dois prendre une douche.

Je lui donne une petite claque sur les fesses et, avec un petit couinement, elle me la rend.

— Je peux marcher jusqu'à la douche !

Elle rigole maintenant, elle glousse et couine comme une écolière et, putain, j'aime ça. J'aime toujours la faire rire et qu'elle me l'accorde me comble.

Je la repose enfin, aussi doucement que possible, sur le carrelage de la salle de bains et je fais couler l'eau de la douche.

— Tu m'as manqué.

Assise par terre, elle me regarde intensément.

Ma poitrine se contracte ; putain, j'ai besoin de passer ma vie avec cette femme. Il faut que je lui dise tout ce que j'ai fait depuis qu'elle m'a quitté, mais là, ce n'est pas le moment. Demain, je lui dirai demain.

Ce soir, je vais profiter de ses remarques cinglantes, savourer son rire et essayer de gagner toutes les bribes de tendresse qu'elle voudra bien m'accorder.

∞

72

Tessa

Quand je me réveille le lundi matin, Hardin n'est plus dans mon lit. Je sais qu'il a un entretien ou une réunion, mais il n'a pas précisé chez qui.

Je ne sais absolument pas s'il sera de retour avant que je parte pour aller bosser.

Je roule sur le ventre, embarquant les draps avec moi, les draps qui portent encore son odeur et que je presse contre ma joue. La nuit dernière… eh bien, la nuit dernière était incroyable. Hardin était incroyable. Nous étions incroyables. L'alchimie, cette alchimie explosive entre nous, est toujours aussi indéniable et maintenant, nous sommes arrivés à ce stade de nos vies où nous pouvons enfin voir nos propres défauts et ceux de l'autre, nous les acceptons et travaillons dessus comme nous n'aurions jamais pu le faire par le passé.

Nous avions besoin de cette séparation. Nous avions besoin d'être capables de tenir tout seuls avant de pouvoir tenir ensemble et je suis si heureuse que nous ayons pu traverser les ténèbres, les disputes, la douleur, pour en sortir main dans la main, plus forts que jamais.

Je l'aime, Dieu seul sait à quel point j'aime cet homme, malgré toutes les séparations, tout le chaos, il s'est insinué dans mon âme et l'a marquée de son sceau, pour ne jamais être oublié. Si j'avais essayé, et d'ailleurs j'ai essayé, je n'aurais pas pu le faire. Pendant des mois, j'ai tenté de suivre le mouvement au jour le jour, prenant garde de rester occupée dans l'espoir de donner du grain à moudre à mon cerveau, histoire qu'il ne pense pas à lui.

Évidemment, ça n'a pas fonctionné et mes souvenirs ne s'éloignaient jamais vraiment de mon cortex. Maintenant que j'ai accepté de faire avancer les choses, à notre manière, je sens enfin que ça pourrait marcher. Nous pourrions être ce que nous voulions plus que tout au monde.

En me pénétrant, il a dit : « *Il faut que tu saches que je t'aimerai toujours. Tu m'as permis de devenir… moi-même, Tessa, et je ne l'oublierai jamais.* »

Il était à bout de souffle, doux et passionné. J'étais perdue dans mes sensations, sous ses doigts qui me caressaient.

Le bruit de la porte qui s'ouvre me fait sortir de ma rêverie et de mes souvenirs de la veille. Je sors du lit, attrape mon short par terre et l'enfile rapidement. Mes cheveux sont en paquets, c'est une véritable catastrophe, Hardin a eu la très mauvaise idée de me suggérer de les laisser sécher à l'air libre. Ils sont emmêlés et j'ai plein de petits frisottis, mais je les peigne vite fait avec mes doigts avant de me faire une queue-de-cheval.

Hardin est dans le salon, le téléphone collé à l'oreille, quand j'arrive dans l'entrée. Il est habillé en noir, comme d'habitude, et ses cheveux longs sont emmêlés, comme les miens, mais lui a l'air parfait.

J'approche du canapé, ce qu'il remarque.

— Ouais, je sais. C'est Ben qui vous fera connaître ma décision. Il vous rappellera.

Il n'est pas très courtois, presque impatient, en raccrochant. Son air irrité disparaît quand il s'approche de moi.

— Tout va bien ?

— Ouais.

Il hoche la tête et baisse les yeux sur son téléphone encore une fois, passant la main dans ses cheveux ; j'attrape son poignet.

— Tu es sûr ?

Je ne veux pas le pousser trop loin, mais il ne semble pas aller bien. Son téléphone se remet à sonner et il regarde l'écran.

— Je dois répondre. Je reviens tout de suite.

Il soupire, m'embrasse sur le front, puis sort dans le couloir en fermant la porte derrière lui.

C'est à ce moment-là que j'aperçois le classeur sur la table. Il est ouvert et une pile de papiers en sort. Je le reconnais, c'est celui que je lui ai offert et ça me fait sourire qu'il l'utilise encore.

La curiosité me gagne et je me retrouve en train de l'ouvrir. Sur la première page imprimée, je peux lire :

AFTER, PAR HARDIN SCOTT

Je tourne la page pour regarder la suite.

C'est en automne qu'il l'a rencontrée. La plupart des gens paraissaient obsédés par la couleur des feuilles et l'odeur des feux de cheminée flottant toujours dans l'air à cette période de l'année. Pas lui. Lui, il ne se souciait que d'une chose. De lui-même.

Quoi ? Je tourne les pages à la recherche d'une explication pour calmer mes idées qui se bousculent et la confusion qui me gagne. Ça ne peut pas être ce que je crois…

Ses complaintes le dépassaient complètement, il ne voulait pas l'entendre lui jeter au visage ce qu'il y avait de pire en lui. Il voulait qu'elle le croie parfait, comme elle l'était à ses yeux.

Des larmes emplissent mes yeux et je frissonne quand quelques feuilles tombent par terre.

Dans un geste à la Darcy, il paya l'enterrement de son père, tout comme le héros du roman avait couvert les frais du mariage de Lydia. Il voulait ainsi dissimuler une honte familiale qu'avait causée un drogué, pas une sœur adolescente fuyant la maison pour se marier en douce, mais le résultat était le même. Si sa vie avait ressemblé à un roman, son geste attentionné aurait poussé son Elizabeth dans ses bras.

Je sens la pièce tourner autour de moi. Je ne me doutais pas qu'Hardin avait payé l'enterrement de mon père. Cette mince possibilité avait traversé mon esprit à l'époque, mais j'avais cru que l'église de ma mère l'avait aidée à assumer cette dépense.

Même si elle était incapable de porter un enfant, elle ne pouvait renoncer à ce rêve. Il le savait et il ne l'en aimait que plus. Il faisait de son mieux pour ne pas faire preuve d'égoïsme, mais il ne pouvait empêcher de s'insinuer en lui l'image des versions miniatures de lui qu'elle ne pourrait lui donner. Son empathie l'avait fait souffrir, plus pour elle que pour lui, mais il ne put s'empêcher de pleurer leur disparition pendant bien plus de nuits qu'il ne put les compter.

Au moment où je décide que je ne peux en supporter davantage, la porte d'entrée s'ouvre et Hardin entre. Son regard plonge sur le bazar de papier blanc imprimé de ses répugnants mots noirs et son téléphone tombe par terre, se joignant au chaos.

∞

73

Hardin

Des complications.

La vie en est pleine. La mienne semble en être blindée, à ras bord, elle en déborde même tout le temps. Des vagues et des vagues d'embrouilles qui se déversent sur les moments les plus importants de ma vie et, à cet instant, je ne peux pas me permettre de couler.

Si je reste calme, putain, si je reste vraiment calme et que j'essaie de m'expliquer, je vais pouvoir contenir le raz de marée qui va s'abattre sur ce petit salon dans un instant.

Je vois la vague de fond se former dans ses yeux bleus-gris. Je vois la confusion être emportée par un tourbillon de rage, donnant naissance à une énorme tempête, comme l'océan avant qu'un éclair ne frappe et que le tonnerre ne gronde. L'eau est encore calme, au repos, elle frissonne à peine à la surface, mais je la vois venir.

Tessa serre une feuille de papier blanc entre ses mains tremblantes, et son expression menaçante m'avertit du danger qui se profile.

Putain, je ne sais vraiment pas quoi lui dire ni par où commencer. C'est une histoire tellement compliquée et je suis vraiment naze pour résoudre les problèmes.

Il faut que je me reprenne, il faut que je fasse plus qu'un gros effort pour formuler une explication qui l'empêchera de partir en courant, encore.

— C'est quoi, ça ?

Elle parcourt des yeux une page avant de la jeter en l'air, et elle froisse le petit tas resté dans son autre main.

— Tessa.

Je m'avance prudemment vers elle.

Elle me fixe. Son visage est dur, fermé, comme je ne l'ai encore jamais vu, et ses pieds font un pas en arrière.

— Il faut que tu m'écoutes.

Je la supplie tout en cherchant à déchiffrer son regard énigmatique. Je me sens comme une merde totale. On vient juste de se retrouver, je viens seulement de lui revenir et il a fallu que ça pète après si peu de temps ensemble.

— Je t'écoute, vas-y, je t'en prie.

Elle parle d'une voix forte et sarcastique.

— Je ne sais pas par où commencer. Donne-moi une minute et je vais t'expliquer.

Je passe les mains dans mes cheveux en tirant sur les racines, je regrette de ne pouvoir échanger sa douleur contre la mienne et de ne pouvoir m'arracher les cheveux, direct. Ouais, c'est barré.

Tessa reste debout, je sens la tempête qui couve derrière son calme, ses yeux suivent une page puis l'autre. Ses sourcils se haussent à plusieurs reprises. Elle plisse les yeux, puis les écarquille.

— Arrête de lire.

Je fais un pas vers elle et lui arrache le manuscrit des mains. Les pages tombent par terre, rejoignant ces autres merdes à ses pieds.

— Explique-toi. Tout de suite.

Son ton durcit, son regard se glace, d'un gris orageux qui me terrifie.

— Ok, ok. (Je me balance sur mes talons.) Ok, je me suis mis à écrire.

— Depuis combien de temps ?

Elle fait un pas vers moi. Je suis surpris de voir la réaction de mon corps, comme s'il avait peur d'elle.

— Un bail.

J'évite la vérité.

— Tu vas cracher le morceau et tu vas le faire tout de suite.

— Tess…

— Il n'y a pas de *Tess* qui tienne, espèce d'enfoiré. Je ne suis plus la petite fille que tu as rencontrée l'an dernier. Tu vas me dire toute la vérité, tout de suite, ou tu dégages.

Elle fait exprès de marcher sur une feuille, je ne peux pas lui en vouloir.

— Enfin, je ne peux pas te foutre dehors parce qu'on est chez Landon, mais je me tire si tu n'expliques pas ton merdier. Tout de suite.

Malgré sa colère, c'est toujours une fille gentille.

— Ça fait longtemps que j'écris, depuis notre rencontre, mais je n'avais aucune intention de faire quoi que ce soit de ça. Je ne faisais que me défouler sur le papier pour essayer de comprendre ce qui se passait dans ma tête, mais un jour, j'ai eu cette idée.

— Quand ?

Elle presse son index contre ma poitrine, puis me tape dessus, d'une manière qu'elle croit percutante, mais elle n'arrive à rien. Bon, je ne vais pas lui dire ça tout de suite.

— J'ai commencé après notre baiser.

— Le premier ?

Elle étale ses mains sur ma poitrine et je les attrape quand elle essaie de me repousser.

— Tu te moquais de moi.

Elle libère ses mains pour les plonger dans ses cheveux.

— Non, pas du tout ! Ce n'était pas ça !

J'essaie de ne pas hausser le ton. C'est dur, mais je réussis à me maîtriser, plus ou moins.

Furieuse, elle arpente le petit salon de long en large. Elle serre les poings de part et d'autre de son corps, puis les lance en l'air.

— Tant de secrets, trop de secrets. J'en ai assez.

— Tu en as assez ?

Je reste bouche bée. Elle continue de tourner en rond dans le salon. Sans dire un mot.

— Parle-moi. Dis-moi ce que tu penses de tout ça.

— Ce que j'en pense ? (Elle secoue la tête, le regard affolé.) J'en pense que c'était le coup de massue qui me manquait. La goutte d'eau qui me fait retrouver la réalité et abandonner mes espoirs ridicules de ces derniers jours. Là, c'est nous. (Elle agite ses mains entre nous.) Il y a toujours une bombe qui est en passe d'exploser, mais je ne suis pas assez stupide pour attendre d'être détruite. C'est terminé.

— Ce n'est pas une bombe, Tessa. Tu te comportes comme si j'avais écrit ça pour te faire du mal intentionnellement !

Elle ouvre la bouche pour prendre la parole avant de la refermer, elle aussi à court de mots, j'en suis certain. Puis elle se reprend :

— Et qu'est-ce que tu croyais que j'allais penser en dénichant ça ? Tu savais bien qu'un jour ou l'autre je découvrirais le pot aux roses, pourquoi ne m'en as-tu simplement pas parlé ? Je déteste ressentir ça.

— Ressentir quoi ?

— Cette sensation, c'est comme si ça brûlait dans ma poitrine quand tu me fais des trucs pareils et je déteste ça. Je n'ai pas ressenti ça depuis si longtemps et je ne voulais plus jamais y être confrontée et pourtant, nous y revoilà.

Elle parle sur un ton doux mais visiblement vaincu, et j'ai la chair de poule quand elle me tourne le dos.

— Viens par là.

J'essaie de lui attraper les bras pour la rapprocher de moi, si elle le permet, mais elle les croise quand je l'attire contre moi. Elle ne se débat pas, mais ne me serre pas dans ses bras. Elle reste immobile et je ne suis pas sûr de savoir si le pire est déjà passé.

— Dis-moi ce que tu ressens. À quoi penses-tu ?

Ma voix sonne bizarrement.

Elle me repousse mais avec moins de force cette fois-ci, et je la laisse s'éloigner. Elle se met à genoux et ramasse l'une des feuilles par terre.

Au début, j'avais commencé à écrire ça comme une sorte d'exercice d'expression et, honnêtement, parce que je n'avais plus rien à lire. J'étais entre deux bouquins et Tessa, Theresa Young à cette époque, avait commencé à m'intriguer. Elle avait surtout commencé à me faire chier, et je me surprenais à penser à elle de plus en plus souvent.

Elle dans ma tête, j'avais l'impression qu'il n'y avait plus de place pour grand-chose d'autre. Elle est devenue mon obsession et je tentais de me convaincre que ça faisait partie du pari, mais j'y voyais clair dans mes conneries, je n'étais simplement pas prêt à l'admettre.

Je me souviens de ce que j'ai ressenti la première fois que je l'ai vue, ses lèvres semblaient faire la moue et ses fringues étaient à gerber.

Elle portait une jupe qui touchait le sol et des godasses plates qui raclaient la poussière, trop bizarrement. Elle a regardé ses pieds quand elle a dit son nom pour la première fois : « Euh… oui, je m'appelle Tessa », et je me rappelle avoir pensé que c'était chelou comme nom. Je n'ai pas trop fait attention à elle après ça. Nate était sympa avec elle et je n'aimais pas sa manière de me regarder, ses yeux gris me jugeaient.

Elle me critiquait tous les jours, même quand elle ne m'adressait pas la parole, surtout quand elle ne m'adressait pas la parole.

— Est-ce que tu m'écoutes seulement ?

Sa voix perce le voile de mes souvenirs et je la regarde : elle est encore en colère.

— Je…

J'hésite.

— Tu n'écoutais même pas. Je n'arrive pas à croire que tu aies fait une chose pareille. Alors, c'est ce que tu faisais depuis tout ce temps quand je rentrais à la maison et que tu rangeais ton classeur. C'est ça ce que j'ai trouvé dans le placard juste avant de tomber sur mon p-père…

— Je ne vais pas me chercher d'excuses, mais la moitié des merdes qui sont là-dedans sont sorties de mon cerveau alcoolisé.

— Des merdes ?

Elle regarde vite fait la page dans sa main et me cite :

Elle ne pouvait pas tenir l'alcool, elle titubait partout dans la pièce en foutant la merde, remuant comme ces filles insipides qui boivent trop pour impressionner les autres.

— Arrête de lire cette merde, ce passage ne parle pas de toi. Je le jure et tu le sais très bien.

Je lui prends la feuille des mains, mais elle me la reprend rapidement.

— Oh non ! Tu n'as pas le droit d'écrire mon histoire et de m'interdire de la lire. Tu n'as toujours rien expliqué.

Elle traverse le salon, attrapant une chaussure sur le tapis à côté de la porte d'entrée. Elle enfile ses deux baskets et remet son short en place.

— Où vas-tu ?

Je suis prêt à la suivre.

— Je vais me promener. J'ai besoin d'air. J'ai besoin de sortir d'ici.

Je vois bien qu'elle se maudit intérieurement de m'avoir lâché cette info.

— Je t'accompagne.

— Non. Pas question !

Ses clés en main, elle rassemble ses cheveux emmêlés sur le sommet de son crâne en les enroulant pour les contrôler.

— Tu es presque à poil.

Elle me balance un regard assassin. Sans un mot, elle quitte l'appartement en claquant la porte derrière elle.

Ça n'a mené à rien, rien n'est résolu. Le plan qu'il fallait que je contrôle pour maîtriser les complications a tourné au désastre, putain, et maintenant, c'est pire que tout. Je m'agenouille par terre, me forçant à ne pas la suivre pour la jeter, criant et se débattant, sur mon épaule, et l'enfermer dans une pièce jusqu'à ce qu'elle soit prête à me parler.

Non, je ne peux pas faire ça. Ce serait revenir en arrière et renier tous les « progrès » que j'ai faits. Alors, je rassemble les pages éparpillées par terre et relis quelques-uns des mots que j'ai couchés sur le papier, me remémorant pourquoi, un jour, j'ai décidé de faire quelque chose de ces conneries.

— Qu'est-ce que tu planques là-dedans ?

Comme d'habitude, Nate fourrait son nez là où il n'aurait pas dû.

— Rien, occupe-toi de tes oignons, mec.

Hardin prit un air sévère en regardant de l'autre côté de la cour. Il ne savait pas pourquoi il avait commencé à s'asseoir à cet endroit, tous les jours à la même heure. Ça n'avait strictement rien à voir avec Tessa et ce chieur de Landon qui se retrouvaient là pour prendre un café tous les matins. Rien à voir du tout.

Il ne voulait pas voir cette fille odieuse. Vraiment pas.

— Je t'ai entendu baiser Molly hier soir dans le couloir, espèce de porc.

Nate fit tomber les cendres de sa cigarette en tirant la gueule.

— Bah, je n'allais pas la laisser entrer dans ma chambre et elle ne voulait pas que je laisse tomber.

Hardin rit, fier qu'elle ait eu tant envie de lui tailler une pipe n'importe où, même dans le couloir à côté de sa chambre.

Ce qu'il ne lui dit pas, c'est qu'il finit par l'envoyer chier et termina le boulot tout seul en pensant à une certaine blonde.

— T'es vraiment un enfoiré. C'est pas un enfoiré ?

Nate s'adressait à Logan qui venait d'arriver près de la table de pique-nique délabrée.

— Si.

Logan tendit la main pour que Nate lui donne une cigarette, et Hardin essaya de ne pas regarder cette fille recouverte d'un sac à patates en guise de jupe, qui attendait au feu pour traverser la rue.

— Un jour, tu vas tomber amoureux et je me foutrai grave de ta gueule. C'est toi qui lécheras la chatte d'une fille dans un couloir et elle ne te laissera pas entrer dans sa chambre.

Nate prenait son pied à se moquer de lui, mais c'est à peine s'il l'entendait.

Pourquoi se sape-t-elle comme ça ?

Hardin vit Tessa rouler les manches de sa chemise. Un stylo à la main, il l'observait, elle s'approchait, le regard concentré sur le trottoir devant elle, et quand elle bouscula un gamin chétif et fit tomber les livres qu'il tenait à la main, elle s'excusa bien trop longtemps.

Elle se baissa pour l'aider et lui sourit. Hardin ne pouvait s'empêcher de se rappeler ses douces lèvres quand elle l'avait embrassé de force l'autre soir. Il avait été surpris comme jamais, il n'aurait jamais cru qu'elle était du genre à faire le premier pas et il était à peu près sûr qu'elle n'avait jamais embrassé que son gros naze de mec avant. Son souffle court et ses mains avides de le toucher l'en avaient convaincu.

— Alors, comment ça avance ce pari ?

Logan désignait d'un mouvement de tête Tessa qui souriait de toutes ses dents à l'arrivée de Landon, au sommet de sa gloire de gros blaireau au style intello, sac à dos compris.

— Rien de neuf.

Hardin couvrit immédiatement ses feuilles d'un bras.

Comment aurait-il deviné ce qui allait arriver avec cette fille grande gueule et habillée comme une bonne sœur ? Elle lui avait à peine adressé la parole depuis que sa tarée de mère et son naze de mec s'étaient pointés en tambourinant à sa porte samedi matin.

Pourquoi son nom était-il écrit sur cette feuille ? Et pourquoi Hardin se sentait-il proche de baliser à mort si Logan n'arrêtait pas de le regarder comme s'il savait quelque chose ?

— Elle est chiante, mais elle semble me préférer à Zed au moins.

— Elle est bonne.

Les deux mecs soulignèrent ce fait en même temps.

— Si j'étais un bon connard, je rentrerais dans la course contre vous deux. Je suis plus mignon de toute façon.

Nate se marrait avec Logan.

— Je ne veux rien avoir à faire avec ce merdier. C'est vraiment trop con, vraiment, tu n'aurais pas dû baiser sa copine.

Logan défiait Hardin qui ne fit qu'en rire.

— Ça en valait la peine.

Hardin regarda le trottoir de l'autre côté de la cour. Elle avait disparu et il changea de conversation, posant des questions sur la fête du prochain week-end.

Alors que ses deux potes se prenaient la tête pour savoir combien de fûts de bière il fallait acheter, Hardin se retrouva à coucher sur le papier l'air apeuré qu'elle avait eu vendredi soir, tambourinant à sa porte pour échapper à Neil le Flippant qui avait essayé de se la faire. C'était vraiment un gros bâtard et il en voudrait certainement longtemps à Hardin pour la bouteille d'eau de Javel déversée sur son lit dimanche soir. Ce n'était pas qu'Hardin en avait quoi que ce soit à foutre de cette fille ; c'était une question de principe.

*

Après ça, les mots ont continué à sortir tout seuls. Je n'avais aucun contrôle sur eux et, à chacune de nos rencontres, il fallait que j'écrive encore. Je devais parler du froncement de son nez lorsqu'elle m'avait expliqué à quel point elle détestait le ketchup. Enfin, qui déteste *le ketchup* ?

À chaque petit détail que j'apprenais sur elle, mes sentiments grandissaient. Je les ai longtemps refoulés, mais ils étaient là.

Quand on s'est mis à habiter ensemble, c'est devenu plus difficile d'écrire. Je le faisais de moins en moins, mais quand ça sortait, je planquais ma production dans une boîte à chaussures dans le placard. Je viens d'apprendre que Tessa l'avait trouvée et me voilà, à me demander quand je vais arrêter de compliquer ma vie de merde.

De nouveaux souvenirs m'assaillent et j'aimerais pouvoir simplement la brancher sur mon cerveau pour qu'elle puisse lire mes pensées et déchiffrer mes intentions.

Si elle était dans ma tête, elle pourrait voir la conversation qui m'a fait venir à New York pour rencontrer mes éditeurs. Ce n'est pas quelque chose que j'avais prévu de faire. C'est juste arrivé. J'avais écrit pas mal de trucs, des souvenirs mémorables : la première fois que je lui ai dit que je l'aimais, et la deuxième fois, quand je ne l'ai pas repris. Je repense à tous ces souvenirs qui me dépassent en faisant le ménage dans notre bordel, et je ne peux pas les empêcher de s'installer dans ma tête.

Il était adossé au poteau de but, bourré et la gueule défoncée. Pourquoi s'était-il lancé dans une bagarre avec ces mecs au beau milieu d'un feu de camp à la con ? Ah ouais, parce que Tessa s'était barrée avec Zed qui lui avait raccroché au nez avec rien d'autre qu'une remarque sarcastique indiquant qu'elle était chez lui.

Ça l'a rendu bien plus dingue que ça ne l'aurait dû. Il voulait oublier tout ça, bloquer ces idées et ressentir cette douleur physique plutôt que cette inopportune brûlure de jalousie. Est-ce qu'elle allait le baiser ? se demandait-il sans cesse. Est-ce qu'il allait gagner ?

Était-ce encore une question de victoire ? Il n'aurait su le dire. À un moment donné, tout s'était emmêlé et Hardin n'arrivait pas à comprendre ce qui s'était passé, mais il en avait conscience, enfin plus ou moins.

Il posa son cul dans l'herbe et essuya le sang à sa bouche quand Tessa approcha. Hardin ne voyait pas trop clair, mais c'était vraiment elle, il en était certain. Sur le chemin du retour chez Ken, elle s'agita, elle manquait d'assurance et se comportait comme un animal enragé.

Elle se concentra sur la route et demanda :

— Est-ce que tu m'aimes ?

Hardin fut surpris, merde, surpris à mort, pas du tout prêt à répondre à cette question. Il avait déjà proclamé son amour pour elle, puis était revenu sur ses mots et elle était là, toujours aussi folle, à lui demander s'il l'aimait alors que son visage enflait et que les bleus grandissaient sous sa peau.

Bien sûr qu'il l'aimait, il ne pouvait tromper personne.

Hardin évita de répondre à la question un bout de temps, mais ce fut trop difficile de tout retenir et il lui cracha un « C'est toi, la personne que j'aime le plus au monde ». C'était vrai, aussi embarrassant et inconfortable que ce fût d'admettre cette vérité. Il l'aimait et, depuis ce jour-là, il sut que sa vie ne serait plus jamais la même.

Même si elle le quittait, si elle passait le reste de sa vie loin de la sienne, il ne serait plus jamais le même. Elle l'avait changé et il se retrouvait là, les poings en sang, à vouloir ce qu'il y avait de mieux pour elle.

Le jour suivant, je me suis retrouvé à donner un titre à cette pile de papiers, froissés et tachés de café : *After.*

Je n'étais toujours pas décidé à le publier jusqu'à ce que je fasse l'erreur de prendre le classeur avec moi lors d'une séance de thérapie de groupe il y a quelques mois. Luke l'a chopé sous une chaise en plastique pendant que je racontais comment j'avais mis le feu à la maison de ma mère.

Mes mots étaient hachés – je déteste parler de ce bordel –, mais j'ai gardé les yeux au-dessus de leurs têtes qui m'observaient curieusement, et fait comme si Tessa était là, avec moi dans cette pièce, qu'elle me souriait, fière de moi d'avoir partagé mes moments les plus sombres avec un groupe d'étrangers tout aussi déglingués que je le suis… que je l'étais.

J'allais attraper le classeur quand le Docteur Tran a mis fin à la séance. Ma panique n'a duré qu'un instant quand j'ai vu que Luke l'avait dans les mains.

— C'est quoi tout ça ?

Il parcourait une page.

— Si tu m'avais rencontré le mois dernier, tu serais en train d'avaler tes dents à l'heure qu'il est.

Je l'ai fusillé du regard et lui ai repris le classeur des mains.

— Désolé, mec, je ne suis pas très doué pour les bonnes manières.

Il m'a fait un sourire mal à l'aise et, va savoir pourquoi, ça m'a donné l'impression que je pouvais lui faire confiance.

— On dirait, ouais.

J'ai levé les yeux au ciel et rangé les feuilles volantes au milieu du classeur.

Il a rigolé.

— Tu me dis ce que c'est si je te paie une limonade au bar du coin ?

— On est pathétiques à ce point-là ? Un duo d'alcooliques sur la voie de la guérison qui négocient pour lire une histoire vraie.

J'ai secoué la tête, me demandant comment j'avais pu en arriver là si jeune, mais j'étais tellement reconnaissant envers Tessa. Si elle n'était pas entrée dans ma vie, je serais toujours à me cacher dans le noir, tout seul à pourrir dans un coin.

— Bon, une limonade ne te fera pas mettre le feu à une maison et ne me fera pas dire des conneries blessantes à Kaci.

— Ok. Ça roule pour une limonade.

Je savais qu'il consultait le Docteur Tran pour plus qu'une thérapie de couple, mais j'avais décidé de ne pas jouer au con ni de le vanner avec ça.

Nous sommes allés au restaurant d'à côté. J'ai commandé une tonne de bouffe sur son compte et j'ai fini par le laisser lire quelques pages de ma confession.

Vingt minutes plus tard, il a fallu que je mette fin à sa lecture. Il aurait tout lu si je l'avais laissé faire.

— C'est hyper bien, ton truc, mec. C'est vraiment… merdique à certains passages, mais je comprends. Ce n'était pas toi qui parlais, mais tes démons.

— Des démons, hein ?

J'ai terminé mon soda d'une seule grande gorgée.

— Ouais, des démons. Quand tu es bourré, tu en es blindé. Il y a des passages que je viens de lire, là, qui ne sont pas de toi. Ils sont de tes démons.

J'ai secoué la tête. Il avait raison, bien sûr, mais je ne pouvais pas m'empêcher d'imaginer une petite créature rouge flippante en forme de dragon, posée sur mon épaule, écrivant les conneries qui noircissent certaines de ces pages.

— Tu lui feras lire tout ça quand tu auras terminé, non ?

J'ai trempé un bout de fromage dans une sauce et essayé de ne pas l'insulter pour avoir pourri mon délire avec les petits démons sur mes épaules.

— Non. Il n'est pas question que je la laisse lire cette merde.

Tapant du doigt sur mon classeur en cuir, je me suis souvenu de l'excitation de Tessa quand j'ai commencé à l'utiliser après qu'elle me l'avait offert. J'ai repoussé cette idée, bien sûr, mais j'aime les trucs stupides, maintenant.

— Tu devrais. Enfin, vire les trucs les plus barrés, surtout les trucs sur sa stérilité. Trop déconnant.

— Je sais.

Je ne l'ai pas regardé, j'ai gardé les yeux rivés à la table et j'ai grimacé en me demandant ce qui avait bien pu passer par mon cerveau malade quand j'avais écrit ces saloperies.

— Tu devrais penser à faire un truc avec. Je ne suis pas un expert en littérature ou en Heningsway, mais je sais que ce que j'ai lu, là, c'est très bon.

J'ai dégluti en choisissant d'ignorer l'erreur de prononciation.

— Publier ce truc ? Putain, pas même en rêve !

J'ai rigolé et mis un terme à la conversation.

Mais à chaque entretien d'embauche, je me faisais plus chier qu'au précédent, putain tellement chier, et j'en sortais chaque fois moins motivé, sans pouvoir m'imaginer planter mon cul dans l'un de ces bureaux.

Je voulais travailler dans le secteur de l'édition, vraiment, mais j'ai relu page après page mes idées les plus perverses et plus je lisais et me souvenais, et plus je voulais, non, plus j'avais besoin d'en faire quelque chose.

Ces pages me suppliaient d'au moins essayer, et je me disais que si elle lisait ça, quand j'aurais retiré les moments les plus déconnants, elle aimerait. C'est devenu une obsession et j'ai été surpris de constater que certaines personnes étaient intéressées par la lecture du parcours d'un mec qui se prend en main pour guérir tout seul.

Déconnant, mais ça les faisait bicher.

Grâce à un agent que j'avais connu en bossant chez Vance, j'ai envoyé un exemplaire par mail à chaque maison d'édition que je sentais bien. Visiblement, les jours où l'on pouvait envoyer un tas de feuilles mi-écrites à la main, mi-tapées à la machine, sont révolus.

Ça serait ça, mon truc, ou du moins je le croyais. Je croyais que ce bouquin serait ce grand geste dont elle avait besoin pour accepter que je revienne dans sa vie. Ok, j'ai cru que ça prendrait des mois pour le faire publier et qu'elle aurait plus de temps pour faire ses trucs ici à New York.

Je ne peux pas rester assis ici plus longtemps. Ma toute nouvelle patience a des limites et je viens de les atteindre. Putain, je déteste, non, je hais cette idée de Tessa se promenant toute seule dans cette énorme ville parce qu'elle m'en veut. Elle est partie assez longtemps et j'ai des explications à lui donner, beaucoup d'explications.

J'attrape la dernière page du bouquin et je la fourre dans ma poche sans prendre la peine de la plier. J'envoie un texto à Landon et lui dis de laisser la porte déverrouillée s'il rentre ou sort, puis je pars à sa recherche.

Je n'ai pas besoin d'aller bien loin, en revanche.

Quand je sors, je la trouve assise par terre sur le perron de l'immeuble. Elle a le regard perdu dans le vague, mais elle est concentrée, avec une expression dure sur le visage. Elle ne me calcule pas quand je m'approche d'elle. Ce n'est que lorsque je m'assieds à ses côtés qu'elle se tourne vers moi, les yeux toujours dans le vague. Je l'observe avec attention, elle s'adoucit lentement.

— Il faut qu'on parle.

Elle hoche la tête, puis la détourne, dans l'attente d'une explication.

∞

74

Hardin

— Il faut qu'on parle.

Je répète ma phrase et la regarde, forçant mes mains à rester sur mes genoux.

— Tu m'en diras tant.

Elle se force à sourire. Ses genoux sont sales, marqués de vilaines traces rouges.

— Que s'est-il passé ? Tu vas bien ?

Mon projet de garder mes mains sur moi se barre en sucette à l'instant où elles s'approchent pour toucher ses jambes, examinant sa blessure de plus près.

Elle se détourne, les joues rouges et les yeux aussi.

— J'ai trébuché, c'est tout.

— Rien de tout ça n'était censé arriver.

— Tu as écrit un livre sur nous et tu l'as envoyé à plusieurs éditeurs. Comment était-ce censé ne pas arriver ?

— Non, je veux dire tout ça. Toi et moi, tout.

L'air est humide et j'ai plus de mal que prévu à sortir les mots, mais je poursuis :

— Cette année m'a fait l'effet de toute une vie. J'ai tant appris sur moi, sur la vie et sur ce que la vie devrait être. J'avais une vision complètement déconnante de l'existence. Je me haïssais et cette haine s'étendait à toutes les personnes autour de moi.

Elle reste silencieuse, mais à sa lèvre inférieure tremblotante, je vois bien qu'elle fait de son mieux pour garder son calme.

— Je sais que tu ne comprends pas, il n'y a que peu de monde qui comprenne, mais le pire sentiment sur Terre, c'est de se haïr soi-même, et c'est à ça que je devais faire face, chaque jour. Ce n'est pas une excuse pour les conneries que je t'ai fait endurer. Je n'aurais jamais dû te traiter comme ça, et tu avais toutes les raisons du monde de me quitter comme tu l'as fait. J'espère seulement que tu liras tout le livre avant de prendre ta décision. Tu ne peux pas juger un livre sans le lire de la première à la dernière page.

— J'essaie de ne pas juger, Hardin. Vraiment j'essaie, mais c'est trop. Je suis sortie de ce schéma et je ne l'ai pas vu revenir ; je n'arrive toujours pas à savoir quoi penser.

Elle secoue la tête comme si elle essayait de faire le tri dans ses pensées qui partent dans tous les sens. Je le vois bien derrière ses beaux yeux.

— Je sais, Bébé, je sais.

Quand j'attrape l'une de ses mains pour la serrer dans la mienne, elle grimace. Je la retourne doucement pour examiner les zébrures sur sa paume.

— Tu vas bien ?

Elle hoche la tête, me permettant de dessiner la blessure du bout du doigt.

— Qui voudra même lire ça ? Je n'arrive pas à croire qu'autant d'éditeurs veuillent le publier.

Tessa détourne le regard en se concentrant sur la ville qui, bizarrement, continue à s'agiter autour de nous, toujours aussi fourmillante.

— Plein de gens.

Je hausse les épaules, décidé à ne dire que la vérité.

— Pourquoi ? C'est tellement… atypique, pour une histoire d'amour. Je n'ai lu que quelques lignes et je vois bien à quel point c'est sombre.

— Même les damnés ont besoin de raconter leur histoire, Tess.

— Tu n'es pas damné, Hardin.

Malgré la sensation de trahison qu'elle doit encore éprouver, elle me réconforte.

Je soupire, en partie d'accord avec elle.

— Dans l'espoir d'une rédemption peut-être ? Peut-être pas, peut-être que certaines personnes veulent seulement lire des histoires heureuses pleines de clichés, mais il existe des millions de gens, des gens imparfaits qui ont traversé des trucs pas sympas dans leur vie, et peut-être qu'ils s'y retrouveront ? Peut-être qu'ils s'identifieront à mon histoire et putain… (je me frotte la nuque d'une main tremblante)… putain, peut-être que quelqu'un pourrait tirer quelque chose de mes erreurs et des tiennes.

Elle me regarde maintenant, alors que je vomis ces mots sur le béton des escaliers. Je vois encore le doute dans son regard, qui me pousse à continuer à parler.

— Peut-être qu'un jour tout ne sera pas ou tout noir ou tout blanc et, putain, peut-être que tout le monde n'est pas parfait. J'ai beaucoup déconné, avec toi et avec d'autres, ça je le regrette, et je ne recommencerai jamais ni ne me trouverai d'excuse. Là n'est pas la question. Ce livre m'a permis d'évacuer des trucs. C'était une autre forme de thérapie pour moi. Ça m'a donné un endroit où je pouvais simplement écrire tout ce que je voulais et ce que je ressentais. Il s'agit de moi et de ma vie et je ne suis pas le seul ici à avoir déconné, c'est tout un bouquin de conneries, et si les gens me jugent pour le contenu sombre de mon histoire, ça les regarde. Je ne peux pas plaire à tout le monde, mais je sais qu'il y aura des êtres, des êtres comme nous Tessa, qui pourront se retrouver dans ce bouquin et y verront quelqu'un faire face à ses problèmes et leur chercher une solution concrète.

La commissure de ses lèvres se soulève, elle soupire en secouant légèrement la tête.

— Et si les gens ne l'aiment pas ? Et s'ils ne le lisaient même pas mais nous détestaient pour ce livre ? Je ne suis pas prête à le supporter. Je ne veux pas que les gens parlent de ma vie et me jugent.

— Laisse-les nous haïr. Qu'est-ce qu'on en a à foutre de leur opinion ? Ils n'allaient pas le lire, de toute façon.

— C'est juste que… je n'arrive pas à savoir quoi penser de ça. Quel genre d'histoire d'amour est-ce ?

Sa voix est devenue frêle, même incertaine.

— C'est le type d'histoire d'amour qui fait face à de vrais problèmes merdiques. C'est une histoire de pardon et d'amour inconditionnel et ça montre à quel point une personne peut changer, vraiment changer, si elle essaie assez fort. C'est le type d'histoire qui prouve que tout est possible quand on veut se guérir. Ça montre que si tu as quelqu'un sur qui te reposer, tu peux trouver ton chemin pour sortir des ténèbres. Ça montre que peu importe le genre de parents que tu as eus, ou les addictions auxquelles tu as dû faire face, tu peux tout dépasser et devenir une meilleure personne. C'est ça le type d'histoire qu'est *After*.

— *After* ?

Elle me regarde en levant sa main pour ne pas être aveuglée par le soleil.

— C'est le titre du livre. (Je détourne le regard, soudain gêné.) Ça parle de mon voyage intérieur après t'avoir rencontrée.

— À quel point c'est déconnant ? Bon Dieu, Hardin, pourquoi ne m'as-tu rien dit ?

— Je ne sais pas. Ce n'est pas aussi terrible que tu le penses. Tu as lu le pire. Ces pages que tu n'as pas lues, celles qui sont la véritable essence de l'histoire, elles parlent de l'immensité de mon amour pour toi, elles disent que tu as donné un but à mon existence et que te rencontrer a été la meilleure chose qui me soit jamais arrivée. Ces pages que tu n'as pas lues parlent de nos éclats de rire devant mes difficultés, nos difficultés.

Elle se cache le visage dans les mains dans un geste de frustration.

— Tu aurais dû me dire que tu écrivais ça. Il y a eu tant de signes, comment ai-je pu les ignorer ?

Je m'adosse aux marches de l'escalier.

— Je sais que j'aurais dû t'en parler, mais au moment où j'ai compris et où j'ai commencé à rectifier mes erreurs, je voulais que ce soit parfait avant de te le montrer. Je suis vraiment triste pour ça, Tessa. Je t'aime et je suis désolé que tu aies découvert ça comme ça. Je ne voulais pas te blesser ni abuser de ta confiance, et je regrette que tu aies ressenti ça. Je ne suis plus le même homme que celui que tu as quitté, Tessa. Tu le sais bien.

Elle me répond d'une voix à peine plus forte qu'un murmure :

— Je ne sais pas quoi dire.

— Lis-le simplement. Est-ce que tu pourrais lire tout le livre avant de prendre une décision, s'il te plaît ? C'est tout ce que je te demande, s'il te plaît, lis-le.

Elle ferme les yeux et bouge légèrement, appuyant son genou contre mon épaule.

— Oui, je vais le lire.

Un peu d'air entre dans mes poumons, un poids se retire de ma poitrine et je ne pourrais dire à quel point je suis soulagé, même si j'essayais, il n'y aurait pas de mot.

Elle se lève et époussette ses genoux égratignés.

— Je vais te chercher quelque chose à mettre là-dessus.

— Ça va.

— Quand vas-tu arrêter de chercher la bagarre avec moi ?

J'essaie d'alléger l'atmosphère. Ça marche car elle réprime un sourire.

— Jamais.

Elle remonte les escaliers et je me lève pour la suivre. J'ai envie d'aller dans l'appartement et d'être assis à côté d'elle pendant qu'elle lit tout le roman, mais je sais que je ne le devrais pas. J'utilise le peu de raison qui me reste et décide de partir en promenade dans cette sale ville.

— Attends !

Je l'appelle quand elle arrive en haut des marches. Je sors la feuille froissée de ma poche.

— Lis ça en dernier, s'il te plaît. C'est la dernière page.

Elle tend la main.

Je remonte les marches deux par deux et lui met le bout de papier dans la main.

— S'il te plaît, pas de petit coup d'œil curieux.
— Promis.

Tessa repart et j'observe sa manière de tourner la tête et de m'envoyer un sourire.

L'un de mes plus grands souhaits dans la vie, ce serait qu'elle comprenne, qu'elle comprenne vraiment qu'elle est unique. Elle est l'une des rares personnes sur Terre qui sache ce qu'est le pardon, et si certains disent d'elle qu'elle est faible, ils n'ont rien compris, elle est tout le contraire, en fait. Elle est forte, forte d'être restée aux côtés de quelqu'un qui se détestait. Forte de m'avoir montré que je n'étais pas damné, que je suis digne d'être aimé, aussi, même si j'ai grandi en croyant le contraire. Elle a été assez forte pour me quitter quand elle l'a fait et elle est assez forte pour m'aimer inconditionnellement. Tessa est plus forte que la plupart des gens, et j'espère qu'elle le sait.

∞

75

Tessa

Quand j'entre dans l'appartement, je prends un instant pour rassembler mes esprits qui partent dans tous les sens. J'arrive près du classeur posé sur la table, toutes les pages y sont fourrées pêle-mêle, dans un complet désordre.

J'attrape la première page, retenant mon souffle pour me préparer à entamer ma lecture. *Est-ce que ses mots vont me faire changer d'avis ? Est-ce qu'ils vont me blesser ?* Je ne suis même pas sûre d'être prête à affronter cette découverte, mais je sais que j'ai besoin de faire ça pour moi. J'ai besoin de lire son texte et la description de ses émotions pour voir ce qui se tramait dans sa tête pendant tout ce temps, lorsque je ne pouvais pas lire ce qu'il écrivait.

C'est à cet instant qu'il sut. À ce moment, il sut qu'il voulait passer le restant de ses jours avec elle, que sa vie n'aurait de sens, qu'elle serait insignifiante et vide, sans la lumière que Tessa lui apportait. Elle lui donnait de l'espoir. Elle lui faisait sentir que peut-être, juste peut-être, il pouvait être plus que son passé.

Je laisse tomber la page par terre et j'en commence une autre.

Il ne vivait que pour lui-même, puis les choses ont changé, il ne s'agissait plus de se réveiller et de retourner dormir, c'était bien plus. Elle lui donnait tout ce dont il avait besoin sans l'avoir jamais su.

Il n'arrivait pas à croire la merde qui sortait de sa bouche. Il était répugnant. Il blessait les gens qui l'aimaient et ne pouvait s'en empêcher. Il se posait sans cesse cette question : « Pourquoi m'aiment-ils ? Je ne suis pas digne de leur amour. » Ces pensées polluaient son esprit, le hantaient, même s'il s'en cachait. Elles revenaient toujours.

Il voulait embrasser ses larmes pour les effacer, il voulait lui dire qu'il était désolé, qu'il était un homme détruit, mais il ne le pouvait pas. Il était lâche et incapable d'être réparé tant il était foutu, et lui infliger ça ne faisait qu'alimenter sa haine envers lui-même.

Son rire, c'est son rire qui l'a fait passer des ténèbres à la lumière. C'est son rire qui l'a traîné par le col à travers toutes ces saloperies qui encombraient son esprit et qui infectaient ses pensées. Il n'était pas le même genre d'homme qu'était son père et, à l'instant où elle le quitta, il décida qu'il ne laisserait plus jamais les erreurs de ses parents contrôler sa vie. Il décida alors que cette femme était digne de plus que ce qu'un homme détruit pouvait attendre, et il fit tout ce qu'il put pour se rattraper.

Je continue à lire ses confessions, toutes plus sombres les unes que les autres, page après page. Mes larmes ont maculé mes joues et quelques-unes des pages de sa si belle histoire détraquée.

Il fallait qu'il lui dise, il fallait qu'il lui dise à quel point il était désolé d'avoir eu le culot de lui balancer l'argument des gamins en pleine tête. Il était égoïste, ne pensait qu'à la blesser, et il n'était pas prêt à admettre qu'il voulait vraiment passer sa vie avec elle. Il n'était pas prêt à lui dire qu'elle serait la plus merveilleuse des mères, qu'elle ne serait jamais comme la femme qui l'avait élevée. Il n'était pas prêt à lui dire qu'il essaierait de tout son être d'être assez bien pour l'aider à élever un enfant. Il n'était pas prêt à lui dire qu'il était absolument terrifié à l'idée de reproduire les erreurs de son père et pas prêt à admettre qu'il avait peur d'échouer. Il ne connaissait pas les mots qui lui permettraient de lui dire qu'il ne voulait pas rentrer à la maison bourré et que ses enfants le fuient pour se cacher de lui comme lui l'avait fait avec son propre père.

Il voulait l'épouser, passer sa vie à ses côtés, se vautrer dans sa bonté. Il ne pouvait s'imaginer de vie sans elle et il essayait de trouver un moyen de le lui dire, de lui montrer qu'il pouvait vraiment changer et qu'il pouvait être digne d'elle.

Bizarrement, le temps passe et je me retrouve rapidement entourée d'une centaine de feuilles éparpillées par terre. Je ne sais pas combien de temps a passé et il me serait absolument impossible de compter les larmes qui ont coulé de mes yeux ou les sanglots qui se sont échappés de mes lèvres.

Pourtant, je continue ; je lis toutes les pages éparses, dans le désordre, mais je fais bien attention à m'imbiber de toutes les confessions de l'homme que j'aime, le seul homme hormis mon père que j'aie jamais aimé et lorsque j'ai fini la pile de papiers, il fait sombre dans l'appartement, le soleil est presque couché.

Je regarde autour de moi pour voir le bazar que j'ai mis et je l'apprécie dans son ensemble. Mes yeux parcourent le sol, puis marquent une pause en remarquant la boule de papier sur la petite table dans l'entrée. Hardin a dit que c'était la dernière page, la véridique dernière page de cette histoire, notre histoire, et j'essaie de me calmer avant de l'attraper.

Ma main tremble en se posant dessus. Je la défroisse pour lire ces mots :

Il espère qu'un jour elle lira ça et qu'elle comprendra à quel point il était détruit. Il ne lui demande pas sa pitié ou son pardon ; il ne lui demande que de voir à quel point elle a transformé sa vie. Qu'elle, cette belle étrangère au cœur d'or, est devenue sa ligne de vie et qu'elle a fait de lui l'homme qu'il est devenu. Il espère que par ces mots, peu importe que certains d'entre eux soient si durs, elle sera fière d'elle, d'avoir réussi à traîner un pécheur du fin fond de l'enfer au paradis, lui permettant de se libérer des démons de son passé vers la rédemption.

Il prie pour que chacun de ces mots lui aille droit au cœur et que peut-être, juste peut-être, elle l'aime après toutes les épreuves qu'ils ont traversées. Il espère qu'elle sera capable de se rappeler pourquoi elle l'aime, pourquoi elle s'est battue si fort pour lui.

Enfin, il espère que, où qu'elle soit en lisant ce livre qu'il a écrit pour elle, elle le lira le cœur léger et qu'elle lui tendra la main, même si ces mots ne la trouvent que dans plusieurs années. Il faut qu'elle sache qu'il n'a pas renoncé. Tessa doit savoir que cet homme l'aimera toujours et qu'il l'attendra le restant de ses jours, qu'elle lui revienne ou non. Il veut qu'elle sache qu'elle l'a sauvé, qu'il ne pourra jamais lui rembourser cette dette pour tout ce qu'elle a fait pour lui, qu'il l'aime de toute son âme et que rien ne changera jamais ça.

Il veut lui rappeler que « de quoi que soient faites nos âmes, la sienne et la mienne sont pareilles. » C'est leur roman préféré qui en parle le mieux.

Je rassemble toutes les miettes de force qui me restent et quitte l'appartement avec toutes ces feuilles éparpillées par terre. Je tiens fermement la dernière page serrée dans ma main.

∞

76

Tessa

Deux ans plus tard

— Tu es absolument superbe, une magnifique mariée !

Je fais un signe de tête pour montrer mon accord à Karen et remets en place la bretelle de ma propre robe d'un coup d'œil dans le miroir.

— Il va être scotché. Je n'arrive toujours pas à croire que ce jour soit enfin arrivé.

Je souris en mettant une dernière épingle dans les épais cheveux bouclés, coiffés en anglaises, qui brillent sous les lumières de la petite salle derrière l'église.

J'ai peut-être mis un peu trop de paillettes dans ses cheveux.

— Et si je trébuche ? Et s'il me plante toute seule devant l'autel ?

La sublime fiancée de Landon parle d'une voix fluette, si stressée qu'elle pourrait céder à tout instant.

— Il sera là. Ken l'a conduit à l'église ce matin. Mon mari nous aurait alertées s'il s'était passé quoi que ce soit.

Karen rit, ce qui nous rassure toutes les deux.

— Landon ne raterait pas ça pour tout l'or du monde.

Je peux lui faire cette promesse, j'ai vu son visage et j'ai essuyé les larmes sous ses yeux quand il m'a montré la bague qu'il avait choisie pour elle.

— J'espère bien que tu as raison. Sinon, je serais vraiment en colère.

Elle laisse échapper un rire nerveux. Elle a un si joli sourire, et même quand l'anxiété affleure la surface de sa beauté, elle se tient plutôt bien.

De mes doigts, je caresse ses boucles brunes puis j'ajuste le voile transparent sur sa tête. Un coup d'œil à son si joli visage dans le miroir et je lève la main pour toucher son épaule nue. Ses yeux bruns sont pleins de larmes et elle mâchouille nerveusement sa lèvre inférieure.

— Tout va bien se passer, tu vas être fantastique.

L'argent de ma robe brille sous les spots et j'admire la beauté de chaque détail de ce mariage.

— Est-ce que c'est trop tôt ? Ça ne fait que quelques mois que nous nous sommes remis ensemble. Tu crois que c'est trop tôt, Tessa ?

Ces deux dernières années, je me suis tellement rapprochée d'elle que je pourrais sentir son inquiétude rien qu'au tremblement de ses doigts quand elle m'a aidée à refermer ma robe de demoiselle d'honneur.

Je souris.

— Non, ce n'est pas trop tôt. Tous les deux, vous avez traversé tellement d'épreuves ces deux dernières années. Tu réfléchis trop. Et, crois-moi, j'en connais pas mal sur le sujet.

— Tu as peur de le voir, *lui* ?

Ses yeux scrutent mon visage.

Oui. Terrifiée. Peut-être même un peu paniquée.

— Non, ça ne fait que quelques mois.

— C'est trop long.

La mère de Landon semble parler pour elle-même.

J'ai le cœur lourd, j'écarte la douleur qui accompagne toutes mes pensées pour lui. Je ravale les mots que je pourrais dire, devrais dire même, peut-être. Puis je change rapidement de sujet :

— Vous arrivez à croire que votre fils se marie aujourd'hui ?

Mon dérivatif fait des miracles et Karen sourit, pousse un petit cri et se met à pleurer en même temps.

— Zut, mon maquillage va couler.

Elle passe les doigts sous ses yeux et secoue la tête, remuant ses cheveux châtain clair.

Quelqu'un frappe à la porte, ce qui nous fait taire toutes les trois.

— Chérie ?

Ken parle d'une voix douce et prudente. C'est ce qui doit arriver à un homme qui approche une mariée dans une salle remplie de femmes émues.

Ken ouvre la porte, sa fille sur la hanche.

— Abby vient de se réveiller de sa sieste.

Ses cheveux bruns et ses yeux marron brillants sont étonnants, c'est comme s'ils éclairaient chaque pièce dans laquelle entre la petite fille, vêtue d'une ravissante robe grise et blanche Karl Marc John, digne d'une princesse.

— Je n'arrive pas à trouver le sac avec son change.

— Il est là, à côté de la chaise. Tu peux lui donner à manger ? J'ai peur que de la purée de pois éclabousse ma robe.

Karen rit en tendant les bras vers Abby et ajoute :

— Elle est un peu précoce pour la fameuse étape des deux ans.

La petite fille potelée sourit et montre une rangée de minuscules petites dents.

— Mama !

Elle tend les deux bras pour atteindre les bretelles de la robe de Karen.

J'ai le cœur qui fond chaque fois que j'entends Abby parler.

— Salut, Miss Abby.

Je chatouille la petite fille sous la joue, ce qui la fait rire. Quel joli bruit ! J'ignore le regard compatissant de Karen et de la future femme de Landon.

— B'jour.

Abby enfouit son visage dans l'épaule de sa mère.

— Êtes-vous bientôt prêtes, Mesdames ? Il ne nous reste que dix minutes avant que la musique commence, et Landon stresse un peu plus à chaque seconde qui passe.

Ken nous incite à accélérer.

— Il va bien, hein ? Il veut toujours m'épouser ?

La future mariée s'inquiète devant son futur beau-père.

Ken lui offre un sourire pétillant qui gagne le coin de ses yeux.

— Oui, ma chère, bien sûr qu'il veut t'épouser. Landon est nerveux au possible, mais Hardin l'aide à gérer ça.

Tout le monde rit en entendant cette phrase, même moi.

La mariée grimace, pleine d'humour, et secoue la tête.

— Si Hardin « aide à gérer », je ferais mieux d'annuler mon voyage de noces immédiatement !

— Bon, allons-y. Je vais donner un petit truc à manger à Abby pour qu'elle tienne jusqu'à la réception.

Ken embrasse sa femme sur la bouche avant de reprendre la petite fille dans ses bras et de quitter la pièce.

— Oui. S'il vous plaît, ne vous inquiétez pas pour moi, je vais bien.

Je leur promets à toutes les deux que je vais bien. Cette espèce de relation longue distance avec Hardin me va bien. Il me manque tout le temps, oui, mais c'est ce qu'il nous fallait.

Le pire quand on va bien, c'est qu'on est loin d'être heureux. Aller bien, c'est cette zone grise dans laquelle on peut se réveiller tous les jours, continuer à vivre, même rire et sourire souvent, mais bien n'a rien à voir avec la joie. Bien ne donne pas envie de profiter de chaque seconde de la journée et bien, ce n'est pas tirer le maximum de son existence. Bien, c'est ce que la majeure partie des gens acceptent, moi la première, et si nous prétendons que ça va bien, en fait nous détestons ça et passons la plus grande partie de notre temps à attendre de sortir de cette zone du juste bien.

Il m'a donné un avant-goût de la vie au-delà de ce bien, et depuis ça me manque.

Ça fait longtemps que je vais bien et je ne suis pas trop sûre de savoir comment en sortir maintenant, mais j'espère qu'un jour viendra où je pourrai dire que je vais *super bien* plutôt que bien.

Je souris à la femme chanceuse devant moi.

— Prête, Madame Gibson ?

— Non, répond-elle, mais je le serai dès que je le verrai.

∞

77

Hardin

— Dernière chance pour te tirer.

J'aide Landon à ajuster sa cravate.

— Merci, connard. J'ai porté plus d'une centaine de cravates dans ma vie, mais celle-ci refuse de rester droite.

Il repousse mes mains qui foutent le bordel dans sa cravate de travers.

Il est stressé et ça m'émeut. Plus ou moins.

— N'en mets pas alors.

Il lève les yeux au ciel.

— Je ne peux pas ne pas mettre de cravate, je me marie.

— C'est exactement pour ça que tu peux ne pas porter de cravate. C'est ta journée et c'est toi qui paies. Si tu ne veux pas porter de cravate, alors, putain, n'en mets pas. Putain, si c'était moi qui y passais aujourd'hui, ils auraient de la chance si je portais ne serait-ce qu'un pantalon !

Mon meilleur ami rit et triture la cravate autour de son cou.

— C'est pas plus mal que ce ne soit pas le cas, alors. Je ne viendrai pas pour assister à *ce* spectacle.

— Toi et moi nous savons que je ne me marierai jamais.

Je me regarde dans le miroir. Landon croise mon regard.

— Peut-être. Tu vas bien, hein ? Elle est là. Ton père l'a vue.

Putain non, ça ne va pas.

— Ouais, ça va. Tu fais comme si je ne savais pas qu'elle serait là ou comme si je ne l'avais pas vue ces deux dernières années ?

Je ne l'ai vraiment pas assez vue, mais elle avait besoin de rester loin de moi. Je continue :

— Elle est ta meilleure amie et la demoiselle d'honneur de ta future femme. Il n'y a pas d'effet de surprise. (Je retire la cravate autour de mon cou et la lui donne.) Tiens, la tienne est à chier, prends la mienne.

— Il faut que tu portes une cravate, ça va avec ton costard.

— Tu sais très bien que tu as déjà de la chance que je porte ce truc.

Je tire sur l'épais tissu du costume que je porte.

Landon ferme brièvement les yeux et soupire à la fois de soulagement et de frustration.

— J'imagine que tu as raison. Merci.

— Et merci de porter des fringues à ton mariage ?

— Ta gueule !

Il lève les yeux au ciel et passe la main sur les manches de son impeccable smoking noir.

— Et si elle me plantait à l'autel ?

— Elle sera là.

— Mais si elle ne venait pas ? Je suis dingue de me marier aussi rapidement ?

— Oui.

— Bon, merci.

Je hausse les épaules.

— Ce n'est pas plus mal d'être dingue.

Il scrute mon visage à la recherche d'un signe que je pourrais craquer à tout moment.

— Est-ce que tu vas essayer de lui parler ?

— Oui, bien sûr.

J'ai essayé d'entamer la conversation avec elle au dîner de répétition, mais Karen et la fiancée de Landon lui collaient aux basques. J'ai été très surpris que Tessa les aide à préparer le mariage ; je ne savais pas qu'elle aimait ce genre de truc, mais visiblement, elle est plutôt douée pour ça.

— Elle est heureuse maintenant ; pas totalement heureuse, mais la plupart du temps, elle l'est.

Son bonheur est ce qu'il y a de plus important et pas seulement pour moi, le monde ne serait pas le même si Tessa Young n'était pas heureuse. Je le saurais, j'ai passé une année entière à la vider de toute substance de vie, tout en la faisant briller. C'est déconnant et personne ne peut le comprendre, mais je n'ai et n'aurai jamais rien à foutre du monde extérieur quand il s'agit de cette femme.

— Cinq minutes, les gars.

Ken nous rappelle à l'ordre de l'autre côté de la porte.

Cette pièce est petite. Elle sent le vieux cuir et la naphtaline, mais c'est le mariage de Landon. Je vais attendre la fin de la réception pour m'en plaindre.

Peut-être que je vais direct aller me plaindre à Ken. J'imagine que c'est lui qui règle l'addition pour tout ce merdier de toute façon, vu les finances des parents de la fiancée et tout.

Je demande une dernière fois à Landon :
— Prêt, espèce de taré ?
— Non, mais je le serai quand je la verrai.

∞

78

Tessa

— Où est Robert ?

Karen regarde autour d'elle, parmi les convives de ce petit mariage.

— Tessa ? Tu sais où il est parti ?

Sa voix est paniquée.

Robert a pris sur lui de divertir la petite fille pendant que les femmes se bouclaient les cheveux et se maquillaient. Maintenant que le mariage commence, il devrait reprendre son rôle, mais personne n'arrive à le trouver et Karen ne peut pas tenir Abby tout en participant à la première partie du mariage.

— Je vais le chercher.

Je regarde parmi les invités. Abby se débat dans les bras de Karen qui a l'air à deux doigts de péter un plomb.

— Ah, tiens ! Le voilà…

Mais je n'entends pas le reste de la phrase de Karen. Je suis complètement distraite par le son de la voix d'Hardin. Il sort du long couloir à gauche, parlant lentement comme il le fait toujours quand il s'adresse à Landon.

Ses cheveux sont encore plus longs que sur les dernières photos que j'ai vues de lui récemment. Je ne peux pas m'empêcher de lire tout les articles sur lui, qu'ils soient proches de la vérité ou non et peut-être, juste peut-être, que j'ai envoyé quelques mails enflammés et bourrés de reproches à des blogueurs qui écrivaient des choses atroces sur lui et son histoire, sur notre histoire.

Je suis surprise de voir un anneau métallique à sa lèvre, même si je savais qu'il avait réapparu. J'avais oublié à quel point ça lui allait bien. Je suis faite, totalement anéantie de le revoir, renvoyée dans un monde où j'ai dû tant me battre et dans lequel j'ai perdu pratiquement toutes les batailles auxquelles j'ai dû faire face, et dont je ne suis partie que dépourvue de la seule raison de mon combat : lui.

— Il faut un cavalier à Tessa ; son petit ami n'est pas venu.

Je ne sais pas qui a dit ça, mais en entendant mon nom, Hardin se concentre soudain. Ses yeux me cherchent une demi-seconde avant de me trouver. Je romps ce lien en regardant mes chaussures à talons qu'on aperçoit à peine sous ma robe longue.

— Qui accompagne la demoiselle d'honneur dans le cortège ?

C'est la sœur de la future mariée qui a posé la question à la ronde. Elle pousse un gros soupir en me passant devant, comme si elle faisait tout…

J'ai plus œuvré pour ce mariage qu'elle, mais vu son niveau de stress, on pourrait croire le contraire.

— Moi, je vais le faire.

Hardin lève la main.

Il a l'air si sûr de lui, si incroyablement beau dans son costume sans cravate. L'encre noire de ses tatouages s'échappe du col blanc immaculé de sa chemise. Je sens quelque chose de doux toucher mon bras. Je cligne des yeux, essayant de ne pas penser au fait que nous nous sommes à peine adressé la parole hier soir et que nous n'avons pas répété cette entrée comme nous aurions dû le faire. Je hoche la tête, m'éclaircis la gorge et détache mon regard d'Hardin.

— Alors c'est parti. Futur marié à l'autel, s'il vous plaît.

La sœur tape impérieusement dans ses mains et Landon se dépêche de se mettre en place, me serrant gentiment les doigts au passage.

Inspirer. Expirer. Ça ne va durer que quelques minutes, moins que ça, même. Ce n'est pas un concept trop compliqué. Nous sommes amis. Je peux le faire.

Pour le mariage de Landon, bien sûr. Je me bats un instant contre moi-même pour ne pas penser à une autre remontée de nef d'église où je le retrouverais, lui, à l'autel.

Hardin est à mes côtés, silencieux, et la musique commence. Il a le regard rivé sur moi. Je le sais, mais je ne peux pas lever les yeux sur lui. Avec ces chaussures, j'ai presque la même taille que lui et il est si proche de moi que je sens le doux parfum qui s'accroche à son costume.

La petite église a été transformée, le décor est simple mais très joli et les invités ont calmement rempli quasiment tous les rangs. De magnifiques fleurs, si hautes en couleur qu'elles en sont presque fluorescentes, couvrent les bancs en bois, et du tissu blanc drape chaque rangée.

— C'est pas un peu trop coloré ? De simples lys rouges et blancs auraient fait l'affaire.

Hardin me surprend en disant une chose pareille. Il passe ensuite son bras derrière mon coude alors que la pimbêche de sœur nous fait signe d'entamer notre remontée d'église.

— Oui, des lys auraient été du plus bel effet. Mais c'est joli, aussi, ça leur va bien.

— Ton petit ami le docteur a fière allure.

Hardin me taquine.

Je le regarde. Il sourit et je ne lis que de l'amusement dans ses yeux verts. La ligne de sa mâchoire est encore plus nette qu'avant et ses yeux sont plus profonds, moins réservés qu'avant.

— Il est encore à la fac, il n'est pas encore médecin. Oui, il a fière allure. Et tu sais qu'il n'est pas mon petit ami, alors tais-toi.

J'ai déjà eu cette conversation avec Hardin de nombreuses fois ces deux dernières années. Robert est un ami sur lequel je peux compter, rien de plus. Nous avons essayé de sortir ensemble un jour, environ un an après que j'avais trouvé le manuscrit d'Hardin dans notre appartement, mais ça n'a pas marché. On ne devrait sortir avec personne si son cœur appartient à quelqu'un d'autre. Ça ne fonctionne pas, faites-moi confiance.

— Et comment allez-vous tous les deux ? Ça fait quoi, un an, c'est ça ?

Sa voix trahit l'émotion qu'il cherche à cacher.

— Et toi ? Cette blonde, là. Comment s'appelle-t-elle ?

Cette nef est bien plus longue qu'elle n'en a l'air. Je reprends :

— Ah ouais, Eliza, ou un truc dans le genre ?

Il rigole doucement.

— Ah ah !

J'aime bien le faire chier avec sa groupie, Eliza, qui s'est révélée légèrement psychopathe. Je sais qu'il n'a pas couché avec elle, mais ça me fait rire de l'embêter avec ça quand je le vois.

— Bébé, la dernière blonde qui a fréquenté mon lit, c'était toi.

Il sourit. Je me prends les pieds dans ma robe et Hardin rétablit mon équilibre en resserrant sa prise sur mon coude avant que je ne tombe la tête la première sur la soie blanche qui recouvre le sol.

— Ah ouais ?

— Ouais.

Il garde ses yeux braqués sur le chœur de l'église où se trouve Landon.

— Tu as remis ton piercing.

Je change de sujet avant de plonger plus loin dans l'embarras. Nous passons devant ma mère qui est assise calmement à côté de son mari, David. Elle a l'air légèrement inquiète, mais je lui suis reconnaissante de sourire à Hardin lorsque nous passons devant elle. David se penche vers elle, lui murmure quelque chose et elle se remet à sourire en lui faisant un petit signe de tête.

Hardin me murmure :

— Elle a l'air plus heureuse, maintenant.

Nous ne devrions pas parler en remontant la nef, mais Hardin et moi sommes connus pour faire ce qu'il ne faut pas.

Il m'a manqué, bien plus que je ne le montre. Je ne l'ai vu que six fois ces deux dernières années et à chaque visite, j'ai eu plus mal qu'à la précédente.

— Elle l'est. David a une influence incroyable sur elle.

— Je sais, elle me l'a dit.

Je m'arrête encore. Cette fois-ci, Hardin sourit tout en continuant à me faire avancer dans cette nef sans fin.

— Qu'est-ce que tu veux dire ?

— Ta mère, je lui ai un peu parlé de temps en temps. Tu le sais.

Je ne vois pas du tout de quoi il veut parler.

— Elle est venue à une dédicace le mois dernier, quand mon deuxième livre a paru.

Quoi ?

— Qu'est-ce qu'elle a dit ?

Je me rends compte que je parle trop fort quand plusieurs invités nous regardent avec insistance.

— On en parlera plus tard. J'ai promis à Landon que je ne foutrais pas son mariage en l'air.

Hardin me sourit lorsque nous atteignons l'autel et j'essaie, j'essaie vraiment de me concentrer sur le mariage de mon meilleur ami.

Mais je ne peux pas détacher mon regard du témoin.

∞

79

Hardin

Finalement, la réception après le mariage est supportable. Les gens ont un peu moins un balai dans le cul et quelques verres d'alcool servi à volonté, accompagnés d'un dîner qui a dû coûter bonbon, y aident bien.

Le mariage s'est passé sans accroc : le fiancé a plus pleuré que la mariée et je suis fier de moi de n'avoir regardé Tessa que quatre-vingt-dix-neuf pourcents de la cérémonie. J'ai entendu une partie des vœux, je le jure. Mais c'est tout, en revanche. À voir les bras de Landon autour de la taille de sa nouvelle femme qui rit à ses remarques pendant qu'ils dansent devant tout le monde, je dirais que le mariage s'est bien passé.

— Je prendrai de l'eau gazeuse si vous avez ça.

Je m'adresse à la femme derrière le bar.

— Avec de la vodka ou du gin ?

Elle désigne les rangées de bouteilles derrière elle.

— Aucun des deux, juste de l'eau gazeuse. Pas d'alcool.

Elle me fixe un instant avant de hocher la tête et de remplir un verre avec des glaçons et rien d'autre que de l'eau.

— Ah ! te voilà.

C'est une voix que je connais bien et une main touche mon épaule. Vance est derrière moi, sa femme, enceinte, à ses côtés.

— Tu me cherchais, peut-être ?

Une pointe de sarcasme dans ma voix.

— Absolument pas.

Kimberly sourit, sa main est posée sur son énorme ventre.

— Ça va ? On dirait que tu vas tomber avec ce truc.

Je baisse les yeux pour regarder ses pieds enflés, puis je reviens à son air revêche.

— Ce truc, c'est mon bébé. Je suis dans mon neuvième mois, mais je *pourrais* encore te coller une baffe.

Tiens, on dirait qu'elle a la langue toujours aussi bien pendue.

— Si tu peux aller plus loin que ton ventre te le permet, bien sûr.

Je la taquine, mais elle me prouve que j'ai tort : effectivement, je me prends une claque sur le bras par une femme enceinte à un mariage.

Je me frotte le biceps comme si elle m'avait vraiment fait mal et elle se marre quand Vance me dit que je suis un trou du cul de me foutre de la gueule de sa femme.

Arquant un sourcil suggestif, il me fait remarquer :

— Tu étais parfait en remontant la nef avec Tessa à ton bras.

J'en perds mon souffle. Je me gratte la gorge en cherchant dans la pièce sombre ses longs cheveux blonds et cette scandaleuse robe en satin.

— Ouais, je ne voulais pas faire de trucs de mariage à la con, à part être le témoin de Landon, mais ce n'était pas si terrible.

Kim ajoute sciemment :

— Cet autre gars-là, tu sais que ce n'est pas son mec. Tu n'es pas tombé dans le panneau, hein ? Elle passe pas mal de temps avec lui, mais à les regarder ensemble, on voit bien qu'il n'y a rien de sérieux entre eux. Pas comme quand vous êtes ensemble.

— *Quand vous étiez.*

Kim me fait un grand sourire, preuve éclatante qu'elle n'est pas dupe, et me fait signe de suivre son regard vers la table la plus proche du bar. Tessa y est assise, sa robe soyeuse brille sous les lumières changeantes. Elle a le regard tourné vers moi, ou peut-être vers Kimberly. Non, elle me regarde, moi, et elle se détourne vite fait.

— Tu vois, c'est bien ce que je te disais, tous les deux, vous *êtes*.

Elle a beau être enceinte jusqu'aux yeux, Kimberly garde cet air sûre d'elle et se marre en se foutant de moi. Je vide mon verre d'un coup et balance le gobelet avant de recommander de l'eau. J'ai l'estomac en vrac et je me comporte comme un putain de môme en ce moment, essayant de ne pas regarder comme un obsédé la jolie fille qui a volé mon cœur il y a tant d'années.

Elle n'a pas volé cette merde. Elle l'a trouvée ; d'abord c'est elle qui a découvert que j'avais un cœur et elle l'a déterré. Malgré tous nos combats, elle n'a jamais abandonné. Elle a trouvé mon cœur et l'a gardé en sécurité. Elle l'a protégé de ce monde de barges. Plus important encore, elle l'a protégé de moi-même, jusqu'à ce que je sois prêt à m'en occuper tout seul. Elle a essayé de me le rendre il y a deux ans, mais mon cœur a refusé de la quitter. Il ne la quittera jamais d'ailleurs.

— Tous les deux, vous êtes les deux personnes les plus têtues que j'aie rencontrées.

Vance passe commande d'un verre d'eau pour Kimberly et d'un verre de vin pour lui et ajoute :

— Est-ce que tu as vu ton frère ?

Je regarde autour de moi pour chercher Smith, que je découvre assis à quelques tables de Tessa, tout seul. Je désigne le gamin et Vance m'enjoins d'aller le voir pour lui demander ce qu'il veut boire. Ce môme est assez vieux pour aller se chercher un truc à boire tout seul, mais je préfère éviter de m'asseoir à une table avec Monsieur et Madame Suffisant. Je m'approche de la table déserte et prends la chaise à côté de celle de mon petit frère.

— Tu avais raison.

Smith me regarde droit dans les yeux.

— À propos de quoi, cette fois-ci ?

Je m'adosse à la chaise décorée et me demande comment Landon et Tessa peuvent dire que ce mariage est « petit et simple » alors qu'ils ont recouvert toutes les chaises d'une merde façon rideau.

— À propos des mariages, c'est chiant.

Smith sourit. Il lui manque quelques dents, dont une devant. Il est vraiment adorable dans le genre intello miniature qui se fout complètement des gens qui l'entourent.

— J'aurais dû te faire parier du fric.

Je rigole et reprends mon observation de Tessa. Smith la regarde aussi.

— Elle est jolie aujourd'hui.

— Ça fait des années que je te dis de ne pas t'approcher d'elle, sale mioche, ne me pousse pas à transformer ce mariage en enterrement.

Je lui tape doucement l'épaule, ce qui le fait sourire de travers et montrer ses dents manquantes.

J'aimerais aller la rejoindre à sa table et virer son pote le presque-docteur à la con pour m'asseoir à sa place à côté d'elle. J'aimerais lui dire à quel point elle est belle, à quel point je suis fier de la voir exceller à NYU. J'aimerais la voir repousser les limites de son self-control et l'entendre rire, la regarder sourire et conquérir toute la salle.

Je me penche vers Smith et je lui demande :

— Rends-moi un service.

— Quel genre ?

— Je veux que tu ailles parler à Tessa.

Il rougit et secoue la tête rapidement.

— Pas question.

— Allez ! Vas-y.

— Nan.

Sale môme entêté !

— Tu sais, le train customisé que tu voulais que ton père t'achète ?

— Ouais ?

J'ai piqué son intérêt.

— Je te l'achèterai.

— Tu m'achètes pour que j'aille lui parler ?

— Et comment !

Le gamin me jette un regard de travers.

— Quand vas-tu me l'acheter ?

— Si tu arrives à la faire danser avec toi, la semaine prochaine.

Il négocie :

— Non, pour un tour de piste, il me le faut demain.

— D'accord.

Putain, il est doué pour ça.

Il regarde vers la table de Tessa, puis vers moi, et se lève.

— Adjugé.

Bien. Ça, c'était facile.

Je le regarde s'avancer vers elle. Même à deux tables de distance, son sourire me coupe le souffle. Je lui donne à peu près trente secondes avant de me lever et de m'approcher de la table. J'ignore le mec assis à côté d'elle et trouve mon bonheur en la voyant s'illuminer quand je me mets à côté de Smith.

— Te voilà.

Je pose ma main sur l'épaule du gamin qui demande :

— Est-ce que tu veux danser avec moi, Tessa ?

Elle est surprise. À peine éclairées, je vois ses joues rougir d'embarras, mais je la connais et je sais qu'elle ne le lui refusera pas.

— Bien sûr.

Elle sourit à Smith et l'autre gars, là, l'aide à se lever. Connard avec des manières.

J'observe Tessa suivre Smith sur la piste de danse et je suis content que Landon et sa nouvelle femme aiment la musique de merde doucereuse et lente. Smith a l'air misérable et Tessa stressée quand ils commencent à danser.

— Comment vas-tu ?

Le docteur regarde la même femme que moi.

— Bien, et toi ?

Je devrais être sympa avec ce mec, après tout il *sort* avec la femme que j'aimerai jusqu'à la fin de mes jours.

— Bien, je suis en deuxième année de médecine maintenant.

— Il te reste quoi, alors, dix ans à tirer ?

Bon, c'est ironique, mais je ne peux pas être plus sympa que ça avec un mec qui a des sentiments pour elle, je le sais.

Je m'excuse et me dirige vers Tessa et Smith. Elle m'aperçoit en premier et reste figée sur place quand son regard croise le mien.

— Puis-je vous interrompre ?

Je tire Smith par le col de sa chemise avant qu'aucun des deux ne puisse refuser. Mes mains se placent immédiatement sur sa taille et glissent sur ses hanches. Je suis son exemple et reste scotché sur place, dépassé par les sensations de mes doigts qui la touchent.

Ça fait si longtemps, trop longtemps, que je ne l'ai pas tenue dans mes bras.

Elle est venue à Chicago il y a quelques mois pour assister au mariage d'une copine, sans m'inviter comme cavalier. Elle y est allée toute seule, mais nous nous sommes retrouvés après le dîner. C'était sympa ; elle a bu un verre de vin et nous avons partagé une énorme glace saupoudrée de bonbons au chocolat et de beaucoup de caramel. Elle m'a proposé d'aller à l'hôtel avec elle pour un dernier verre, du vin pour elle, de l'eau gazeuse pour moi, et nous nous sommes endormis après que je lui ai fait l'amour carrément sur la moquette.

— Je me suis dit que je pourrais venir te sauver, il est un peu petit pour danser. Quel abominable cavalier.

Je viens de réussir à me sortir la tête du fion.

— Il m'a dit que tu l'avais soudoyé.

— Petit enfoiré !

J'assassine du regard le traître qui retourne s'asseoir à sa table tout seul.

— Vous vous êtes bien rapprochés tous les deux, plus même que la dernière fois où je vous ai vus.

Elle semble admirative. Une rougeur me monte aux joues et je ne peux pas la réprimer, même si j'essayais.

— Ouais, je crois.

Ses doigts se crispent sur mes épaules et je soupire. Littéralement, putain, je soupire et je sais qu'elle m'a entendu.

— Tu as vraiment l'air en forme.

Elle regarde ma bouche avec intensité. J'ai décidé de remettre mon piercing quelques jours après l'avoir vue à Chicago.

— En forme ? Je ne sais pas si c'est une bonne chose.

Je rapproche mon corps du sien et elle me laisse faire.

— Vraiment très en forme, beau. Très sexy.

Ces derniers mots lui ont échappé. Je le vois bien, ses yeux s'écarquillent et elle mordille sa lèvre inférieure.

— Tu es la femme la plus sexy dans cette pièce, tu l'as toujours été.

Elle baisse le regard, essayant de se cacher dans la masse de ses boucles blondes.

— Ne te cache pas, pas de moi.

Une vague de nostalgie m'emporte en prononçant ces mots si familiers et je vois bien à son expression qu'elle ressent la même chose.

Elle change vite de sujet.

— Quand sort ton prochain livre ?

— Le mois prochain. Tu l'as lu ? Je t'avais fait envoyer un exemplaire non corrigé.

— Oui, je l'ai lu.

J'en profite pour la coller contre ma poitrine.

— Je les ai tous lus, tu t'en souviens ?

— Qu'est-ce que tu en as pensé ?

La chanson se termine et une nouvelle commence. Alors qu'une voix de femme emplit la pièce, nous nous regardons droit dans les yeux.

— Cette chanson. Évidemment, il fallait qu'ils passent cette chanson.

Je dégage une mèche de cheveux de ses yeux.

— Je suis si contente pour toi, Hardin. Tu es un auteur incroyable et un militant de la cause des alcooliques. J'ai vu aussi l'interview que tu as accordée au *Times* à propos de la maltraitance infantile.

Ses yeux s'embuent de larmes et je suis certain que si elles se mettent à couler, je vais perdre tout mon sang-froid.

— Ce n'est rien. Sérieux.

J'aime qu'elle soit fière de moi, mais je culpabilise légèrement de l'effet que ça lui fait.

— Je ne me serais jamais attendu à tout ça ; il faut que tu le saches. Je ne voulais pas que tu sois brocardée sur la place publique à cause de mes livres.

Je lui ai répété ça tellement souvent, et à chaque fois, elle me fait la même réponse.

— Ne t'inquiète pas pour ça. Ce n'était pas si terrible que ça et tu sais que tu as aidé beaucoup de monde, et beaucoup de monde aime tes livres. Moi y compris.

Tessa sourit, rougit, et je fais de même. Puis je laisse échapper :

— Ça devrait être *notre* mariage.

Ses pieds s'immobilisent, elle perd un peu de son aura, puis m'assassine du regard :

— Hardin.

— Theresa.

Je lui réponds sur un ton badin, mais elle sait que je suis sérieux.

— Je croyais que cette dernière page allait te faire changer d'avis. Vraiment.

— Pourrais-je avoir l'attention de tout le monde, s'il vous plaît ?

La sœur de la mariée a pris le micro. Cette fille est vraiment super chiante. Elle se tient sur l'estrade au milieu de la pièce, mais je peux à peine la voir derrière la table, tant elle est petite.

— Il faut que je me prépare pour mon discours.

Je ronchonne et passe la main dans mes cheveux.

— Tu vas faire un discours ?

Tessa me suit à la table d'honneur. Elle doit avoir oublié le docteur et je ne peux pas dire que ça me gêne. En fait, j'adore ça.

— Ouais, je suis témoin, tu te rappelles ?

— Je sais.

Elle me repousse doucement l'épaule et j'attrape son poignet. J'avais prévu de le porter à mes lèvres pour y déposer un baiser sur sa peau nue, mais je suis arrêté par un petit cercle noir tatoué dessus.

— C'est quoi cette merde ?

Je rapproche son poignet de mon visage.

— J'ai perdu un pari le jour de mes vingt et un ans.

— Tu t'es vraiment fait tatouer un smiley ? Sérieux ?

Je ne peux pas m'empêcher de rire. Le petit smiley est tellement ridicule et si mal dessiné que c'en est drôle. Cependant, je regrette de ne pas avoir été à ses côtés pour le voir réalisé, et pour son anniversaire.

— Mais ouais.

Elle hoche la tête fièrement en passant son index sur le petit motif.

— Tu en as d'autres ?

J'espère pas.

— Aucun. Juste celui-là.

— Hardin !

La petite bonne femme m'appelle.

Je vais jusqu'au bout de mon geste et embrasse le poignet de Tess. Elle retire sa main, non par dégoût, mais de surprise j'espère, avant que je me dirige vers l'estrade.

Landon et sa femme président la table. Il a passé son bras autour de sa taille, sa main posée sur l'une des siennes. Ah, les jeunes mariés ! J'ai hâte de les voir prêts à s'étriper à la même époque l'an prochain.

Peut-être qu'ils seront différents.

Je prends le micro à l'hôtesse et m'éclaircis la gorge.

— Salut.

Ma voix est trop bizarre et à la tête de Landon, je vois qu'il savoure l'exercice.

— Je n'aime pas parler en public d'habitude. Et même, je n'aime pas être entouré de plein de gens d'habitude, alors ça ne va pas durer longtemps. La plupart d'entre vous sont déjà bourrés ou s'ennuient à mourir, alors sentez-vous libres d'ignorer tout ça.

— Viens-en au fait.

L'épouse de Landon rit à gorge déployée, un verre de champagne à la main. Landon hoche la tête et je leur fais un doigt d'honneur devant tout le monde. Tessa, au premier rang, est hilare et se couvre la bouche.

— Bon, j'ai écrit tout ça parce que je ne voulais pas oublier ce que j'avais à dire.

Je sors une serviette en papier froissée de ma poche et je la déplie.

— Quand j'ai rencontré Landon, je l'ai tout de suite détesté.

Tout le monde se marre comme si c'était une blague, mais ça n'en est pas une. Je le détestais vraiment, mais seulement parce que je me détestais moi-même.

— Il avait tout ce que je voulais dans la vie : une famille, une copine et des projets pour l'avenir.

Quand je regarde Landon, je le vois sourire, les joues légèrement rouges. On va dire que c'est le champagne.

— Mais bon, les années passant, nous sommes devenus amis, frères même, et il m'a beaucoup appris. Il m'a montré comment être un homme, particulièrement ces deux dernières années lorsque ces deux-là se sont pas mal affrontés.

Je souris à Landon et à sa femme, ne voulant pas les projeter dans un merdier dépressif.

— Je vais vite arrêter là ces conneries, maintenant. En fait, ce que je voulais dire tient en un mot : merci. Merci à Landon d'être un homme honnête et de m'avoir pourri quand j'en avais bien besoin. C'est assez déconnant, mais je t'admire et je veux ce que tu mérites : être heureux, marié à l'amour de ta vie, même si ça s'est fait très rapidement.

Le public rit encore. Je poursuis :

— Tu ne sauras jamais la chance que tu as de pouvoir passer le restant de tes jours avec la moitié de ton âme, tant que tu n'auras pas à vivre sans elle.

Je repose le micro sur la table et j'aperçois une lueur argentée traverser la foule en courant, je descends de l'estrade en quatrième vitesse pour la suivre alors que tous les invités boivent à la santé du couple.

Lorsque je rattrape enfin Tessa, elle ouvre la porte des toilettes des dames. Elle disparaît à l'intérieur et, sans hésitation, je la suis. Elle s'appuie à un lavabo, les mains de part et d'autre d'une vasque en marbre.

Elle lève les yeux dans le miroir, ils sont rouges et ses joues sont maculées de larmes. Elle se tourne vers moi quand elle se rend compte que je l'ai suivie.

— Tu ne peux pas parler de nous comme ça. De nos âmes.

Elle termine sa phrase en poussant un petit cri.

— Pourquoi pas ?

— Parce que…

Elle ne semble pas capable de trouver une explication.

— Parce que tu sais que j'ai raison ?

J'essaie de l'encourager.

— Parce que tu ne peux pas dire ce genre de choses en public. Tu n'arrêtes pas de le faire dans tes interviews, aussi.

Elle pose ses mains sur ses hanches.

— J'essayais d'attirer ton attention.

Je m'approche d'elle.

Ses narines s'écartent et, l'espace d'un instant, j'ai l'impression qu'elle va taper du pied.

— Tu me fais chier.

Sa voix s'adoucit et son regard ne peut pas mentir.

— Mais oui. (Je tends mes bras vers elle.) Viens par là.

Elle accepte et, direct, se réfugie dans mes bras. Je lui fais un câlin. L'avoir comme ça contre moi, c'est encore plus satisfaisant que de coucher avec n'importe qui. Simplement l'avoir là, toujours attirée par moi de cette manière que nous seuls pouvons comprendre, ça fait de moi le plus heureux des connards sur Terre.

— Tu m'as tellement manqué.

Ses mains se posent sur mes épaules, tirant sur la lourde veste pour la faire tomber par terre.

— Tu es sûre ?

Je tiens son beau visage dans mes mains.

— Je suis toujours sûre avec toi.

Je sens sa vulnérabilité et une douce satisfaction de sentir sa bouche contre la mienne, les lèvres tremblantes, la respiration profonde et lente.

Bien trop rapidement, je m'écarte d'elle et ses mains trouvent ma ceinture.

— Attends, je vais bloquer la porte.

Je suis plutôt content qu'il y ait des chaises dans le boudoir des femmes, j'en coince deux devant la porte pour empêcher les gens d'entrer.

— On va vraiment faire ça ?

Je me penche vers Tessa pour soulever sa robe longue jusqu'à la taille.

— Ça te surprend ?

Je ris en l'embrassant encore. Elle est mon foyer et je suis resté trop longtemps loin de chez moi en vivant à Chicago tout seul. Je n'ai pu avoir que de petites doses d'elle ces dernières années.

— Non.

Elle ouvre la braguette de mon pantalon et j'en ai le souffle coupé quand elle attrape ma queue dans mon boxer.

Ça fait bien longtemps, putain, bien trop longtemps.

— C'est quand la dernière fois que tu…

— Avec toi à Chicago. Et toi ?

— Pareil.

Je recule pour la regarder droit dans les yeux et je n'y lis que la vérité.

— Sérieux ?

Même si je peux lire en elle comme dans un livre ouvert, je lui demande confirmation.

— Oui, personne d'autre que toi. Rien que toi.

Elle fait tomber mon boxer par terre et je la soulève à côté de la vasque, écartant ses cuisses voluptueuses de mes deux mains.

— Putain.

Je me mords la langue quand je découvre qu'elle ne porte pas de culotte.

Elle a l'air nerveuse.

— Avec cette robe, je n'avais pas vraiment le choix.

— Femme, un jour tu seras ma fin.

Putain, je bande comme un âne quand elle me caresse, ses deux petites mains me branlent chaudement.

— Il faut qu'on se dépêche.

Elle gémit et, excitée, mouille quand je passe mes doigts sur son clito. Elle grogne et sa tête part en arrière, se posant contre le miroir. Elle écarte encore plus les cuisses. J'ai du mal à réfléchir, mais je pose quand même la question.

— Une capote ?

Comme elle ne répond pas, j'enfonce un doigt en elle et elle caresse ma langue de la sienne. Chaque baiser est une confession que j'essaie de lui faire : *Je t'aime ; j'ai besoin de toi.* Je lui suce la lèvre inférieure : *Je ne peux plus te perdre.* Je m'enfonce en elle et je l'entends gémir à mesure que je la remplis de tout mon être.

— Tu es tellement étroite.

Je vais me foutre la honte en jouissant dans deux secondes, mais là, il n'est pas question de ma satisfaction sexuelle, il s'agit de lui montrer qu'elle et moi sommes une évidence. Nous nous appartenons mutuellement, c'est véritablement indéniable.

— Oh mon Dieu !

Elle me griffe le dos quand je me retire d'elle pour la pénétrer à nouveau, cette fois-ci jusqu'au bout. Elle s'étire pour m'accueillir, son corps me faisant de la place comme toujours.

— Hardin.

Tessa gémit dans mon cou.

Je sens qu'elle me mord et que je vais jouir d'un instant à l'autre, la sensation remonte dans ma colonne vertébrale. Je mets une main dans son dos pour la rapprocher de moi et la soulève pour m'enfoncer plus profondément. Mon autre main saisit sa grosse poitrine qui déborde de sa robe et je choisis de suçoter un petit coin de peau, puis j'aspire ses tétons si durs entre mes lèvres, grognant et gémissant son nom en jouissant en elle.

Elle halète mon nom, je caresse son clitoris et replonge encore en elle. Le son de ses cuisses tapant contre mon corps suffit à me faire bander encore. C'est juste que ça fait si longtemps, putain, et que nous sommes si parfaitement ajustés. Son corps réclame le mien et me possède intégralement.

— Je t'aime.

Je la sens jouir, tendue de se perdre avec moi, m'autorisant à la retrouver.

L'orgasme de Tessa semble ne pas finir et j'adore ça, putain. Son corps se ramollit, elle s'appuie contre moi et elle repose sa tête sur ma poitrine en reprenant son souffle.

— Je t'ai entendue, tu sais ?

J'embrasse son front en sueur et elle me fait un sourire délirant.

— On ressemble à rien.

Elle lève ses yeux vers moi.

— Un admirable rien, quand bien même chaotique.

— Ne joue pas les écrivains avec moi.

Elle me taquine, à bout de souffle.

— Ne t'écarte pas de moi. Je sais que je te manque aussi.

— Oui, oui.

Elle passe ses bras autour de ma taille, je repousse ses cheveux de son front.

Je suis heureux, putain, je suis fou de joie de l'avoir là avec moi après tout ce temps, dans mes bras, souriante, me taquinant, riant, et je ne vais pas gâcher ce moment. J'ai retenu la leçon, ça n'a pas été facile. Je sais que la vie n'a pas à être une bataille. Parfois, on part du mauvais pied et parfois, on déconne en route, mais il y a toujours de l'espoir.

Il y a toujours un autre jour, il y a toujours un moyen de rattraper les merdes qu'on a faites et les gens qu'on a blessés et il y aura toujours quelqu'un pour vous aimer, même si on se sent complètement seul et qu'on a l'impression de flotter dans le monde dans l'attente de la prochaine déception. Il y a toujours quelque chose de mieux à venir.

C'est pas toujours facile de le voir, mais c'est là. Tessa était là, sous toutes ces merdes et cette haine. Tessa était ensevelie sous mon addiction et Tessa était enterrée sous sa douleur et mes mauvais choix. Elle était là quand j'en suis sorti ; elle m'a tenu la main pendant tout le chemin, même après m'avoir quitté, elle était toujours là, à m'aider.

Je n'ai jamais perdu espoir, car Tessa représente toutes mes aspirations.

Elle l'a toujours été et le sera toujours.

— Est-ce que tu peux rester avec moi cette nuit ? On peut partir tout de suite, mais pitié, reste avec moi.

Elle se penche en avant pour remettre ses seins dans sa robe, puis elle lève les yeux vers moi. Son maquillage a coulé et ses joues sont rouges.

— Je peux te dire un truc ?

— Depuis quand tu demandes la permission ?

De mon index, je touche le bout de son nez.

— C'est pas faux. J'ai détesté que tu ne fasses pas plus d'efforts.

— Je l'ai fait, mais…

Elle lève un doigt pour me faire taire.

— J'ai détesté que tu ne fasses pas plus d'efforts, mais c'est injuste de ma part de te le dire car nous savons tous les deux que c'est moi qui suis partie. Je n'ai pas arrêté de te pousser tant et plus, à attendre trop de toi, et j'étais tellement en colère à cause du livre, et de toute l'attention dont je ne voulais pas, que j'ai laissé toute cette colère prendre des décisions pour moi. J'avais l'impression que je ne pouvais pas te pardonner à cause de l'opinion publique, mais maintenant, je suis en colère contre moi-même d'y avoir seulement prêté attention. Je me moque de ce que les gens disent de nous ou de moi. Les seuls qui comptent à mes yeux, ce sont ceux qui m'aiment et me soutiennent. Je voulais juste te dire que je suis désolée d'avoir écouté ces voix qui n'avaient rien à faire dans ma tête.

Debout à côté des lavabos, Tessa toujours assise devant moi, je reste silencieux. Je ne m'attendais pas à ça. Je ne m'attendais pas à un tel virage à trois cent soixante degrés. Je suis venu à ce mariage dans le simple espoir d'un sourire de sa part, à peine plus.

— Je ne sais pas quoi dire.

— Que tu me pardonnes ?

Elle murmure nerveusement.

— Bien sûr que je te pardonne. (Est-elle complètement folle ?) Et toi, tu me pardonnes ? Pour tout ? Ou presque tout ?

— Oui.

Elle tend sa main vers la mienne.

— Maintenant, je ne sais vraiment plus quoi dire.

Je passe la main dans mes cheveux.

— Peut-être que tu veux toujours m'épouser ?

Ses yeux m'interrogent, j'ai l'impression que les miens vont jaillir de leur orbite.

— Quoi ?

— Tu m'as bien entendue.

Elle rougit.

— T'épouser ? Mais tu me détestais il y a dix minutes.

Elle va vraiment m'achever.

— En fait, il y a dix minutes, on s'envoyait en l'air à côté d'un lavabo.

— Tu es vraiment sérieuse ? Tu veux m'épouser ?

Je n'arrive pas à croire qu'elle dit un truc pareil. Ce n'est pas possible, ça ne peut pas être vrai.

— Est-ce que tu as bu ?

J'essaie de me rappeler si sa langue sentait l'alcool.

— Non, je n'ai bu qu'une coupe de champagne il y a plus d'une heure. Je ne suis pas ivre, je suis juste fatiguée de me battre. Nous sommes définitivement faits l'un pour l'autre, tu t'en souviens ?

Elle me taquine en essayant d'imiter mon accent.

Je l'embrasse sur la bouche pour la faire taire.

— On est le couple le moins romantique de la planète, tu le sais, ça ?

Ma langue passe sur ses douces lèvres.

— « *La romance, c'est surfait, maintenant, c'est le réalisme.* »

Elle cite mon dernier livre.

Je l'aime. Putain, j'aime tellement cette femme.

— On se marie ? Vraiment, tu acceptes ?

— Pas aujourd'hui, mais oui, je vais y réfléchir.

Elle descend de son perchoir et ajuste sa robe.

Je souris moi aussi.

— Je sais que tu vas y réfléchir.

Je remets de l'ordre dans ma tenue en essayant de comprendre ce qui vient de se passer dans ces toilettes. Tessa a plus ou moins accepté de m'épouser. Putain de bordel de merde.

Joueuse, elle hausse les épaules.

— Las Vegas. On part à Las Vegas, là maintenant, tout de suite.

Je plonge mes mains dans mes poches pour en ressortir mes clés.

— Il n'y a aucune raison que je me marie à Las Vegas. Tu es dingue ?

— Nous sommes tous les deux dingues. On s'en fout, non ?

— Non, Hardin, jamais de la vie.

— Pourquoi pas ?

Je la supplie, les mains sur son visage.

— Las Vegas est à quinze heures de route.

Elle me jette un coup d'œil, puis regarde son reflet dans le miroir.

— Tu crois que quinze heures de route vont suffire pour nous donner le temps d'y réfléchir ?

Je retire les chaises qui bloquaient la porte.

Et là, Tessa me surprend vraiment. Elle penche la tête de côté et me répond :

— Ouais, je crois.

Épilogue

Hardin

La route pour Las Vegas est flippante. On a passé les deux premières heures à essayer d'inventer le scénario parfait pour un mariage typique Vegas. Tessa a joué avec ses mèches bouclées en me regardant de temps en temps, les joues rouges et du bonheur dans son sourire comme je n'en avais pas vu depuis si longtemps.

— Je me demande à quel point c'est facile, en réalité, de se marier à Las Vegas. À la dernière minute. Comme Ross et Rachel.

Elle est captivée par son téléphone.

— Tu es en train de chercher la réponse sur Google. Hein ?

Je pose ma main sur ses genoux et entrouvre la fenêtre de ma voiture de location.

Quelque part vers Boise dans l'Idaho, nous nous arrêtons pour acheter de la bouffe et de l'essence. Tessa s'endormait, la tête tombante, le regard doux et lourd. J'ai choisi une station-service pour camions, surpeuplée, et j'ai gentiment secoué Tessa par l'épaule pour la réveiller.

— On est déjà arrivés ?

C'est juste une blague, elle sait pertinemment que nous sommes à mi-chemin.

On a quitté la voiture et je l'ai suivie aux toilettes. J'ai toujours aimé ce type de station-service ; elles sont bien éclairées, avec plein de place pour se garer. Moins de chance de se faire assassiner et tout le bordel.

En sortant des toilettes, je vois Tessa dans l'une des allées de la supérette. Elle a les bras chargés de cochonneries : des sachets de chips, du chocolat et bien plus de boissons énergétiques que ses mains ne peuvent en tenir.

Je reste en arrière un instant, juste à regarder cette femme devant moi. Cette femme qui sera la mienne dans quelques heures. Ma femme. Après tout ce que nous avons traversé, après nous être battus autour d'un mariage que, honnêtement aucun de nous ne pensait voir arriver un jour, nous voilà en route pour Las Vegas pour légaliser tout ça dans une petite chapelle. À vingt-trois ans, je vais devenir le mari de quelqu'un, le mari de Tessa, et je ne peux imaginer quoi que ce soit qui me rende plus heureux.

Même si je suis un bon gros bâtard, j'ai décroché mon *happy end* avec elle. Elle pourra me sourire, les yeux pleins de larmes, et je pourrai faire une remarque à la con sur un sosie d'Elvis pendant notre mariage.

— Regarde tous ces trucs, Hardin.

D'un geste du coude, Tessa me désigne un gros paquet de cochonneries, au pif. Elle porte ce pantalon, ouais, celui-là. Ce pantalon de yoga et un sweat siglé NYU, c'est ce qu'elle veut mettre pour son mariage. Elle a prévu de se changer en arrivant à l'hôtel dans lequel nous échouerons, quel qu'il soit. Elle ne portera pas de robe de mariée, comme je l'avais imaginé. Je laisse échapper une question :

— Ça ne te gêne pas de ne pas avoir de robe de mariée ?

Elle écarquille un peu les yeux et me sourit avant de secouer la tête.

— Ça sort d'où, ça ?

— Je me demande, c'est tout. Je me disais simplement que tu n'auras jamais ce mariage, ce genre de trucs pour lesquels les femmes développent une obsession. Tu n'auras pas de fleurs ni tout le reste.

Elle me tend un sachet de trucs qui ressemblent à du maïs soufflé coloré en orange. Un vieux type passe à côté de nous et lui fait un sourire. Son regard croise le mien et il le détourne rapidement.

— Des fleurs ? Sérieux ?

Elle soupire en me passant devant, ignorant que je l'imite.

Je la suis en me prenant quasiment les pieds dans un gamin pas très stable dans ses petites godasses qui tient la main de sa mère.

— Et Landon ? Ta mère et David ? Tu ne veux pas qu'ils soient à tes côtés ?

Elle se retourne pour me faire face et je vois ses pensées changer. Sur la route, nos esprits ont été tous les deux tellement encombrés par l'excitation d'avoir décidé de nous marier à Las Vegas que nous en avons oublié la réalité.

— Oh !

Elle soupire en me regardant approcher.

Nous passons à la caisse et je vois bien qu'elle cogite encore : Landon et sa mère doivent assister à notre union. C'est obligatoire. Et Karen, Karen aurait le cœur brisé si elle ne participait pas au mariage de sa presque-fille.

Nous payons pour nos cochonneries et les cafés. Ou plutôt, elle me prend la tête pour payer et je la laisse faire.

— Tu veux toujours y aller ? Tu sais que tu peux me parler, Bébé. On peut attendre.

J'attache ma ceinture.

Elle ouvre le sac de trucs orange et commence à vider le paquet.

— Oui, je le veux.

Mais je vois bien que ça ne va pas. Je sais qu'elle veut m'épouser et je sais que je veux passer ma vie avec elle, mais je ne veux pas démarrer notre existence commune comme ça. Je veux que nos familles soient là. Je veux que mon petit frère et la petite Abby participent en remontant l'allée centrale de l'église en jetant des pétales de fleurs et du riz, enfin tous ces trucs qu'on fait faire aux mômes pendant les mariages. J'ai vu son regard s'illuminer quand elle m'a très fièrement annoncé qu'elle avait beaucoup aidé à l'organisation du mariage de Landon.

Je veux que tout soit parfait pour ma Tessa, alors quand elle s'endort, trente minutes plus tard, je fais demi-tour et je la ramène chez Ken. Lorsqu'elle se réveille, je vois sa surprise, mais elle ne m'insulte pas. Elle déboucle sa ceinture, grimpe sur mes genoux et m'embrasse en pleurant à chaudes larmes.

— Mon Dieu, je t'aime, Hardin.

On reste dans la voiture une heure de plus, je la tiens sur mes genoux et quand je lui dis que je veux que Smith jette du riz à notre mariage, elle éclate de rire en me faisant remarquer qu'il le ferait probablement très précisément, grain par grain.

*

Tessa

Deux ans plus tard

C'est le jour de mon diplôme de fin d'études à l'université et je suis très fière de moi. J'aime tous les aspects de ma vie, sauf que je ne veux plus travailler dans l'édition. Oui, Theresa Young, planificatrice obsédée de chaque détail de sa vie, a changé d'avis en plein milieu de son cursus universitaire.

Tout a commencé quand la femme de Landon n'a pas voulu se payer les services d'un *wedding planner*. Elle a été inflexible, elle n'a pas voulu en engager un, même si elle ne savait absolument pas comment organiser son propre mariage. Landon l'a aidée, tout de même ; il a été le parfait fiancé, veillant tard le soir pour parcourir des magazines avec nous, séchant quelques cours pour aller deux fois goûter une dizaine de gâteaux différents. J'ai aimé cette sensation d'être en charge d'un tel événement pour tant de personnes. C'est ma spécialité : planifier et faire des trucs pour les autres.

Pendant le mariage, je n'ai pas arrêté de me dire que j'adorerais faire ça plus souvent, juste comme un hobby, mais les mois passant, je me suis retrouvée à fréquenter les salons de mariage et avant que je m'en rende compte, je me suis mise à m'occuper du mariage de Kimberly et de Christian.

Je garde mon boulot chez Vance à New York parce que j'ai besoin d'argent. Hardin a déménagé à New York avec moi, mais je refuse de le laisser régler mes factures pendant que j'essaie de trouver quoi faire de ma vie parce que, même si je suis si fière de mon diplôme universitaire, je n'ai simplement plus envie de travailler dans ce secteur. J'ai toujours aimé lire, je suis viscéralement liée à mes livres, corps et âme, mais j'ai simplement changé d'avis. Juste comme ça.

Hardin n'arrête pas de me faire chier avec ça, j'ai toujours été tellement sûre de mon choix de carrière. Mais les années passant, j'ai grandi, je me suis rendu compte que je ne savais pas qui j'étais quand j'ai intégré WCU. Comment peut-on s'attendre à choisir quoi faire pour le restant de ses jours alors qu'on en est juste au *début* de sa vie ? Landon a déjà trouvé un boulot : prof d'école primaire à Brooklyn. Hardin, best-seller du *New York Times* à vingt-cinq ans à peine, a déjà sorti quatre livres et moi, eh bien, j'essaie toujours de trouver ma voie, mais ça ne me dérange pas. Je ne me sens pas pressée comme je l'ai toujours été. Je veux prendre mon temps et m'assurer que la décision que je vais prendre me rendra heureuse. Pour la première fois, je fais passer mon bonheur avant celui des autres, et ça, ça fait du bien.

Je regarde mon reflet dans le miroir. Ces quatre dernières années, je me suis dit tant de fois que je n'arriverais pas à finir l'université et pourtant me voilà diplômée. Hardin m'a applaudie et ma mère a pleuré. Ils se sont même assis l'un à côté de l'autre.

Ma mère entre dans la salle de bains et s'arrête à côté de moi.

— Je suis si fière de toi, Tessa.

Elle porte une robe de soirée ; ce n'est pas vraiment ce qu'il faut mettre à une cérémonie de remise de diplômes, mais elle voulait marquer le coup avec une belle robe, comme d'habitude. Ses cheveux blonds sont bouclés et laqués à la perfection et ses ongles sont vernis de la même couleur que mon uniforme de jeune diplômée. C'est un coup de trop, mais elle est si fière que je ne vais pas lui retirer ça. Elle m'a façonnée pour que je réussisse ma vie, que j'aie du succès là où elle a échoué, et maintenant que je suis adulte, je le comprends.

— Merci.

Je lui prends son gloss avec plaisir, même si je n'ai ni envie ni besoin de me remaquiller, mais elle a l'air si contente que je ne veux pas lutter.

— Est-ce qu'Hardin est toujours là ?

Le gloss est collant et trop sombre à mon goût, mais je souris.

— Il tient compagnie à David.

Elle sourit en même temps que moi et mon cœur gonfle un peu plus. Ma mère remet du bout des doigts de l'ordre dans ses impeccables boucles.

— Il l'a invité à la soirée de gala caritatif à laquelle il va parler.

— C'est sympa.

Les choses ne sont plus aussi compliquées entre ma mère et Hardin. Il ne sera jamais le gendre idéal mais, ces dernières années, elle s'est mise à le respecter et je n'aurais jamais cru ça d'elle.

J'ai gagné un nouveau respect auprès d'Hardin Scott aussi. C'est douloureux de repenser aux quatre dernières années de ma vie et de me souvenir comment il était avant. Je n'étais pas parfaite non plus, mais il était si prisonnier de son passé que, pour s'en libérer, il m'a brisée au passage.

Il a fait des erreurs, des erreurs monstrueuses et dévastatrices, mais il a payé pour ça. Il n'a jamais été patient, aimable ou amical, mais il était à moi. Il l'a toujours été.

Mais bon, j'ai eu besoin de cette séparation quand j'ai déménagé à New York avec Landon. On se voyait de temps en temps, « rien de sérieux » aussi peu sérieux qu'Hardin et moi puissions l'être. Il ne m'a jamais mis la pression pour venir habiter avec lui à Chicago et je ne l'ai jamais supplié de venir habiter avec moi à New York. C'est environ un an après le mariage de Landon qu'il a déménagé, mais nous avons réussi à faire tenir notre relation à distance en se voyant aussi souvent que possible. J'ai toujours trouvé suspects tous ses soudains « voyages d'affaires » à New York, mais j'étais si heureuse quand il venait que j'aurais voulu qu'il reste chaque fois qu'il repartait.

Notre appartement à Brooklyn n'est pas si mal. Même s'il se fait pas mal d'argent, Hardin veut vivre dans un endroit où je puisse vraiment participer au loyer. J'ai travaillé au restaurant entre deux organisations de mariages et les cours, mais il ne s'est plaint qu'un tout petit peu.

Nous ne sommes toujours pas mariés, ce qui le rend dingue. Je n'arrête pas de changer d'avis sur le sujet. Oui, je veux devenir sa femme, mais j'en ai assez de poser des étiquettes sur tout. Je n'ai pas besoin de celle-là pour que notre relation ait la même valeur que celle qu'on m'a enseignée dans mon enfance.

Comme si ma mère pouvait lire dans mes pensées, elle se penche vers moi et ajuste mon collier.

— Est-ce que vous avez décidé d'une date ?

C'est au moins la troisième fois de la semaine qu'elle me pose la question.

J'aime beaucoup quand ma mère, David et sa fille viennent nous rendre visite, mais elle me rend folle avec sa nouvelle obsession : mon mariage, ou plutôt mon absence de mariage.

— Maman !

Je grogne. Je peux supporter qu'elle joue à la poupée avec moi, je lui ai même laissé choisir mes bijoux ce matin, mais je ne supporterai pas son petit manège avec ça.

Elle lève les mains en l'air et sourit.

— Bon.

Elle a trop facilement lâché l'affaire et je sais qu'elle trame quelque chose quand elle m'embrasse sur la joue. Je sors de la salle de bains avec elle et mon irritation s'envole quand je vois Hardin adossé au mur. Il lève ses cheveux en l'air pour les attacher avec un élastique.

J'aime ses cheveux longs. Ma mère plisse le nez en le voyant se faire un chignon et je ris de son air dégoûté comme une gamine immature.

— Je demandais juste à Tessa si vous aviez décidé d'une date pour votre hypothétique mariage, tous les deux.

Hardin passe ses bras autour de ma taille et enfouit son visage dans mon cou. Je sens son souffle sur ma nuque lorsqu'il rit.

— J'aimerais bien pouvoir vous le dire (il lève la tête), mais vous savez à quel point elle peut être têtue.

Ma mère acquiesce et je suis à la fois ennuyée, mais fière aussi, de les voir faire équipe contre moi.

— Ça, je le sais bien. Elle tient ça de toi.

David attrape sa main et la porte à ses lèvres.

— Ça va, tous les deux. Elle vient juste de décrocher son diplôme universitaire, laissez-la un peu respirer.

Je remercie David d'un sourire et il me fait un clin d'œil en embrassant encore la main de ma mère. Il est si doux avec elle, j'apprécie beaucoup ça.

*

Hardin

Deux ans plus tard

Ça fait un an que nous essayons de faire un bébé maintenant. Tessa sait que ce sera difficile. Je sais que la chance ne joue pas en notre faveur, comme d'habitude, mais nous espérons toujours. Nous gardons espoir entre les rendez-vous chez le médecin et pendant les plannings d'ovulation. On baise tant et plus et on fait l'amour autant que possible. Elle a essayé les remèdes de grands-mères les plus ridicules et j'ai dû boire des trucs aigres-doux avec des morceaux dedans, Tessa jurait que ça a fonctionné sur le mari d'une copine.

Landon et sa femme attendent une petite fille pour dans trois mois et nous avons été désignés parrain et marraine de la petite Addelyn Rose. J'ai essuyé les larmes de Tessa quand elle a aidé à préparer la *baby shower* de sa meilleure amie et j'ai fait semblant de ne pas être triste pour nous en aidant à peindre la chambre de la petite Addy.

Ce matin est un matin normal. Je viens juste de raccrocher d'un coup de fil avec Christian. Nous avons programmé un voyage pour que Smith nous rende visite quelques semaines cet été. C'était son prétexte pour m'appeler, mais en fait, il essaie de me faire passer une idée. Il veut que je publie un livre chez lui, c'est une idée qui me plaît, mais j'ai prétendu le contraire. J'ai juste voulu le faire chier et lui faire croire que j'attends une meilleure offre.

Tessa déboule dans l'appartement, vêtue d'un sweat avec une petite poche poitrine. Ses joues sont rouges de l'air frais du mois de mars et ses cheveux en bataille à cause du vent. Elle vient de rentrer de sa promenade matinale chez Landon, mais semble pressée, limite paniquée, ce qui me donne un coup au cœur.

— Hardin !

Elle traverse rapidement le séjour pour me rejoindre dans la cuisine. Ses yeux sont brillants et mon cœur s'emballe. Elle tend la main pour me dire d'attendre un instant. Je reste figé sur place.

— Regarde !

Sa main plonge dans la poche de son sweat.

J'attends en silence impatiemment qu'elle ouvre sa main.

Elle tient un petit bâtonnet. J'ai vu trop de tests avec des faux positifs au cours de l'année pour en penser quoi que ce soit, mais à sa main tremblante et, à sa voix fêlée, je comprends immédiatement.

Tout ce que j'arrive à dire, c'est :

— Ouais ?

— Ouais.

Elle répond d'une toute petite voix pleine de vie. Je baisse les yeux vers elle, elle pose ses mains autour de mon visage. Je n'ai même pas senti les larmes couler tant qu'elle ne les a pas essuyées.

— Tu es sûre ?

— À l'évidence, oui.

Elle essaie de rire, mais se met à pleurer de joie et moi aussi. Je passe mes bras autour d'elle, puis l'assieds sur le plan de travail. Je pose ma tête sur son ventre et je promets à ce bébé que je serai un meilleur père que les deux miens ne l'ont jamais été. Meilleur que tous les autres.

Pendant que Tessa se prépare pour notre rencard avec Landon et sa femme, je feuillette l'un des nombreux magazines de mariage qu'elle laisse traîner dans l'appartement quand j'entends ce cri. Un cri quasiment inhumain.

Il vient de la salle de bains attenante à notre chambre, je m'y précipite.

— Hardin !

Cette fois-ci, je suis devant la porte, et l'angoisse que je perçois dans sa voix est encore plus évidente que la première fois qu'elle m'a appelé.

J'ouvre la porte pour la trouver assise par terre à côté des toilettes.

— J'ai un problème !

Elle tient ses petites mains sur son ventre. Sa culotte est par terre, couverte de sang. Je dois m'empêcher de vomir, je suis incapable de parler.

Je me laisse tomber par terre à côté d'elle et prends son visage entre mes mains.

— Tout va bien se passer.

Je mens, mais attrape mon téléphone dans ma poche.

Le ton de la voix de notre médecin et l'expression du visage de Tessa confirment mon pire cauchemar.

Je la porte jusqu'à la voiture et je crève un peu plus à chaque sanglot de ma Tessa sur la longue, longue route qui nous mène à l'hôpital.

Trente minutes plus tard, nous avons la réponse. Ils se montrent très gentils pour nous annoncer que Tessa a perdu le bébé, mais ça n'empêche pas cette monstrueuse douleur de s'emparer de moi chaque fois que je croise le regard complètement dévasté de Tessa.

— Je suis désolée, tellement désolée.

Elle pleure dans mes bras quand l'infirmière nous laisse tous seuls dans la pièce.

Je mets ma main sous son menton et la force à me regarder.

— Non, Bébé. Tu n'as pas à être désolée de quoi que ce soit.

Je repousse doucement ses cheveux de son visage et fais de mon mieux pour ne pas me concentrer sur la perte de ce qu'il y avait de plus important dans notre vie.

Quand nous rentrons à la maison, ce soir-là, je rappelle à Tessa combien je l'aime et à quel point un jour elle sera une merveilleuse maman, et elle pleure dans mes bras jusqu'à s'endormir.

Lorsque je suis sûr qu'elle ne se réveillera pas, je sors dans le couloir. J'ouvre le placard dans la chambre du bébé et tombe à genoux. C'était trop tôt pour savoir si ce serait une fille ou un garçon, mais j'avais accumulé des trucs ces trois derniers mois. Je les garde là dans des sacs et des boîtes et j'ai besoin de les voir une dernière fois avant de m'en séparer. Je ne peux pas la laisser voir ça. Je veux la protéger des petites chaussures jaunes que Karen nous avait envoyées par la poste. Je veux tout jeter et démonter le berceau avant que le jour se lève.

Le lendemain matin, Tessa me réveille en me prenant dans ses bras. Je suis par terre dans la chambre du bébé, vide. Elle ne dit rien pour les meubles manquants ni pour le placard vide, elle s'assied juste là par terre, avec moi, la tête posée sur mon épaule, ses doigts dessinant les motifs de mes tatouages sur le bras.

Dix minutes plus tard, mon téléphone vibre dans ma poche. Je cache le message, n'étant pas trop sûr de la réaction de Tessa. Mais elle y jette un coup d'œil puis se concentre dessus.

— C'est Addy qui arrive.

Je la serre encore plus fort dans mes bras, elle me fait un pauvre sourire triste avant de s'asseoir.

Je la regarde longtemps et, enfin j'en ai l'impression, nous partageons la même idée. Nous nous relevons tous les deux dans ce qui sera un jour la chambre de notre bébé, nous nous forçons à sourire et nous apprêtons pour nos meilleurs amis.

Quand la femme de ma vie et moi nous mettons en route pour l'hôpital afin d'aller accueillir notre filleule qui vient au monde, je lui fais une promesse :

— Un jour, nous serons parents nous aussi.

*

Hardin

Un an plus tard

On vient juste de décider de faire une pause dans notre projet de faire un bébé. C'est l'hiver. Tessa déboule dans la cuisine. Elle a attaché ses cheveux en un élégant chignon et elle porte une robe rose clair. Son maquillage est différent aujourd'hui, je n'arrive pas à voir en quoi, mais c'est bien le cas. Elle est radieuse et s'approche de moi, je glisse du tabouret sur lequel je suis assis et lui fais signe de venir dans mes bras. Elle se penche contre moi ; ses cheveux sentent la vanille et la menthe et son corps est si doux contre le mien. Je presse mes lèvres contre sa nuque et elle soupire en posant ses mains sur mes cuisses.

— Salut, Bébé.

— Salut, *Papa*.

J'arque un sourcil en la regardant ; sa façon de dire Papa me donne des fourmis dans la braguette comme ses mains qui caressent lentement mes cuisses.

— Ah ouais, Papa ?

Je parle d'une voix rauque qui la fait marrer mais là, ça ne cadre pas du tout avec mon délire.

— Non, pas ce papa-là, espèce de pervers !

Elle me donne une petite tape sur l'entrejambe, je pose mes mains sur ses épaules pour qu'elle me regarde. Elle me sourit encore, de toutes ses dents, mais je ne comprends pas trop où elle veut en venir.

— Regarde.

Elle met la main dans la poche ventrale de sa robe et en sort un truc. C'est un morceau de papier. Bien évidemment, je ne comprends pas, mais tout le monde sait que je ne pige pas les trucs importants du premier coup. Elle déplie le bout de papier et me le met dans la main.

— Qu'est-ce que *c'est* que ce truc ?

Je regarde les lignes troubles imprimées sur la feuille.

— Tu gâches complètement mon moment, là.

Je ris devant sa moue puis lève la feuille devant mes yeux pour lire : « Urine, positif ».

— Merde.

J'en reste bouche bée, la main crispée sur le papier.

— Merde ?

Elle part d'un grand éclat de rire, l'excitation est visible dans son regard gris bleu.

— J'ai peur d'être trop excitée.

Je lui attrape la main en froissant encore plus la feuille de papier entre nous.

— Ne le sois pas. (Je l'embrasse sur le front.) Nous ne savons pas ce qui va se passer, alors, putain, si on veut être excités, allons-y.

Je l'embrasse sur le crâne.

— On a besoin d'un miracle.

Je vois qu'elle essaie de blaguer, mais bien trop sérieusement.

Sept mois plus tard, un petit miracle blond du nom d'Emery apparaît dans nos vies.

*

Tessa

Six ans plus tard

Je suis assise à la table de la cuisine de notre nouvel appartement, devant mon ordinateur portable. J'organise trois mariages à la fois et j'attends notre deuxième enfant. Un petit garçon. Nous avons prévu de l'appeler Auden.

Auden va être un gros bébé, mon ventre est énorme et ma peau distendue à nouveau par cette grossesse. J'arrive à la fin du terme et je suis tellement fatiguée, mais je veux finir mon travail. Le premier des trois mariages est dans une semaine à peine, alors dire que je suis occupée est un doux euphémisme. Mes pieds sont enflés et Hardin ne me lâche pas parce que je travaille dur, mais il sait que ce n'est pas une bonne idée de trop me pousser. J'arrive enfin à me verser un salaire décent et à avoir mes propres bureaux. C'est dur de faire son trou sur la scène du mariage new-yorkais, mais ça y est. Grâce à l'aide d'un ami, mon entreprise grossit et tant ma boîte vocale que ma boîte mail sont pleines de demandes de renseignements.

L'une des fiancées panique : sa mère a décidé à la dernière minute de venir avec son nouveau mari au mariage et il faut refaire tout le plan de table. Pas de problème.

La porte d'entrée s'ouvre et Emery passe en trombe devant moi pour foncer dans le couloir. Elle a six ans maintenant. Ses cheveux d'un blond encore plus clair que les miens sont attachés en un vague chignon ; Hardin s'est chargé de sa coiffure avant de l'emmener à l'école ce matin, tandis que j'étais chez le médecin.

— Emery ?

Je l'appelle alors qu'elle claque la porte de sa chambre. Le fait que Landon enseigne à l'école que fréquentent Addy et Emery me facilite la vie, particulièrement quand je travaille autant.

— Laisse-moi tranquille !

Je me lève, mon ventre cogne le plan de travail lorsque je me tourne. Hardin sort de notre chambre, torse nu et jean noir moulant bas sur les hanches.

— Qu'est-ce qui lui arrive ?

Impossible de répondre à sa question. Notre petite Emery a l'air aussi douce que sa maman, mais tient de l'état d'esprit de son père. C'est une combinaison qui rend nos vies très intéressantes.

Hardin rit un peu lorsque Emery hurle un sonore « Je vous entends ! ». Elle a six ans et c'est déjà une tornade.

— Je vais lui parler.

Il retourne dans notre chambre et en ressort, un t-shirt noir à la main. En l'observant l'enfiler, j'ai un flashback sur ma première semaine à la fac, quand je l'ai rencontré. Il frappe à la porte d'Emery, elle soupire et se plaint, mais il entre quand même.

Comme il ferme la porte derrière lui, je colle mon oreille contre le panneau pour écouter leur échange.

— Qu'est-ce qui t'arrive, petit chou ?

La voix d'Hardin résonne dans sa chambre. Emery se bat contre tout, mais elle adore Hardin et j'aime leur complicité. C'est un père si patient et si drôle avec elle.

Je baisse ma main pour me frotter le ventre et dire au petit gars que j'ai dans mon ventre : « Tu m'aimeras plus que ton papa. »

Hardin a déjà Emery, Auden sera à moi. Je l'ai souvent répété à Hardin, mais il rit et dit que j'en demande simplement trop à Emery et que c'est pour cette raison qu'elle le préfère à moi.

Notre petite Hardin miniature se plaint en soupirant.

— Addy est insupportable.

Je l'imagine arpenter sa chambre en repoussant ses cheveux blonds comme son père.

— *Ah ouais ?* Comment ça ?

La voix d'Hardin est pleine d'ironie, mais je doute qu'Emery le comprenne.

— C'est juste qu'elle est comme ça. Je veux plus être sa copine.

— Et pourtant, Bébé, elle fait partie de ta famille. Tu es coincée avec elle.

Hardin sourit probablement, se délectant du monde tragique des enfants de six ans.

— Je peux changer de famille ?

— Non. (Il rit et moi, je me couvre la bouche pour rire silencieusement.) Moi aussi, j'ai longtemps voulu une nouvelle famille quand j'étais plus jeune, mais ça ne marche pas comme ça. Tu devrais essayer de te contenter de celle que tu as. Si tu avais une nouvelle famille, il faudrait que tu changes de papa et de maman et…

— Non !

Emery semble tellement détester cette idée qu'elle ne le laisse pas finir sa phrase.

— Tu vois ! Alors, il faut que tu apprennes à accepter Addy et aussi qu'elle soit insupportable de temps en temps, comme Maman a dû accepter que Papa le soit aussi parfois.

— Toi aussi, tu es insupportable ?

Sa voix se fait toute petite.

Mon cœur gonfle. *Et pas qu'un peu*, *merde,* ai-je envie de dire.

— Et pas qu'un peu, merde.

Hardin a répondu pour moi.

Je lève les yeux au ciel et me rappelle que je dois lui dire d'arrêter de dire des grossièretés devant elle. Il ne le fait plus autant qu'avant, mais tout de même.

Emery raconte son histoire pour expliquer qu'Addy a dit qu'elle n'était plus sa copine et Hardin, en incroyable père qu'il est, écoute et commente chaque phrase. Le temps qu'ils terminent, je suis complètement retombée amoureuse de ce garçon boudeur.

Je suis adossée au mur lorsqu'il sort de la chambre et ferme la porte derrière lui. Il sourit en m'apercevant.

— Le CP, c'est pour les durs, commente-t-il en riant avant que je passe mes bras autour de sa taille.

— Tu es doué avec elle.

Je me penche vers lui, mais mon ventre m'empêche de trop m'approcher.

Il me tourne sur le côté et m'embrasse, fort.

*

Hardin

Dix ans plus tard

— Sérieux, Papa ?

Emery m'assassine du regard de l'autre côté de l'îlot central de la cuisine. Elle tape ses ongles vernis contre le granit du plan de travail et lève les yeux au ciel, comme sa mère.

— Oui, sérieux. Je te l'ai déjà dit. Tu es trop jeune pour aller à ce genre de truc.

Je triture le pansement sur mon bras. J'ai fait faire des retouches à quelques-uns de mes tatouages hier soir. C'est surprenant de voir comment certains d'entre eux ont perdu en couleur au fil des ans.

— J'ai dix-sept ans. C'est un voyage avec ma classe de terminale. Oncle Landon a laissé Addy y aller l'an dernier !

Ma magnifique fille hausse le ton.

Ses cheveux blonds sont raides sur ses épaules. Elle les fouette en parlant ; ses yeux verts sont si expressifs et vivent un véritable drame lorsqu'elle plaide sa cause en disant que je suis le pire père de la Terre, et *blablabla*.

— C'est tellement injuste. J'ai vingt de moyenne et tu as dit…

— Stop, chérie.

Je lui glisse son petit déjeuner sur le plan de travail et elle regarde ses œufs comme s'ils étaient aussi responsables que moi de la destruction de son existence.

— À moins que tu ne changes d'avis et que tu repenses à ma proposition de vous accompagner pour vous chaperonner.

Elle secoue la tête en affichant son charmant caractère.

— Non. Pas question. Jamais de la vie.

— Alors ce voyage n'aura pas lieu.

Elle sort en trombe de la cuisine et quelques secondes plus tard, Tessa s'approche de moi, Emery sur les talons.

Et merde.

— Hardin, nous en avons déjà parlé. Elle va faire ce voyage. On l'a même déjà payé.

Je sais que parler devant Emery, c'est sa technique pour montrer qui porte la culotte ici. Nous avons une seule règle dans notre maison : pas de dispute devant les enfants. Jamais.

Ça ne veut pas dire que Tessa ne me rend plus complètement dingue. Elle est entêtée et m'envoie chier tout le temps, deux adorables traits de caractère qui n'ont fait qu'empirer avec l'âge.

Auden entre dans la pièce, sac à dos sur les épaules, écouteurs dans les oreilles. Il est obsédé par la musique et les arts, et j'adore ça.

— Voilà mon enfant préféré.

Tessa et Emery montrent leur désapprobation en reniflant bruyamment, puis en m'assassinant du regard. Je ris, et Auden hoche la tête, le salut officiel des ados. Que puis-je dire ? Il a atteint un niveau d'humour élevé pour son âge, tout comme moi.

Auden embrasse sa mère sur la joue et attrape une pomme sur le plan de travail. Tessa sourit, le regard adouci. Auden est affectueux là où Emery a du culot. Il est patient et parle d'une voix douce alors qu'Emery a un avis très arrêté sur tout et une tête de mule. Aucun des deux n'est mieux que l'autre ; ils sont juste différents, de la meilleure des manières.

Étonnamment, ils s'entendent très bien. Emery passe pas mal de son temps libre avec son petit frère en le conduisant à ses répétitions ou en allant à ses expositions.

— C'est bon alors. Je vais tellement m'amuser pendant ce voyage !

Emery frappe des mains et saute sur ses pieds. Auden nous dit au revoir et suit sa sœur pour aller à l'école.

— Comment sommes-nous devenus les parents de deux enfants pareils ?

Tessa secoue la tête.

— Putain, aucune idée. (J'en ris et lui ouvre mes bras.) Viens par là.

La si belle femme de ma vie marche vers moi et se love dans mes bras.

— La route a été longue.

Elle soupire, je pose mes mains sur ses épaules pour les masser.

Elle s'appuie contre ma poitrine et se relaxe immédiatement. Puis, elle se tourne vers moi, ses yeux bleu-gris toujours aussi pleins d'amour après tant d'années.

Après tout ça, en fin de compte, on y est arrivés. De quelque matière que soient faites nos âmes, les nôtres se ressemblent.

∞

REMERCIEMENTS

Waouh, on y est ! *The END.* C'est la fin de cette folle aventure qu'a été *After.* Cette fois-ci, les remerciements vont être plus courts car j'ai déjà tout dit dans les précédents volumes.

À mes lecteurs qui sont restés à mes côtés pendant toute cette aventure, nous sommes maintenant plus proches que jamais. Vous êtes tous mes amis et j'adore la force du soutien que vous m'apportez, à moi et à mes livres. Nous sommes véritablement devenus notre propre famille. Nous avons pris quelque chose qui a commencé sur un coup de tête pour moi et en avons fait cette série de bouquins. C'est juste dingue ! Je vous aime et je ne pourrai jamais m'arrêter de dire à quel point vous comptez pour moi, tous autant que vous êtes.

Adam Wilson, le meilleur éditeur de tout l'univers (je sais que je varie sur le thème à chaque livre), tu m'as aidée à faire de ces livres ce qu'ils sont et tu es un merveilleux professeur et ami. Je t'ai envoyé trop de textos, t'ai laissé trop de commentaires dans les marges, mais tu as toujours répondu sans jamais te plaindre ! (Tu mérites entre une et trente récompenses pour ça.) J'ai hâte de pouvoir me remettre à travailler avec toi !

À l'équipe de production et aux correcteurs, particulièrement Steve Breslin et Steven Boldt, ainsi qu'aux équipes commerciales de S&S, vous travaillez tellement sur les livres, vous êtes géniaux !

Kristin Dwyer, tu es trop cool, meuf ! Merci pour tout, et je veux juste qu'on continue à travailler ensemble pour le reste de notre vie, ah !

À tout le monde chez Wattpad, merci de toujours me donner une maison dans laquelle revenir.

À mon mari, pour être la seconde partie de mon être et toujours m'encourager dans chaque aspect de ma vie. Et à Asher pour être la meilleure chose qui me soit jamais arrivée.

∞

PAPIER À BASE DE FIBRES CERTIFIÉES

Le Livre de Poche s'engage pour l'environnement en réduisant l'empreinte carbone de ses livres. Celle de cet exemplaire est de :
600 g éq. CO_2
Rendez-vous sur www.livredepoche-durable.fr

Composition réalisée par Belle Page

Achevé d'imprimer en décembre 2020, en France sur Presse Offset par
Maury Imprimeur – 45330 Malesherbes
N° d'imprimeur : 250397
Dépôt légal 1re publication : juillet 2020
Édition 11 – décembre 2020
LIBRAIRIE GÉNÉRALE FRANÇAISE – 21, rue du Montparnasse – 75298 Paris Cedex 06

13/2940/3